Rizzoli

Marie Lamballe

Il destino di una famiglia

Traduzione di Manuela Francescon

Rizzoli

Pubblicato per

Rizzoli

da Mondadori Libri S.p.A.

ISBN 978-88-17-14380-6

Titolo originale dell'opera:
CAFÉ ENGEL. EINE NEUE ZEIT

Prima edizione: novembre 2019

Il destino di una famiglia

PRIMA

Hilde

Wiesbaden, 22 marzo 1935

La primavera si annuncia dolce in città. Crochi gialli e violetti punteggiano i prati del Kurpark, i narcisi spingono le loro foglioline verdi fuori dal terreno umido. È ora di pranzo, e il traffico sull'ampia Wilhelmstrasse scorre tranquillo, la gente a passeggio sosta davanti alle vetrine, pochi impavidi già siedono ai tavolini all'aperto, a salutare con una buona tazza di caffè la primavera imminente.

«Allora che fai, vieni?» chiede Hilde, dodici anni, alla sua amica.

Gisela esita sollevando le cinghie della pesante cartella, che le segano le spalle. Ci pensa su un attimo, poi scuote il capo. «No, oggi è meglio di no. Mamma vuole portarmi dalla sarta per farmi cucire due vestiti nuovi.»

«Sei fortunata» replica Hilde. «Tua madre ha sempre tempo per te.»

«Bah!» ribatte Gisela stizzita. «Se vuoi fare cambio, accomodati. Tu vai con la mia dalla sarta e io resto con la tua, qui al Café Engel.»

Ma Hilde non accetterebbe mai. Tanto per cominciare, la madre di Gisela è piuttosto severa. E poi lei non scambierebbe il Café Engel con nulla al mondo.

«A domani, allora.»

«Va bene... Il problema di matematica posso copiarlo da te domani mattina?»

«Se vuoi.»

Gisela le fa l'occhiolino e si mette a correre verso Webergasse. La giacca azzurra che ha legato alla cartella sfarfalla al vento come una bandiera. Hilde si volta verso il locale dei suoi genitori, dove sopra l'ingresso dondola un paffuto angioletto di lamiera dorata con una tazza di caffè in mano. C'è già qualche avventore seduto ai tavoli che Finchen ha piazzato fuori sul marciapiede.

«Ma guarda, c'è Hilde» la chiama un'anziana signora in pelliccia. «È già finita la scuola?»

Si tratta della signora Knauss, una donna molto abbiente, così le ha detto sua madre raccomandandole di essere sempre gentile con lei. Anche quando fa domande stupide, come in questo caso.

«Sì, signora» le risponde accennando un inchino.

La Knauss sorride con sussiego e poi dice alla sua amica Ida, che se ne sta con la tazza in mano a tremare dal freddo, che al giorno d'oggi i bambini non imparano proprio nulla. L'amica annuisce. E anche il giovanotto che siede allo stesso tavolo si dichiara d'accordo.

«Desiderate qualcos'altro?» domanda Hilde. Si sforza di usare lo stesso tono compito di Finchen, la cameriera. A Hilde piacerebbe da matti servire ai tavoli, ma purtroppo non le è ancora permesso.

«Tre caffè con il cognac» ordina la signora Knauss, e aggiunge che Hilde è una bambina proprio beneducata.

La bionda Hilde è d'accordo. Bada bene di togliersi la cartella dalle spalle prima di entrare nella porta girevole che dà accesso al caffè. È importante, perché una volta le è capitato di restarci incastrata. Anche all'interno ci sono vari clienti che la salutano. Il Café Engel ha molti avventori abituali. Certi vengono già al mattino, bevono un caffè oppure un bicchiere di vino, leggono il giornale.

Hilde ricambia i saluti e raggiunge la vetrina dei dolci dietro la quale Finchen, la cameriera, sta disponendo due fette di torta cioccolato e panna su altrettanti piattini.

«Tre caffè con cognac al tavolo fuori» le dice Hilde passando l'ordinazione. Poi si siede al tavolo piccolo accanto a una finestra e nasconde la cartella in modo che non si veda. Non dovrebbe venire a fare i compiti al caffè, sua madre dice che c'è troppo chiasso ed è impossibile concentrarsi. Ma non è vero. Hilde è convinta che il Café Engel sia il posto migliore del mondo, anche per fare i compiti. In nessun luogo si sente a casa come qui, in mezzo all'acciottolio delle stoviglie, al tintinnio dei cucchiaini e delle forchette, ai discorsi, ai mormorii, alle risate dei clienti. E poi i profumi che riempiono il locale! Caffè appena macinato, vaniglia, mandorle amare, cioccolato, l'aroma del kirsch e del cognac e, sì, perfino quello dei giornali e del fumo di sigaretta... tutto questo concorre a creare un miscuglio delizioso, vivo, che contraddistingue il Café Engel.

Hilde tira fuori dalla cartella il quaderno di matematica, poi cerca la matita. Lo schieramento di torte nella vetrina la protegge dalle occhiate della mamma, mentre suo padre non bada a lei perché a quest'ora arrivano i cantanti d'opera di ritorno dalle prove. Gli artisti del teatro, attori e cantanti, vengono sempre al Café Engel perché qui si sentono a loro agio, sono tutti amici del suo papà.

Hilde si caccia le trecce bionde dietro le spalle affinché non le siano d'intralcio e si mette a fare i compiti di buona lena. Quando un calcolo la ostacola, alza gli occhi sul soffitto bianco stuccato, ne segue i fregi sinuosi e in un attimo la soluzione arriva. È la migliore della classe, in matematica: a fare i conti nessuno è più svelto di Hilde Koch. Invece nei temi si trova spesso in difficoltà a deve chiedere aiuto.

«Hilde, tua madre sa che sei qui?»

Finchen, la cameriera, le passa accanto col vassoio carico. Tre fette di torta ciliegie e cioccolato, due di torta ricotta e panna: deve essere l'ordinazione degli attori, quelli mangiano sempre a quattro palmenti. I cantanti d'opera invece di pomeriggio non mangiano quasi niente, perché la sera devono essere in forma per cantare bene. Vengono al Café Engel dopo la rappresentazione e allora si abbuffano di insalata di patate, uova alla senape, fettine di salmone affumicato e altre delizie. Ma a quell'ora purtroppo Hilde è già a letto. Però il pomeriggio può guardare Marlene che lavora in cucina. Marlene è la cuoca che si occupa del buffet freddo, e Hilde le è particolarmente affezionata perché le lascia sempre assaggiare quel che prepara.

«Sei la mia assaggiatrice ufficiale» le dice spesso. «Non servo niente, se prima non l'hai provato tu!»

Esile e piccola di statura, ha gli occhi verdi e porta sempre i capelli raccolti in un foulard mentre lavora. Ha mostrato a Hilde come si preparano le uova alla senape, come si affetta sottile il salmone affumicato: ci vuole un coltello ben affilato e bisogna tagliare di traverso...

«È brava» ha detto Marlene a sua madre, una volta.

«L'importante è che non ti sia d'intralcio mentre lavori» è stata la risposta.

Mamma ancora non lo sa, ma Hilde è decisa a diventare un giorno la cuoca del Café Engel. Ne ha già parlato con suo padre e lui è d'accordo.

«Fra dieci anni» le ha detto. «Allora sarai maggiorenne, bambina mia, e potrai prendere in mano le redini dell'attività.»

Con papà però non ci sono mai certezze: può dire una cosa oggi e l'esatto contrario domani. È il padre migliore del mondo, ma quella che comanda è mamma. In casa come al Café Engel.

All'improvviso vede sua madre entrare in sala e guardarsi intorno. Saranno guai per Hilde. È stata Finchen a tradirla? Marlene non lo avrebbe mai fatto...

Ma sua madre sembra avere tutt'altro per la testa, e va svelta verso il tavolo vicino alla finestra, dove il marito è seduto in compagnia dei cantanti.

«Heinz, sii buono... ho bisogno di te» lo chiama, poi sorride ai clienti come a scusarsi per l'interruzione.

Da buon marito, Heinz si alza subito e i due si mettono a parlare fitto, a voce bassa, accanto alla vetrina dei dolci.

«Non posso farlo, Else! Max Pallenberg è morto solo l'anno scorso, poveretto...»

Hilde drizza le antenne. Conosce Max Pallenberg, attore e cantante, da una foto appesa di là nella saletta. Una foto autografata, naturalmente. Le pareti del Café Engel sono piene di foto simili, molte incorniciate, altre incollate su cartoncini. Alcune sono già ingiallite, ma papà dice sempre che sono il più grande tesoro del Café Engel.

«Pallenberg puoi anche lasciarlo dov'è» sibila sua madre. «Ma Kortner deve sparire. E anche Klaus Mann, anzi, lui prima di tutti.»

«Questo è vile opportunismo, Else! Che penseranno di me i miei amici?»

«Non è opportunismo, Heinz, ma istinto di conservazione! Quello oggi viene a Wiesbaden con tutto il suo seguito, nella sala delle terme. È a due passi da qui!»

«È un amante delle arti, Else. E anche del teatro...»

Hilde sente sua madre ridere sommessamente. Non è una risata allegra. «Ma dove vivi, Heinz? Nel mondo dei sogni? Se quello viene qui e vede tutte quelle foto di artisti ebrei, s'infurierà e in quattro e quattr'otto noi dovremo chiudere. Così stanno le cose!»

«Dio mio, Else...»

«Adesso metto la foto di Gründgens sopra quella di Kortner. Klaus Mann lo copriamo con Richard Strauss. August Bebel lo facciamo sparire e basta.»

Papà si ritira in buon ordine, scuotendo il capo rassegnato. Finisce sempre così. «Bebel posso anche sopportarlo, Else. Ma gli altri... Che vergogna.»

«Lascia che me ne occupi io, Heinz.»

Gli accarezza una guancia e lui sospira ancora, prima di voltarsi e tornare a sedersi coi cantanti. Poi sua madre comincia a passare in rassegna le foto appese alle pareti ed ecco che il suo sguardo si posa su Hilde, che fa finta di niente seduta al suo tavolo.

«Che ci fai qui, Hilde? Non eravamo d'accordo che i compiti si fanno in casa?»

Lei decide di mettere in atto una manovra diversiva.

«Chi viene nella sala delle terme, mamma?»

Sua madre sbuffa e Hilde capisce che non è un buon argomento di conversazione. «Il Führer. Adolf Hitler. È in visita a Wiesbaden.»

Ah, ecco. Ora Hilde si ricorda. Ne hanno parlato anche a scuola. Un grande onore per la città, ha detto il suo maestro, il signor Kimpel.

«E verrà qui da noi?» Hilde è entusiasta: andare a scuola domani e raccontare che il Führer è stato al loro caffè... rimarranno di sasso!

«Non è detto. Ma potrebbe. I ragazzi dove sono? August deve uscire.»

Hilde fa spallucce: non può sapere dove si trovino al momento Willi e August. Perché sono andati in bicicletta verso Biebrich passando per le terre di Rupert Knauss, dove c'è uno stagno con girini e pulci d'acqua. August ha un acquario.

Per fortuna mamma la lascia in pace e si dedica alle foto incorniciate. È furba, sua madre. Finge di dover semplicemente pulire le cornici, ne toglie un certo numero, ma alcune non le riappende. Mentre Hilde la osserva chiedendosi come farà con gli spazi rimasti vuoti, sente Axel Imhoff tuonare dal tavolo dei cantanti: «Lo sapevo! È il più bel giorno della mia vita! Fare Radames davanti al Führer... Dio mio, non riesco a crederci!».

Ah-ah, pensa Hilde. Dunque Adolf Hitler stasera andrà all'Opera. Vuol dire che dopo verrà qui: è proprio di fronte al teatro. Si sporge verso gli artisti, che d'un tratto sono in grande agitazione. Stasera va in scena l'*Aida* di Verdi. Hilde conosce bene l'opera perché ha sempre vissuto in mezzo a gente di teatro, fin da quando era piccola. Anche Addi Dobscher fa parte della produzione, ma non nel ruolo di Radames, perché lui non è un tenore ma un baritono. Addi è un omone coi capelli che vanno ingrigendo, e ha una voce che sembra provenire da un barile di birra. Però è buono e gentile, e per giunta vive nello stesso stabile, al piano di sopra.

«A me non importa un bel niente se viene in teatro quello là» sta dicendo ora col suo vocione.

«Non lo dire, Addi» gli consiglia Sofia Künzel. «C'è anche Goebbels con lui. Non vorrei che finissi a fare film di propaganda a Babelsberg...» Poi ride forte, soddisfatta della reazione di Addi che alza le mani schermendosi.

«Chissà, se fossi una dolce biondina...» aggiunge sorridendo.

Stasera canta anche Sofia Künzel, nei panni di Aida, anche se ha ormai passato l'età per quel ruolo. Ed è anche un po' troppo in carne. Eppure, quando entra in scena, pare una ragazzina. Hilde è già stata all'Opera un paio di volte, la sua famiglia riceve sempre biglietti in regalo. È tutto sontuoso lì dentro, tanto oro e velluto rosso. Papà le ha spiegato che un tempo il palchetto centrale era riservato al Kaiser. Ma la sera in cui avevano assistito a *I maestri cantori di Norimberga*, Hilde si era addormentata perché la musica non voleva finire mai.

«Non vi capisco proprio» si sta agitando Axel Imhoff. «Non pensate all'onore di esibirsi davanti al...»

Ecco che dalla porta girevole entrano Alois Gimpel, maestro concertatore, e il giornalista Hans Reblinger. Salutano gli artisti seduti al tavolo, si tolgono il soprabito, danno qualche colpetto affettuoso ai fianchi rotondi di Finchen e ordinano un caffè.

«Ora è tornato all'Hotel Rose, sta riposando. Poi si cambierà per la serata, o così si dice. Dall'albergo dicono che è sempre al telefono» racconta qualcuno.

Ma allora non viene, pensa Hilde delusa. Sbircia la cucina oltre la torta con la panna e il cioccolato e vede che Marlene è già arrivata. Cavolo! Deve ancora scrivere quello stupido tema. *Perché amo la mia città*. Una persona normale come risponderebbe? Perché Wiesbaden è bella. Ma anche Francoforte è bella. E quando la domenica vanno in gita sul monte Taunus, è bello anche lì...

Si guarda intorno speranzosa. Hans Reblinger non può aiutarla: sta chiacchierando animatamente con Axel Imhoff, quello che stasera farà Radames. Dietro, in un angolo, siede solitaria la signorina Wemhöner, con una tazza di tè e una fetta di torta alla frutta. È la sarta del teatro e si occupa dei costumi: abita anche lei di sopra, nello stesso stabile. Ha i capelli rossi, ma secondo Hilde è bella come se fosse uscita da un dipinto. Così fragile e delicata. E con quegli occhi pieni di mistero. Una volta ha sentito suo padre dire che la Wemhöner ha un sacco di cose da raccontare. Hilde riflette un attimo se chiedere aiuto a lei, ma quasi subito la sarta si alza e si avvia verso il teatro insieme agli altri. Meglio rivolgersi a Eddi Graff, che è un attore ed è seduto a un tavolo non lontano con la faccia nascosta dietro il giornale.

Un'altra veloce occhiata alla saletta accanto, dove sua madre è impegnata a riappendere le foto, poi prende rapida il quaderno dalla cartella e raggiunge il signor Graff. Lui è come se in un certo senso la stesse aspettando, perché mette giù il giornale prima ancora che lei arrivi.

«Allora, Hilde?» domanda con un sorriso sornione. «Un altro stupido tema?»

«Sì. Più stupido del solito, anzi.»

«Allora siediti qui con me.»

Eddi Graff è piuttosto vecchio, ha quasi cinquant'anni, ma le donne lo adorano. Per via delle sue tempie argentee, dicono, e anche perché in teatro interpreta sempre ruoli molto affascinanti. Secondo Hilde, Eddi Graff è un tipo abbastanza comune, e quando non recita passa del tutto inosservato.

Gli servono gli occhiali per leggere dal quaderno.

«*Perché amo la mia città*» dice a voce alta, e poi resta pensoso.

«Ma che cosa si può scrivere su un argomento del genere?»

«Be'» fa lui sorridendo, «prova a pensare a una bella giornata estiva. Non c'è scuola. Che faresti?»

«Andrei a nuotare giù al fiume. Oppure costruirei una tenda in giardino. Oppure andrei in barca sul laghetto del Kurpark.»

Giusto. Ecco che le idee arrivano. Comprerebbe caramelle e lecca lecca. Farebbe una passeggiata in centro con le sue amiche, un'uscita in bicicletta lungo l'argine del Reno... e poi ci sono le montagne, le vigne, il castello di Biebrich! E anche il Kurpark, con il suo lago, e Wilhelmstrasse con i suoi platani. E poi, naturalmente, c'è il Café Engel. La cosa più importante di Wiesbaden.

Lui l'aiuta un po' a mettere ordine fra le idee, poi Hilde non si ferma più. Scrive una pagina, un'altra mezza. Può bastare, decide a un certo punto. Scrivere troppo vuol dire fare più errori.

Sorride raggiante a Eddi Graff. «Grazie» dice. «È stato molto gentile. Ora so che amo la mia città, e anche il perché.»

«Sì» replica lui. «È fortunato chi può chiamare casa questo posto.»

Con un sorriso triste, poggia la schiena allo schienale. Al tavolo vicino alla finestra i cantanti si sono alzati e s'infilano i cappotti per andare in teatro, dall'altra parte della strada. Addi Dobscher aiuta Julia Wemhöner a indossare il suo, mentre il padre di Hilde posa sulle spalle di Sofia Künzel una mantella guarnita di pelliccia, mimando il gesto scaramantico di sputarle sulla spalla sinistra.

Hilde ne approfitta per ficcare il quaderno nella cartella. In cucina, Marlene e Finchen parlano fitto. Prese come sono dalla conversazione, non si accorgono nemmeno che lei è entrata.

«Me lo ha detto ieri» mormora Marlene. «Ha già i biglietti della nave. Parte dopodomani per New York.»

«Chi?» domanda Hilde.

«Eddi Graff. Voleva portare con sé la Wemhöner, ma lei non ha voluto. Non vuole lasciare la Germania.»

Hilde non ci capisce niente. Perché mai dovrebbe lasciare la Germania? Le ha appena detto che è fortunato chi può chiamare casa questo posto...

«Perché sono ebrei» dice Finchen. «Sono la rovina di questo Paese.»

«Non dire queste cose alla bambina!» la sgrida Marlene.

Luisa

Tenuta Tiplitz, Marienburg, Prussia Orientale, aprile 1938

Quest'anno ci saranno grosse novità, lo ha detto la nonna dopo aver versato il piombo fuso nell'acqua fredda per interpretarne le figure ed essersi messa a fissare il fuoco nel camino col suo cipiglio severo. Luisa non la sopporta, la nonna, e ne è ampiamente ricambiata. Però sul nuovo anno potrebbe aver ragione lei. È il cielo. Luisa non aveva mai notato la grandiosità delle nuvole che giocano, le loro forme e i colori cangianti, le immagini create mentre si rincorrono. Quando, stamattina presto, Joschka li ha aiutati a sellare i cavalli, il cielo sembrava una lastra di marmo grigio, appena solcata da qualche venatura, che si andava tingendo di rosso verso est.

«È come la lava che è uscita dal Vesuvio» commenta ora Oskar, che durante le vacanze deve studiare perché la sua promozione, al liceo di Danzica, è molto incerta. «La città di Pompea è stata travolta dall'eruzione e tutti i suoi abitanti sono morti bruciati o soffocati...»

Fa un cenno eloquente a Luisa e poi monta in sella. Leni, la giumenta, fa un paio di passi indietro e scalpita un po'. Ma Oskar riesce a calmarla subito. Ha diciassette anni e, come suo fratello Jobst, va a cavallo da quando era piccolo; anche Luisa, che ora ne ha quattordici, cavalcava già a quattro anni un piccolo Trakehner. Suo padre le ha spiegato che da molto tempo quei nobili animali vengono allevati a Tiplitz e venduti in tutto il mondo. Lui non va mai a cavallo, al massimo qualche volta sale in carrozza, ma solo se c'è bel tempo. Passa le giornate soprattutto a leggere. Se uno cerca papà, lo può trovare quasi sempre in biblioteca.

«Si chiama Pompei, non Pompea.» È Jobst a correggere Oskar, scuotendo la testa. «Non fare questi errori al tuo esame, ragazzino.»

Il sorriso sparisce dal viso di Oskar: è ambizioso e non si rassegna ad avere una memoria così scarsa. L'esame di maturità è una questione d'onore per un von Kamm. Poi c'è la carriera da ufficiale. Stavolta però gli interessava soprattutto impressionare la cugina Luisa con la sua conoscenza della storia. E Jobst doveva per forza mettersi in mezzo col suo tono saccente.

«Sono dettagli di poco conto...» borbotta.

«Tu proprio non hai idea, ragazzino.»

Nel frattempo anche Luisa è salita in groppa e si è sistemata sulla sella. La bella Flavia, una giumenta dal manto fulvo, respinge con una snasata di fastidio la goffa manovra di avvicinamento di Balduin, il cavallo castrato.

Ma Jobst sa trattenere con destrezza il suo animale. «Tu sei un castrato, caro mio» gli dice. «Toglietelo dalla testa.»

Luisa si mette alla testa del gruppetto, gli altri due la seguono a breve distanza. La casa è un edificio a tre ali, con al centro la vecchia, grande residenza padronale costruita tutta in pietra. Da lì si gode la vista su un dolce prato ben curato punteggiato di panchine bianche, statue e aiuole fiorite attorno alle quali le signore possono passeggiare coi loro ospiti. A destra ci sono le stalle, mentre l'ala sinistra è costituita dai ricoveri per le carrozze e le automobili della padrona e dagli alloggi del personale.

Si cavalca lungo un sentiero ampio che costeggia il prato, e che piega all'altezza del muro di cinta e porta poi all'ingresso della proprietà. I tre ragazzi osservano in silenzio il cielo incerto del mattino, dove il sole nascente sta facendo irruzione come in mezzo a uno scuro sipario socchiuso. È di una bellezza imponente, lì, in mezzo alle nuvole, e a suo modo spaventoso, perché sembra che qualcuno abbia aperto una ferita nella volta celeste e da lì si sprigioni abbagliante la luce.

«Che spettacolo, eh?»

Luisa è d'accordo. Mentre cavalcano verso il portone e poi si dirigono al mare, il miracolo dell'alba comincia a svanire e la luminosità del giorno ad avere la meglio. Il paesaggio è piatto come una tavola. Vasti campi appena ricoperti di una chiara lanugine primaverile si alternano a prati di un verde più scuro, umidi, pronti a una crescita imminente. E poi foreste di faggi, querce, abeti, dove in autunno si va a caccia.

Luisa è ancora in testa al gruppo, pungola la cavalla, la lascia galoppare qualche metro. Sente gli sguardi dei cugini sulla schiena, una sensazione nuova ed eccitante. Ha compiuto quattordici anni a gennaio. Nel giro di qualche settimana il suo corpo è cambiato, le sono cresciuti dei piccoli seni ed è più magra. Finalmente le sono venute anche le mestruazioni, di cui sua madre le aveva già parlato anni prima. Anche se la mamma ha salutato l'evento con un sospiro malinconico, Luisa è contenta e orgogliosa di essere ora una vera donna. È bello essere guardata da Oskar e Jobst, che trascorrono le vacanze alla tenuta, con un interesse e un rispetto tutti nuovi. Se fino all'anno passato la prendevano in giro, le facevano anche qualche scherzo cattivo, adesso Luisa sente di avere al contrario un potere particolare su di loro. Lei non è tipo da usarlo, quel potere, però le piace sapere di averlo e magari metterlo un po' alla prova. Per la cavalcata mattutina, al posto di legare i capelli sotto il berretto, li ha lasciati sciolti. Si agitano al vento come una bandiera di seta nera. Quando cominciano a sferzarle il volto con violenza, li raccoglie sulla nuca col fermaglio, ben sapendo che fra qualche minuto il vento la costringerà a rifarlo.

È primavera, ma fa ancora freddo. Davanti alle loro bocche e alle narici dei cavalli si formano nuvolette bianche di condensa, in fondo ai fossi più profondi luccicano ancora ragnatele di ghiaccio. È aprile, può ancora succedere che ci si svegli una mattina con la campagna ricoperta di neve. In compenso però il sottobosco pullula di anemoni, come nuvole candide scese giù dal cielo. Hanno poco tempo, quei fiorellini, perché presto anche gli alberi si copriranno di foglie e allora di sole per loro, sul manto del bosco, non ce ne sarà più.

Quando arrivano in vista del Nogat, Luisa ferma la giumenta e si guarda indietro.

«Il tuo cavallo è in forma, Lieschen» dice Oskar sorridendo. «Invece Balduin mi sembra affaticato. Del resto è un po' ingrassato, vero, Jobst?»

Jobst, con aria corrucciata, trattiene il cavallo per le redini. In effetti Joschka lo ha rimpinzato troppo durante l'inverno, e adesso Balduin fatica a stare al passo delle figlie, Leni e Flavia.

«Laggiù, guardate!» grida Jobst, contento di poter cambiare discorso. «Segano i lastroni di ghiaccio in riva al fiume. È una cosa faticosissima, sono tutti sudati.»

L'inverno è stato inclemente, su fiumi e laghi si è formato uno strato spesso di ghiaccio. Quando all'inizio della primavera comincia a sciogliersi, il vento sospinge i lastroni rimasti verso le rive, dove si formano grossi ammassi, e nelle notti fredde l'acqua ricomincia a ghiacciare. Gli abitanti dei paesi arrivano armati di seghe e picconi e riducono i lastroni in pezzi più piccoli che poi trasportano in cantine e magazzini sottoterra, dove restano per mesi. È utile avere una cella frigo per l'estate. La vita è dura, in campagna, il vento soffia tagliente e gelido, il tempo per la semina e il raccolto passa in fretta. Non è una vita facile per i contadini, che approfittano di ogni opportunità per renderla un po' più semplice.

I tre osservano per un poco gli uomini al lavoro, riparandosi con le mani gli occhi dal sole che nel frattempo ha trionfato sul grigiore del primo mattino. Formazioni di nuvole attraversano rapide il cielo sopra la campagna, gettando ombre cangianti su campi e prati e inventando figure sempre nuove e sorprendenti. Vicino alle sponde del fiume si sono radunati gli uccelli acquatici: cigni, anatre e oche. Poco lontano una colonia di cicogne si riposa dal lungo viaggio verso nord. Tra poco saranno di passaggio anche le gru. A Luisa piace il loro grido, spesso si è svegliata la mattina presto sentendole e si è affacciata a osservare il loro volo dalla finestra. Volano in una formazione a V, una grande freccia di ali in movimento che fendono l'aria nella direzione precisa dettata dall'istinto. Luisa era ancora una bambina quando, vedendole, ha sentito in sé il desiderio di mettersi in viaggio anche lei, senza meta e verso il futuro sconosciuto.

«Vogliamo arrivare giù al fiume?» domanda ora ai suoi accompagnatori.

«Perché no?» replica Jobst, che essendo il più vecchio del gruppo ha sempre l'ultima parola. «Poi possiamo tornare passando per il margine del bosco.»

Di lì si vede il castello di Marienburg, l'imponente fortilizio in pietra rossa, baciato dal sole del mattino. Nato come fortino dell'Ordine teutonico contro gli assalti pagani, è diventato in seguito un bastione usato dai prussiani per respingere eventuali attacchi da est: di polacchi, cechi, russi. A Luisa lo ha spiegato suo padre. Quasi tutto quel che sa di storia e geografia glielo ha spiegato lui. Le ha insegnato anche a leggere, a scrivere e a far di conto e le ha consigliato dei libri. La nonna sbuffa spesso perché «il povero Johannes» spreca tempo ed energie per una cosa così superflua. In effetti suo padre si ammala spesso e deve riguardarsi. Quando succede, passa il tempo su una poltrona comoda, con una coperta sulle gambe, o addirittura non si alza dal letto. In quelle occasioni a Luisa è fatto divieto di disturbarlo. Tante volte è sgattaiolata da lui di nascosto e gli si è semplicemente seduta accanto, in silenzio, come a vegliarlo. Una volta la nonna l'ha sorpresa lì e l'ha punita rinchiudendola per tutto il giorno nella stanza piastrellata giù in cantina, dove vengono scuoiati gli animali e fa freddo anche d'estate. Non è una brava persona, la nonna. Vuol bene solo al figlio Johannes e forse un po' a Oskar e Jobst, i suoi nipoti. Per sua figlia, la zia Ingrid, ha solo parole dure, e la madre di Luisa viene trattata come una domestica. No, la nonna è proprio cattiva. Luisa è certa che un giorno sconterà le sue colpe fra le fiamme dell'inferno.

Al fiume non ci arrivano, perché sul sentiero ci sono grosse pozzanghere coperte da croste di ghiaccio. Prima di voltare i cavalli, gettano un'altra occhiata a Marienburg. In cima a una torre sventola una bandiera rossa con una svastica.

«Il forte della Gioventù hitleriana!» dice Jobst con evidente dileggio. «Ridicolo.»

«Perché?» domanda Luisa.

Solo un anno prima Jobst le avrebbe risposto con una battuta stupida. Adesso è diverso. Adesso la prende sul serio.

«Perché è solo plebaglia» dice, sbuffando con disprezzo. «Gente incolta, proletari. Proprio come nell'esercito. È incredibile, ma oggi chiunque può diventare ufficiale della Wehrmacht. Anche l'ultimo dei poveracci, purché abbia la giusta tessera di partito.»

Sputa a terra e rigira il cavallo per tornare indietro. Oskar lo segue. Ora Luisa cavalca dietro agli altri. È assorta nei pensieri, cerca di capire cos'è che suscita lo sdegno di Jobst. Si tratta, ancora una volta, dei nazionalsocialisti, i *nazisti* insomma, come li chiama con disprezzo la nonna. Non sono amati, in famiglia. Da quanto Luisa è riuscita a capire, il problema sta tutto nel fatto che non sono di sangue nobile. La nonna, così come tutti i parenti e gli amici, appartiene a una famiglia aristocratica, in cui si dà grande importanza agli antenati, tutti alti ufficiali dell'esercito che hanno dato la vita per la patria. I nobili sono uniti tra loro, si sposano tra loro, avviano i figli maschi alla carriera militare o alla gestione della tenuta di famiglia o a entrambe le cose.

Quando c'era il Kaiser, o almeno così dice spesso la nonna, la nobiltà contava ancora qualcosa. Luisa ha chiesto a suo padre cosa vuol dire e lui le ha spiegato che ai tempi del Kaiser le alte sfere dell'esercito erano composte quasi esclusivamente da membri dell'aristocrazia. Se ha capito bene quello che intendeva dire Jobst, adesso anche altra gente può tentare quella carriera. Gente semplice. *Plebaglia. Proletari.* Quindi è naturale che a lui la cosa non piaccia. Ha cominciato l'addestramento l'anno scorso e vuole diventare ufficiale. Dev'essere brutto, per lui, trovarsi in mezzo alla plebaglia. Certo che questi nazisti sono strani. Hitler però lo ammirano anche Oskar e Jobst. Perché ha saputo spazzare via con il pugno di ferro dal Reichstag tutti i partitini. Oskar lo ripete sempre e Jobst è d'accordo con lui.

Adesso il cielo sembra più alto, di un azzurro più intenso. Le nuvole transitano pigre, come grossi batuffoli di lana. Ogni tanto il sole si nasconde e la luce mattutina sfuma, per poi tornare a splendere luminosa dopo pochi minuti. La volta arborea dei boschi è ancora trasparente, solo gli abeti offrono sostanza con il loro fogliame scuro, mentre dai rami dei faggi cominciano appena a spuntare piccole gemme rossastre e qua e là qualche tenera fogliolina verde chiaro. Sui prati ci sono larghe pozzanghere la cui crosta gelata va sciogliendosi. Negli stagni e nei laghi le rane festeggiano a migliaia, la sera il loro chiacchiericcio si sente fino in casa.

«L'anno prossimo sarò allievo ufficiale» dice Jobst a suo fratello. «Ci sarà il mio primo ballo. È una cosa importante e non solo per il ballo in sé. Si fanno conoscenze, capito? Senza quelle non vai da nessuna parte.»

«Se solo riuscissi a prendere questo maledetto diploma» sospira Oskar. «La Wehrmacht non mi fa paura. La razza è pur sempre la razza, quegli straccioni non possono farci niente.»

Procedono a testa alta, i suoi cugini. Somigliano entrambi al padre, il colonnello von Kamm, che Luisa ha visto solo un paio di volte, perché lo zio viene di rado a Tiplitz per accompagnare sua moglie in visita dalla madre. È di modesta statura e tozzo, coi capelli biondi tagliati molto corti e il naso largo. Luisa se lo ricorda come un uomo gentile, che proprio non va d'accordo con la nonna. Dev'essere per questo che non viene spesso alla tenuta. Il colonnello von Kamm è uno dei pochissimi che, quando vengono a casa, fanno il baciamano anche alla mamma. Con gran disappunto della nonna.

Luisa spesso si arrabbia con sua mamma. E allora dice cose cattive, di cui poi si pente. Ma non sopporta come lei si fa trattare. Soprattutto dalla nonna, che a volte la umilia come fosse una sguattera, anche in presenza di ospiti. Solo quando c'è papà presente nella stessa stanza, la nonna si comporta bene con la mamma. Il che vuol dire, al massimo, che la ignora. Papà ama molto la mamma, non vuole che qualcuno la offenda. Però è spesso malato, trascorre molto tempo in camera, in biblioteca o in salotto, e non sempre ha la possibilità di proteggerla. Perfino i domestici sanno di potersi permettere delle libertà con lei, a meno che non sia presente il padrone.

La colpa, però, è della mamma. È troppo debole per opporsi alle angherie della nonna. Si piega, si arrende, non si fa rispettare da nessuno. E anche Luisa, in fondo, sa di aver sopportato molte cose per mancanza di coraggio.

«Non bisogna disturbare papà, Lieschen» le dice spesso. «Gli fa male al cuore. Papà ha il cuore malato, sai, deve stare attento.»

Luisa ha imparato in fretta a lavorare nell'ombra per ottenere quello che vuole. Servono astuzia e presenza di spirito, bisogna saper cogliere l'occasione quando si presenta. Le ragazze che lavorano in cucina, per esempio, sono delle sciocchine, ognuna ha il suo punto debole e Luisa sa come sfruttarli. Alla zia Ingrid invece piacciono i complimenti: è bene ricordarsi di elogiare spesso i suoi folti capelli setosi e i vestiti all'ultima moda che si fa cucire da una sartoria di Danzica. Ma il suo orgoglio sono soprattutto Oskar e Jobst. Basta profondersi in lodi a quei due per conquistare la simpatia di zia Ingrid. Forse, ma è una speranza molto incerta, anche Luisa potrà andare al ballo degli ufficiali, invitata da uno dei cugini. È una delle cose a cui sta lavorando. Il signor Jordan, che si occupa della manutenzione della tenuta, è anche lui uno di quelli da tenere d'occhio. È molto alto e muscoloso, parla poco e perlopiù dà ragione alla nonna. Però ride sempre sotto i baffi quando Luisa combina qualche piccolo scherzetto a tavola, e a volte le fa l'occhiolino.

Solo la nonna è oltre le sue forze. Del resto Luisa non ha nessuna voglia di tentare di ingraziarsi quella donna con le moine, come le domestiche tentano di fare spesso. La nonna ha il cuore chiuso con un lucchetto di ferro, e solo papà possiede la chiave per aprirlo.

La casa appare all'orizzonte quando il cielo ha già cominciato a scurirsi. Grosse nubi grigie si ammassano all'orizzonte, si gonfiano e si allargano. L'inverno sta tornando! I poveri anemoni di bosco moriranno sotto il peso gelido della neve tardiva. Jobst impone il trotto al pigro Balduin; la giumenta di Oskar è già un pezzo avanti e anche Luisa si mette a trottare. Flavia è la più bella delle figlie di Balduin, ogni suo movimento è elegante, equilibrato, piacevole. Quando va al trotto, sembra che ancheggi. La nonna ha già cominciato a parlare della possibilità di venderla insieme agli altri Trakehner, ma Luisa spera che questo non avvenga mai. Flavia deve restare. Ne parlerà oggi stesso a colazione, dirà che un animale del genere va tenuto, se non altro per la discendenza che può dare. La nonna di certo non si schiererà dalla sua parte, ma papà la sosterrà e forse anche il signor Jordan, se sarà a colazione con la sua famiglia, cosa che non succede sempre.

Per l'ultimo tratto di sentiero lasciano galoppare ancora un po' i cavalli, poi iniziano a sentire sul viso i primi fiocchi. Luisa ha le orecchie gelate. Varcano il portone con foga, come una muta di cani euforici. Oskar non riesce a dirigere la giumenta a sinistra e l'animale si lancia sul prato, subito seguito dagli altri due. Ci saranno delle conseguenze: il bel prato perfettamente rasato è una delle fissazioni della nonna.

«Accidenti!» esclama Oskar ridendo, mentre, arrivati alle stalle, scendono di sella. «È una gran testona, per niente facile tenerla a bada. Hai visto che corsa, su quel prato, Joschka?»

Lo stalliere prende le redini della giumenta e la accarezza sul collo per farla stare tranquilla.

«Sì, signore. Però fate piano, quando entrate in casa.»

«Perché? Non staranno ancora dormendo?» domanda Luisa perplessa.

Joschka la guarda in un modo particolare, triste; non gli

ha mai visto quello sguardo. La guarda come fosse un cavallo malato. Luisa s'indispettisce per quella mancanza di rispetto.

«No, signorina» risponde lui lentamente. «Nessuno dorme. Andate, ma fate piano. E non ridete...»

I tre si scambiano occhiate perplesse. Jobst si punta una tempia col dito indice.

«Il vecchio Joschka è sempre più svitato.»

Luisa si sta chiedendo se per caso non sia un giorno di festa, uno di quelli in cui si va in chiesa. Non sarà mica il compleanno della nonna? No, quello cade in agosto. In casa, Anna e Meta se ne stanno a parlottare nell'ingresso. Quando Jobst lancia loro un'occhiata involontariamente risentita, si ritirano in fretta, intimidite. Zia Ingrid viene incontro ai figli nell'ingresso, ha la faccia gonfia e un fazzoletto fradicio in mano. Passa davanti a Luisa come se non esistesse. Poi prende Oskar per mano e con l'altro braccio cinge le spalle di Jobst.

«Venite» dice con voce rotta. «La nonna vuole che lo vediate un'ultima volta.»

«Ma... che è successo?» domanda Oskar.

Per tutta risposta la madre lo spinge su per le scale. Salito qualche gradino, Jobst si volta indietro.

«Luisa...» dice a bassa voce.

«No!» La voce di zia Ingrid suona perentoria e gelida, molto simile a quella della nonna. Lei capisce subito che deve restare dov'è, che la sua presenza al piano di sopra per qualche ragione non è gradita.

Il petto le si stringe, le gira la testa, ha la sensazione che sia successo qualcosa di molto brutto, di irrimediabile. Si guarda intorno, nell'atrio non c'è nessuno, anche le cameriere se ne sono andate in cucina.

«Meta» chiama. «Anna... Mariella!»

Non viene nessuno. Forse le ragazze non la sentono perché quest'oggi la sua voce è debole e incerta, tutto il contrario di quella della nonna. La paura aumenta quando apre la porta del salotto. È deserto anche lì. Nella sala accanto, dove di solito la famiglia fa colazione, la tavola è apparecchiata di tutto punto, me nessuno ha toccato il prosciutto, il burro, la marmellata; anche la caffettiera è intatta sullo scaldavivande, le posate lucenti accanto ai piatti. Ma che è successo? Dove sono tutti?

«Mamma?»

Il suo debole richiamo è inghiottito dalle tende spesse e dai tappeti. Non ha mai provato in vita sua un tale senso di solitudine. Se ne sta lì negletta, esclusa da tutto. Cominciano a tremarle le gambe, vorrebbe sedersi qualche minuto sulla poltrona, ma invece si avvia verso la biblioteca.

Anche lì non c'è nessuno, nemmeno Mariella, che a quest'ora dovrebbe rigovernare la stanza. Sulla poltrona di papà c'è ancora la sua coperta di lana a quadretti nella posizione in cui lui l'ha spinta di lato quando si è alzato per andare di sopra a dormire, insieme alla mamma. E sul tavolino accanto c'è il vassoio d'argento rotondo con sopra la caraffa d'acqua e il flacone di vetro marrone con la medicina che prende ogni giorno, versandone alcune gocce sul cucchiaio. C'è anche il libro che stava leggendo ieri sera: il racconto di un viaggio nelle ex colonie tedesche dell'Africa Orientale. Ultimamente legge molti libri che parlano di viaggi in terre lontane, e poi le racconta della Cina, dell'India...

Trasalisce sentendo un rumore alle proprie spalle, un tonfo familiare di scarpe maschili sui gradini dello scalone. Si affretta a tornare nell'atrio, dove Meta sta aiutando un anziano signore a indossare il cappotto. È il dottor Greiner di Elbing, un buon amico della nonna, che viene chiamato a casa ogni volta che papà sta poco bene. Un paio di volte è venuto anche per lei, quando ha avuto il morbillo e l'angina. Il dottore ha sentito la porta che si apriva e si volta a guardarla. Allontana da sé Mariella che gli sta porgendo i guanti e il cappello.

«Luisa!» la chiama. «Povera piccola, mi dispiace tanto per te. Vieni qua, lasciati abbracciare.»

Lei non capisce, non vuole capire. Ma va incontro al vecchio signore che la stringe con calore paterno, e per un momento si sente al sicuro.

«Non sarà facile per voi» dice con la sua voce grave e un po' roca. «La vecchia è spietata, soprattutto adesso che ha perso tutto ciò per cui il suo cuore freddo batteva ancora. Qui non ci sarà più posto per Luisa Koch e per sua madre.»

Luisa s'irrigidisce, ha ancora quelle parole nelle orecchie ma si rifiuta di capirne il significato. Suo padre sta bene. Ieri sera era di buon umore, le ha raccontato della grande montagna che c'è in Africa, il Kilimangiaro, sormontato da un ghiaccio che non si scioglie mai.

«Adesso devo andare, piccola mia» dice il dottore e l'allontana da sé bruscamente. «Sii forte, Luisa. So che ce la farai. E prenditi buona cura di tua madre. Promettimelo. Ne ha bisogno. Senza di te è perduta.»

«Sì... va bene... lo prometto» balbetta lei senza nemmeno capire bene di cosa sta parlando.

Greiner le sorride con fare incoraggiante, poi le stringe la mano con tanta energia da farle male. Si mette svelto il cappello, prende i guanti ed esce dalla porta che Mariella gli tiene aperta. Fuori nevica ormai a grossi fiocchi, il prato è ricoperto da un velo sottile e bianco. Le campanule appena fiorite si piegano già sotto il peso gelido. Mariella è rimasta accanto alla porta aperta e Luisa ha tempo di vedere una carrozza che varca il portone della tenuta. La conosce, quella carrozza, e anche il cavallo che la traina.

«Ecco che arriva anche il prete» dice Mariella a Meta, che è appena accorsa dalla cucina. «Ma è troppo tardi. Poveretto, un uomo così bello. E una brava persona, anche.»

«Almeno ora ci libereremo di quella poco di buono e di sua figlia.»

«Nessuno ha mai capito perché un così nobile signore si sia messo un simile cappio al collo.»

Luisa sa bene che stanno dicendo queste cose sapendola lì, perché ora in casa non c'è più nessuno che può difenderla.

Sente una dolore profondo, e insieme una rabbia cieca. Suo padre è morto e lei non può vederlo. Sono tutti con lui, al suo capezzale, aspettano che il prete venga a prepararlo per l'ultimo viaggio.

Tutti tranne lei. E mamma? Di certo lo hanno proibito anche a sua madre.

Si ricorda allora le parole del dottore. *Prenditi cura di tua madre. Senza di te è perduta.*

Non è tempo di piangere, il lutto le è negato. È tempo di agire. Lo ha promesso.

1945

Hilde

Wiesbaden, 3 febbraio 1945, notte

«Ecco, è la fine» piagnucola Louise Drews stringendo a sé i figli. «Distruggeranno tutto, non resterà niente.»

«Stia zitta!» le intima mamma. «Così attira le disgrazie.»

Un'esplosione scuote il rifugio antiaereo. Else prende Hilde per le spalle, le fa abbassare la testa. Dal soffitto della cantina si staccano frammenti d'intonaco. La luce delle grosse candele trema e minaccia di spegnersi. I rifugiati, stretti uno accanto all'altro con coperte e cuscini, si mettono a sedere, ascoltano in silenzio. Nessuno fiata, si sente solo il vagito di un neonato. Sono in stato di allerta, da ore attendono in quella cantina che una bomba faccia cadere il soffitto sulle loro teste. È una cosa bizzarra. Incredibile, a pensarci! Hilde si sente come se non fosse lei, come se stesse interpretando un ruolo in un film. Non si muore alla sua età, e con un bambino nella pancia per giunta!

«Si trovi un altro posto!» ha appena urlato la Drews rivolta a Teubert, l'addetto alla protezione antiaerea, indicando i due figli piccoli Karl e Sabine. «Se arriva un altro colpo forte, cade proprio addosso ai miei bambini!» E Teubert, che di solito è un prepotente, si accovaccia muto sul pavimento e si ficca le dita nelle orecchie.

Che strano, pensa Hilde. Uno si aspetta che la gente, quando affronta un reale pericolo di vita, dica cose molto sagge e significative. Invece qui si dicono solo sciocchezze. Gisela, seduta accanto a lei, mormora una preghiera. «Padre nostro, che sei nei cieli...» Sempre la stessa, perché non ne conosce altre. Julius

Kluge, accorso da Webergasse, non fa che raccontare a tutti che anche suo figlio è aviatore e ha partecipato al bombardamento dell'Inghilterra. Come se a qualcuno interessasse.

Ore dopo l'attacco sembra cessato, anche se a tratti vengono ancora giù pezzi di intonaco dal soffitto. Le candele sono consumate quasi del tutto. Si accorgono solo adesso che l'aria nel rifugio si è fatta irrespirabile. La vecchia signora Knoll ha gli occhi chiusi e non si muove, Gisela mormora che si sente male, deve dare di stomaco. Qualcuno deve essersela fatta addosso, perché c'è una puzza tremenda.

Teubert si alza con estrema cautela, si avvia ingobbito in mezzo alla gente stipata, verso la porta. Hilde osserva i suoi movimenti con attenzione. Al secondo tentativo – trema come una foglia – riesce a levare il catenaccio, poi infila piano la chiave nella serratura. L'odore di bruciato invade il sotterraneo.

«Oh, Dio» mormora sua madre. Si è alzata in piedi e vacilla, Hilde deve aiutarla a non cadere.

Tutti si affollano alla porta, Teubert cerca di uscire e altri lo seguono, mentre la corrente d'aria spegne definitivamente le candele.

«Le pale!» grida qualcuno. «Qui è pieno di macerie.»

Nella catastrofe hanno fortuna: riescono a liberare l'uscita dopo aver spalato per un po'. Un gran calore li colpisce in faccia mentre escono alla spicciolata dal sotterraneo. Si ritrovano in mezzo all'inferno. Fiamme rossastre fuoriescono dalle finestre, ormai ridotte a buchi neri, delle case circostanti.

Hilde e sua madre riescono a fatica ad arrampicarsi sopra i cumuli di macerie da cui si leva ancora il fumo. Gli incendi infuriano tutt'intorno. Cadono pietre, i muri delle case cedono come pezzi di cartone. È notte, una gelida notte di febbraio, il sole sorgerà fra qualche ora. Chi è in grado di farlo, si fa strada fra i detriti chiamando i parenti, vaga senza meta per la città. Dal cielo continuano a precipitare alcune sporadiche bombe, si sente ancora il rombo degli aerei.

«Gisela, sei tu?»

Hilde fatica a riconoscere l'amica, nel buio rischiarato a tratti da lampi di una luce infernale. Gisela e sua madre, Johanna, fissano sbigottite i resti fumanti della loro casa. Johanna si aggrappa al braccio della figlia. La speranza è svanita, per loro, l'intera Webergasse è stata rasa al suolo, e gli edifici circostanti non sono che rovine in cui ancora imperversa il fuoco. Da tutte le parti si vedono persone vagare come anime perse, uscire frastornate da montagne di detriti in cerca della strada che alcune ore prima era proprio lì. C'è chi si porta dietro un fagotto, un borsone: tutto ciò che è rimasto loro o che sono riusciti a mettere in salvo. È un'immagine irreale: gli scheletri anneriti delle case distrutte, illuminati dalle fiamme. Forse si tratta di un sogno, pensa Hilde. Fra poco mi sveglierò e sarà tutto come prima...

«Andiamo dai miei nonni» dice Gisela. «Venite con noi.»

«Magari il Café Engel è ancora in piedi» obietta la mamma.

«Ora non potete andarci di certo. Ci sono incendi dappertutto.»

Con gli occhi seccati dal calore, guardano nella direzione della Wilhelmstrasse. Non vedono che pietre e muri sbriciolati, non c'è modo di andare da quella parte, non per stanotte, almeno. Ma Hilde non si rassegna, vuole vedere cos'è successo: Addi, Julia e la Künzel si sono rifugiati in cantina, invece di andare con loro al rifugio antiaereo in Webergasse. Poi si accorge che sua madre ha preso sotto braccio la madre di Gisela, e capisce che c'è bisogno anche di lei. Ieri sono venute a sapere che il padre di Gisela è morto, e oggi hanno perso tutto. Johanna Warnecke è allo stremo. Hilde si rassegna: se anche il Café Engel è stato bombardato, ormai lei non può farci niente. Insieme si avviano sostenendo la vedova esausta, sentono appena il freddo, temono soprattutto la ripresa del bombardamento. Arrivano fino a Kirchgasse, dove molti edifici sono rimasti intatti. Un poco rinfrancate raggiungono la casa dei nonni di Gisela, suonano alla porta, aspettano a lungo che l'anziana coppia venga ad aprire. Poco dopo, eccole sedute tutt'e quattro nel minuscolo soggiorno, a raccontare con voce stentata, non trovando le parole. La madre di Gisela si è ripresa un po', ma è ancora come impietrita. Bisogna tenere duro, dice, sopportare anche le prove più difficili, perché lei ha la certezza che alla fine Adolf Hitler condurrà la Germania alla vittoria finale. Ci crede fermamente. Else e Hilde non dicono nulla al riguardo, anche Gisela resta in silenzio. La parola *vittoria* suona piuttosto bizzarra in mezzo alle macerie di una città distrutta. Solo i più fanatici credono ancora ai discorsi di Hitler e dei suoi seguaci. Chi ha un briciolo di lucidità ha già capito che la fine è prossima. La fine di una guerra terribile, e anche del Terzo Reich. E non sarà piacevole, i vecchi già lo sanno: loro hanno vissuto la fine di un altro regime e un'altra guerra mondiale. Eppure, nulla può esser stato più spaventoso di queste notti sotto le bombe, in cui le persone bruciano nelle loro case o soffocano in cantine e rifugi antiaerei.

Non riescono a dormire. Hanno paura che l'inferno ricominci. Sono stordite: immagini continuano a scorrere nella loro memoria, ombre nei loro occhi, il ricordo delle sirene ferisce ancora le orecchie. Quando finalmente si arrendono all'oblio ristoratore del sonno, la luce del mattino, fredda e azzurra, già trapela dalla finestra.

Al risveglio, Hilde non sa dove si trova. Poi nota stupita di non avere i soliti fastidi mattutini. La nonna di Gisela ha preparato un tè alla menta, il caffè ormai ce l'ha solo chi ha conoscenze in alto loco. Anche il pane scarseggia, Hilde ne mangia mezza fetta e si accorge con disagio che la nonna di Gisela la guarda con occhi di fuoco.

«Vi ridiamo tutto. La casa è ancora in piedi...» tenta di rassicurarla Hilde.

Un'affermazione azzardata, ma alla quale lei e sua madre si aggrappano con tutte le forze.

«Dovete muovervi» dice il nonno di Gisela. «Se arrivate troppo tardi, non trovate più niente.»

«Ha ragione!» esclama Hilde rivolta a sua madre.

Nell'attuale caos in cui versa il quartiere del Kurpark, gli sciacalli imperversano. La guerra fa venir fuori la natura profonda delle persone, e i vili sono sempre in soprannumero. Gisela e Johanna Warnecke prendono la carriola del nonno e anche la carrozzina di Gisela, riposta da anni nella rimessa. Else aiuta Johanna a trascinarle, Gisela prende sottobraccio Hilde, che d'un tratto ricomincia a sentirsi male. Il nonno le segue a una certa distanza: la gamba rigida gli impedisce si stare al passo.

«Povera Germania» borbotta. «Sono rimasti solo donne e storpi! Pure i ragazzini hanno chiamato in guerra... Fa' che senta parlare solo un'altra volta di *Volkssturm*!»

«Sta' zitto» gli dice sua moglie.

Nel quartiere del Kurpark le macerie sono ancora roventi, ricoperte di polvere e fumo. L'odore è terribile: legno, carta da parati, poltrone e capelli umani bruciati tutti insieme. È l'odore di un'epoca di pace e prosperità che si è conclusa per non tornare. È odore di morte. Su una casa di Wilhelmstrasse si legge ancora lo slogan CON IL FÜHRER VERSO LA VITTORIA FINALE! Ufficiali in uniforme bruna – vecchi oppure ragazzini – corrono qua e là cercando di portare soccorso. Dapprincipio vogliono bloccare le quattro donne, dicono che è pericoloso proseguire in quella direzione, perché ci sono edifici che minacciano di crollare.

«Siamo dirette al Café Engel» dice Else.

I due militari si scambiano un'occhiata. Uno, avrà sedici anni, si passa le dita fra i capelli biondi. Hanno entrambi il volto coperto di fuliggine. Hilde e sua madre aspettano col cuore in gola, gli occhi spalancati. Da qui non si vede bene dove sono cadute le bombe. L'unica cosa sicura è che il teatro e il Kurhaus, il maestoso stabilimento termale, sono stati colpiti.

«Café Engel?»

«È il civico 65. Vicino all'incrocio con Burgstrasse.» Else ha la voce rotta, è sul punto di cedere; e se fosse davvero tutto ridotto a un mucchio di ceneri ancora fumanti? E Addi, e Julia, e la Künzel...

«Andate. Ma state attente.»

Ripartono a passi cauti in mezzo ai calcinacci. Il paesaggio è spettrale. Tra le pietre si vedono oggetti carbonizzati, pezzi di mobilia, stoviglie, un cestino per il cucito quasi intatto, una bambola di porcellana coi capelli tutti bruciati... Gli sfollati vagano fra le macerie, scavano con pale e bastoni, litigano per una pentola, per due pezzi di carbone. La confusione è tale che nessuno sa più quali siano le macerie di casa sua. Un cane dal manto chiazzato le raggiunge saltellando, annusa il cappotto di Hilde e poi cammina per un pezzo dietro di loro. Pian piano l'orizzonte si libera. Hilde si ferma, strizza gli occhi, guarda di nuovo per essere sicura.

«Credo sia ancora in piedi, mamma» dice piano. Le trema la voce.

Si avvicinano senza dire niente, col cuore che rimbomba nelle orecchie. Guardano la facciata annerita dello stabile. Perfino l'insegna, ogni singola lettera, è ancora al suo posto.

«Dio santo... mi gira la testa!»

Else resta lì immobile e socchiude gli occhi. Se non è un miraggio, allora il destino ha deciso di usare loro particolare clemenza. Il numero 65 è l'ultimo dell'esigua schiera di edifici rimasti al loro posto. Della sartoria Schäfer, sulla destra, non resta che un pezzo annerito di facciata. Dell'Hotel Kaiserhof neanche quello. Ma il Café Engel, a pochi metri di distanza, è stato risparmiato. Certo, la scritta sopra l'ingresso non è più dorata, ma nerastra. Il bell'angioletto con la tazza in mano pende da un gancio solo ed è pieno di fuliggine. In piedi vicino all'ingresso c'è Adalbert Dobscher, l'ex cantante d'opera, che adesso vive in due camere nel sottotetto. I capelli bianchi che di solito porta ben pettinati all'indietro gli ricadono in ciocche sporche sulla faccia. Regge in mano un bastone da passeggio dall'impugnatura massiccia. Un cliente lo ha dimenticato al caffè anni prima, e da allora ha condotto un'esistenza solitaria nel portaombrelli accanto alla porta.

«Ma che ci fa lì?» domanda Gisela.

«La porta è rotta» dice Hilde, che ha spirito di osservazione. «Il vetro è andato in pezzi.»

«Santo cielo» farfuglia sua madre. «Sta facendo la guardia! Fa quasi paura.»

Ridono dal sollievo, per un momento sono felici: provano l'impulso di abbracciarsi. Il Café Engel è sopravvissuto, c'è Addi Dobscher di guardia, che si può volere di più? Si affrettano spingendo la carriola e la carrozzina in mezzo ai detriti ed evitando due giovani in uniforme che portano una barella. Sopra c'è una coperta grigia dalla quale spunta un braccio senza vita, che oscilla malamente mentre i due arrancano tra i calcinacci. Il bombardamento ha fatto un numero ancora imprecisato di vittime.

«Uno di quei due è Walter» osserva Gisela con voce cupa. «Si sono presi anche lui. La contraerea.»

Walter è il fratello minore del fidanzato di Gisela. Joachim si è arruolato nella Wehrmacht subito dopo il fidanzamento. Walter ha solo sedici anni. Ma adesso tirano su tutti, ragazzini e vecchi. *Volkssturm*, la chiamano, milizia popolare. Addi ha appena sessant'anni, rischia grosso anche lui...

Se ne sta come un cerbero pronto a tutto davanti alla porta girevole. È stato Heinz Koch, negli anni Venti, a far costruire quella porta monumentale, del tipo che hanno i grandi alberghi. D'inverno tiene fuori il freddo.

«Grazie al cielo siete qui! Signora Koch! E ci sei anche tu, Hilde. Eravamo così preoccupati» dice col suo vocione da baritono.

«Andate, adesso» dice Gisela. «Mamma e io andiamo a tentare la fortuna in Webergasse. Al ritorno, ripassiamo da voi.»

Hilde prende l'amica per i gomiti. «Potete restare da noi, Gisela, tu e tua madre. C'è spazio a sufficienza.»

«Grazie, ma mamma vuole stare dai miei nonni.» Si passa la mano sulle guance per controllare di non averle sporche di fuliggine.

Hilde le guarda andare via preoccupata. È molto faticoso

portare la carriola in mezzo ai detriti. In una notte, molte persone che fino a ieri dormivano al caldo nelle loro case sono diventate senzatetto. Eppure, sono più fortunate di quelle che non sono uscite vive dalle macerie. Questa guerra! Quanto durerà ancora? Se solo papà tornasse sano e salvo...

«Lei è un eroe, Addi» esclama sua madre, che nel frattempo ha raggiunto l'ingresso del locale. «Se non fosse stato per lei...»

Addi sta montando la guardia dal primo mattino, perché il vetro della porta è andato in pezzi e chiunque potrebbe entrare. E infatti ci hanno provato in tre, ma nessuno è riuscito a superare lo sbarramento di Addi e del suo bastone.

Hilde e sua madre camminano caute sopra il tappeto di vetri infranti. La porta girevole è fatta di legno scuro con grandi inserti di vetro, di cui non resta quasi nulla. Dovrebbe esserci una specie di perno, per bloccarla, ma è rotto. Heinz aveva intenzione di ripararlo, però non ne ha avuto il tempo.

«Dovremo inventarci qualcosa per chiudere» dice Else. «È la cosa più importante. Altrimenti non avremo un attimo di tranquillità.»

Nel locale, tutto è rimasto uguale a prima. La vetrina dei dolci vuota, i tavolini con le sedie impilate, le foto alle pareti. Il ritratto di Adolf Hitler che sorveglia la sala con aria severa e trionfante. Quando riusciranno a liberarsene? Il cane dal manto chiazzato è rimasto fuori. Ha paura a entrare nella sala buia e uggiola tristemente. Addi infila il bastone nel portaombrelli e si volta a guardarlo, fa qualche passo e si volta di nuovo. «Quello di chi è?»

Nessuno gli risponde. Else è corsa in cucina e annuncia che sono caduti due pile di piatti e tutto uno scaffale di tazze. Hilde va a perlustrare la dispensa. Ha una gran fame, spera che sia rimasta qualche cipolla. È quasi al quarto mese, ormai, qualcosa comincia a vedersi. Con sua madre ne ha già parlato, e hanno deciso di indicare come padre del nascituro Fritz Bogner, un bravo ragazzo che ora è al fronte. Se e quando tornerà, gli spiegheranno cos'è successo. Può solo sperare che i vicini tengano la bocca chiusa, ma alcuni sono dei fedelissimi del partito, prendi per esempio gli Stor...

«Il locale è chiuso» sta dicendo con aria torva Addi.

«Siamo sfollati. Le autorità ci hanno detto di venire qui. Non si può rifiutare, signor Dobscher. Dov'è la signora Koch?»

Hilde e Else si scambiano un'occhiata. Parli del diavolo, oppure ci pensi soltanto, ed ecco che... È proprio la voce di Wilfried Storbeck, il vicino della porta accanto. Papà non lo sopportava. Un nazista della prima ora.

«Ci mancava anche questa» borbotta sua madre.

«Accidenti» mormora Hilde preoccupata. «Accidenti, accidenti...»

Devono prendersi in casa lui e sua moglie, non c'è altro da fare. Con le conoscenze che hanno, si sono fatti scrivere un pezzo di carta ufficiale, in modo che nessun altro possa reclamare l'alloggio.

«Qui sopra c'è di sicuro un appartamento di quattro stanze, vuoto.» È la voce di Marianne Storbeck. Parla sempre a voce alta, quando sa che il marito le copre le spalle. Quando sono soli, invece – così raccontava qualcuno al caffè – Marianne Storbeck è mansueta e sottomessa, impaurita dagli accessi di collera di lui.

Else posa la pala nel secchio, drizza la schiena e inspira profondamente.

«Quell'appartamento è di mio figlio August» dice rivolta agli Storbeck.

«E allora? Suo figlio è al fronte e la moglie è andata dai suoi genitori. Come vede sono ben informato. Non vorrà lasciare sulla strada un figlio del popolo tedesco. Non abbiamo dove stare.»

«No, certamente» si arrende Else. «Volevo solo dirvelo. Quando August sarà di ritorno, bisognerà un po' adattarsi. Vado a prendere le chiavi. Salite pure. La scala è fuori, verrà Hilde ad aprirvi.»

Addi è rimasto vicino alla porta e osserva la scena con evidente preoccupazione. «Vada su, svelto» gli mormora Else. «Avverta la Künzel. Che non si lasci sfuggire niente. Ha capito, no?»

Addi annuisce e si passa la mano dentro il colletto della camicia, come se all'improvviso gli fosse diventato stretto. Poi si affretta verso la vecchia scala di servizio.

«Sono impazziti tutti quanti» sibila Else. «Hanno impiccato quel povero Matze Weber solo perché ha detto che la guerra ormai è persa.»

Demoralizzazione delle truppe, la chiamano, una forma di sedizione punita con la pena di morte. E non solo. È prevista la pena di morte anche per chi ruba un pezzo di pane o una bicicletta. Reati minori per cui prima si prendeva una diffida o si faceva al massimo un giorno di prigione. Cominciano a innervosirsi, le alte sfere del partito. Vogliono esibire la loro forza, la loro irriducibilità, la loro fede incrollabile nella vittoria finale. Anche se nessuno ci crede più, che la Germania possa vincere questa guerra. Però non si può dire. La paura si insinua fra le persone, le paralizza, trasforma il vicino in un nemico. Non si può mai abbassare la guardia.

Hilde apre l'appartamento ai nuovi inquilini. Resta in piedi accanto alla porta mentre i due si guardano intorno curiosi, arricciano il naso alla vista dei bei mobili antichi, pretendono lenzuola pulite.

«È tutto nell'armadio. La stufa a gas in cucina funziona. Ma può darsi che le tubazioni abbiano subito danni...»

Di sicuro ne hanno subiti i tubi dell'acqua perché dal rubinetto scende un liquido marrone. Inoltre l'appartamento va areato.

«Ci sono altri inquilini di sopra, vero?» s'informa Storbeck mentre la moglie ispeziona le scansie della cucina.

«Sì. Il signor Dobscher e la signora Künzel».

«Chi altri?»

Sembra un interrogatorio. Wilfried Storbeck è impiegato alla tesoreria comunale. Hilde ora si sente a disagio.

«Nessun altro.»

Ma Storbeck lo sa benissimo, dato che abita nello stabile accanto. O meglio, ci abitava fino a ieri. Adesso si sta mettendo comodo nella casa di suo fratello August. La signora Storbeck è già nell'altra stanza che prende le lenzuola e le federe, quelle che sua madre ha stirato con cura perché Eva, la moglie di August, non è brava nelle faccende di casa.

«C'è un altro vano sotto il tetto» puntualizza Storbeck fissando Hilde.

«Lì non ci abita nessuno. Gli inquilini lo usano come ripostiglio. La cantina serve a noi. Prima ci tenevano le provviste del locale.»

È una storia credibile, anche perché in parte è vera. Solo che da un po' di tempo in quel ripostiglio, in mezzo alle cianfrusaglie, ci vive Julia Wemhöner. Se Storbeck dovesse scoprirlo, sarebbero guai. Soprattutto per la Wemhöner, ma anche per gli altri. Verrebbero accusati di connivenza. Di essere amici degli ebrei. E allora gli Storbeck si prenderebbero la casa tutt'intera.

«Bene» conclude Hilde. «Fateci sapere se avete bisogno di qualcosa.»

Hanno fame, gli Storbeck. Vorrebbero pranzare. Soldi per il momento non ne hanno, tutto ciò che possedevano è andato a fuoco. Hilde promette di fare quello che può.

Di sotto, nel caffè, Addi sta assestando fragorose martellate alla porta nel tentativo di ripararla. Ci mette tanta di quell'energia che c'è da temere che vengano giù pezzi di intonaco dal muro. Accucciato accanto a lui, il cane pezzato si netta il muso con la lingua.

«E lui com'è entrato?» domanda Else.

Addi ha tre chiodi fra le labbra, si limita a fissarla in modo eloquente e poi si stringe nelle spalle.

«Un'altra bocca da sfamare!» borbotta la madre di Hilde.

Julia

Wiesbaden, primi di marzo 1945

Un'ombra, ecco cos'è. Uno spettro che vaga per la casa di notte e che nessuno deve vedere, altrimenti sarebbero guai. Julia Wemhöner faceva la costumista in teatro. Cuciva costumi per rappresentazioni storiche o fantastiche, e tutti dicevano: «Julia Wemhöner ha le mani d'oro!». Servette dalle forme cascanti e valchirie pettorute erano tutte grate ai piccoli miracoli sartoriali di Julia. Per non parlare dei tenori, che tendono sempre ad avere la pancia da nascondere: lei sapeva come tagliare la stoffa di sbieco, mettere una piega ad arte qui e un po' di stoffa in più là, ed ecco che le rotondità indesiderate erano abilmente nascoste. Reni Kolb era una contralto eccezionale, ma davanti era piatta, e Julia le cuciva i costumi con l'imbottitura al punto giusto. Da un certo momento in poi aveva cominciato a farle da sarta anche nella vita privata, e tutti di colpo a dire ma che bel seno che ha Reni Kolb! Quando è venuta a sapere che Julia Wemhöner è ebrea, la Kolb non le ha più dato da lavorare. Qualche settimana dopo le ha dato il benservito anche il teatro. Il vero motivo non era menzionato nelle carte, e per il direttore è stata una cosa molto spiacevole. Le ha consigliato di emigrare al più presto in America, in Israele, in Inghilterra.

Julia però non ha voluto lasciare il suo Paese. È nata qui a Wiesbaden, ha imparato qui il mestiere di sarta e poi si è messa lavorare per il Landestheater. Ama il teatro fin da quando era una bambina, non si è mai persa una rappresentazione, colleziona le foto dei suoi artisti preferiti, tutte autografate e con la dedica. *A Julia, la piccola maga*; *Alla donna con l'ago d'oro*; *A Julia, senza la quale sarei perduto*. Il teatro è il suo posto nel mondo, l'unico in cui si senta utile e apprezzata.

Quattro anni fa è morto suo padre e sua madre lo ha seguito a distanza di un paio di mesi. Sono sepolti entrambi nel cimitero a nord della città. Julia è evangelica, come lo erano i suoi genitori. Ha scoperto di avere origini ebraiche all'età di sedici anni, quando ha presentato i documenti per iscriversi alla scuola di cucito. A quei tempi – era finita da poco la Prima guerra mondiale – non aveva importanza se eri ebreo. Nessuno ci faceva caso.

«È una cosa passeggera» ha detto Julia sorridendo con coraggio al direttore del teatro.

«Può darsi» ha replicato lui. «Ma può darsi anche di no.»

Abita ancora in Wilhelmstrasse, al 65. Prima nel sottotetto c'erano tre appartamenti affittati. In quello a sinistra viveva la Künzel, la soprano, nel mezzo c'era Addi Dobscher e quello a destra era il suo. Adesso però è ufficialmente un ripostiglio.

Tre anni fa gli ebrei di Wiesbaden hanno dovuto presentarsi in sinagoga per essere registrati. In capo a poche settimane li hanno radunati tutti sulla rampa di carico del mattatoio per farli salire sui treni che li hanno deportati. Julia non era tra loro, e di questo deve ringraziare Addi Dobscher. Le ha impedito lui di presentarsi. Le ha detto di restare dov'era, e avrebbero fatto in modo che nessuno se ne accorgesse. Le ha salvato la vita, Addi, lui e gli altri abitanti della casa, perché senza il loro aiuto l'avrebbero già scovata da tempo. Hanno tenuto una specie di consiglio di guerra, guidato da Addi e da Heinz Koch, prima che se lo prendesse la Wehrmacht. Hanno riempito l'appartamento di Julia di carabattole prese dalla cantina, l'hanno chiuso a chiave. Addi e Heinz hanno ricavato all'interno di un vecchio armadio una porticina per passare nell'appartamento di Addi. È lì che dorme d'inverno. Le ha messo a disposizione il suo letto, lui dorme sul divano. Trascorre le giornate vagando in mezzo ai mobili vecchi, alle casse, ai bauli accatastati in quello che un tempo era il suo appartamento; legge qualche libro, contempla il soffitto dove i ragni tessono tele, rammenda i vestiti dei coinquilini, una volta ha cucito un paio di pantaloni per Addi. Ma deve fare piano, silenziosa come un topolino, camminare sempre in punta di piedi per non far scricchiolare le assi del pavimento. Mai affacciarsi alla finestra, nemmeno di notte, soprattutto nelle notti di luna. Del resto le finestre sono schermate dalla carta nera oscurante. Per via degli attacchi aerei. Quelli della Gestapo sono venuti due volte, hanno chiesto di lei e perquisito il ripostiglio. In quei frangenti Addi l'ha fatta nascondere dentro un baule, sotto una pila di valigie. Quando finalmente l'hanno lasciata uscire, era tutta dolorante e mezza soffocata per via della posizione scomoda.

Addi le ha detto che era stata coraggiosa e le ha dato una carezza. «Ma temo che torneranno...»

È stato allora, nell'agosto del 1942, che si è compiuta la sua trasformazione. Julia è diventata uno spettro, un fantasma notturno nascosto in soffitta, un essere umano privato di una presenza sulla terra, una donna in carne e ossa, sì, ma che vive nella penombra, nelle ore che seguono il crepuscolo. Julia Wemhöner ha quarant'anni. Un tempo era bella. Non di una bellezza appariscente, del resto è sempre stata una persona timida, quasi invisibile soprattutto in presenza dei molti narcisi che popolano il mondo del teatro. Però ha avuto dei corteggiatori, degli amanti e tanti amici. I suoi amici l'hanno salvata da una morte certa. Finora.

Soprattutto Addi. Adalbert Dobscher, il famoso baritono, è stato per anni la sua più grande passione. Nessuno interpretava Don Giovanni come lui, il leggendario seduttore che fa battere il cuore delle donne. Ah, Addi! Quanto lo adorava nelle vesti di Don Giovanni. Quando invece era diventato semplicemente Adalbert, un uomo gentile che non sa nascondere i suoi sentimenti e a volte parla troppo, agli occhi di Julia aveva perso fascino. L'Addi Dobscher reale non ha nulla a che vedere col grande seduttore di cui si era innamorata...

Eppure le ha salvato la vita. A Julia non è certo sfuggito che Addi l'ama, eppure quell'uomo non ha mai tentato di sfruttare la situazione. Nemmeno quando lei dorme nel suo letto. Addi si mette di buon grado a dormire sul divano, nonostante sia evidentemente troppo corto. La mattina bussa alla sua porta e le offre una tazza di tè. Alla menta, il più delle volte, e di tanto in tanto una tazza di caffè, quando Else Koch riesce per vie traverse a rimediarne un po'.

Quando c'è stato il primo allarme aereo, Julia non si è mossa dal ripostiglio. Addi l'ha raggiunta e si è seduto accanto a lei, come se potesse proteggerla dalle bombe. Poi le ha messo sulle spalle il suo cappotto e il berretto di pelliccia in testa e sono scesi insieme giù in cantina. Nella cantina dello stabile, beninteso, perché nel rifugio antiaereo di Webergasse, dove sono corsi tutti gli altri, Julia non può metter piede. L'avrebbero riconosciuta subito, nonostante il cappotto e il berretto. In cantina invece c'erano solo lei e Addi. Di tanto in tanto anche la Künzel e Hilde Koch insieme a quel francese che lavorava al caffè, Jean-Jacques. Nemmeno lui poteva andare nel rifugio; e dato che Hilde è chiaramente innamorata di quel bel ragazzo, è rimasta al suo fianco. Che bella coppia: il francese dai riccioli bruni e la teutonica Hilde, coi suoi capelli biondi e gli occhi grigioazzurri. Addi era preoccupato che Jean-Jacques si facesse sfuggire qualcosa, ma non è mai successo. In gennaio, poi, il francese ha dovuto andarsene.

«È tornato a casa» ha detto loro Hilde stringendo le labbra per non mettersi a piangere. «È meglio così. Gli sarebbe di sicuro capitato qualcosa di brutto.»

«Come andrà a finire?» ha domandato Julia a Addi, un giorno.

«Andrà a finire male. Ma quando il peggio sarà passato, allora sarai libera, Julia. Potrai andartene per strada, tranquilla e sicura come prima. »

«E quando succederà, Addi?»

«Presto, vedrai.»

Ma ha l'aria triste mentre lo dice, e Julia sa che le nasconde molte cose. La tratta come una bambina, e a lei non piace. Del resto ha sessant'anni, potrebbe davvero essere suo padre.

Quella terribile notte di febbraio, Addi deve scuoterla con forza per svegliarla. Sono i nervi, ha pianto a lungo in questi giorni, non sa nemmeno lei perché. Ha passato diverse notti insonni, e proprio stanotte che è riuscita finalmente ad addormentarsi, ecco che suona la sirena antiaerea.

«Lasciami stare» farfuglia aggrappandosi alla trapunta. «Non voglio. Non mi importa delle bombe...»

Il lamento della sirena copre le parole di Addi. È un suono distorto e ondivago: annuncia l'attacco imminente in un modo che penetra nelle ossa e fa gelare il sangue.

«Non voglio!»

Alla fine Addi la tira su con tutta la trapunta e la porta in braccio di sotto. Per le scale incrociano la Künzel, che sta tornando indietro perché ha dimenticato in casa il suo canarino. Le Koch, Hilde e Else, sono già corse al rifugio in Webergasse. Heinz, prima di partire, ha fatto promettere loro che così avrebbero fatto sempre. E lì se ne stanno per ore accovacciate, a sentire nelle ossa le esplosioni, pensando che la prossima sarà quella fatale.

«Libera» mormora Julia. «Libera come l'aria... come un'anima senza corpo, senza tristezza e dolore...»

«Datti una svegliata, Julia» la sprona la Künzel. «Stai vaneggiando.»

Lei ammutolisce. Si stringe a Addi, il suo scoglio nella tempesta, che le siede accanto e le cinge le spalle con un braccio. Il suo volto resta tranquillo anche quando i colpi fanno vibrare i muri della cantina e si sentono vetri e oggetti infrangersi ai piani di sopra. Pochissime volte Julia lo vede alzare gli occhi e le sue sopracciglia cespugliose, verso il soffitto.

Passano ore prima che si decidano a uscire da lì sotto.

«Tirati su» le dice Addi. «È finita. La trapunta la prendo io.»

Vorrebbe raccoglierla lei, ma le gambe non collaborano. Addi la porta in braccio di sopra e le sistema addosso una coperta di lana. Julia dorme profondamente, quando lui torna con la trapunta, e non si accorge di niente. La mattina dopo però l'attende un brusco risveglio. C'è di nuovo Addi accanto al letto, la scuote per la spalla finché non apre gli occhi. Stavolta non le sembra di sentire le sirene. Ma è chiaro dall'espressione di Addi che dev'essere successo qualcosa di grave.

«Da adesso devi fare ancora più attenzione, Julia» le dice. «Ricordati di tirare lo sciacquone solo quando io o Sofia siamo in casa.»

Sbatte le palpebre, confusa, non capisce perché è così agitato. Non è certo una novità. Sono cose che fa già da tempo.

Poi Addi spiega: «Nell'appartamento sotto di noi si sono appena stabiliti gli Storbeck. La casa gli è crollata sotto le bombe e hanno un'autorizzazione scritta della tesoreria municipale. Non c'è modo di mandarli via».

Julia non sa chi siano questi Storbeck. Addi le dice che lui lavora alla tesoreria ed è un nazista convinto. Se solo gli viene il sospetto che c'è una persona nascosta, correrà a denunciarla senza pensarci un attimo.

«Non voglio farti paura» mormora carezzandole i capelli scompigliati. «Ma non sarebbe stupido farsi scoprire proprio ora che siamo vicini alla fine?»

Lei annuisce, da brava bambina. Non ha più paura. Quella fase è passata. Ha trascorso così tanto tempo a nascondersi, a trasformarsi in un'ombra, che ormai ha convinto anche se stessa di essere invisibile. Un fiotto di nebbia, una creatura di un mondo parallelo.

Sorride e dice: «Non preoccuparti. Non si accorgeranno di me».

Ha capito che è Addi ad aver paura, e tende la mano per carezzargli una guancia. Lui gliela prende, la stringe per un momento, poi la bacia con cautela. Sorride imbarazzato e le suggerisce di dormire un altro po'. Quando esce per andare al caffè, chiude a doppia mandata.

Ma ormai Julia è sveglia. Si accosta al muro per sentire se Sofia Künzel è in casa. Il primo suono che sente è il pigolio del canarino, poi il rumore dell'attizzatoio che rimesta il carbone nella stufa. Dunque Sofia è in casa: può usare il bagno e lavarsi. Quando non c'è nessuno deve usare il vaso da notte, e dell'acqua versata in un secchio. A volte si sorprende a pensare che forse sarebbe stato meglio se ci fosse andata, alla sinagoga per registrarsi, come tutti gli altri. Almeno ora non sarebbe di peso a nessuno. Si mette la sua vestaglia imbottita, un capo di buona fattura retaggio di un tempo lontano, e passa per la porta nell'armadio per andare nel ripostiglio che una volta era il suo piccolo, confortevole appartamento. Adesso vi regna il gelo, perché non c'è il riscaldamento. È possibile che stanotte tornino e sgancino altre bombe. Allora il soffitto della cantina si sgretolerà sulle loro teste e moriranno tutti. Allora sarò libera, pensa. Perché non dovrò più avere paura.

Ma non intende morire senza prima aver rivisto il teatro. Il teatro è stato il centro della sua vita: deve prendersi il tempo di congedarsi come si deve da ciò che ha amato. Julia Wemhöner comincia a rovistare fra casse, bauli e valigie. Dove lo ha messo? Eccolo! E le scarpe? In un'altra valigia, naturalmente. E anche il cappotto. Si infila il lungo abito da sera verde, sente la carezza della seta sulla pelle, il tenue ma persistente residuo di un profumo che le piaceva. Lo aveva cucito perché risultasse aderente alla figura, e quella costosa stoffa le era bastata appena. Adesso le va largo, andrebbe ripreso un po' sui fianchi e sulle spalle, ma ormai non ha più importanza. Si pettina i capelli ramati, folti e ricci, che da bambina detestava e che in molti le hanno ammirato. Li lega in una crocchia alta e poi si mette alla ricerca dei suoi gioielli, ma non li trova. Possiede un paio di orecchini e una collana, eredità di sua madre. Ma andrà bene anche senza gioielli. Le scarpe in tinta col vestito le trova senza difficoltà e anche la mantella, che ha foderato con la stessa seta verde.

È bella. La invade un senso di esultanza che le fa girare la testa e le libera il respiro, che per anni ha dovuto trattenere. La libertà! Andare per strada con la schiena dritta. Senza la paura che ti schiaccia, che ti scava dentro fino a trasformarti in un guscio vuoto.

Addi ha chiuso la porta dell'appartamento da fuori e si è portato via la chiave. Ma ce ne è una di riserva appesa al muro, per le emergenze. È un po' arrugginita e fatica a girare nella toppa, ma alla fine la porta si apre. Julia inspira con forza l'aria viziata del pianerottolo. C'è odore di bruciato. Comincia a scendere le scale con un incedere da principessa, ogni gradino è una conquista, un trionfo. Le scale di legno gemono a ogni suo passo, ma lei è leggera e il rumore si sente appena. Ora sente dei colpi di martello. Dev'essere Addi che ripara una finestra oppure la porta del caffè. Le giungono all'orecchio anche le voci di Else e Hilde Koch. Decide di non passare per il locale, ma di uscire direttamente sulla strada.

Fuori, nulla è più come lo ricordava. Resta a fissare con sgomento quella che prima era Wilhelmstrasse, un ampio viale elegante che ospitava il teatro e il Kurhaus. Alla sua sinistra si ergono alti cumuli di pietre e travi di legno, mobili rotti, vasche da bagno, travetti d'acciaio incrinati dal calore e anche suppellettili varie, tutto annerito dal fuoco. Delle case adiacenti al numero 65 non restano che fragili scheletri all'interno dei quali si può guardare come nelle case delle bambole; si vedono anche muri quasi intatti con i quadri ancora appesi, rischiarati dalle fiamme che ardono in mezzo alle rovine. Solleva l'orlo del suo bel vestito perché non si sporchi, ora che si accinge ad arrampicarsi sulle macerie. Le scarpe non ne usciranno bene, ma pazienza. Julia Wemhöner arranca sopra i resti delle case bombardate, trova la giusta direzione alla maniera dei sonnambuli, incurante di quelli che passano con le carriole a raccogliere qualche oggetto ancora utilizzabile. Un vento gelido agita le falde della sua mantella dorata e solleva intorno a lei mulinelli di polvere e cenere. Julia sembra proprio un'apparizione spettrale. Raggiunge l'altro lato della strada e osserva il colonnato semidistrutto, quel che resta del suo teatro. Parte del tetto penzola pericolosamente, alcune pareti giacciono spaccate in mezzo al parco. Julia passa davanti a un gruppo di sfollati che la osservano ammutoliti, come fosse una madonna in abito da sera. Arriva all'ingresso degli artisti, che è ancora in piedi. Anche le alte finestre hanno resistito.

Per anni è entrata e uscita ogni giorno da quella porta. Oggi la saluta per l'ultima volta, un fantasma vestito a festa, pronto per la prima del Maggio operistico.

Sente il vento tra i capelli, il fruscio della mantella sulle gambe. Ma il freddo non lo sente. Ora si affretta, fa altri tre passi, accarezza la porta con gesti rapidi, quasi temesse di fare altro male al teatro ferito e mutilato dalle bombe. «Addio» dice piano sfiorando i legni antichi. «Addio...»

Poi si volta e torna indietro, supera la montagna di calcinacci e raggiunge il Café Engel. Addi è lì, intento a inchiodare delle assi alla porta rotta. La guarda come in preda a una visione.

«Mio Dio» mormora portandosi una mano al petto. Non riesce a fare altro. Ma subito arriva Else, la vede, le prende le mani.

«Ma è mezza congelata!» esclama. «Meno male che abbiamo appena messo su l'acqua. Venga dentro, forza. Vicino alla stufa.»

Sistemata Julia con una coperta di lana sulle spalle, Else e Hilde devono tranquillizzare il povero Addi.

«Chi vuole che l'abbia riconosciuta? Hanno tutti ben altri problemi di cui occuparsi!»

Heinz

Campo per prigionieri di guerra di Attichy, Francia, aprile 1945

Piove. Da sotto la tenda si sente uno scroscio monotono. Qua e là la tela è sottile e permeabile, hanno messo delle latte per raccogliere l'acqua in modo che non si bagni la paglia, che è il loro giaciglio. Si sta stretti come sardine: è una tenda per trenta persone, e loro sono più di cinquanta. Ieri è arrivato un camion carico di invalidi: uomini zoppi, senza un braccio o una gamba, ma non messi così male da avere diritto a un posto in infermeria. Heinz Koch ha arrotolato due coperte e le usa come cuscino, si ripara sotto la terza. Fa freddo e c'è un'umidità spessa, il morale è a terra. Sotto la tenda regna il silenzio, solo un gruppetto di quattro uomini cerca di distrarsi giocando a carte. Qualcuno, un attimo fa, ha detto che Magonza, Francoforte e Wiesbaden sono già da tempo sotto il controllo degli americani. Hanno distrutto tutto e le poche case ancora in piedi le hanno sequestrate.

«E i legittimi inquilini? Li mandano in soffitta?»

«Li buttano fuori. Che si arrangino in qualche modo in mezzo alle rovine.»

Heinz non ha fatto altre domande perché ha capito in fretta che a quel tale interessava seminare paura. Non bisogna credergli. Ma che la Germania sia spacciata, questo non lo si può negare. Da un certo punto di vista va bene così: almeno non ci saranno altri bombardamenti. E soprattutto finiranno le follie dei nazisti, con cui Heinz Koch non è mai andato d'accordo. D'altra parte, però, nessuno sa come le potenze vincitrici tratteranno la popolazione tedesca. Ci sarà la possibilità di ricominciare? Com'è successo dopo quell'altra guerra? Ovvero con pesanti debiti da pagare, inflazione, disoccupazione e fame... Eppure lui e Else ce l'hanno fatta. Certo, se i suoi cari fossero davvero morti sotto le macerie, non sarebbe possibile nessun nuovo inizio... Il soldato vicino a lui, un ragazzo, dà un colpo di tosse. Non appena Heinz lo guarda, si volta bruscamente dall'altra parte. Ma lui ha fatto in tempo a vedere il suo viso paonazzo, gli occhi gonfi. Un uomo non piange, ecco perché ha mascherato i singhiozzi sotto la tosse.

«Non saltiamo alle conclusioni» gli dice allora stringendogli un braccio. «Non sappiamo se è vero. Può dirci quello che vuole.»

Il soldato si chiama Anton Stemmler, è un costruttore di organi e viene da Augusta. Si asciuga gli occhi col dorso della mano e fa un mezzo sorriso. «La speranza è sempre l'ultima a morire, no?»

«La speranza non muore mai» replica Heinz con convinzione. «Quella non possono togliercela.»

Il ragazzo sembra un poco rinfrancato, si mette un braccio sopra la testa, sospira e chiude gli occhi. Hanno parlato a lungo di strumenti, lui e Heinz, in particolare del magnifico organo della Marktkirche, la cattedrale di Wiesbaden, che Anton non ha mai provato. Hanno parlato anche di teatro, del Maggio musicale e di Richard Strauss, che Anton ama in modo particolare. E anche del Café Engel, che al momento è ridotto con ogni probabilità a un cumulo di macerie. Adesso è lui, Heinz, a doversi tirare su il morale, per non cedere alla disperazione. Quanto erano felici e non lo sapevano! Lui e la sua Else, i ragazzi, il Café Engel... il paradiso, ecco cos'era. E ora? I ragazzi dispersi chissà dove, in Europa Orientale, non si sapeva nemmeno se erano vivi. Else e Hilde potevano essere morte entrambe sotto le bombe, magari la casa l'avevano distrutta...

Stringe gli occhi gonfi, anche lui si vergogna delle lacrime. Ha più di cinquant'anni, sotto quella tenda è tra i più vecchi.

Sarà anche questo tempaccio, che mette tristezza. Si costringe a pensare ad altro. Gli viene in mente Else, sua moglie. Il suo atteggiamento pragmatico, quando gli era arrivata la convocazione alle armi. E le stupidaggini che aveva detto lui.

«Che figura farò?» si è lamentato quel giorno. «Cinquantun anni e ancora tenente!»

Aveva ottenuto quel grado durante la prima guerra, che aveva combattuto dall'inizio alla fine. Allora aveva ventiquattro anni, il grado di tenente era appropriato.

«È questa la tua principale preoccupazione?» gli ha domandato Else scuotendo il capo esasperata. «Che non andrai in guerra come generale ma come semplice tenente?»

«Certo che no.»

Ha capito in quel momento quanto fosse ridicolo il senso della gerarchia militare che gli avevano inculcato fin da piccolo. Ha abbracciato sua moglie, l'ha stretta a sé con forza.

«Ne verrò fuori, Elschen. Ne sono uscito vivo una volta e andrà così anche adesso, vedrai. Tu pensa a Hilde. E al locale.»

Else è stata sempre un'ottima moglie. Con la forza necessaria per affrontare le emergenze. Loro due, insieme, avrebbero potuto spostare il mondo. Lei anche quel giorno ha ricacciato indietro le lacrime per non rattristarlo, e si è subito messa all'opera per preparargli lo zaino. Cambi di biancheria, calzini, mutandoni lunghi di lana, rasoio, posate, sigari e tabacco. Un grosso salame e del prosciutto affumicato. Heinz aveva aggiunto un quaderno e una matita, l'accendino regalatogli da Hilde, una piccola bussola di ottone. Lo zaino era sul punto di scoppiare.

Scendevano grossi fiocchi di neve, la mattina in cui si è avviato verso il punto di ritrovo. Else e Hilde stavano a guardarlo dalla finestra; Addi e la Künzel lo hanno salutato in corridoio; è uscita anche la Wemhöner, e lui l'ha abbracciata.

«Tenga duro, amica mia» le ha sussurrato. «Non può durare ancora a lungo. Bisogna resistere.»

Poi di colpo sono partite le sirene. Un attacco aereo di primo mattino, non possono essere che gli americani, aveva pensato Heinz. Gli inglesi bombardano solo di notte. Si è avviato per le strade deserte, ha visto le bombe cadere a ovest, verso Dotzheim. A Bierstadt e Amöneburg c'erano già stati danni considerevoli. Il Landeshaus e altri edifici erano stati colpiti. Non passa notte senza la paura della morte che viene dal cielo. A luglio hanno dovuto chiudere definitivamente il caffè, anche il teatro ormai è dismesso, solo un paio di cinema hanno continuato per un po' a proiettare le pellicole della Universum Film. Poi hanno chiuso anche quelli, per via delle bombe.

Al punto di raduno, davanti al municipio, ha incontrato molti conoscenti. La maggior parte di loro aveva la sua età, erano clienti abituali del caffè, li vedeva spesso a teatro, in smoking e accompagnati dalle loro signore o amiche. Adesso portavano le uniformi della Wehrmacht, alcuni senza stivali perché mancava la misura giusta. Si erano dovuti arrangiare con le scarpe di tutti i giorni. Erano stati frettolosamente addestrati a tenere in mano il mitra, e la mattina dopo tutti in stazione, diretti verso il fronte occidentale. L'Alsazia, probabilmente: lì erano in corso i combattimenti più sanguinosi, o almeno così si diceva. Heinz Koch si è seduto in treno in mezzo ai commilitoni, a guardar scorrere via la sua città. Appariva grigia e fredda, in quei giorni di dicembre, i boschi spogli e mesti, e per un momento gli è parso di vedere le cupole dorate della chiesa ortodossa, una macchia di luce dentro il grigio. Gli stabilimenti industriali Kalle und Albert erano già fermi, anche a Biebrich c'erano delle fabbriche distrutte, e del soffitto di vetro della stazione non restava che un gigantesco buco dentato.

Il suo periodo di servizio in una località non lontana da Zweibrücken è stato di breve durata, perché la Wehrmacht ha dovuto presto sgomberare il posto e ritirarsi. Mentre si trasferivano presso un'altra unità, lui e dodici compagni sono caduti in un agguato e i soldati francesi li hanno catturati. Si sono consegnati senza colpo ferire: nessuno aveva voglia di rischiare la vita per una causa già persa. Nemmeno i più giovani.

Era anzi un vantaggio, essere catturati, perché da prigionieri si veniva trattati in modo un po' più decente, quasi dignitoso. Questo era vero in Francia, dove la guerra era in mano agli angloamericani, perché ai poveretti a cui toccava la stessa sorte laggiù all'est Heinz non voleva nemmeno pensare: entrambi i suoi figli, Willi e August, avevano dato notizie di sé l'ultima volta dalla Romania. August ha venticinque anni, Willi solo ventitré. Che Dio li protegga.

I soldati francesi li hanno sospinti coi fucili imbracciati fino a un vecchio capannone dove dopo un po' di tempo è arrivato un camion americano. Li hanno caricati tutti insieme sul pianale. Non c'era dove sedersi e nemmeno nulla a cui aggrapparsi per non cadere. Sulle curve, i prigionieri si stringevano l'uno all'altro. Il viaggio è durato molte ore. Heinz era allo stremo delle forze, quando finalmente li hanno fatti scendere. Hanno passato la notte in un magazzino per il carbone senza riscaldamento di alcun genere, senza coperte, hanno usato delle vecchie casse di legno per proteggersi dal freddo del pavimento. Era la fine di gennaio, si gelava. La mattina hanno permesso loro di scaldarsi del caffè nei pentolini di latta. Da mangiare c'era del pane vecchio. Heinz aveva le dita così intorpidite che la fetta gli è caduta a terra. Un compagno l'ha raccolta e gliel'ha restituita. Heinz gliene ha ceduta metà, e il soldato, un ragazzo, l'ha divorata in un secondo. Gli dolevano le ossa: già da anni soffriva di reumatismi, in quelle condizioni la sofferenza era tremenda.

Li hanno portati in una specie di stazione e fatti salire su un vagone per il trasporto del carbone; il pianale era aperto e ricoperto da uno spesso strato di polvere nera. Per ripararsi almeno un po' dal vento gelido bisognava accovacciarsi, ma alcuni degli uomini non ne volevano sapere per via del sudiciume. Non gli è servito a molto: in capo a mezz'ora, erano tutti non seduti ma proprio sdraiati in mezzo al carbone sbriciolato, gli uni sopra gli altri in quello spazio angusto, a cambiare di continuo posizione e sperare che quel viaggio d'inferno finisse in fretta. Sui ponti ferroviari c'erano donne e bambini. Li insultavano – «Crucchi schifosi!» – e tiravano pietre. Una ha colpito Heinz alla spalla, aprendogli un buco nell'uniforme, per fortuna senza ferirlo. Il dolore alla spalla si è aggiunto agli altri acciacchi.

«Siamo a Reims» ha gridato d'un tratto uno dei prigionieri. «La cattedrale! Dio mio... ci siamo stati in viaggio di nozze, io e mia moglie, quindici anni fa.»

Nessuno aveva nulla da dire al riguardo. Ognuno fissava con gli occhi semichiusi e cisposi il profilo della città illuminato dalla luce rossastra del tramonto. Di lì a poco il treno si è fermato, hanno passato la notte nell'atrio dello scalo merci, su assi di legno e con una coperta di lana ciascuno. Hanno dato loro una brodaglia annacquata, Heinz ha tagliato a pezzetti la sua salsiccia, condiviso il prosciutto. Il dolce era già finito. Anche gli altri hanno condiviso quel che avevano: chi mangia da solo mentre gli altri fanno la fame è un vigliacco. Lui quella notte ha dormito come un sasso, si è svegliato solo un paio di volte perché uno degli altri doveva orinare e nel buio lo ha urtato per sbaglio. Il pomeriggio del giorno dopo sono arrivati alla stazione di un posto chiamato Attichy, li hanno fatti scendere. C'erano a destra e a sinistra soldati americani che hanno sequestrato zaini e orologi. Sono rimasti tutti con quel che avevano addosso e nient'altro. Nel gelo di gennaio hanno dovuto intraprendere una lunga marcia su per una montagna, con dei giovani soldati francesi che li pungolavano col calcio del fucile. Chi rimaneva indietro veniva picchiato così brutalmente che o riprendeva a camminare, o restava a terra. Heinz ha stretto i denti ed è arrivato a destinazione.

Il campo per prigionieri di guerra di Attichy sorge su una vasta piana brulla. Una schiera di tende grigie, rettangolari, cinte dal filo spinato. Qua e là s'intravedono rifugi scavati nell'argilla e torrette di guardia di legno disposte a intervalli regolari. I nuovi arrivati sono stati perquisiti e abbondantemente cosparsi di polvere antiparassitaria. Subito dopo sono stati interrogati da un ufficiale americano che parlava un ottimo tedesco. È ebreo, ma non sembrava coltivare propositi di vendetta, anzi, è stato piuttosto amichevole. Conosceva Wiesbaden e anche il Café Engel. Ha voluto sapere se Heinz è iscritto al Partito nazionalsocialista, e Heinz non ha provato nemmeno a negarlo: senza la tessera gli avrebbero ritirato la licenza per il locale. Per l'ufficiale questo è bastato, e gli ha indicato un posto in una delle tende. Paglia, tre coperte a testa. Le latrine si trovano al margine del campo. Sono state scavate delle buche profonde, tanto che se qualcuno ci cadesse dentro non riuscirebbe a venirne fuori da solo. Poi hanno costruito tubature con delle lattine vecchie, per portare i liquami giù nelle fosse. Tutto ben organizzato, non c'è che dire. Solo al gelo non hanno pensato, al freddo paralizzante che trasforma quel posto in un inferno. Quando gela il terreno, poi, si scivola come niente.

La prima notte li ha tenuti svegli la fame. Verso il mattino, non era ancora chiaro, hanno dato loro una scodella a testa di un brodo leggero e dolciastro, circa un quarto di litro. Lo hanno bevuto avidamente, cercando di scaldarsi le mani con le scodelle. Poi niente per ore e ore. Passato il primo pomeriggio, quando già cominciava a imbrunire, hanno distribuito del pane secco insieme a un po' di tè. I francesi stessi non hanno da mangiare, hanno spiegato. Le derrate vanno prima ai civili. Ma a breve arriveranno gli aiuti dall'America, allora andrà meglio.

Era la verità. Ma nei primi quattro mesi che Heinz ha trascorso quaggiù ha capito che cos'è la fame.

«Heinz?»

Anton Stemmler parla a bassa voce. Si è girato su un fianco, dà le spalle al compagno alla sua sinistra e guarda Heinz con gli occhi gonfi e arrossati.

«Che c'è? Vuoi una sigaretta? Ho ancora un po' di tabacco.»

Insieme al sapone, alla carta igienica e agli abiti smessi dei soldati americani, hanno distribuito anche alcune piccole scorte di tabacco, una merce molto ricercata.

«No, grazie» sussurra Anton e poi dà un'occhiata a Kurt Eisel che dorme accanto a lui. Ha le braccia incrociate sul petto e russa piano. «Devi aiutarmi, Heinz. O per me sarà finita...»

È questo tempo da lupi, pensa Heinz. Ti fa vedere tutto nero. Ecco che questo scemo ricomincia a escogitare piani di fuga.

«Per te sarà finita se ti lasci andare a questi pensieri, Anton. Non devi arrenderti.»

«Non mi arrendo, infatti!» sibila l'altro fuori di sé. «Al contrario, penso al futuro... Non ne posso più di vegetare in questo schifo di campo!»

«Ieri hanno fatto altre liste» dice Heinz, sapendo bene dove vuole andare a parare il ragazzo. «Ci sei dentro anche tu. Fra un po' di tempo ce ne andremo tutti a casa.»

Anton prorompe in una risatina amara.

«Forse questo vale per te, Heinz. Perché sei vecchio. I vecchi e i feriti li mandano subito a casa. I mutilati, quelli con danni al cervello... che male possono fare ormai?»

Un'altra risata isterica, trattenuta. È molto nervoso e Heinz è impensierito. Potrebbe essere suo figlio, quel ragazzo. E da come si comporta è evidente che è tormentato.

«Ci andiamo tutti a casa, Anton. Si tratta solo di aspettare un altro po'» gli dice.

«Lo credi tu. Mi hanno detto che i francesi mandano i prigionieri in Africa, a sgobbare nelle colonie.»

L'ha sentito dire anche Heinz. Ma non vuole crederci. Se anche fosse vero, riguarderebbe i giovani, non quelli che hanno passato i cinquanta come lui.

«Devo andarmene da qui» insiste Anton. «I miei genitori e mia sorella hanno bisogno di me. E anche Marlies... anche lei mi aspetta!»

Qui s'interrompe e comincia a fissare la tenda fradicia. Tiene le labbra serrate, gli trema la mandibola. Heinz conosce bene le paure di Anton. Non tutte le fidanzate hanno la costanza di aspettare il promesso sposo per anni. A volte non ce l'hanno nemmeno le mogli.

«Aspetterà, Anton. E se non lo farà, vuol dire che non ne valeva la pena.»

«Certo» dice l'altro poco convinto. Poi torna a coricarsi di schiena e se ne sta in silenzio.

Heinz fa un sospiro. Per il momento il pericolo sembra scampato. Gli dispiacerebbe per quel bravo ragazzo. I prigionieri che hanno tentato la fuga si sono presi una pallottola nella schiena.

Ovvio, il desiderio di tornare a casa è largamente condiviso. Anche se tutto sommato a loro non è andata tanto male. Gli americani tengono moltissimo all'igiene, ci sono continue disinfestazioni, pentole e scodelle di latta vengono lavate quattro volte al giorno, le fosse vengono interrate e se ne scavano di nuove. È un campo gigantesco, costruito per accogliere centomila uomini, ed è organizzato in maniera esemplare. I prigionieri si amministrano da soli e l'appello mattutino lo fa un capitano tedesco con il consueto piglio, ma sotto la sorveglianza dei vincitori. I ragazzini beccati ad aiutare la contraerea vengono condotti nel cosiddetto *baby camp*. Gli ufficiali sono separati dai soldati semplici, c'è una tenda con la targa CAPPELLA, una tenda che fa da infermeria con tanto di medici, perfino una tenda adibita ad attività culturali, dove i prigionieri possono tenere conferenze su qualunque argomento e per questo ottengono razioni di cibo in più. Insomma, poteva andare peggio, molto peggio. In Russia i prigionieri tedeschi lavorano alla posa delle linee ferroviarie. La fatica e le privazioni ne uccidono migliaia al giorno.

Le cose peggiori, qui, sono la noia e la mancanza di spazio. Trascorrono la maggior parte del tempo aspettando, soprattutto il rancio. Tutta la loro vita ruota intorno alla magra razione di cibo. Il fango è un altro problema. Quando piove il campo si trasforma in una palude e andare alle latrine diventa un'avventura. Sulle uniformi è dipinto a inchiostro l'acronimo PW, che sta per *prisoner of war*. Quando uno vuol lavare la sua roba deve stare nudo finché non si asciuga, perché vestiti di ricambio non ce ne sono.

E poi, ancora più grave, c'è per molti la sensazione di non avere più un futuro. Le famiglie sono disperse, quando non decimate, non hanno più nulla, le loro case sono crollate sotto le bombe. Alcuni sono rimasti menomati e non sanno nemmeno come faranno a procurarsi di che vivere. Si parla spesso della guerra, dei nazisti. Heinz spesso tace, durante questi discorsi, perché non è più sicuro di niente, vuole pensarci bene. Davvero si sono lasciati ingannare, come sostengono in molti? Davvero sono stati così ingenui e creduloni? Si sono nutriti di cinegiornali e si sono convinti che la guerra è una cosa giusta. L'onore, il coraggio degli eroi. *Dulce et decorum est pro patria mori.* Sono cose che si insegnavano già ai tempi del Kaiser. Gli ideali prussiani. *È nella guerra che si rivela il valore dell'uomo! Solo i vigliacchi sono contrari alla guerra!* Li hanno inculcati anche a lui, fin da quando andava a scuola. E poi c'è la questione degli ebrei. Nessuno sapeva esattamente che fine facessero. Sapevano solo che li portavano nei campi di lavoro. Ma lui non ci aveva mai creduto fino in fondo, e nemmeno Else. Giravano voci. Certi clienti del caffè che si trattenevano fino a tardi a parlare coi Koch avevano riferito ben altro. Soprattutto militari in licenza. Raccontavano di fame e miseria, di uccisioni sistematiche e del progetto di sterminare un intero popolo.

Il povero Hermann Lekisch e sua moglie se li erano presi nel '41, quando ingenuamente erano venuti dalla Francia a reclamare la pensione. Lui faceva il giornalista, scriveva di teatro fra le altre cose. Cliente fisso del Café Engel. Spesso lo prendevano in giro perché aveva il braccino corto.

Gli americani hanno appeso delle foto e li hanno costretti a guardarle bene, una per una. Heinz è rimasto sconvolto. I mucchi di cadaveri nei campi di concentramento. Uomini ridotti a scheletri. Forni in cui venivano bruciati i corpi. Almeno, sono riusciti a salvare Julia Wemhöner da questo destino orribile. Almeno così spera.

«Adolf Hitler non ne sapeva niente!» protesta uno.

«È stato quel porco di Himmler!»

«O Goebbels. O quel pallone gonfiato di Göring!»

«Se il Führer avesse avuto accanto a sé uomini onesti, non sarebbe successo niente di tutto questo.»

Heinz li lascia parlare, serra le labbra. Quell'uomo, Hitler, ha stregato tutti, anche quelli che col nazismo non volevano avere niente a che fare. Una volta un amico ebreo gli ha detto: «Ah, se non fossi ebreo, Hitler sarebbe il mio idolo!».

Per un po' c'era cascato anche lui, e anche Else. Per non parlare dei ragazzi, loro adoravano Hitler. Solo Hilde non lo ha mai potuto soffrire. Le amiche la bistrattavano per questo. Eppure lei, quella testona coraggiosa di sua figlia, aveva capito d'istinto.

A Heinz viene il mal di testa, decide di smettere di pensarci. Quello che è successo non si può capire in un giorno. È un pensiero che strazia l'anima, ci si tormenta e non si arriva a niente. Sono in tanti a sentirsi così, al campo, mentre aspettano il rancio senza far nulla.

Di tanto in tanto scoppia qualche lite tra i prigionieri, qualche volta si arriva alle mani, ma di solito sono gli altri prigionieri a calmare le acque. Gli americani temono i disordini: non appena qualcuno alza la voce, subito arriva un soldato.

«Tu devi aiutarmi, Heinz» torna a sussurrare la voce alla sua sinistra. Heinz è infastidito. Questo ragazzino dovrebbe darsi una calmata. In fondo sono tutti sulla stessa barca.

«A scavarti la fossa? No, levatelo dalla testa.»

«Per favore! Se non mi aiuti, io mi impicco.»

Heinz si volta per guardarlo bene e capire quanto di vero c'è in quella minaccia. Anton se ne sta disteso con gli occhi spalancati e il respiro rapido, come se avesse la febbre. A lui viene il dubbio che sia malato, ma proprio quando sta per prendergli il polso, da fuori si sente il clangore metallico che annuncia l'arrivo del pasto. È il rumore del ramaiolo che viene preso dal gancio per mescolare e versare la zuppa nei piatti di latta. Nella tenda tutti si attivano all'improvviso. Gli uomini riemergono da un sonno profondo per prendere a occhi chiusi le loro stoviglie, che consistono di una ciotola di latta e di un cucchiaio ritagliato anch'esso da una lattina. Anche Heinz si mette a sedere ma lascia la precedenza agli altri, nonostante la fame: non vuole avventarsi come un maiale sul trogolo. Poi si accorge che Anton l'ha afferrato per il polso. Ha la mano gelida, che stringe come un artiglio.

«Più tardi, quando è buio, vai alla latrina, Heinz. Arriverà Fritz Köppel, che è mio amico. Vi metterete a litigare...»

«Non ci penso proprio...» sibila Heinz.

«È la mia ultima possibilità. Dopo mi ammazzo, te lo giuro.»

«Stammi bene a sentire, Anton. Ci sono tiratori qui in grado di centrare il bersaglio a cento metri di distanza...»

«Ma saranno distratti dalla vostra lite!»

«Ti spareranno alla schiena!»

«Alcuni ce l'hanno fatta.»

È vero anche questo. Pochi, però. La maggior parte sono stati riacchiappati oppure sono tornati al campo dopo pochi giorni. Perché una cosa è scavalcare il recinto di filo spinato, ma poi c'è la traversata di un Paese ostile per arrivare in patria. Senza contare che nella Germania occupata le cose non vanno certo meglio. Heinz si volta dall'altra parte senza rispondere. Prende la scodella e il cucchiaio e si mette in fila con gli altri affamati. Piove a dirotto, sono tutti bagnati fino alle ossa, e questo non aiuta certo l'umore. Viene scodellata una minestra di verdure ulteriormente annacquata dalla pioggia, insieme a un pezzo di pane secco. E una tazza da un quarto di litro di caffè zuccherato. Molti divorano sul posto la minestra con il pane e poi si ritirano nelle tende, leggermente più asciutte, per bere il caffè. Ci sono anche quelli che inciampano e cadono in mezzo al fango. A uno cade la minestra e crolla in ginocchio, piangendo disperato. Raccoglie il pane dalla terra fradicia e lo mangia senza pensarci un attimo. Heinz sorveglia Anton mentre sorseggia il suo caffè e gli sembra che si stia comportando nel solito modo.

Poco dopo siedono con altri due prigionieri a giocare a carte. Il proprietario del mazzo, un oste di Colonia, sembra vincere sempre. Anton scherza rilassato e con una mossa brillante vince la partita. Poi c'è la corsa generale verso le latrine, ma per fortuna ha smesso di piovere. Heinz aspetta che i suoi compagni siano di ritorno. Non gli piace stare con gli altri tutti pigiati sull'asse montato sopra la fossa, i discorsi grevi e le battute della maggior parte degli uomini lo disgustano. Certo, ha già fatto il soldato nella guerra precedente, sa come vanno certe cose. Eppure stavolta è diverso. Perché sono prigionieri, e hanno gli occhi dei sorveglianti nemici incollati alla schiena anche mentre fanno i loro bisogni.

Non pensa a nulla in particolare quando si avvia verso la latrina. È quasi buio, Heinz procede con cautela, perché il terreno è umido e scivoloso. È allora che succede. Che idiota, doveva aspettarselo.

«Vattene, tu. Questo è il mio posto.»

Deve essere quel tale, Fritz Köppel. È più basso di Heinz di diversi centimetri, però è più giovane e ha le spalle larghe. Sorride come a dire: *stai al gioco.* Heinz arretra di un passo.

«No. Non faccio a botte. Smettila.»

L'altro però pare divertirsi un mondo. Spintona Heinz e per poco non lo fa cadere nella fossa. Ride beffardo. Heinz riguadagna l'equilibrio e fa per oltrepassarlo, diretto alla tenda. Quel Fritz però gli si mette davanti. Nella luce dei fanali Heinz vede i suoi denti gialli come cera, la sua bocca larga, gli occhietti chiari. C'è una gran voglia di menar le mani, in quegli occhi. Una furia covata a lungo che vuole uscire. Odio puro.

«Sta' attento» dice a Heinz. «Che vai a finire nella merda.»

Heinz si deve difendere. Non è un uomo debole, ma non gli piace battersi. Evita alcuni fendenti, qualcuno lo incassa, poi riesce ad afferrare l'avversario e lo butta a terra. Si rotolano nel fango e si avvicinano pericolosamente al pozzo nero. Uno cerca di picchiare e far male, l'altro tenta di impedirlo, sono avvinghiati, incastrati.

Ecco che li strattonano, li dividono. Entrambi vengono colpiti al petto col calcio di un fucile. Nel cranio di Heinz tutto rimbomba, ha preso un pugno su una tempia, ora è anche abbagliato dalla luce dei fanali e riceve colpi in tutto il corpo. Poi un rumore secco e duro, come di rami che si spezzano.

Lo interrogano, lo accusano di avere ordito un complotto con altri prigionieri per consentire la fuga di un nazista di alto rango. Heinz non sa perché lo dicano. Non sa nemmeno che ne è stato di Anton Stemmler. Passerà trenta giorni in isolamento, rinchiuso in una capanna a contatto diretto col terreno, con un solo pasto al giorno, un piatto di minestra e un pezzetto di pane. Un giorno, di mattina presto, gli ordinano di mettere le mani dietro la nuca e lo caricano insieme ad altri trenta sul pianale di un camion militare. Si mettono in viaggio verso nordovest.

Hilde

Wiesbaden, marzo 1945

Il più grosso errore della sua vita. Ma è così che è andata. Non voleva certo separarsi da lui. Però voleva mostrargli la serietà del suo amore. Se gli ha detto di andare via è stato solo per salvarlo. Perché lo ama più di ogni altra cosa.

Hilde adesso è distesa sul letto di suo padre, tormentata dalla nausea con cui combatte da mesi. È terribile. Tutte le giornate cominciano con una corsa in bagno in preda ai conati, e quando dopo incrocia il proprio sguardo nello specchio – lo sa, non dovrebbe farlo – e vede quegli occhi cerchiati di nero, quella faccia esangue, non si riconosce. È ridotta uno straccio. Gisela le ha confessato in gran segreto di essere stata a letto con Joachim tre volte prima che lui ripartisse per il fronte. Voleva restare incinta. E ha funzionato? Per niente. Invece a lei, Hilde, è bastato farlo una volta soltanto. A Gisela non lo ha detto. Non ancora. Anche se lei è la sua migliore amica.

«Forse è perché Joachim è sempre così attento. Non so nemmeno se ha fatto tutto nel modo giusto.»

«Dio santo!»

Hilde non ha di queste preoccupazioni. Jean-Jacques, il dolce Jean-Jacques dagli occhi neri, sapeva esattamente quello che faceva quando la mattina prima della fuga Hilde l'ha fatto entrare in camera sua. Non hanno avuto molto tempo, ma quei pochi minuti li hanno sfruttati. Anche troppo. E Hilde adesso è al quinto mese, le gonne le vanno strette e deve lasciare slacciati gli ultimi bottoni della camicetta. Un figlio da un prigioniero francese! Quando si verrà a sapere, lei diventerà la puttana dei francesi. La chiuderanno in un istituto e le toglieranno il bambino.

E le cose andrebbero perfino peggio se si venisse a sapere che hanno aiutato Jean-Jacques a fuggire. Hilde gli ha preparato uno zaino, con provviste e cartine. Poi sua madre ha annunciato – cosicché la sentissero in tanti – che andava dal carbonaio portandosi dietro il lavorante perché si occupasse della carriola. È tornata ore dopo, da sola. Quel porco di un francese è scappato, lei lo aveva cercato per ore e alla fine si era dovuta spingere da sola la carriola carica. In realtà Else ha mostrato a Jean-Jacques come arrivare al cimitero a sud della città, starsene nascosto lì per un po' e poi col favore del buio raggiungere Schierstein e passare il ponte. Per una cosa del genere si finisce in un campo, ha detto la mamma. Però lo ha fatto.

«Ho dei figli anch'io» ha spiegato. «Spero che dove si trovano i miei ci siano madri pronte ad aiutarli.»

Non sanno cosa ne è stato di Jean-Jacques, se è riuscito a tornare sano e salvo nel suo Paese. È di Nîmes, una città del sud della Francia. I suoi genitori hanno delle vigne, producono vino rosso come la maggior parte dei contadini di quella regione. Un giorno l'azienda dei genitori passerà nelle mani di Jean-Jacques, così è stato stabilito. Si è sposato in fretta e furia prima di partire per il fronte.

Va bene, Hilde ha commesso una sciocchezza. Un lavorante straniero, un prigioniero, francese e per di più sposato. Non si è fatta mancare proprio niente. È una consolazione che suo padre ne sia all'oscuro. Della gravidanza, beninteso, perché si era accorto benissimo del filarino fra lei e quel ragazzo così sveglio che era stato assegnato come uomo di fatica al Café Engel e all'Hotel Kaiserhof. L'aveva anche messa in guardia dalle possibili conseguenze. Ma Hilde ha sempre voluto fare di testa sua. Soprattutto in amore. E qui di amore si tratta, di questo è sicura. Un grande amore, di quelli che si vivono una volta nella vita. Non è stata una sciocchezza. È stato il destino. Un *coup de foudre*, come dice Jean-Jacques, un colpo di fulmine. È stato così anche per lui, nonostante le vigne e nonostante la moglie che lo aspetta a casa.

«E tu ci credi?» le ha detto sua madre. «Svegliati, ragazzina. Quando tornerà dalla sua famiglia, quello si scorderà completamente di te.»

Non le manda certo a dire, sua madre. Lei lo chiama realismo, semplice buon senso. Ecco che Hilde si sente male un'altra volta. Salta giù dal letto, corre in bagno, si china appena in tempo sul lavandino. La mamma naturalmente se ne è accorta, e Hilde la vede arrivare con un secchio d'acqua che versa nel lavabo. Le tubature sono state danneggiate dalle bombe, e devono prelevare l'acqua di sotto, nel caffè, dove c'è un altro allaccio.

«Ormai dovrebbero finire» dice Else. «Guardati, sembri Gesù sulla croce! Sta' ben attenta che non se ne accorga Storbeck, o peggio ancora quella Marianne...»

«Di che ti preoccupi? Diremo che è di Fritz Bogner...»

Sua madre ridacchia e scuote il capo.

«Certo che hai una gran faccia tosta. Troverà una bella sorpresa, al suo ritorno.»

«Se tornerà.»

Fritz suonava il violino al Café Engel, e Hilde da bambina era innamorata di lui. Studiava al conservatorio e voleva entrare in un'orchestra, ma la guerra ha sconvolto i suoi piani. L'hanno fatto prigioniero quasi subito. Se sia vivo e dove si trovi, nessuno lo sa.

Hilde si mette seduta e sospira. Da quando gli Storbeck si sono trasferiti da loro, si vive in un costante clima di terrore. Soprattutto per via di Julia Wemhöner. Dopo il grande bombardamento la poveretta è uscita di testa e si è avventurata in mezzo alle macerie in abito da sera, per andare al teatro. È un miracolo che non siano ancora venuti a prenderla. Il fatto è che i nazisti di Wiesbaden hanno ben altro di cui occuparsi, al momento. Gli americani si avvicinano; si parla da giorni di uno scontro decisivo sulle rive del Reno. La Wehrmacht ha reclutato gli uomini fino ai sessant'anni, oltre ai ragazzini. Milizia popolare, la chiamano. Se solo si prendessero Storbeck... Ma no, la sua presenza è necessaria in municipio, per lo sgombero delle macerie. Sarà per questo che è sempre in casa a curiosare. La Künzel lo ha già sorpreso a origliare alla porta del suo appartamento. Addi ha detto che se mai dovesse beccare quel viscido delatore a impicciarsi dei fatti suoi, lo appenderà al muro per le orecchie.

«Questo non risolverà i nostri problemi, signor Dobscher!» ha protestato la mamma allarmata.

«Dicevo per dire» ha bofonchiato Addi.

«Peccato» è stato il secco commento di Hilde.

Nel frattempo Julia Wemhöner si è scusata più e più volte con Addi. Dev'essere stato lo shock, le bombe, l'isolamento forzato. Addi ha parlato con lei a lungo: adesso è tornata in sé, ha riferito, e ha promesso che non rifarà mai più una cosa simile. Sofia Künzel ha ripreso a fare i suoi esercizi di canto e di pianoforte. Non solo per tenere in forma l'ugola ma anche perché sotto di lei ci sono gli Storbeck e le piace farli arrabbiare. Marianne ha già bussato molte volte al soffitto col manico della scopa, senza ottenere nulla. Sono andati a lamentarsi dalla mamma, la quale con un sorriso soave ha spiegato loro che, se vogliono, possono trasferirsi altrove: in questa casa gli artisti sono e saranno sempre i benvenuti.

Ma gli Storbeck non ci pensano proprio a trasferirsi. E dove, poi? Gli alloggi a Wiesbaden scarseggiano, e dopo i bombardamenti molti sono rimasti senza un tetto e hanno dovuto cercare riparo da parenti e amici. Chi ha la fortuna di avere a disposizione un appartamento, com'è successo agli Storbeck, non lo molla certo facilmente.

«Si sono sistemati come dei pascià!» si sfoga la mamma. «Dormono perfino nelle lenzuola di August e Eva!»

«E prendono il nostro carbone dalla cantina!» rincara Addi, furente.

«Che crepino pure. Basta che ci lascino in pace» conclude Hilde.

Stasera sono seduti nella sala del caffè a mangiare la zuppa d'orzo con i pochi pezzetti di lardo cucinata da Else, quando qualcuno bussa alla porta che dà sulle scale. Tutti smettono di mangiare e si scambiano occhiate.

«Julia...» mormora la Künzel impaurita.

Addi, pallidissimo, stringe i pugni.

«Zitti!» dice Else. Poi, ad alta voce: «Chi è ?».

La porta si apre di uno spiraglio e appare il faccione di Wilfried Storbeck con una bottiglia di liquore all'uovo sotto braccio.

«Non vogliamo disturbare» dice rivolgendo un sorriso ai commensali. «Volevamo proporre un bel brindisi in omaggio alla nostra convivenza.»

Oltrepassa la soglia e si piazza in mezzo alla stanza con un sorriso falso e la bottiglia piena di un liquido giallo. Non è certo un bell'uomo, Storbeck. Ha la faccia larga con gli zigomi taglienti, sopracciglia cespugliose e qualche rada ciocca di capelli che gli attraversa il cranio roseo e lucido. Sua moglie Marianne lo segue con un sorriso altrettanto finto e si chiude premurosamente la porta alle spalle: una donna grassoccia con un gran petto e i capelli tinti di castano, arricciati con la permanente.

Se ne stanno lì, ed è evidente che non possono mandarli via. Bisogna invece invitarli a tavola e offrire loro un piatto di minestra. È inevitabile. L'unico a protestare apertamente è il cane, sotto il tavolo. Si è preso un calcio da Storbeck il giorno stesso in cui è arrivato, perché voleva entrare nel suo appartamento da dove veniva un buon odore di prosciutto affumicato. Da quel momento gli ringhia contro ogni volta che lo vede.

«Cosa succede a questo bel cagnolino...» dice melliflua Marianne, e si china ad accarezzarlo. Il cane però fa il gesto di azzannarle le dita e lei si ritrae di scatto.

«Nutrire un cane con queste magre razioni che abbiamo... Bisogna amarli proprio tanto, gli animali, eh?» commenta Storbeck.

Se sapesse che diamo da mangiare anche alla Wemhöner si stupirebbe ancora di più, pensa Hilde. Non bisogna mai abbassare la guardia. Viene qui con la sua bottiglia di liquore fatto con le uova disidratate e il latte in polvere e vuol sedersi a tavola con noi. Vuole origliare i nostri discorsi, ecco cosa.

«Un piattino di minestra?» propone sua madre. «Il lardo è assai poco, purtroppo. Mangiamo sempre insieme, perché è più semplice cucinare una volta sola per tutti quanti.»

«Molto saggio» commenta Marianne mentre porge alla mamma il piatto di suo marito. «Anche noi eravamo una comunità molto affiatata, vero Wilfried? Una notte di bombe e non è rimasto niente...»

Else versa una piccola mestolata di minestra nelle ciotole degli ospiti, mentre Addi osserva torvo la scena: voleva metterne da parte ancora un po' per Julia. È diventato difficile portarle la cena, perché per farlo bisogna passare davanti alla porta degli Storbeck. Else di solito la versa in una gavetta di latta provvista di manico. Addi la copre con la giacca. L'unico guaio è il cane, che ogni volta gli va dietro scodinzolando, attirato dal profumo.

A tavola nessuno parla. Gli Storbeck sorbiscono la minestra, Marianne si complimenta con Else per la sua cucina e le chiede che odori ha usato.

«Be', quel poco che si trova» è la risposta. «L'anno scorso ho messo sotto sale nei barattoli un trito di carote, sedano e prezzemolo. Per la minestra va bene...»

Marianne le chiede la ricetta. Presto ci saranno di nuovo verdure fresche. È quasi Pasqua, ormai... quest'anno cade il primo aprile, buffo, no?

«Un bel pesce» dice la Künzel.

«Gira voce che verranno distribuite anche le uova. Uno per famiglia. Di più non ci si può aspettare, di questi tempi in cui tutti dobbiamo unire le forze per portare la Germania alla meritata vittoria.» Marianne Storbeck declama con trasporto, ha le guance arrossate e si volta di continuo verso il marito per vedere se il discorsetto lo soddisfa.

Ha la dispensa piena di uova, burro, prosciutti e altra buona roba, pensa Hilde con rabbia, disgustata da quelle chiacchiere ipocrite. Quelli del partito hanno accesso a scorte segrete di cibo. Lo sanno tutti che si trattano bene. Una mano lava l'altra. Figurati se si accontentano di un uovo...

«Tutti noi dobbiamo fare dei sacrifici» aggiunge Wilfried Storbeck. «Oggi però si festeggia! Avrà di certo dei bicchierini da liquore, signora Koch.»

Else ha portato la pentola in cucina e versato svelta la minestra avanzata, dove ancora galleggiavano dei pezzetti di lardo, nella gavetta destinata a Julia. Dopo averla aiutata, Hilde si rassegna con un sospiro a prendere i bicchierini dallo scaffale e a disporli su un vassoio. Non è certo ansiosa di bere quella sciacquatura dolciastra, ma puntare i piedi adesso non sarebbe d'aiuto a nessuno. Di là in sala, Storbeck ha già tolto il tappo e annusato con voluttà il contenuto della bottiglia. Ora ne versa qualche goccia in ognuno dei bicchierini, ne solleva uno per controllare il livello e ne aggiunge un'altra goccia. È davvero molto liquido. È chiaro che è stato usato il latte in polvere al posto della panna. Con un gran gesto Marianne li invita a bere e tutti, Addi compreso, levano il bicchiere. Ma Addi non resiste, e piazza il suo alla luce stringendo gli occhi. Else gli pesta un piede, e lui la smette.

«Alla salute!» dice Marianne.

«E grazie ai nostri generosi coinquilini!» declama la Künzel con pathos operistico.

«Alla vittoria finale e al nostro Führer, Adolf Hitler!» tuona infine Storbeck levando più in alto di tutti il suo bicchiere.

Hilde si versa stoicamente nello stomaco il liquido giallognolo. Come prevedeva: uova disidratate. Ma molta acquavite. Di certo confiscata a qualche distilleria clandestina e messa a rimpinguare le scorte dei nazisti.

Marianne Storbeck schiocca la lingua soddisfatta e posa il bicchiere.

«Un goccetto ogni tanto ci vuole. Ti scalda da dentro, eh?»

«Verissimo!» esclama la Künzel. «Io mi sento proprio scaldata da dentro. Tu che ne dici, Addi?»

«Sono d'accordo. Con l'acquavite si risparmia sul carbone.»

Else li fulmina con lo sguardo, tutti e due. Prima o poi gli Storbeck si renderanno conto che li stanno prendendo in giro. Anche se a quanto pare l'ironia non è proprio nelle corde di Wilfried Storbeck.

«Qualcuno ne vuole un altro goccio? Oggi mi sento molto generoso!»

La Künzel non se lo fa ripetere due volte e anche Else avvicina il bicchiere. Addi invece si astiene. Hilde si sente già male. Non doveva bere quella roba così alcolica, ha lo stomaco in fiamme. Stavolta Storbeck riempie i bicchierini fin quasi a metà: quelle quattro gocce di surrogato alimentare affogato nell'alcol devono averlo sciolto un po'. Anche sua moglie sorride tutta contenta.

«Dobbiamo darci dei limiti» continua a predicare Storbeck, del tutto indifferente al fatto che a parte lui e sua moglie nessuno sta dicendo una parola. «Sono tempi duri. La patria non può permettersi di condividere il pane con i parassiti.»

Da sotto il tavolo il cane, sentendosi chiamato in causa, si mette a ringhiare. Addi è scosso da una risata isterica che degenera presto in un attacco di tosse.

«Parassiti... e chi sarebbero? Non si riferirà a questo povero bastardino sotto il tavolo...» domanda la Künzel spalancando gli occhi con aria innocente e stupefatta.

«Ma no!» ribatte Storbeck agitando la mano. «Mi riferisco agli ebrei, agli zingari. E soprattutto ai comunisti.»

«Quelli soprattutto! E anche i disertori» rincara sua moglie.

«Non posso crederci» esclama Else guardando l'orologio. «Come passa il tempo! Sono già le dieci.»

Ma Storbeck non coglie la sottile allusione. Trangugia il

suo liquore e continua a concionare. Adesso però fissa con insistenza Hilde. Chissà perché.

«Ha sentito dire che un lavorante forzato, un francese, ha trovato rifugio nella casa di un'anziana in Hügelstrasse? L'ha minacciata e violentata, povera donna, finché non è fuggita dalla finestra per chiamare aiuto.»

Hilde deglutisce a forza: il bruciore di stomaco le è salito alla gola. Sua madre aggrotta la fronte e dice che non ne sapeva niente.

«Proprio così!» le assicura Marianne. «È successo poco tempo fa... sarà stato gennaio, no, Wilfried?»

Lui annuisce mentre avvita il tappo della bottiglia.

«Pressappoco. Lo hanno fucilato immediatamente. Problema risolto. Feccia francese... Non si sente bene, signorina Koch?»

Hilde si riprende in fretta. «Nulla, nulla. Sono solo molto stanca» dice. «Sono già le dieci, vero?»

Addi sbadiglia nella maniera più esibita possibile. Pensa a Julia, che su nella sua soffitta muore di fame. La Künzel comincia a radunare i bicchieri sul vassoio. Else si alza e apre la finestra per far entrare aria. Il gelo notturno mette subito in fuga gli ospiti indesiderati.

«Be', allora noi ce ne andiamo» dice Marianne. «Si è fatto tardi, non è vero? Però è stato bello passare la serata insieme.»

Wilfried Storbeck si mette sotto braccio la sua bottiglia e stringe cerimoniosamente la mano a Else, alla Künzel e anche a Hilde.

«Può succedere quando si è troppo generosi, sa? A certa gente non bisogna porgere nemmeno un dito. Si prendono tutta la mano, e magari vanno anche oltre... Non hanno educazione, questi francesi, né disciplina. Come i polacchi, del resto. Ora le auguro la buonanotte, cara signorina Koch...»

Non appena i due escono dalla porta, Addi si precipita sulla gavetta e passando per la cucina sale nell'appartamento delle Koch, in modo da uscire sulla scala e salire al proprio piano. Così precederà gli Storbeck e non dovrà incrociarli. La Künzel si trattiene in cucina con Hilde e sua madre.

«L'ha detto apposta» dice quest'ultima. «Che mascalzone!»

«Se l'è inventato, Hilde» le dice Sofia Künzel. «Ti ha teso una trappola. Voleva vedere la tua reazione. Sei stata brava, Hilde. Così si fa.»

Hilde non dice niente. Dev'essere una bugia. Altrimenti ne avrebbero sentito parlare. È vero anche, però, che Hügelstrasse non è distante dal cimitero. E anche i tempi coincidono...

«Jean-Jacques non è proprio il tipo. Violentare una vecchia! Non ci credo» dice sua madre più tardi, quando sono già a letto.

Certo che no. Non ci crede neanche Hilde. Le cose però possono essere andate in un altro modo. Magari Jean-Jacques si è nascosto dalla vecchia, quella lo ha scoperto e ha chiamato aiuto. Che poi lui l'abbia picchiata potrebbero esserselo inventato i nazisti, per diffondere il panico. In modo che a nessuno venga in mente di dare una mano ai prigionieri in fuga.

La mamma si gira sotto le lenzuola. «Comunque Storbeck presto avrà quel che merita. Quando arriveranno gli americani, quelli come lui se la vedranno brutta. E io glielo auguro. Ah, se glielo auguro!»

Sanno tutti che gli americani sono già sull'altra sponda del fiume. Magonza è sotto il loro controllo e non c'è dubbio che in poco tempo lo sarà anche Wiesbaden.

Sua madre sistema bene la testa sul cuscino e in un attimo già dorme. Hilde non riesce, ci mette sempre un po' a prender sonno. È una cosa che si impara col tempo, le ha detto la mamma. Quando passava la notte a sfornare torte per il caffè, cresceva tre figli, si occupava di Heinz e dei clienti e tutti i piccoli problemi di ogni giorno erano sulle sue spalle, Else ha imparato a dormire a comando e a svegliarsi altrettanto velocemente. Ha dovuto imparare, altrimenti non ce l'avrebbe fatta.

Hilde si tira la coperta sulle spalle. Il bruciore di stomaco è passato, ma più in basso qualcosa non va. Si costringe a non pensarci. Jean-Jacques ce l'ha fatta, è arrivato a Nîmes e si è riunito con la sua famiglia. Va tutto bene. Trattiene il respiro per qualche secondo, ascolta i suoni della casa. Di là in soggiorno si sente ronfare il cane, probabilmente è riuscito a mettersi sul divano. Non c'è verso di impedirglielo, nemmeno mettendoci due sedie davanti. Bisognerebbe educarlo con un po' più di severità, ma è difficile: ti guarda con quegli occhioni mansueti color dell'ambra e non puoi più fargli niente.

Adesso il dolore è molto forte, dev'essere stato quello schifoso liquore. Trattiene il respiro per un po' e il dolore passa. Si preannuncia una nottata difficile. Sarà meglio che vada in bagno subito, più tardi potrebbe essere troppo assonnata. Si alza senza far rumore, per non svegliare sua madre. In bagno si accorge con sgomento che sta sanguinando. Qualcosa non va. Se ne torna a letto angosciata, si chiede se deve svegliare la madre oppure no. Magari domani sarà già passata, se adesso si mette tranquilla, si rilassa e pensa alle cose belle. Allora inizia a immaginare che Jean-Jacques sia ancora da loro, lo vede in corridoio che spazza il pavimento. È svelto, preciso. Quando la vede, ferma sulla porta, le sorride. È magro e muscoloso, ha le mani grandi da vignaiolo. Ha i riccioli fitti, neri. Corti come sono somigliano a una soffice lanugine. Quando ride gli occhi si assottigliano e brillano di gioia.

«Mademoiselle Ilde» le dice. L'acca tedesca non ha mai imparato a pronunciarla...

No, fantasticare non aiuta... La pancia le si contrae dolorosamente, a ondate sempre più intense e lunghe. Si mette a sedere con un gemito. Sanguina ancora, accidenti. Si alza in fretta per non sporcare le lenzuola. Arriva davanti alla porta del bagno e la testa inizia a girarle, al punto che deve sedersi a terra. Non smette. Si piega su se stessa.

«Hilde, che succede? Ti senti male? Hai dolori?»

È sua madre, deve averla sentita.

«La pancia...»

Else s'inginocchia vicino a lei, le allontana i capelli dalla fronte umida, le parla con voce bassa e calma. «Vado a chiamare Viviane Krempel. In Schiersteiner Strasse. Deve venire subito.»

«No!» protesta Hilde. «Passa, adesso passa. Vedrai che

domattina starò bene...» L'ostetrica si chiama quando deve nascere un bambino, ma il suo non può nascere adesso, è troppo piccolo, non ce la farebbe...

Hilde si contorce dai crampi, corre in bagno, si rimette a letto, geme in preda al dolore e maledice tutto quel che le viene in mente. Non piange. Anche se ne avrebbe voglia. Ma non lo fa in presenza di sua madre e della Krempel. Non piange nemmeno quando la Krempel le preme la pancia con le mani.

«È un aborto spontaneo» dice l'ostetrica. «Ci vorrà ancora un po', ma poi starà bene. Mettiamo dei giornali vecchi.»

Verso mattino è tutto finito. Il bambino se ne è andato, il dolore pure, l'ostetrica dice che è tutto a posto.

«È una cosa che succede ogni giorno. Specialmente adesso, che c'è poco da mangiare, e poi questi continui attacchi aerei. Niente di grave. Sei sana, avrai tutti i bambini che desideri.»

Else vuole pagare l'ostetrica, che però accetta più volentieri un po' di pane e un pezzo di lardo. Ficca il cibo nella sua capiente borsa e se ne torna a casa. Fuori è già chiaro.

«In fin dei conti è meglio così. Hai avuto fortuna» le dice sua madre, e poi si stende per riposare almeno un'oretta. Hilde tace.

Solo dopo che sua madre si è alzata per andare a lavarsi si lascia andare. Allora piange amaramente per la piccola creatura che era dentro di lei e che non potrà mai prendere in braccio.

Luisa

Stettino, fine febbraio 1945

«Non possiamo portarci tutta questa roba, mamma» dice Luisa. «Lascia stare la valigia, prendiamo solo la borsa.»

Sua madre scuote la testa. Non ce la fa proprio a separarsi dalle sue belle cose, i vestiti, le scarpe. E nemmeno dalle tovaglie, dagli album di fotografie, dalle lenzuola. Avranno pur bisogno di piatti per mangiare. Di una pentola. Di un bollitore per il tè. E anche di quel bel vaso azzurro che ha comprato a Danzica.

«La porto io la valigia, Lieschen... andrà tutto bene.»

È la loro ultima sera nella casa di Stettino. Domani mattina andranno in stazione, dove sperano di riuscire a salire su un treno per Rostock o magari addirittura per Schwerin, è lo stesso. L'importante è andare verso ovest.

«Sono solo chiacchiere. I russi non arriveranno fin quaggiù» sostiene Annemarie Koch.

Stettino è stata bombardata duramente, ma la difesa ancora regge. Si dice anche che a Piła ci siano delle sostanziose unità della Wehrmacht pronte a fermare l'avanzata dei russi. Questo è quanto racconta il cinegiornale. Nel cinegiornale i russi vengono sempre sconfitti, puniti, derisi, presi a pistolettate. A parlare con la gente però si sente raccontare tutt'altro. Si sussurra di donne violentate, paesi interi dati alle fiamme, gli abitanti di lingua tedesca uccisi senza pietà. E poi c'è l'ondata di sfollati della Prussia e della Pomerania Orientale, che arrivano a frotte a Stettino per poi proseguire verso ovest. Sono soprattutto donne e bambini, senza macchine né cavalli; procedono a piedi portando carriole cariche di roba, a volte una vecchietta, a volte un bambino piccolo. È un'immagine che suscita compassione, ma anche molta inquietudine: devono avvenire cose terribili, laggiù, se la gente sceglie di darsi alla fuga in quelle condizioni.

«È un sollievo aver almeno passato l'Oder» le diceva la scorsa settimana una ragazza di Kolberg che Luisa aveva accolto in casa per una notte, insieme al figlioletto di quattro anni. «Qui almeno siamo al sicuro.»

Il giorno dopo di buon mattino, tuttavia, aveva ripreso il viaggio. Finché i treni ancora camminano, aveva detto, voleva andare più a ovest possibile. Ad Amburgo aveva dei parenti che potevano aiutare lei e suo figlio.

È stato allora che anche Luisa ha deciso di partire verso la parte occidentale del Paese. Nonostante sua madre insistesse nel dire che era meglio aspettare la primavera, che quello era l'inverno più rigido che si ricordasse da quelle parti, non certo il periodo adatto per mettersi in viaggio. Ma Luisa è stata irremovibile.

«Davvero credi che sia necessario, Lieschen?» ha sospirato alla fine Annemarie. «Qui abbiamo un tetto sopra la testa. I nostri bei mobili, la macchina per cucire... Può darsi che in primavera riusciremo anche a riaprire il nostro caffè.»

«No, mamma. Questo non sarà mai più possibile.»

E sua madre si è adeguata di buon grado come ha sempre fatto negli ultimi sette anni, da quando hanno lasciato Tiplitz. Anche allora non possedevano nulla a parte ciò che era entrato in una valigia e una borsa. Ma se ne erano andate a testa alta.

Il vecchio Joschka era stato l'unico a venire a salutarle, ad augurare loro buona fortuna. «Che Dio vi aiuti! Voi più di tutti gli altri.»

Avevano assistito insieme alla nobile famiglia in lutto all'inumazione di Johannes von Tiplitz. Ma al ricevimento che si era tenuto subito dopo a Tiplitz, Annemarie Koch e sua figlia Luisa non erano state invitate.

Luisa aveva preparato i bagagli già da qualche giorno, dicendo a sua madre che non avrebbe permesso alla nonna di metterle alla porta. Se ne sarebbero andate prima. Lo dovevano a papà, che era sempre stato buono con loro e di certo non avrebbe voluto vederle umiliate. Lei allora aveva solo quattordici anni, ma non si era dimenticata della raccomandazione del dottore. Aveva preso in mano la situazione, perché sua madre non era in grado di farlo, distrutta com'era dalla perdita dell'amato marito.

Poi per madre e figlia è cominciata un'odissea. Coi pochi soldi che avevano sono andate in una piccola località balneare sul Baltico, Rauschen, a nord di Königsberg e non lontano dalla penisola curlandese. A Rauschen i nonni Koch avevano un caffè, dove Annemarie era cresciuta e aveva anche lavorato. Lì aveva conosciuto il giovane barone Johannes von Tiplitz, in villeggiatura al mare per respirare l'aria buona. Per la vergogna di sua madre, Johannes si era innamorato di Annemarie. Quando in seguito lei gli aveva scritto dicendo che aspettava un bambino, lui aveva insistito perché si trasferisse a Tiplitz e la baronessa aveva dovuto adeguarsi in considerazione delle precarie condizioni di salute del figlio. Si era però fieramente opposta al matrimonio, che invece Johannes avrebbe voluto celebrare.

Rauschen è una cittadina graziosa, ma è stata una totale delusione per Annemarie e Luisa. Il Café Koch era stato venduto, i nonni erano morti entrambi. Per un'estate si sono arrabattate con dei lavoretti, poi Luisa ha deciso di andare a Danzica. Ci era già stata un paio di volte, da piccola, coi genitori: suo padre doveva fare delle cure in città e qualche volta Joschka l'aveva portata in giro, in carrozza, per le strade. Lei e sua madre hanno lavorato per due anni in un caffè sulla spiaggia. Annemarie serviva i clienti, Luisa vendeva piccole girandole colorate. Poi ci sono stati problemi col proprietario. Luisa e sua madre sono ripartite e si sono fermate a Stettino dove hanno preso in gestione una caffetteria, un locale minuscolo ma con una buona clientela, soprattutto la mattina presto, quando i lavoratori del porto venivano a prendere panini e caffè. Poi i bombardamenti intensivi hanno distrutto il porto, mettendo fine alla loro fiorente impresa commerciale. Negli ultimi tempi sono andate avanti facendo lavori di cucito e rammendo per amici e conoscenti. Nella totale sfortuna sono state fortunate, perché il quartiere in cui vivono finora è stato risparmiato dalle bombe.

Erano già a Stettino quando Annemarie ha rivelato a sua figlia di avere un fratello. Heinrich Koch, partito militare nella Prima guerra mondiale, che aveva combattuto per quattro anni prima in Russia e poi in Francia ed era stato così fortunato da uscirne indenne. Finita la guerra, invece di tornarsene di corsa a Rauschen, Heinrich si era innamorato e aveva scritto al padre che si sarebbe sposato e avrebbe preso in gestione il caffè di famiglia della sua fidanzata; nonostante l'ira dei genitori, aveva mantenuto fede al proposito.

«E dove si trova questo caffè?»

«Da qualche parte sul Reno. Non lontano da Francoforte, credo... Aspetta, come si chiama... Qualcosa che finisce con *-baden*, Teichbaden oppure...»

Wiesbaden! Sì, Wiesbaden. Non dev'essere una città molto grande o importante, con un nome del genere... Lei, Annemarie, non lo ha mai capito suo fratello: Rauschen sì che è un bel posto, è sul mar Baltico e ci viene un sacco di bella gente.

Prima dei bombardamenti, Luisa ha frequentato molto la biblioteca cittadina, prendendo in prestito romanzi e racconti di viaggio, di quelli che piacevano tanto a suo padre. Non che avesse molto tempo per leggere: al caffè, a volte si lavorava fino a tarda notte. Eppure ha trovato il modo per conoscere Victor Hugo e Lev Tolstoj. E in biblioteca ha recuperato anche un libricino che parlava di Wiesbaden e delle sue terme, e l'ha portato a casa per mostrarlo alla madre.

«Guarda, hanno gli stabilimenti termali e un grande parco. Perfino l'imperatore Guglielmo ci è andato!»

Annemarie Koch ha dato una rapida occhiata alle immagini

e si è stretta nelle spalle. Sarà anche stato un bel posto, ma secondo lei non c'era confronto con Rauschen: non avevano nemmeno il mare! Questo Luisa non poteva negarlo, però quella città le piaceva. Non ci sarà stato il mare, ma c'era un fiume, nientemeno che il Reno.

«E tuo fratello Heinrich lo sa che ha una nipote?»

Annemarie ha scosso la testa. Come potrebbe saperlo? Sono decenni che non hanno contatti.

«E non gli hai mai scritto? Perché, mamma? È pur sempre tuo fratello.»

Qualche volta ci aveva provato, le dice sua madre. Ma lui non aveva mai risposto. Forse perché Luisa è figlia illegittima. Chi la vorrebbe una nipote così?

Quella notte cadono bombe per ore, e madre e figlia le trascorrono in una cantina gelida insieme ad alcuni sfollati. Ce ne sono a migliaia, sistemati alla bell'e meglio in ogni angolo della città. Domani, quando Luisa e Annemarie saranno partite, avranno a disposizione un appartamento in più. Ora stanno per lasciare lì anche i mobili, insieme alle molte cose che si sono procurate col sudore della fronte ma non possono portare con sé.

«Non guardiamoci indietro» dice Luisa quel mattino a sua madre. «Bisogna sempre guardare avanti. La valigia allora dalla a me, mamma. Tu porta la borsa.»

Ma non può impedire che sua madre si volti un attimo verso il minuscolo balcone dove per anni hanno fatto prendere aria ai materassi. Un tempo c'erano vasi di gerani rossi che si vedevano da lontano, arrivando dalla strada.

Il vento gelido s'insinua sotto i cappotti pesanti. Nonostante i guanti, le dita s'intorpidiscono in fretta. Nella notte ha nevicato e bisogna fare molta attenzione perché sotto lo strato di neve nuova c'è quella ormai ghiacciata e scivolosa della settimana scorsa. Man mano che si avvicinano alla stazione, diventa chiaro che non sono le uniche ad avere avuto l'idea di mettersi in viaggio. Una massa di persone affolla l'atrio e i binari. Il baccano è assordante. Luisa si ritrova a parlare con una signora anziana che indossa una pelliccia d'agnello e un berretto di lana rosso. In terra attorno a lei ci sono numerosi fagotti tenuti insieme con lo spago. Su uno di questi siede una ragazza pallida, visibilmente incinta.

«Il prossimo treno per Rostock?» dice l'anziana ripetendo la domanda di Luisa. «Se abbiamo fortuna, dovrebbe passarne uno fra un'ora. Ma certezze non ce ne sono, cara signorina. Noi abbiamo pagato fino ad Amburgo e ci hanno fatto scendere qui a Stettino ieri sera. A quanto pare dovevano riparare la locomotiva.»

«Grazie» dice Luisa. «Vuole un po' di tè caldo?»

«Ah, sarebbe stupendo... Meta, vieni qui! La signorina ci offre del tè caldo.»

E così dividono il loro thermos di tè con le due sconosciute, zia e nipote di Königsberg. Le due raccontano che spesso i convogli vengono presi di mira da bombardieri a bassa quota. In quei casi il treno si ferma e i passeggeri vengono fatti scendere perché si nascondano nella boscaglia. Finora hanno avuto fortuna: nessuno dei loro compagni di viaggio è stato colpito. Un impiegato della stazione invece si è preso diversi spari alla schiena ed è morto sul colpo.

«Mi ha aiutato a trovare posto, a Königsberg» dice con tristezza la ragazza. «E gli restava così poco da vivere...»

Meta Lewandowski è sposata con un soldato semplice, il bambino deve nascere fra poche settimane. «Ci siamo sposati a Natale» racconta. «Un matrimonio a distanza. Perché Hans non ha ancora avuto licenze. Il prete ha celebrato le nozze con solo me presente, una Bibbia e un elmo da soldato al posto dello sposo. Hans ha pronunciato la promessa e giurato sulla Bibbia nella sua unità vicino al fronte russo. È così che siamo diventati marito e moglie...»

«La festa di nozze la faremo quando sarà finita la guerra» precisa sua zia bevendo l'ultimo sorso. Il tè è già finito, ma

Luisa non si pente della propria generosità. Sarebbe comunque diventato freddo, e poi la signora Lewandowski ha contribuito con delle zollette di zucchero e un biscotto fatto in casa. È bello poter parlare con qualcuno nell'attesa, sentirsi meno sole e sperdute in mezzo a un mare di sconosciuti.

Quando finalmente si scorge all'orizzonte la nuvola scura che sovrasta la locomotiva, sono quasi congelate. Nelle vicinanze del binario d'un tratto c'è fermento, la gente spintona e sgomita, le donne inveiscono, i bambini piangono. I pochi ferrovieri non hanno mezzi per portare ordine in quel caos. Si limitano a fare in modo che invalidi e malati abbiano la precedenza.

La motrice si arresta sbuffando, un grosso mostro di metallo annerito da cui spunta una nebbia scura che avvolge tutto quanto. Lo stridio dei freni spacca i timpani.

«Mamma, resta vicino a me!»

La ressa è indescrivibile. Luisa ha l'impaccio dell'ingombrante valigia, viene superata, resta indietro. Sua madre è già dentro, ma lei continua a perdere terreno. Nessuno ha più alcun riguardo. I vecchi vengono spinti da parte, molti si arrampicano e si infilano nei finestrini, perché è chiaro che gli ingressi dei vagoni sono ormai bloccati. Luisa non tarda a capire che con quella valigia non riuscirà a salire. Così la abbandona al suo destino, e un ferroviere la aiuta a entrare da un finestrino aperto. A bordo si sta stretti come sardine. Negli scompartimenti per sei c'è almeno il doppio della gente. Due bambini piccoli sono stati sistemati sulla rete portabagagli, sui sedili non c'è più spazio vitale, e poi ci sono quelli seduti a terra, sulle valigie. Fuori i ferrovieri cercano di contenere la folla di chi non ce l'ha fatta. Si sentono grida disperate, persone che si chiamano. Alla fine la locomotiva fischia, libera uno sbuffo di vapore bianco che avviluppa quelli rimasti a terra e lentamente si mette in marcia.

Il sollievo di Luisa dura ben poco. È seduta fra un ragazzo con un occhio bendato e una donna anziana e non ha idea di dove sia finita sua madre. Inoltre è preoccupata per la perdita della valigia: alcune delle cose che c'erano dentro sono indispensabili per Annemarie. Non le confesserà di averla abbandonata volontariamente, racconterà una bugia. Non è una cosa che fa volentieri, ma ormai sa bene che sua madre è rimasta una bambina, mentre a lei, che ha solo ventun anni, tocca il ruolo dell'adulta. Avrebbe tanto voluto che le cose fossero andate diversamente. Se solo suo padre fosse ancora con loro... Sebbene fosse malato, è stato lui a insegnarle tutto, a rispondere a tutte le sue domande, a difenderla e persino a sfidare la nonna per lei. Sarebbe stato un uomo eccezionale, senza l'intralcio della malattia. Ma non ha senso pensarci adesso. Se fosse stato sano, non avrebbe mai conosciuto sua madre e avrebbe sposato una del suo rango.

Nello scompartimento l'aria è irrespirabile. Luisa non si era mai trovata a così stretto contatto fisico con altra gente, con il loro sudore e le esalazioni della pelle e dei vestiti sotto il naso. E ci sono anche altri odori: raggiungere il bagno è praticamente impossibile, perché il corridoio è anch'esso stipato di gente. Nonostante il freddo di febbraio si aprono spesso i finestrini per fare entrare aria, e la signora seduta accanto a lei si lamenta a voce alta, dice che non sopporta il treno.

«E perché lo prende, se non lo sopporta?» chiede il soldato con la benda. La domanda strappa un sorriso a Luisa. Si mettono a chiacchierare. Il giovane è appena stato dimesso dall'ospedale militare e se ne torna a casa per un paio di giorni.

«Ma mi richiameranno, sicuro» dice. «Anche se con l'occhio ridotto così non posso più tirare.»

«Che cosa le è successo?»

«Un frammento di proiettile. E ho avuto fortuna. A quelli vicino a me è andata molto peggio.»

Le sorride e Luisa non sa cosa dire. Negli ultimi anni ne ha viste tante, insieme a sua madre, ha dovuto affrontare difficoltà di ogni genere, ha conosciuto la fame e la paura delle bombe, ha visto da vicino i feriti e i morti mentre venivano estratti dalle macerie. Ma che cos'è tutto questo a paragone di quello che capita ogni giorno ai soldati in prima linea?

«Sono un musicista» dice il ragazzo sorridendo ancora. «A lei piace la musica?»

Finalmente Luisa riesce a ricambiare il sorriso. «Mi piace molto» ammette.

La signora seduta vicino a loro spacchetta un panino con la salsiccia, ci pensa su qualche istante e lo spezza a metà.

«Tenete, dividetevi questo» dice. «I giovani devono mangiare. A me che sono vecchia ormai basta poco.»

La ringraziano e accettano con entusiasmo. Luisa divide volentieri la sua parte e si ricorda con sollievo che almeno sua madre ha con sé la borsa. Lì dentro c'è del pane, un po' di melassa, patate lesse e una bustina di sale. Mamma non soffrirà la fame, in qualunque angolo di questo treno si trovi. Il denaro, i biglietti e i documenti invece li ha lei, insieme alle tessere annonarie. Si rivedranno alla stazione di Rostock. Troverà un posto dove passare la notte e decideranno come proseguire. Il suo piano è raggiungere Wiesbaden, per conoscere suo zio. Ma questo a sua madre non lo ha detto.

Nonostante il rumore sferragliante della motrice, lo sentono subito: l'odiato fischio che sembra provenire direttamente dal cielo e annuncia l'arrivo degli aerei. Il treno si arresta, tutti sanno che è meglio scendere e allontanarsi perché è al convoglio che mireranno. Così i piccoli gruppi che si sono costituiti nelle ore precedenti si disperdono, Luisa e il ferito di guerra corrono fuori dal vagone, si arrampicano su per il terrapieno che costeggia la ferrovia, vedono le formazioni in cielo e si buttano a terra. Intorno a lei tutto tuona e dopo qualche secondo cominciano gli spari. La terra trema, le piovono in testa frammenti di pietre mentre giace immobile nella neve e si copre le orecchie con le mani. Dopo un po' la tranquillità torna, Luisa osa alzare la testa. Ecco il treno col suo pennacchio di fumo grigio: i passeggeri risalgono a bordo. Una donna si alza a fatica, si annoda intorno alla testa il foulard di lana azzurra che le era caduto.

«Mamma!» strilla Luisa. «Mamma, aspettami. Arrivo!»

Annemarie è proprio lì, a una cinquantina di metri di distanza, nella neve. Si corrono incontro, si abbracciano forte.

«Avevo tanta paura che non fossi riuscita a salire!»

«Mamma, tu mi conosci. Figurati se mi facevo lasciare indietro» ribatte lei con la sua ironia nel tentativo di calmarla un po'.

«La borsa l'ho persa, Luisa...»

«Non importa, mamma. Anche la valigia è andata.»

Ride e prende per mano sua madre. Salgono insieme. Non hanno più i bagagli, ma hanno un po' di soldi, le tessere annonarie e i documenti. La cosa davvero importante è che sono insieme e che insieme proseguiranno il viaggio verso ovest.

Stavolta devono salire su un vagone merci, perché quelli destinati ai passeggeri sono stracarichi. Fa più freddo perché è necessario tenere socchiuso il portellone, per avere un po' di luce dentro. Qualcuno ha sistemato delle panche a terra: l'unica comodità di cui dispongono. Luisa e sua madre si stringono l'una all'altra, cercando di scaldarsi.

«Avresti dovuto darmi retta, Lieschen. Adesso saremmo nella nostra comoda casetta a bere un buon tè caldo...»

Dentro di sé Luisa si chiede se per caso non abbia ragione lei. Poi però si guarda intorno, vede quest'umanità lacera e affamata, la paura nei loro occhi. Pensa a quel che ha sentito dire sui russi e si convince di aver fatto la scelta giusta.

«Pensa a quando arriveremo a Rostock, mamma. Da lì potremmo andare a Lubecca. E ad Amburgo, ci pensi? La porta del mondo, la chiamano...»

«Tu vuoi sempre andare fuori, nel mondo... e invece avremmo fatto meglio a restare dov'eravamo. Alla tenuta, lì saremmo state meglio. Un letto ce lo avrebbero trovato di sicuro.»

«Sì, magari nella porcilaia.»

«E se anche fosse? Almeno lo avremmo avuto. Tu invece vuoi sempre andare, andare, andare...»

Annemarie si mette a piangere e tocca a Luisa abbracciarla, sussurrarle in un orecchio che a Rostock troveranno una bella stanza calda con un bel letto soffice dove passare la notte. È appena riuscita a tranquillizzarla un po' e perfino a farla appisolare, quand'ecco che riparte l'allarme, il fischio dal cielo. Il treno si ferma, la storia si ripete. Adesso bisogna solo correre. Luisa tiene stretta la mano di sua madre, anche se così sono più lente, si arrampicano su per il pendio ripido e trovano rifugio in una macchia di alberi spogli e rinsecchiti. Si buttano a terra, abbracciate strette. Stavolta il carico mortale degli aerei si abbatte non solo sulla ferrovia ma tutt'intorno, per un raggio notevole, gli spari fanno schizzare in aria intere zolle e lasciano sul terreno crateri profondi.

«Tanto valeva rimanere sul treno, Lieschen.»

Annemarie Koch non ne può più, è stanca morta. Da ore non ha più la sensibilità ai piedi, le fa male la schiena e ha un tremendo mal di testa.

«Presto saremo a Rostock, mamma. Manca poco. Guarda, possiamo risalire.»

Stavolta trovano posto in uno scompartimento. Luisa si sistema a terra, Annemarie riesce a sedersi su una panca, vicino a un'anziana coppia. La locomotiva ci mette un po' di tempo ma finalmente riparte, piano, sferragliando e fischiando, poi acquista velocità finché i rumori si fondono in un unico tramestio regolare.

È quasi sera quando la città di Rostock appare all'orizzonte. La vedono subito dopo una curva, immersa in un tramonto rosa, con le sue strane torri sottili. C'è un cielo chiaro, pacifico.

«La Marienkirche!» esclama un tale indicando col dito. «È ancora in piedi, non l'hanno distrutta.»

«Mamma, siamo a Rostock. Ce l'abbiamo fatta!»

Luisa scuote sua madre per la spalla, le scosta dal viso il foulard azzurro per darle una bacio sulla guancia. Poi all'improvviso il treno si ferma.

«Fuori tutti!» grida qualcuno. «Aerei a bassa quota!»

Tutti si precipitano fuori. Ma la gente è esausta, inciampa, i bambini strillano, alcuni tra i più vecchi restano sul treno, accada quel che deve accadere. Luisa si trascina dietro sua madre, sa bene che i proiettili squarceranno il tetto e le pareti del convoglio come se fossero di carta. Devono uscire di lì, se hanno cara la vita. L'intensa luce radente del tramonto fa di loro dei bersagli ideali. Ma perché fanno una cosa del genere? Che soldati sono, quelli che sparano a donne e bambini inermi come a conigli in mezzo a un prato?

Di colpo vede un varco, uno stretto tunnel che passa sotto i binari e conduce dall'altra parte del campo.

«Presto, mamma! Qua sotto.»

Sua madre si lascia portare, aggrappata con forza al suo braccio, ansima pesantemente, ma alla fine riescono ad accucciarsi nel cunicolo. Così rannicchiate stanno ad ascoltare il crepitio dei mitra, che ora non possono più colpirle. Non dura a lungo. Gli aerei tornano già alla base, hanno solo fatto un'incursione breve, giusto per mietere qualche vittima in più.

«Tu resta qui, mamma. Mi affaccio per dare un'occhiata.»

Fuori è ancora chiaro, un cielo pulito e senza nuvole. La luce sta calando, però, si avvicina il crepuscolo. Alcune persone si trascinano esauste verso il treno, qualcuno resta immobile in mezzo alla neve. La locomotiva sbuffa piano, devono essere le ultime palate di carbone, ormai a Rostock manca poco.

«Si riprende il viaggio, mamma. Aspetta, ti aiuto ad alzarti.»

Ma Annemarie non reagisce. Quando Luisa la prende per un braccio e prova a sostenerla, le sembra di sollevare un peso morto.

«Mamma?»

Nessuna risposta. Il corpo di sua madre scivola di lato. Sulla schiena il cappotto ha numerose macchie scure. Sono spari. Un'intera salva.

Luisa è sola, adesso.

Hilde

Wiesbaden, 27 marzo 1945, pomeriggio

Alla fine sono arrivati, gli americani. Hilde si è affrettata ad appendere alla finestra un lenzuolo bianco, perché sua madre ha detto che era meglio fare così. Poi si sono affacciate tutte e tre alla finestra a guardar sfilare le truppe di occupazione. Cinque carrarmati con poderosi cingoli che hanno sbriciolato quel che restava del manto stradale. Si dice che si siano sistemati in municipio e che abbiano scelto l'Hotel Rose come quartier generale. È lì che stanno andando i carrarmati.

«Non marciano impettiti come i nostri» dice la Künzel con un sorriso.

«I nostri ormai marciano verso la sconfitta» commenta Else.

Sono mesi che non hanno notizie di suo padre. Heinz Koch ha superato la cinquantina, non ci si può aspettare che sia agile e resistente come a vent'anni. Possono solo sperare che si sia arreso e sia finito in un campo per prigionieri americano.

Hilde guarda giù in strada coi gomiti poggiati al davanzale. Non sa se essere contenta o triste. Contenta che sia finita la guerra. Triste perché ha perso il suo bambino. È entrambe le cose e nessuna delle due. Dalla notte dell'aborto, vive come in una strana bolla dove non c'è gioia e non c'è dolore, vagando come una sonnambula. Quasi l'avessero colpita alla tempia con un martello di gomma.

«Niente più bombe» dice sua madre con un profondo sospiro di sollievo. «E finalmente potremo buttare via quella maledetta carta oscurante. Quanto la odio...»

«E dormire!» aggiunge la Künzel estasiata. «Potremo dormire tranquilli dalla sera alla mattina, senza allarmi antiaerei. Quando è successo l'ultima volta?»

Guarda in basso e scambia un sorriso con un giovane soldato. Sofia Künzel ha passato i cinquant'anni, ormai non si esibisce più a teatro e vive di lezioni di canto, un settore che negli ultimi tempi ha subito un netto tracollo: oltre al problema delle bombe, c'era il fatto che i giovani aspiranti cantanti erano tutti al fronte. Ma chissà, forse a qualche soldato americano piacerà l'idea di educare la voce al bel canto...

«Puah... cos'è questa puzza?» dice Hilde.

Ha ancora l'olfatto molto sensibile, e ora le arriva alle narici un lezzo pungente di fumo che le ricorda quello delle case bruciate in quella terribile notte di febbraio.

«Saranno gli Storbeck» dice la Künzel in tono sdegnato. «Hanno acceso il forno, e il vento porta il fumo giù in basso. Io una vaga idea di cosa stiano cuocendo ce l'ho...»

«Anch'io» ribatte Else. «Stanno bruciando il loro passato da nazisti. Gli opuscoli del partito, le bandiere che bisognava tirare fuori per le parate...»

«Quella l'abbiamo anche noi, nel ripostiglio» fa notare Hilde.

«Tutti ce l'hanno» constata la Künzel con un'alzata di spalle.

Non c'era modo di sottrarsi, le avevano consegnate casa per casa. Se uno si opponeva, doveva aspettarsi delle rappresaglie.

«Pensa a Julia Wemhöner» dice sorridendo la Künzel. «Potrà finalmente uscire di casa, camminare a testa alta. Potrà tornare nel suo appartamento... oh, sono così contenta per la nostra Julia. Ci siamo riusciti... tutti insieme!»

È adesso che succede: a Hilde gli occhi si riempiono di lacrime, deve cercare un fazzoletto e soffiarsi il naso.

«Ti sei presa il raffreddore?» la rimbrotta sua madre. «Te l'avevo detto, di metterti la giacca.»

«Sto bene, mamma.»

È stata la commozione. La gioia e l'orgoglio per quello che

sono riusciti a fare: salvare Julia. Se lo sapesse papà... è anche suo, il merito. Hilde tira su col naso. Si rende conto in quell'istante che la bolla è scoppiata. È tornata alla vita.

Mentre Sofia Künzel va di sopra per aiutare Addi e Julia a sistemarsi, Hilde e sua madre restano sole in cucina.

«Puoi cominciare a lavare le patate, Hilde.»

Le patate raggrinzite vengono tagliate e messe in pentola con la buccia. Di lardo non ce n'è più, usano del dado e un barattolo di conserva di carote. Ognuno porterà il suo pane, e Else per l'occasione aprirà l'ultimo vasetto di prugne sciroppate.

«Mamma, senti...»

«Sì?»

«La storia dell'aborto non deve saperla nessuno, sei d'accordo?»

«Cosa credevi, che l'avrei fatto scrivere sul giornale?»

«No, certo... Volevo dire... quando tornerà papà. E non voglio che lo sappiano neanche Willi e August.»

Else svita con un gesto energico il coperchio del barattolo.

«Non ho segreti con tuo padre, Hilde.»

Sì, questo Hilde lo sa bene.

«Se te lo domanda, non gli mentirai. Non ti chiederei mai di farlo. Però, ti prego, altrimenti non raccontarglielo. Gli daremmo solo un dispiacere.»

«Ma sì, hai ragione tu» ammette Else con un sospiro. «Se solo tornasse...»

Sua madre mette il dado nella minestra, poi aggiunge le carote. Il profumo non è poi così male. Negli ultimi giorni Hilde ha mangiato molto poco, e adesso finalmente ha un po' di appetito. Prende un cucchiaio e assaggia con prudenza il brodo, dopo averci soffiato sopra. È buono.

«Sai una cosa, mamma? Dobbiamo riaprire al più presto.»

Else la fissa per qualche istante e poi scuote il capo. «Riaprire! E che cosa vorresti proporre ai clienti? Tè alla menta e pane secco?»

«Qualcosa troveremo. Forse ci daranno delle provviste in più, se mandiamo avanti un locale.»

Else è di sicuro impressionata dall'audacia della figlia, ma ne è anche spaventata. E non si lascia coinvolgere. «Riapriremo, certo. Ma quando la situazione sarà un po' più stabile.»

«Dio santo, mamma, coma fai a non rendertene conto? Dobbiamo farlo adesso! Il prima possibile. Prima che l'idea venga a qualcun altro.»

«Ma chi vuoi che ci venga? La gente ha troppi problemi per sedersi a un tavolo a bere tè.»

«Ci verrebbero gli americani! Scommetto che non vedono l'ora di stare seduti in un elegante caffè tedesco a mangiare un dolcetto con la panna o una bella fetta di torta della Foresta Nera con le ciliegie.»

«Sì, le ciliegie...» ripete sua madre canzonandola.

«Ci daranno tutto loro, mamma!» L'entusiasmo di Hilde si alimenta da solo. «Panna, zucchero, uova, alcolici... Quando capiranno quello che possiamo offrirgli, ci daranno le loro scorte...»

«È tutta una fantasticheria, Hilde... e comunque io non cambio bandiera così facilmente. Siamo in stato di occupazione, ma la guerra non è finita. Berlino non è ancora caduta. Non apro le porte del Café Engel a un esercito invasore.»

Parlando, Else mescola la minestra e aggiunge un po' di sale. Accanto a lei, Hilde scalpita impaziente, frustrata dall'ostinazione di sua madre. Ci fosse stato suo padre, lui sì che avrebbe sostenuto la sua idea. Dei due, è sempre stato il più aperto alle novità. Sua madre ha sempre cercato la rassicurazione delle cose conosciute e collaudate. Quanto a lei, non ha dubbi: buttarsi nel nuovo, nell'ignoto, è sempre meglio che starsene accanto alla stufa ad aspettare che qualcosa succeda.

«Dobbiamo pulire per bene tutto il locale, mamma. Renderlo accogliente. Appendere delle foto, magari.»

Quella di Hitler l'hanno tolta dal muro e buttata nel fuoco giusto ieri. Era un'esigenza che sentivano tutti. Per troppi anni si erano fatti sorvegliare da quella brutta faccia. Adesso possono riappendere la foto di Mendelssohn seduto al piano, quella che piaceva tanto a Hubsi Lindner. Il povero vecchio Hubsi. Gli piaceva suonare in duetto con Fritz Bogner. Chissà che fine ha fatto, se è ancora vivo...

Quando si tratta di pulire e riordinare, sua madre non si tira mai indietro. Il giorno dopo si mettono all'opera di buon mattino. Fanno una parca colazione a base di tè alla menta e cipolle, poi cominciano a spolverare e lavare a fondo la sala del caffè. Il bombardamento ha incrinato un paio di finestre. Ragnatele scure attraversano il vetro annerito. Però non ne è caduto nemmeno un pezzo. Hilde si dedica con energia all'angioletto dell'ingresso, per quanto, dopo una lunga sgobbata, ottenga solo una specie di color rame tutto chiazzato.

«Meglio così che nero» dice, lasciandosi cadere sconfitta su una sedia. «Giù in cantina dovrebbe esserci della vernice dorata, proverò a usarla.»

Intanto sua madre ha lavato le finestre. L'acqua nel secchio è nera. Devono andarci piano con l'acqua potabile: uno dei due allacci non funziona.

«Le tovaglie rosse? Non se ne parla proprio, Hilde. E chi le lava, poi? Al Café Engel non ci sono tovaglie sporche. Meglio senza, allora!»

«Ma mamma! Le tovaglie ci vogliono!»

«Ho detto di no ed è no!»

Mentre sono lì a litigare, si apre la porta del vano scale e appare Julia Wemhöner, seguita dalla Künzel. Entrambe offrono il loro aiuto e l'offerta è accettata con entusiasmo. Ieri sera Addi ha dovuto faticare per convincere Julia a scendere a cena con gli altri, nella sala del caffè. Alla fine si è unita a loro, restando almeno una mezzoretta. Ha piluccato qualcosa, ma si voltava spaurita verso la porta ogni volta che sentiva un rumore. Poi Addi l'ha riaccompagnata di sopra, perché non dovesse ritrovarsi faccia a faccia con Storbeck all'improvviso.

«Certo che ci serve una mano. Il Café Engel sta per riaprire!» annuncia Hilde esaltata, un attimo prima che sua madre riesca a dire qualcosa, tipo: *Facciamo solo un po' di pulizia.*

«Che bello!» esclama la Wemhöner illuminandosi. «Mi è tanto mancato, il Café Engel!»

«Al lavoro, allora!» esclama la Künzel sbottonandosi i polsini della camicetta per rimboccarsi le maniche.

L'idea di Hilde conquista tutte in breve tempo. Le vecchie tovaglie rosso vino vengono disseppellite dall'armadio, insieme ai vasetti di fiori finti e ai portatovaglioli di metallo. Julia si offre di ricucire gli strappi e rifare gli orli.

«Ottima idea! E quei bei mughetti bianchi? Ci sono ancora?»

«Nell'armadio. E i posacenere! Non ce li scordiamo.»

«I cuscini per le sedie!»

«Il vassoio d'argento, quello che usava Finchen per lo spumante... Santi numi! È diventato tutto nero.»

La vecchia Finchen... Ha lavorato tanti anni, al Café Engel. Col suo vestito nero e il grembiulino bianco. Una ragazza formosa, che non passava inosservata. Nella tasca del grembiule teneva il blocchetto per le ordinazioni e la matita, mentre il portamonete lo legava alla vita con una catenella. Allo scoppio della guerra si è trasferita da certi parenti in campagna.

La mamma toglie una ragnatela da un tavolo e mormora: «Tanto lavoro per un'idea folle».

«Sarà bellissimo, mamma. Dammi retta.»

Hilde sta pensando alle provviste che sono ancora in cantina, lasciate da suo padre quando il caffè era in attività. Non ne resta molto. Farina, mezzo sacco di zucchero, qualche tavoletta di cioccolato, lievito e un vecchio pacco di ciliegie di marzapane, per decorare le torte. Ma come si fa a fare i biscotti senza uova? Con quelle disidratate è difficile. Pazienza, si arrangeranno. La mamma è una pasticciera sopraffina, qualcosa si inventerà. E se poi gli americani non verranno, sarà pur rimasta un po' di gente a Wiesbaden che possa permettersi una fetta di torta e una tazza di caffè di cicoria al Café Engel. Le signore benestanti del quartiere delle ville, per esempio. Prima della guerra erano buone clienti: ne sarà pur rimasta qualcuna...

Nel frattempo la Künzel si è messa a esaminare le fotografie appese alle pareti. «Gründgens lo togliamo di mezzo... Di Zarah Leander che ne facciamo?»

«Se ne vanno nell'armadio» risponde prontamente Hilde. Con gli artisti deve ancora fare i conti. Proprio un bel tipo, quel Gründgens: è venuto al Café Engel e si è guardato intorno tutto altero e abbottonato... Anche Rühmann è venuto, una volta sola, un tipo simpatico. Ma Zarah Leander per Hilde è solo una sciacquetta che si crede chissà chi. Starà bene in fondo a un cassetto.

Ma la cosa non piace a Julia Wemhöner. «Non puoi farlo, Hilde!» protesta agitata. «Sono tutti artisti! Vivono per la loro arte. Non è stata colpa loro. E poi non voglio che nessuno venga chiuso in un armadio. Tutti hanno diritto di stare qui.»

Le altre si scambiano un'occhiata eloquente. Hilde pensa a suo padre, che non avrebbe eliminato nessuna foto perché ha troppo rispetto per il talento.

«Allora le appenderemo da un'altra parte» dice Hilde. «Mi date una mano?»

Julia si presta più che volentieri. Li ha conosciuti tutti di persona, quando faceva la costumista, e con Sofia Künzel si mette adesso a ricordare aneddoti.

«Era buffo come scandiva le parole. Sempre con la paura che gli altri non capissero...» dicono di un tale attore.

«E quella volta che ha nascosto un pesce nel gabinetto? L'aringa! Che iena era! E noi a chiederci per settimane da dove venisse quella puzza » raccontano di un'attrice.

Si apre la porta ed entra Addi, vuol sapere che fine ha fatto il cane. Quando vede Julia al lavoro, s'illumina di contentezza. E anche lui s'incammina volentieri sul viale dei ricordi, mentre aiuta le due donne a scegliere le foto. Non gli mancano certo le storie da raccontare.

«Vi ricordate di Eddi Graff? Cercava sempre sul giornale

le recensioni che parlavano di lui. Una volta un collega gli ha detto: "Hai mica guardato tra la cronaca nera, in mezzo alle gesta dei delinquenti?".»

Le risate generali s'interrompono d'un tratto quando si sente bussare alla porta, che Addi ha riparato alla bell'e meglio. Qualcuno sbircia dall'altra parte del vetro appena pulito, qualcuno con l'uniforme verde e l'elmetto.

«Gli americani» mormora mamma spaventata.

L'atmosfera allegra si spegne. Sono tutti come pietrificati, la Künzel si è bloccata con una foto incorniciata in mano. Addi ha posato il braccio sulle spalle di Julia, che ha gli occhi sbarrati dal terrore, in una specie di automatismo protettivo. Hilde è ferma con un vassoio in mano, stava portando il tè per tutti.

Bussano di nuovo, con più forza. Il soldato americano abbatte spazientito il pugno sull'asse di legno inchiodata all'ingresso. Addi scambia un'occhiata con la mamma e supera la porta girevole per aprire quella principale. Le donne si mettono vicino alle finestre.

«Buongiorno... *Good morning.*»

Fuori ci sono una ventina di americani con le armi puntate su Addi. I due ufficiali in avanscoperta lo osservano, lo giudicano inoffensivo.

«Il padrone di casa chi è?» domanda uno in un buon tedesco.

«La signora Koch... lei è...»

Non lo lasciano finire. Uno dei due piazza uno stivale nella porta girevole e prova a entrare. La porta gira con fatica. L'uomo sorride e dice qualcosa in inglese al sottoposto. Ridono entrambi, dev'essere che la porta girevole coi vetri istoriati suscita la loro ilarità.

«Quante persone vivono qui dentro?»

«Sette» risponde Addi.

Hilde sente sua madre sospirare piano. Sono qui per sequestrare la casa. Se l'edificio è abitato da tante persone, allora rinunciano. Ma sette, in una casa così grande, non sono certo tante.

Sono entrati nella sala del caffè: i due ufficiali, seguiti da Addi. Gli altri coi fucili spianati sono rimasti fuori.

L'americano che parla tedesco è giovane, ha una faccia magra e glabra e le sopracciglia scure. Ha due cicatrici ai lati della bocca.

«La casa è requisita. Potete fare le valigie.»

La mamma deve appoggiarsi allo stipite della finestra per non cadere. Addi fissa l'uomo incredulo.

«Ma... e dove dovremmo andare?» balbetta Hilde.

«Avete venti minuti» dice l'americano giovane fissandola. «Poi ci pensiamo noi a sgomberare.»

Non c'è modo di opporsi. *Vae victis*, guai ai vinti. Hanno perso la guerra e adesso c'è il conto da pagare. Devono fare le valigie, lasciarsi indietro il resto, e sperare che ci sia un posto per loro da qualche parte in città.

Julia Wemhöner scoppia a piangere appena capisce quello che sta succedendo. La Künzel e Hilde sono indignate. È un'ingiustizia!

«Non potete farlo! Perché proprio casa nostra?»

Gli americani fanno un cenno ai soldati rimasti fuori, che entrano a uno a uno varcando la porta girevole. Gli ufficiali si guardano intorno con curiosità.

«Cos'è, un ristorante?»

«Un caffè» precisa la Künzel. «Il Café Engel.»

«*Engel*» ripete l'ufficiale con un sorrisetto. «Angelo.»

Hilde è decisa a difendere la sua casa. Le viene un'idea.

«Non potete metterci sulla strada. Questa donna è ebrea. L'abbiamo tenuta nascosta qui per tutta la durata della guerra, le abbiamo salvato la vita mettendo a rischio le nostre. E adesso voi arrivate e volete cacciarla da casa sua, dopo tutto quello che ha passato?»

Sa bene l'effetto che ha sugli uomini quando si scalda in quel modo, e non le dispiace constatare che i due non restano indifferenti. Il più alto in grado vuole sapere dall'altro cos'ha appena detto.

«*Where is the Jewish lady?*»

Adesso vuole sapere chi è l'ebrea.

Addi carezza la spalla di Julia per farle coraggio. Lei ha capito che è il suo turno e si fa avanti timidamente.

«Sono io. Julia Wemhöner.»

«Wemhöner? Documenti.»

Ma Julia i documenti non li ha più. Ha buttato nel fuoco anni prima la sua carta d'identità, con su stampato il nome SARAH. Da ombra, da fantasma vivente in una vecchia soffitta, l'identità non le serviva... Ma i suoi ricordi non sono andati via, e anzi sono più vivi che mai. Ben più di lei.

«Questo è una caffè di artisti, signori ufficiali» si mette a spiegare sorridendo, come ispirata. «Da qui sono passati tutti, si sono seduti a mangiare, a chiacchierare... tutti i grandi del teatro. I cantanti più famosi... Fritz Windgassen... Guardi le foto alle pareti: Max Pallenberg, Paul Hartmann, Henny Porten, Käthe Dorsch...»

L'entusiasmo con cui elenca i nomi irrita gli ufficiali. Guardano le foto, sorridono, fanno spallucce. Non sanno chi sia questa gente, non gli interessa certo il mondo del teatro della Germania nazista.

«Avete ancora dieci minuti» intima loro l'ufficiale giovane, poi si volta verso Julia. «Lei può venire con noi. Verificheremo la sua identità. Se è ebrea, ha diritto a un alloggio.»

«E noi?» domanda la Künzel.

Nel frattempo anche la mamma ha deciso di non darsi per vinta.

«Dovete sapere che in questa casa non c'è acqua potabile, signori. Le condotte hanno subito dei danni. Anche il tetto è stato danneggiato dai bombardamenti. Un peso eccessivo potrebbe far crollare tutto.»

Ma quelli non la stanno nemmeno a sentire, ora sono distratti da qualcos'altro. L'ufficiale giovane ha preso in mano la foto incorniciata che Sofia Künzel stava sistemando quando hanno bussato, prima di poggiarla su un tavolo. La sta fissando, nel tentativo di decifrare la fiorita firma autografa.

«Eduard F. Graff» mormora rivolgendo a Julia un'occhiata interrogativa.

«Oh» fa lei, e sorride. «Un attore meraviglioso. Un caratterista. Per lui ho cucito diversi costumi. Un uomo molto affabile, paziente, cordiale con tutti! Sa, i capricci, i modi villani, sono cose da attori senza talento. Eduard Graff era uno uomo di talento. Oberon in *Sogno di una notte di mezza estate*, Napoleone, Mefistofele... eravamo tutti incantati da lui! Aveva un carisma senza pari, davvero.»

«Che gli è capitato?»

Julia sospira, si stringe nelle spalle. Non lo sa, purtroppo.

«Ha lasciato la Germania. Era il 1934... no, forse il '35. Era ebreo, sa.»

«Sì» ribatte l'ufficiale. «Era ebreo.»

Tiene in mano la foto come a soppesarla, passa il dito sulla firma, scuote il capo. Poi posa gli occhi su Julia e parla più piano, rivolgendosi a lei soltanto.

«Eddi Graff è andato a New York. Lavorava in una pescheria ed è morto sei anni dopo il suo arrivo in un incidente stradale. Non ci ha mai detto che faceva l'attore.»

«L'ha conosciuto?»

Ma l'uomo non le risponde. I due ufficiali confabulano per un po' in inglese, il più anziano sembra agitato, quello giovane resta piuttosto indifferente.

«La foto la prendo io» dice l'ufficiale a Julia. «Si presenti domani mattina al nostro quartier generale in Bierstadter Strasse. Arrivederci.»

E se ne vanno. I soldati escono uno dietro l'altro e vengono riversati dalla porta girevole e scricchiolante sul marciapiede. In formazione, marciano verso la casa accanto.

«Non ci capisco più niente» mormora Julia. «Però mi è sembrato un brav'uomo, quell'americano.»

Sono tutti immobili, non osano quasi respirare. Sentono i pugni americani picchiare con forza contro una porta.

Forse l'hanno scampata davvero.

Heinz

Bretagna, maggio 1945

Il mare! Heinz ha un lontano ricordo del mar Baltico che bagna Rauschen, la piccola località balneare in cui è cresciuto. Gli piaceva il mare, adesso che ci pensa, forse in questi anni gli è sempre mancato. E ora è in piedi sulla sabbia, col vento in faccia che gli porta alle narici l'odore salino dell'acqua. Osserva la linea dell'orizzonte che brilla argentea in lontananza. Il mare... solo che si tratta di un altro mare. Questo è il Canale della Manica. Laggiù c'è l'Inghilterra. Se avesse le ali, come un albatros, potrebbe levarsi in volo e superarlo. Probabilmente si prenderebbe un paio di pallottole nella schiena prima ancora di staccarsi da terra. È sicuro, anzi. Lui e gli altri sono sorvegliati da sei soldati americani. Si sono fermati per una breve sosta – per orinare e bere un po' d'acqua. Poi dovranno risalire sul pianale del camion dove viaggiano da ore, accovacciati a terra senza lo spazio per muoversi e sbatacchiati di continuo. Sono tutti affamati, perché non hanno mangiato nulla per tutto il giorno. Qualcuno è già stato male, scosso da penosi conati, qualcuno ha vomitato una schiuma biancastra.

Anche Heinz è a pezzi. Come gli altri ha un solo pensiero: arrivare. Potersi sdraiare da qualche parte e riposare.

Nel frattempo ha saputo che li stanno portando in un campo francese. Gli americani non sanno che farsene dei prigionieri tedeschi e così li cedono ai francesi, che hanno bisogno di manodopera per la ricostruzione. I prigionieri vengono distribuiti in base a quello che sanno e che sono fisicamente in grado di fare. Del resto ha una sua logica, no? A Heinz viene in mente Jean-Jacques, il prigioniero di Nîmes che l'esercito aveva assegnato loro come lavorante. Scaricava le casse, passava la scopa, portava sacchi di farina. La follia della guerra: prima trascinano in Germania un ragazzino francese per farlo sgobbare, poi per ricambiare il favore portano in Francia un vecchio asino come lui.

«La cosa migliore è essere assegnato a un contadino» gli dice ora un compagno di prigionia. «Almeno lì ti danno da mangiare. Oppure a un artigiano.»

Heinz si domanda quale contadino lo prenderebbe mai a lavorare con sé, alla sua età. Non spera di avere tanta fortuna. No, lui potrebbe andare forse in un forno, un panificio o una pasticceria...

«Te lo dico io dove ci mandano. In qualche posto a lavorare il pesce» dice un altro, un giovane a cui hanno rasato la testa. «Tutto il giorno in piedi a strappare interiora. A fine giornata puzzi talmente tanto che non ti sopporti nemmeno tu.»

«Smettila.»

«Io sono stato di stanza da queste parti, nella baia di Morlaix, tre anni fa» racconta un tizio che si ferma spesso a parlare con Heinz. Paul Segemaier, si chiama, è di Bonn, dove i suoi genitori hanno una locanda. «È una bella regione. Ho visto anche Saint-Malo. Avevo una ragazza laggiù...»

«Sì, e di sicuro ti sta aspettando con ansia e non vede l'ora di abbracciarti» ridacchia quello col cranio rasato.

Paul sorride, stando allo scherzo. Poi spiega agli altri che i bretoni non sopportano i francesi. La Bretagna prima era un regno libero e indipendente. E lo è stato a lungo.

«Parlano in modo diverso, anche. I francesi non capiscono niente, quando parla un bretone.»

«E allora?» ribatte un altro, che di mestiere fa l'insegnante. «Provate ad andare in bassa Baviera o nella Frisia orientale, e ditemi se capite una parola di quello che dicono.»

«Zampetto di maiale con contorno di cavoli stufati» delira qualcuno dal camion. «Innaffiato da una bella Andechs scura...»

«Gnocchi con panna e funghi...»

«Carne affumicata...»

È un gioco che Heinz conosce bene, a cui spesso indulgono i prigionieri consumati dalla fame. Si mettono a descrivere con dovizia di dettagli i loro piatti preferiti: come si preparano, il profumo che ti sale al naso quando tagli la carne, la sensazione in bocca al primo assaggio. Forse per alcuni è una consolazione, ma non per Heinz. Perciò è contento quando il camion viene messo in moto e ripartono per l'ultima breve tappa.

Poi si apre un cancello. Di fronte a loro, una specie di vasto campo circondato dal filo spinato. Ci sono uomini con addosso lacere uniformi della Wehrmacht, seduti a terra. Alle loro spalle, a una certa distanza, si vede una costruzione di tavole di legno, lunga e bassa, con accanto delle tende, decisamente troppo poche per ospitare tutti quegli uomini.

«*Allez, allez!*» ordinano loro i sorveglianti disposti a destra e a sinistra del cancello, spingendoli col calcio del fucile. Si accorgono quasi subito che il terreno è allagato. Si affonda di diversi centimetri e si scivola, se non si fa attenzione. Dopo essere rimasto accovacciato per ore, Heinz ha problemi a camminare. La sciatica si fa sentire. Paul, da buon amico, lo aiuta, gli porge il braccio quando è il momento di saltare giù e anche dopo, sul terreno sdrucciolevole.

«Ci fanno dormire all'aperto» mormora.

«E perché no?» replica Heinz, in vena di humor nero. «In fondo è quasi estate.»

Li portano nella casetta di legno, che vista e soprattutto annusata da vicino si rivela essere un ricovero per le capre. Lì ha luogo la solita cerimonia di accoglienza dei nuovi prigionieri: il breve interrogatorio. Età, grado militare, lavoro, eventuale appartenenza al Partito nazionalsocialista e, in caso di risposta positiva, con quale funzione. L'ufficiale che li interroga capisce appena il tedesco, e la maggior parte di loro non parla francese, perciò dal colloquio si ricava poco. Heinz ha qualche vago ricordo dalla guerra precedente, ma niente che possa servire davvero. Dopo il colloquio vengono divisi. A lui danno una coperta e lo spediscono in un gruppo di uomini della sua età. Il gruppo di Paul finisce dall'altra parte del campo. Non li sottopongono a nessuna disinfestazione o cautela igienica – evidentemente, chi gestisce il campo non si preoccupa della possibile diffusione del tifo.

Heinz è talmente sfinito che va subito a cercarsi un posto fra gli uomini coricati sul terreno bagnato, si butta addosso la coperta e si addormenta. La notizia che non riceveranno nulla da mangiare, perché l'ora del rancio è già passata, gli scivola addosso. Ore dopo lo svegliano i crampi allo stomaco e il nervo sciatico infiammato. È notte, il cielo è ancora nero sopra di loro, tutt'intorno i prigionieri russano, ognuno a modo suo. Qualcuno farfuglia nel sonno, un tizio alto a magro che dorme vicino a lui digrigna i denti facendo un rumore inquietante. Di tanto in tanto qualcuno è squassato da un accesso di tosse. È una brutta tosse, secca e profonda, e Heinz pensa che a forza di dormire all'addiaccio qualche poveretto si sarà preso la polmonite. Cerca di trovare una posizione che non gli massacri la schiena, ma non è facile perché il suo vicino gli sta appiccicato. Non perché sia in cerca di calore umano, ma perché Heinz ha una coperta asciutta. Dal cielo gonfio di nuvole ha cominciato a scendere una pioggerella: l'acqua passa in fretta per la coperta e per i vestiti, raggiunge la pelle.

Dopo aver tentato per un po', Heinz capisce che non riuscirà ad addormentarsi. Nel campo di prigionia americano di freddo ne ha patito, e molto, ma mai come in questa umida alba di maggio. In più, pensieri opprimenti gli pesano sul cuore come uccelli neri del malaugurio. Non è saggio mettersi a rimuginare sull'ingiustizia e la crudeltà del destino, Heinz lo sa, eppure non può evitarlo; perché quei pensieri, che di giorno riesce bene o male a tenere a bada, adesso lo bersagliano da ogni direzione.

Ha tanta nostalgia di sua moglie Else. La rivede com'era da

ragazza, la prima volta che l'ha vista di fronte al Café Engel, mentre camminava affamato e cencioso per l'elegante Wilhelmstrasse. Lui era uno dei tanti soldati risparmiati dalla morte e dalla mutilazione, che ora attraversavano il Paese a piedi per tornare a casa. Quando l'aveva notata, tutta ben vestita e col grembiule bianco, aveva distolto subito lo sguardo con vergogna, perché sapeva di avere l'aspetto di una specie di vagabondo. Poi era accaduto il miracolo che aveva cambiato il corso della sua vita: era stata lei a rivolgergli la parola. La bella figlia del proprietario del caffè che parlava al poveraccio che passava di lì per caso. Gli aveva chiesto se aveva fame. E lui ne aveva, naturalmente, e molta. Lei allora l'aveva invitato dentro dandogli due panini con la salsiccia, si era seduta vicino a lui e si era fatta raccontare la sua storia, ignorando le occhiate di disapprovazione della madre. Poi si era compiuto il destino e alla fine erano rimasti insieme. Per un tempo lungo e felice. Se Else lo vedesse ora, sdraiato nel fango a battere i denti dal freddo... No, è contento che non debba assistere a questo triste spettacolo.

Sempre che sua moglie sia ancora viva e non sepolta sotto le macerie della casa. È questa l'immagine che lo perseguita, quella contro cui deve lottare di più. Non ha senso evocare i fantasmi, eppure la gente lo fa. Alcuni dei suoi compagni, soprattutto quelli della Germania orientale, hanno perso l'intera famiglia: quando verranno rilasciati, non avranno nessuno al mondo. Però loro sono giovani... No, non pensarci, si dice, non commiserarti, non piangere. Un uomo non piange, anche quando perde tutto.

Ma gli uccellacci neri lo assediano. E allora il pensiero di Heinz va ai suoi genitori e a sua sorella Annemarie, della quale non ha più notizie da decenni. È stato ingiusto, da parte sua, escluderli in quel modo, metterli brutalmente di fronte al fatto compiuto. Certo, lui non aveva nessuna intenzione di tornare a Rauschen e prendere in mano la gestione del locale di famiglia. Questo no. Amava troppo Else, e anche il Café

Engel si era guadagnato in fretta un posto nel suo cuore. Però avrebbe potuto essere un po' più delicato, coi suoi genitori, fare in modo che si abituassero alla novità, magari andarli a trovare con Else e aiutare suo padre a cercare qualcun altro... Sì, avrebbe fatto così, se non fosse stato accecato dalla rabbia: gli era sembrato di dover difendere la sua giovane sposa, la sua scelta di vita. E così erano arrivati alla rottura, perché suo padre era cocciuto quanto lui. Ne aveva sofferto anche la sua sorellina. Annemarie era sempre stata una ragazzina affettuosa, sempre disponibile, forse un po' troppo accondiscendente. In questi anni le ha scritto un paio di lettere, ma di lei non ha notizie. Forse non le ha ricevute; forse si è sposata e ha lasciato Rauschen... In ogni caso, dovrebbe aver ereditato tutto: alla morte dei suoi, lui ha rinunciato formalmente alla sua parte. Ma dove sarà, adesso, Annemarie? Heinz si ritrova a sperare che sia riuscita a salvare se stessa e la sua famiglia dai russi.

Sì, nella sua vita ha commesso tanti errori. Forse merita quest'inferno di fango. E potrebbe anche durare molto meno del previsto: domani mattina potrebbe svegliarsi con la polmonite, e allora sarà sottoterra nel giro di tre giorni. Ma sarebbe troppo facile, non se ne esce con così poco. L'amaro calice bisogna berlo fino all'ultima goccia.

Alla fine di aprile il Führer si è sparato. Ai primi di maggio la Germania si è arresa e si è rimessa al volere dei vincitori. La guerra è finita, ma la pace ha un sapore aspro.

Il suo vicino riprende a tossire, sputa a terra un grumo di muco e ricomincia a tirarsi addosso la coperta di Heinz. Lui la tira verso di sé, ma la lotta per quel lembo di lana bagnata si conclude in maniera incerta, l'altro ne trattiene comunque una parte per sé. A est si sprigiona ora un debole chiarore. Un sole pallido e tiepido annuncia il nuovo giorno. A Heinz ha fatto bene dover difendere il possesso della coperta, i brutti pensieri se ne sono andati, adesso si tratta di sopravvivere senza troppi danni alla prossima ora, alla prossima giornata, alla notte a venire. E se Dio vuole, un giorno potrà tornarsene a Wiesbaden. Riprova a dormire un po', prima di affrontare il suo primo giorno in un campo di prigionia francese che non sa nemmeno di preciso dove si trovi.

Lo aspettano settimane durissime. Le razioni di cibo sono scarse, certi giorni non danno loro altro che qualche sorso d'acqua, vivono in condizioni igieniche disastrose. Per contro, la disciplina è rigida. L'appello viene fatto più volte al giorno e bisogna scattare sull'attenti. Il capanno di tavole di legno funge soprattutto da infermeria ed è in costante sovraffollamento. Quelli che ci finiscono dentro, si dice in giro, poi non si rivedono vivi. Heinz ha sempre la febbre, ha una tosse che sembra salirgli su dall'anima, ma non si dà malato per non finire con quei disgraziati. Adesso non piove più, ma il sole scotta, la notte Heinz si stende sulla coperta deciso a superare la malattia senza dottori e medicine. Pensa alla musica, si fa scorrere nella mente tutti i suoi dischi preferiti, Mozart, Beethoven, i concerti per pianoforte, la Quinta Sinfonia, le arie in italiano dell'impareggiabile Caruso. Ma la sua memoria è lacunosa, gli manca sempre un pezzo e allora torna indietro e ritenta. Prova un senso di trionfo ogni volta che riacchiappa col ricordo un passaggio dimenticato.

Di tanto in tanto qualche prigioniero viene mandato a fare delle sostituzioni nelle fabbriche, in campagna o nelle miniere. Quelli che vengono scelti escono dal campo e ricevono un rancio migliore, perciò ogni volta Heinz fa a gara con gli altri per mettersi in risalto. Solo che sta accadendo esattamente quello che lui temeva: è troppo vecchio, chi vuoi che lo prenda a lavorare con sé? Ai primi di agosto, quando ormai ha perso ogni speranza, arriva una richiesta.

«*Déminage*... che roba è?» domanda Paul, che è deciso a offrirsi volontario anche a scatola chiusa e si è messo in fila vicino a Heinz.

«Una cosa che non bisognerebbe fare» gli risponde Heinz. «Una missione suicida. Sminamento.»

«Faccio qualunque cosa, basta che mi diano da mangiare»

replica Paul. «Meglio rischiare la vita che stare in questo schifo di campo a crepare di fame.»

Heinz lo guarda con compassione. Paul ha le guance scavate, le scapole come lame affilate che spuntano dalla schiena, deve tenersi su i calzoni con un pezzo di spago perché non cadano.

«Non lo sai che la Wehrmacht ha disseminato la costa atlantica di mine antiuomo?» gli dice Heinz. «Ce ne sono dappertutto, in mezzo alla sabbia, nei fossati, perfino in mezzo ai campi.»

Paul, naturalmente, ne ha sentito parlare. Migliaia di persone sono saltate in aria per aver messo il piede nel punto sbagliato; quelli che non sono morti hanno subito terribili mutilazioni. Una volta ci ha rimesso la vita una famiglia intera, madre, padre e figli, anche un neonato.

«Cercano volontari per scovare le mine e rimuoverle.»

«Gesù...» mormora Paul. «Si può saltare in aria come niente.»

«Sì. Se uno non sta ben attento.»

Quelli che si sono messi in fila hanno tutta l'intenzione di stare attenti. Fare appello a tutte le loro risorse in modo da uscirne illesi. Heinz all'inizio è titubante, ma poi pensa ai bambini che sono stati dilaniati dalle mine e si vergogna di essere tedesco. Allora decide di fare tutto quel che può per togliere di mezzo quegli ordigni infernali. Le mine non hanno nulla a che fare con il coraggio in battaglia, con l'onore militare. Sono la cosa più perfida e meschina a cui un esercito possa ricorrere, perché colpiscono degli innocenti.

Questa volta non viene respinto. Heinz Koch da Wiesbaden viene reclutato come *démineur*, può radunare i suoi sparuti possessi e verrà accompagnato senza troppi indugi fuori dal campo. Al cancello lo attendono due francesi in abiti civili; portano una fascia al braccio e si definiscono agenti di polizia ausiliaria. Imbracciano entrambi un fucile e guardano con estrema diffidenza il gruppetto di sminatori volontari. Marciano sotto il sole cocente fino al paese più vicino, lì salgono su un treno diretto a ovest. Heinz e Paul siedono uno accanto all'altro e guardano fuori: si vede il mare. È di un blu con striature verdi, le creste delle onde scintillano sotto il sole. I gabbiani volano sopra la spiaggia, si vede una barca in lontananza, probabilmente un peschereccio. Di colpo Heinz prova una fitta di nostalgia. La libertà... non dover sottostare all'arbitrio dei sorveglianti. Poter andare dove si vuole. Finché l'ha avuta, la libertà, non sapeva che privilegio fosse. Ora sa che nulla è più prezioso per un uomo.

Comme ça pue! Che puzza!

Alla prima stazione è salito un gruppo di donne. Guardano con aperta ostilità i prigionieri tedeschi, riconoscibili dalle lettere PG stampigliate sui vestiti. È vero, puzzano. Succede, quando non ci si cambia i vestiti per mesi. Vengono costretti ad andarsene e devono rimanere in piedi all'inizio del vagone. *Maledetti! Crucchi di merda!*

Paul legge i cartelli delle stazioni e ne deduce che si trovano nelle vicinanze di Dinan. In questo tratto di costa vivevano i pirati, da qui partivano per le loro scorribande. In seguito invece hanno imparato a spennare i turisti, un lavoretto più facile e meno rischioso. Paul è di ottimo umore, addirittura euforico, al punto da destare la preoccupazione di Heinz. Scesi dal treno, s'incamminano sulle dune e scoprono presto che l'ottimismo di Paul è ben riposto. Li portano in una villa a un piano, un edificio tutto decorato, con bovindi e balconcini, senza dubbio un albergo. Lì incontrano i loro nuovi compagni, altri prigionieri tedeschi provenienti da vari campi, tutti sminatori volontari.

«Ma dove siamo, in paradiso?» dice Paul a bassa voce quando li accompagnano in una stanza con due letti. «Cuscini, materassi, coperte e lenzuola! Siamo in vacanza, Heinz!»

C'è l'acqua corrente e anche una vasca di quelle di una volta, coi piedi di ghisa a zampa di leone. La riempiono di acqua fredda e si lavano a turno, usando il pezzo di sapone che hanno fornito loro. Si lavano anche i capelli che negli ultimi mesi sono cresciuti a dismisura, si radono col rasoio di Paul. Mentre sono davanti allo specchio, entrano in bagno altri compagni, svuotano la vasca e ridono dei residui neri sullo smalto bianco. Poi si immergono pure loro nell'acqua fredda.

Di sotto, in quella che doveva essere la sala da pranzo dell'hotel, si fanno scrupoli perfino a toccare le belle sedie bianche. Intorno ci sono palme finte, tende di broccato, tappeti rossi fra i tavoli. Un posto per gente ricca e importante che veniva da mezzo mondo a respirare l'aria di mare.

Viene servito loro un pasto abbondante e sostanzioso. Nella minestra di riso nuotano generosi pezzi di carne, perlopiù interiora – stomaco, fegato, cuore – saporite e nutrienti. Mangiano a sazietà, bevendo acqua fresca e pulita, e alla fine ricevono perfino una ciotolina di mele cotte per dessert.

Passano alcuni giorni, senza che siano chiamati a fare quello per cui sono venuti. Intanto si conoscono, trascorrono le serate a parlare, la sera giocano a carte, qualcuno ha scovato una sala da biliardo e si concede una partita. Strano a dirsi, nessuno tenta la fuga: non sarebbe difficile saltare fuori dalle finestre al pianterreno e darsi alla macchia nelle ore buie. Lavano la loro roba, riposano, mangiano, hanno a disposizione perfino del tabacco per rollare le sigarette. Poi un giorno vengono raggiunti da un francese, che li raduna e si presenta come *chef mineur*. È un uomo di una certa età, alto e barbuto. Cammina un po' curvo e ha gli occhi limpidi come li ha la gente di mare. Non parla tedesco e si è portato appresso un mucchio di libri illustrati sulle mine, per mostrare loro esattamente cosa dovranno fare.

«È facile» dice Paul. «Bisogna tirar fuori i fili. Così si disinnesca il detonatore e la mina non può scoppiare.»

Heinz è meno ottimista.

Esistono molti tipi di mine, quello è un lavoro per gente specializzata, e non per dei poveri cristi come loro. Ma le sue proteste rimangono lettera morta, perché lo *chef mineur* non capisce la sua lingua. È un brav'uomo, un maestro di scuola al paese vicino. Porta i prigionieri alla spiaggia, dove fanno il bagno per poi asciugarsi al sole ascoltando il suono del mare e lo stridio dei gabbiani. Che follia! A Heinz sembra di essere tornato indietro nel tempo, a Rauschen, quando si tuffava bambino fra le onde e poi si stendeva a braccia aperte nella sabbia a farsi asciugare piano dal sole la pelle salata. Non sente nemmeno più il dolore della sciatica.

«Voglio stare così per sempre!» esclama Paul sdraiato accanto a lui sui propri vestiti. «Mi piace un sacco fare lo sminatore.»

Heinz non dice niente. Perché guastare il buonumore a un compagno? È il momento che conta, il presente. Qui e adesso. Il domani è una cosa talmente incerta e lontana che non li riguarda. Sulla via del ritorno incontrano una vecchia con un grosso cesto in mano. Una contadina in cerca di cozze, probabilmente. Ha un'aria da furbetta, la brava donna; quando passa vicino a Heinz, gli porge una piccola mela rossa.

«Ti ha messo gli occhi addosso, Heinz!» ridono gli altri. «Ti ha dato una mela... come Eva nel paradiso terrestre.»

Lui ne deduce che la cacciata dal paradiso dev'essere perciò vicina, ma la mela la mangia lo stesso. È un po' aspra, ma succosa e buona. Quella notte sogna di essere a casa, nel suo letto, con sua moglie. Dalla finestra sente i rumori mattutini di Wilhelmstrasse. Qualche sporadica automobile, le carrozze, lo spazzino che pulisce la strada, il ragazzo del latte che fa tintinnare le bottiglie prima di posarle davanti alla porta, il vento che sussurra tra le foglie dei platani.

Il giorno dopo si comincia a fare sul serio.

Lo *chef mineur* li accompagna sul luogo della prima missione. Marciano verso l'entroterra e si ritrovano in mezzo a un dedalo di campi di avena, segale e grano saraceno. Proseguono lungo i sentieri, raggiungono la zona infestata dalle mine. Il capo indica loro la prima, una mina anticarro proprio sul margine del sentiero, mezza coperta dalla vegetazione. Bisogna sollevarla con molta cautela e rimetterla a terra, dove sarà possibile disinnescarla. Hanno tutto chiaro, perciò cominciano a cercare gli altri ordigni. Ce ne sono dappertutto: nelle fosse, in mezzo all'erba, sotto i cespugli. Le mine anticarro sono grandi più o meno come un grosso piatto da portata. Quelle antiuomo invece somigliano più a dei vasetti, di quelli che si usano per le conserve. Le hanno legate insieme con dei fili; il disgraziato che si trovasse a camminare su questo campo e senza accorgersene tirasse il filo col piede, provocherebbe l'esplosione simultanea di tre o più ordigni riempiti di sfere di piombo, ferraglia appuntita, chiodi.

«Vorrei vedere in faccia il demonio che si è inventato questi arnesi» dice Paul. «Evidentemente ce l'aveva coi contadini o con le mucche al pascolo, o coi bambini del paese che vanno a giocare in campagna.»

Trovano anche delle bombe a grappolo inesplose, che vanno disseppellite a parte e liberate dalla sterpaglia. Man mano che trovano gli ordigni e li sistemano, senza che nessuno si faccia male, se ne va un po' di paura. Bisogna però stare bene attenti a non toccare i detonatori.

Dopo alcune ore di lavoro lo *chef mineur* dice che per oggi può bastare, possono tornare alla villa.

«E questa roba che fine fa?» domanda qualcuno.

«Pare che verrà un esperto da Rouen, per metterle in sicurezza» spiega uno di loro che mastica un po' il francese. «Prima però dobbiamo delimitare l'area con dei rami, in modo che nessuno ci vada sopra per sbaglio.»

Così si mettono a raccogliere i rami caduti di alcuni meli che sorgono a lato del sentiero, erigendo con quelli un recinto di fortuna intorno alle bombe.

«E se prendessimo qualcuna di queste belle mele?» dice Paul. «Guarda, lì a terra ce n'è una... forse possiamo...»

I secondi che seguono sono, per Heinz, un tumulto indistinto di rumori e immagini e movimento. Vede Paul chinarsi, sente il grido allarmato del francese e per una frazione di secondo segue con gli occhi un merlo che spicca il volo dal folto dell'albero...

«*Pas là! Attention! Ne touches pas le sol!*»

Poi Heinz non sente più nulla. Vede volare pezzi di terra, il melo tremare, e tutto diventa rosso, come se il sole al tramonto avesse invaso il cielo, e deflagra una pioggia rossa che lo sommerge.

Hilde

Wiesbaden, aprile 1945

Piove a dirotto. Hilde è seduta a uno dei tavoli del Café Engel, da cui ha tolto la tovaglia buona per sostituirla con uno strofinaccio. Sta pulendo energicamente forchette e cucchiaini anneriti, poi sarà il turno delle scodelle per la panna. Anche quelle devono tornare bianchissime. Di là in cucina sua madre prepara una torta per Julia, che domani compie gli anni. Sarà una specie di pandispagna, senza creme e con una glassa al marzapane, un panetto di prima della guerra trovato in fondo alla dispensa. Nel frattempo Julia Wemhöner è andata in municipio a fornire le sue generalità e le hanno dato la tessera annonaria.

«È un vero caos» ha raccontato per descrivere l'esperienza. «Nessuno sa niente, non si trovano i documenti e hanno tutti una gran paura degli americani.»

Dopo la fuga del sindaco nazista, quel fanfarone di Piékarski, si è insediata una giunta di emergenza presieduta da Gustav Hess, che agisce sotto il diretto controllo delle forze di occupazione. Gli americani sono ovunque: si sono presi gli uffici e interi dipartimenti sono stati sfrattati con gravi ripercussioni sui servizi. Senza contare che il municipio è stato colpito pesantemente dai bombardamenti ed è agibile solo in parte.

«Stanno dando ai nazisti quello che meritano» ha aggiunto con soddisfazione Addi. «Controllano tutti i funzionari; e per chi si è sporcato le mani c'è il campo d'internamento di Darmstadt! Ah, quanto vorrei esserci quando daranno il benservito a Storbeck!»

Solo la Künzel condivide l'entusiasmo di Addi. Hilde e sua madre preferirebbero non sentir più parlare di campi di internamento, e Julia Wemhöner pensa che bisognerebbe ricostruire il teatro invece che accanirsi sul prossimo. Con la tessera annonaria che le hanno così generosamente concesso può comprare ben poco. La maggior parte dei negozi sono chiusi, quelli aperti hanno paura di restare con gli scaffali vuoti e danno via la merce col contagocce.

«Non è certo il periodo ideale per aprire un'attività» mugugna ora sua madre dalla cucina. «C'è il coprifuoco dalle nove alle tre del pomeriggio. E alle sei bisogna essere di nuovo a casa. Poi ci si è messo anche il maltempo. Hai visto in giro il cane?»

«È di sopra, sul nostro letto» risponde sbrigativamente Hilde, poi solleva una forchetta e la studia alla luce. Ci sono ancora macchie scure. Il preparato di carbone e soda alla lunga non è poi così efficace per pulire l'argenteria. Molto meglio il vecchio Sidol, che però al momento non è reperibile. Sono tante le cose non reperibili. Anche la posta non arriva più, sono due settimane che non ricevono nulla. Nessuna notizia da August o da Willi, e nemmeno da Heinz. Non si sa nemmeno se sono ancora vivi...

Hilde sente ruotare la porta girevole e mette giù piena di speranza la forchetta macchiata. Sarà il postino? O magari un cliente? O forse no, forse sono solo i Drews, i vicini, venuti a chiedere una tazza di farina.

Invece è Gisela. La sua amica non ne può più di vivere coi suoi nonni, e spesso viene a trovarla. Si toglie l'impermeabile fradicio e scuote i capelli umidi che le stanno appiccicati a ciocche sulla fronte.

«Terribile!» si lamenta. «Stamattina ho pure fatto la messa in piega. Ma non tiene, con questo tempo. Avete una tazza di tè caldo per una povera anima infreddolita?»

Hilde è contenta della visita. Interrompe il lavoro, si pulisce le dita con lo strofinaccio e si siede con Gisela al tavolo accanto.

«Una tazza di tè alla menta, certo. Veramente abbiamo

anche il caffè, ma lo teniamo per domani mattina, che è il compleanno di Julia.»

Gisela la guarda con tanto d'occhi. Del vero caffè, è un lusso inaudito. Costa un sacco, al mercato nero.

«Gli americani gliene hanno dato un po' » spiega Hilde. «È davvero cara, la nostra Julia. Pensa che ha cucito delle giacche imbottite per i piccoli Drews, i figli dei vicini. Ha usato dei vestiti vecchi che ha trovato negli armadi. E a mia madre ha regalato un completo per quest'autunno.»

Sì, la Wemhöner ha un gran cuore, ammette Gisela, però è un po' stramba. Un po' troppo fra le nuvole.

Else arriva a passo spedito dalla cucina, saluta la ragazza e le serve una tazza di tè. C'è dello zucchero e un biscottino, piccolo e duro. «Tua madre come sta?» domanda. «E i tuoi nonni?»

Gisela fa spallucce. Di cose da dire ce ne sarebbero tante, ma preferisce tacere.

«In casa si sta stretti, si continua a litigare. E il nonno è sempre tanto arrabbiato...»

«Mi dispiace. Porta i miei saluti a tutti. Ti do un po' di biscotti anche per loro. Sono duri, ma il sapore è ancora buono.»

«Grazie. Grazie molte, signora Koch.»

Hilde sa bene che Gisela sta soffrendo per colpa della madre. Johanna Warnecke era ed è rimasta una fanatica sostenitrice del Führer, e non vuole accettare la sconfitta del cosiddetto Reich millenario. Blatera che i nuovi missili stanno per rovesciare le sorti della guerra, e che a quel punto solo chi è rimasto fedele al Führer sarà ricompensato, e per gli altri sarà grama...

«Se volete, potete venire a stare nell'appartamento di August. Agli Storbeck basta una camera» dice Else. «Dovreste dividere con loro bagno e cucina.»

Gisela beve un sorso di tè alla menta e annuisce educatamente. «Grazie. Sarebbe bello. Ma non vogliamo essere di peso.»

Hilde non dice niente. Le piacerebbe avere la sua amica vicino. Ma Johanna Warnecke, questo è ormai chiaro, sarebbe del tutto fuori posto in casa Koch, da lei non avrebbero altro che rancore.

«Allora, novità?» s'informa Hilde non appena sua madre torna in cucina.

Gli americani si sono insediati in Bierstadter Strasse, la informa Gisela. La zona adesso è sotto stretta sorveglianza.

«Hanno una gran paura che sia rimasto in giro qualcuno del Werwolf* e che ci sia qualche attentato...»

A Hilde sembra una follia, ma in effetti la prudenza non è mai troppa. C'è ancora qualche matto che crede nella vittoria ed è disposto a commettere pazzie pur di dare un contributo. Gisela le dice anche che gli americani hanno il divieto assoluto di fraternizzare con la gente del posto. Ai tedeschi non possono nemmeno stringere la mano.

«Non possono parlare con noi e possono entrare nelle nostre case solo armati. Gli dicono di stare attenti soprattutto alle ragazze. A quanto pare, ci considerano delle diaboliche seduttrici al servizio di Adolf Hitler...»

Lei e Hilde si scambiano un sorriso. È davvero strano pensare che l'esercito che è appena entrato in città coi carrarmati abbia tanta paura delle ragazze tedesche.

«Finché le cose stanno così, di clienti americani al Café Engel allora non ne avremo» sospira Hilde. «Ci speravo tanto.»

Al momento il lavoro langue. Un paio di volte la Künzel si è seduta al piano e ha suonato una musica ballabile degli anni Trenta; sono venuti un paio di vicini, ma si sono limitati ad ascoltare e a bere il tè servito da Else. Sulla Wilhelmstrasse passavano due ufficiali americani. Hanno dato una sbirciatina e ascoltato per un po', forse incuriositi, ma non si sono fermati.

* Il Werwolf (letteralmente *licantropo*) fu un'organizzazione paramilitare istituita nel 1944 dalle SS, sotto il comando di Himmler, con lo scopo di pianificare e attuare azioni di guerriglia e sabotaggio contro le forze di occupazione alleate nelle città tedesche. (*N.d.T.*)

«Però cercano tedeschi per alcuni lavoretti» le racconta Gisela. «La nostra vicina gli fa il bucato e gli stira le camicie. Giù in cortile sono sempre stese file e file di mutande da uomo e calzini americani. A mia madre viene un colpo ogni volta che si affaccia.»

Scoppiano in una gran risata, poi Hilde vuol sapere se le mutande degli americani sono diverse da quelle dei tedeschi. Sì, risponde Gisela: portano degli affari strani, delle specie di pagliaccetti, mutande e canottiera cucite assieme.

«Cercano anche personale da cucina, sai? Cuochi e fornai. E galoppini, anche. Ma soprattutto donne, per le pulizie degli uffici e delle case degli ufficiali.»

«E pagano bene?» domanda Hilde, abbassando la voce e lanciando occhiate verso la cucina per controllare che sua madre non sia all'ascolto. Ma Else è intenta ad accendere il forno, imprecando perché la legna è umida e non brucia a dovere.

«Pagano in dollari. E ti danno anche del cibo in scatola. Frutta, carne... Il *corned beef*. Hai presente cos'è?»

«È manzo, no?»

«Sì, ma è diverso. Sembra una specie di gelatina. Comunque è buono.»

Hilde guarda l'amica con sorpresa e ammirazione. Gisela ha una bici e con quella va in giro per la città, scova cose utili nei mucchi di macerie, raccoglie notizie su dove è possibile trovare questo e quello ed è sempre al corrente delle novità. Ne ha di coraggio! Lei è contenta che la loro amicizia si sia rinsaldata. Un tempo stavano sempre insieme. A scuola erano inseparabili e si divertivano. Poi Gisela si era innamorata di Joachim Brand e tutto era cambiato. Era diventata di colpo la fidanzatina perfetta, sempre a pensare al suo Jo. Hilde non la vedeva nemmeno più. Come c'era rimasta male! Ma poi il povero Joachim se l'era preso la Wehrmacht, e ora sono due anni che non si hanno notizie. E loro due si sono ritrovate. Della sua storia con Jean-Jacques, però, Hilde non ha detto nulla a Gisela. Non si fida più come un tempo.

«Certo, se aveste qualcosa di forte da offrire... da bere, intendo» rimugina Gisela. «Al mercato nero i liquori si trovano. Zucchero ne avete, e anche la menta, quella che avete raccolto sul Taunus l'anno scorso. Liquore alla menta... quello sì che è buono. Ne vedreste arrivare, di clienti...»

«Ma non possiamo servire alcolici» la interrompe Hilde. «È già tanto se siamo riusciti a tenerci la licenza. Se vogliono bere, gli americani vanno nei loro bar.»

Questo lo sa da Sofia Künzel, che è già stata due volte dagli americani per offrirsi come pianista. Finora non le è andata bene, perché loro preferiscono i dischi alla musica dal vivo, però si sono segnati il suo nome e il suo indirizzo. Può darsi che prima o poi la chiamino.

«Un liquorino...» continua a fantasticare Gisela. «Praticamente un digestivo. Una medicina, in pratica. Appena appena alcolica.»

Gisela e Hilde si scambiano un'occhiata d'intesa. Sì, potrebbe funzionare. Un goccio di *digestivo* si potrebbe mettere anche nel tè. O nel caffè di cicoria, a trovarne.

«Però non abbiamo soldi» dice Hilde. «Sai con che cosa si potrebbe barattare?»

«La merce più ricercata sono le sigarette.»

Questo lo sa anche Hilde. Ma purtroppo lei non ne ha, a parte un paio di vecchi sigari che suo padre ha messo da parte, *per dopo la guerra*.

«Oppure i gioielli, gli occhiali, gli spartiti. Un tale di recente ha dato via la dentiera di sua nonna.»

Hilde sarebbe disposta a rinunciare a qualcuno dei suoi gioielli. E potrebbe anche recuperare un vecchio paio di occhiali del nonno. A questo punto sa che dovrebbe consultare sua madre, ma non intende coinvolgerla in questa impresa.

«Vanno bene anche le lenzuola, e meglio ancora gli scampoli. La macchina fotografica ce l'hai ancora?»

L'avrebbero dovuta consegnare ai nazisti, ma alla fine non se l'erano sentita e l'hanno nascosta per bene nel ripostiglio. Ma

Hilde ricorrerebbe a quella solo in caso di estrema necessità. Era l'orgoglio di suo padre, la macchina fotografica.

«Oppure quell'affare lì.» Gisela sta indicando il cucchiaino da caffè che Hilde ha appena lustrato. Sull'estremità del manico è incisa una testa d'angioletto, i Koch avevano ordinato quelle posate personalizzate negli anni Venti.

«Magari un paio. Non tutto il servizio» esita Hilde.

«Gli americani te li strapperebbero dalle mani, vanno pazzi per i souvenir» dice Gisela con l'aria di chi la sa lunga. «Potresti avere in cambio delle sigarette, e con quelle procurarti l'alcol. È semplice...»

«Anche adesso che piove?»

Gisela scuote la testa, stupita che Hilde non sappia queste cose. Quando piove è più facile ancora, perché gli americani controllano meno.

Hilde va in cucina a dire a sua madre che Gisela sa dove trovare zucchero e farina, e perciò stanno per uscire insieme.

«Con questo tempo?»

«Mi metto l'impermeabile.»

Ha preso cinque cucchiaini e cinque forchette del servizio con l'angelo. Perché no? In fondo si tratta del Café Engel e bisogna investire. Suo padre avrebbe fatto esattamente la stessa cosa.

Gisela ha messo la bici nel sottoscala, legata con la catena. Di questi tempi non ci si può fidare. Di recente, ha sentito dire, hanno ammazzato di botte un tale per un pacchetto di farina e una scatola di zucchero. Lo hanno trovato sotto un ponte, lungo la riva del Reno.

«Non raccontarmi queste cose» le dice Hilde mentre si sistema con un po' di diffidenza sul portapacchi della bici.

Si mettono per strada, procedendo all'inizio a zig zag, rischiando anche di cadere, ma poi l'andatura si stabilizza. Sono dirette in Langgasse, dove c'è sempre gente che ha qualcosa da vendere.

«Non andare nelle pozzanghere!» strilla Hilde. «Ho già la gonna bagnata, con tutti questi schizzi!»

«Posso fare lo slalom. Però devi reggerti forte.»

«Smettila. O ti faccio il solletico sotto le ascelle.»

«Vuoi litigare?»

Si bagnano fino al midollo, ma questo non guasta il loro buonumore. È proprio come quando erano piccole, e andavano a zonzo in bicicletta per la città dopo la scuola. D'estate si sdraiavano con le amiche in riva al Reno e si facevano i compiti a vicenda. Qualche volta venivano anche dei ragazzi. Spesso c'erano Joachim e suo fratello Walter.

«Dai, cominciamo. Vediamo intanto cos'hanno da proporre.»

Gisela ferma la bici e fa scendere Hilde dal portapacchi. Si fanno strada in mezzo alla gente portando a mano la bicicletta. La strada è affollata: i venditori se ne stanno davanti alle vetrine vuote oppure camminano su e giù per il marciapiede, fermandosi di tanto in tanto a chiacchierare. Prima di mostrare la merce si guardano intorno, per accertarsi che non ci siano in giro poliziotti o soldati americani. Poi aprono una falda del cappotto oppure tirano fuori in fretta di tasca quel che hanno, e ha inizio la trattativa.

«I prezzi salgono continuamente» le dice Gisela. «Un pacchetto di sigarette americane è arrivato a costare cento marchi.»

Ricevono subito delle offerte. Un'anziana propone loro del sapone, un'altra offre latte in polvere in cambio di tessere per lo zucchero, un altro tale vorrebbe vendere loro del caffè a un prezzo scandaloso.

«Per l'alcol bisogna cercare la gente dalla campagna» le dice Gisela. «I contadini mettono su le distillerie nelle rimesse. Cercano soprattutto vestiti, perché nei paesini non se ne trovano. Alcuni accettano gioielli, occhiali...»

Si commerciano gli oggetti più disparati. Un tale gira con un violino, c'è chi offre pentolame e stoviglie, orecchini d'oro, libri, bottoni, materiale da cucito, una stola di volpe tutta setolosa.

Alla fine Hilde riesce a spuntare dieci sigarette in cambio dei cucchiaini e dieci in cambio delle forchette. Il tale con cui conclude l'affare li rivenderà agli americani, probabilmente con un sostanzioso ricarico. Ma Gisela dice che con venti sigarette le daranno due, forse anche tre bottiglie di alcol.

Con tempismo perfetto, ha pure smesso di piovere. Le case hanno l'aria più pulita; da queste parti le bombe non sono arrivate e sui rami degli alberi si vedono già le prime foglioline verde chiaro.

«Laggiù, quel vecchio con le scarpe slacciate.»

Gisela dimostra di nuovo di avere l'istinto giusto. Il vecchio in questione sta cercando un paio di stivali robusti e ha da offrire due bottiglie di grappa. Un residuato della Wehrmacht, si direbbe. A occhio sembrano bottiglie da mezzo litro, non di più, forse di meno e di certo non sono le bottiglie originali. Ma comunque...

La trattativa va per le lunghe. Hilde negozia da commerciante consumata. Gli offre cinque sigarette per bottiglia. Lui ne vuole dieci. Più di sette non se ne parla nemmeno, ribatte lei. Non sa neanche cosa ci sia, lì dentro.

«Sbrigati» le sussurra Gisela. «Arrivano gli americani.»

Anche il vecchio con le scarpe slacciate adesso ha fretta. Va bene. Sette a bottiglia. Fanno quattordici. Domanda loro se sanno dove può trovare un buon paio di stivali. Hilde, previdente, gli dice di passare al Café Engel, può darsi che lì trovi qualcosa. Del resto, serviranno altre bottiglie di grappa. Ma mentre parlano il tempo passa...

«*Let me have a look! Where did you get this?*»

Due soldati americani si sono piazzati davanti a loro, uno le prende di mano una bottiglia mentre Gisela tenta di far sparire l'altra sotto il cappotto. Ma non è abbastanza svelta.

«*You have more?*»

«Non abbiamo proprio niente. È roba nostra. La restituisca!»

L'ira di Hilde si scontra con un muro di indifferenza. Di colpo si è fatto il vuoto intorno a loro, la gente mette al riparo se stessa e la propria roba. Gli americani osservano le bottiglie, le scuotono, ne stappano una e annusano il contenuto.

«Il mercato nero è illegale. *You know this*. È vietato. Venite con noi.»

«Con voi?»

Gisela obbedisce spingendo la bici e Hilde le va dietro. Si sentono addosso sguardi di compatimento e anche di sollievo per lo scampato pericolo.

«E adesso cosa ci fanno?» sussurra Hilde.

Gisela si stringe nelle spalle. È la prima volta che gli americani la pizzicano al mercato nero.

«Niente di che. Al massimo ci mettono in cella per una notte.»

Hilde pensa a sua madre. Uscirà di senno, non vedendola tornare per le sei. Comincerà di sicuro a immaginare gli scenari più foschi. Un'aggressione, una violenza, un omicidio...

«O magari ci sparano!» aggiunge Gisela ridacchiando.

Ma Hilde non è in vena di battute. Ha dato via dieci posate d'argento del caffè senza ottenere niente. E chissà cosa sta per succedere adesso. Camminano verso Rheinstrasse, la strada è piena di gente che le guarda passare, di sicuro tra loro c'è qualcuno che la conosce. È molto imbarazzante. Le spingono avanti come fossero due criminali. D'altra parte, può darsi che in questo modo qualcuno racconti a sua madre dell'incidente, e perlomeno Else non penserà che sua figlia giaccia morta sopra un cumulo di calcinacci...

In fondo alla via, dove Langgasse incrocia Rheinstrasse, c'è un mezzo militare. Probabilmente le faranno salire lì sopra. Adesso è Gisela ad avere un problema, perché di certo non le faranno portare la bicicletta, e se la abbandona qui può anche scordarsi di rivederla.

«Guardati intorno e cerca di capire se c'è qualcuno che conosci, a cui dare la mia bici» sussurra a Hilde.

Hilde obbedisce ma non vede nessuna faccia nota. In quell'istante i soldati si fermano a salutare due ufficiali di passaggio. Hilde sente una voce che le pare familiare. Una voce chiara e molto energica. Una risatina.

«La signorina Koch, o mi sbaglio?»

Oh, Dio! La situazione è sempre più imbarazzante. È

quell'ufficiale gentile che qualche settimana fa ha impedito che requisissero la loro casa. Com'è che si chiamava?

«Sì... che coincidenza, eh?» balbetta. «Tutto bene, spero.»

Ma cosa fa, ride sotto i baffi? No, sembra serio. Non si capisce mai cosa stia passando per la mente di quest'uomo.

«Non si ricorda?»

«Ma certo che mi ricordo. Lei... conosceva Eddi Graff, l'attore.»

«Esatto.» E si volta per parlare coi soldati e col suo pari grado. In inglese, naturalmente, e Hilde non capisce una parola.

«Ma lo conosci?» mormora Gisela stupita.

«Sì.»

Gisela apre il lucchetto per legare la bicicletta con la catena. Poi aspettano entrambe, cercando di capire di cosa stiano discutendo gli americani. I passanti curiosi le indicano, scuotono il capo. Hilde ha una fugace visione della colonna infame di medievale memoria. Il tutto per cosa? Per due misere bottiglie di chissà che porcheria. Come ha potuto essere così sciocca!

L'ufficiale si volta verso di loro. La squadra per un secondo, poi dice: «Potete andare».

Hilde ricambia fieramente il suo sguardo, ma stenta a crederci. Gisela slega la bici e si allontanano alla svelta. L'ufficiale fa un breve cenno a Hilde, poi si avvia con gli altri americani.

«Però la grappa se la sono tenuta» brontola Hilde scontenta quando si sono ormai allontanate. «Spero che gli vada di traverso.»

«Però è carino» osserva Gisela in tono civettuolo.

«Chi?»

«Come chi? L'ufficiale. Molto serio, però un bel tipo.»

«Davvero?» mormora Hilde.

«Mi sa che gli piaci» la provoca Gisela.

Hilde non la sta nemmeno a sentire. Sta pensando a cosa dirà a sua madre. È possibile che sappia già tutto, perché in città le voci corrono in fretta. E allora al diavolo, tanto vale dirle la verità.

Luisa

Rostock, fine febbraio 1945

È buio, fa freddo. Dall'ingresso del sottopassaggio entra l'ultima debole luce del giorno ma non arriva fino a lei. Nulla può più raggiungerla.

«Non può restare qui!»

Lei non risponde. Accarezza con amore le guance di sua madre, le sistema sul capo il foulard azzurro, le stringe le mani ghiacciate, cerca di scaldarle.

«Morirà congelata, signorina. Per favore, venga fuori...»

Perché quest'uomo insiste tanto? Non sa che lei deve prendersi cura della mamma? Annemarie Koch è persa senza sua figlia. Sta a lei, a Luisa, proteggerla, portarla a ovest, dove i russi non potranno farle del male.

Sente accanto a sé un lungo sospiro spazientito. La cosa non la riguarda. Le ansie di questo giovane sconosciuto non la riguardano. Lei ha una sola preoccupazione...

«Cerchi di ragionare, la prego. Non può più fare nulla per sua madre. Ma sua madre non avrebbe mai voluto che lei restasse qui a morire di freddo!»

Il dolore vuole entrare, una freccia appuntita, mortale che preme contro il petto. Luisa però ha eretto intorno una muraglia di ghiaccio, una barriera indistruttibile. La mamma deve solo riposare un po', ecco tutto. Guarda come dorme tranquilla, il suo viso è sereno! Ora la lascia riposare qualche altro minuto, il tempo di ritrovare le forze. Poi andranno in città e troveranno un posto dove dormire al caldo, dove daranno loro anche qualcosa da mangiare e da bere.

«È già buio, non troveremo la strada. Venga con me... Al diavolo! Non sia così testarda! Sua madre è morta!»

La freccia è entrata. Luisa si piega in due e grida: «No! Non è morta! Mamma non è morta! No...».

Il grido si scioglie in singhiozzi. Si getta sul corpo di sua madre, lo abbraccia piangendo. Adesso se ne accorge. Non c'è vita in quel corpo. La morte ha preso la sua mamma e l'ha portata via. Quello accanto a lei è un involucro vuoto.

«Va tutto bene» si sente sussurrare in un orecchio. «Va tutto bene. È tornata a casa, in un posto dove non c'è dolore, non c'è angoscia. Adesso venga con me, la supplico.»

Viene presa per le spalle e allontanata dal corpo. Luisa vacilla quando tenta di alzarsi, si accorge di avere le gambe intorpidite, quasi insensibili. Lui la tiene abbracciata qualche secondo e poi le dice che devono sbrigarsi: fra pochi minuti sarà buio pesto e la città verrà oscurata.

«Vieni. Ti tengo io. Da brava, su, che ce la facciamo.»

Vede la sua faccia attraverso un velo deformante di lacrime, una benda bianca sull'occhio, una bocca che continua a parlare. Devono procedere con cautela. Adesso c'è un tratto ripido e ghiacciato, Luisa deve aggrapparsi a lui. Ora va un po' meglio. La città di Rostock è lì davanti. Quelle sono le prime case. Non deve per nessun motivo lasciare la sua mano...

Luisa affonda i piedi nella neve e quasi non se li sente più. Forse le gira la testa, le orecchie fischiano, un paio di volte le gambe non reggono. Ma lui è solido accanto a lei, e la afferra subito quando sta per cadere. La prende perfino in braccio per un pezzo, ma poi lei gli dice che si sente meglio. Il ragazzo allora la mette giù piano, le cinge la vita col braccio e continuano a camminare così. Ma dopo un po' sente il respiro corto, le forze l'abbandonano, i piedi mezzi congelati le fanno male. Deve stringere i denti per non lamentarsi. Non bisogna fermarsi, ma continuare a camminare. La neve bianca che fino a poco fa rifletteva la luce si fa sempre più scura e opaca e nel giro di pochi minuti avanzano nel buio. Le prime case che hanno intravisto, neri edifici informi, sono in realtà i resti di una stazione bombardata. Non certo un posto dove potersi rifugiare in una gelida notte invernale.

«Laggiù c'è un vagone» dice Luisa. «Magari è aperto.»

Ha un vantaggio su di lui, perché ci vede bene. Lui ha l'occhio bendato.

«È meglio di no» si sente rispondere. «Le stazioni vengono prese sempre di mira per prime nei bombardamenti. Andiamo avanti ancora un po'. Qualche passo. Devono pur esserci delle case, nei dintorni.»

Il buio è quasi totale, ma camminano su un qualche tipo di pavimentazione, dove la neve è stata spalata. Si trascinano con le loro ultime forze; vanno avanti senza sapere verso dove, solo per non fermarsi, per non perdere il ritmo. Altrimenti è finita.

«Non ce la faccio più.»

Lui la guarda, vede che è allo stremo. Trema di sfinimento. Ed è sfinito anche lui, non può portarla in braccio, già lo zaino gli sembra un peso insopportabile.

«Laggiù, guarda, non c'è qualcosa?»

«Aspetta qui... torno subito.»

Scompare nella notte, e lei resta sola. Combatte contro il desiderio imperioso di rannicchiarsi a terra e dormire, per non svegliarsi mai più. Per non sentire più quella freccia che le buca il petto. La morte. La mamma è morta. Non è stata capace di proteggerla. Chi le aveva detto di farlo? Ah, sì, il dottore. Il vecchio dottor Greiner. Che l'aveva abbracciata con tenerezza e poi se n'era andato in fretta e furia.

«Ho trovato qualcosa» dice una voce senza corpo. «Per qualche ora può andare bene. Sta' attenta. Ci sono dei detriti. Ecco, dammi la mano.»

Luisa oltrepassa un mucchio di macerie sotto la neve, inciampa ma lui la sostiene. Poi sente con la mano il legno di una porta. I cardini cigolano, ma si apre.

«Aspetta...»

Si accende una lucina. Lui ha usato l'accendino e sta perlustrando l'ambiente, controlla il soffitto. Poi spegne la fiamma. Si trovano in una piccola stanza con due finestre senza più i vetri, ci sono dappertutto mobili fracassati e una piccola stufa a legna. Le travi del soffitto sembrano integre.

«Provo ad accendere un fuoco. Se trovi dei pezzi di legno asciutto, passameli.»

La prospettiva di un fuoco per riscaldarsi risveglia energie nascoste. Che strano, si ritrova a pensare Luisa mentre tasta cautamente il pavimento con le mani. Non so nemmeno come si chiama e ci diamo del tu.

«C'è anche della carta... e altro legno...»

Vede accendersi una scintilla. La fiammella trema e poi arde più sicura, spargendo un odore pungente. Sì, ecco che un fuoco brucia proprio davanti a lei e Luisa protende le mani insensibili, sente il calore investirla e curare i i brividi.

«Il tiraggio non funziona, ci sarà la canna ostruita» dice lui. «Ma con due finestre rotte non moriamo di sicuro soffocati.»

Nel bagliore delle fiamme, Luisa lo vede sorridere. Sembra uscito da un libro di avventure, col volto arrossato e sporco. Anche la benda è sudicia, e i lisci capelli biondo scuro gli scendono sulla fronte.

«Come ti chiami?»

«Friedrich Bogner. Ma se vuoi puoi chiamarmi Fritz. Tu invece ti chiami Luisa, vero?»

Deve aver sentito sua madre chiamarla così. Ore prima, sul treno, quando era ancora viva.

«È terribile pensare che è rimasta là sotto, tutta sola...»

Lui spinge un pezzo di legno nel fuoco e riflette un attimo prima di dire: «Non è sola, Luisa. Non sarà mai più sola. Perché adesso è con tutti quelli che le hanno voluto bene e che se ne sono andati prima di lei...».

Luisa annuisce e si asciuga le guance. Si rende conto un secondo troppo tardi che dev'essersi insozzata tutta la faccia. Ma che importanza può avere?

«Domani troveremo un rifugio» le promette lui. «Poi andremo a prenderla per darle una sepoltura cristiana. Sei d'accordo, Luisa?»

«Sì» mormora lei.

«Fritz?» domanda dopo un po'. «Ma perché fai tutto questo per noi?»

Lui si alza, va alla finestra e stacca un pezzo di telaio. Poi torna a inginocchiarsi davanti al fuoco e lo alimenta con quello. Avessero del carbone, il fuoco durerebbe di più. Ma anche così è meraviglioso sentire addosso il suo tepore. A Luisa sembra di risucchiarlo nel corpo attraverso le dita, un flusso caldo che le scorre nelle vene come sangue e la fa resuscitare.

«Perché?» ripete lui. «Non lo so. Non c'è un motivo, credo.»

«Mi hai salvato la vita... Ti sarò grata per sempre.»

I discorsi sentimentali lo mettono a disagio. Fritz prende a tastare il pavimento e trova una pentola, la esamina alla luce del fuoco e la dà a Luisa.

«Riempila di neve. Possiamo scaldarla e berla, come fosse un bel tè caldo. Ho ancora qualche biscotto e del pane raffermo nello zaino.»

Scaldano l'acqua e la bevono a turno, direttamente dalla pentola. Dividono come fratelli il pane e i biscotti, decidono che il più raffinato tè indiano non sarà mai tanto buono quanto il loro. Poi si preparano un giaciglio in mezzo alla roba rotta, il più vicino possibile al fuoco, che ora si va lentamente spegnendo perché non lo stanno più alimentando. Si addormentano avvinghiati l'uno all'altra, si abbracciano stretti per scaldarsi, come Hänsel e Gretel soli e perduti nel folto del bosco, circondati da animali feroci e spiriti maligni in agguato.

La ben nota sirena li sveglia da un sonno profondo. Si propaga a onde nel mattino pallido, annunciando la morte a tutti quelli che non hanno trovato un rifugio adeguato. Sanno entrambi di non avere nessuna possibilità di trovare una cantina in cui rifugiarsi, perciò restano lì sdraiati a fissare il vuoto, la luce azzurrina dell'alba che entra dalle finestre rotte. La stanza dev'essere stata un soggiorno, qua e là si vedono pezzi di un tappeto con un motivo a tralci e uccellini. Poi è stata evidentemente saccheggiata. Gli sciacalli hanno rivoltato tutto, il tavolo, le sedie, e si sono portati via quello che poteva avere un qualche valore. La stufa dev'essere molto pesante da trasportare, sennò si sarebbero presi anche quella.

«Guarda» le dice a un certo punto Fritz, e indica un punto del soffitto. «Ce ne dobbiamo andare subito.»

Adesso lo vede anche lei. La trave che regge il tetto è quasi spezzata, in un punto è ridotta a un fuscello: è un miracolo che il tetto non sia caduto sulle loro teste durante la notte. Le sirene urlano senza requie. I due si alzano, si tolgono un po' di polvere dai vestiti e si congedano dalla stufa che ha regalato loro qualche ora di tepore.

Fuori spira un vento gelido. Luisa perde la sciarpa di lana che aveva intorno alla testa nel giro di pochi minuti. Le nere squadriglie di aerei si stagliano contro il cielo grigio, si vedono le bombe cadere, se ne sente il fischio e poi il tonfo e l'esplosione, la terra che trema. E in tutto questo le sirene continuano a gridare il loro lugubre e sonoro accompagnamento alla morte. Aveva ragione Fritz, lungo i binari si è scatenato l'inferno: anche le macerie intorno tremano, solidali con chi sta per subire il loro stesso destino. Luisa e Fritz si riparano dietro un cumulo sassoso vicino alla strada mentre più in là la casupola dove hanno trovato riparo durante la notte cade fragorosamente, sbriciolandosi. L'attacco non accenna a finire, arrivano sempre nuovi aerei a sganciare il loro carico di morte sulla città indifesa. Luisa e Fritz si mettono a correre, trovano uno spiazzo pieno di macerie e lì si accovacciano, e quando sentono una bomba cadere vicino si abbracciano, aspettano la fine insieme, insieme incontro alla morte.

Ma il demone della guerra, che oggi ha mietuto un ricco bottino nella città di Rostock, ha deciso di risparmiarli. Volta le spalle ai due giovani allacciati, rivolgendo ad altri la sua letale attenzione.

«È passata.»

La sirena adesso suona il cessato allarme, un segnale prolungato per dire a tutti che è ora di uscire dalle cantine per fare la conta dei danni e seppellire i morti. Lentamente Luisa e Fritz si avviano verso la città, attraverso un paesaggio desolato e inerte. Poi cominciano a incontrare qualche costruzione ancora integra. Una chiesa di mattoni col campanile ancora in piedi e il corpo longitudinale mutilato da una bomba. Intorno c'è qualche altra casetta. Un gruppo di persone sta uscendo in quel momento dalla cripta, dove devono aver trovato riparo quando hanno suonato le sirene.

Tra loro ci sono il pastore della chiesa, un uomo magro con gli occhiali e i capelli bianchi, e sua moglie. Non appena li vede, la donna si offre di aiutarli.

«Avete bisogno di un posto dove stare? La canonica è già piena di sfollati, ma un posticino lo troviamo.»

Fritz e Luisa sono commossi, accettano con gratitudine. Dunque in mezzo a quel mare di miseria e sofferenza ci sono ancora persone generose. Nella canonica viene assegnato loro un angolino della mansarda, dietro un lenzuolo appeso a un filo per stendere, una specie di improvvisato séparé. C'è un materasso a terra, un cuscino, due coperte. Il bagno è di sotto, la notte in caso di bisogno occorre usare il secchio col coperchio e poi portarlo giù la mattina.

La moglie del pastore deve aver dato per scontato che siano marito e moglie, e loro glielo lasciano credere. In realtà pensano a se stessi come a fratelli di guerra: il destino li ha uniti e ormai si appartengono.

«Ti dispiace se mi do una lavata?» le dice Fritz.

Ha in mano una bacinella di acqua calda, un panno e un pezzo di lenzuolo da usare come asciugamano.

«Certo che no... Io mi laverò dopo.»

Mentre lui si spoglia e comincia a strofinarsi, Luisa si stende sul materasso. Non guarda il giovane nudo davanti a lei, e si addormenta quasi all'istante. Poco dopo è sempre lui a portarle dell'acqua pulita con la bacinella, poi se ne va perché possa lavarsi in santa pace. Vuole parlare col pastore, dice.

«Grazie... Io arrivo appena ho finito.»

Luisa sa di cosa devono parlare, e si affretta a lavarsi per raggiungere Fritz. Non può lasciare che sia sempre lui a risolvere i suoi problemi. Ma quando, infine, riesce a trovare «l'ufficio» del pastore, Fritz ha già risolto tutto, o quasi.

«Andiamo a prenderla oggi stesso, Luisa. Un amico del pastore Klein e io. Esporremo la salma nella chiesa e poi la seppelliremo insieme agli altri che moriranno oggi.»

«Vengo anch'io.»

Fritz e il pastore si scambiano un'occhiata. Non sono entusiasti dell'idea, ma Luisa è decisa. Vuole accompagnare sua madre in quell'ultimo viaggio. Deve essere accanto a lei, lo ha promesso.

Nel primo pomeriggio partono con uno degli sfollati ospiti della canonica e trovano il corpo di Annemarie Koch rigido e semisepolto nella neve, lo avvolgono in un lenzuolo portato apposta e la trasportano fino alla chiesa. Nel piccolo coro laterale già sono esposte due salme, una donna anziana e una più giovane. Luisa le sistema il cappotto, le lega per bene il foulard intorno alla testa, le mette le scarpe che le sono cadute dai piedi durante il trasporto.

«Resto qui» dice poi a Fritz. «Resto con lei finché non la seppelliamo.»

Lui annuisce e va di sopra da solo. Quando torna giù qualche ora dopo, per portarle qualcosa di caldo da bere, trova Luisa con la febbre altissima. Ha dolori in tutto il corpo, e la sensazione di qualcosa che le penetra nel fianco. E poi ha in testa una gran confusione, vede campi innevati che brillano sotto il sole e crede di essere ancora sul treno, che la scuote e la fa tremare.

«Sono così stanca» mormora. «Stanca da morire.»

Non lo sa nemmeno lei come ha fatto ad arrivare di sopra, nel loro angolino di mansarda. Si rifugia sotto le coperte e beve la camomilla calda che Fritz le porge col cucchiaino. Lui le parla a voce bassa, risponde paziente a tutte le sue domande.

«L'hanno già seppellita?»

«Domani.»

«Che ore sono?»

«Manca poco alle tre.»

«Fra poco farà buio.»

«Ma no. Le tre di notte.»

«Perché fa così caldo?»

«Hai la febbre.»

Le prepara compresse fredde e gliele applica sui polsi per abbassare la temperatura, le mette un panno fresco sulla fronte, dorme solo a tratti per poterle cambiare le compresse asciutte o calde. Di tanto in tanto si sente di nuovo la sirena e allora Luisa viene avvolta nella coperta, presa in braccio e portata giù per le scale. Nella cripta c'è molta gente, si sta stretti. Ci sono donne, bambini, anziani, qualcuno si è portato un animale domestico, qualcuno uno zaino con il necessario: le ultime cose care, i documenti, le tessere annonarie. Le colonne della cappella medievale hanno retto per secoli, ora si vede ogni tanto un pezzetto di intonaco staccarsi dal muro, ma il soffitto regge. Nel suo delirio, Luisa ha l'impressione di vederle muoversi nello spazio. Oscillano, danzano, si deformano gonfiandosi e assottigliandosi. Ore dopo è di nuovo stesa sul materasso e ascolta il cuore che batte a un ritmo forsennato, respira affannosamente, sorride al volto preoccupato che a cadenza regolare si china sopra il suo.

«Bevi ancora un sorso, Luisa... devi bere molto.»

«Mi sento bene... sto volando... è tutto bellissimo....»

«Non volare troppo lontano, Luisa. Resta con me.»

Poi viene baciata sulla bocca. Lo sente distintamente. O era solo il cucchiaino con la camomilla? Comincia a calmarsi, cade in un sonno leggero in cui le sfilano nella testa delle immagini: l'ampio paesaggio della campagna prussiana in primavera, lei seduta in groppa a Flavia, la sua giumenta, davanti a lei cavalcano Jobst e Oskar.

«Luisa, verresti con me al ballo degli ufficiali?»

Ma lei non ha un vestito per il ballo! Forse papà sarà disposto a pagare per la stoffa. E mamma glielo cucirà. Un bell'abito di seta azzurra, magari... starà benissimo coi suoi occhi neri. Le serviranno anche delle scarpe di cuoio azzurro chiaro...

Poi precipita in un sonno più profondo, dove non ci sono sogni né immagini, ma solo un'oscurità sfocata, riposante. Vede un gran fascio di luce, maestosa e immobile, entrare dalla porta e perdersi in un regno di ombre. Guarda la porta senza paura, poi si volta e torna indietro.

Nella sua coscienza si fa strada lo strillo di un bambino, voci femminili incollerite, qualcuno che tossisce. Una pentola cade con fragore sulle assi del pavimento. Qualcuno impreca per del latte versato. Quando apre gli occhi, vede un lenzuolo grigiastro e una bacinella di smalto ai piedi del letto, una brocca d'acqua e un secchio con il coperchio. Le duole ancora un po' la testa e ha mal di schiena per aver passato troppe ore sdraiata, però riesce ad alzarsi e respira meglio. Si sente bene. Su uno sgabello accanto al materasso qualcuno ha messo una tazza e un piatto: camomilla e pane spalmato di melassa. Ha fame e addenta subito il pane, che è davvero duro e richiede un bell'impegno. Lo bagna nell'infuso ancora caldo, poi si lascia cadere di nuovo esausta sul materasso. È allora che si accorge del foglio di carta ripiegato che sta sullo sgabello, sotto il piatto.

Capisce all'istante che lui se ne è andato. Fritz, il suo fratello di guerra, non è più con lei. È sola un'altra volta. Con gesti stanchi, prende il foglio e lo apre.

Cara Luisa,

mi sono rimesso in viaggio per andare dai miei genitori. Nessuno sa cosa ne sarà di noi, la guerra non è ancora finita e c'è bisogno di tutti. Ti penserò spesso, Luisa. Forse il destino vorrà farci incontrare un'altra volta, chissà. La mia famiglia vive in un paesino alle pendici del Taunus, vicino a Francoforte sul Meno. Si chiama Lenzhahn. Se dovessi mai trovarti da quelle parti, vieni a salutarci. Sarai sempre la benvenuta.

Ti abbraccio ancora, Luisa. Sono molto felice di averti conosciuta. Sei una persona straordinaria.

Ti auguro tutta la gioia di questo mondo.

Il tuo amico

Fritz Bogner

Julia

Wiesbaden, giugno 1945

«Non puoi restare nascosta qui dentro in eterno! C'è il sole. Mettiti un bel vestito e andiamo a fare una passeggiata, forza!»

Julia lancia un'occhiata spazientita a Addi da sopra il bordo degli occhiali. Posa il vestitino che sta cucendo e si avvicina alla finestra. È vero, un bel sole dorato illumina le tendine di tulle bianco. È estate, i prati del Kurpark pullulano di fiori, le erbacce crescono rigogliose in ogni anfratto, i bambini giocano per strada masticando gomme americane.

Eppure Julia, la stessa donna che solo qualche mese prima con gran spregio del pericolo si era avventurata fra le macerie per andare al suo teatro, adesso che è libera dalla persecuzione non vuole saperne di uscire. Lascia che sia Addi a comprarle quel che le serve. Gli amici e conoscenti per cui cuce vengono a casa per le prove; solo per importanti questioni burocratiche che hanno a che fare con l'autorità si azzarda a mettere il naso fuori. Quando lo fa, cammina svelta per le strade e si guarda spesso indietro come se temesse di essere seguita. Julia Wemhöner ha paura della libertà. «Ma ho tanto da fare, Addi» dice, tornando al vestitino che sta realizzando con una vecchia gonna della mamma del destinatario. Per il suo lavoro c'è chi la paga con denaro sonante e chi porta belle cose: vasi da fiori, cornici, scatole di latta; e c'è chi la ringrazia di cuore, dicendole quanto è brava e generosa.

«Puoi cucire quando piove» protesta Addi. «Con questo tempo favoloso bisogna uscire a respirare un po' d'aria fresca....

Guardati: sei pallida, hai gli occhi cerchiati a forza di stare china sull'ago!»

«Domani. Adesso devo finire questo, Addi. L'ho promesso.»

A Julia non sfugge l'espressione delusa del suo amico, e le dispiace. È così buono, Addi, si preoccupa sempre per lei. Anche se certe volte, con quei suoi modi bruschi, le dà sui nervi.

«Ti sarei davvero grata se potessi appendermi al muro queste due foto» gli dice sorridendo con aria supplice.

Lui lascia cadere con un sospiro la tendina che ha sollevato, prende in mano le due foto incorniciate, controlla i ganci per appenderle. Poi sparisce nel suo appartamento, Julia lo sente rovistare rumorosamente nella cassetta degli attrezzi. È talmente rumoroso, qualunque cosa faccia! Lei invece, in questi anni, ha maturato l'abitudine di fare tutto in gran silenzio, come un topolino.

Addi si è accorto che le foto sono dei genitori di Julia, e svolge il suo compito con il massimo zelo. Prende con cura le misure col metro, le domanda almeno cinque volte se la distanza va bene, se la foto di suo padre non sarebbe meglio spostarla un po' a sinistra. Finalmente le due cornici vengono appese con soddisfazione di entrambi, Julia lo ringrazia e gli chiede subito se ha voglia di preparare due tazze di tè.

«L'ho capito, sai, che vuoi solo sbarazzarti di me» le dice ammiccando in modo buffo. «Tanto prima o poi dovrai uscire dal tuo bozzolo, cara la mia Madame Butterfly. E quel giorno io ci sarò.»

Julia ridacchia. Deve ammettere che certe volte è spiritoso. In quel momento suonano alla porta, Addi raduna in fretta metro e martello e se ne torna nel suo appartamento. Non vuole compromettere la rispettabilità di Julia. Il passaggio fra i loro appartamenti, coperto da un arazzo, è rimasto dov'era e loro continuano a usarlo come hanno fatto per anni. Una volta Addi le ha chiesto se voleva chiuderlo meglio, magari con dei chiodi.

«Ma no. Sarebbe molto scomodo, ti pare?»

«È vero. Se però cambiassi idea, dimmelo.»

Julia va ad aprire e si trova davanti Marianne Storbeck con una tazza vuota in mano. Chiede se per caso alla signorina Wemhöner è avanzato un po' di latte e una cucchiaiata di farina.

«Sa, è per Wilfried. Se ne sta seduto in cucina tutto il santo giorno a fissare il vuoto. Avrebbe bisogno di mangiare della carne. Ho pensato di fargli una frittata.»

Julia Wemhöner sa benissimo che gli Storbeck erano nel partito, che il marito di quella donna ha denunciato persone che si nascondevano, ebrei come lei, facendo in modo che andassero a prelevarle. Non ha proprio nessun motivo di condividere le sue magre scorte proprio con Marianne Storbeck. Eppure quella donna le fa pena. Sembra rimpicciolire di giorno in giorno, il viso le si è riempito di rughe e i capelli, che prima erano sempre tinti con cura, ora le crescono grigi in prossimità del cranio e per il resto hanno assunto una strana tonalità rosso ruggine. E poi quell'aria addolorata che si porta sempre in giro...

«Entri. Vado a dare un'occhiata.» E prende la tazza che la donna le porge.

In cucina versa del latte nella tazza e un po' di farina in un sacchetto. Marianne Storbeck è rimasta in soggiorno e sta ammirando la mobilia. Le sue tende eleganti e anche le foto appese al muro.

«Quante belle cose! A noi non è rimasto niente, è già un miracolo che siamo riusciti a salvare noi stessi, la notte delle bombe. In mezzo alle macerie ho ritrovato solo una vecchia foto di mia suocera.»

Julia adesso le sta davanti con la tazza e il sacchetto in mano, ma Marianne Storbeck non accenna a tacere.

«Se lo immagina, signorina Wemhöner? Perdere tutto così, dal giorno alla notte? Per non parlare del licenziamento, poi! Il buon Wilfried ha fatto il suo dovere giorno dopo giorno, per anni, in municipio. Un dipendente onesto e leale, ecco cos'era. Ha fatto di tutto per la città di Wiesbaden. Ed ecco come viene ripagato.»

Gli americani si sono assunti il compito di denazificare la città. Ogni abitante deve compilare un questionario e viene poi classificato di conseguenza in base a una scala che va da *diretto responsabile* a *innocente* passando per *moderatamente coinvolto* e *fiancheggiatore*. Impiegati e dirigenti degli uffici comunali sono stati sottoposti a un attento esame e naturalmente è stato tutto un fioccare di «perfide calunnie!». Wilfried Storbeck è stato tra i primi a perdere il posto.

«Già» fa Julia piuttosto imbarazzata da quello sfogo. «Sono tempi duri per tutti.»

Marianne annuisce, si asciuga una lacrima. Julia le ha messo la tazza sotto il naso.

«Prego» la incoraggia.

Marianne fa di sì con la testa e poi le dice che insomma, per fare la frittata ci vuole almeno un uovo. Una volta ce ne metteva tre, ma erano i bei tempi della pace. Adesso è già tanto se si riesce a rimediarne uno. Chissà, magari la signorina ne ha qualcuno in più e...

Non accenna a muoversi. A Julia fa male il braccio a forza di tenerlo allungato verso la donna. Lo abbassa.

«Ci guardo» dice e se ne torna in cucina con la tazza e il sacchetto ancora in mano. Sulla mensola in alto, sopra il frigo, ha ancora tre uova. Uno è per la colazione di Addi, domani mattina. Le altre due voleva darle alla signora Koch, che prepara sempre le torte per il Café Engel e ne ha bisogno. Mette l'uovo più piccolo nel sacchetto con la farina.

«Ne ho trovato uno. Spero che le venga bene, la frittata...»

Marianne è in estasi, le dice e le ridice che è un angelo. Se dovesse servirle qualcosa, non ha che da suonare alla sua porta. Da buone vicine, no?

Solo dopo che se ne è andata, a Julia viene in mente che poteva almeno darle una tessera per le uova... Adesso non ha certo voglia di rincorrere la Storbeck per le scale, che fra l'altro sarà già intenta a scaldare la padella per preparare la frittata al suo Wilfried. Si siede per riprendere a cucire, ma non riesce a concentrarsi. Va alla finestra e scosta la tendina. È strano vedere un cielo estivo così glorioso sopra le rovine del Kurhaus e del teatro. Il sole spande raggi sulle macerie. I bambini giocano, si lanciano sassi, corrono per gli spiazzi incolti che un tempo erano giardini curatissimi. Lungo la via principale, donne e vecchi sono al lavoro per sgomberare la strada. Gli uomini spalano le macerie dentro i secchi, le donne hanno formato una catena e si passano i secchi fino a un camion, sul cui pianale l'ultima della fila li rovescia. Anche Else Koch e Sofia Künzel sono state obbligate a partecipare, come tutti coloro che si sono dichiarati iscritti al partito. Teubert, che faceva parte della difesa antiaerea, ha mentito spudoratamente e l'ha scampata. Adesso lavora alla mensa militare, e sua moglie cucina gulasch con la carne in scatola americana.

«Ecco come vanno le cose!» si era indignato Addi. «Puoi rigirarla come ti pare, ma il piatto migliore se lo prendono sempre i furbi.»

Di colpo Julia ha la sensazione che le manchi l'aria, in quella stanza. Meglio aprire la finestra, far entrare un po' di luce. Tira le tende e di nuovo la coglie la sensazione di commettere un gesto incauto, che può mettere a rischio la sua vita. Non deve affacciarsi. Con quei capelli rossi verrebbe riconosciuta subito...

Ora basta, pensa. È finita. Hitler è morto. Ho di nuovo il passaporto, sono di nuovo Julia Wemhöner. Non devo più nascondermi, posso camminare per la strada a testa alta.

Strano a dirsi, ma non ha nemmeno voglia di uscire. Forse perché della vecchia Wiesbaden non resta nulla. Il teatro è vuoto e abbandonato, il colonnato è mezzo distrutto, il Kurpark che lei amava tanto è ridotto a un terreno inselvatichito perché nessuno se ne prende cura. E poi ci sono dappertutto quei soldati americani. Si sporge un poco per vedere la strada, la Wilhelmstrasse. E vede un ombrellone. È macchiato, dopo essere stato chiuso in cantina per tanti anni. Ma se c'è un ombrellone, allora devono esserci anche tavoli e sedie... Else Koch ha aperto il dehors. Proprio come un tempo!

Decide di concedersi una pausa di mezzoretta. Ne approfitta per portare a Else Koch l'uovo e un barattolo di marmellata che le ha dato una cliente. Decide di darle anche una parte di quel grosso panetto, dev'essere burro. Ha un odore rancido e lei preferisce mangiare il pane senza niente, ma per i dolci andrà benone.

Si mette le scarpe, si pettina i capelli e li ferma con una fascia. Nel farlo, trova nuove rughe sulla fronte. La primavera è finita per davvero...

Passando davanti alla porta degli Storbeck sente profumo di frittata. Come mai adesso è così di buonumore? Che sciocca. Ma lei è fatta così. Non è di questo mondo, lo ha sentito dire a Else Koch di recente. Non lo diceva con disprezzo, aveva un tono affettuoso. Else Koch e sua figlia, Hilde, loro sì che hanno i piedi ben piantati a terra. Riescono bene in tutto quel che fanno. Sono riuscite perfino a riaprire il caffè, e nel locale c'è sempre qualcuno. Non moltissimi clienti, ma insomma. Julia ama il Café Engel, è come un'estensione della sua casa, lì si sente al sicuro, circondata da amici.

Nella sala del caffè ci sono pochi avventori, i più hanno preferito sedersi all'aperto. Nella vetrina delle torte ci sono due pandispagna con uno strato di glassa quasi trasparente. Di uno ne restano solo due fette. Hilde le passa accanto reggendo un vassoio pieno di tazze, la saluta e le dice di andare a sedersi fuori: Alois Gimpel è tornato e ha già chiesto di lei.

«Oh» mormora Julia contenta. «Che bella notizia.»

Prima della guerra Alois Gimpel era il maestro concertatore del teatro. Il suo compito era aiutare i cantanti a entrare nella parte, accompagnarli al piano durante le prove e sperare che il direttore d'orchestra si prendesse un malanno, perché così avrebbe potuto sostituirlo. Se la memoria non la inganna, è successo solo un paio di volte durante il periodo in cui lei ha lavorato per il teatro. Gli artisti tirano fuori risorse inaudite, quando subodorano che nei paraggi c'è qualcuno pronto a sostituirli.

Else è al lavoro in cucina con il grembiule bianco. Ora sta versando del caffè d'orzo. Il caffè vero è di nuovo introvabile. Accetta ringraziando l'uovo e il burro, e s'illumina tutta alla vista della marmellata. Poi chiede a Julia di portare per favore ai tavoli in strada due tazze di caffè, dato che Hilde non si decide a comparire.

«Con questo tempo vogliono stare tutti all'aperto» dice con allegria. «È tornato Alois Gimpel. È seduto fuori con Reblinger e Jenny Adler, la soprano leggero. Mi pare stiano organizzando non so bene che concerto...»

A Julia Hans Reblinger, il critico musicale, è sempre stato molto simpatico. Ormai ha più si settant'anni. In gioventù era un buon pianista, ma poi ha perso tre dita della mano sinistra nella prima guerra, e da allora si dedica al giornalismo. Julia mette con cura le tazze su un vassoio. Le sale alle narici un forte odore di alcol: Else ne mette un goccio nel caffè in cambio di un piccolo sovrapprezzo. Le bottiglie le consegna sempre un tipo strano, un certo Wendelin, che riceve in cambio vestiti e scarpe.

«Per Reblinger e la Knauss. È seduta sotto l'ombrellone, a sinistra, insieme a Ida Lehnhardt.»

Julia scopre che servire ai tavoli la diverte: vedere le facce contente dei clienti quando porta loro quello che desiderano. Riscuotere il dovuto è compito di Hilde, che tiene la cassa, raduna le tessere alimentari, tratta piccoli baratti e qualche volta fa anche credito. Ma solo ai clienti più affezionati.

«Ma guarda, Julia Wemhöner! Che gioia vederti, mia cara» è il caloroso saluto di Reblinger appena la vede. Quando lei posa il caffè sul tavolo, il viso vecchio dell'uomo si illumina. «Il caffè qui da voi è un vero dono del cielo!» esclama mentre comincia a mescolare.

Al tavolo accanto sono già impazienti. Alma Knauss è una di quelle signore che prima della guerra frequentavano regolarmente il caffè, sempre accompagnate da uno stuolo di giovanotti. La Knauss non ha problemi economici, vive in Biebricher Allee, in una villa elegante, e di tanto in tanto regala qualcosa all'amato Café Engel: qualche etto di caffè vero, zucchero, panna. Talvolta anche conserve di frutta. Da dove venga tutta quella roba è meglio non chiederselo: tutti i prodotti hanno etichette tedesche, quindi devono per forza fare parte delle scorte dei nazisti.

«Ma è proprio lei! La mia adorata Julia!» strilla di colpo la Knauss mettendo giù la tazza di caffè d'orzo. «Ho urgente bisogno di lei, mia cara. Di lei e delle sue leggendarie manine. Si sieda qui con noi. Lo vuole, un bel caffè d'orzo? Signorina Hilde?»

«No, grazie» prova a svicolare Julia. «È molto gentile, ma io bevo solo tè. Per via dello stomaco...»

Ma non c'è verso, le tocca sedersi con quelle due e sorbirsi i loro discorsi sul fatto che la guerra si è portata via dalla città tutti i bei ragazzi.

«Sono rimasti solo i vecchi» sospira la Knauss, che deve aver già tracannato diverse tazze di caffè corretto. «I vecchi e gli storpi. Ditemi voi se in questo Paese c'è rimasto un uomo tutt'intero. Io non ne conosco!»

Ida Lehnhardt annuisce con scarsa convinzione. Del resto è qui per un motivo ben preciso. Julia lo sa bene, perché ha già lavorato diverse volte per quelle due. La Knauss possiede quattro o cinque armadi, tutti stipati all'inverosimile. Quando è dell'umore giusto, permette alla sua amica Ida di scegliersi una o due cosette. E allora entra in gioco Julia, che ha il compito di adattare i capi.

«Sono scomparsi anche i lavoranti forzati francesi e polacchi» sospira Alma Knauss bevendo l'ultimo sorso. «Oddio, erano tutti quanti dei poveri disgraziati, ma a guardar bene qualcuno decente lo trovavi.»

Hilde porta allora una tazza di tè per Julia, insieme a una fetta di torta. «Resti pure seduta, Julia.»

La torta è fatta con la farina di mais e ha un sapore insolito, ma è buona e dolce grazie allo strato di glassa che la riveste. Julia la mangia con appetito.

«Come quel Jean-Jacques» bisbiglia la Lehnhardt schermandosi la bocca con la mano. «Aveva una storiella con la piccola Koch.»

«E allora?»

«E allora niente. Se ne è andato pure lui. Comunque credo fosse sposato.»

«Ma no. Era un ragazzino. Puzzava ancora di latte!»

La Lehnhardt si sporge un po' verso l'amica e in modo del tutto inutile si scherma anche con l'altra mano. «E credo che Hilde stesse per mettergli al mondo un angioletto...» mormora. «L'angioletto del Café Engel!»

Alma Knauss si stringe nelle spalle e dichiara che ormai certe cose accadono anche nelle migliori famiglie.

«Purtroppo è proprio come dici tu, cara Alma» la compiace Ida per poi affrettarsi a cambiare argomento. «Ma dimmi una cosa, ce l'hai ancora quel bel completo estivo? Quello con la camicetta di chiffon?»

Alma Knauss fa per portarsi la tazza alla bocca, ma si rende conto che è vuota. La cosa non le fa piacere.

«Quello verde con gli inserti sulla giacca? Lo vorresti, eh?»

Ida Lehnhardt risponde come se la cosa le fosse del tutto indifferente. «Era un gran bel colore, tutto qui. Molto estivo. E anche con un bel taglio, non troppo scollato....»

«Vorresti dire che alla mia età non posso più portare vestiti scollati?» replica Alma offesa.

«Ma cara! Tu hai un fisico perfetto, magro e giovanile. Stavo pensando piuttosto che forse quel colore è un po' fuori moda...»

L'abile manovra sortisce il suo effetto: la Knauss è sensibile all'argomento e la cara Ida avrà l'abito su cui ha messo gli occhi, insieme ad altri due completi estivi e a un soprabito da giorno di seta indiana che la Knauss non ha praticamente mai indossato.

Julia sa cosa succede adesso. Le faranno promettere di apportare le modifiche necessarie in uno o due giorni, il tutto in cambio di una tavoletta di cioccolata fondente e mezzo chilo di caffè. Tutte quelle ore alla macchina da cucire, di giorno e di notte, in cambio di una cosa che non le piace e una che le fa venire il mal di stomaco. No, per oggi si è già lasciata gabbare una volta di troppo, perché quella donna le faceva pena e perché per lei è difficile dire di no alle persone. Decide che per queste due, che hanno detto tutte quelle cattiverie sul conto di Hilde, non cucirà nemmeno un orlo. Julia Wemhöner si alza in piedi, prende la propria tazza vuota e rivolge un cenno di saluto alle signore.

«Mi dispiace, ma ho molto da fare. Vi auguro buon pomeriggio.»

Alma alza gli occhi e posa un'occhiata stupefatta e sprezzante sulla sarta dai capelli rossi.

«Aspetti, aspetti, mia cara... non abbiamo ancora finito. La mia amica Ida le porterà gli abiti domani mattina. Le misure dovrebbe averle già. Quanto tempo pensa che ci vorrà?»

Adesso ci vuole un po' di coraggio. Ormai ho cominciato e indietro non posso tornare. Però devo stare attenta: sono due clienti importanti per il Café Engel. Non bisogna offenderle in alcun modo.

«Mia cara signora Knauss» esordisce con tono pacato e pregando che non le si spezzi la voce. «Al momento sono molto impegnata, temo che non potrò consegnarle il lavoro prima di quattro settimane.»

Alma Knauss prorompe in un breve risata di gola. È chiaro che non intende nemmeno prendere in considerazione il no di un'umile sartina dai capelli rossi. «Naturalmente questo non è accettabile, mia cara. Riuscirà a finire il lavoro un po' prima, no? In nome della nostra vecchia amicizia. Diciamo... mercoledì prossimo? Giovedì al massimo. Puntuale a mezzogiorno, però, mi raccomando.»

È più difficile del previsto, ma Julia tiene duro. Lei è Julia Wemhöner, acclamata sarta e costumista. Sono finiti i tempi in cui viveva come un'ombra dietro la tenda di una finestra.

«Come le ho già detto, signora Knauss, ci vorranno quattro settimane. Vi auguro di nuovo una buona giornata.»

Si volta e fa per tornare dentro. È sulla soglia del locale quando sente una frase. La voce, inconfondibile, è quella di Ida Lehnhardt.

«Incredibile! Piccola carogna ebrea. Un tempo per loro c'era la deportazione!»

Jean-Jacques

Wiesbaden, febbraio 1945

Sono già venti giorni. E venti notti. Ogni mattina, quando sente la guardia avvicinarsi alla porta della cella, il tonfo degli stivali sul pavimento piastrellato, il tintinnio delle chiavi e il raschio della gola dell'uomo, che ha sempre il naso chiuso, pensa che è finita. Vengono a prenderlo. Ci sono tre forche nel cortile. Lo impiccheranno lì. O gli spareranno. È una cosa veloce, dicono. Un colpo alla nuca: fai appena in tempo a sentire il rumore, poi tutto va in frantumi davanti agli occhi e sprofondi nel buio eterno.

È sopravvissuto a quattro compagni di cella. Due erano tedeschi, un disertore e un giornalista. Il disertore, un ragazzo biondo, molto giovane, sono venuti a prenderlo il giorno dopo il suo arrivo. Si è ribellato, ma quelli erano in tre e lo hanno picchiato fino a renderlo inoffensivo. Il giornalista era un uomo sulla cinquantina, alto e scarno, col mento aguzzo. Era un tipo strano: rideva sempre. Una risata folle, che a Jean-Jacques dava i brividi. Però era un uomo intelligente. Certe volte la notte si metteva a parlare; sapeva il francese, lo aveva studiato a scuola. Parlava della guerra, che secondo lui Hitler aveva perso fin dal principio, perché nessuno può dominare l'Europa intera. Tutti quelli che ci hanno provato hanno fallito, a cominciare da Napoleone Bonaparte, un altro megalomane. Quando venivano a prenderlo la mattina, restava via a lungo. Lo interrogavano, probabilmente. Tornava sempre con la faccia sporca di sangue. Una volta anche con un occhio gonfio.

«Ormai manca poco» diceva ridacchiando in quel suo modo strano. «Tutto finisce. Solo la verità dura in eterno.»

Aveva ragione, perché la mattina dopo lo hanno prelevato dalla cella e Jean-Jacques non lo ha più visto.

Gli altri due compagni di cella erano dei polacchi. Jean-Jacques non ha mai capito per quale motivo li avessero imprigionati, perché riuscivano a comunicare solo a gesti. Forse erano anche loro dei forzati che si erano dati alla fuga. O forse avevano rubato qualcosa. Comunque sono durati tre giorni.

E così da ieri è da solo nella cella. Questo ha dei vantaggi: nessuno lo disturba quando dorme, se vuole può fare qualche passo e arrivare fino al tavolo, sedersi e mangiare lì la sua razione in santa pace. Però preferirebbe avere dei compagni, perché anche se non capisci la lingua la presenza di un essere umano ti distrae dalla paura e dai brutti pensieri. Che sono la cosa peggiore. Il pensiero martellante di essere la causa della propria rovina. Per una leggerezza, una decisione avventata. Se avesse dato retta a Hilde, forse adesso sarebbe a Villeneuve, coi suoi.

Hilde, la ragazza tedesca dai capelli biondi che gli ha rubato il cuore. All'inizio era altera e prepotente. Come gli dava ordini! Pulisci qui, scendi in cantina... vogliamo fare un po' più in fretta? *Plus vite?* Lo indisponeva al punto che lavorava più lentamente a bella posta. Poi un giorno la piccola despota si è arrabbiata: ha pestato i piedi, ha imprecato, ne ha dette di tutti i colori. Lui l'ha un po' presa in giro. E le è passata. Da quel giorno, Jean-Jacques ha sentito che lo rispettava di più. Che lo cercava, addirittura. Cercava la sua vicinanza. E la cosa era reciproca. Pensava sempre a dove andare per incontrarla, per poter stare un po' con lei. Era come un fuoco che ardeva sotto la brace, un fuoco pericoloso da cui però non riuscivano a stare lontani.

È amore. Hilde è la donna della sua vita. Coraggiosa, combattiva, dal temperamento infiammabile. Ma diventa un'altra fra le sue braccia, si scioglie, è tenera e dolce. Sono fatti per stare insieme. L'amore è come un fulmine che cade dal cielo, non si cura delle leggi degli uomini. È una fortuna imbattersi in questo tipo di amore: lui l'ha avuta e ha buttato tutto alle ortiche.

Solo perché è un misero, disgustoso codardo. Non se la merita, Hilde. Lei e sua madre hanno rischiato la vita per aiutarlo. Else gli ha spiegato come poteva fare per scappare, gli ha detto che doveva aspettare il buio e poi seguire la strada asfaltata fino al Reno. Poi doveva oltrepassare il ponte. Una volta che si fosse lasciato il fiume alle spalle, non sarebbe stato difficile raggiungere il confine.

Ma lui non c'è riuscito. Faceva un freddo tale, in quel cimitero... Aveva paura di morire congelato. E poi non sopportava di stare a guardare tutte quelle tombe. Jean-Jacques è stato in guerra, ha combattuto per la Francia, un paio di volte ha visto il nemico negli occhi. Non ha paura di morire per la patria. Ma un cimitero pieno di vecchie tombe, in quella luce crepuscolare, è spaventoso. Perché lì gli spiriti si aggirano tra le pietre...

Ha tenuto duro per un po', si è accovacciato dietro la lapide di un ufficiale della Grande guerra, ha rovistato nello zaino. Ha mangiato qualcosa, perché il freddo si sopporta meglio a stomaco pieno. La neve si era sciolta due giorni prima, il che secondo Hilde era un vantaggio, dato che non avrebbe lasciato impronte. Però c'era un freddo glaciale e tra le pietre tombali soffiava un vento da gelare le ossa. È stato allora che gli è venuta la malaugurata idea di avviarsi subito, invece di aspettare la notte, perché col buio, coi lampioni spenti e con le finestre delle case oscurate, rischiava di non riuscire a individuare il ponte.

Si è messo lo zaino in spalla e se ne è andato da quel luogo spettrale, ha imboccato la strada verso il Reno così come la indicava la cartina. Sembrava così facile! La poca gente incrociata per strada non si curava di lui. E perché avrebbero dovuto, del resto? Faceva freddo, avevano tutti una gran fretta di tornare a casa. Poi ha avuto sfortuna. O meglio, ha pagato le conseguenze della propria avventatezza. Da una via laterale è sbucato un gruppo di ragazzetti, poco più che bambini appena usciti dai banchi di scuola. Però indossavano le uniformi della Wehrmacht, le si vedeva da lontano. Forse non lo avrebbero nemmeno degnato di un'occhiata, se a quel punto lui non si fosse spaventato e non fosse corso d'impulso dentro un giardino col cancello aperto, per nascondersi dietro una siepe. Era un giardinetto striminzito, tra lui e la casa c'erano pochi metri di distanza e per sua sfortuna da dentro l'hanno visto.

«Aiuto!» ha strillato qualcuno alle sue spalle. «Al ladro! All'assassino! Qualcuno mi aiuti!»

Ancora oggi non sa di chi fosse, quella voce isterica. Per qualche secondo è rimasto paralizzato dal terrore, poi ha commesso un'ulteriore fesseria: si è messo di nuovo a correre.

«Eccolo là! Non lo vedete? Siete ciechi, per caso? È corso dietro la casa!»

I giovanissimi soldati si divertivano un mondo. Dev'essergli sembrato di tornare a giocare a guardie e ladri con gli amici. Che cosa esaltante, la guerra, devono aver pensato: è proprio come quel vecchio gioco, ma la posta è la vita. Erano svelti e anche armati, per cui Jean-Jacques ha pensato bene di consegnarsi, prima di prendersi una pallottola nella schiena. Anche questo è stato un errore: avrebbe dovuto arrampicarsi su per la grondaia e mettersi lungo disteso sul tetto, in attesa che se ne andassero. Ma nel panico totale in cui era precipitato questa semplice soluzione non gli è venuta in mente. Così l'hanno trascinato al posto di polizia, dove si è scoperto in fretta che era un lavorante francese, un fuggiasco. Nella stanza accanto la donna che aveva chiamato aiuto continuava a strillare, dando sui nervi perfino ai poliziotti. Jean-Jacques non capiva una parola. Ma poi si è reso conto che la donna stava raccontando che lui si era introdotto in casa sua per violentarla. Ridicolo! Quella donna soffriva di allucinazioni, o forse confondeva la realtà con il desiderio. Lui in casa non ci aveva proprio messo piede. Quando poi gli hanno chiesto dello zaino e delle cartine, ha dovuto lavorare di fantasia. Ha detto di aver preso quelle cose di nascosto all'Hotel Kaiserbad. L'avrebbero accusato di furto, ma non gli importava. Non avrebbe mai tradito Hilde e sua madre. Meglio morire, piuttosto.

E adesso lo accontentano, è questione di giorni. I tedeschi ormai hanno perso la guerra, lo sanno, ma è vietato dirlo a voce alta. Sono nervosi, premono il grilletto per un nonnulla anche coi connazionali. Che valore vuoi che abbia la vita di un ladruncolo francese?

Questa mattina non sembra diversa dalle altre. Gli hanno dato da mangiare il solito pezzo di pane raffermo con una tazza di caffè di cicoria. È seduto al tavolo a mangiare quando sente il passo pesante della guardia, accompagnato da un secondo rumore di scarpe chiodate. Ah, pensa. Avrò di nuovo compagnia. Chi sarà, questa volta?

Fanno entrare in cella due ragazzi tedeschi, uno porta gli occhiali. L'altro ha una brutta ferita sulla tempia. Quest'ultimo barcolla, e appena entra si lascia cadere sulla scomoda branda di ferro.

«Perrier, Jean-Jacques!» abbaia la guardia. «Vieni con me.»

Ecco, è ora, pensa lui. Da qui non c'è ritorno. Vado dritto verso la morte. Fa spostare il ferito sulla branda per recuperare la giacca. Si muove come un automa che non prova nulla, non sente nulla. Precede la guardia lungo il corridoio spoglio alla maniera di un manichino privo di volontà, fino a una porta chiusa.

La guardia bussa alla porta. Qualcuno all'interno dice di entrare.

Dietro la scrivania è seduto un uomo in uniforme, con dei documenti davanti a sé. Dalla sua faccia tetra e indifferente Jean-Jacques capisce che quell'uomo non è un assassino, ma solo un piccolo ingranaggio di una macchina più grossa. Fa solo il suo dovere, così come lo fanno il suo superiore e il suo sottoposto, quello che fra poco lo porterà in cortile e gli stringerà il cappio al collo. Non ci sono assassini in questo sistema, ma solo brave persone che fanno il loro dovere.

«... viene concessa la grazia... miniera... carbone... in marcia!»

Jean-Jacques non capisce niente. Crede ancora che vogliano giustiziarlo, quando lo portano nella stanza accanto. Lì gli ridanno il cappotto, il berretto e lo zaino, e allora capisce che per qualche motivo gli è andata bene. Cosa diceva l'ufficiale dietro la scrivania? Miniera... carbone...

«*À la mine*» gli dice qualcuno. «*Charbon...*»

Lo mandano in miniera. Non lo impiccano perché hanno bisogno di uomini che estraggano il carbone dalla montagna. Per l'acciaio, necessario per la costruzione dei carrarmati.

Di colpo le gambe gli cedono, la guardia lo afferra da sotto le ascelle, lo adagia su una panca, aspetta che si sia ripreso.

«Forza!» gli dice. «Non fare tante scene! Dovresti ringraziare il Führer in ginocchio, piuttosto.»

Il treno parte da uno scalo merci ed è pieno di russi. Jean-Jacques ha paura dei russi, tra loro ci sono dei mongoli, alcuni hanno gli occhi stretti, volti che ricordano bestie selvatiche. E poi sono sporchi, certi non hanno le scarpe ma solo stracci sudici avvolti intorno ai piedi. Vanno incontro al suo stesso destino, anche loro schiavi dei tedeschi, costretti a fatiche inimmaginabili per foraggiare quella guerra infame. Eppure questo non li rende suoi fratelli. Tra gli ultimi vige la legge del più forte. Chi è debole soccombe, chi è straniero viene additato come nemico e soccombe anche lui. Jean-Jacques è francese, straniero fra i russi, e dovrà difendersi con le unghie e coi denti.

Poi è il cielo a venirgli in aiuto. Sotto le spoglie di uno squadrone di aerei americani, annunciato dal fischio penetrante della sirena antiaerea. Guardie e prigionieri si precipitano fuori dal treno e si disperdono per la campagna in cerca di un rifugio, perché agli americani, pensa Jean-Jacques, piace sparare sulle stazioni, e se riescono a colpire un treno, poi, si fregano le mani. Non gli importa se su quel treno ci sono Hitler e Göring che fanno colazione oppure un centinaio di poveracci diretti a una miniera nel bacino della Ruhr.

Jean-Jacques corre, salta svelto giù dal treno, raggiunge

le rotaie ghiacciate, si arrampica su per la scarpata invasa di sterpaglie con l'urlo della sirena che gli trapana le orecchie, il cuore schiacciato dal panico. Che follia, questa guerra! È appena sfuggito per miracolo alla forca dei nazisti ed ecco che finisce ammazzato dalle bombe degli americani. Corre per salvarsi la vita con la testa che gli rimbomba e i polmoni in fiamme, dopo un po' non sente più le gambe, vacilla, cade a terra boccheggiando. Il cielo è infestato da uccelli di ferro nero che sfrecciano, sibilano, vomitano morte. Sente esplosioni nelle vicinanze. Si schiaccia contro la strada, tasta con la mano uno spigolo di metallo, come una balaustra di ferro; solo dopo che gli aerei sono passati capisce che sotto la balaustra c'è il fiume. La poderosa massa d'acqua scorre grigia e gelida, una chiatta naviga indolente, molte barche sono ancorate alla riva. Alla sua destra c'è un ponte, un ampio, solido ponte che porta dall'altra parte del Reno. Non c'è nessuno nei paraggi; l'attacco aereo è appena finito e sono tutti ancora nelle cantine e nei bunker. Jean-Jacques si alza, si spazza via il fango dal cappotto, raccoglie lo zaino e s'incammina. Verso il ponte. Il primo passo, il più importante, verso casa sua.

Quando suona il cessato allarme, lui ha già imboccato il ponte. Cammina spedito, a passi decisi, senza fretta. Come uno che sa bene dove andare. Lo superano due veicoli militari tedeschi, ma nessuno fa caso a lui. Gente a piedi non ne incontra, a eccezione di un vecchio in bicicletta, che gli pedala accanto con delle bisacce ricolme appese alla canna. Quando arriva dall'altra parte, si stupisce di quanto sia stato facile. Su questa sponda, un sole pallido e scontroso fa risplendere le onde grigie. Si accorge solo ora del vento gelido che gli morde le orecchie. Ha perso il berretto. Ma non importa, può farcela anche senza. È euforico, pieno di energie. Ce l'ha fatta! Per ben due volte è sfuggito a una morte quasi certa, per ben due volte il destino ha voluto risparmiarlo. Dev'esserci un motivo. Nulla accade per caso. Significa che ha ancora una missione da compiere su questa terra, e lui crede di sapere qual è.

Hilde, che lo sta aspettando. Il grande amore che il cielo ha voluto mandargli e per il quale è chiamato ad attraversare l'inferno.

Jean-Jacques non ha idea di come sia la situazione oltreconfine. Sa che gli Alleati sono sbarcati in Normandia e che Parigi è stata liberata. Glielo ha detto Hilde, perché suo padre ascoltava spesso la radio inglese. È probabile che nelle vicinanze del confine si combatta ancora, perciò gli conviene starsene nascosto durante il giorno e marciare la notte. Decide di fare una pausa in un boschetto, nascondersi in mezzo alle piante, vedere cos'ha nello zaino. Le cartine e la bussola non ci sono più. Trova un avanzo di pane secco, qualche zolletta di zucchero, un pezzetto di lardo. Cambi di biancheria. Un maglione fatto a mano, che indossa subito insieme a un secondo paio di calze e... ma guarda, Hilde ha pensato anche a un secondo berretto. Certo, la bussola gli avrebbe fatto comodo. Maledetti crucchi, *sales boches*. Gli toccherà orientarsi con il sole e di sole se ne vede pochissimo. Direzione sudovest. Verso il confine. Verso la Francia liberata.

Quando arriva a Metz, è ormai marzo. Jean-Jacques ha fame ed è mezzo assiderato. Per un paio di giorni trova rifugio in un ospedale, dove gli danno un letto e un pasto caldo. Prova a telefonare a casa, ma la linea dev'essere interrotta. Poi sale senza biglietto su un treno per Nancy e spiega al controllore chi è e perché non ha i soldi per pagare. Gli permettono di restare sul treno. È meraviglioso tornare a parlare la propria lingua. Durante il viaggio pensa a Hilde. Potrebbe portarla a Villeneuve. Perché no? Certo, dovrà prima divorziare, ma del resto lui ha sposato Margot solo per volere di suo padre. Quattro anni prima forse ha pensato di esserne un po' innamorato, ma si è trattato in tutto e per tutto di un matrimonio d'interesse. Solo dopo aver conosciuto Hilde ha capito cos'è l'amore. Una forza che non puoi controllare. Non se vuoi essere felice in questa vita.

A Nancy gli tocca aspettare, i treni sono sovraccarichi. Trova una coincidenza per Digione, poi una per Lione. In stazione viene accolto sempre come un eroe. Gli uomini si alzano per bere alla sua salute, lo abbracciano, i giovani in strada lo salutano a gran voce. Gli offrono da mangiare, da dormire. Gli raccontano storie tristi di figli partiti e non tornati. Lui di sé, della sua storia, non racconta nulla. Non ha compiuto grandi imprese per la patria: hanno dovuto cedere la piazzaforte senza nemmeno combattere, perché i tedeschi, contro le aspettative, hanno oltrepassato la linea Maginot e li hanno attaccati dall'interno. Apprende che gli Alleati stanno marciando sul suolo tedesco e si spingono a est. Alcuni soldati francesi emigrati in Inghilterra adesso combattono con loro. Resta solo da vedere se saranno i russi oppure gli angloamericani i primi a marciare su Berlino.

«Adesso si fanno i conti! Pagheranno per le loro manie di grandezza. I padroni del mondo, si credevano! E invece sono solo degli sporchi...»

«Pétain ormai è fuori gioco, quello sporco traditore. Viva Charles de Gaulle!»

Il governo fantoccio presieduto dal vecchio maresciallo Pétain ormai non ha più nessun potere. Lo stesso vale per l'armistizio piuttosto umiliante che il militare ha accettato di firmare con Hitler. Dall'Inghilterra è tornato Charles De Gaulle, ha unificato i movimenti di resistenza in un'unica organizzazione tutta francese e ora è capo di un governo provvisorio con sede a Parigi e non lascerà che la Francia cada ancora sotto un dominio straniero. Gli Alleati avranno pure liberato il Paese, ma la Francia è solo e soltanto dei francesi. Ecco cosa dice Charles de Gaulle!

Jean-Jacques si unisce all'entusiasmo. Brinda alla vittoria, alla fine della guerra, all'umiliazione dei tedeschi. Alla Francia libera. Ma allo stesso tempo si preoccupa per Hilde, che ora si trova in una Germania occupata. Chissà se gli americani approfitteranno della loro posizione di forza... Meglio non pensarci. Meglio non pensare al fatto che forse ha fatto male. Doveva restare a Wiesbaden per proteggerla.

Quando scende alla stazione di Nîmes viene investito da un vento vivace e profumato di limoni. È a casa: una sensazione impagabile. Durante l'ultima tratta ha guardato i familiari paesini sfilargli davanti oltre il finestrino, i bei prati verdi, le mimose accese di giallo. E poi le vigne che ricoprono la pianura da lì fino alla valle del Rodano. Si produce vino rosso, il *vin de pays*, ma il preferito di suo padre è il rosé, lo comprano anche da Parigi e addirittura dall'Inghilterra, dalla Germania. È una terra grande e prospera, la Provenza. Già i romani producevano vino dai vitigni di questa zona. I resti dell'Impero si vedono dappertutto; ci sono acquedotti, templi, anfiteatri. E il vino, di sicuro, ha fatto la sua parte anche dopo, tra le rime dei trovatori e dell'amor cortese.

Adesso Jean-Jacques è euforico e si gode l'ultima tratta del suo periglioso ritorno a casa, le poche stazioni del trenino locale che passa per Villeneuve. Che gioia vedere le vigne di famiglia! Ci ha lavorato fin da ragazzino: pota, lega, strappa le erbacce. E poi la vendemmia, quando giravano con le gerle in spalla, lui e Pierrot, suo fratello minore, e anche tutti i cugini e le cugine che venivano apposta dai paesi circostanti.

Alla stazione sono in tanti a riconoscerlo. Dividono con lui una baguette, gli regalano una manciata di olive, gli offrono un sorso dalla fiaschetta.

«Adesso che tornano i nostri giovani, tutto andrà meglio!»

«Che felicità per i tuoi genitori!»

«E per Margot!»

«Che oltraggio lavorare per i tedeschi, quando qui da noi c'è tanto bisogno di braccia» si rammarica un vecchio vinaio. «Un oltraggio per la Francia.»

Jean-Jacques non è preparato ad affrontare l'acredine del vecchio, i cui figli sono partiti entrambi volontari per dei campi di lavoro in Germania, sotto il regime di Pétain. Gli racconta che lui era prigioniero della Wehrmacht, che stavano per mandarlo in miniera contro la sua volontà. L'uomo però non lo sta a sentire. «Chi lascia la sua terra, vi torna da straniero. È così e basta.»

È infastidito dalle accuse, ma la situazione lo mette a disagio. In fondo, sente di non avere la coscienza del tutto pulita. Non è quello che intendeva fare lui? Lasciare la sua terra per rimanere a vivere in Germania? Peggio, anzi: lui voleva lasciare sua moglie, la sua famiglia. Quando ha preso questa decisione, era ebbro d'amore. E certo, sì, il grande amore c'è ancora: vede Hilde anche in sogno, sente la sua voce, rivive la sensazione che gli ha dato il suo corpo nudo, che ha visto e abbracciato una volta soltanto. Però, adesso, il viaggio per raggiungerla sembra lunghissimo e inaffrontabile.

Gli resta da fare un tratto a piedi, in mezzo a campi e vigne. La gioia del ritorno va svanendo man mano che si fa strada in lui l'impressione di essere un traditore. Cose del genere sono già successe, in paese, e verso il fedifrago la gente è stata impietosa. Anche se tutti sapevano che si trattava di un matrimonio infelice. Quando vede il cortile di casa, si ferma un momento a guardare, a fissarsi nella memoria l'immagine: il grande casale di pietra, su cui si arrampicano viti selvatiche e l'edera. L'ha costruito suo nonno, ma suo padre l'ha rammodernato, ha chiuso l'accesso diretto alle stalle, ha costruito una stanza da bagno, ha fatto l'allaccio alla rete idrica. Gli edifici annessi sono stati ampliati e ristrutturati, così come la cantina dove il rosso fermenta nelle botti. Pensa alle tante volte in cui hanno mangiato tutti insieme – la famiglia e i braccianti – intorno a un lungo tavolo in quello stesso cortile. Cene abbondanti e festose, dopo le quali si andava subito a letto perché l'indomani ci si svegliava all'alba.

Lo accoglie abbaiando un cane biondo che non ha mai visto. Ma poi la vecchia Berthe lo riconosce e caccia un urlo stridulo. Vede sua madre uscire dalla stalla col forcone in mano. E dalla porta della casa ecco spuntare Margot. È dimagrita, porta i capelli rossi tirati indietro e indossa un grembiule bianco. Guarda nella sua direzione schermandosi gli occhi con la mano, contro il sole.

«Dio mio, Jean-Jacques, sei proprio tu?»

Lui non saprebbe dire se è felice di vederlo. Scoppia a piangere, si copre il viso col grembiule, la vede singhiozzare. Sua madre gli corre incontro, lo abbraccia, ecco che dalla stalla arriva anche Jérôme, il marito di Berthe, e resta lì a fissare il reduce con occhi increduli.

«La beata Vergine ha ascoltato le mie preghiere» dice la madre accarezzandogli i capelli.

Poi Margot gli si butta piangente fra le braccia, lo stringe a sé e farfuglia cose incomprensibili: «Lo avevo sognato... che tornavi. Il cielo ha voluto così... te lo dicevo in sogno: Jean-Jacques, il cielo vuole così...».

Si siede in cucina, gli danno un bicchiere di latte. Fra poco sarà pronta la cena, arriveranno presto anche papà e Pierrot. Hanno piantato le patate e quest'anno sono in ritardo. Il guaio è che manca la manodopera. I campi, il vino, il bestiame: è stata dura mandare avanti tutto perché Pierrot doveva nascondersi e non poteva lavorare sempre. Suo fratello minore era finito anche lui in un campo per prigionieri, ma i tedeschi lo hanno rispedito abbastanza in fretta in Francia, perché si era procurato una brutta ferita a una gamba che non gli guariva mai. Una volta a casa però è guarito in fretta e si è unito alla Resistenza.

«Abbiamo temuto per la sua vita ogni notte» gli dice sua madre mentre Margot annuisce. «Ma è così coraggioso, Jean-Jacques. Tuo fratello è un eroe.»

Jean-Jacques tace. Sua madre è fatta così. Qualunque cosa Pierrot dica o faccia, è un eroe. Lui invece per ottenere un piccolo riconoscimento deve fare i salti mortali. Ma che possibilità può avere un umile prigioniero condannato ai lavori forzati in Germania messo a confronto con un eroe della Resistenza?

Verso sera rientrano gli uomini dai campi. Apprendono la grande novità già nella stalla, è Jérôme ad annunciarla mentre rigoverna i cavalli. Come d'abitudine, suo padre e suo fratello vanno prima alla fontana per lavarsi la faccia e le mani, poi si tolgono gli stivali e si mettono le pantofole. Solo allora il padre si presenta al suo cospetto e lo guarda, lo studia con attenzione, come se dovesse convincersi che si tratta proprio di lui, di suo figlio. Poi, senza dire una parola, lo abbraccia.

«Bene, sei tornato.» Nient'altro.

Per tre anni non si sono visti. Jean-Jacques trova il padre dimagrito. È un uomo vigoroso, dalle braccia forti, ma ha le spalle un po' curve, gli occhi infossati.

Anche Pierrot abbraccia il fratello, gli dà pacche sulle spalle. «Siamo di nuovo insieme, finalmente! Hai un bell'aspetto, fratello. I crucchi ti hanno trattato bene, a quanto pare.»

«Certo, lavorare per i tedeschi è come andare in vacanza, lo sanno tutti» replica lui piccato.

A cena si siede al suo posto, di fronte al padre, Margot è alla sua destra e Pierrot e sua madre dall'altro lato. Come ogni sera, si prega. Sua madre è devota e ci tiene molto. Mentre mangiano, suo padre lo ragguaglia sulla situazione delle vigne. Su cosa è stato piantato e sull'ultima vendemmia. Viene a sapere che c'è da dare il bianco alla stalla e che quest'oggi sono stati venduti tre capretti.

«Mi stai a sentire, Jean-Jacques?» s'interrompe suo padre, sbattendo il manico del coltello sulla tavola.

Lui si strappa dai propri pensieri e si affretta a rispondere che sì, naturalmente lo sta ascoltando. È solo un po' stanco.

«Devi sapere tutto, per filo e per segno» gli rammenta suo padre. «Perché sei il primogenito.»

«Sì, papà.»

Jean-Jacques percepisce distintamente l'occhiata che si scambiano sua madre e suo fratello, e capisce che la vecchia disputa non è ancora sanata. E come potrebbe? Lei vorrebbe che fosse Pierrot a ereditare. Suo padre invece è fedele alla tradizione: la terra va al primogenito, indivisa.

Pensa ai salti di gioia che farà suo fratello quando verrà a conoscenza dei suoi piani. Non gli piace pensarci. E gli dispiace tradire la fiducia di suo padre. La cosa peggiore è che Margot gli tiene la mano fissa sul braccio, e gli sorride. Stanotte avrà finalmente di nuovo suo marito accanto a lei e farà di tutto per farlo felice.

Jean-Jacques si ritira tardi. Si trattiene in cucina sperando che la moglie si addormenti. Non vuole toccarla, perché in testa ha solo Hilde. Anche se la sua decisione di andare Wiesbaden per stare con lei è fortemente compromessa.

La sua terra, la sua casa, le sue vigne.

Gli pesa lasciare tutto quanto a Pierrot.

Heinz

Bretagna, giugno-agosto 1945

È una bella giornata di settembre. La luce gioca tra le fronde dei platani, proiettando ombre complicate sull'asfalto e strappando riflessi accecanti dai parabrezza delle sporadiche macchine di passaggio. Heinz Koch sta servendo con agilità un caffè, un caffè macchiato, una torta al rum e due bicchieri d'acqua. Gli sembra di conoscere la coppia seduta al tavolo, ma non riesce a ricordare di chi si tratti. Scambiano qualche parola. Dall'altra parte della strada, all'ingresso del Kurpark, si sente il rombo di un motore. È un rumore penetrante. Purché non faccia scappare i clienti, pensa Heinz.

«Arrivano» gli dice Else. «Marlene ha fatto un'insalata di patate. La Lehnhardt ne va pazza.»

Si riferisce agli attori che vengono per la pausa pranzo. Al teatro andrà presto in scena *Il marito a modo mio*, lui e Else hanno i biglietti per la prima. È una commedia molto divertente, gli ha detto Ida Lehnhardt. Lei interpreta la protagonista femminile. Al fianco di Eddi Graff, l'attore preferito di Heinz.

Raccoglie svelto un'ordinazione: tè alla menta con lo zucchero di barbabietola. Che strana scelta... la signora anziana con l'abito azzurro e il grembiule bianco gli ricorda un po' sua madre. Adesso lo minaccia col dito alzato e lo guarda con tale severità che Heinz corre a rifugiarsi nel caffè, oltre la porta girevole.

Dentro l'aria è viziata, in cucina si sente il ronzio del frigorifero, o si tratta del forno? Si scusa coi clienti, ma loro non sembrano per niente disturbati dal rumore, chiacchierano con animazione e mangiano torte con la panna. In piedi dietro la vetrina dei dolci Else ne sta tagliando una con le ciliegie in fette sottili, al punto che Heinz le dice di non esagerare in parsimonia, i clienti devono avere una porzione decente. La cameriera, Finchen, carica quattro piatti e gli passa davanti ancheggiando.

«Eccoli che arrivano» fa Else indicando la finestra. «Hilde, apri la porta della saletta.»

Hilde è una ragazzina di tredici anni, magra, pallida e tutta occhi, con vaporosi riccioli biondi. È in quell'età in cui non si è né carne né pesce. Esce correndo dalla cucina, per poco non va a sbattere contro Finchen e apre la porta della saletta. Ci sono ancora Fritz Bogner e Hubsi Lindner che prendono il caffè. Quando la sera suonano nel locale, hanno sempre una consumazione a carico della casa.

«Signor Fritz!» strilla Hilde. «Le si vede la giarrettiera. È nera e tutta sfilacciata!»

Il povero Fritz Bogner diventa rosso di vergogna e si tira verso il basso l'orlo dei pantaloni che in effetti gli vanno un po' corti. Non è ricco, Fritz, viene dalla campagna e studia violino al conservatorio. Ma ha un gran talento.

Adesso un vento forte spazza la sala del caffè, scompigliando le tovaglie e i cappotti appesi nel guardaroba. Heinz deve aggrapparsi alla rastrelliera dei giornali per non cadere. Dalla porta girevole si riversano in sala gli attori: Graff, la Lehnhardt, Hensel, il regista, e Ivers, che ha una piccola parte. Heinz li saluta, dice loro di accomodarsi nell'altra sala, dove sono già seduti i musicisti. Poi arriva Finchen, ad annunciare che il piatto del giorno è l'insalata di patate...

La sala piena di clienti si allontana sempre di più, ecco che è diventata un puntolino contratto e colorato. Ma il frastuono non si placa. Viene da fuori. Ecco, c'è un gruppo di camicie brune che marcia lungo la strada, con la loro aria da padroni. Il baccano è tale che per un po' Heinz deve lottare contro la nausea e le vertigini. Quando si placa, riesce a sentire la voce di Eddi Graff.

«Non ha senso, Heinz. Ci cacciano via, uno dopo l'altro.»

«Ma a te non succederà, Eddi. Il pubblico impazzisce quando entri in scena tu.»

Per un po' Eddi fissa in silenzio la strada dove passano gli ultimi uomini in uniforme. Ha già i capelli grigi, ma a lui stanno bene. Con quegli occhi scuri e conturbanti, quel bel viso dai tratti regolari, è ancora l'idolo delle donne. Quando recita nel *Towarisch* di Jacques Duval, anche le ragazze giovani lo guardano affascinate.

«Sì, può darsi che il pubblico mi ammiri quando faccio teatro, Heinz» dice Eddi Graff con uno strano sorriso spento. «Ma quando verranno a prendermi per deportarmi, nessuno alzerà un dito. Non ce l'ho con te, amico mio. Tu hai moglie e figli, hai un locale da mandare avanti. Non puoi permetterti di rischiare. Al tuo posto, forse non farei niente neanche io.»

Heinz viene travolto da un senso amaro di disperazione e sente come una pressione nel cranio, il petto gli si contrae, gli manca l'aria.

Eduard Graff viene rapito da un mulinello di vento, protende braccia e gambe mentre una forza lo trascina via finché non sparisce rapido come un proiettile sparato verso il nulla. Un rombo basso e frastornante copre tutti gli altri suoni, la nausea sale e un profondo senso di spossamento lo schiaccia a terra.

«*Tu as soif?*»

Qualcuno gli accosta una fiaschetta alle labbra e l'acqua fresca gli cola in bocca e sul mento. Tossisce, deglutisce, ne vuole ancora. Ha una sete tremenda. Poi arriva il dolore, un dolore infernale. Geme.

«*On est presque là...* ci siamo quasi... l'ospedale.»

«La gamba» si lamenta Heinz. «*Mes jambes...*»

«*Pauvre garçon.*»

Apre gli occhi e vede il cielo sereno, azzurro e sgombro di una bella giornata estiva. Poi il suo sguardo incontra le assi di legno di un carro da fieno, il ragazzo col berretto rosso seduto a cassetta con le redini in mano, il didietro bruno del cavallo.

Cerca di mettersi a sedere. Il carro sussulta e ondeggia, il dolore è insopportabile, gli sembra di avere il corpo ridotto a un'unica grossa ferita. E non è nemmeno la cosa peggiore. La cosa peggiore è quello che vede accanto a sé. È talmente sconvolgente che Heinz sviene di nuovo.

Accanto a lui c'è un uomo senza braccia. Il sangue sgorga a fiotti dai moncherini, le gambe sono preda di spasmi, la testa è girata da un lato, Heinz non lo vede in viso. Ma lo riconosce lo stesso. È uno dei suoi compagni sminatori.

Adesso rivede tutta la scena. Ogni singolo gesto riprende vita lentamente nella memoria, come se lui ne fosse stato solo spettatore. Zolle di terra che saltano in aria, l'albero ridotto a schegge, membra che vorticano spruzzando sangue, come pezzi di manichini vivi in una fabbrica. Una raffica di polvere rossa lo avvolge, lo dilania, lo trascina. E poi vede il sentiero dove avevano sistemato con cura le mine: sembra una paesaggio lunare, ricoperto di resti umani ancora caldi. Poi sente della gente intorno a sé, lo afferrano strappandogli grida di dolore. Lo mettono su un carro insieme ad altri sopravvissuti all'esplosione.

«E Paul?» mormora. «Come sta Paul Segemaier?»

Non gli rispondono, il ferito accanto a lui non è cosciente. Heinz lo invidia quasi. Quando lo sollevano dal carro, il dolore è terribile, si accorge che la gamba destra è stranamente storta, la scarpa è rigirata, i pantaloni zuppi di sangue.

La destra è andata, pensa. E forse anche l'altra. Non potrò mai più camminare.

Poi si ritrova sul tavolo operatorio, sente il medico e le infermiere parlare in francese, non gli importa quel che gli faranno. Vuole solo che il dolore finisca. Il narcotico, finalmente, gli toglie coscienza.

Il risveglio è lento, ha la nausea. Dà di stomaco più volte, poi ripiomba nel dormiveglia. Man mano che la nausea si attenua, il dolore s'impadronisce di lui. Heinz geme, batte i denti e gli danno delle gocce che lo intontiscono, alleviando la sofferenza. Per giorni entra ed esce da uno stato di torpore, non ha idea di dove si trovi, alterna crisi di dolore acuto a un sonno profondo di puro sfinimento. A un certo punto prova a toccarsi la gamba, sente che è fasciata, prova a muovere i piedi. Ma il dolore lo convince a lasciar perdere.

Poi, un giorno, recupera la lucidità necessaria a rendersi conto che si trova in un locale spoglio, dai soffitti alti. Potrebbe essere una specie di vecchio collegio. I letti sono disposti in file e sono tutti occupati da uomini nelle sue stesse condizioni. Nel corridoio centrale si muovono avanti e indietro donne biancovestite.

«*Tu as eu de la chance*» gli dice una di loro. «*Il te reste tout de même une jambe.*»

La guarda senza capire, e lei prova a mettere insieme due parole in tedesco.

«La gamba... una.»

«*Et l'autre?* L'altra?»

Non è giovanissima, sarà sulla cinquantina. Sospira e gli stringe la mano.

«*L'autre est perdue.*»

«*Perdue.*» Questo lo ha capito. Persa, andata. Gli resta una gamba sola. Non potrà mai più servire i clienti al Café Engel o stare in cucina ad aiutare Else a decorare una torta. È *perdue*. Quella gamba è il suo tributo alla guerra. Ha scontato la sua parte di colpa, la sua vigliaccheria, la mancanza di coraggio. E gli è anche andata bene, come ha detto l'infermiera francese. Ha avuto fortuna. Altri hanno avuto una sorte peggiore.

Viene adagiato su una barella e messo insieme ad altri cinque feriti su un camion. Fa caldo, l'aria è pesante e appiccicosa, il tragitto verso l'ospedale militare di Rouen è un lungo strazio. Sdraiato vicino a lui c'è uno dei suoi compagni sminatori, sopravvissuto anche lui all'esplosione. Heinz non ricorda il suo nome, ma sa che è di Amburgo e lavora in un ufficio al porto. Ha perso un braccio e ha riportato anche un danno agli occhi.

«Col sinistro non ci vedo più. Però il destro funziona ancora. Non va così male, Heinz. Ci sono delle protesi davvero miracolose. Potrei perfino suonare il pianoforte...»

Ride, è contento di esserne uscito vivo. Ora li aspettano due settimane all'ospedale militare, e poi li rimandano a casa.

«I mutilati vengono rimpatriati subito. Un bel vantaggio. Gli altri li mandano in Africa, a sgobbare nelle colonie francesi e a prendersi la malaria... e quando li rispediscono a casa, dopo due anni, sono l'ombra di se stessi, poveracci...»

Heinz gli chiede di Paul Segemaier.

«Di lui non è rimasto niente. È stato investito in pieno. Quell'ordigno maledetto lo ha praticamente disintegrato.»

Paul ha messo il piede su una mina anticarro abilmente dissimulata in mezzo all'erba, sotto quel melo. Heinz era a pochi passi da lui, ma in mezzo c'era il tronco di una vecchia quercia, che lo aveva protetto. Anche il soldato di Amburgo – ecco come si chiama: Kurt Eilers – si è salvato per un pelo, perché si trovava alle spalle di alcuni compagni. Lo sminatore capo, quel francese, è morto la prima notte dopo l'incidente, in infermeria.

La conversazione non dura a lungo, perché il caldo è opprimente e manca l'aria. A un certo punto il camion fa una sosta e uno degli inservienti dà loro un po' d'acqua da bere. Quelli che sono fisicamente in grado di farlo scendono per orinare, gli altri ricevono delle bottiglie in cui svuotarsi la vescica. Heinz si sente incapace e sprovveduto come un neonato. Come sarà la vita quando arriverà a casa e non potrà nemmeno andare in bagno da solo? Quando Else dovrà aiutarlo anche nei piccoli gesti quotidiani? Non sarà in grado di lavarsi, di vestirsi, di scendere e salire le scale. Al Café Engel potrà solo starsene seduto da una parte, un'immagine deprimente agli occhi dei clienti, un peso morto per i suoi cari. Non può fare a meno di pensare che forse sarebbe stato meglio se quella mina lo avesse ucciso. L'idea di essere un peso per la famiglia è insopportabile.

All'ospedale militare i feriti tedeschi sono radunati su un

lato dello stanzone, in modo che quelli tra loro che conoscono un po' il francese possano fare da interpreti. La stanza ricorda un po' la navata di una chiesa, con le pareti di mattoni grezzi, finestre con vetrate istoriate vagamente gotiche, l'alto soffitto a volta. È piacevolmente fresca e arieggiata. Heinz ringrazia le infermiere che lo aiutano a coricarsi e piomba in un sonno profondo.

Ore dopo lo svegliano delle grida concitate. «Attento! Ferma!» Heinz apre gli occhi in preda alla confusione, appena in tempo per vedere una donna fuggire con in mano la ciotola di latta contenente il suo pasto.

«Corvacci maledetti, ecco cosa siete!» abbaia il suo vicino di letto.

«Se ti prendo, ti faccio a pezzi col moncherino!»

«Rubare il pane a un mutilato, vergogna!»

Sono i visitatori, soprattutto mogli e figlie dei feriti francesi. Ritengono che i tedeschi siano i soli responsabili della loro sorte e che non meritino di mangiare. Nei giorni seguenti Heinz impara a consumare in fretta il pane e il brodo, prima che qualcuno se ne impadronisca. Ma quando si avvicinano al suo letto dei bambini con lo sguardo supplice e affamato, dà loro il brodo e si accontenta del pane.

«Ti vuoi guadagnare un bel posto in paradiso, eh?» lo sfotte il suo vicino. «Se continui a mangiare così poco, ci arriverai presto, te lo dico io!»

Eppure Heinz è benvoluto. Le infermiere lo apprezzano perché ha modi garbati. Gli hanno amputato la gamba destra appena sopra il ginocchio, alla sinistra ha riportato ferite profonde che tuttavia stanno guarendo bene. Presto gli danno delle stampelle e prova a camminare.

«Io lo chiamerei piuttosto zoppicare» scherza amaramente lui lasciandosi cadere sul letto, esausto.

«*Tu es trop faible. Il faut manger*» gli dice un'infermiera.

È la caposala, e si preoccupa ogni giorno che Heinz mangi tutto quello che gli viene messo davanti. È troppo debole, deve nutrirsi, altrimenti non imparerà mai a usare le stampelle. Mentre viene distribuito il cibo, lei si piazza nel corridoio centrale vicino all'ala dei tedeschi per controllare che nessuno tolga il pane di bocca a Heinz Koch.

«Sei un rubacuori, Heinz» gli dice qualcuno. «Hai fatto breccia nel cuore della belva. Ormai ce l'hai in pugno. Dovresti dirle di metterci subito sulla lista, così ce ne torniamo finalmente a casa...»

Negli ospedali militari i feriti più gravi vengono caricati per primi sui camion diretti in Germania. Ma si sa che spesso, nella scelta dei fortunati, soldi e conoscenze anche qui non guastano.

«Saremo tutti quanti sulla prossima lista, vedrete» scherza qualcun altro. «Tutti tranne Heinz. La caposala mi sa che non lo molla, lui!»

«Non mettete in giro certe voci» replica Heinz ridendo. «La mia Else mi farà a pezzi, se lo scopre!»

Ma non sa nemmeno se Else e Hilde sono ancora vive. Se la casa è ancora in piedi. Però sa che è meglio sperarci. Lui, poi, ha di che essere contento: le ferite guariscono. Anche il moncherino, quel che resta della sua gamba destra, migliora di giorno in giorno. Il cambio del bendaggio è sempre un momento terribile. La garza infatti si appiccica alla ferita, e l'infermiera deve rimuovere con le pinzette i residui di tessuto prima di medicarla e applicare un nuovo bendaggio. Ogni volta Heinz si ripromette di sopportare il dolore con stoicismo. E ci riesce, per i primi minuti: stringe un pezzo di stoffa fra i denti e non emette suono. Ma quando è il momento del batuffolo di cotone imbevuto di disinfettante, allora non ce la fa più e comincia la «serenata», come la chiama l'infermiera.

Alla fine di settembre arriva un ufficiale in uniforme, poco più vecchio di Heinz, e annuncia la lista dei prigionieri che torneranno in patria col prossimo camion in partenza. Nell'elenco ci sono anche lui e alcuni suoi compagni. L'umore generale sale alle stelle, ci sono urla euforiche, pugni battuti sulla sponda del letto, risate. Finalmente a casa! Finalmente via da questa prigione francese!

«E quando?»

«Fra un paio di settimane, presumibilmente.»

«Così tanto?»

«Ma sarà poi vero? L'ultima volta ci avete fregato. Avete detto che saremmo partiti e invece siamo ancora qui.»

«C'è un ordine da rispettare» taglia corto l'ufficiale, che parla un ottimo tedesco perché è alsaziano. Un tipo schivo, dall'aria seria, con dei baffoni enormi. Quando si volta per uscire, sopporta senza fare una piega gli insulti degli uomini che anche per questo giro non saliranno ancora su quel camion.

«Adesso si fa sul serio, Heinz» gli dice il suo vicino di letto. «Comincia una nuova vita, per noi. Ah, non vedo l'ora di andare all'osteria e farmi una birra come dico io!»

Sono tutti eccitati, restano svegli fino a tarda sera a parlare di quello di cui più sentono la mancanza. Fidanzate, mogli, figli, genitori. C'è chi non vede l'ora di rivedere gli amici, di ricominciare a lavorare, di dormire su un letto comodo. C'è uno che non pensa ad altro che ai suoi libri. Heinz, per parte sua, è felice al pensiero di riabbracciare le sue donne. E spera che i suoi ragazzi siano presto di ritorno, sani e salvi.

«Hai una specie di locanda a Wiesbaden, vero?» gli domanda uno.

«Il Café Engel. In Wilhelmstrasse.»

«Una zona elegante, eh?»

Heinz spiega che la Wilhelmstrasse è la strada più centrale della città, quella dove sorge il teatro, e poi lì vicino c'è il Kurpark, il Kurhaus, la Kochbrunnen, la famosa fonte di acqua termale...

«Sempre che non abbiano distrutto tutto» aggiunge a bassa voce. «Le città tedesche hanno subito massicci bombardamenti.»

Notizie da casa non se ne hanno, i servizi postali non ci sono più e le linee telefoniche sono danneggiate. La maggior parte degli sminatori feriti non ha nemmeno di che coprirsi, perché l'esplosione ha sbrindellato i vestiti. Portano roba lasciata da altri, sulla cui sorte preferiscono non farsi domande. Le infermiere per fortuna hanno lavato e disinfettato tutto.

È quasi buio, il paesaggio estivo nel riquadro della finestra si va spegnendo in un grigio chiaro. Gli uomini si fanno silenziosi. L'euforia cede il passo alla paura di tornare a casa e trovare qualcosa di diverso e inaspettato. Fissano con gli occhi sbarrati il soffitto a volta, le lampade attorno alle quali gli insetti compiono estatici girotondi. Gli spettri più temuti infestano ora la loro mente. Heinz vede il Café Engel ridotto a mucchio di macerie; sente il fragore del crollo che travolge tutto. Le grida, i gemiti delle vittime, che poi piano piano si allontanano e scompaiono.

Se davvero è successo, lui a casa non vuole tornare. Che potrebbe fare uno storpio bisognoso di continuo aiuto? Perché darsi tanta pena? Per zoppicare fino al cimitero dove riposano i suoi cari?

Si arrabbia con se stesso. Sei un vigliacco, Heinz, pensa. Certo che vuoi tornare a casa, lo vorresti anche se avessi perso tutto. Il tuo posto è quello, dove altro vuoi andare? E poi, se Dio vuole, i ragazzi torneranno. Ci rimbocchiamo le maniche e ricominciamo. Lo devo ai miei figli, è una mia responsabilità.

Due settimane dopo vengono caricati su un treno che oltrepassa il confine tedesco e li porta in un ospedale militare nei pressi di Friburgo. E questo è il rimpatrio che hanno tanto desiderato: qui almeno, però, hanno letti decenti, con lenzuola pulite, e sono assistiti da brave infermiere che parlano anche tedesco. Che cosa succederà dopo ancora non lo sanno.

Se solo potessero avere notizia da casa... L'idea di mandare un telegramma gli viene da un vicino di letto.

«E come funziona?» s'informa Heinz. «Non possiamo mica alzarci e andare alle poste per dettarlo.»

«Ma no, tramite le infermiere. Quel furbacchione di Karl ha una mezza storiella con la moretta, quella coi capelli corti.»

«E ha spedito il telegramma per lui?»

«Sì. In cambio di niente. E gli è pure arrivata la risposta. Non erano belle notizie, però. Non ne parla volentieri.»

Non è una premessa molto incoraggiante, pensa Heinz. Ma è sempre meglio che non sapere. Il problema è che non ha un soldo. L'unico oggetto di qualche valore che possiede è la fede. Un anellino sottile tutto graffiato, che per di più non ne vuol sapere di sfilarglisi dal dito. La falange si è ingrossata, deve avere un po' di artrite. Non gli ci voleva, ma se non altro in questo modo nessuno gliel'ha rubato mentre dormiva. Fa un male del diavolo, provare a toglierlo, ma lui non si arrende. Se mi vedesse Else, pensa mentre si affanna intorno al dito dolorante. È fatta così, la mia Else. Non vuole staccarsi da me. Ma adesso questa è l'unica cosa da fare. Di anelli potremo comprarcene altri. E se poi così non dovesse essere, se Else fosse morta, allora non mi servirà più nessun anello.

Alla fine ce la fa. La falange dell'anulare è tutta livida ed escoriata, ma ha l'anello in mano. All'interno è inciso il nome di lei: Else Maria Koch. E la data delle nozze: il 25 marzo 1919. Heinz si infila la fede al mignolo per non perderla e si massaggia il dito malandato. Nonostante sappia quello che fa, si sente un po' in colpa: dare via quell'anello, che ha portato per tanti anni, solo per mandare un misero telegramma. Quella sera fatica ad addormentarsi. Sente i compagni russare e tossire, in infermeria la luce è accesa

La mattina dopo ha subito fortuna. È l'infermiera coi capelli neri a scodellare la colazione. Si alza con le stampelle e raggiunge il piccolo carrello in cui vanno posati i piatti vuoti. Così ha la possibilità di parlarle.

«Un telegramma? Ma costa molto...»

Le mostra l'anello, lei capisce subito. Lo prende e se lo infila in tasca. Più tardi, quando ripassa in corsia, gli dà un pezzo di carta e una matita. Heinz scrive l'indirizzo di casa sua e un brevissimo testo:

Torno presto. Come state?

Ora non gli resta che sperare che la ragazza rispetti i patti. Nell'attesa scopre di non essere l'unico ad aver avuto quell'idea. Uno ha dato alla donna una catenina d'oro, l'altro un coltello a serramanico. Dio solo sa come ha fatto a tenerselo in tasca per tutto questo tempo.

«Non è detto che arrivino a destinazione» lo avverte quest'ultimo. «La Germania è stata divisa in settori.»

Maledizione, pensa Heinz. Qui siamo nel settore francese, e Wiesbaden è sotto il controllo americano. Non funzionerà mai...

La risposta non arriva.

Hilde

Wiesbaden, luglio 1945

Dio, che caldo. Sono le dieci del mattino e il termometro segna già trenta gradi. Sull'altro lato della strada, dove sorge la montagna di macerie, il più piccolo alito di vento solleva nuvole di polvere, tanto che hanno rinunciato a mettere tavoli e sedie all'aperto: i clienti berrebbero un caffè di cicoria contaminato. Hilde e sua madre sono sedute dentro e stanno bevendo del tè alla menta freddo, sbocconcellando pane e melassa. Al momento con la tessera annonaria non si ottiene nulla di più. Ma si dice in giro che presto le cose andranno meglio. Per ora ogni abitante di Wiesbaden riceve mezzo chilo di pane, duecento grammi di carne e ottanta grammi di lardo, oltre a due chili e mezzo di patate e alle «zuppe pronte». Se non fosse per il mercato nero, non avrebbero nessuna possibilità di tenere aperto il caffè. Per preparare anche il dolce più spartano servono almeno farina, zucchero e uova. Eppure manca sempre un ingrediente, o anche più di uno, e allora sua madre deve fare ricorso all'inventiva. Ultimamente ha preparato dei dolcetti con le bucce di patata macinate.

«Che fine hanno fatto Addi e Julia?» domanda Hilde. «A quest'ora di solito scendono.»

Allontana dal ginocchio il muso del cane che la guarda supplice, poi con un sospiro stacca un pezzetto di pane spalmato di melassa. Lui lo annusa con cautela. Volendo, potrebbe essere un buon cane da riporto.

«Su in mansarda deve fare un caldo insopportabile, poveretti» osserva sua madre. «Non credo si riesca a dormire.»

Hilde dà un morso al panino e guarda fuori dalla finestra. Un tale vestito di stracci pedala su una bici, sul cui portapacchi è fissata una cassetta di legno. Raccoglie roba d'ogni genere: chiodi, viti, ferraglia, assi, pezzi di cose che possono tornare utili. Bisogna ingegnarsi, di questi tempi, perché di artigiani in giro non ce ne sono. Dietro il rigattiere arrancano due ragazzini. Di tanto in tanto si fermano, si chinano a terra e raccolgono qualcosa che poi porgono all'uomo perché la esamini. Se il responso è positivo, lui annuisce e l'oggetto finisce nella cassetta.

«Un tempo, a quest'ora, passava il postino» mormora Hilde. «E consegnavano i giornali.»

Sua madre non risponde, sorseggia il tè. Hilde sa già cosa sta pensando e si maledice per aver fatto quell'osservazione. Ma ormai le è scappata, e le conseguenze non tardano ad arrivare.

«Non dirmi che speri ancora di ricevere una lettera da quello...»

«Perché no?» replica lei. «Se è vivo, scriverà di sicuro.»

Sua madre alza gli occhi al cielo. «Può darsi che si sia innamorato di te, Hilde, non lo nego. Ma adesso è in Francia. Da sua moglie, dalla sua famiglia...»

«Sempre che ci sia arrivato» la interrompe Hilde a mezza voce.

Sua madre sbuffa, irritata. «Non devi credere a quello che dice quell'asino di Storbeck. Jean-Jacques adesso è a casa sua, sono pronta a scommetterci quello che vuoi, anche il Café Engel.»

Hilde vorrebbe risponderle che non può scommettere il Café Engel, per la semplice ragione che il Café Engel appartiene per metà a suo padre. Ma preferisce lasciar correre, perché l'argomento che le preme è un altro. «Io non ti capisco, mamma» sbotta inviperita. «Non è successa la stessa cosa tra te e papà? Non lo hai raccolto dalla strada? Un soldato in cenci, di ritorno dal fronte, che passava qui davanti. E non è stato un grande amore?»

«È una cosa completamente diversa» dice sua madre scuotendo il capo.

«E perché sarebbe diversa?» ribatte Hilde decisa a litigare.

«Perché tuo padre non è francese, ma tedesco. E perché... be', tuo padre è rimasto! Non è tornato a casa dalla sua famiglia!»

Ecco il punto. Che errore è stato aiutare Jean-Jacques a tornare in Francia! Hanno corso un rischio incalcolabile, tutti e tre. E senza motivo. Perché poi i nazisti hanno rispedito a casa i prigionieri francesi. Ma allora chi poteva saperlo? I prigionieri venivano caricati sui camion e nessuno aveva idea di che fine facessero: tutti credevano che li portassero nei campi, per poi ammazzarli.

Avrebbero dovuto nasconderlo, ad aspettare l'arrivo degli americani, e poi Jean-Jacques se ne sarebbe potuto andare tranquillamente a casa a sistemare le sue cose.

«Inoltre, tuo padre non era sposato.»

Else s'interrompe, perché in quell'istante entra nel caffè Sofia Künzel. È in vestaglia e indossa delle vistose pantofole di seta rosa decorate con una piuma. Regge tra le braccia tre scatole di frutta sciroppata e due pacchetti di farina, e tra i denti ha un sacchetto di zucchero. Hilde e sua madre accorrono e si affrettano a far sparire in cucina quel ben di Dio.

«Se non avessimo lei...» dice Else con gratitudine. Le provviste basteranno per almeno una settimana di ciambelle e torte alla frutta da esporre nella vetrina dei dolci.

«Duro lavoro, signora Koch...» replica divertita la Künzel mentre si sistema la vestaglia che le si è aperta durante il difficile trasporto. Sotto porta una camicia da notte rosa con pizzi gialli, che le mette in risalto le forme. Sofia Künzel ha superato i cinquant'anni, ma non rinuncia a esibire la sua femminilità. Che è prorompente quanto la sua voce da soprano, perfetta per ruoli wagneriani.

«Tè freddo?» dice, sollevando il coperchio della caraffa. «Favoloso. Proprio quel che ci vuole con questo caldo. Guardate un po' cosa vi ho portato!»

Tira fuori dalla tasca un barattolino di vetro e lo posa sul tavolo. *Orange jam*. Marmellata di arance.

«È un peccato mangiarla così» osserva pensosa Else. «Potrei farci una bella torta...»

«No!» taglia corto la Künzel. «Questa ce la mangiamo noi per colazione. Qualche lusso bisogna concederselo, inoltre io ho strimpellato tutta la notte per gli americani e me lo merito.»

Da un paio di settimane la Künzel «lavora» in un bar frequentato dagli americani in Steingasse, dove le servono una bella cena abbondante e tutti i drink che desidera. In cambio suona il piano per loro fino alle quattro del mattino esaudendo le richieste dei clienti.

«I primi giorni portavo con me gli spartiti» racconta. «Poi ho capito che non gli importa cosa suono. L'importante per loro è ballare. Perciò adesso improvviso. Per ora va alla grande.»

Fa una carezza al cane, che le ha poggiato il muso sul ginocchio.

«Forse ho anche rimediato un allievo, ci credete? Pianoforte e canto. Ho avuto la faccia tosta di chiedere dieci dollari l'ora!»

Apre il barattolino di marmellata, l'annusa con voluttà e poi lo porge a Else. Profumo di arance... non lo sentono da prima della guerra. La pace è tornata, ma le arance purtroppo scarseggiano ancora.

«Dove sono Addi e Julia?» si meraviglia la Künzel «Hanno già fatto colazione?»

Hilde è sul punto di dire che non si sono ancora visti, quando la porta girevole si mette di colpo in movimento e spunta in sala un cliente.

No... dev'essere uno spettro. Le tre donne sedute al tavolo fissano stupefatte Johanna Warnecke. La madre di Gisela indossa un lungo soprabito estivo di taglio maschile ed è scalza. Si chiedono se sotto indossi qualcos'altro oppure no.

«Dov'è?» domanda con voce stridula, rivolta a Hilde.

Un tempo Johanna Warnecke era una bella donna. Adesso

è la caricatura di se stessa. Un triste e inquietante spettacolo. I capelli sono grigi e infeltriti, la pelle del volto sembra appesa agli zigomi, ha il collo sottile e le si vedono le vene. Gli occhi infossati invece sono vivi, come invasati, si muovono rapidi per la stanza, poi si fissano su Hilde.

«Mi dispiace molto, signora Warnecke» dice lei scandendo bene le parole. «Ma non vedo Gisela da giorni.»

«Stai mentendo!» replica l'altra furiosa. «Sono tutte bugie! Sono tre notti che non si presenta a casa. Che se ne va in giro. La figlia di un ufficiale tedesco, che viene da una famiglia rispettabile...»

«Adesso si calmi» interviene la Künzel. «Gisela è una ragazza con la testa sulle spalle. Sa quello che fa, non deve preoccuparsi.»

«Ma che ne sa, lei?» replica la Warnecke, ora in tono lamentoso. «Mia figlia la sera deve stare a casa sua. Nel nostro mondo funziona così. Una brava ragazza tedesca non va in giro di notte, e si preserva casta per suo marito. Voglio che venga subito a casa. È qui, ne sono certa....» Va a grandi passi verso la porta della saletta, che per fortuna è chiusa a chiave. «Gisela!» strilla con voce alterata. «Svergognata che non sei altro! Vieni fuori. Te lo ordina tua madre...»

Hilde lancia un'occhiata allarmata a Else, la quale interviene con il consueto piglio pratico. «Adesso si sieda, Johanna. Beva qualcosa.»

L'altra si volta indignata. «Io non bevo, per chi mi ha presa? Una tedesca rispettabile non... ma sì, magari giusto un goccio.»

E prende un bicchierino della grappa distillata in casa che le Koch comprano regolarmente da un contadino di Dauborn. Ne manda giù un sorso, e i suoi tratti cominciano a distendersi.

«Adesso vada a casa» la blandisce Else con voce ferma e persuasiva. «Sono certa che Gisela è già là che la aspetta.»

«No, non c'è.»

«Ma sì che c'è» insiste la Künzel. «È nel suo letto che dorme. Vogliamo scommettere?»

Johanna Warnecke si versa un altro bicchierino, beve, poi si alza e raggiunge barcollando la porta girevole, nella quale entra e dalla quale esce confusa, di nuovo all'interno della sala. La imbocca un'altra volta, per fortuna con successo.

«Santo cielo!» esclama Else. «È proprio alterata. Che tristezza, povera donna...»

«Be', sì, per credere ancora nella vittoria finale del Reich bisogna avere qualche rotella fuori posto» osserva Sofia Künzel.

Hilde prova pena per la madre della sua amica. E anche per Gisela. Johanna, nel suo delirio, non ha tutti i torti. Sua figlia, la ragazza di buona famiglia ariana, da un po' di tempo passa le notti al bar degli americani a ballare con gli ufficiali nemici. Sua madre non lo immagina, ma Gisela con l'aiuto della Künzel è riuscita a entrare nel locale di Steingasse e a quanto pare ha una storia con un soldato.

«Porta a casa un sacco di roba, quella ragazza. La madre e i nonni mangiano grazie a lei» la difende la Künzel, che a cose come decoro e castità non ha mai dato molto peso. «Caffè, whisky, sigarette, carne in scatola... è tutta roba che le dà il suo ragazzo e che può anche scambiare al mercato nero.»

Hilde e sua madre non fanno commenti. Sono tempi difficili, ognuno fa quel che può per venirne a capo. Gisela ha scelto questa strada. Sono fatti suoi. Hilde con un americano non ci ballerebbe mai, nemmeno per tutte le sigarette e la carne in scatola del mondo. Piuttosto morirebbe di fame. La Künzel nel frattempo ha divorato il suo panino con la marmellata, ora sbadiglia e si stiracchia. Le ci vuole proprio una bella dormita, dichiara.

«Tutte le volte, ora che arrivo a casa sono le cinque del mattino. È peggio che farsi due opere di Wagner una dietro l'altra. Non sono più una ragazzina...»

Spinge da parte il cane, si sistema la vestaglia e infila i piedi nelle sue pantofole leziose.

«Mi faccia il favore di dare un'occhiata da Addi e Julia» le dice Else quando è sulla porta. Nel frattempo, Hilde è uscita per vedere che aria tira. C'è ancora un po' di polvere sospesa. Bisognerà buttare un paio di secchi d'acqua sull'asfalto, ma tutto sommato può andare. Per fortuna l'allaccio alla rete idrica nel caffè funziona ancora bene, a differenza del gas e della corrente elettrica che vanno e vengono.

Hilde e sua madre stanno aprendo l'ombrellone, quando sentono le grida possenti della Künzel dalle scale. «Signora Koch! Ma dov'è finita? Ci vuole un dottore! Presto!»

Entrambe mollano la presa sull'asta, ed è solo la destrezza di Hilde che impedisce all'ombrellone di piombare su una donna e sul carrettino che si trascina appresso.

«Ecco» sospira Else. «Lo sapevo che era successo qualcosa. Addi scende sempre di buon mattino...»

«Non riesce a respirare!» sta dicendo Sofia Künzel, anche lei col fiato corto. «Ha la febbre alta e una bruttissima tosse di petto... Non vorrei che si fosse preso la polmonite!»

Hilde si toglie il grembiule e fa un cenno a sua madre.

«Corro a chiamare il dottor Walter.»

Sta per uscire quando sente la Künzel lamentarsi. «Che donna impossibile! Se ne sta qui a tenergli la mano invece di correre a chiamare un medico. Julia è davvero di un altro mondo!»

Mentre corre per Wilhelmstrasse, Hilde pensa che forse la cantante non ha tutti i torti. È difficile immaginare cosa potrebbe esserne di Julia se capitasse qualcosa a Addi. Per lei è sempre stato una specie di padre, un angelo custode. Quella donna non sarebbe davvero in grado di cavarsela da sola...

Arrivata in Rheinstrasse, sale di corsa tre piani di scale e suona il campanello fuori dallo studio. Dopo un po', la porta si apre di una spanna. Fa capolino il visetto di una ragazza pallida, con lunghi capelli biondi. Dev'essere una nuova segretaria.

«Il dottor Walter è da un paziente» le fa sapere.

«E quando torna?»

La ragazza non lo sa. Fra un'ora, forse. Ma forse più tardi.

«Il mio vicino ha la polmonite» esagera apposta Hilde, decisa a tornare a casa con un medico. «Ha più di sessant'anni e ha la febbre alta.»

La ragazza pallida si morde il labbro e fa una faccia preoccupata. «Provi allo studio di fronte. Il dottor Volkmann.»

E indica col dito l'appartamento dirimpetto, poi sorride a Hilde con fare incoraggiante e chiude la porta. Volkmann... Deve essere nuovo nel quartiere. Hilde non lo ha mai sentito nominare.

Suona il campanello, e dopo pochi secondi la porta le viene aperta da una donna di una certa età dall'aria cordiale e con il camice bianco. L'accompagna in una sala d'aspetto. Ma Hilde non può permettersi di aspettare.

«Polmonite, dice?» replica la donna dopo la sua spiegazione. «Ne è sicura?»

«Sicurissima. Il signor Dobscher non si ammala mai. Se resta a letto, vuol dire che sta male davvero.»

«Dobscher? Non parlerà mica di Adalbert Dobscher, il famoso attore di teatro?»

«Proprio lui!» grida Hilde.

«Oh, santo cielo!» esclama la donna, e sparisce nella stanza attigua.

Lì ha luogo un breve contraddittorio. Una soprano insistente e vivace contro un basso piuttosto indolente. La soprano sale di intensità. Il basso si lamenta. La soprano diventa perentoria. Il basso soccombe. La soprano trionfa e il basso si arrende.

«Non sono sicuro di poter...»

«Ma certo che puoi. Adalbert Dobscher, quanto mi piaceva il suo Don Giovanni!»

«Al diavolo...» brontola il basso.

Un istante dopo, ecco apparire un omone con un'aureola di capelli grigi intorno alla pelata rosea. Afferra una borsa e si calca in testa un cappello di paglia.

«Sono il dottor Volkmann. Andiamo. È lontano?»

«No. È qui in Wilhelmstrasse.»

Cammina spedito, il dottore. Hilde deve correre per stargli dietro. Forse cammina così svelto perché è arrabbiato con la sua volitiva consorte. Si fermano un istante di fronte al caffè, e il dottore scuote la testa alla vista di due donne sedute a bere a un tavolo sotto il sole.

«È incredibile che ci sia qualcuno che spende soldi per mangiare una fetta di torta quando la gente non ha nemmeno di che sfamarsi.»

Adesso questo dottor Volkmann comincia a darle davvero sui nervi: si mette perfino a insultarle i clienti. Hilde apre la porta e invita l'uomo con un gesto: «Da questa parte, si accomodi».

Lui la precede su per le scale col suo passo pesante. Dal pianerottolo del secondo piano Marianne Storbeck guarda in basso, ansiosa di capire cosa sta succedendo. Appena si avvicinano, corre in casa. Si sente la porta sbattere.

«Altre scale?»

«Il piano di sopra.»

Il dottore borbotta qualcosa di incomprensibile e prosegue. La porta dell'appartamento di Addi è solo accostata, si sentono i singhiozzi di Julia e le frasi rassicuranti della Künzel che cerca invano di calmarla.

«Forse è già morto» dice il dottore.

Hilde si pente amaramente di aver portato in casa quest'uomo impossibile. Doveva aspettare il dottor Walter. Questo Volkmann ha la delicatezza di un macellaio! Quanto a Julia, devono portarla via a forza dal letto del malato. Hilde va con lei in cucina e l'abbraccia, le sussurra nell'orecchio che Addi è un uomo forte, una roccia, e che presto starà benone.

«Io... l'ho sempre... trattato così male» piagnucola Julia. «Solo perché non è come Don Giovanni! E adesso...»

Questa di Don Giovanni Hilde non la capisce, ma la disperazione della Wemhöner è evidente. Le accarezza la schiena, le ripete che andrà tutto bene; non che ne sia convinta, ma almeno Julia si calma, smette di piangere.

«Subito!» L'ordine perentorio viene dalla camera da letto ed è il vocione di Volkmann a pronunciarlo.

«Non se ne parla nemmeno!» ribatte un baritono roco. Addi.

«Ah, per me può anche crepare nel suo letto stanotte stessa!» gli augura Volkmann spazientito.

«E lei per me può andare al diavolo!»

«La prego, non sia così testardo. Mia moglie mi farà a pezzi se viene a sapere che non l'ho costretta a ricoverarsi!»

La risposta di Addi si perde in un accesso di tosse. Poi con un filo di voce dice: «Non voglio andare in ospedale. Lì ci si va a morire. Voglio restare qui...». E giù altri colpi di tosse.

A quel punto si mette in mezzo la Künzel col suo consueto piglio risoluto. «Adesso, Addi, mi farai il favore di chiudere il becco. Ti portiamo al Paulinenstift che tu lo voglia o no. Lo devi a Julia, povera anima, che non ha più lacrime per piangere...»

In quel momento, la madre di Hilde fa la sua comparsa nell'appartamento. Ha il fiato corto per via delle scale fatte di corsa.

«Il dottore è arrivato?» domanda trafelata, e poi, senza aspettare risposta: «Devi scendere subito al caffè, Hilde. Sbrigati. Devo tornare giù anche io».

«Sì, ma...» fa per replicare lei, ma sua madre è già per le scale e ora sfreccia davanti a una Marianne Storbeck mangiata viva dalla curiosità.

«Io il mio consiglio gliel'ho dato» sta dicendo intanto Volkmann in camera da letto. «La lascio nelle mani della signora. Buona giornata a tutti quanti.»

«Fermi tutti!» tuona la Künzel imperiosa. «Non può andarsene adesso, caro dottore. C'è bisogno di lei qui. Di lei e delle sue braccia forti...»

«Mi scusi?»

«Deve aiutarci a portare giù per le scale il signor Dobscher.»

«Io?»

«E chi sennò?»

«E poi?»

«Lo mettiamo nella carriola della signora Koch. Giù in Rheinstrasse passa ancora il tram elettrico...»

«Questo glielo sconsiglio vivamente, cara signora...»

Di sotto si apre la porta che dà accesso al caffè. Else sta chiamando Hilde con un tono urgente e agitato, anche se si premura di parlare piano per non farsi sentire di là in sala. «Hilde, vuoi sbrigarti?»

Oggi si è proprio scatenato l'inferno! Hilde riflette un momento: la Künzel è perfettamente in grado di gestire i capricci di Addi, perciò è meglio che lei vada di sotto, perché sua madre è evidentemente in difficoltà. Dà un colpetto incoraggiante alla spalla di Julia. «Torno subito.»

Nel caffè, con sua grande sorpresa, trova Gisela, vestita con un colorato abitino estivo e accompagnata da due giovanotti con l'uniforme verde. I primi ospiti americani del Café Engel! Stanno ammirando tutti e tre le torte di sua madre esposte nella vetrina. Gli ingredienti sono farina di mais, uova in polvere, zucchero, frutta sciroppata e molto ingegno.

«Eccoti, finalmente!» esclama la sua amica venendole incontro, come se avessero un appuntamento. «Ho portato degli amici. Lui è Sammy. Josh lo conosci già. *May I introduce you to my best friend, Hilde...*»

Sammy è uno spilungone con la faccia da bambino e un gran sorriso inoffensivo. Hilde fa appello alle sue scarse conoscenze della lingua inglese, saluta gli ospiti dicendo che è *very pleased* e li invita a prendere posto a uno dei tavoli. Josh è il tenente Peters e non fa nulla per nascondere quanto gli faccia piacere rivedere Hilde. Dunque Gisela aveva ragione, il soldato ha un debole per lei, o forse semplicemente gli piace il locale. L'ultima volta che è venuto si è preso la foto autografata di Eduard Graff, e adesso non ha per niente l'aria di volerla restituire. Bottino di guerra, immagina Hilde.

Gisela dirige il suo seguito verso il tavolo più vicino alla vetrina dei dolci. Ordinano tutti caffè e torta alla frutta.

«Purtroppo non abbiamo la panna. *We don't have cream...*» li avverte Hilde.

«Non importa» dice Gisela, mano nella mano con Sammy. «E la musica? Credevo ci fosse della musica insieme al caffè...»

«Ma non a quest'ora...» replica Hilde perplessa.

«Ma come!» insiste Gisela lanciandole un'occhiata eloquente, un'occhiata che dice: *Non fare tante storie, Hilde! Guarda come mi sto dando da fare per portarti nuovi clienti!*

«Vado a vedere.»

I primi clienti americani, proprio oggi che Addi sta male e ha bisogno di aiuto! Adesso tutto dev'essere perfetto, perché è probabile che non ci saranno altre occasioni. Gisela ha ragione anche su questo. Hilde corre in cucina dove sua madre sta preparando il caffè di cicoria. Le prende di mano la caraffa.

«Va' di sopra, mamma. Di' alla Künzel che deve venire giù a suonare il piano. Poi bisogna che ti occupi di far arrivare Addi in ospedale. Qui ci penso io.»

Else è una donna pragmatica, lo è sempre stata. Senza fare domande, annuisce e imbocca le scale mentre Hilde versa il caffè nelle tazze già preparate. È bene che gli americani vedano che al Café Engel manca il caffè vero, devono capire che la situazione delle derrate è drammatica per tutti. Chissà che non si dimostrino generosi...

Serve loro il caffè e la torta, poi corre fuori a prendere le ordinazioni degli altri clienti. Alma Knauss non si fa vedere da un bel po' di tempo, forse l'ambiente del Café Engel non le piace più. Almeno, questo è quanto dice Ida Lehnhardt, seduta ora a un tavolo insieme a Jenny Adler. Hilde serve loro un tè freddo, che naturalmente sarà Jenny a pagare, essendo la Lehnhardt, com'è risaputo, una gran scroccona....

Rientra nel locale proprio mentre in sala compare la Künzel. Si è messa un bell'abito elegante e un colorato foulard di seta in testa, sui capelli scarmigliati: il risultato è alquanto pittoresco.

«Non so se ce la faccio!» si lamenta a bassa voce. «Finiranno per cadermi le dita, a forza di suonare!»

Ma per fortuna Sofia è una primadonna nata. Per quanto sia stanca, non si farebbe mai scappare l'occasione di occupare il centro della scena. Così s'incammina in modo che a nessuno sfugga la sua presenza, regola lo sgabello, solleva il coperchio della tastiera, toglie con un gesto amorevole il panno e lo piega con cura prima di riporlo da una parte. Poi posa piano le dita sui tasti. Esordisce con qualche nota esitante e in pochi secondi dà vita a una melodia con un ritmo swing. Hilde si accorge ammirata che la Künzel ha imparato molto negli ultimi tempi, ha rinnovato il suo stile e il repertorio. È veramente una donna straordinaria.

Con la musica l'atmosfera cambia all'istante. Gisela e Sammy si mettono a ballare subito; Ida e Jenny si alzano dal tavolo all'aperto e si uniscono all'allegra compagnia all'interno del locale.

«Vuol ballare, signorina Hilde?» le domanda Josh Peters.

Questa è una gran brutta situazione. Sarebbe scortese rifiutare l'invito. Anzi, peggio che scortese: dannoso per gli affari. Sorride, cerca disperatamente una via d'uscita.

«Non sta bene che il personale si metta a ballare, tenente Peters.»

Lui ha sempre un'aria molto seria, eppure nei suoi occhi c'è qualcosa che la mette a disagio. «Non farebbe un'eccezione? Per me?»

È chiaro. Deve fare un'eccezione, per forza. Altrimenti questo si arrabbia. Ma Hilde non è una ragazza che si fa dare ordini. Nemmeno dagli americani. Se crede di poterla manipolare solo perché lui e il suo esercito hanno sconfitto i nazisti, be', si sbaglia di grosso.

«Mi dispiace molto, tenente Peters. Ma laggiù ci sono due signore che aspettano solo un suo invito.»

E indica con un cenno del capo Ida e Jenny, che nel frattempo hanno preso posto a un tavolo vicino al pianoforte. Però nemmeno a Josh Peters piacciono le manipolazioni. La guarda stupito, poi socchiude gli occhi. Ecco, pensa Hilde, ho mandato tutto all'aria. E pensare che ero io quella che voleva portare gli americani al Café Engel...

Ma si sbaglia ancora.

«Le devo delle scuse, signorina Koch» dice il tenente. «Probabilmente ho frainteso le parole della sua amica.»

A-ah, pensa Hilde, ecco perché è venuto qui. Gisela gli avrà dato a intendere che sono una ragazza facile. Ma come le è saltato in mente! Metterla in una situazione del genere.

«Mi... dispiace molto, tenente. Ma sarei davvero felice di averla di nuovo ospite al Café Engel. Le dobbiamo molto, non l'ho dimenticato.»

«Forse non così tanto come crede. Avevo i miei motivi per impedire il sequestro del Café Engel.»

«Hanno a che fare con la foto di Eddi Graff?»

Josh Peters annuisce, e d'un tratto sembra un altro. Non ha più quell'espressione rigida, è tranquillo e pensoso, addirittura accenna un sorriso quando la invita con un gesto a sedersi insieme a lui.

«Vogliamo sederci per un minuto? C'è una storia che vorrei raccontarle.»

E lei allora decide di accettare la sua offerta di pace. Altri clienti da servire non ce ne sono, perciò acconsente volentieri e si accomoda al tavolo.

«Non mi fraintenda. Apprezzo la sua condotta» esordisce lui.

Hilde non saprebbe dire se stia solo cercando di mascherare la delusione. Però si sente sollevata. L'atteggiamento dell'americano è ancora amichevole, e mentre Sofia Künzel suona e Gisela balla stretta al suo Sammy, Peters inizia a raccontare. La storia di Eduard Graff. Suo zio.

«I miei genitori avevano una pescheria a Manhattan. Si lavorava molto. Anche noi bambini facevano la nostra parte. Quando Eddi Graff è venuto a stare da noi, io avevo quindici anni e ormai sapevo gestire il negozio. Mi sono accorto subito che veniva da un mondo diverso dal nostro, ed era proprio questo a piacermi di lui. Non era il tipo di persona che pensa solo e soltanto ai soldi. Per lui c'erano anche altre cose: la fantasia, la bellezza, la poesia, la musica. Non ci ha mai detto niente della sua carriera in teatro, chissà perché. Deve aver tracciato un confine netto tra la vecchia e la nuova vita.»

Hilde lo ascolta affascinata. Ha un ricordo nitido di Eduard Graff, soprattutto del loro ultimo incontro, il giorno in cui lui l'aveva aiutata a scrivere quel tema su Wiesbaden e poi le era parso così triste, perché sapeva che il giorno dopo avrebbe lasciato la Germania. A lei naturalmente non lo aveva detto. Lei ai tempi era solo una ragazzina di dodici anni.

D'un tratto si sente un gran baccano dalle scale. Il vocione irato di Addi sovrasta perfino il pianoforte della Künzel.

«Levami le mani di dosso, sporco nazista... stammi lontano, capito?»

«Si calmi! Questo signore cerca solo di aiutarla!» sbotta nervoso il dottor Volkmann.

Poveri noi, la mamma ha chiesto aiuto a Wilfried Storbeck. Una pessima idea. Anche il tenente Peters ha sentito; interrompe il suo racconto e aggrotta la fronte.

«Che sta succedendo?» domanda.

Quando si dice la iella, pensa Hilde. Per una volta che il caffè doveva apparire al meglio, ecco che si scatena il putiferio.

«Un nostro inquilino non sta bene. Pensiamo abbia la polmonite. Dobbiamo portarlo in ospedale, ma non vuole andarci...»

Peters si alza dal tavolo, si avvicina alle scale. Si sente la voce autorevole di Else, e in sottofondo i piagnucolii della Wemhöner.

«Deve andare in ospedale?» chiede l'americano. «E chi l'avrebbe deciso?»

A quanto pare, al tenente non piace che un uomo adulto venga costretto ad andare da qualche parte contro la sua volontà.

«Il dottor Volkmann. Ha lo studio in Rheinstrasse...»

Adesso lo sguardo di Peters si fa torvo davvero. Torna a sedersi, fissa Hilde con severità. «Dica, mi sta prendendo in giro?»

«Perché mai dovrei?» gli risponde lei smarrita.

Lui la osserva ancora un attimo, poi d'un tratto balza in piedi e va alla porta. La apre e sale le scale. Sofia Künzel sussulta e smette di suonare, Gisela e Sammy si immobilizzano.

«Che gli prende, adesso?» domanda Gisela guardando Hilde.

Lei alza le spalle come a dire: *E che ne so, non ci capisco più niente.*

«Certo che potevi essere un po' più accogliente» sibila Gisela. «Ti comporti come una zitella frigida...»

«Ma che gli hai detto? Che poteva portarmi a letto con uno schiocco delle dita?» ribatte Hilde.

«Non scaldarti tanto! Volevo solo rimettere in moto i vostri affari...»

«Non ho intenzione di trasformare il caffè in un bordello per gli americani, tanto perché tu lo sappia...»

Il battibecco rischia di degenerare, quando le due amiche vengono interrotte dal grido di Peters, che nel frattempo ha raggiunto Addi e gli altri. «*Sam! Come here...*»

Sammy si affretta a obbedire. Si sente Peters dare indicazioni in inglese, con Addi che continua a tossire e imprecare, Julia che sussurra rassicurazioni, Else che si profonde in ringraziamenti.

«Ma che sta succedendo qui dentro?» domanda Gisela.

Hilde la lascia lì e corre anche lei su per le scale. Per poco non si scontra con Peters.

«Perché non lo ha detto subito?» la accusa lui. «Abbiamo la macchina qua fuori. Lo portiamo in ospedale noi. E la prossima volta chiami un dottore vero!»

Hilde lo fissa al colmo dello smarrimento.

«Il dottor Volkmann è un veterinario!» sbotta Peters. «È venuto di recente a curare il cane del colonnello Coward.»

Luisa

Costa baltica, aprile 1945

Da quando ha recuperato le forze, Luisa va tutti i giorni al piccolo cimitero dov'è seppellita sua madre. Adesso che il clima è più mite può lisciare col rastrello la terra, pareggiare le zolle che si sono formate quando hanno scavato la fossa. Con due pezzi di legno ha costruito una piccola croce, e nel mezzo ha inciso il nome con un coltellino. Non c'è spazio per le date di nascita e morte o per un breve motto biblico: ma si ripromette che un giorno avrà denaro a sufficienza per dare a sua madre una pietra tombale.

Ha sempre con sé, in un astuccio che porta appeso al collo, la lettera che le ha lasciato Fritz Bogner. Le dispiace non averlo nemmeno salutato. Le manca molto: la sua presenza discreta ma costante, le sue attenzioni, la sua allegria. Si domanda cos'abbia fatto per meritare la fortuna di incontrarlo. Le ha salvato la vita, perché se non fosse stato per il suo intervento lei sarebbe rimasta in quel sottopassaggio accanto a sua madre e di sicuro sarebbe morta congelata. Poi l'ha messa al sicuro in quella chiesa, e quando si è ammalata e cadevano le bombe l'ha portata in braccio su e giù per le scale. Si è preso cura di lei. La sera, seduta nel suo angolo con una candela accesa, Luisa rilegge la lettera, quelle sue parole: «Sei una persona straordinaria».

Non ne è convinta. Lui si sbaglia, non sono affatto straordinaria, pensa. Al contrario, sono stupida e ostinata, e ho costretto mia madre a partire per un viaggio infernale, che l'ha portata alla morte. Se fossimo rimaste a casa nostra, a Stettino, forse oggi sarebbe ancora viva.

Non parla a nessuno di questi sensi di colpa. Però fa del suo meglio per aiutare il pastore e sua moglie a prendersi cura dei molti sfollati che hanno bisogno di assistenza. Ad alcuni serve solo un tetto sotto cui ripararsi per una notte prima di riprendere il viaggio. Altri, soprattutto bambini e vecchi, sono stravolti dalla stanchezza e hanno bisogno di fermarsi almeno un paio di giorni. Due donne anziane sono morte nella canonica e sono state sepolte vicino ad Annemarie Koch. È sempre più difficile avere coperte e cibo a sufficienza; la giunta è stata sciolta, la vecchia guardia dei nazionalsocialisti se l'è svignata e i nuovi arrivati cercano di evitare il peggio. Quando è chiaro a tutti che il peggio arriverà di certo. L'Armata Rossa marcia verso ovest e le poche unità della Wehrmacht rimaste in piedi non hanno le forze per ostacolare l'avanzata di russi e bielorussi. In più, gli angloamericani bombardano le città tedesche. Kolberg è stata presa a marzo, Danzica si è arresa, Königsberg pure.

«Uccidono e incendiano come diavoli impazziti!» raccontano gli sfollati. «Chi finisce nelle mani dei russi è perduto.»

La paura dei russi è molto forte. In Pomerania, si dice, hanno intercettato un gruppo di profughi, li hanno derubati, hanno violentato le donne e sparato agli uomini. Uccidono i bambini fracassandogli la testa a terra.

«Puntano a Berlino» dice il pastore, una sera che sono seduti tutti in cerchio. «E noi qui siamo proprio sulla loro strada.»

«Però da ovest arrivano gli americani» obietta Irma Kogler, la vecchia infermiera a domicilio che ha già più di ottant'anni ed è ancora in servizio. «Chi è arrivato fin qui, ormai è al sicuro dai russi.»

Da Rostock partono ancora navi per lo Schleswig-Holstein o per la Danimarca, ma è molto difficile trovare posto a bordo. E anche costoso. I treni arrivano ormai a singhiozzo e sono stracolmi, c'è chi viaggia aggrappato ai finestrini o alle porte, o sui raccordi tra i vagoni. Tutto, pur di raggiungere l'ovest.

Alcune tratte ferroviarie sono danneggiate dalle bombe, e in quel caso la gente scende e si prosegue a piedi.

Luisa assiste quotidianamente alla tragedia di queste persone, si prende cura di bambini denutriti, dei feriti e dei malati, impara dalla Kogler a fare le medicazioni e cambiare i bendaggi.

«Devi andare a ovest anche tu» le dice un giorno l'infermiera mentre bevono una tazza di tè durante una pausa. «Le belle ragazze non devono finire nelle mani dei russi.»

Luisa la guarda stupefatta. La vecchia signora sorride. È molto magra e porta i capelli bianchi raccolti sulla nuca. I suoi occhi sono azzurri e svegli. «Lo dico a mio discapito, Luisa» aggiunge. «La tua presenza qui è molto utile. Ma devi pensare a te stessa.»

Lei scuote la testa, decisa. Non se ne andrà dalla città in cui riposa sua madre.

«Se tua madre fosse ancora viva» ribatte Irma, «ti direbbe anche lei di partire.»

Luisa ne dubita. Se fosse stato per lei, non si sarebbero mai mosse nemmeno da Stettino. Il senso di colpa che prova è soverchiante, nonostante abbia saputo che ora l'Armata Rossa ha conquistato anche la loro città. Ma d'altra parte... dove sta il torto? Dove la ragione? In questi tempi impazziti, anche il più lucido dei ragionamenti può rivelarsi un grosso errore e mandarti dritto alla rovina. E invece l'avventatezza può pagare. La verità è che serve fortuna, solo quella, per sperare di sopravvivere.

«Irma ha ragione» interviene il pastore Klein. «È meglio che tu parta, Luisa.»

«E lei, signore? E sua moglie?»

L'anziano pastore sorride, si spinge gli occhiali sul naso. «Noi siamo vecchi. La nostra vita l'abbiamo vissuta. Confidiamo nella clemenza di nostro Signore.»

«Be', vorrà dire che ci confiderò anch'io.»

La sera si siede nel suo angolino in soffitta, avvolta in una coperta, e ascolta i rumori dall'altra parte della tenda. Divide la soffitta con quattro famiglie. Di queste, due hanno dei bambini piccoli che piangono in continuazione per i morsi della fame. Il latte scarseggia tanto quanto il pane, bisogna dar loro una minestrina di patate. Burro e zucchero, poi, sono merce rara. Di tanto in tanto scoppiano liti perché qualcuno si appropria di cibo che non gli spetterebbe. Le madri sono pronte a tutto pur di nutrire i loro figli. Non esitano a rubare e picchiarsi. In questa soffitta si sono viste le scene più sconfortanti e più di una volta Luisa ha dovuto aiutare il pastore Klein a placare gli animi.

Ora avvicina a sé la candela e tira fuori dall'astuccio di cuoio la lettera di Fritz. La carta è già molto rovinata, perché l'ha piegata e ripiegata tante volte. In certi punti l'inchiostro è ormai sbiadito. Le scappa un sorriso. Se Fritz sapesse quanto lo pensa, quanto spesso di domanda dove sia, se lo abbiano rispedito al fronte a combattere una guerra insensata che potrebbe in qualsiasi momento costargli la vita... Chissà se sopravvivranno entrambi e avranno la possibilità di rivedersi, come lui scriveva nella sua lettera. Ormai le è chiaro che lo desidera anche lei. Se Dio lo vorrà...

Bisogna rimettersi al volere del Signore, direbbe Fritz. Ma bisognerà pur darGli una mano, affinché le Sue imperscrutabili vie imbocchino la giusta direzione.

Com'è che si chiama quel paesino? È scritto proprio sopra la piega e quasi non si legge più. *Benzhain*... no: *Lenzhain*. Nemmeno. Forse *Benzhahn* oppure *Lenzhahn*. Sì, ecco: Lenzhahn. Che strano nome. *Lenz* vuol dire primavera, e *Hahn* vuol dire gallo. Si trova alle pendici del Taunus, vicino a Francoforte. E Francoforte non è lontana da Wiesbaden...

Di là dalla tenda arriva il pianto disperato di un bambino a scompigliarle i pensieri. È molto tardi. Bisogna che si stenda un po', che dorma almeno un paio d'ore. L'allarme antiaereo potrebbe suonare da un momento all'altro, e dovrà aiutare gli sfollati a rifugiarsi nella cripta.

Il giorno dopo c'è il sole e al cimitero si vedono le prime forsizie gialle. Ci sono due passeri sulla croce dove riposa Annemarie Koch. Appena Luisa si avvicina alla tomba, arruffano un po' le piume e spiccano il volo.

La vita continua, pensa lei. E di colpo si sente un po' più leggera.

«Ti porterò con me per sempre, mamma. E anche papà» mormora. «Ovunque andrò.»

Fa in fretta a preparare il suo fagotto: ormai possiede soltanto quel che ha addosso. Il pastore e sua moglie le danno una coperta, un asciugamano, delle calze, una borraccia con del tè freddo, un po' di pane e zucchero. Il pastore Klein le offre del denaro, che lei sulle prime rifiuta.

«Te li sei guadagnati, Luisa. E ne avrai bisogno.»

Alla fine si lascia convincere. Non è facile separarsi dai Klein e da Irma Kogler, perché ormai sono diventati la sua famiglia.

«Che la mano di Dio ti protegga, ragazza» la benedice il pastore. «Va' in pace.»

Stavolta vuole andare a piedi, perché il treno risveglia in lei i ricordi terribili del viaggio verso Rostock. E per non viaggiare da sola, si unisce a due sorelle coi loro bambini. Karin Stumm ed Elena von Karst hanno passato diversi giorni nella canonica dei Klein, perché la figlia più piccola di Elena, che ha quattro anni, ha avuto la febbre alta. Luisa le ha dato una mano, e le due donne le hanno fatto una buona impressione, coi loro modi gentili e tranquilli. Vengono entrambe da una fattoria che Karin ha ereditato dai genitori; Elena si è sposata con un allevatore di cavalli. I mariti sono entrambi in guerra, e le sorelle hanno deciso di partire insieme per portare i figli a ovest.

«Non è stato facile, abbandonare tutto» ammette Karin. «Quei poveri animali che non si rendono conto di niente...»

Hanno lasciato andare le mucche, i maiali e le bestie da cortile, nella speranza che potranno servire alla gente del paese prima dell'arrivo dei russi. I cavalli li hanno affidati a un vecchio che non ha voluto saperne di abbandonare la sua terra. Ma quando arriveranno i russi, anche per i cavalli non ci sarà scampo.

«La cosa importante è portare al sicuro i bambini» dichiara Elena.

Ne hanno cinque in tutto. Elena ha due femmine di due e quattro anni, Karin ha tre maschietti di otto, sei e tre anni. Quando hanno deciso di partire, hanno riempito all'inverosimile diversi carri: lenzuola, materassi, viveri, pentolame, tutto ciò che sembrava loro indispensabile. Quattro domestici si erano offerti di accompagnarle.

«Uno si è dato alla fuga il primo giorno, due giorni dopo ne è scomparso un altro insieme a un carro. Poi ci siamo perse il resto e gli altri, un pezzo alla volta...»

Colpa degli sciacalli, raccontano, che vagano per le campagne a gruppi e non esitano a scagliarsi sugli sfollati indifesi. Luisa non osa chiedere se hanno subito violenza. Anche tra donne se ne parla poco. La vergogna è troppa. Ma le due sorelle non si perdono d'animo: sperano ancora di riuscire ad arrivare ad Amburgo, coi due carrettini che restano e i figli sani e salvi. I primi giorni se la cavano abbastanza bene. Portano i carretti a turno, anche i bambini fanno la loro parte. Quando sono stanchi, Karin comincia a cantare per tenerli svegli. Attraversano Bad Doberan e Kröpeln, diretti a Wismar, la strada è piena di gente che viaggia in quella stessa direzione. Quando passa un carro trainato da cavalli, si fanno tutti da parte a guardare il fortunato che non è costretto a camminare. Sedute sul ciglio della strada ci sono sempre persone vinte dalla stanchezza. E capita che qualche carro di tanto in tanto si fermi a caricare qualcuno; ma il più delle volte proseguono, lasciando gli appiedati al loro destino.

«Non guardare nelle fosse» dice Karin a Luisa. «Ci sono i morti. Nessuno ha tempo di seppellirli. Dai, rimettiamoci in marcia.»

A mezzogiorno si accampano e preparano una specie di zuppa con del pane e un pugno di orzo. Le notti le trascorrono nelle stalle abbandonate oppure all'aperto. Fissano un telo di plastica tra i due carretti e si accoccolano lì sotto, le madri abbracciate ai figli. Luisa si stringe nella sua coperta e trema per il freddo. È contenta di avere delle compagne di viaggio, ma senza sua madre si sente molto sola.

Si sono appena lasciate alle spalle Kröpelin, quando il tempo cambia all'improvviso. Una nevicata tardiva le costringe a fermarsi e cercare riparo dietro i carretti. Poi la neve si trasforma in pioggia e la strada, uno sterrato di campagna, diventa una palude di fango e pozzanghere. Le ruote dei carri non sono gommate e trascinarli in quelle condizioni è faticosissimo, coi bambini che si lamentano, il piccolo col mal di gola ed Elena febbricitante. Gli altri le superano senza prestare aiuto, attenti solo al proprio cammino. A completare il quadro, verso sera incrociano un camion della Wehrmacht che viaggia in direzione contraria, e sono obbligati a spostarsi dalla strada per fare spazio ai militari. Sono i soldati che vanno a dare manforte sul fronte orientale, nel tentativo di fermare l'avanzata dei russi.

«Poveri ragazzi» dice Karin. «Vanno incontro a morte certa.»

Nel tardo pomeriggio si mette a piovere a dirotto. Decidono di fermare i carretti a bordo strada e ripararsi per un po' sotto il telone, in modo da proteggere almeno i bambini e i pochi viveri rimasti. Ma alla fine si ritrovano tutti fradici fino al midollo. E riuscire a tirare fuori i carretti dal torrente di fango che si è formato è un'impresa a dir poco impossibile. Le ruote sono affondate e non vogliono saperne di spostarsi.

«Tutti giù» ordina Karin. «Forza, anche i più piccoli. Luisa, aiutami a tirare. Tu, Elena, bada ai bambini. Forza!»

Ma presto anche Elena, che ha il raffreddore e la febbre, deve unirsi agli sforzi delle altre per provare a spostare i mezzi, mentre i bambini se ne stanno piangenti e mezzi congelati sul ciglio della strada.

È mentre sono lì, ormai sull'orlo della disperazione, che una luce nel loro destino finalmente si illumina. Dalla cortina di pioggia sferzante spunta un ragazzo che afferra il manico di un carretto e lo scuote con forza fino a disincastrare le ruote; poi senza dire una parola spinge le donne da una parte e si dedica al secondo carretto, lo esamina un attimo, lo afferra per il manico e lo rimette in movimento. Subito le donne accorrono ad aiutarlo, e nel giro di qualche minuto sono tutti di nuovo sulla strada, compresi i carretti ricoperti di fango.

«Il telo!» grida qualcuno.

Il vento minaccia di portarsi via il loro unico riparo; devono assicurarlo solidamente ai due carretti, poi si accucciano tutti lì sotto. Trovano un cantuccio anche per il loro salvatore sbucato dal nulla. Elena e Karin tirano fuori i pochi indumenti di riserva dei bambini ancora asciutti e si affrettano a cambiarli.

Luisa se ne sta avvolta nella sua coperta fradicia e sbircia con curiosità lo sconosciuto. Ha una corta barba castana, il naso affilato, le labbra tumide. L'acqua gli cola dai capelli sulla fronte, ogni tanto si asciuga la faccia con la manica. Nonostante sia letteralmente ricoperto di fango, e abbia strappato via le mostrine e i distintivi, si vede che indossa l'uniforme della Wehrmacht; anche i malridotti stivali sono quelli dell'esercito.

«Si capisce, vero?»

Luisa sussulta quando lui le rivolge la parola, e si sforza di sorridere.

«Di che parla?»

«Sono un disertore, signorina. Un vigliacco che non è disposto a morire da eroe negli ultimi giorni di una guerra già persa. Sono scappato un attimo prima che i russi venissero a darci il colpo di grazia. La guerra è finita, per me. Ora si tratta solo di sopravvivere. Non importa come...»

C'è qualcosa in lui che intimorisce Luisa, e non gli risponde. Karin invece è d'accordo con il ragazzo. Se il Führer avesse firmato in tempo l'armistizio, sarebbero state risparmiate tante sofferenze alla popolazione. E invece no, solo grandi discorsi sulla lealtà fino alla morte e la vittoria finale! E se fai fagotto per sfuggire ai russi sei additato come un traditore del popolo!

«Vorrebbe che i tedeschi andassero a fondo con lui, siccome è stato sconfitto» dice Karin. «Ma è qui che non capisce. Una donna è disposta a tutto, pur di salvare la vita dei suoi figli. Qualunque cosa dica o pensi Adolf Hitler!»

Lo sconosciuto annuisce. La pioggia percuote con violenza il telo cerato e scende copiosa giù dai bordi. Di tanto in tanto il vento si infila sotto il telo con raffiche d'acqua, infradiciandoli e costringendoli ad afferrare con forza gli orli.

«E lei?» domanda il giovane a Luisa. «Anche lei ha figli?»

«No. E lei, invece?»

«Mia moglie è a Danzica. Non so se è ancora viva. Figli non ne abbiamo.»

Lo dice in uno strano tono indifferente, come se parlasse della moglie di qualcun altro. Forse non la ama. O forse ha visto cose così terribili che adesso non prova più niente. La guerra non danneggia solo i corpi, ma uccide l'anima delle persone. Per un po' stanno in silenzio ad ascoltare la pioggia che si va placando, le grosse gocce che cadono dal telo. Tremano dal freddo nei loro vestiti bagnati. E poi hanno fame. È dal mattino che non mangiano niente.

«Mi pare che stia per smettere» dice il disertore e si china da una parte per guardare fuori. «O forse no, ma per ora ha smesso.»

Anche le donne sporgono la testa fuori per dare un'occhiata. Se solo trovassero un angolino un po' più asciutto potrebbero accendere un fuoco, preparare qualcosa di caldo da mangiare. Hanno ancora un po' di pane e dell'orzo, e Luisa ha comprato da un contadino un pezzo di lardo. Gli allevatori della zona preferiscono macellare il bestiame subito, piuttosto che darlo ai russi. Il problema adesso è trovare della legna asciutta.

«Laggiù c'è una rimessa» dice il disertore. «Forse dentro c'è qualcosa. Corro a vedere.»

Karin comincia a tirare fuori una pentola e delle provviste, Elena tenta di far indossare vestiti asciutti almeno ai più piccini. Luisa prende una lattina vuota e parte alla ricerca di erbe e germogli commestibili. Trova subito della piantaggine e della rucola, e anche le ortiche. Piantine giovani e tenere, perfette per una zuppa nutriente e saporita. È quasi buio, il cielo è tuttora coperto, ma Luisa ha occhi buoni e si muove bene. Allontanandosi un po' scopre un piccolo torrente che taglia i campi, sulle cui rive crescono salici e ontani, e lì la vegetazione è più ricca ancora. È contenta del suo bottino, si china per lavare le erbe, si rammarica di non aver portato con sé la pentola: avrebbe potuto fare un carico di acqua fresca. Certo, dopo la pioggia l'acqua del torrente è torbida, ma trovando il modo di farla bollire...

«Aspetta, ti aiuto.» È la voce del disertore, improvvisa, alle sue spalle.

Lei non ha nemmeno il tempo di voltarsi. Il ragazzo l'afferra da dietro e la stringe forte mentre rotolano sul prato. Luisa si difende come può, gli morde la mano che lui le preme sulla bocca, tenta di chiudersi a riccio, di sottrarsi alla presa, ma la sua resistenza è di breve durata: innervosito, il ragazzo la schiaffeggia con violenza due, tre volte, tramortendola.

«Non fare tante storie» le dice con voce affannata mentre le strappa la camicetta. «Dovresti vedere quello che fanno i russi. Uno dopo l'altro, in dieci, in venti...»

D'un tratto, Luisa è debolissima; le fa male la testa e le sembra di guardare un film. Non sta succedendo a lei, lei è solo una spettatrice... Il disertore le tira su la gonna, le fruga il sesso, ansima e si abbassa i pantaloni. Il suo membro è un pezzo di carne grosso e livido. Quando lo sente tra le gambe, Luisa non ha più la forza di opporsi e si limita a gridare nel palmo che lui le tiene di nuovo sulla faccia. Se la prende comoda, le assesta una serie di colpi laceranti, le si strofina contro e alla fine si ritira. Le ricade addosso con un grugnito soddisfatto.

È finita, finalmente? La testa le scoppia, il sangue le scende giù dalla bocca fino al seno nudo. Forse, pensa, mi sono morsicata la lingua. Prima d'ora, lei non era mai stata con un uomo.

«Non agitarti troppo» le dice lui. «E non parlarne. Questo è quello che succede alle donne, in guerra. Forza, rivestiti.»

Si alza sulle ginocchia e si riabbottona i pantaloni. Si allunga da una parte e le getta in faccia le mutande. Si rimette in piedi, si sistema i vestiti e se ne va. Nella rimessa ha trovato dei pezzi di legno e ora li porta alle altre, che aspettano con i bambini al bordo della strada.

Luisa resta ferma, supina nell'erba. Non sente niente, nemmeno dolore. Solo un ronzio nella testa che cresce d'intensità e le toglie il respiro. La spettatrice lentamente scompare, e lei comincia a capire cos'è successo. È impotente, umiliata, piena di vergogna per lo schifo che le hanno fatto. Nessuno le ha mai detto che cosa sia uno stupro, e che una donna può subire qualcosa di così disgustoso e mortificante.

Ma è passata, pensa alla fine. Sono ancora viva. E anche: non è successo solamente a me. Nonostante l'oscurità, vede che un centinaio di metri più in là le donne sono riuscite ad accendere il fuoco. Riconosce vagamente le sagome di Elena e di due bambini. Il disertore sta soffiando sulle fiamme per alimentare il piccolo falò. Luisa si mette lentamente a sedere. Il ronzio si sta placando, ma la testa gira, vede la fiamma rossastra danzarle davanti agli occhi – vicina, lontana. Prova con fatica e rivestirsi, e poi rimane lì ad abbracciarsi le ginocchia, a guardare il fuoco che arde nel buio. Un dolore sordo le si allarga nell'addome.

Ma che crede, quello? Che adesso lei andrà laggiù e si siederà con loro come se niente fosse? Uno stupro in tempo di guerra è una cosa normale e non bisogna fare tante storie... le ha detto così, il disertore.

Le sue compagne di viaggio non sono venute a cercarla. Se ne stanno vicino al fuoco a far bollire l'acqua col pane e il lardo che ha comprato lei. Pensa al suo zaino, all'asciugamano, alla borraccia, alla coperta che le ha dato il pastore Klein. Nessuno di questi preziosi oggetti vale tanto da convincerla a tornare da loro.

Così si allontana, descrivendo un arco ampio intorno al falò. Tanto non la raggiungeranno, rallentate come sono dai carretti. Le ronza ancora la testa, la lingua le fa male e si è gonfiata, e poi sente un liquido caldo scenderle lungo le cosce. Domani, appena sarà chiaro, si laverà nel torrente e poi cercherà una cascina abbandonata per dormire un po'. Adesso però vuole solo andare, allontanarsi da lì e da quelle persone.

Non pensare a niente. Non provare niente. Solo sopravvivere.

Julia

Wiesbaden, luglio 1945

Che cos'è l'amore? Julia ha passato una buona metà della notte a rimuginare su questa domanda, e di una cosa è sicura: lei, fino a oggi, dell'amore non sapeva niente. Certo, nella sua vita ci sono state delle brevi relazioni, passeggiate al Kurpark mano nella mano, baci rubati dietro un albero e anche notti di passione, più o meno piacevoli. Sì, conosce anche quella parte dell'amore. E si è anche innamorata. Solo che questi amori si sono sempre esauriti nel giro di qualche settimana, quando le aspettative venivano disattese ed emergevano difetti, avversioni, differenze inconciliabili. Bastava un mese per vedere la persona con occhi nuovi e più lucidi, che puntualmente mettevano fine al trasporto. Perché di amore vero non si poteva parlare.

Poi c'è stato l'amore puro, nobile. L'adorazione di un ideale, qualcosa di completamente irraggiungibile. Come una stella in cielo, che si contempla da quaggiù pieni di commozione, ma nell'impossibilità di toccarla. È l'amore che ha provato per Hans Albers quando cantava *Good bye, Johnny* o per certi attori, come l'incomparabile Eddi Graff. E anche per Adalbert Dobscher, quando faceva Don Giovanni.

Erano i tempi in cui passava le notti a struggersi, a farsi scorrere davanti agli occhi le più disparate, romantiche, eccitanti fantasie che si concludevano tutte allo stesso modo: lei tra le braccia del favoloso eroe. Un'ebbrezza sempre a portata di mano, un bel sogno che poteva rivivere tutte le volte che voleva nella fantasia, nei sensi accesi di desiderio.

Dopo averci pensato a lungo è giunta alla conclusione che anche questo non è vero amore. Perché l'amore è qualcosa di inspiegabile, sorprendente, che supera l'immaginazione.

L'amore ti travolge, come una gazza che si avventa su un luccichio. E ti trova sempre impreparato. L'amore non c'entra nulla con la ragione e nemmeno con le emozioni. A un certo punto c'è, è venuto alla luce, è una presenza chiara e impossibile da ignorare o aggirare. Ti tiene in pugno. Che tu lo voglia o no.

Da oggi Julia ama Addi Dobscher. Quell'uomo un po' invecchiato e imbolsito, certe volte smanceroso ed esasperante, che per lei è stato sempre una specie di figura paterna e niente di più. In un momento è cambiato tutto.

È cominciata quando la Künzel è venuta a suonare alla sua porta. Aprendo gli occhi, Julia ha capito di avere dormito troppo.

«Come mai Addi non si è ancora alzato?»

Sono passate entrambe per la tenda dietro l'armadio e hanno trovato Addi a letto, col viso rosso di febbre, gli occhi chiusi, il respiro affannoso e una bruttissima tosse. Julia è corsa al suo capezzale e di colpo ha avuto paura, una paura raggelante che poi non l'ha più abbandonata. È stato allora che ha capito di amarlo.

Ma che razza di amore è questo? Nessuna trascinante passione, nessuna adorante contemplazione. Non si tratta di una stella lontana. Si tratta semplicemente dell'aria, necessaria per respirare. Si tratta di tranquillità, calore, fiducia. Quando hai queste cose, le dai per scontate e non te ne curi. Ma se per caso le perdi, non conoscerai più la gioia.

Non ha saputo aiutarlo. Julia non ha senso pratico, è una sognatrice, nelle situazioni di emergenza è una vera frana. Sono state Sofia Künzel e Else Koch a tirarlo fuori dal letto, a mettergli la giacca, i pantaloni, le calze e le scarpe, e non è stato facile, perché Addi non ne voleva sapere. Poi quei due ufficiali americani lo hanno aiutato a scendere di sotto, dopo che per poco Addi non ha fatto volare giù per le scale Wilfried Storbeck. E quell'agitazione di certo non gli ha fatto bene. Per tutto il tempo Julia gli ha parlato, gli ha detto di restare tranquillo, di non contraddire il dottore. Poi lo hanno portato via e lei si è seduta sul letto vuoto e disfatto con gli occhi sbarrati. Forse non lo avrebbe rivisto mai più.

A mezzogiorno è andata a piedi al Paulinenstift, ma non era orario di visita, così ha dovuto sedersi all'ingresso, in attesa. Alle due l'hanno fatta entrare e un'infermiera giovane e piuttosto antipatica le ha raccomandato di non parlargli e non toccarlo. Perché è possibile che abbia una malattia infettiva, ha detto.

Addi aveva un letto in una cameretta striminzita con altri tre malati. Il suo era quello contro la parete in fondo, e lei ha dovuto passare nello stretto spazio tra le sedie di altre persone e il muro, per raggiungerlo. L'aria nella stanza era viziata, avevano imbiancato i muri, ma sotto il sottile strato di vernice si vedevano graffi e crepe. Addi era sdraiato sulla schiena e dormiva. Era molto pallido, aveva i capelli bianchi spettinati. Respirava in modo abbastanza regolare, ma tossiva con violenza. Julia ha capito che stava soffrendo.

«Quello lì deve avere la tubercolosi» ha bisbigliato un tale dietro di lei. «È incredibile che non sia in quarantena. Sotto Hitler queste cose non succedevano!»

«Sta' zitto!» ha sibilato un'allarmata voce femminile.

«Ma è la verità!»

Julia ci ha messo del tempo a trovare il coraggio per prendere una sedia e sedersi accanto a lui. È stata per un po' a osservarlo, immobile con la schiena rigida: gli ha guardato con attenzione le mani, in tutti questi anni non lo aveva mai fatto. Posate inerti sulla coperta erano esangui e sconosciute, ma erano mani energiche. Un tempo Addi suonava il pianoforte, lei una volta lo aveva sentito in teatro durante una prova. Accompagnava due cantanti in un duetto di Richard Strauss.

Non saprebbe dire quanto a lungo sia rimasta al suo capezzale senza far nulla, ma a un certo punto Addi ha contratto il viso e aperto gli occhi. E dato che l'infermiera antipatica in quel momento era altrove, Julia lo ha chiamato a bassa voce. Lui allora si è voltato, l'ha vista. Era un po' confuso, e di sicuro non era contento di essere finito in ospedale. Se è rimasto tranquillo, è perché Julia era lì e gli sorrideva.

«Alla fine mi ci hanno portato...» ha detto con un filo di voce, poi una tosse cattiva l'ha travolto.

«Così guarirai presto, Addi.»

«Guarirei meglio a casa» ha borbottato lui.

Lei è rimasta in silenzio alcuni secondi, pensando fosse meglio non contraddirlo. Poi gli ha domandato cosa aveva detto il dottore.

«Tutte stupidaggini. Mi hanno fatto due iniezioni e poi hanno detto che devo restare un paio di giorni in osservazione.»

Due frasi, e già gli mancava il fiato. La cosa ha inquietato molto Julia, che ha cercato tuttavia di dissimulare lo spavento per evitare che si agitasse di più.

«Devi fare quello che dice il dottore, Addi» ha sussurrato. «Io verrò a trovarti ogni giorno.»

La promessa lo ha rallegrato, era evidente. E tuttavia si è messo a protestare che non era necessario, che Julia doveva restarsene a casa tranquilla, con tutto il lavoro che aveva e le clienti che non volevano aspettare...

«Queste cose non hanno nessuna importanza, Addi. Le clienti aspetteranno. Per me è importante che tu ti rimetta. Perché a casa, senza di te, c'è un tale silenzio...»

Non è semplice fare una dichiarazione d'amore così, di punto in bianco, a una persona che si conosce da tanto tempo. Addi proprio non se l'aspettava. E Julia non è abituata a parlare del proprio cuore.

«Perché...» ha balbettato sempre più imbarazzata «perché mi manchi tanto, Addi. Tu ci sei sempre stato. E poi ecco che di colpo...»

Le si è spezzata la voce e ha dovuto tossire anche lei. Aveva la sensazione di aver cominciato nel più goffo dei modi. In più, proprio in quel momento è arrivata l'infermiera antipatica ad annunciare la fine dell'orario delle visite.

«Sono le quattro. I visitatori si preparino a uscire. I pazienti hanno bisogno di tranquillità...»

Sotto lo sguardo di quel cerbero, Julia non ha potuto fare a meno di alzarsi e ha rivolto a Addi un sorriso incerto. Lui aveva un'aria molto seria e – con sconcerto di Julia – una lacrima che scivolava giù dalla guancia.

«È la cosa più bella che tu mi abbia mai detto, Julia.»

Le ha preso la mano. E sono rimasti così, allacciati e fermi, per un paio di secondi, prima dell'intervento dell'infermiera.

«Se non si attiene alle regole, dovremo interdirla dall'edificio!» ha abbaiato la donna in faccia a Julia.

«Anche io voglio essere interdetto dall'edificio!» le ha risposto Addi.

«Non è una cosa impossibile, signor Dobscher. Adesso le faccio l'iniezione.»

«Non di nuovo sulla schiena, spero.»

«No, stavolta la facciamo...»

Di fronte a questo, Julia ha voltato i tacchi e se ne è andata di corsa, perché a quella scena proprio non voleva assistere. Prova una sensazione nuova: non riesce proprio a mandar giù il fatto che questa persona così sgradevole si prenda delle libertà con Addi e con il suo corpo. Addi Dobscher ora è suo.

Sulla via del ritorno la ferma un tale che vuol venderle cioccolata e caffè. Chiede in cambio sigarette. Ma lei non ne ha. Ha solo i venti marchi che le ha dato Jenny Adler per averle sistemato un paio di vestiti che le andavano stretti. Dopo una breve trattativa si porta a casa una tavoletta di cioccolata fondente e una busta di cioccolatini col ripieno alla menta. Domani mattina li porterà a Addi. È ghiotto di dolciumi, come un ragazzino. Gli porterà anche un bel mazzo di fiori. Nel parco oramai cresce di tutto, riuscirà a mettere insieme qualcosa di gradevole.

Proprio mentre è ferma davanti al Café Engel a chiedersi se ci sia il tempo di fare due chiacchiere con Else e Hilde, così da dare loro notizie di Addi, la porta accanto si apre e ne esce un gruppetto di uomini. Tre sono soldati americani, uno di loro ha la pelle nera e il naso largo. Il quarto uomo è Wilfried Storbeck. Porta un completo che deve avergli rivoltato sua moglie e un paio di pantofole a scacchi. Ha la faccia torva e l'aria di chi sta per essere condotto al patibolo. Julia osserva la scena, e ci mette qualche secondo a capire che gli americani devono aver scoperto che Storbeck era un funzionario del partito nazista, oltre che uno zelante delatore. Cos'è che diceva Else? Li portano a Darmstadt, in un campo. Ah, Gesù, con questi campi! Julia vorrebbe non sentirne parlare mai più. D'altra parte, è anche vero che Storbeck merita una punizione. Non è una brava persona, Addi lo ha sempre detto. Certo, Addi usava tutto un altro frasario. Un verme. Un lurido delatore. Uno stronzo, insomma.

Passando, il soldato nero le sorride scoprendo una chiostra di denti bianchissimi, e lei si spaventa così tanto che senza accorgersene fa un passo indietro. Finora le è capitato di vedere soldati neri solo da lontano e le hanno sempre fatto un po' paura. Storbeck invece non la guarda, quando le passa accanto, tiene gli occhi fissi sull'asfalto, le spalle dritte. Dev'essere molto difficile per lui dover percorrere la Wilhelmstrasse in quelle condizioni.

Nel dehors siedono il maestro concertatore Alois Gimpel e Hans Reblinger, il critico. Con loro c'è anche Hilde Koch, in mano un vassoio con delle tazze di caffè vuote, appena raccolte dai tavoli. Else Koch si è goduta il gustoso spettacolo dalla finestra.

«Ha visto, signorina Wemhöner?» le dice contento Hans Reblinger. «C'è ancora giustizia su questa terra. Grazie a Dio!»

Julia annuisce senza sbilanciarsi troppo e sorride. No, sfortunatamente non ha tempo di sedersi a bere anche lei una tazza di caffè, ha molto lavoro da sbrigare. È già in ritardo con alcune consegne, deve mettersi subito all'opera.

«Lei è fortunata, mia cara» osserva Alois Gimpel con un sorriso amaro. «Un lavoro pagato è un vero lusso al giorno d'oggi. Per gli artisti, poi...»

Julia ha sentito dire da Else Koch che Gimpel vive cercando di vendere gli oggetti antichi della sua famiglia. Ha ereditato dai genitori una villa in Biebricher Allee e un po' alla volta sta piazzando tutto quello che contiene. È già molto sconfortante che un musicista di tale valore non possa esibirsi, ma patire la fame in quel modo....

«Verranno tempi migliori, signor Gimpel...»

«La speranza è l'ultima a morire» le dice lui mentre Julia sta già entrando nel locale.

Dentro c'è un buon profumo di vero caffè, e di questo bisogna ringraziare la Künzel che lo rimedia sempre dagli americani.

«Julia, tesoro!» la chiama ora mentre ne sorseggia uno, prima di andarsene a lavorare in Steingasse. «Vieni a sederti qui con me, prendiamo qualcosa insieme. Come sta il nostro vecchio somaro? Si è dato una calmata? Poveretto. Non si scherza con la polmonite...»

Julia di norma preferisce il tè, ma l'aroma dei chicchi appena macinati sembra un dono del cielo.

«Gli fanno le iniezioni e lo vogliono trattenere qualche giorno» spiega. Poi dalla cucina entra Hilde, seguita da Else con la caraffa piena e tre tazze in più che sistema sul tavolo.

«Trattiamoci bene, prima che arrivino Ida Lehnhardt e Jenny Adler» dice lanciando occhiate alla porta girevole. «A loro non do certo il caffè vero. Quello è solo per gli amici.»

«Ma come, un ospite pagante!» la prende in giro la Künzel.

«Figuriamoci!» replica Hilde. «Anche i nazisti, quando venivano, pagavano con moneta sonante. Ma gli davamo sempre le torte del giorno prima. Sempre stato così. Vero o no, mamma?»

«Adesso per fortuna è finita» sospira Else Koch spingendo una tazza profumata sotto il naso di Julia. «Come sta Addi? Ha ancora la febbre? Speriamo che riescano a rimetterlo in piedi...»

Julia deve ammettere di non avere notizie precise. Che stupida, non gli ha nemmeno chiesto se aveva la febbre oppure no. Gli ha solo detto un mucchio di stupidaggini. Eppure è felice quando ripensa a quello che le ha detto lui.

«Domani ti do un po' di pane bianco e di carne in scatola. Lo aiuterà a rimettersi.»

A Julia torna in mente l'infermiera antipatica e si chiede se sia permesso portare cibo in ospedale. Sarebbe un gran peccato se finisse tutto nelle sue capienti tasche e se Addi rimanesse a bocca asciutta...

«Storbeck ha avuto finalmente quel che meritava» osserva Hilde cambiando discorso. «Qualunque cosa gli faranno, ben gli sta.»

Julia non capisce il livore di Hilde, quella sua espressione cupa e indurita. Ma intuisce che dev'esserci sotto qualcos'altro, qualcosa di cui la ragazza preferisce non parlare. Perciò non fa domande e si gode il suo caffè zuccherato, poi augura alla Künzel una serata fruttuosa di lavoro.

«Grazie. Le cose non vanno male. Domani alle dieci viene il mio primo allievo di canto. È un po' timido, il ragazzo... ma è bravo. Un basso profondo. E non solo....»

Salendo le scale verso il suo appartamento, Julia ridacchia fra sé. E così, Sofia Künzel si è rimessa a fare l'insegnante. È probabile che avvierà quel ragazzo anche ad altre arti. Che sia pure quella una forma d'amore? Sospira piano e ripensa con tenerezza al momento in cui la sua mano ha stretto quella di Addi. Era fredda, ma lui l'ha tenuta con forza. Chissà cos'avrebbero fatto se non fosse entrata quel diavolo di un'infermiera. Cerca le chiavi di casa nella borsa. Adesso deve assolutamente mettersi al lavoro, è molto tardi.

«Signorina Wemhöner?»

Sente scricchiolare i gradini dietro di sé. Oh, no, è Marianne Storbeck, non ci voleva proprio. Con quella vocina petulante. Di sicuro vuole sfogarsi con lei. Ma non se ne parla nemmeno, lei non ha tempo. E poi gli Storbeck se la sono cercata. Julia infila la chiave nella serratura.

«Signorina Wemhöner, ha un attimo di tempo? Volevo chiederle una cosa.»

Julia inspira piano, deve fare appello a tutte le sue forze per respingere la donna. «Ho pochissimo tempo, signora Storbeck.»

Nel frattempo Marianne ha salito una rampa di scale e ora è lì davanti a lei.

«Lo so, certo. Ha tanto da cucire. Proprio per questo mi domandavo...»

Julia tenta di girare la chiave, ma quella non va. Succede, a volte, Addi dice che non è niente, ma in questo momento la cosa è veramente fastidiosa.

«Ecco, stavo pensando, mi chiedevo... e se venissi a darle una mano? Gli orli, per esempio, li so fare. E anche attaccare i bottoni. La bassa manovalanza, insomma. Lavori facili che portano via tempo. Capisce?»

Julia è riuscita finalmente ad aprire la porta, ma resta ferma a riflettere. L'idea non è affatto male. Accetterebbe con gratitudine un aiuto ma... non da Marianne Storbeck!

«Vede, signorina, Wilfried è rimasto senza lavoro. Non abbiamo più entrate. Non ho nessun parente o amico che mi dia una mano. E non ho nemmeno niente da vendere, abbiamo perso tutto.»

Julia sente sulla nuca il respiro caldo di quella donna e prova un moto di ribrezzo. È appiccicosa come un biscotto alla melassa.

«Ne parliamo più tardi, signora Storbeck. Ci devo pensare. Le farò sapere.»

Entra svelta in casa e chiude la porta. Resta in piedi nell'ingresso, col fiato corto, l'orecchio teso. Niente, non se ne va. La Storbeck è rimasta ad aspettare sul pianerottolo.

Lei va in bagno a lavarsi le mani. Alla scuola di sartoria è la prima cosa che insegnano: non ci si mette a lavoro con le mani sudate. Poi si siede al suo tavolo di lavoro, infila il ditale, svolge il filo. In effetti fare gli orli è un lavoraccio, ma è anche vero che vanno eseguiti con cura perché altrimenti i punti si vedono all'esterno. Dopo un po', Julia sente l'aria viziata e si alza per aprire la finestra. Sta facendo scuro, fra poco si accenderanno i lampioni, probabilmente farà nottata su quel vestito.

Cerca di pensare a Addi. Chissà come sta, se ha la febbre, se riesce a dormire. Se la pensa. Addi l'avrebbe rimessa al suo posto per bene, la Storbeck, l'avrebbe rispedita a casa sua con un paio di frasi taglienti.

Se lo può anche scordare! Non vogliamo avere niente a che fare con gente come voi. Così adesso lo sapete, cosa si prova a essere denunciati e deportati senza che nessuno alzi un dito per aiutare.

Julia si morde il labbro. È giusto. È semplicemente giusto. Eppure si sente male. Cattiva, senza cuore.

Lei non è il tipo che sbatte la porta in faccia a chi ha bisogno. Vorrebbe esserne capace. Ma non può sottrarsi alla sua natura.

Marianne Storbeck è ancora lì che aspetta, seduta sui gradini. Quando Julia apre la porta di casa, si accorge che la donna ha pianto.

«Sa fare gli orli in modo che non si vedano?»

Marianne fa cenno di sì.

«Allora venga, su.»

Hilde

Wiesbaden, luglio 1945

Brutta giornata, pensa Hilde aprendo gli occhi. Le tende sono ancora tirate, ma sente le gocce picchiettare sul vetro. Che peccato, non si potranno mettere i tavoli all'esterno. Di certo non in mattinata.

Adesso deve proprio alzarsi. Sua madre è già in cucina, l'odore del tè alla menta si sente fino a lì. Hilde si stiracchia ancora un po' e si mette a sedere. Si è svegliata male.

È il brutto tempo che intristisce, pensa. Ma non bisogna lasciarsi influenzare troppo. Si alza in piedi con decisione, si mette le pantofole, va in bagno. Decide di lavarsi a pezzi, come i gatti, qualche spruzzata d'acqua fredda e poi una bella strofinata con l'asciugamano, per rimettere in moto il sangue.

Ben vestita e pettinata, e risollevata nell'umore, fa il suo ingresso in cucina. La mamma ha già apparecchiato per entrambe ed è seduta al tavolo, dov'è posata la teiera col suo cappellino a punto croce. Pane e melassa, di burro o margarina neanche a parlarne. Il poco che si riesce a rimediare serve per le torte da servire al caffè. Anche la marmellata omaggio degli americani che la Künzel ha portato giorni fa ha trovato in qualche modo la via del laboratorio, così come la farina di mais, le patate e lo zucchero. Una colazione decente, per loro, è ancora un bel sogno lontano.

«Possiamo prendercela comoda» dice Else indicando con un cenno la finestra rigata dalle gocce. «Con questo tempo non verrà nessuno.»

«Almeno una spazzata al marciapiede vado a darla» ribatte Hilde.

Pensosa, Else osserva che ormai manca poco all'arrivo dell'autunno, che bisognerebbe andare in campagna per fare un po' di provviste.

«Magari a Lenzhahn, dai Bogner, potresti andarci tu. Loro hanno carne affumicata e lardo. Latte e burro. E patate...»

«Dovrò portarmi la carriola» commenta Hilde sorridendo. Poi, seria: «Ecco, mamma, non lo so... chissà se Fritz....».

Sua madre capisce al volo. Resta un attimo in silenzio, poi beve un sorso di tè e si schiarisce la gola. «Magari ha avuto fortuna. È un ragazzo con molte risorse.»

«Sì, è vero.»

A Hilde piace Fritz Bogner, quando lui si esibiva con il violino al Café Engel, lei un pochino si era innamorata di lui. Suonava con trasporto e commozione: l'*Ave Maria* di Schubert, la *Preghiera di una vergine*, oppure quel pezzo così bello di Boccherini... Le signore anziane avevano un debole per Fritz e gli lasciavano sempre la mancia. Una cosa che lo imbarazzava, Hilde se lo ricorda, perché suo padre già lo pagava per suonare lì al caffè...

Else interrompe i suoi pensieri. «Guarda un po'. Sono quasi certa di aver visto passare Gisela. Vorrà venire qui?»

«Con tutto il seguito, intendi?» ribatte Hilde riscuotendosi in un attimo. «Così, di prima mattina? Be', sempre meglio che avere il locale vuoto.»

Corre di sotto mentre sua madre si affretta a sparecchiare. Il gas ancora non ce l'hanno, cucinano col vecchio forno a carbone, anche le torte. Una bella fortuna, aver voluto tenere anche la stufa, peccato però che la legna inizi a scarseggiare, e che al momento non possono contare su Addi. Era lui che si occupava di andare a raccoglierla tra le macerie.

Fuori dal caffè c'è solo Gisela. Sta aspettando sotto un vecchio ombrello nero che Hilde la faccia passare dalla porta girevole.

«Quello l'hai ereditato da tuo nonno?» scherza Hilde mentre la vede armeggiare con quel reperto.

«Ma che ne so. Era nel portaombrelli da un secolo.»

Si abbracciano in modo frettoloso, senza calore. Da quando Gisela frequenta gli ufficiali americani, la loro amicizia si è raffreddata. D'altra parte, Hilde deve riconoscere che Gisela si dà spesso da fare per portare i suoi amici al Café Engel, soprattutto quando al pomeriggio la Künzel si mette seduta al pianoforte, e di questo le è grata.

«Che razza di tempo» si lamenta Gisela scuotendo i capelli ricci. «Stamattina mi sono messa i bigodini. Ma tanto è inutile. Quando piove mi sembra di avere in testa uno straccio bagnato. Ma la permanente è un tale strazio! C'è già del caffè pronto? Del caffè vero, intendo, non il surrogato» domanda poi prendendo posto a un tavolo.

«Devo prima accendere la stufa. Ci vorrà un po' di tempo» replica Hilde.

Gisela si mette comoda e posa sul tavolo una bellissima borsetta di pelle tinta di azzurro. Quella non è di certo di sua nonna, è nuova di zecca.

«Siediti anche tu, Hilde. Ho una cosa per te. È qui dentro.» E indica con aria ammiccante la borsetta. Ma Hilde s'innervosisce. Cos'è quella messinscena? L'ha forse scambiata per una bambina da tener buona con dei regalini? Se ne va in cucina ad accendere la stufa, e presto arriva sua madre a darle il cambio.

«Va' pure. Qui ci penso io.»

Al tavolo, Gisela sta sbirciando fuori dalla finestra, la strada è bagnata e grigia. Hilde si accorge ora che la sua amica è molto pallida, che ha gli occhi cerchiati di nero. Sarà questa luce uggiosa, pensa, oppure le lunghe notti insonni passate al bar degli americani.

«Il caffè è quasi pronto» annuncia prima di sedersi di fronte a lei. «Stai bene? Sembri stanca.»

Gisela fa spallucce, le dice che ha dormito poco. «A casa

fanno sempre un sacco di storie. Quando rientro la notte devo suonare alla porta, perché il nonno chiude a chiave tutte le sere, per sicurezza. E ogni volta mi tocca sentirmi dire che sono una poco di buono, che vado in giro con gli uomini... Davvero non ne posso più.»

Hilde non stenta a crederle. Nemmeno lei vede di buon occhio la nuova vita notturna di Gisela, però non si può certo negare che stia provvedendo da sola al sostentamento di sua madre e dei suoi nonni. Non dev'essere affatto facile, soprattutto con Johanna che diventa sempre più ingestibile.

«È già scappata due volte. L'abbiamo dovuta cercare dappertutto» racconta Gisela. «Si mette sempre un vecchio impermeabile di papà, con sotto la sola biancheria. Il nonno ha preso l'abitudine di chiudere la porta a chiave perché non possa uscire.»

«Mio Dio!» esclama Hilde, e posa il braccio sulla spalla dell'amica. «L'avete fatta visitare da qualcuno? Magari basta una medicina...»

Gisela annuisce con aria abbattuta. «Il dottor Walter ha detto che non c'è niente da fare. Dal punto di vista fisico sta benissimo. Ha detto che è successo a molti, con la guerra. Sai, le bombe... la paura ha mandato fuori di testa un bel po' di gente.»

«Gisela, mi dispiace tanto.»

Ecco che in un momento torna l'antica sorellanza: Gisela si abbandona all'abbraccio di Hilde, si lascia consolare, e quando Else entra in sala col caffè fumante ritrova il sorriso.

«Mano male che ci siete voi due» dice tirando su col naso, prima di bere con voluttà un sorso. «E il vostro Café Engel. È come un'isola in mezzo all'oceano, un luogo caldo e sicuro in un mare burrascoso. Se capisci cosa intendo...»

«Certo. Come Honolulu. Uguale spiccicato. Manca solo il mare. E i gonnellini fatti con le foglie dei banani.»

L'umore torna alto. Ridono, sopra le tazze di caffè, provano a cercare il lato comico della vita. Poi Gisela afferra la sua borsa.

«Un regalo di Sammy» dice indicandola. «Un po' pacchiana, eh?»

«Invece è bellissima!»

Gisela apre lo sfarzoso accessorio e rovista un po' all'interno.

«Questa gli è arrivata per vie traverse» dice. Tira fuori una lettera e aggiunge: «È per te, Hilde. Viene dalla Francia».

Il cuore di Hilde si ferma per un paio di secondi. Prende la busta, se la rigira in mano. Sopra c'è scritto il suo nome. Quello del mittente è scritto molto in piccolo, si legge appena. Jean-Jacques Perrier, 12 Rue Principal, Villeneuve. Ma allora è vivo! E le ha scritto!

«È quel francese, finalmente? Quel bel ragazzo coi riccioli e gli occhi scuri?»

Naturalmente Gisela aveva capito che era successo qualcosa fra lei e Jean-Jacques. Ma ora non capirebbe mai che per lei Jean-Jacques è il grande amore. Negli ultimi mesi è cambiata, la sua amica. Chissà se qualche volta pensa ancora a Joachim, il suo fidanzato... Meglio non chiederlo.

«Va bene» dice Gisela con un mezzo sorriso. «Sarà meglio che vada, adesso. Ti lascio leggere la tua lettera in santa pace. Hai già gli occhi lucidi, Hilde...»

Finisce il caffè, e sta per prendere il portamonete ma Hilde la blocca. «Non ci provare nemmeno. Sei o non sei la mia migliore amica?»

«A presto, allora.»

Hilde è in preda all'eccitazione. Gisela esce dal locale col suo eccentrico ombrello e Else sembra indaffarata in cucina. Se solo non entrasse nessuno per i prossimi dieci minuti...

Apre la busta con dita tremanti e ne estrae un foglio a quadretti, apparentemente strappato da un libro contabile o qualcosa del genere. Corruga la fronte, perché la grafia non è facile da decifrare. Davvero l'ha scritta Jean-Jacques? Ma lei questo non lo sa, non può saperlo, del resto è la prima volta che vede la sua scrittura...

Chère amie... cara amica...

Hilde deve fare una pausa, prendere fiato, perché quelle prime parole le hanno dato l'illusione di sentire la sua voce.

Sono arrivato a Villeneuve da qualche giorno, tu mi hai salvato la vita, caro angelo, ti sarò grato per sempre.

La mia famiglia sta bene, siamo di nuovo insieme e qui alla fattoria c'è tanto da fare.

Il mio cuore è lì con te, dolce Hilde. Oggi e per sempre. Ma devo fare il mio dovere, il mio posto è questo, dopo mio padre sarò io a ereditare, per questo motivo devo restare qui.

Ti amerò per sempre. Ti auguro tanta felicità.

Jean-Jacques Perrier

Hilde lascia andare la lettera, che le cade in grembo, e volge lo sguardo alla finestra. Continua a piovere senza sosta. L'amara verità si posa su tutto come un mesto velo grigio. Lui rimane a casa sua. È finita. Non si rivedranno mai più. È possibile? Forse non ha letto bene, forse ha frainteso. Riprende in mano la lettera. Quando l'ha scritta? Manca la data. La legge e la rilegge, si sofferma, cerca un appiglio, una piccola speranza. Ma è tutto molto chiaro. Vuole restare dai suoi. C'è di mezzo un'eredità, e lui non vuole rinunciarvi. Così è la vita, Hilde. Quando uno è lontano da casa sua, allora fa promesse, giura amore eterno. Tornerò da te, *mon trésor*. Devo solo sistemare le cose, e poi sarò tutto tuo, *ma petite colombe*... Tutte chiacchiere. Come ha potuto essere così ingenua da crederci?

Con gli occhi pieni di lacrime appallottola il foglio insieme alla busta e si alza per andare a buttare tutto nella piccola stufa che d'inverno scalda la sala per i clienti. Ecco dunque che uomo era. Il suo grande amore. Almeno adesso può smettere di piangere il figlio che ha perduto. Sarebbe cresciuto senza padre, povera creatura.

Il pensiero dell'aborto e della sofferenza che le ha provocato è la goccia che fa traboccare il vaso. Comincia a singhiozzare e si rifugia nella saletta, dove almeno sua madre non la vedrà piangere. Preme la fronte contro le piastrelle fredde della stufa, cerca di fare meno rumore possibile. Nessuno deve sapere come si è ridotta. Non Gisela e di certo non sua madre. Hilde è il tipo di donna che sbriga queste faccende da sola. Ora deve sfogarsi per bene, farsi un bel pianto, e poi passerà tutto. Basterà fare una corsa di sopra a lavarsi la faccia con un po' d'acqua fredda. Ed è quello che sta per fare.

Ma proprio in quell'istante entrano nel caffè Ida Lehnhardt e Alma Knauss.

«Ah, la nostra Hilde!» esclama la Knauss vedendola. «Che ti succede, cara? Sei tutta rossa...»

Brutta cretina, pensa Hilde. Sono settimane che non ti fai vedere, proprio adesso dovevi deciderti.

«Ho qualcosa nell'occhio» mente. «Prego, accomodatevi. Arrivo subito.»

«Nell'occhio. Speriamo non si tratti di una scheggia di vetro...»

Senza aggiungere altro, Hilde schizza in cucina, dove sua madre sta decorando delle crostatine alla frutta. «C'è gente» le dice passando in fretta. In un secondo è già sulle scale.

«Hilde!» la chiama sua madre. «Che ti prende?»

«Ho qualcosa nell'occhio!»

Ma che bella idea ha avuto! Tanto varrebbe mettersi una bella targa al collo: HO PIANTO, MA NON DEVE SAPERLO NESSUNO. In bagno si rinfresca la faccia, si guarda allo specchio e non è affatto soddisfatta di quello che vede. Tutto per quel... quel ragazzino! Non cadrà mai più nella trappola del grande amore. Si pettina, si mette un po' della cipria di sua madre sul naso e sulla fronte, poi torna di sotto.

Con Else cerca di parlare di tutt'altro. «Lo sai, mamma, che i nonni di Gisela devono tenere la porta chiusa a chiave, altrimenti Johanna esce di casa e non ritrova più la strada? È terribile, eh?»

Else la studia attentamente per qualche secondo. Non apre

bocca, ma Hilde capisce che sua madre sa. I suoi figli non hanno segreti, per lei.

«Terribile davvero» la sente poi rispondere. «Era una bella donna, e così orgogliosa... Tieni, porta fuori il vassoio. Meno male che è venuta la Knauss. È una dei pochi che paga in contanti.»

E oggi la Knauss è proprio in vena di spese folli: caffè di cicoria e crostatina di frutta. Nel frattempo ha smesso di piovere, ma il marciapiede è un dedalo di pozzanghere e hanno dovuto mettere uno straccio all'ingresso per le scarpe dei clienti. Hilde cerca rifugio nel lavoro, serve ai tavoli con speciale sollecitudine, eccede con le cortesie, ride delle deboli battute della Lehnhardt, corregge il caffè di cicoria di Reblinger con una generosa dose di grappa. Forse Gisela non ha tutti i torti: il Café Engel è un'isola, un luogo protetto, un rifugio sicuro. L'allegro chiacchiericcio dei clienti in sala, gli ombrelli che sgocciolano nel secchio all'ingresso, il profumo del caffè e delle torte alla frutta: tutte cose che le sono familiari da che era una bambina. E leniscono almeno un po' la sua prima grande delusione d'amore.

Nel pomeriggio Gisela arriva col suo Sammy, giusto in tempo per le ultime due fette di dolce.

I due siedono vicini e si tengono per mano, cosa che a Hilde sembra piuttosto ridicola. Questo Sammy dev'essere un tontolone, pensa, è chiaro che Gisela se lo rigira come vuole: lui le paga il conto del caffè, le fa dei regali, la rifornisce di viveri. Certo, il tutto avrà un suo prezzo. Ma poi, che male c'è? Se lui si comporta come si deve... Sono finiti i tempi in cui le ragazze dovevano conservarsi pure per il futuro marito.

«Stasera andate a ballare?» chiede a bruciapelo all'amica.

«Può darsi» risponde Gisela, poi si volta verso Sammy. «*Shall we dance tonight, darling?*»

Il *darling* è d'accordo. In Hilde si rafforza la convinzione che questo ragazzone dall'aria bonaria sia pronto a dire di sì a qualsiasi richiesta di Gisela.

«Magari mi portate con voi?»

Gisela la guarda stupita, socchiude gli occhi, rimugina un attimo. Non è affatto stupida, la sua migliore amica.

«Hai bisogno di distrazioni, eh?»

Hilde fa spallucce. Non è proprio in vena di confidenze. «Può essere.»

«Non è detto che ti faccia bene» è la risposta pacata di Gisela. «Se hai avuto una delusione amorosa, meglio lasciar stare.»

Ma da quando è diventata così insopportabilmente saggia? Così esperta della vita e dell'amore? A Hilde non va proprio giù che qualcuno creda di saperne più di lei.

«So quel che faccio!» sbotta stizzita.

«Va bene. Passo a prenderti verso le nove... mettiti qualcosa di carino e portati il passaporto. Non è detto che ti facciano entrare, ma vale la pena provare.»

È stata un'idea estemporanea, e Hilde stessa non è per niente sicura che non sia una stupidaggine. Ma ormai non può – non vuole – tornare sui suoi passi. Stasera si va a ballare. Perché no? Aiuta sua madre al locale, prepara i dolci, spazza per terra, la sera si rammenda i vestiti oppure a volte legge un libro. In tutta Wiesbaden non c'è una ragazza più seria e virtuosa di Hilde Koch.

«A ballare? Dagli americani? Stai scherzando, vero, Hilde?» si agita subito sua madre. «Se ci fosse qui tuo padre, una cosa del genere non sarebbe possibile» borbotta.

«Santo Dio, mamma! Vado solo a divertirmi per una sera, e ti assicuro che non sarà un'orgia scatenata! Sempre che mi facciano entrare, poi...»

«Be', speriamo di no!» esclama Else accomodandosi in poltrona. «Ma sei grande, ormai. Sai quello che fai.»

Poco dopo le nove Gisela suona il campanello. Indossa un abito leggero con la gonna a ruota, ha i capelli appena fatti, delle scarpe bianche col tacco che non possono venire che dal mercato nero.

«No, non ci siamo proprio» dice la sua amica dopo averla esaminata attentamente. «Andiamo in bagno, forza.»

In bagno, Hilde viene truccata. Rossetto acceso, matita nera, mascara. Gisela la rimira soddisfatta.

«Che orrore» commenta Hilde di fronte alla propria immagine riflessa. «Sembro un indiano sul sentiero di guerra.»

Gisela sospira suo malgrado: è evidente che ha sprecato i suoi costosi cosmetici per una che non sa apprezzare certe cose.

Escono senza salutare Else, che siede sulla poltrona in soggiorno a sfogliare un libro. E si avviano insieme, senza fretta, per le vie deserte: il divieto di uscire la notte è ancora in vigore, ma ormai non lo si osserva molto. Incrociano altri passanti, per lo più soldati americani in compagnia di ragazze, e poi qualche tedesco. Questi ultimi sono riconoscibili da un modo identico di camminare, da quella loro accentuata circospezione.

Il bar americano di Steingasse ha le lanterne accese ai lati dell'ingresso. Il locale in passato era un ristorante e le finestre sono ancora oscurate, ma già da fuori si sente la musica. Jazz e swing: trombe, sassofoni, bassi. È una musica completamente diversa da quella che Hilde ha conosciuto ascoltando l'opera. Le sembra affascinante e vagamente peccaminosa. Musica da negri, la chiamavano i suoi genitori. A quanto pare negli anni Venti era diffusa anche in Germania, poi i nazisti l'avevano messa al bando.

Gisela si avvicina alla porta e bussa. Ad aprirle è un nero, che dà un'occhiata al suo passaporto e poi le fa cenno di entrare.

«*I brought my friend with me*» gli dice Gisela. «*Please, ask if she is allowed to join us.*»

L'uomo squadra Hilde per qualche istante, poi sorride, le prende il passaporto e si allontana.

«E adesso?» domanda lei, nervosa.

«Adesso va dall'ufficiale a chiedere se può farti entrare.»

Restano per un po' nel piccolo ingresso, dove ci sono alcuni ombrelli, un impermeabile e due paia di stivali. Dietro la porta sulla sinistra, quella da cui trapela la musica, devono esserci il bar e la pista da ballo. Hilde riesce a dare una veloce sbirciata quando qualcuno esce per andare in bagno. Passando, salutano Gisela come se fosse una vecchia amica, le chiedono come sta, si fanno presentare Hilde. Dopo pochi minuti arriva anche Sammy, che saluta con un bacio la sua tedesca. Finalmente torna l'americano nero, accompagnato da un tipo grande e grosso coi capelli rossi e la divisa da ufficiale. Di che grado, Hilde non saprebbe dirlo. Le divise americane non sono semplici da interpretare. È però chiaro che costui ha qualcosa da dire. Studia brevemente Hilde, poi le domanda se ha la tessera del partito nazista.

«No» risponde lei.

«Okay!» fa lui restituendole il passaporto. «*There are some guys waiting for girls like you.*»

«Hai visto?» sussurra Gisela. «Non è stato poi così difficile.»

Finalmente possono entrare, e vengono investite da una folata d'aria calda e gonfia di alcol e sudore. Il locale non è grande, deve trattarsi della sala del ristorante: hanno portato via i tavoli, così da creare uno spazio sgombro abbastanza ampio. Tutt'intorno siedono ragazze pesantemente truccate riunite a gruppetti insieme ai loro amici americani. Parlano a voca alta, bevono birra, whisky e altri intrugli con ostentata disinvoltura. Nella luce soffusa, seminascosto dai ballerini, s'intravede il bancone del bar, di fronte al quale la gente sta seduta sugli sgabelli. La musica è alta e un po' distorta, e viene da un grammofono. Gisela individua in fretta due sgabelli liberi. Sammy ordina tre Manhattan, e Hilde si chiede cosa diavolo sia un Manhattan.

«Più tardi suona la Künzel» la informa Gisela indicando un pianoforte a coda nero vicino al bancone del bar. «Allora sì che si balla, vedrai!»

Il pensiero che la Künzel la veda lì dentro non le fa piacere, ma del resto c'era da aspettarselo; e inoltre la Künzel è una donna di mondo, priva di pregiudizi. Quando Sammy conduce Gisela sulla pista, Hilde resta da sola a sorseggiare il drink. Non è proprio roba per lei: non le è mai piaciuto il vermut. Mette giù il bicchiere e si guarda intorno con curiosità. Ah-ah, ecco che si avvicina il primo. E il secondo subito dietro.

I due americani hanno una camminata lenta, la salutano con un amichevole «*Hello!*» e poi cominciano con le domande di rito. È tedesca? È la prima volta che viene al locale? Vuole ballare? Hilde li invita entrambi a sedersi con lei e cerca di mettere insieme qualche frase usando le sue poche conoscenze della lingua inglese.

«*I would like to talk first... From which part of America are you? From the south? Your parents have a cotton farm? No? That's good.*»

Beve qualche sorso del suo pessimo cocktail e cerca di capire quel che le dice il ragazzo americano proveniente da uno Stato del sud. Ma capirlo mentre parla a raffica non è facile, quindi decide che per stavolta forse è meglio ballare invece di fare conversazione.

«*Do you like dancing?*» gli dice con fare incoraggiante.

«*Oh yeah!*» fa lui alzandosi in piedi.

«*Wait a minute*» dice all'improvviso una voce che Hilde conosce. Ed ecco che si è materializzato un altro americano, il tenente Josh Peters. Niente meno. Lo si incontra dappertutto, questo Peters.

«Ha il permesso di stare qui, signorina Koch?» le domanda. Il suo tono non è semplicemente scostante: è il tono di un ufficiale che ha appena sorpreso qualcuno a scambiare merci al mercato nero.

«Ma certo» ribatte lei con un sorriso di sfida. «L'ufficiale incaricato ha visto il mio passaporto e mi ha invitata a entrare.»

I tratti di Peters sembrano scolpiti nella pietra. Eppure Hilde ha l'impressione di vedere un'ombra scura agitarsi su quel viso.

«Devo controllare. Mi segua.»

«Ma...»

«Venga con me, signorina Koch.»

Quest'uomo ha qualcosa che rende davvero difficile contraddirlo, pensa Hilde. Josh Peters, figlio di un pescivendolo di Manhattan. È incredibile. Si accorge che gli altri americani fanno un passo indietro. Non vogliono certo contrariare un collega più alto in grado. Irritata, Hilde si alza e segue Peters, che marcia rapido verso la porta e ora si volta verso di lei.

«Ce l'ha il soprabito?»

«No. Perché vuole saperlo?»

«Perché ora la riporto a casa.»

Hilde lo guarda perplessa.

«Ma... perché? Non voglio andare a casa.»

Lui resta tranquillo e inamovibile, come sempre. Potresti piangere, strepitare, insultarlo: Josh Peters resterà del tutto indifferente.

«Venga, su» dice allungando un braccio per guidarla verso l'uscita. «Questo posto non è per lei.»

Hilde fa un passo indietro. La sua rabbia sta per esplodere. Come detesta quest'uomo! Con che diritto la caccia dal locale? Rispedirla a casa come se fosse una bambina! Quanto vorrebbe rispondergli per le rime! Dirgli che non sono affari suoi, che la sua opinione non conta affatto per lei. Che proprio stasera, guarda un po', Hilde Koch ha deciso di ballare, bere e divertirsi con qualche bel ragazzo...

Purtroppo però il tenente Peters è uno dei migliori clienti del Café Engel. E di questi tempi i clienti paganti bisogna tenerseli stretti. Perciò deve cedere.

«Se ci tiene tanto» dice, «va bene. Però non deve accompagnarmi. Ci torno da sola, a casa.»

Ma com'era prevedibile, anche in questo caso lui la pensa diversamente. Si limita a scuotere la testa mentre esce in strada. Appena sono entrambi fuori, vicino alle lanterne dell'ingresso, Peters si ferma per accendersi una sigaretta.

«E un'altra cosa» aggiunge buttando via il fiammifero. «La smetta di pitturarsi la faccia. Non ne ha bisogno, signorina Koch.»

Ma cosa vuole? Farla arrabbiare? Umiliarla? Offenderla? Hilde non sa più cosa pensare.

«Grazie del consiglio» risponde ironica. «Me la offre una sigaretta? O mi è proibito anche fumare?»

Lui replica con un mezzo sorriso. No, non è uno scherzo della luce, sta sorridendo davvero.

«Prego» dice a voce bassa porgendole il portasigarette.

Luisa

Wismar – Neustadt – Lenzhahn, fine aprile 1945

Morire sarebbe una liberazione. Il su e giù incessante dello scafo, il rollio del piccolo mercantile in mezzo al Baltico in tempesta... è l'inferno. Luisa si sente così male che tutto il resto le è indifferente: il fatto di essere stretta in mezzo a una folla di altri esseri umani nelle sue stesse condizioni, la puzza, il vomito che ricopre il ponte. Nessuno ha più la forza di andare di sopra e affacciarsi alla balaustra per dare di stomaco. Fra l'altro, l'equipaggio non lo consente. C'è solo una cosa che a Luisa preme ancora, pur sentendosi morire: il benessere dei due bambini che la seguono da Wismar. Il piccolo Jobst di quattro anni e sua sorella Elke, di cinque. Vengono da Stolp, in Pomerania, e hanno perso i genitori durante la fuga.

«Sta' qui, ferma» mormora bloccando con la mano la bambina, che ha tentato di arrampicarsi su per la scala calpestando le persone sdraiate sul ponte.

«Mi sento male...»

«Non puoi andare di sopra, Elke. È vietato.»

Attira a sé con un braccio la bambina e lancia un'occhiata ansiosa al maschietto, che giace immobile e pallidissimo accanto a lei. Il più piccolo movimento, che sia solo per parlare, le costa uno sforzo spaventoso. Luisa sputa nel fazzoletto, torna a stendersi di schiena. La bambina piange, chiama la mamma.

«Voglio andare a casa... a casa...»

Luisa ha chiuso gli occhi, sfinita, ma li riapre dopo un attimo, perché con gli occhi chiusi il mal di mare va addirittura peggio.

«Ci siamo quasi, Elke. Manca poco. Solamente mezz'oretta...»

«Ho sete.»

«Mezz'oretta...» mormora Luisa, già in preda a un nuovo conato.

I bambini erano seduti sul ciglio della strada a Wismar, e mendicavano qualcosa da mangiare. Lei ne aveva già visti tanti di piccoli sfollati, la città era piena di persone in cammino verso ovest per sfuggire all'avanzata dei russi. Perché proprio questi due l'avessero commossa più degli altri, non lo sa. Erano sporchi, con gli occhi infossati nelle facce smagrite e pallide. Luisa ha dato loro un pezzetto del suo pane e Elke lo ha diviso col fratello. Stavano vicini, si tenevano per mano guardinghi anche mentre mangiavano, due piccole creature indifese in quel caotico sommovimento di esseri umani sradicati e in fuga. Si è seduta accanto a loro, a parlare. E poi non ce l'ha fatta ad andarsene e lasciarli lì. Dev'essere stato perché il dolore per la perdita di sua madre è ancora così vivo in lei, e lo ha visto rispecchiato in loro. È difficile stare da soli in un mondo impazzito, violento, che si va sgretolando.

«Venite con me. Andiamo al porto. Magari i vostri genitori sono lì.»

Si sono fidati, l'hanno seguita. Al porto lei ha dovuto tenerli per mano tutti e due, per non perderli in quel marasma di gente. C'erano soprattutto donne e bambini ma anche uomini cenciosi dall'aria affamata, probabilmente prigionieri o lavoranti forzati. Quelli a Luisa fanno paura. Quale che sia stato il loro ruolo, di vittime o di carnefici, sono pieni di odio e disperazione, e con loro bisogna stare attenti.

Un paio di volte i bambini avevano gridato di avere visto la mamma, poi il papà, ma era un abbaglio. Allora Luisa li ha consolati, domandandosi però se forse non avesse commesso un gesto avventato: lei non ha idea di come ci si prende cura di un bambino, e non ha nulla, neppure per sé. Poi, d'improvviso, i piccoli erano diventati la sua fortuna.

«Ehi, lei, signora... sì, dico a lei coi bambini. Venite, vi porto a Neustadt.»

A parlare era stato un uomo di mezz'età, con l'uniforme della marina. L'ha vista con i bambini, l'ha presa per una giovane madre in difficoltà e ha avuto compassione.

«A Neustadt? Davvero?»

«L'ho appena detto. Venite, presto... C'è poco posto, ma in qualche modo faremo.»

La *Nörderkamm*, un piccolo piroscafo della marina mercantile, aspettava ormeggiata a un molo. A bordo non c'erano merci, ma sfollati. La barca avrebbe potuto ospitarne forse una ventina, invece erano almeno tre volte tanto. Quando Luisa ha trovato un cantuccio per sé e i bambini in mezzo agli altri, non immaginava che sarebbe stato il viaggio peggiore della sua vita.

Quando scendono al porto di Neustadt, a Luisa tremano le gambe e fatica a camminare dritta sulla sottile passerella tenendo per mano Elke. Poi si siede esausta su un muretto, e qualcuno le mette in braccio il piccolo Jobst ancora addormentato.

«Presto starete meglio» dice alla bambina il marinaio biondo dalla barba rossiccia. È evidente che non sa nemmeno cosa sia il mal di mare. «Starete bene, voi e la vostra mamma.»

Dà loro un sacchetto con dentro mezza pagnotta, un pezzo di formaggio duro e anche una bustina di zucchero di barbabietola. Poi se ne torna alla barca, per aiutare a scendere altre persone, e Luisa rimane lì sola coi suoi due trovatelli.

«Ah, finalmente! Adesso non mi sento più male» dice Elke.

Al piccolo invece serve più tempo per riprendersi. Luisa deve portarlo in braccio perché non è in grado di camminare e continua a vomitare. Seguono il fiume di persone che dal porto si spostano verso la città. Si siedono sulla strada, a un certo punto, perché Luisa ha bisogno di riprendere fiato. Poi si sparge la voce che li accompagnano in un alloggio, e lei si rialza in fretta.

«Ho fame» dice Elke a bassa voce. «E sete.»

«Sete...» le fa eco il piccolo. Luisa allora prova a metterlo in piedi. Per fortuna ora riesce a camminare da solo. Lei ormai è allo stremo delle forze.

La città è semidistrutta dalle bombe, al pari di Wismar e Rostock, e anche adesso non si può dormire tranquilli perché, nonostante la guerra sia ormai persa da tempo, si combatte ancora. Gli sfollati vagano smarriti per le strade e i pochi locali che Luisa incontra li guardano con ostilità, li insultano chiamandoli «morti di fame», non li vogliono nelle vicinanze delle loro case. Lei deve sentirsi dire di no diverse volte prima di ottenere un bicchiere d'acqua per i bambini, alla fine è una donna anziana a impietosirsi e dar loro da bere. Verso sera comincia a pensare che forse dovrebbe cercare un posto in mezzo alle macerie per sé e i piccoli, dove passare la notte insieme, ma ecco che raggiungono un'area recintata, con al centro dei capannoni di legno. È un campo. Il recinto di filo spinato si interrompe in alcuni punti. Li vogliono rinchiudere lì dentro? La gente ha così tanta paura di loro?

Ma è troppo stanca per pensarci davvero. Decide di cercare semplicemente un angolo per sé e i bambini, cosa che non si rivela semplice perché i capannoni sono già pieni all'inverosimile. Li accettano in una delle baracche più piccole in fondo al campo. È una sistemazione molto spartana, ma almeno hanno un tetto. E anche un letto, sebbene debbano dividerlo in tre e non ci siano né il materasso né le coperte, già nelle mani di quelli che sono arrivati prima di loro. Luisa è talmente sfinita che, senza fare domande, si stende sul nudo legno insieme ai piccoli. Si accoccolano l'uno contro l'altra e cadono all'istante in un sonno profondo, vuoto di sogni.

Più tardi, nel buio pesto della baracca, Luisa viene svegliata dal tocco di una mano. Le tasta i fianchi, le apre il cappotto e raggiunge la piccola sacca che tiene legata al polso con uno spago, dove ha nascosto le provviste datele dal marinaio. Lei d'istinto grida, afferra la sacca, la stringe a sé. Anche i bambini si svegliano, piangendo terrorizzati.

«Che succede?» tuona una voce maschile. «Via di qua, ladruncola! Se non te ne vai subito, te le suono. Ma non ti vergogni a rubare il pane a dei bambini?»

Si accende la luce di una lampada a petrolio e nell'alone giallastro Luisa vede la faccia barbuta di un uomo. Si avvicina tenendo alta la lampada e solo allora lei vede la ragazza che stringe ancora in mano lo spago della sua sacca. È giovanissima e spaventosamente magra, non ha i denti, gli occhi sono pesti e cerchiati. Il suo sguardo mette paura, e anche la strana risatina cattiva con la quale si allontana di un passo dal letto di Luisa.

«Volevo solo fare una carezza ai bambini... ma guarda che angioletti!»

«Sparisci!» insiste l'uomo. «Fai di nuovo una cosa del genere e ti mandiamo via!»

Ha una voce stentorea e sembra abituato a impartire ordini. Luisa attira a sé i piccoli e mormora qualcosa per tranquillizzarli: quella donna non voleva far loro del male, ha solo fame.

«Io devo andare in bagno» dice Elke. «E anche Jobst. Sennò se la fa nei pantaloni.»

Il salvatore barbuto tiene ancora la lampada accesa. Sta guardando lei, e Luisa capisce che la sta classificando. Ha occhi chiari e il naso sottile, leggermente storto. Non ha l'aria del profugo, pensa. Potrebbe essere il proprietario di un fabbrica o di una fattoria requisite, oppure un sindaco.

«Le mostro dove andare. Stia tranquilla, non è lontano.»

Luisa lo segue con gratitudine, verso il gabinetto che altrimenti, da sola, non avrebbe mai trovato. Non è certo un bagno lussuoso: una baracca, divisa in tre scomparti, ognuno con un buco a terra e una tavola di legno sopra, perché nessuno ci cada dentro. Le porte sono a mezza altezza, coi cardini scricchiolanti, non c'è modo di chiudersi dentro. Il vento notturno vi circola liberamente, spandendo l'odore in giro.

«Tenga lei la lampada» le dice l'uomo. «Io mi oriento bene anche al buio.»

Più tardi, quando sono di nuovo a letto, Luisa divide coi

bambini il pane e il formaggio, lasciandone solo un pezzetto per l'indomani. Se li mangiano, almeno nessuno potrà rubarglieli. Poi si addormentano così profondamente, tutti quanti, che nemmeno la sirena della contraerea sarebbe in grado di svegliarli.

Il mattino si fa strada a fatica nella coscienza di Luisa. Sente passi, colpi di tosse, voci e imprecazioni, un secchio di latta sbattere contro il letto, la porta che cigola incessantemente. Apre gli occhi con riluttanza. C'è una luce mogia e torbida e dalle finestrelle della baracca vede la neve. Oh, no, un'ondata di freddo, pensa in preda allo sconforto. I piccoli dormono rannicchiati accanto a lei, i volti rosei nella tranquillità del sonno. Come sono belli, pensa Luisa commossa. Elke ha i capelli biondi e ricciuti, il naso all'insù e ciglia scure e folte, due setose mezzelune su una pelle candida. Il piccolo sembra un putto dormiente, con quella boccuccia a forma di cuore e le palpebre chiarissime che ogni tanto tremolano nei sogni.

Intorno a lei c'è già fermento. Gli altri si stanno liberando delle coperte, le piegano e le mettono nelle sacche e nelle borse che hanno poggiato sui letti. C'è chi si è seduto a parlottare sui tavolini sbilenchi. I sei letti a castello sono occupati da donne, alcune con dei bambini. Di uomini Luisa ne conta solo tre, compreso quello che l'ha aiutata durante la notte.

«Dormito bene?» le domanda ora.

«Sì, grazie.»

L'uomo si alza e la raggiunge, poi si siede con disinvoltura accanto a lei e si mette a guardare con un sorriso intenerito i due fratellini addormentati. Ha gli occhi molto azzurri, le pupille sono puntolini neri in mezzo al mare.

«Solo da bambini si dorme in quel modo, eh? Che invidia» dice a bassa voce. «Mi chiamo Karl Brenner, e in questa baracca mi occupo di mantenere un minimo d'ordine. Qualcuno dovrà pur farlo, non crede?»

Luisa annuisce. È un po' troppo deciso, un po' troppo autoritario per ispirarle fiducia, ma del resto contrariarlo non sembra una buona idea.

«Io mi chiamo Luisa Koch e loro sono Elke e Jobst. Vengono dalla Pomerania e hanno perso i genitori durante la fuga.»

L'uomo cambia espressione all'istante. Sembra colpito dal fatto che, in mezzo a quell'inferno, Luisa si sia assunta la responsabilità di due piccoli sconosciuti.

«E lei? Anche lei viene dalla Pomerania?»

«Da Stettino.»

L'uomo annuisce, le dice che ha fatto bene a partire.

«Se la fortuna ci assiste» prosegue a bassa voce, «gli angloamericani arriveranno nel giro di pochi giorni. Non sarà piacevole, ma sempre meglio dell'Armata Rossa.»

«Io vorrei solo vivere tranquilla da qualche parte. Non mi importa sotto il dominio di chi» replica Luisa.

«Un pio desiderio» commenta lui alzando il sopracciglio. «Ma difficile da realizzare, in quest'epoca impazzita. Magari in campagna... in qualche paesino sperduto. Lì gli eserciti passano, controllano alla svelta e poi se ne vanno.»

«Sì» fa Luisa sorridendo. «La brava gente di campagna. Lì c'è latte per i bambini e anche patate...»

«Un bel sogno. Per il momento tuttavia ci tocca stare qui» dice lui con un sospiro.

La vita al campo è molto dura. Nuovi sfollati si ammassano continuamente nelle baracche già gremite, e bisogna stringersi. Nel piccolo dormitorio dove Luisa e i bambini hanno trovato rifugio si dorme in più di venti su dodici letti. Non c'è riservatezza, tutto avviene sotto gli occhi di tutti. Le donne si lavano all'aperto: si può prendere l'acqua ai rubinetti con dei secchi, ma poi non c'è modo di ripararsi dagli sguardi degli uomini. Ci si abbassa la camicia, la canottiera, ci si lava con uno straccio in mezzo alle gambe tenendosi la gonna addosso. Alcune donne possiedono un pezzo di sapone che custodiscono gelosamente. Luisa pulisce i bambini con cura ogni mattina. I vestiti vengono lavati a rotazione nell'acqua fredda e stesi ad asciugare su un filo teso. Una volta al giorno viene distribuita, in quantità puntualmente insufficiente, della zuppa di farina e orzo accompagnata da pane secco, spesso ammuffito, con un po' di melassa. Agli sfollati è fatto divieto di uscire dal campo, ma alcune donne a volte escono comunque e se ne vanno in giro per il circondario. Tornano indietro con pollame, pezzi di lardo, bottiglie di latte. Tutto rubato. Dopo qualche giorno vengono dei poliziotti dalla città, riparano la recinzione di filo spinato e si mettono a presidiare il campo.

Luisa soffre la fame da mesi, può ben dire di esserci ormai abituata, ma questo non rende affatto più facile sopportarla. Ma la cosa peggiore è veder soffrire i bambini. Elke, Jobst e tutti gli altri bambini del campo sono denutriti. Molti arrivano già ammalati, con la febbre o la dissenteria, altri si ammalano per aver ingerito trucioli, erbacce, terra. Eppure, col bel tempo, li si vede correre fuori a giocare, ridere e azzuffarsi, e quando Luisa la sera guarda i suoi due trovatelli addormentati si commuove nell'intravedere l'espressione di fiducia dipinta sui loro visini. Ormai la chiamano Lu, e anche se questa nuova responsabilità non le ha certo semplificato la vita, sente che grazie a loro ha recuperato un po' dell'ottimismo che l'aveva abbandonata alla morte della madre. Adesso deve essere forte perché ci sono altre persone che contano su di lei.

Alla fine di aprile si ammalano in molti di dissenteria. Alcune donne anziane e due bambini muoiono. Vengono portati nel cimitero di fortuna che è stato approntato nelle vicinanze del campo e un pastore dai capelli bianchi, profugo lui stesso, ne celebra le esequie. Tra gli sfollati si sparge la voce che siano morti di tifo.

«È solo l'inizio» dice la signora Martens, che dorme sulla branda sopra quella di Luisa. «L'epidemia si porterà via tutti quanti. Così almeno non dovranno più darci da mangiare. Un problema in meno per i bravi cittadini di Neustadt.»

«Non esageriamo» la ammonisce Karl Brenner. «E non alimentiamo voci infondate.»

«E allora perché hanno transennato l'infermeria? Nemmeno i parenti possono andare a far visita a quei poveri disgraziati!»

«Sono semplici misure di sicurezza. È così che si fa in questi casi.»

Nella loro baracca Karl Brenner si occupa di garantire la civile convivenza tra gli occupanti. Per Luisa quell'uomo resta un mistero, è estremamente riservato sul suo passato. È fuggito dalla Pomerania, le ha detto, ma poi ha cambiato discorso quando lei gli ha domandato da quale città fosse scappato. Non nasconde la sua predilezione per Luisa, si preoccupa sempre che alla distribuzione del rancio i bambini non restino a bocca asciutta, rischio che corrono puntualmente. Spesso riesce a farsi dare una razione in più che poi cede a chi è rimasto senza. Prima con un occhio di riguardo per Luisa, poi per i fratellini, poi per le altre donne. Qualche volta esce anche lui a giocare coi bambini, giochi inventati usando legnetti o sassolini, e mette in palio anche dei premi: un pezzetto di spago, una scatola di fiammiferi vuota. Luisa, osservandolo, pensa che forse prima della guerra faceva il maestro di scuola.

Ormai nel campo sono tutti convinti che si stia diffondendo un'epidemia di tifo. Un giorno Karl raggiunge Luisa mentre sta mettendo ad asciugare i vestiti dei bambini e comincia a fare delle strane domande.

«Se lei dovesse fuggire in campagna, dove deciderebbe di andare?»

A Luisa viene da ridere. Poi si accorge dell'espressione seria sul suo volto, e prova un brivido di paura. Karl Brenner, quando fa una domanda, non la fa per scherzare e si aspetta una risposta.

«Be'... credo che andrei dalle parti del monte Taunus. Laggiù c'è un paesino dove verrei accolta a braccia aperte.»

«Davvero? Nel senso che ci è già stata?»

«No. Ma ci vivono i genitori di un mio caro amico.»

Senza aggiungere altro, si china a raccogliere dal secchio i panni bagnati. Non ha certo intenzione di dare in pasto a questo sconosciuto troppo curioso il suo legame specialissimo con Fritz Bogner. E nemmeno vuole cedere alla nostalgia.

Ma a Karl Brenner i suoi sentimenti privati non interessano. Le domanda piuttosto se non sia preoccupata per l'epidemia di tifo di cui si parla in giro.

«Certo che sono preoccupata» risponde lei. «Ma tanto che possiamo farci? Da qui non possiamo uscire.»

Karl la guarda in silenzio, con quei suoi occhi azzurri penetranti e intelligenti. Poi si volta e si allontana. E lei allora capisce che quell'uomo ha in mente qualcosa, e sente il cuore battere a un ritmo nuovo e inquieto. È una sensazione che conosce bene: quella di voler fare la cosa giusta ma di essere sul punto di farne una sbagliata. Quella di essere in balia del destino, nonostante gli sforzi fatti per andare in un'altra direzione. È possibile sottrarsi a un'ulteriore disgrazia? E se morissero di tifo, tutti quanti?

Karl Brenner non le lascia molto tempo per pensarci. Quello stesso pomeriggio, mentre porta il secchio pieno d'acqua alla baracca, lui glielo prende di mano per aiutarla e le mormora: «Stanotte, quando dormono tutti, vada alla latrina coi bambini e porti con sé tutto quello che ha. L'aspetto lì».

«E poi?» domanda lei.

«Andiamo sul monte Taunus.»

«Ma è impossibile!»

«Sì o no.»

Luisa trattiene il fiato e non risponde. Arrivati a destinazione, lui le passa il secchio e la osserva, in attesa di una risposta. Nei suoi occhi non c'è più quella brusca autorevolezza, ma anzi una trepida attesa, una supplica. Aiutami e io aiuterò te, dice il suo sguardo.

«Va bene.»

Sfidare il destino, di nuovo. Lanciarsi nel vuoto e stare a vedere. Avere speranza, ancora. Finché riuscirà a tenere in vita i bambini, lo considererà un successo.

La fuga in piena notte si rivela più agevole del previsto. L'ostacolo principale sono i fari che sono stati montati nel frattempo per facilitare il lavoro ai sorveglianti. Karl li guida per le zone in ombra in mezzo alle baracche fino a un punto in cui la recinzione non è stata ancora fissata bene e il filo spinato è facile da superare. Luisa tiene per mano Elke. Karl la precede con Jobst, addormentato tra le sue braccia, e senza difficoltà riesce ad aprirsi un varco. Percorrono in silenzio un buon tratto in mezzo ai campi, poi raggiungono un boschetto e riprendono fiato. Karl si volta a guardare il campo alle loro spalle, che nella luce dei fari somiglia a uno scalcagnato ammasso di mattoni neri. Sembra tutto tranquillo, non si sono ancora accorti della loro fuga.

«Andiamo avanti» sibila, e si rimette in cammino.

Luisa fatica a stargli dietro, nel buio pesto. La luna filtra solo di tanto in tanto tra le nuvole, e lei allora riesce a vedere la sagoma scura di Karl in mezzo alle ombre proiettate dagli alberi. Lui a tratti si ferma, si guarda intorno come per orientarsi e poi riprende a camminare, sempre col bambino in spalla. Quando Luisa gli chiede di rallentare un po', perché Elke ha difficoltà a muoversi sul terreno accidentato del bosco, l'uomo nemmeno la sta a sentire.

«Ancora pochi metri... Incrociamo le dita, speriamo che ci sia ancora. Oppure preghi. Lei ha l'aria di una che sa pregare, Luisa...»

Poi si blocca, talmente all'improvviso che Luisa va a sbattergli contro. Lui l'afferra per il braccio, mette giù il bambino, ordina loro di fermarsi lì. Dare ordini gli viene naturale: lo fa quasi sempre, qualunque cosa dica.

In che guaio mi sono cacciata, pensa Luisa. Potrebbe anche essere pazzo, quest'uomo. In questa guerra sono tanti quelli che hanno perso la ragione...

«Cosa fa Karl?» domanda Elke.

«Non lo so.»

«Forse sta costruendo una capanna per noi.»

Si sente un rumore di rami spezzati, un rovistare nel fogliame secco, e poi, quando la luna esce per qualche secondo a illuminare la valle, Luisa vede qualcosa di sconcertante. Dev'essere un miraggio. Forse è lei che sta perdendo il lume della ragione.

«È una macchina!» esclama Jobst indicando col braccino teso. «Brum brum!»

In quel momento l'auto viene messa in moto. Sussulta, tossisce, riparte. Sentono un'imprecazione. Neanche il secondo tentativo va a buon fine. Ma poi ecco che il motore si accende, ruggisce nel silenzio del bosco, e si accendono anche i fari: due coni di luce gialla sotto i quali Luisa intravede la giacchetta azzurra di Jobst e il malconcio cappottino rosso di Elke. La bambina, spaventata, distoglie gli occhi dal fascio accecante.

«Che vi prende? Forza, salite» dice Karl col suo solito piglio, seduto al posto di guida.

«Ma da dove salta fuori questa macchina?» domanda Luisa.

Seduta dietro, insieme ai bambini, si tiene forte al sedile anteriore durante l'accidentato tragitto in mezzo alla boscaglia, cercando di strappare informazioni a Karl. Ma non c'è verso, anche perché il motore fa troppo chiasso. Karl si volta di tanto in tanto, e tutto quello che lei vede è il ghigno soddisfatto di chi è appena riuscito in un'impresa quanto mai incerta. Viaggiano per tutta la notte, arrivano nei dintorni di Lubecca verso il mattino e si fermano in un boschetto, dove passano la giornata a riposare.

«Lei pensi ai bambini. Io do un'occhiata qua intorno...»

E se ne va. Vincendo la stanchezza, Luisa si mette a osservare la macchina. È un'auto nera, per quattro persone, col bagagliaio non molto grande. Ed è strano che un privato cittadino ne possieda una, perché i nazisti le hanno requisite tutte per la Wehrmacht...

Quindi dev'essere uno di loro, conclude Luisa. Magari è addirittura una SS. Ma che cosa ci faceva in un campo di sfollati? Forse voleva sparire, mimetizzarsi. I nazisti sono ancora al potere, ma si sa che ormai durerà poco... Mentre dà ai bambini quel che è rimasto del pane e un po' di tè dalla bottiglia che ha portato con sé, non smette di rimuginare su quell'uomo misterioso che pure li ha tratti in salvo. Perché non se ne è andato da solo con la sua macchina? Perché ha voluto portarsi dietro lei e andare proprio verso il Taunus?

Ma dopo un po' la spossatezza ha la meglio sulla diffidenza. È una giornata calda di primavera. Il sole penetra nella boscaglia e surriscalda l'abitacolo. Non era mai salita su un'auto del genere prima d'ora. I sedili sono morbidi e comodi, i comandi luccicanti e solidi. Dopo un po' l'aria si fa torrida, Luisa abbassa il finestrino. I bambini dormono rannicchiati sul sedile posteriore. C'è un moscone, nell'abitacolo, ora fermo immobile sul volante di legno. Lei sta per cedere al sonno, quando sente un rumore di passi in mezzo alla sterpaglia.

«Bella macchina, eh? Una Hanomag Garant. Costruita nel 1936. Prima della guerra. Il motore va che è una meraviglia.»

Karl si tira giù dalla spalla un sacco di juta, apre lo sportello dal lato del guidatore e le rovescia in grembo il contenuto del sacco. Pane, un barattolo di burro, un bel pezzo di prosciutto e una bottiglia con dentro un liquido chiaro. Sarà grappa?

Poi si cava di tasca un coltellino, lo fa scattare, divide il cibo con prodigalità. Il liquido nella bottiglia è succo di mela.

«Dove ha preso questa roba?»

«Trovata.»

Mentre mangia la sua parte, Luisa si dice che forse Karl potrebbe anche parlar chiaro, a questo punto. In fondo ormai sono sulla stessa barca. O piuttosto, sulla stessa macchina.

«Ma lei chi è, realtà?»

Lui non batte ciglio. «Meno cose sa, meglio è, mi creda... E comunque, sono un amico, no? Mi sono preso cura di voi tutti, no?»

Questo non lo si può negare. I bambini ora sono svegli e mangiano avidamente il pane e il prosciutto bevendo il succo. Sono al settimo cielo. Una volta riposte nel bagagliaio le cibarie rimaste, Karl si mette a giocare coi piccoli, mostra loro gli amenti dei salici, scopre un angolo dove crescono ancora anemoni selvatiche e infine fa vedere a Jobst l'interno del vano motore. Nel frattempo, Luisa sonnecchia un po'. È davvero bravo coi bambini. Forse ne ha di suoi? Dev'essere sulla quarantina; non ha rughe, e solo qualche pelo bianco nella barba. Se la sarà lasciata crescere per non farsi riconoscere. È per questo che vuole andare sul Taunus? Perché lì nessuno lo conosce?

Ma certo, pensa. Che stupida che sono. Ha degli scheletri nell'armadio e deve sparire. E siccome io gli ho parlato di questo accogliente paesino alle pendici del Taunus, ha pensato bene di accollarmisi nei panni dell'eroico salvatore per farla franca. Mi sta bene. Ha bisogno di me e dei bambini, come noi abbiamo bisogno di lui.

«Adesso il papà deve dormire un po'» lo sente dire. Dopo un attimo, Karl apre lo sportello del guidatore e si siede accanto a lei. Elke e Jobst si sistemano da bravi sul sedile dietro, bisbigliano e ridacchiano un po', poi trovano la posizione giusta e si addormentano.

«In quattro, cinque notti dovremmo farcela» le dice mentre armeggia col sedile per abbassare lo schienale. «Che ne dice, è soddisfatta delle condizioni di viaggio, gentile signora?»

La guarda in tralice, e Luisa ha l'impressione che voglia essere ringraziato a dovere.

«Davvero sorprendente» risponde. «Molto piacevole.»

Lui ride sotto i baffi e si gratta il mento. Deve dargli fastidio, tutto quel pelo sulla faccia. Si ritrova a chiedersi come sarebbe il suo viso pulito e semplice.

«Dunque, l'accordo è questo» dice Karl, in tono compiaciuto. «Io porto lei e i due marmocchi dai suoi amici e lei mi porta con sé e mi fa assumere come bracciante. Può andare?»

Allora ci aveva visto giusto. Quello che quest'uomo ha fatto – se abbia ucciso, deportato o fatto deportare ebrei o altra gente – Luisa non lo saprà mai. O forse invece non ha fatto nulla e ha paura che gli angloamericani lo condannino a morte in virtù della sua sola appartenenza al partito.

«Va bene. Una mano lava l'altra» risponde.

Lui le sorride e Luisa pensa confusamente che il signor Karl Brenner sa essere attraente, se vuole.

«Lo sapevo che saremmo andati d'accordo. Lei è una donna straordinaria, Luisa, e mi piace. Mi occuperò io di lei e dei suoi trovatelli.»

Luisa si volta imbarazzata, domandandosi se Karl non abbia per caso altre mire. E poi, straordinaria perché? È la stessa parola che ha usato Fritz nella sua lettera, che tiene ancora nell'astuccio di cuoio appeso al collo. In lei non c'è nulla di straordinario. A parte forse una straordinaria ingenuità, quella che l'ha spinta a fuggire dal campo al fianco di quest'uomo misterioso, a credere alle sue vaghe promesse.

Karl dorme seduto con le mani poggiate al volante. Quando qualcosa si muove dentro o fuori dalla macchina, sussulta e si sveglia, si guarda intorno, si accerta che non vi siano minacce e poi si rimette a dormire. Calata la sera riprendono il viaggio per stradine secondarie, diretti a sudovest. Luisa tiene sulle ginocchia una cartina che studia con l'aiuto di una torcia, ogni tanto nomina una località, lui annuisce e continua a guidare. Ha il senso dell'orientamento di un uccello migratore e non sbaglia strada nemmeno una volta. Verso il mattino la benzina sta per finire, e con le ultime gocce rimaste raggiungono una base della Wehrmacht dove c'è una pompa di carburante. Nessuno impedisce a Karl di servirsi e riempire il serbatoio. Non ci sono militari, gli edifici sono vuoti e deserti, si sente solo una porta lasciata aperta che sbatte sospinta dal vento.

«Adesso viene la parte difficile» dice Karl. «Gli Alleati non sono lontani.»

All'alba del terzo giorno, nei dintorni di Kassel, stanno cercando un nascondiglio dove trascorrere le ore diurne, quando di colpo vedono la luce dei fari di un veicolo militare.

«Porca miseria!» Karl frena così bruscamente che i bambini cadono in avanti, dal sedile dove sonnecchiano. La strada è troppo stretta e il veicolo troppo grosso per tentare un sorpasso, così Karl spegne i fari, ingrana la retromarcia e si ritira in fretta con l'intenzione di imboccare un viottolo laterale. Ma la manovra non sfugge ai nuovi arrivati. Si sentono voci concitate, motori che si avviano, e poi una jeep che si ferma proprio accanto a loro. Luisa fa appena in tempo a vedere il brillio del parabrezza, e subito un proiettile oltrepassa il finestrino.

«Giù!»

Karl l'attira a sé, la fa abbassare sui sedili. Poi di colpo la macchina è invasa dalla luce, la jeep si è piazzata davanti a loro, coi fari puntati.

Luisa è lì, immobilizzata, in preda al terrore. Ha in testa un solo pensiero, spera che il proiettile non abbia colpito uno dei bambini.

«Restate sdraiati!» grida loro. «Non alzate la testa. Non alzatela per nessun motivo!»

Con suo grande sollievo, li sente piangere. Bene, sono vivi.

Un secondo dopo si apre lo sportello del passeggero e la bocca di un fucile le arriva a poca distanza dalla faccia. Il fucile è imbracciato da un soldato. Un americano o un inglese?

«*Hands up!*»

Quando si rende conto che a bordo ci sono solo una donna e due bambini, il militare abbassa l'arma.

«*Where is the driver?*»

Il posto accanto a Luisa è vuoto, lo sportello spalancato. La cosa successiva che si sente è una scarica di mitragliatrice.

Heinz

Wiesbaden, agosto 1945

Rifiuti umani. Si trova sopra un camion carico di rifiuti umani. A uno manca un braccio, a uno una gamba, uno è cieco, uno è sordo. E poi ci sono i matti di guerra. Rifiuti umani che non potranno più essere utili a nessuno.

È seduto in fondo al pianale, vicino a un compagno che ha perso un braccio e una gamba, ma che diversamente da lui è ancora giovane e pieno di ottimismo.

«Andrà bene, Heinz, vedrai. L'importante è essere rimasti sani nella zucca. A tutto il resto si rimedia, ma se non ti funziona più la zucca sei fregato...»

Sono sul vano di carico di un camion della Croce Rossa che si dirige verso un ponte provvisorio sopra il Reno per poi proseguire fino a Wiesbaden, dove verranno affidati ai medici del Paulinenstift. Il viaggio è uno strazio, vengono sballottati da tutte le parti e sul pianale aperto il vento non dà tregua. Inoltre non vedono niente perché le pareti del cassone sono alte, ed è vietato alzarsi in piedi. Ma che divertente battuta! pensa Heinz sarcastico. Chi fra questi poveri cristi sarebbe in grado di alzarsi in piedi per ammirare il panorama? Al massimo, forse, quelli che hanno perso il braccio, che però dovrebbero sbrigarsi a tornare giù per non cadere, dato che l'amputazione ha compromesso loro il senso dell'equilibrio. Si rende conto di essere amaro e cinico, e si sforza di pensare ad altro. Per un po' si distrae ascoltando nella mente le note della Nona Sinfonia di Beethoven, che tanto gli è cara, ma poi ecco che gli sfugge un passaggio e di colpo si ritrova nella cruda realtà.

«Ehi, ragazzi! Sento già l'odore del fiume!» dice uno. «Mi sa che siamo vicini al Reno, che di guerre ne ha già viste troppe.»

«Se fossimo vicini al Reno, sentiremmo il profumo del vino, non quello dell'acqua, dico bene?» replica un altro particolarmente su di giri.

Gli uomini ridono. Molti dei suoi compagni sono felici, perché finalmente si torna a casa. Solo pochi, e tra questi Heinz, sono preda di foschi pensieri e restano in silenzio.

Ci possono essere molte spiegazioni al fatto che un telegramma resti senza risposta. Può darsi che non sia stato spedito. Se è stato spedito, potrebbe non essere giunto a destinazione per i motivi più disparati, primo fra tutti il fatto che la Germania sconfitta è stata divisa in zone d'occupazione dalle potenze vincitrici. O magari solo perché l'indirizzo era scritto male. Nel caso invece il telegramma fosse arrivato a destinazione, è sempre possibile che la posta di Wiesbaden non lo abbia recapitato. O che l'abbia recapitato all'indirizzo sbagliato. O che sia andato perso chissà come. È possibile che nessuno fosse in casa quando sono andati a consegnarlo... Ci sono mille motivi per cui un telegramma resta senza risposta. Per semplice casualità. Per un errore. Per una dimenticanza.

Oppure può darsi che l'indirizzo di destinazione non esista più e che le persone che lì abitavano siano morte. Ed è probabile, perché Heinz ha sentito dire che la zona del teatro e del Kurpark ha subito pesanti bombardamenti. Non sarebbe il primo né l'ultimo tra i suoi compagni che, tornato a casa, trova il vuoto ad aspettarlo. Ma l'incertezza lo manda ai matti. Quanto vorrebbe non aver scritto quello stupido telegramma! Cosa ci ha guadagnato, in fin dei conti? Solo un po' di speranza in meno.

«Hanno chiuso tutti i ponti sul fiume» gli dice uno seduto vicino a lui. «Che follia. E durerà finché non avranno ricostruito tutto.»

«Sarà contento chi va in barca» replica un altro.

«Forza, rottame di un camion!» grida forte un'altra voce. «Leni e i miei ragazzi mi stanno aspettando.»

«A me invece mi aspetta la suocera col mattarello! Perché sono un po' in ritardo!» scherza qualcuno.

Heinz sorride. Alcuni degli uomini hanno avuto la fortuna di ricevere una risposta al telegramma inviato. È contento per loro, perché sa cos'hanno passato. Sono uomini giovani, con la vita davanti, che la guerra ha già reso storpi. È felice che abbiano qualcosa finalmente di cui gioire.

Il camion fa una curva rovesciando sul pianale il suo carico umano, poi si arresta di botto e l'autista viene ad aprire il portellone. Due infermiere della Croce Rossa sono già pronte ad aiutarli a scendere. Per quelli che non sono in grado di camminare ci sono le barelle. È stato promesso loro che molto presto avranno delle protesi, nuovi arti meccanici ai quali – devono crederci – si abitueranno tremendamente in fretta... Sì, come no.

Heinz riesce a scendere da solo. Le infermiere lo sostengono solo per qualche secondo, perché trovi l'equilibrio sulla gamba buona e metta in posizione le grucce.

«Va bene, va bene» dice lui strizzando gli occhi per lo sforzo, la testa che gira. «Grazie, signore. Grazie mille. Ce la faccio da me.»

Le infermiere lo guardano scettiche, mentre vacilla pericolosamente sulle grucce, ma hanno altri disgraziati di cui occuparsi.

«Vada di là, verso l'ingresso dell'ospedale... e faccia con calma!» gli dicono allontanandosi.

Heinz compie qualche passo, con cautela. Si è già allenato un po' a camminare con le grucce, ha rafforzato la muscolatura delle braccia. La gamba sana, intorpidita dal lungo viaggio, piano piano si risveglia. Eppure, camminare con tre gambe è dannatamente faticoso. Senza contare che è una calda giornata di agosto, il cielo è nitidissimo e il sole picchia duro. La giacca pesante che gli hanno dato in Francia, qui lo fa sudare.

Invece che verso l'ingresso dell'ospedale è andato nel cortile, oltrepassando il camion della Croce Rossa. Si ferma un attimo, vorrebbe asciugarsi la fronte sudata, ma per farlo dovrebbe almeno mollare una gruccia, e non può. In ospedale, ne è certo, lo attende un letto appena rifatto con lenzuola pulite e un comodino con un vaso da notte di latta nella mensola inferiore. Heinz ne ha abbastanza. E nemmeno lo attira la prospettiva del piatto di zuppa d'orzo con il lardo che è stato promesso loro. Heinz Koch vuole sapere. Un'altra notte a oscillare tra speranza e disperazione non potrebbe sopportarla.

La strada non è poi così lunga. Non più di mezz'ora per un buon camminatore, magari qualcosina in più per uno storpio con tre gambe. Già, qualcosina in più... Potrebbe non farcela, potrebbe svenire. Ma non gli importa. Smette di guardarsi intorno e si allontana dalla rampa d'accesso che porta all'ospedale, poi comincia a far dondolare la sua unica gamba giù per la Schiersteiner Strasse, come uno strano insetto saltellante con una zampa rigida. Dopo un po' sente male alle braccia e deve fare una sosta. Del resto l'aveva avvertito, quell'infermiera – *faccia con calma!* Si riposa qualche minuto, rilassa le braccia, poi riparte con un'andatura più lenta. È pomeriggio. La città, sebbene occupata dagli Alleati, è viva, la gente esce per strada. Ci sono le ragazze con gli abiti leggeri, i bambini che giocano a pallone, due anziane donne sedute su una panchina che lo fissano. Heinz conosce tante persone a Wiesbaden, è sempre stato un uomo socievole e pronto a chiacchierare. Ma non oggi, e forse non più. Oggi lui è un povero storpio. Inoltre vuole vedere il prima possibile, con i suoi occhi, il suo destino. Andare tra le macerie della sua casa, immaginare l'orrore che si è compiuto in sua assenza.

Adesso riesce a camminare meglio. È già in Oranienstrasse, e la trova distrutta. C'è un vecchio che carica calcinacci su una carriola, e in una delle case parzialmente in piedi hanno innalzato pareti provvisorie fatte di legno e di lamiera. Ci sono panni stesi ai fili, sorvegliati con diffidenza dalle donne. I vestiti sono merce preziosa, e si fa presto a farli sparire in un colpo solo. In Adelheidstrasse ci sono file di donne e ragazzini che raccolgono i detriti con i secchi e li riversano sul pianale di un camion. Sulle travi di legno dei tetti crollati sono stati appicciati dei biglietti. Lui si ferma e prova a decifrarli.

ELISABETH SÖHNKE È DALLA NONNA.

KLAUS HINRICHS CERCA LA SUA FAMIGLIA.

MARTHA GÜNTER E I BAMBINI ADESSO ABITANO IN RHEINSTRASSE 29.

PETER LERMANN CERCA KLARA KOOP – PUÒ TROVARMI IN SCHWALBACHER STRASSE 3.

Per un momento culla la speranza di trovare un biglietto di Else, ma con le stampelle non ce la fa a salire sopra il mucchio di macerie, e molti di quei messaggi non riesce a leggerli. Meglio andare avanti, decide. Questa sosta mi costerà solo preziose energie.

In Oranienstrasse gli arriva alle narici uno strano odore. Una puzza terribile. Forse le bombe hanno danneggiato la rete fognaria, pensa Heinz. Oppure... gli tornano alla mente ricordi della Prima guerra mondiale. L'ha già sentita, quella puzza. Rabbrividisce. I morti che è stato impossibile estrarre da sotto le macerie. Non sente più le braccia, gli trema la gamba, ma va avanti imperterrito. Vuole sapere. Vuole stare in piedi davanti alla sua casa. E se il peggio deve essere, che sia.

In Rheinstrasse s'imbatte in un gruppo di soldati americani e anche più avanti, dove inizia Wilhelmstrasse, ci sono pattuglie con le uniformi verdi delle truppe di occupazione. Si rallegra nel vedere una panchina: ha le braccia troppo indolenzite, deve assolutamente fermarsi o finirà per cadere. Sedersi è rischioso, perché non è sicuro di riuscire, poi, ad alzarsi da solo, ma è costretto a farlo. Stende la gamba, poggia le grucce alla panchina. Guarda come sei ridotto, pensa. Hai solo cinquant'anni, non ottanta. Sempre seduto in poltrona, al Café Engel, a mangiare e bere. Ti sei rammollito, non hai energia, non hai resistenza. Una passeggiatina, ed ecco che non ti reggi più in piedi.

Ma in realtà è la paura a levargli le forze. Da dov'è adesso vede già un angolo di Wilhelmstrasse. Le case sembrano intatte. Sono edifici a tre o più piani in stile guglielmino, un barocco molto ornato da sito termale, con ringhiere in ferro battuto e sculture a reggere le finestre. Alcuni negozi sono aperti, clienti con borse e cesti entrano ed escono; di fronte a una drogheria si è formato un piccolo assembramento. Un angolo perfettamente conservato, gli abitanti possono considerarsi fortunati. Heinz pensa con dolore a quant'erano contenti lui e Else dell'invidiabile posizione del loro caffè. Nel bel quartiere centrale dove sorgono il teatro e il colonnato, dove si entra nel Kurpark. I barbari hanno bombardato proprio il quartiere delle terme, il cuore stesso di Wiesbaden, per impedirne più a lungo la rinascita.

«Ce l'hai un soldo per noi, nonno?»

Heinz si riscuote dai suoi pensieri e si accorge di essere circondato da un gruppetto di bambini. Sono sporchi, si vede che passano le giornate a rovistare fra i detriti. C'è una bambina con un brutto taglio sulla guancia destra, i maschietti portano tutti le brache corte e hanno le ginocchia ossute e piene di croste.

«Un soldo? Non so...»

Si perlustra le tasche ma trova solo un fazzoletto sporco, un rasoio ripiegato, due bottoni e una zolletta di zucchero di barbabietola che gli hanno dato all'ospedale di Friburgo.

«Soldi non ne ho, ma...»

Sbriciola la zolletta in pezzi più piccoli e la offre ai ragazzini. Tutti accorrono tranne la bambina, che resta indietro.

«È gomma da masticare?» domanda diffidente.

«No. È zucchero. Sembra una caramella.»

«Oh» replica lei delusa, ma poi si avvicina e prende le briciole rimaste.

«È buono?» domanda Heinz.

I bambini annuiscono. Senza particolare entusiasmo, perché non è stato un bottino molto ricco.

«Ce ne dai ancora?»

Heinz scuote la testa. Gli dispiace non poter dare di più a queste creature pallide e smagrite.

«Gli americani ci danno sempre la gomma da masticare!» dice uno. «Le puoi allungare e poi te le rificchi in bocca. Io la metto sul comodino, e poi ricomincio a masticarla il giorno dopo.»

«Davvero?»

«Sa di menta. E hanno anche cioccolata e biscotti. Sono proprio buoni, gli americani...»

Per Heinz è un sollievo sentire i discorsi fiduciosi di questi bambini, leniscono un poco la paura. Ognuno ha qualcosa da dire.

«Mia madre mi manda ogni giorno giù alla caserma, dove mi danno sempre una pentola di minestra.»

«Io invece vado sempre sul retro, dove ci sono i bidoni della spazzatura. Lì trovi pane, formaggio e anche barattoli con degli avanzi. Certe volte ci cacciano via, ma di solito no.»

Vanno a rovistare nella spazzatura delle truppe occupanti in cerca di cibo, pensa Heinz. È terribile. A questo siamo ridotti, a grattare il fondo delle scatolette buttate via dagli americani. Noi vecchi ce la siamo cercata. Ma i bambini! Che hanno fatto di male loro? Nulla. Sono innocenti, e pagano il prezzo salatissimo dei nostri errori.

«Hai una gamba sola?» domanda la bambina.

«Sì» risponde lui. «L'altra è rimasta in Francia.»

«Mio zio non ce le ha più tutt'e due» dice un ragazzino.

«Il mio invece ci ha rimesso un braccio» aggiunge un altro.

«E che sarà mai, un braccio!» esclama la ragazzina sprezzante. «Mio cugino c'è rimasto secco.»

«Potete farmi un favore?» domanda Heinz interrompendo quella lugubre competizione.

«Che favore?»

«Mi aiutate ad alzarmi? Non ce la faccio da solo. Voi siete forti, vero?»

I maschietti annuiscono convinti e anche la bambina non si fa pregare.

Heinz affida le stampelle e uno dei piccoli, poi allunga le braccia e si lascia sostenere mentre poggia a terra la gamba buona e si prepara a usare i muscoli. Dopo pochi secondi il peso è sulla gamba. Gli sembra di cadere, tanto trema per lo sforzo, così si affretta a prendere le grucce per sorreggersi.

«Vedi di non cadere!» gli dice la bambina. «Sennò poi come fai a rimetterti in piedi?»

«Ne ha uno solo, di piede» la corregge uno dei suoi amici.

«Grazie del consiglio» è la replica di Heinz. «Adesso devo proprio andare.»

Gli vanno dietro per un tratto, poi la ragazzina si porta le dita alla bocca e fischia, e sciamano tutti via verso lo Stadtmuseum. Heinz si avvia saltellando verso Wilhelmstrasse, più sconfortato che mai. I bambini dicono sempre la verità. Gli hanno detto chiaro e tondo, senza inutili fronzoli, come stanno le cose per lui. È un povero mutilato, a cui serve aiuto anche per alzarsi da una panchina e che si scoraggia di fronte a una camminata di mezzo chilometro. Col morale a terra prosegue, e già vede i cumuli di macerie in fondo alla strada. Sono ben visibili perché Wilhelmstrasse è un viale dritto come un fuso. Solo i platani, particolarmente rigogliosi in questa stagione, celano in parte la vista. Si costringe a non guardare a sinistra, il lato della strada dove c'è il Café Engel. Vede anche il teatro, seriamente danneggiato, il colonnato interrotto qua e là dai vuoti aperti dalle bombe. Un paio di passi ancora. Alzerà gli occhi solo una volta arrivato. Quando non ci sarà più spazio per congetture o speranze, quando la verità sarà tutta, intera e inequivocabile, davanti a lui.

Ansima, il sudore gli cola giù dalla fronte. È il momento. Si ferma, con le stampelle saldamente piantate a terra. Guarda a sinistra, soldato, forza! E bada al tuo cuore, attento che non faccia scherzi.

L'immagine vibra, trema, quasi scompare. Heinz strizza gli

occhi e li riapre. Quello che vede gli sembra incomprensibile. Folle. Ci sono due tavoli sul marciapiede, e ai tavoli siedono dei clienti a chiacchierare e a bere caffè. Gli ombrelloni sono aperti. Li conosce bene quegli ombrelloni, li ha comprati lui. Ora si arrischia ad alzare lo sguardo un po' più in alto. Ecco casa sua. Ecco il Café Engel.

Integro.

Gli edifici a destra sono ridotti a un mucchio di rovine, quelli a sinistra invece, dove abitano i Drews e i Brand, sono in buono stato. Adesso sì che corre il serio rischio di stramazzare al suolo: le lacrime gli scendono copiose sulle guance e senza accorgersene nemmeno ha cominciato a singhiozzare.

Rimettiti in sesto, gli dice una voce severa dentro la sua testa. La casa è in piedi, va bene, ma non è detto che non sia successo qualcosa a Else e a Hilde.

Ma non ci crede davvero. Ci sono i clienti del caffè, proprio come un tempo. La porta girevole, che ha pagato un occhio della testa e che tutti gli invidiavano, è ancora al suo posto. Deve fare diversi profondi respiri prima di muovere il passo successivo e portare le sue tre gambe sull'altro lato della strada. Di colpo camminare non gli pesa, il dolore è sparito, è la gioia a sostenerlo. La gioia e la speranza.

Riconosce Hans Reblinger e il maestro concertatore Gimpel che chiacchierano tranquilli sotto l'ombrellone. Man mano che si avvicina sente suonare un pianoforte. Che sia tornato nel frattempo Hubsi Lindner? No, non può essere. Si tratta di quella moderna musica da ballo che non gli è mai piaciuta. *Swing*, la chiamano. Hubsi non suona roba del genere, perciò al piano dev'esserci la Künzel. Lei non ha pregiudizi, ha sempre suonato quello che le chiedevano. Ma cosa fanno, lì dentro? Ballano? A quest'ora del pomeriggio?

Ah, la porta girevole! Ne era tanto orgoglioso e adesso è per lui un ostacolo insormontabile. Come farà a passare con le stampelle in mano? Lancia un'occhiata a Reblinger e Gimpel che, presi dai loro discorsi, non fanno caso a lui.

Non mi hanno riconosciuto, pensa in preda allo sgomento. Non c'è da stupirsi, devo essere cambiato molto.

«Vuole entrare?» gli si rivolge Reblinger. «Non sarà facile con le stampelle. Io credo che dovrà fare il giro oppure sedersi qui fuori.»

È in quell'istante che la porta si mette in movimento, e i pannelli di vetro ruotando riflettono la luce del sole in un vivace scintillio; poi appare una ragazza con un vestito nero e un grembiule bianco. Regge con destrezza un pesante vassoio, mentre con l'altra mano apre la porta, ed ecco che è fuori. Si ferma, lo guarda. Passano un paio di secondi e si sente un gran fracasso. Hilde ha lasciato cadere il vassoio con tre tazze di caffè di cicoria e due porzioni di torta.

«Papà...» mormora.

«Hildchen... mia piccola Hilde...»

E poi lei grida forte: «Papà!». Poi fa per buttarglisi al collo, calpestando i cocci senza nemmeno vederli, ma si arresta di colpo davanti alle stampelle. D'un tratto è spaventata.

«Hai...»

«Una gamba è andata. Dal ginocchio in giù. Ma il resto è a posto.»

Allora lei gli si avvicina e piano, con delicatezza, lo abbraccia. Lo bacia su entrambe le guance e singhiozza tanto da commuovere una pietra.

«Ma no... Heinz Koch! Ma sono diventato cieco? Come ho fatto a non riconoscerlo?»

«Nemmeno io l'ho riconosciuto» ammette Gimpel. «I miei occhi non ci vedono più come una volta. Bentornato a casa, Heinz!»

Sulla strada la gente si ferma per assistere alla scena con un sorriso commosso. Reblinger e Gimpel lo afferrano da sotto le braccia e si stringono con lui nella porta girevole. Hilde resta un attimo fuori, si asciuga gli occhi e poi raccoglie le grucce che Heinz ha lasciato cadere.

Nella sala interna tavoli e sedie sono stati addossati ai muri per dar vita a un'improvvisata pista da ballo, in mezzo alla quale ora sostano immobili due coppie avvinte, che si sono fermate quando la Künzel, sentendo l'urlo di Hilde, ha smesso di suonare. Heinz nota con stupore che i due cavalieri indossano le uniformi dell'esercito americano. Solo allora vede Else, in piedi sull'uscio della cucina. Non dice nulla, lo fissa soltanto con gli occhi spalancati e la bocca tremante.

«Ho bisogno di mettermi seduto.»

Prova una gran pena per se stesso. Non può nemmeno correre ad abbracciare sua moglie.

«Mamma, ha perso una gamba» sente dire a sua figlia. «Ma solamente dal ginocchio in giù. Non è poi così grave. Ci sono le protesi...»

Ma a Else non importa proprio niente della gamba. Marito e moglie hanno gli sguardi allacciati, mentre lei gli si avvicina lentamente. Si china su di lui e lo abbraccia. Heinz non capisce se sta piangendo, perché lei gli ha affondato la faccia nel collo, lasciandolo solo a guardare i suoi riccioli corti, biondi, striati di grigio. Ma sente anche il profumo della sua pelle e l'odore di pulito e di torte appena sfornate che hanno sempre i suoi vestiti. L'odore di Else.

«Lo sapevo» gli dice in un sussurro. «L'ho sempre saputo che saresti tornato.»

«Vi ho perfino inviato un telegramma!»

«Che telegramma?»

Non lo hanno ricevuto. Chissà che ne è stato. Ormai non ha importanza. Else non esita a baciarlo sulla bocca, e non smette più. Lui la stringe a sé, ricambia il bacio. La voglia di lei lo travolge subito: gli mancherà una gamba, ma per il resto è ancora un uomo in salute. Nonostante i cinquant'anni.

«Sarà meglio lasciare i due sposini soli soletti...» scherza la Künzel. «Che indecenza!»

Else si divincola, gli passa le dita tra i capelli. «Ci può scommettere!» le risponde. «Anzi, perché non continua a suonare? I ragazzi qui vogliono ballare. E date una mano a Heinz, per favore. Andiamo nella saletta accanto. Hai mangiato, Heinz? Ti preparo un piatto di patate e lardo?»

Lui dice che prima di tutto gli serve un bagno. Rifiuta il braccio di Reblinger, che si è subito offerto di aiutarlo. «Ce la faccio da solo.»

Il bagno riservato ai clienti è minuscolo, ma la cosa rappresenta al momento un vantaggio, perché gli dà la possibilità di appoggiarsi alle pareti. Ricorda a se stesso di poggiare le grucce al muro facendo attenzione che non cadano, perché altrimenti sarebbero guai. L'operazione riesce benissimo. Ha perso una gamba ma il cervello funziona ancora. La cosa importante è questa. *Sei fregato se non ti funziona più la zucca*, aveva detto quel ragazzo sul camion dei reduci. Heinz sorride tra sé, augurandogli mentalmente buona fortuna.

Quando saltellando sulle grucce arriva nella saletta, trova ad attenderlo Julia Wemhöner e Addi; c'è anche Gisela, l'amica di Hilde, con quel trambusto non l'aveva vista. Tutti lo abbracciano, Julia lo bacia sulla guancia e singhiozzando lo ringrazia per averle salvato la vita, gli dice che ha sempre pregato per lui. Addi è piuttosto pallido e più magro di come lo ricordava. Gli spiegano che si è appena rimesso da una polmonite.

«Ma adesso si va avanti, Heinz» dice Addi stringendogli a lungo la mano. «Adesso che sei tornato... diavolo, è proprio come ai bei vecchi tempi!»

Poi arriva Else con un buon piatto di patate e lardo: Heinz si sente un po' a disagio a mangiare da solo, ma gli altri lo rassicurano, hanno già pranzato, e lui ha diritto a un buon pasto nutriente. Anche Hans Reblinger e Alois Gimpel si sono uniti alla tavolata, solo Hilde entra ed esce di continuo, per star dietro ai clienti. Quanto alla Künzel, lei è rimasta nella sala grande a suonare quella musicaccia che ti si pianta a fondo nelle orecchie.

Heinz si siede accanto a sua moglie e le prende la mano. Intanto sente la stanchezza montare. Per festeggiare, Else ha aperto una bottiglia di acquavite di frutta, Julia ha messo in tavola i bicchieri. Al primo sorso, gli viene un accesso di tosse. È forte, questa roba! Sente il profumo delle prugne. Forse anche delle pere. Dev'essere alcol ad altissima gradazione. Si lascia riempire il bicchiere due volte e butta giù in pochi sorsi il liquido trasparente. La stanchezza monta sempre più in fretta. Ha brevemente spiegato cos'è successo alla sua gamba e adesso sta ascoltando, tenta di concentrarsi e capire quel che gli dicono, ma è confuso: qualcosa che ha a che fare con gli Storbeck e l'appartamento di August, e poi Julia che cuce la pelliccia della signora Knauss; inoltre Addi è furioso per via di una certa Marianne e a completare il quadro un cane, un bastardino, s'infila sotto il tavolo e si vede servire un piatto di patate.

«Ma è nostro?» domanda a Else.

«È mio» risponde Addi.

«Nostro» lo corregge Julia.

Ma Heinz è troppo stanco per trarre le logiche conclusioni. Agogna il letto, ha bisogno di una lunga dormita, altrimenti finirà per cadere dalla sedia.

«Ti aiutiamo a salire al piano di sopra» si offre subito Addi.

«Lascia stare. Faccio da solo.»

Poi si siede sul primo gradino e comincia a salire così, aiutandosi con le braccia e con la gamba buona. Non dev'essere una bella scena, ma a Heinz non importa. Arrivato di sopra, Else lo aiuta a rialzarsi, gli dà le grucce, lo fa entrare nell'appartamento.

E finalmente sono soli, loro due e basta. Dopo tanti mesi di incertezze, speranze e spossante nostalgia. Sono di nuovo insieme.

Else lo accompagna a letto, lo aiuta a togliersi quei vestiti che non gli ha mai visto, poi porta in camera una bacinella di acqua calda e lo lava piano con una spugna leggermente insaponata. Lo asciuga con cura. Lo bacia. Prende un pigiama dall'armadio, e alle narici di Heinz arriva un buon odore di bergamotto.

«Resta qui» le dice, e lei si corica accanto a lui, si stringe a lui. Pelle contro pelle. Bocca contro bocca. Adesso il mondo può anche andare in malora. La terra può anche smettere di girare. Gli va bene tutto, se può stare insieme a lei. Se può sentirla vicina, dopo tanto tempo. Heinz è a casa. Casa è dove ti aspetta il tuo amore. Casa è Else.

Jean-Jacques

Villeneuve, agosto 1945

Il mattino è il momento più brutto. Perché quando la prima luce trapela dalle finestre e il sonno si fa leggero, il diavolo gli mette nella testa in forma di sogno immagini dolcissime. E allora vede lei, nient'altro che lei negli atteggiamenti più seducenti, il più delle volte nuda, come nella realtà l'ha vista una volta soltanto. E sente anche la sua voce, quel suo tono energico che lo eccitava, gli faceva venir voglia di dimostrarle che lui non era un uomo che prendeva ordini. Quanto gli piaceva quella voce, che non aveva niente di femmineo, di fanciullesco. Una voce profonda, perfino stentorea quando si arrabbiava. Ma capace di diventare morbida, vellutata e roca, quando gli sussurrava all'orecchio cose incomprensibili e molto eccitanti.

Le è entrata dentro, non può scrollarsela di dosso. La sente sulla pelle, sotto le dita, nella testa. Soprattutto nella testa. La lettera indirizzata a lei che ha affidato a un commilitone di Nîmes non lo ha aiutato a liberarsi di quel pensiero. Averla lasciata per lettera non lo ha aiutato, né l'aver giurato a se stesso che l'avrebbe dimenticata. Niente lo ha aiutato. E la nostalgia è più forte ogni giorno che passa.

Le prime notti nel letto con Margot sono state piene di silenzi e sensi di colpa. Sapeva bene che lei lo aspettava, ma Jean-Jacques non ce la faceva proprio a toccarla, a compiere il suo dovere coniugale. I primi giorni le ha raccontato di essersi preso qualcosa di poco piacevole al campo di prigionia, che era un posto sudicio coi materassi pieni di pulci. È andato due volte a Nîmes simulando una visita col dottore, mentre invece ha solo gironzolato intorno all'ufficio postale rimuginando sulla possibilità di scrivere una lettera a Hilde. Una lettera d'amore. In quel periodo aveva ancora la testa piena di sciocchezze, pensava di farla venire in Francia e sposarla. Hilde se la caverebbe benissimo come vinaia, è accorta e ha il senso degli affari. Inoltre sa come si gestisce un'attività familiare. Solo dopo si è reso conto che i suoi non avrebbero mai accettato una nuora tedesca. Tre suoi cugini sono morti in guerra, e non sono cose che si dimenticano in pochi giorni.

Perciò no, non ha scritto una lettera d'amore, ma una lettera d'addio. L'ha scritta proprio quando la situazione in casa sua è precipitata e suo padre lo ha chiamato a rapporto. Margot aveva pazientato per un mese prima di cominciare a fare domande: voleva sapere cos'era che farfugliava nel sonno, sembrava una parola tedesca. *Ild... Ild...* una cosa del genere.

Jean-Jacques si è spaventato, perché non si era mai reso conto di parlare nel sonno. Le ha gridato in faccia di farsi gli affari suoi. Lei per tutta riposta gli ha dato del bugiardo e del vigliacco: lo sapeva benissimo, ha detto, che non aveva infezioni, che era sano, era rimasta a osservarlo a lungo mentre dormiva. E si era accorta che lui si toccava da solo, mentre lei si struggeva nell'attesa. Tutte queste accuse, purtroppo fondate, lo hanno mandato fuori dai gangheri e allora Jean-Jacques le ha detto a chiare lettere che non ne può più di lei, che il solo vederla gli dà il voltastomaco e che è così da sempre: che l'ha sposata solo per i terreni che portava in dote.

A questo punto urlavano come ossessi. Pierrot e i suoi genitori hanno sentito tutto. Margot ha riempito due valigie, decisa ad andare via, ma il padre di Jean-Jacques gliel'ha impedito.

«Aspetta. Ci parlo io» le ha detto.

Jean-Jacques era frastornato, non riusciva a credere di averle gettato addosso quelle parole così crudeli, piene di odio. Scendendo le scale ha visto Margot di spalle, in lacrime, china sul bancone della cucina. Sua madre, accanto a lei, la cingeva con un braccio e la consolava. Quando si è girata, gli ha rivolto uno sguardo pieno di biasimo.

E poi suo padre lo ha preso per un braccio e lo ha portato nel fienile perché nessuno sentisse quel che doveva dire al suo primogenito. Non è un uomo portato per i discorsi, suo padre, e infatti questo è durato solo pochi minuti.

«Che è successo?»

Jean-Jacques ha mentito, perché la verità non sarebbe stata utile a nessuno. Lui vuole le vigne, vuole i terreni. È questo il suo posto. Con Hilde non avrebbe nessuna possibilità. Meno che mai agli occhi di suo padre, occhi che ora lo fissavano freddi, sospettosi.

«Non voglio andare a letto con lei, e lei non lo sopporta.»

«E perché non vuoi?»

E allora Jean-Jacques ha rifilato a suo padre una storia vaga, a proposito delle atrocità che aveva visto in guerra: gli serve tempo per dimenticare, ha detto. Margot invece è impaziente, e perciò hanno litigato. Lui le ha detto delle cose imperdonabili, e gli dispiace.

«Questo è tutto?»

«Sì, padre.»

«E quanto tempo ti serve ancora?»

Jean-Jacques ha deglutito. Che razza di domanda. Ma suo padre è così, un uomo pratico che pianifica, calcola, tutti i giorni esamina i vitigni per stabilire la data migliore per la vendemmia.

«Un mese, forse due. Almeno spero...»

Gli occhi di suo padre lo hanno fissato penetranti, diffidenti, insoddisfatti. È stato un gran brutto momento.

«Margot è una buona moglie, Jean-Jacques. Dovete avere dei figli.»

«Li avremo, padre.»

Era pieno di rimorso e vergogna, ma non tanto da essere pronto a chiedere perdono a Margot. Però quella sera stessa ha scritto una lettera di commiato a Hilde, e il destino ha voluto che solo due giorni dopo il suo amico Justin passasse per il paese. Justin partiva volontario con le truppe di occupazione, diretto a Magonza. Aveva anche cercato di convincere Pierrot a fare altrettanto, ma lui non voleva nemmeno sentir parlare dell'esercito. Jean-Jacques ha sellato il cavallo e l'ha riaccompagnato a casa, dato che il suo amico aveva fin troppo apprezzato il vino di famiglia servito a tavola. Poi nel salutarlo gli ha messo in mano la lettera, pregandolo di farla arrivare in qualche maniera a Wiesbaden.

«Oh, andiamo!» ha riso Justin. «Una tedeschina, eh? Vergognati, Jean-Jacques. Andare a letto con una puttanella tedesca va bene, ma una lettera, addirittura!»

«Sei mio amico oppure no?»

E Justin gli ha promesso di comportarsi da amico. Due settimane dopo, Jean-Jacques ha ricevuto una bella cartolina colorata da Magonza, in cui Justin gli mandava cari saluti e aggiungeva: *lettera spedita*.

Ora Margot si è calmata, i genitori di Jean-Jacques sembrano contenti. Suo padre ha parlato con lei, l'ha convinta a essere più comprensiva, a concedergli tempo. La tregua va avanti ormai da un pezzo, senza che Jean-Jacques si sia mai deciso a toccarla. Eppure Margot non gli forza la mano, è gentile con lui e la sera si infilano a letto uno accanto all'altra, parlano di quello che hanno fatto durante il giorno, poi si girano ognuno dalla propria parte e si augurano la buonanotte.

Per scrollarsi di dosso i conturbanti sogni mattutini, Jean-Jacques si alza prima del canto del gallo e va fuori in cortile, a lavarsi alla fontana. L'acqua fredda disperde le fantasie amorose, poi si asciuga vigorosamente e si rade con cura. Poco dopo la famiglia si riunisce al tavolo della colazione, si beve caffè, si mangia qualcosa e il padre pianifica la giornata. Il più delle volte gli uomini vanno nei campi o in vigna, le donne restano a casa e si occupano dell'orto, mungono le capre, preparano il formaggio. Pierrot è stato male per un po', il solito fastidio alla gamba, ma ora va meglio. Jean-Jacques si è domandato più di una volta che ne sarà di suo fratello, dato che non dà segni di voler mettere in piedi un'attività sua.

«Sei un bel ragazzo e il mestiere del vignaiolo lo conosci» gli ha detto un giorno. «Perché non ti cerchi una moglie? Una con dei terreni. Così avresti della terra tua.»

«Come tu ti sei trovato Margot, no?» gli ha risposto Pierrot in tono sprezzante. «L'hai sposata solo per quello che portava e gliel'hai pure detto senza tanti complimenti. Ma io non sono come te. Se io mi sposo, mi sposo per amore.»

È stato come uno schiaffo in pieno volto. Suo fratello ha ragione. Ma lui naturalmente non può ammetterlo, e allora si arrabbia a morte con questo signorino so-tutto-io, che gli ha spiattellato in faccia la verità.

«Sei sempre stato un sognatore, Pierrot.»

«E tu un cocco di papà.»

Con lui non si può parlare. Non si poteva prima e non si può adesso. I due fratelli non si sono mai potuti soffrire, perché Pierrot è sempre stato invidioso. Da bambini si azzuffavano di continuo e la madre li sgridava e li puniva spesso. Ma aveva sempre preferito Pierrot, senza fare nulla per nasconderlo. Forse è proprio per questo che non riesce ad andarsene, pensa Jean-Jacques. Resta attaccato alla terra che un giorno passerà a lui, e ha l'aria di voler continuare a farlo fino alla morte. Certo, Pierrot è un gran lavoratore e nonostante la gamba malandata è forte e capace. Ma è facile prevedere che tra loro ci saranno sempre contrasti e questo non fa bene a un'attività familiare.

Oggi è domenica e non si fa colazione, si mangerà qualcosa solo più tardi, di ritorno dalla messa a Villeneuve. Lui e suo padre preparano i cavalli e il carro, la madre aspetta vicino alla porta nel suo vestito della festa, con Pierrot accanto. Con quella pelle ambrata e i baffetti che si è lasciato crescere suo fratello ha proprio un'aria da guascone. Margot è l'ultima a salire in vettura. È molto pallida e silenziosa, come spesso le capita, ultimamente. Jean-Jacques siede a cassetta. Sente sua madre e suo fratello parlottare piano tra loro.

«Ma è proprio vero, Pierrot?»

«Ma sì, mamma. Se ti dico...»

«Sia ringraziata la Vergine Maria.»

«Sì, bisognerà accenderle un cero.»

La giornata si preannuncia calda, lo si capisce dalla polvere ancora posata sui campi e che pian piano si sta alzando. Il cielo è azzurro e limpidissimo, il sole è ancora gentile e fa brillare i prati. Quando più tardi rifaranno lo stesso tragitto per tornare, quel sole splenderà impietoso sulla campagna e sulla strada, e la polvere avvolgerà come un sudario i cavalli, il carro e tutti loro. Nel pomeriggio le donne avranno da fare in casa e lui e suo padre faranno un giro per i campi. Nessuno lavora di domenica, ma durante la vendemmia può capitare che un giorno di festa si trasformi in una giornata in vigna. Non è certo un peccato mortale, e non c'è prete che su questo non si direbbe d'accordo.

In chiesa la sua famiglia ha i posti assegnati da diverse generazioni. I Perrier siedono in terza fila, coi membri anziani verso l'esterno della navata, i più giovani in mezzo. Mentre attendono in silenzio l'inizio della funzione, sua madre gli sorride. La cosa lo sorprende al punto che nemmeno ricambia. Resta serio e interdetto. Però è contento e leggermente imbarazzato. Tutto si è risolto per il meglio, pensa: Margot è buona e paziente, suo padre è soddisfatto, perfino sua madre lo tratta in modo diverso. E il merito è tutto della buona grazia di sua moglie, dato che lui, ancora adesso, non la sfiora nemmeno con un dito.

Ora è giunto il tempo di fare le cose per bene, pensa. Ho scelto le terre, devo togliermi dalla testa Hilde. Margot non merita di essere trascurata. E poi ne va della discendenza: bisogna che si mettano a fare bambini. Si ripropone, quella sera stessa, di fare l'amore con sua moglie. Non sarà divertente, ma potrà sempre chiudere gli occhi, mentre la prende. Non si azzarderà a pensare a Hilde, no, sarebbe un peccato, un tradimento, un'offesa alla dignità sua e di Margot. È così convinto che, durante la preghiera conclusiva, si rivolge mentalmente alla statua della Vergine e la prega di aiutarlo a imboccare la retta via. Esce dalla chiesa a fianco della moglie, scambia qualche chiacchiera con gli amici, e poi, al momento di salire sul carro, tende la mano per aiutarla. Lei si mostra stupita di queste insolite premure. La mattina presto è più esangue del solito, il naso affilato sporge con prepotenza dal viso smunto, le mani sono umide, sudate.

Gli fa pena, brutta com'è. Ma è pur sempre mia moglie, pensa Jean-Jacques, e voglio che metta al mondo i miei figli. Un matrimonio deve saper affrontare le difficoltà, l'importante è resistere insieme. Cede le redini al fratello e prova a parlare un po' con lei. Lei gli risponde a monosillabi, e comunque il dialogo è reso difficile dagli scossoni del carro.

Arrivati a casa, lui e Pierrot staccano la cavalla e la lasciano libera nel paddock. Poi entrano in casa a cambiarsi perché i vestiti della domenica vanno preservati. Ma in casa, stranamente, Jean-Jacques trova suo padre con ancora addosso il vestito buono: ha aperto una bottiglia del loro vino migliore e lo sta versando con allegria.

«L'occasione lo richiede!» esclama porgendogli un bicchiere colmo. «Al futuro della famiglia Perrier!»

La faccia di suo padre irradia soddisfazione mentre porge un bicchiere anche a Margot, a Pierrot, a sua madre.

«Ma che succede?» domanda Jean-Jacques stupito. «Mi sono perso qualcosa?»

A rispondergli è uno scoppio di ilarità. Ridono tutti, a parte Margot, che invece lo fissa in modo strano, come intimorita.

«Non te l'ha ancora detto?» gli domanda sua madre.

Jean-Jacques scuote il capo. Si sente un idiota.

«Tua moglie aspetta un bambino!»

E ricominciano a ridere. Sua madre lo abbraccia, poi attira a sé Margot e le due si mettono a chiacchierare fitto, come fanno le donne in questi casi. Jean-Jacques è frastornato, ma adesso gli tocca incrociare i bicchieri con suo padre, brindare al futuro. Anche Pierrot avvicina il bicchiere e si congratula.

«Bevi, fratellino» gli dice. «Sei bianco come un lenzuolo. Con una notizia del genere, uno può restarci secco!»

C'è una nota di trionfo nell'allegria di suo fratello? Si sta prendendo gioco di un uomo che ha appena scoperto di avere due belle corna in testa? Ma certo, Pierrot lo sa benissimo che quel figlio non è suo. Adesso il cervello di Jean-Jacques ha ricominciato a funzionare, il gioco gli è finalmente chiaro. Ecco perché Margot era così tranquilla. Aveva il suo amante a portata di mano, giusto qualche porta più in là. Chissà quante volte, mentre lui dormiva, è sgattaiolata fuori per infilarsi sotto le lenzuola di un altro... E anche quando Pierrot era malato, e lei gli portava da mangiare, anche lì deve avere sfruttato l'occasione per starsene da sola con lui. E non è escluso che lo facciano anche da prima, quando lui era in Germania, a fare la guerra. La dolce, paziente Margot si è sistemata proprio bene, non c'è che dire. Uno dei due se l'è sposato, l'altro l'ha preso come amante. Ma davvero lui si merita tutto questo? Di essere tradito con tutta questa crudeltà?

La risposta è sì. Se l'è cercata. Non gli piace riconoscerlo, ma ha avuto esattamente quel che meritava.

Che deve fare, adesso? Mettersi a urlare? Oh, quanto gli piacerebbe... Sarebbe un'idea così assurda? Potrebbe pretendere il divorzio, cacciare la fedifraga e quell'infame di suo fratello e godersi le terre. È fuori di sé, gli passano per la testa i pensieri più assurdi. Dovrebbe mandare all'aria tutto e partire per Wiesbaden. Ricominciare una nuova vita con Hilde. Vivere finalmente nell'onestà e nella trasparenza, sposato alla donna che ama. I terreni e le vigne non valgono un'esistenza all'insegna della menzogna e dell'umiliazione. I possedimenti non gli servono, quello che gli serve è il suo grande amore. Lei gli darà la forza di affrontare ogni traversia...

Sì, pensa Jean-Jacques, deve scrollarsi di dosso il giogo. Deve dire a tutti la verità, essere un uomo libero.

Ma lui è un vigliacco. Eccolo che brinda con la sua famiglia e tracanna il vino, sorride come uno scemo con l'espressione di chi piano piano digerisce la notizia. Poi sale in camera a cambiarsi, infila i calzoni da lavoro e una camicia di cotone grezzo, si siede sul bordo del letto.

Non posso farlo, pensa. Ormai ci sono dentro fino al collo, non posso uscirne. Se anche dicessi loro che il bambino non è mio, non lo considererebbero un motivo valido per chiedere il divorzio. Qui in campagna queste cose si risolvono in famiglia, si ingoia in silenzio il boccone amaro e si tirano su i bambini. Ha il nostro sangue nelle vene, direbbero, è della famiglia. Se non avessi trascurato a tal punto Margot, lei non sarebbe giunta a tanto. *E poi potrete avere figli vostri quanti ne volete, basta che ti decidi...*

No, Jean-Jacques non è capace di sfilare la testa dal cappio. Se se ne va, la terra andrà a suo fratello. Quel fratello che ha messo incinta sua moglie a tradimento. Si sposeranno e avranno altri figli e lui, Jean-Jacques, il primogenito, resterà con un palmo di naso. A Wiesbaden dovrà andarci da nullatenente, e non è affatto detto che lì troverà quello che si aspetta. Anzi. Non ha forse scritto a Hilde una lettera d'addio in cui le dice che tra loro è tutto finito? Perché dovrebbe aprirgli la porta? A lui, un uomo che le ha fatto delle promesse e poi le ha dato il benservito con una letterina... No, non sarebbe da lei. Ora magari lei sta già con qualcun altro. È così bella, Hilde. È stato lui a sciogliere il loro legame, e lei ha tutto il diritto di fare quel che vuole. Immagina di tornare a Wiesbaden senza il becco di un quattrino, e fermarsi davanti al Café Engel. Oltre la vetrina vede una giovane coppia che si abbraccia con tenerezza. Riconosce i capelli biondi e lucenti di Hilde, sono come un raggio di sole, un lampo, nei suoi occhi feriti.

No, non vuole per sé un ruolo così meschino, il povero scemo che arriva tardi e trova la sua promessa sposa tra le braccia di un altro.

Può girare e rigirare la questione, ma l'unica cosa saggia

da fare è lasciare che le cose seguano il loro corso. Il piccolo bastardo verrà al mondo, lui lo crescerà e sarà il padrone della fattoria. Sì, è l'unica soluzione. Bisogna pensare alla pace della famiglia, non compiere gesti avventati. Ufficialmente, per tutti, lui è il padre di questo bambino, e farà vedere a Pierrot chi è che comanda.

Quanto si disprezza. Non è così che aveva immaginato la sua vita, un groviglio di bugie e intrighi. Ha perso Hilde e ha perso anche Margot. Gli restano le terre ed è a quelle che si aggrappa.

Hilde

Wiesbaden, settembre 1945

È tutto molto diverso, ora. Hilde non sa se rallegrarsene o dolersene. Certo, il tempo passa, lei è cresciuta, ha fatto nuove esperienze; è normale che non sia più la bimba vezzeggiata dal suo papà. Eppure ha la spiacevole sensazione di essere stata risucchiata proprio in questo ruolo.

«Io vado, mamma. Servono zucchero e cacao. Anche del burro, mi pare. Ne è rimasto poco.»

«Al mercato nero? No, Hilde. Papà non vuole.»

Hilde alza gli occhi al cielo. Papà, sempre lui. Cos'altro vuole proibirle? Non è sicura che suo padre abbia capito di chi sia il merito della riapertura del Café Engel. È tutto suo! Non certo di sua madre, con cui lui adesso fa comunella.

«E cosa pensi di offrire ai clienti, mamma? E poi ci serve anche il caffè...»

Sua madre è a disagio. Deve fare da cuscinetto fra la figlia e il marito, ma tutto quel suo ponderare e blandire e giustificare comincia a darle sui nervi.

«Oggi pomeriggio Julia porterà del caffè. La Künzel ieri ha portato diverse scatolette e un chilo di farina di mais.»

«Caffè in chicchi e farina non bastano per fare un dolce, mamma. Le scatolette sono di carne, manzo e pollo in gelatina.»

Sua madre poggia la pila di piatti sporchi nel lavabo. Poi prende dal fornello una pentola d'acqua appena scaldata per versarne un po' sui piatti. Naturalmente dimentica il tappo, e l'acqua se ne va tutta nello scarico.

«Adesso falla finita, Hilde!» si spazientisce. «Ho da fare. Papà ha detto che al mercato nero non devi andarci. Perciò non ci vai, punto e basta.»

Hilde esce offesa dalla cucina e si mette a pulire i tavoli, raduna i vasetti di fiori, sistema al loro posto le posate. Le viene da piangere e la cosa la fa infuriare. È felice che suo padre sia tornato. Quando l'ha visto di punto in bianco davanti al caffè ha creduto di impazzire dalla gioia. Lei adesso dorme di nuovo nella sua camera perché nel lettone con mamma ci dorme lui. E anche questo le va bene, per quanto le manchino le chiacchierate serali con sua madre. Ma sono sciocchezze, lei è un'adulta, ormai.

A darle davvero fastidio è che adesso Else non parla più delle questioni di lavoro con lei ma solo con suo padre. Questo non le va bene. Per otto mesi si è fidata di lei, si sono assunte insieme la responsabilità di riaprire l'attività di famiglia. Discutevano di tutto, loro due, e Hilde ha avuto diverse buone idee per la gestione del locale. E ora è finito tutto. Da quando è tornato suo padre, le parole d'ordine sono diventate prudenza, rinuncia, risparmio. Le serate danzanti non ci sono più tre giorni alla settimana, ma solo di domenica. Il goccio di grappa nel caffè, tanto gradito ai clienti, è stato vietato, perché suo padre teme che gli americani vengano a verificare che non servano alcolici. Ignaro del fatto che gli americani, quando vengono a ballare, il caffè corretto lo prendono spesso e volentieri! Inoltre, da quando è arrivato lui, sua madre deve fare a meno degli ingredienti in più – la marmellata, l'uvetta, il cioccolato, il cacao – che Hilde rimediava al mercato nero. L'idea che la sua figlioletta finisca in prigione per essere stata sorpresa con le mani in pasta terrorizza Heinz.

«Tu pensa ad abbellire il posto, Hildchen» le dice con aria di sufficienza. «E finché non torna Finchen, servirai ai tavoli. Sei così brava...»

Le viene concesso generosamente anche di lavare i piatti, ritirare ogni sera le sedie, spazzare il pavimento e passare lo straccio bagnato tre volte alla settimana. Anche questi lavori fanno parte della gestione di un caffè. Un tempo c'era una ragazza che se ne occupava, ma al momento non ci sono soldi per assumere del personale. Julia Wemhöner, e anche sua madre, si danno da fare per aiutarla. Per quanto Julia sia più d'intralcio che d'aiuto... Però ci mette tanta buona volontà, e inoltre le ha cucito un paio di splendidi abiti estivi.

Ma a questo proposito, Hilde si domanda: per chi dovrei farmi bella? Gli americani che vengono a ballare non le piacciono. Alois Gimpel le fa gli occhi dolci; sarà pure un musicista bravo, ma al pensiero di essere baciata da lui, si sente male. Poi ci sarebbero i due americani cui la Künzel dà delle cosiddette lezioni di canto. Vengono una volta alla settimana verso le undici e si fermano per due ore buone. Per la prima mezz'ora si sentono i vocalizzi, poi più nulla. Due bei ragazzi, non c'è che dire, capelli neri, ben piantati, occhi azzurri. La Künzel dimostra ancora una volta di avere ottimo gusto, ma a Hilde gli stranieri non interessano. Il tenente Peters invece devono averlo trasferito, perché sono settimane che non si fa vedere. Peccato, era l'unico che le piaceva un po'. Anche se quella volta, in quel locale notturno dov'era andata con Gisela, si era comportato in maniera davvero strana. Eppure quell'uomo ha qualcosa di affascinante. Quando Addi era malato, si è subito rimboccato le maniche. Ecco, deve trattarsi di questo: Josh Peters è un uomo che agisce, che non si perde in chiacchiere... A parte questo, di lui non ha capito quasi niente.

Dopo quella sera non è più tornata in quel locale. Un po' perché in fondo non ne ha voglia, e un po' perché ha paura che la buttino fuori. D'altra parte, adesso che c'è suo padre, le uscite notturne se le può pure scordare.

Gli hanno dato una protesi provvisoria, ma lui non ne vuole sapere. Continua ad andarsene in giro con le grucce, lamentandosi perché la protesi gli ha riaperto la ferita, con tutto quello c'era voluto per farla guarire. Hilde non ha mai visto il moncherino, perché è sua madre che lo medica. Suo padre passa le giornate seduto a un tavolo al caffè, circondato da amici e clienti che arrivano da ogni angolo della città per salutarlo e dargli il bentornato a casa. Gli si è formata intorno una specie di corte, perché la gente del teatro ha ricominciato a frequentare il locale, anche se gli artisti possono permettersi al massimo una tazza di tè alla menta. In poche parole non portano introiti, e suo padre, nella sua prodigalità, fa credito a tutti; ogni tanto proclama che «offre la casa» e distribuisce biscotti.

Perfino la Künzel se ne è accorta e ha detto che Heinz Koch, se continua così, finirà per regalare casa e bottega. Lo spettro del fallimento aleggia sul Café Engel. Ma Heinz non ci fa caso. Ascolta estasiato i suoi amici artisti che fanno programmi per il futuro, per gli spettacoli e i concerti in chiesa in vista del Natale.

«Chi vuoi che abbia i soldi per andare a un concerto...» sospira Alois Gimpel. «Ma non importa! Basta un po' di legna per il camino, un vasetto di marmellata e qualche fetta di prosciutto. L'importante è che si torni a fare musica a Natale!»

Gli artisti vivono fuori dal mondo, riflette Hilde. Per un barattolo di marmellata sono disposti a star seduti per ore in una chiesa gelida, a suonare il violino o il clavicembalo con le dita congelate. Ma forse, in questi tempi grami, servono anche uomini capaci di riempire il mondo di luce, di bellezza. Anche se dura solo un'ora, e poi si torna a casa con mani e piedi intorpiditi e un principio di raffreddore.

Una cosa di cui Hilde non sente il bisogno sono le visite regolari della sua amica Gisela al Café Engel. Di solito viene col suo Sammy, che la segue sempre adorante come un cagnolino fedele. Qualche volta però viene da sola e si siede a un tavolo vicino alla vetrina dei dolci, in manifesta attesa che Hilde si sieda a chiacchierare con lei. E Hilde lo fa, quando non ci sono clienti da servire. Suo padre, installato al solito tavolo accanto alla finestra, la saluta sempre con cortesia, ma non la può soffrire; più di una volta ha fatto notare a Hilde che non sta bene che la cameriera si sieda a parlare con i clienti.

Oggi però Hilde è sola, perché i suoi sono andati in ospedale con la macchina della Knauss. Finalmente danno a suo padre la protesi definitiva, e Else deve imparare ad aiutarlo a metterla nel modo giusto. Neanche avesse fiutato il via libera nell'aria, ecco comparire subito Gisela, con un bel vestitino azzurro chiaro, delle scarpe décolleté in tinta e le calze di nylon. Sui capelli appena fatti porta un cappellino di feltro azzurro un po' spostato sulle ventitré, del genere che andava di moda prima della guerra; di sicuro preso al mercato nero.

«Ciao, Hilde!» la saluta sedendosi al solito posto. «Sono sfinita! Mi porti un caffè? Uno vero, eh. E una fetta di torta... l'ultima volta era immangiabile. Da quando è tornato tuo padre, il pandispagna è duro come un sasso...»

Hilde non è entusiasta della visita e il commento sulla torta le sembra esagerato. Anche se è vero che i dolci non sono più soffici come prima. Per forza! Sua mamma deve usare una quantità dimezzata di uova disidratate!

«Devo andare a servire fuori» le dice. «Aspettami lì.»

È un pretesto, perché fuori c'è solo Hans Reblinger con la sua abituale tazza di caffè di cicoria, alla quale Hilde per tacito accordo – i suoi genitori sono via – ha aggiunto un goccio di grappa. Difficile che venga altra gente, perché il tempo sta peggiorando. Tira un vento freddo e potrebbe anche mettersi a piovere.

«Sei pallida come uno straccio, sai?» le dice Gisela quando Hilde le porta il caffè. «Sei sempre a lavorare chiusa qui dentro... non è vita, questa. Dovresti uscire un po', andare a divertirti.»

Hilde fa spallucce. Parla bene, la sua amica, che non si lascia mettere i piedi in testa da nessuno, né dalla madre né dai suoi nonni.

«Tu invece sembri affaticata» ribatte per cambiare discorso. «Come mai?»

Gisela beve un sorso di caffè, posa la tazza con garbo e si appoggia allo schienale. «Tutte quelle scartoffie... Un certificato di qua, un timbro di là... Ti tocca correre da un ufficio all'altro perché nessuno è competente e quando trovi quello competente è in pausa pranzo. C'è da impazzire!»

Apre le dita della mano sinistra perché si veda meglio l'anello. Un anello con un brillante. Due carati. Hilde lo conosce bene perché Gisela glielo sbatte sotto il naso almeno tre volte alla settimana. Perciò adesso non lo guarda nemmeno.

«Vogliamo sposarci qui a Wiesbaden e quando Sammy avrà terminato il servizio andremo a casa sua con l'aereo.»

Il matrimonio è una novità, ma c'era da aspettarselo. Hilde non prova invidia. Nessuno può dire se Gisela sarà felice, laggiù in America col suo ragazzone, un tizio di buon cuore ma terribilmente infantile. Certe volte pensa che la sua amica voglia solo farsi portare via di qui.

«A Los Angeles?»

«Certo! Ti manderò una cartolina da Hollywood, Hilde! All'inizio abiteremo dai suoi genitori. Hanno una specie di ristorante. Ma Sammy si cercherà un impiego per conto suo e io naturalmente lo sosterrò!»

«E che ne sarà di tua madre?»

Hilde non ha saputo trattenere la domanda, anche se sa che per Gisela è un argomento doloroso. Anche stavolta la sua amica alza gli occhi al cielo, come se sua madre fosse un piccolo, trascurabile fastidio.

«Ma che domanda...» dice poi, cupa. «Se ne occuperanno i nonni. Ormai passa le giornate a letto, sai? Bisogna imboccarla come se fosse una bambina piccola. Credi che voglia stare tutto il giorno a farle da infermiera e perdermi la vita? Non se ne parla. Oltretutto non mi riconosce più. Parla sempre solo con papà e gesticola in modo stranissimo...»

Gisela nasconde il volto dietro la tazza ma a Hilde non è sfuggito il luccicore degli occhi. La sua amica non è così fredda e frivola come vorrebbe dare a vedere.

«Mi dispiace tanto, Gisela» dice carezzandole la spalla. «Vi auguro che questo strazio duri il meno possibile e che si addormenti in pace.»

Gisela annuisce, tira fuori il fazzoletto dalla borsa e si soffia il naso.

«Ci sposiamo a ottobre. Rito civile, naturalmente. La cerimonia religiosa la facciamo laggiù, i genitori appartengono a non so che chiesa cristiana. Ai matrimoni invitano più di cento persone. Pensa, mi spediranno del raso bianco e la Wemhöner mi cucirà l'abito da sposa! Non è un sogno?»

Adesso Hilde è un po' invidiosa. L'abito nuziale è una cosa importante, lo si porta un giorno soltanto. Il giorno più bello nella vita di una donna, o almeno così dicono. Il giorno in cui tu sei protagonista assoluta e tutte le altre ti ammirano. Se Jean-Jacques non fosse un misero vigliacco, forse adesso anche lei sarebbe sul punto di andare in municipio con un bel vestito bianco. Certo, il ricevimento sarebbe necessariamente modesto, visto che in Germania manca tutto. Chi potrebbe permettersi un banchetto di nozze con cento invitati?

«Sai, Sammy e io pensavamo che dopo la cerimonia potremmo venire qui al Café Engel a festeggiare un po'» suggerisce Gisela pensosa. «Niente di esagerato. Qualche suo amico e tre o quattro ragazze che conosco bene...»

Ci mancherebbe solo questo! pensa Hilde di primo acchito. Gli sposini felici che vengono a festeggiare proprio qui, sotto il mio naso. Neanche per idea. Ma poi, riflettendo meglio, si rende conto che Sammy avrà di che spendere e potrebbe procurare le provviste. Gli affari sono affari, e Hilde ormai è abituata a dare la priorità all'attività di famiglia.

«Ne parlo con papà» le risponde cauta. «Ma non credo ci saranno problemi.»

A Gisela non è certo sfuggito che, da quando è tornato Heinz, l'andazzo al Café Engel è molto cambiato. Per questo si mette subito a parlare di caffè in chicchi, salmone in scatola, di *ragout fin*, pane bianco, panna e altre leccornie. Un po' di antipasti, il famoso rotolo alla panna di Else con la glassa di cioccolato e poi naturalmente qualcosa di decente da bere. Spumante e qualche superalcolico, secondo il costume di Sammy e dei suoi amici.

A Hilde viene l'acquolina in bocca a sentir parlare di tutta quella buona roba. Salmone, *ragout fin*... sembra il paradiso.

«Affare fatto, allora» dice Gisela allegra. «E tu che mi dici, Hilde? Come mai ancora da sola?»

Hilde si stringe nelle spalle, finge che la cosa le sia indifferente. Ma la sua amica le legge il cuore.

«Il tenente Peters lo hai più visto? Ti piaceva, se non sbaglio. E lui aveva tutta l'aria di ricambiare.»

«Non lo so. Non si è più fatto vivo.»

Gisela ancora non riesce a credere che la sera in cui Peters ha riaccompagnato a casa Hilde, quei due non abbiano combinato niente. «Le cose sono due: o è omosessuale o ha intenzioni molto serie» aveva sentenziato allora. «Forse gli serve una spintarella» dice adesso. «Ci penso io, Hilde. Non ce la faccio a stare a guardare mentre deperisci qui dentro. Fidati, ci penso io ad accendere il fuoco sotto il sedere del nostro timido Josh...»

«Non esagerare» le dice Hilde, preoccupata per l'eccesso di zelo dell'amica. «Sto benissimo anche senza di lui.»

«Stupidaggini! Bisogna fare la festa quando cade il santo. Se lo trasferiscono, non lo riacchiappiamo più.»

Si alza, la abbraccia con trasporto e poi depone con fare signorile un pacchetto di sigarette sul tavolo, come pagamento per il caffè. Fuori ha cominciato a piovere e Hans Reblinger si sta rifugiando dentro con la sua tazza. Gisela prende uno dei grossi, vecchi ombrelli dimenticati nel secchio all'ingresso. Anche Hilde si precipita fuori per mettere all'asciutto tavoli e sedie.

I suoi tornano che è pomeriggio inoltrato, e Hilde capisce che non è il momento di parlare loro della proposta di Gisela.

In ospedale hanno aspettato per ore, e poi ci sono stati problemi con la gamba artificiale, perché erano state sbagliate le misure e risultava più lunga di un paio di centimetri. Dopo innumerevoli prove e molto lavoro di lima, suo padre ha potuto finalmente muovere qualche passo, ma non senza dolore.

«Ci si deve abituare, signor Koch» ha detto il medico. «Succede a tutti. È la sindrome dell'arto fantasma. Prima o poi passerà.»

I dolori di Heinz però non sono fantasmi, sono reali, perché la protesi insiste sulla cicatrice e la comprime. Else sembra molto provata dalla lunga attesa e dai lamenti del marito, e Hilde non fatica a capire perché. Suo padre è un uomo allegro, un compagnone. Quando sta bene ed è circondato dai suoi amici artisti, è un vulcano di idee, una fonte continua di buonumore. Ma se per caso ha il raffreddore o gli fa male la schiena, diventa una vera piaga, e la parte dell'infermiera tocca sempre a Else. Adesso che sta male davvero, per lei dev'essere molto dura.

«E poi ci sono casi molto più gravi» le sta raccontando ora sua madre; hanno accompagnato Heinz di sopra e lo hanno aiutato a mettersi a letto. «Uomini nel fiore degli anni a cui hanno amputato entrambe le braccia, volti sfigurati, persone cieche... Ah, come ci ha ridotti questa guerra! Li vedi seduti per la strada, a chiedere l'elemosina.»

Lo stesso pensiero passa per la mente di entrambe, ma nessuna delle due ne fa parola. Non ci sono ancora notizie di Willi e August: la sorte dei suoi fratelli è tuttora un mistero.

«Se solo tornassero...» mormora tristemente sua madre.

Oggi al caffè c'è ben poco da fare. Con la pioggia, i clienti non vengono. Inoltre, sua madre non ha potuto preparare le torte perché mancano zucchero, farina e anche le uova disidratate. Ma Hilde non apre bocca: se ne renderanno pur conto da soli che senza il mercato nero il locale non può andare avanti...

A interrompere i suoi pensieri ci pensa Addi, che entra nella sala chiedendo una tazza di tè, per poi ritirarsi a berlo in solitudine, lo sguardo torvo. Da quando è uscito dall'ospedale, lui e Julia non fanno che bisticciare. È un peccato, perché tutti avevano pensato che finalmente quei due si fossero messi insieme. Invece litigano di continuo, con Julia che passa le giornate a cucire e Addi che vaga senza meta come un orso con la luna storta. Forse, si dice Hilde, a Addi farebbe bene avere qualcosa di cui occuparsi. Per esempio potrebbe riparare la finestra o fissare il bastone delle tende. O sistemare il tavolino a ribalta dentro il quale sua madre si è già schiacciata le dita un paio di volte. Del resto su suo padre per queste cose non si può contare: Heinz Koch è un imbranato totale.

Hilde aspetta con pazienza che suo padre si risvegli dal pisolino, poi insieme a Else lo aiuta a scendere e a sedersi al solito tavolo vicino alla finestra. Gli serve la sua tazza di caffè, e si morde la lingua per non dirgli che oggi, purtroppo, non c'è nessuna torta.

La corroborante bevanda sembra per lo meno fare bene all'umore di Heinz. «È un peccato che piova» dice. «Alois doveva passare con Ida e due cantanti. Dovevano provare un paio di arie per i concerti di novembre alla Marktkirche.»

Hilde si siede con lui, gli dice che non vede l'ora di sentire il concerto – nonostante quella sia una bugia bella e buona, dato che le arie religiose non le sono mai piaciute e nemmeno la musica dell'organo. Ma tanto vale tenerselo per sé, riflette.

«Oggi è passata Gisela, papà. Pensa un po', sposerà il suo americano!»

Suo padre la fissa stranito, e poi le chiede se per caso non si tratti di quel brocco coi capelli rossi e le orecchie a sventola.

«Sammy è un bravo ragazzo, papà. I suoi genitori vivono a Los Angeles. Vicino a Hollywood, dove ci sono tutti i divi del cinema.»

Purtroppo, proprio in quel momento il dolore alla gamba si risveglia. Heinz fa una smorfia, cambia posizione, ma la sofferenza non passa.

«Non era fidanzata con Joachim Brand?» domanda.

«Sì, ma era un rapporto platonico, un'amicizia, diciamo...»

E questa è la terza bugia che gli racconta, perché Hilde sa benissimo fino a che punto si era spinta la sua amica.

«Non è corretto da parte sua sposare un altro» dichiara suo padre strofinandosi il mento. «E se Joachim tornasse?»

«Troverà un'altra ragazza. Le spasimanti non gli mancheranno di certo.»

Suo padre non commenta. Guarda fuori dalla finestra un gruppetto di militari americani, è probabile che sia in corso una perquisizione nel palazzo attiguo. C'è sempre gente che ci si rintana, e non dovrebbe.

«Gisela vorrebbe fare un piccolo rinfresco qui al caffè, dopo la cerimonia. Niente di che, solo alcuni amici e amiche...»

Suo padre non la guarda nemmeno. «Qui al caffè?» chiede.

«Sì. Naturalmente fornirebbero loro le cibarie. Pane bianco, salmone e tutto quello che serve a mamma per preparare il rotolo alla panna.»

«Non se ne parla» dice Heinz scuotendo vigorosamente il capo. «Ospitare una festa di americani... che penserebbero i nostri amici? È già dura mandar giù che vengano qui a ballare la domenica pomeriggio. Si porterebbero dietro il gin, il whisky e tutta quella roba che gli piace tanto. Tutte cose che noi non possiamo servire. No, rischieremmo di perdere la licenza.»

Ecco, è andata malissimo. Hilde si alza e sparisce in cucina. Sa bene che in questo momento l'umore di suo padre può solamente peggiorare.

Else è in piedi vicino alla stufa, a preparare la cena. Orzo, verdura, dado. Le scatolette della Künzel devono durare una settimana, meglio andarci piano.

«È vero?» chiede a Hilde. «Pane bianco, salmone, panna...»

«E *ragout fin*, l'ha detto Gisela.»

«Con tuo padre ci parlo io.»

«Allora buona fortuna.»

Hilde se ne va di sopra e si chiude in camera. Per oggi ne ha abbastanza. Gisela nei panni della sposina felice, suo padre e i suoi lamenti, la sua insopportabile testardaggine. E poi la pioggia, e pure quel fastidioso commento della sua amica. *Non ce la faccio a stare a guardare mentre deperisci qui dentro...*

Ma Gisela ha ragione: Hilde si fa in quattro per il locale e non riceve nemmeno un grazie. Adesso basta, lei vuole vivere. Vuole divertirsi. Vuole andare a spasso con un ragazzo, civettare un po'. E deve farlo finché è ancora giovane.

Il primo uomo dall'aspetto decente che passa me lo prendo, decide. Così, giusto per dimostrare a me stessa che sono ancora viva.

Julia

Wiesbaden, luglio-agosto 1945

Le cose non sono facili con Marianne. Non è che non sappia cucire: si dà anzi da fare e i suoi orli sono più che accettabili. Non sempre precisissimi – alla scuola di alta sartoria l'avrebbero appesa per le orecchie – ma per il lavoro che devono consegnare loro vanno benone. Julia ha dovuto rivedere i suoi standard. Una cosa è realizzare costumi di scena, necessari agli attori per compiere la loro magica trasformazione in personaggi, altro è cucire toppe, rammendare, ricavare dalla giacca buona del padre un completo per il figlio di dieci anni, con tanto di panciotto. Tutti sono entusiasti del suo lavoro, e ne ha così tanto da non sapere come rigirarsi. Questo naturalmente è dovuto anche al fatto che lei proprio non ce la fa a imporre delle tariffe fisse. Prende quello che le offrono, il che significa spesso un paio di marchi o poco più; qualche cliente benestante le offre caffè, sigarette, roba da mangiare.

«Glielo dico per la centesima volta, signorina Wemhöner: lei si fa pagare troppo poco! Un completo estivo, con berretto e cintura, per tre marchi e una confezione di latte in polvere... Lei si fa sfruttare. La sorella di mio cognato, che vive ad Amburgo, anche lei è una brava sarta e pensi un po', prende non meno di...»

E così via. Un torrente continuo, travolgente e noiosissimo di chiacchiere. Marianne Storbeck non riesce a cucire senza parlare. Quando rompe gli argini, non c'è più verso di fermarla e si viene travolti da una valanga di aneddoti insignificanti sul suo vasto parentado di cui non si contano le ramificazioni, sui suoi disturbi femminili, sui suoi vicini in Webergasse, sulle ore terribili passate in cantina dopo che una bomba aveva centrato in pieno l'edificio.

«Non può neanche immaginare come ci si sente, signorina Wemhöner, quando si ha la sensazione di vivere gli ultimi momenti della vita...»

Julia si astiene dal commentare certe frasi. Però ancora la meraviglia che Marianne parli sempre e soltanto delle *sue* sofferenze e sia del tutto indifferente al fatto che anche altri in questa guerra hanno patito la fame, la miseria e la paura. Basta affacciarsi alla finestra per vedere l'esercito di mutilati seduti sul marciapiede a chiedere l'elemosina. Agli ebrei come lei che sono stati deportati Julia non vuole neanche pensare: si sente in colpa per essere sfuggita a quel destino. Se ci è riuscita, è solo perché ha la fortuna di avere dei buoni amici. Senza di loro sarebbe perduta.

Le chiacchiere di Marianne erano state particolarmente difficili da sopportare nel periodo in cui Addi era in ospedale con la polmonite. Le visite erano consentite solo tre volte alla settimana, il pomeriggio. Lei allora andava a trovarlo e gli portava sempre qualche ghiottoneria rimediata al mercato nero. Ci rimaneva molto male quando lui le diceva di non avere fame. Mangiava solo a condizione che prendesse qualcosa anche lei. È sempre stato un gran testone, il suo Addi. Quando però si sedeva a cucire era bello pensare a lui, a quel legame inatteso e tenero che prendeva sempre più le sembianze di un amore. Mentre era immersa in questi pensieri, avrebbe fatto volentieri a meno del cicaleccio vuoto e inopportuno della Storbeck.

Alla fine di luglio ha avuto un paio di giorni di tregua, perché Marianne è andata a Darmstadt a trovare suo marito al campo d'internamento. Erano gli stessi giorni in cui Addi ha cominciato a star meglio, poteva alzarsi dal letto e muovere qualche passo. Col bel tempo è perfino andato a passeggiare nel parco dell'ospedale, naturalmente con Julia al fianco. Era dimagrito molto e inoltre zoppicava, e si fermava spesso a guardarsi intorno.

«Che bello» diceva in quei momenti. «Che bello il cielo, e guarda gli alberi. Che bello che tu sei qui.»

Ripeteva spesso che la vita gli aveva concesso una seconda opportunità. Allora Julia si commuoveva e diceva che lo stesso valeva per lei.

«Quando pensi che ti dimetteranno, Addi?»

«Entro un paio di giorni, ha detto il dottore. I polmoni fischiano ancora...»

Ma da quando Marianne è tornata e ha ripreso a fare orli e a bere caffè seduta accanto a lei, Julia sta pagando cara la quiete di quei giorni, perché la sua aiutante è davvero scatenata.

«Non può immaginare in che condizioni vivono! Sporcizia, parassiti, una puzza che sembrava di essere in una latrina. Ho dovuto trattenere le lacrime quando ho visto il mio Wilfried in quello stato...»

Lei vorrebbe tanto non sentire i dettagli, ma ormai Marianne è partita in quarta, decisa a non risparmiarle nulla. Nelle baracche dove dormono non c'è stata, ha visto soltanto il locale adibito ai colloqui con i familiari. Wilfried però le ha raccontato per filo e per segno le sue sofferenze, e del resto bastava guardare com'era ridotto...

«Un uomo che si è prodigato tanto!» sospira la Storbeck mentre infila l'ago. «Avrebbe dovuto vedere i suoi occhi, signorina Wemhöner. Opachi, senza speranza. Come chi si sente già sul letto di morte...»

Julia non se li ricorda molto bene, gli occhi di Wilfried Storbeck. Sa però che lavorava nella tesoreria comunale, prima di perdere il posto con l'arrivo degli americani.

«Ah, signorina Wemhöner, lei sì che è una persona sensibile» continua a blaterare la Storbeck mentre rifà l'orlo a un vestito della Knauss, di prossima proprietà di Ida Lehnhardt. «Lei sa cosa provo, vero? Ho solo lui, solo Wilfried, non ho nessun altro al mondo...»

A quanto pare il vasto parentado è scomparso nel nulla. Adesso Marianne Storbeck ha ricominciato a raccontare delle sue nozze, del completo da cerimonia che aveva Wilfried e del loro viaggio a Rüdesheim, sul Reno. Wilfried era un giovanotto tanto timido, uno sposo pieno di premure... Cosa le tocca sentire, pensa Julia.

«Mi ha dato un foglio, signorina. Se lei potesse leggerlo e firmarlo... Sono solo poche parole, ma basterebbero per farlo uscire di lì! Non dovrebbe più patire la fame in quell'orrendo campo.»

E si cava di tasca il foglietto ripiegato, che chiaramente era lì in attesa tra le pieghe della gonna. Julia lo prende e lo mette da parte: lo leggerà più tardi, una volta rimasta sola.

Trascorre il resto della serata a sentire una sfilza di variazioni su Wilfried e la sua sincera e accorata adesione ai principi del nazionalsocialismo. Ha dato i suoi anni migliori per la causa e adesso viene additato come traditore e addirittura imprigionato come un delinquente. Il mondo è davvero ingiusto, certe cose non dovrebbero succedere...

Per Julia è un sollievo quando Marianne finalmente se ne va, non senza aver sottolineato per l'ennesima volta che il suo destino e soprattutto quello del povero Wilfired sono interamente nelle sue mani.

È solo allora che Julia prende il foglio e legge:

Con la presente io, Julia Wemhöner, ebrea, confermo che Wilfried Storbeck durante il governo dei nazionalsocialisti sapeva che vivevo di nascosto al 75 di Wilhelmstrasse e non mi ha denunciata.

Julia Wemhöner,

ex sarta e costumista presso lo Staatstheater di Wiesbaden

Julia Wemhöner vive un po' fra le nuvole, è vero, ma non è stupida. Le stanno chiedendo di raccontare una bugia allo scopo di tirar fuori di prigione Wilfried Storbeck, zelante delatore e membro del partito. E non le sta bene. Non sopporta quell'uomo, e se è vera la metà delle cose che le ha detto Addi sul suo conto, allora Storbeck merita di restarci per un bel pezzo, in quel campo.

D'altra parte... chi è lei per pronunciarsi sulla pena che un uomo deve scontare per fare ammenda dei propri misfatti? Julia non è credente: né la religione cristiana, nella quale è stata cresciuta dai suoi genitori, né l'ebraismo l'hanno mai convinta. È però del parere che non si cura il mondo dal male commettendo altro male. Chi ne compie, si mette al livello dei malfattori. Basta campi d'internamento, pensa. Né per gli uni né per gli altri. Non vuole sentirne parlare mai più.

E poi la cosa riguarda anche Marianne. Quella donna non le è simpatica, ma non le ha fatto alcun male e le dispiace vederla soffrire. Riprende il foglio, lo rilegge. Le viene in mente che l'indomani lei e Else hanno in programma di riassettare l'appartamento di Addi, perché presto sarà di ritorno. La invade un senso di gioia.

Che mi costa, in fondo? pensa. Può anche darsi che lo sapesse davvero, fra l'altro. Io non porto rancore. Non sono capace e non voglio farlo. Prende il blocco di carta da lettere, prova la penna stilografica, regalo di suo padre di tanti anni prima, e si mette a scrivere. La data in cima e in fondo la firma, in una bella grafia tonda e ferma. Ecco, domani darà la lettera a Marianne e la pregherà di non parlarne con nessuno. Questo è importante. Sarebbe imbarazzante se gli altri inquilini lo sapessero. Quella notte dorme serena e contenta: sente la coscienza pulita nonostante la bugia, perché toglierà un altro essere umano da una condizione di sofferenza.

Non passa una settimana, e di punto in bianco si vede comparire Addi davanti alla porta di casa. Sorride, tutto contento di averle fatto una sorpresa.

«Sto benissimo, sai?» la rassicura prima di mettersi a tossire. «Sono venuto con il tram. Ha ricominciato a circolare.»

«Ma io volevo cucinarti qualcosa di buono! E non ho fatto nemmeno in tempo a sistemare per bene l'appartamento...»

«Non importa. Lascia che ti saluti come si deve ora...»

L'abbraccia e l'attira a sé, ma in quell'istante si accorge della presenza di Marianne Storbeck, che gli sorride imbarazzata sulla porta del soggiorno.

«Oh, hai visite» commenta infastidito. «Buongiorno, signora Storbeck. Abita ancora in questa casa?»

«Ma, Addi...» mormora Julia.

Marianne è sempre più a disagio e le cadono a terra le forbici. «Buongiorno, signor Dobscher.»

«Mi dà una mano con gli orli» dice Julia a mo' di spiegazione. «Senza di lei non riuscirei a fare tutto.»

«Ma certo!» sbotta Addi. «Non voglio disturbare. Quando hai tempo, passa da me. Devo parlarti di una cosa.»

«Sì, certo. Vengo subito.»

Mentre chiude la porta, Julia combatte contro la delusione. Non era così che aveva immaginato il giorno del suo ritorno a casa. Voleva apparecchiare per bene la tavola, mettere dei fiori in un vaso, cucinare qualcosa di buono oppure magari andare a prendere due fette di torta da Else. Dimostrargli di poter essere, in fin dei conti, una brava donna di casa. O almeno di volerci provare. Per amore suo.

«Spero che il signor Dobscher non si arrabbi con lei. Lo so che non è mai andato d'accordo col mio Wilfried...»

«Non stia a pensarci» le dice Julia. «Si sistemerà tutto. Mi faccia vedere quest'orlo... Bene, sì... ma qui i punti sono passati dall'altra parte. Le toccherà disfarlo e ricominciare.»

Poi mette in una borsa un po' delle cose che ha comprato: un pezzo di sapone, il rasoio, la cioccolata, il caffè. Lascia Marianne a lavorare da sola e va da lui.

E lui, nel frattempo, ha apparecchiato la tavola. Ha persino messo al centro un vaso con dei fiori raccolti lungo la strada. Nell'aria c'è un buon profumo di caffè. E sul tavolo un piattino di biscotti, messi da parte giorno dopo giorno in ospedale.

«Siediti, Julia. Arrivo subito con la caffettiera.»

Lei si sente un po' sopraffatta, ma non vuole contrariarlo ancora, così si accomoda da brava sulla sedia che lui le indica e si lascia servire.

«Quanto ho aspettato questo momento!» dice Addi. «Noi due soli con caffè e biscotti, senza quelle streghe dispotiche intorno... Dei veri caporali, quelle infermiere!»

Julia sorride, si dice d'accordo. Poi gli mostra i suoi regali, ansiosa di vederlo contento. Lui però la ringrazia frettolosamente, non sembra molto interessato. Mette tutto sopra il cassettone e le offre i biscotti.

«Non devi comprare tutte queste cose per me, Julia. Addirittura le sigarette...»

«Non sono per fumarle, ma per scambiarle, Addi.»

«Preferirei che comprassi qualcosa per te.»

Lei adesso è davvero delusa. Voleva dimostrargli quanto tiene a lui, e questa è la sua reazione.

«Sai, guadagno bene come sarta. Non solo soldi, ma anche roba da mangiare e altre cose, sapone, profumo... Naturalmente le provviste le porto giù di sotto, dato che Else cucina per tutti quanti. Senza contare che mi hanno salvato la vita...»

Addi tamburella le dita sul tavolo e dice che è contento che le cose le stiano andando bene. «Però devi riguardarti un po', Julia. Tutto il santo giorno a cucire... non fa bene agli occhi. Ma adesso che sono tornato, non dovrai più farlo. Ci penso io a te...»

Lei sa che Addi percepisce una pensione, ma sa pure che al momento i soldi, svalutati come sono, non possono bastare. Se non ci fosse Else che cucina per tutti, Addi non potrebbe nemmeno provvedere a se stesso.

«E soprattutto, non hai bisogno della Storbeck» prosegue lui. «Quella serpe ti si è insinuata in casa e la cosa non mi piace. Che vada a scroccare lavoro a qualcun altro! Domattina le dirai che non hai più bisogno di lei...»

Adesso le sembra che il caro Addi stia proprio esagerando.

«Non posso, Addi. Ho accettato dei lavori, e non posso portarli a termine senza l'aiuto di Marianne. Inoltre, Marianne ha bisogno di soldi e...»

«Dunque la paghi anche? Per starsene seduta a bere il tuo caffè?»

«Certo che la pago! Dovrebbe forse lavorare gratis?»

È tutto nuovo, per lui. Per anni Julia è stata come un cucciolo da proteggere, un esserino fragile da tenere in soffitta al riparo dalle minacce esterne. Ed eccola di colpo trasformata in una donna autonoma, che non solo vive del suo lavoro, ma paga addirittura una dipendente. D'un tratto, lei capisce che questa trasformazione a Addi non piace. Ora beve in silenzio il suo caffè e sposta nervosamente sul tavolo il piatto con i biscotti. Lei si decide a prenderne uno per pura cortesia, per non farlo arrabbiare.

«Be', se le cose stanno così» sbotta alla fine Addi, «mi pare che di me non ci sia più bisogno, no?»

«Come ti viene in mente una cosa del genere?»

«Dato che te la cavi così bene da sola...»

Ecco, questo è il momento in cui dovrebbe dirgli che lo ama. Che ha bisogno di lui, che non vuole vivere senza di lui e che ha temuto terribilmente di non rivederlo più. Ma per qualche motivo queste parole non le arrivano alle labbra. Forse perché lui la sta guardando con quell'aria supponente...

«C'è bisogno di te, eccome» gli dice soltanto, avvertendo il gelo della sua stessa voce. Ora però me ne vado, pensa, sennò finisce che litighiamo.

«Devo andare... c'è da fare il cappotto per la signora Klüsebeck...»

Addi non sa nascondere la delusione, ma le dice che non c'è problema. «Faccio un salto di sotto» aggiunge. «Non ho ancora salutato Heinz, dacché è tornato.»

Dev'essere così l'amore, pensa Julia seduta alla macchina per cucire, sottoposta nel frattempo al fuoco di fila delle chiacchiere incessanti di Marianne Storbeck. Che peccato. Di colpo la stanza le sembra troppo buia e si alza ad accendere la lampada.

I giorni seguenti fanno di tutto per non incrociarsi. Addi passa il tempo seduto giù al caffè insieme a Koch: parlano di concerti, del teatro, cercano di immaginare quando lo rimetteranno in piedi e ricominceranno le rappresentazioni. Julia invece rimane in casa, seduta alla macchina per cucire, riceve le clienti per le prove, accetta nuovi lavori. Uno di questi è molto speciale, la rende fiera: cucirà il vestito da sposa di Gisela Warnecke, l'amica di Hilde, con del raso bianco fatto arrivare apposta dall'America. Ha già realizzato diversi schizzi. Solo sulla lunghezza dello strascico non si sono ancora messe d'accordo.

Quando Julia scende a cena nella sala del caffè, cerca sempre di rendersi utile, per esempio apparecchiando la tavola. Addi siede con aria torva vicino a Heinz, anche lui di umore nero per via della protesi che gli hanno fornito. Il cane si sistema di solito sotto il tavolo, dove puntualmente gli arriva qualcosa da sgranocchiare. Poi Julia dà una mano a lavare i piatti in modo che Hilde possa starsene un po' tranquilla. E quando ha finito di solito se ne torna su, mentre Addi si ferma a chiacchierare con Heinz e Else. Stasera invece imboccano le scale nello stesso momento.

«Sempre molto lavoro, eh?»

«Sì, alla gente servono abiti per l'inver...»

Di colpo arriva un gran baccano dal piano di sopra. E poi sentono gridare.

«Te lo dico una volta soltanto, Hilde. Giù le mani dal mio ragazzo! Sennò l'amicizia va a farsi benedire!»

La Künzel. Sembra davvero arrabbiata. Hilde, alla quale di solito non manca mai la battuta, sembra invece intimidita.

«Ma è forse colpa mia se mi ha invitata a bere un caffè?»

«Certo che è colpa tua!» ribatte la Künzel con tutta la potenza della sua ugola. «Gli sorridi, con quel petto in fuori, la gonna corta... Cosa credi, ragazzina? Li conosco i tuoi trucchetti!»

«Ma lei farnetica!» dice Hilde, cominciando ora a innervosirsi. «Crede che mi interessi quel bamboccione? Ma se lo tenga pure!»

Poi la porta di casa Koch si chiude di schianto e si sentono i passi irosi della Künzel che sale le scale verso il suo appartamento. Il vivace scambio ha spaventato Julia, finché non sente Addi ridacchiare.

«Molto teatrale» commenta divertito. «Le donne, quando si arrabbiano, diventano delle iene! Sofia Künzel non è certo il tipo che si fa rubare la preda da sotto il naso. Ah!»

Il fatto che Addi la prenda sul ridere la tranquillizza. Si unisce con cautela alla sua risata. Un attimo dopo si guardano negli occhi, e in quell'istante Julia capisce che non è finita. Si tratta semmai dell'inizio. Sì, dell'inizio del loro amore.

«Ho bisogno di un po' d'aria» dice.

«Anch'io. Andiamo insieme?»

Sono già le otto passate, fuori è buio e soffia un fresco vento serale che scompiglia le prime foglie secche. I lampioni in Wilhelmstrasse non funzionano tutti, molti edifici sono immersi nell'oscurità e con un po' di fantasia si riesce a far finta che tutto sia come prima: il Kurpark, la fontana a tre piani, l'edificio bianco dello stabilimento termale con la scritta AQUIS MATTIACIS sopra l'ingresso, il largo colonnato. Nella penombra il teatro sembra uno sfondo bidimensionale, la parte distrutta dalle bombe è pudicamente nascosta.

Camminano uno accanto all'altra e parlano senza imbarazzo dei vecchi tempi, quando Julia cuciva i costumi di scena per lui e Addi – lo ammette solo ora – segretamente già l'adorava.

«Era strano, starmene lì in mutande mentre mi prendevi le misure...»

Julia ride. In un certo senso era innamorata anche lei. Di Don Giovanni, e poi anche di Hans Sachs, quando Addi interpretò quel ruolo nei *Maestri cantori di Norimberga*. Del resto erano innamorate tutte, giovani e vecchie. Gettavano fiori sul palco, facevano recapitare omaggi in camerino.

«E perché non l'hai mai detto?» gli domanda ora Julia.

Addi esita una attimo e poi la trascina nell'ombra dei platani, via dalla luce dei lampioni, perché sta passando una pattuglia di soldati. Aspettano in silenzio che si allontanino. Solo allora Julia si accorge che lui l'ha presa per mano.

«Non me la sentivo. Io ero vecchio già allora e tu invece hai sempre avuto l'aria della ragazzina. Ce l'hai ancora adesso.»

Julia vorrebbe ribattere che non è più una ragazzina da un bel pezzo, ma non ha il tempo di farlo perché lui l'attira a sé di colpo e la bacia sulla bocca. Addi Dobscher che osa baciarla! E per una specie di miracolo, mentre assapora le sue labbra, lui e Don Giovanni diventano finalmente una persona sola. Non è Addi che la sta baciando, ma il celebre rubacuori. Basta un bacio a risvegliare i desideri a lungo covati.

«Scusami... non volevo coglierti di sorpresa.»

«Mi piace essere colta di sorpresa, fallo di nuovo» mormora lei.

Quella notte Julia fa l'amore con due uomini diversi. Prima col grande seduttore e poi, quando ormai è mattina, con Addi Dobscher. Del resto, ha molto da recuperare.

«Sei proprio scatenata» le sussurra lui in un orecchio. Don Giovanni ieri sera lo aveva detto con più eleganza. *Madame è di temperamento focoso. Impossibile resistervi.*

Ma naturalmente è Addi Dobscher che al mattino le fa una proposta di matrimonio.

«Prima di Natale? Ma non ho neanche il vestito!»

«Puoi cucirne uno... per me va bene anche un lenzuolo. E le tende della finestra al posto del velo.»

Lei allora propone di ricavare il vestito per lui da un sacco per il carbone. Ma Addi declina l'offerta: ha ancora il vecchio smoking nell'armadio.

Preparano insieme la colazione: Addi fa il caffè, Julia apparecchia la tavola e taglia il pane. Hanno persino del burro e della marmellata, dono di una delle sue clienti. È tutto così semplice, pensa Julia. Tutti quei malintesi... cose di nessuna importanza. Conta solo il fatto che loro due si amano. Sì, forse l'amore sistema sempre tutto.

Ora Addi si sta vestendo per andare in municipio. Vuole fare tutto per bene. A un certo punto suonano alla porta – sarà Marianne, già pronta per il lavoro.

Ma quando Julia va ad aprire, lì fuori, di fronte a lei, non c'è Marianne bensì Wilfried Storbeck. È molto pallido, non ha quasi più un capello in testa, il volto è scavato e sofferente. Ha in mano una scatola chiusa da un nastro turchese e gli occhi sono gonfi per la commozione.

«Grazie, dal profondo del cuore» dice porgendo con impeto la scatola a Julia. «La sua lettera mi ha salvato la vita. Non dimenticherò mai quello che ha fatto per me, signorina Wemhöner. Mai!»

Poi si accorge della presenza di Addi, che emerge in quell'istante dall'altra stanza. Fa un paio di passi indietro, si precipita come un razzo al piano di sotto.

Addi fissa la scatola col suo bel fiocco, poi alza lo sguardo su Julia.

«Non posso crederci!» esclama.

«Ma... era disperato...» balbetta lei.

Lui si afferra la testa, comincia a marciare avanti e indietro nell'appartamento. «Come si può essere così stupidi!» strepita. «Com'è possibile...»

«Come si può essere così duri di cuore!» gli rinfaccia lei nello stesso tono, dopo che lui se n'è già andato sbattendo la porta. Poi si siede alla macchina per cucire e comincia a singhiozzare disperata.

Luisa

Kassel, settembre 1945

Non le credono. La sottopongono a ripetuti interrogatori, le rifanno mille volte le stesse domande, aspettano che cada in contraddizione. E lei ci cade, a più riprese. Non perché stia mentendo, ma perché è esausta e si confonde.

«Dunque lei è di Marienburg, non di Stettino... L'ultima volta ha detto che era di Stettino.»

«Ho abitato a Stettino per diversi anni, ma sono nata a Marienburg.»

«Dove si trova?»

«Vicino a Danzica.»

«Perché allora ci ha detto di essere nata a Stettino?»

«Io non l'ho mai detto.»

«È scritto nel verbale, signorina Koch.»

È così stanca che la cornice esterna della sua visuale ondeggia. Anche il viso magro di questa donna con i capelli grigi vacilla davanti ai suoi occhi, e la sua voce monotona e venata di astio le risuona nelle orecchie. Domande, domande e altre domande. Si sente frastornata, non distingue più una cosa dall'altra. Se solo la facessero tornare in cella...

«Ci descriva la casa in cui è cresciuta. La sua famiglia era in affitto? Avevate una casa di proprietà? Dove? A che indirizzo?»

All'inizio non capiva la necessità di tutti quei dettagli, ma ormai le è chiaro che semplicemente non credono a quello che dice. Pensano che i suoi documenti siano falsi e che sia l'amante dell'uomo che lei ha conosciuto col nome di Karl Brenner.

Pensano che possa dire loro delle cose sul suo conto. Da quel che ha capito, l'uomo è ancora vivo ed è rinchiuso in una cella, in attesa di essere processato. Luisa non chiede di lui, non può, comprometterebbe ancora di più la propria posizione.

«Sono nata in una tenuta di campagna di nome Tiplitz, a Marienburg. Si trova a ovest del fiume Nogat. È una grossa proprietà dove si allevano cavalli.»

Le sue risposte vengono trascritte a macchina da un giovane soldato. La donna coi capelli grigi che la interroga non dev'essere una militare, dato che le si è presentata come Mrs Marshall. È la quarta persona che viene a farle delle domande: lo hanno già fatto due ufficiali giovani e poi uno più anziano. Ormai dovrebbe esserci una montagna di verbali sul suo conto, eppure il mucchio di fogli sul tavolo non aumenta né diminuisce.

«Tiplitz, presso Marienburg. Bene, verificheremo, signorina Koch. La tenuta esisterà ancora, immagino...»

Mrs Marshall scartabella un po' in mezzo ai documenti, poi prende un appunto con la penna. Fissa Luisa con i suoi occhi chiari. Gli occhi di un'insegnante. O di un commissario di polizia. Mrs Marshall è senza dubbio una donna molto capace, che persegue il suo scopo con tutti i mezzi ed è decisa a far luce sulla verità.

«Sì, credo di sì... sempre che i russi non l'abbiano data alle fiamme.»

Gli occhi vigili della sua interlocutrice si assottigliano. Porca miseria, non doveva dirlo: adesso Mrs Marshall crede che lei speri che la tenuta sia andata a fuoco, di modo che diventi impossibile verificare le sue affermazioni. Ma Luisa è abbastanza sicura che sia tutto un bluff. Gli americani non possono fare questo genere di verifiche. Ha detto quelle cose solo per metterla alla prova.

Mrs Marshall è una donna molto furba. Certi giorni è amichevole, le offre caffè e sigarette, si comporta come se volesse solo scambiare due chiacchiere innocenti. In questi casi bisogna fare attenzione.

«Sono cresciuta in Germania, sono andata a scuola qui» le ha raccontato. Ha vissuto ad Hannover per alcuni anni, le ha detto: il pomeriggio andava a giocare ai Giardini Reali di Herrenhäuser. Poi aveva ottenuto la cittadinanza americana e più tardi si era offerta volontaria per venire in Germania. L'esercito aveva un gran bisogno di gente che parlasse tedesco.

Luisa non le chiede come mai è emigrata in America. Può darsi che non abbia nulla a che fare con il Terzo Reich. Ma può darsi anche che Mrs Marshall sia ebrea e che la sua famiglia sia stata decimata in un campo di concentramento. Se così fosse, avrebbe validissime ragioni per detestare i tedeschi.

In una delle baracche vicine alla sua gli americani hanno appeso delle fotografie scattate nei campi di concentramento. I sorveglianti hanno preteso che tutti le guardassero bene. Immagini raccapriccianti, a cui si stenta a credere. Eppure gli americani le hanno scattate nei campi allestiti qui in Germania dal governo tedesco. Per Luisa è stato uno shock. Quando l'hanno riportata in cella, si è buttata sul letto in lacrime.

«È tutta una farsa!» dice ora la sua compagna di cella. «Noi non abbiamo fatto niente del genere. Quelle foto vengono dalla Russia, ci scommetto. Loro sì che sono capaci di fare certe cose. Noi queste cose non le facciamo.»

Maria Lauer è stata un'istruttrice della BDM, la Lega delle ragazze tedesche: le aiutava a prepararsi alla loro vita di mogli e madri, cantava con loro, insegnava loro gli sport, organizzava feste, finché non ha cominciato ad addestrarle come galoppine della contraerea. Quando Luisa le ha detto che ai tempi di Stettino non faceva parte della locale unità della Lega, Maria Lauer l'ha guardata con sdegno.

La terza donna in cella è Ortrud Hilsch, che faceva la sorvegliante in un campo di lavoro per prigioniere polacche. È originaria della Westfalia ed è una che parla poco, se ne sta nel suo letto e si fissa le mani. Ortrud è un donnone, ha le mani come quelle di un contadino. «Può anche darsi che sia vero» mormora dopo un po'. «Io l'ho sentito dire. Gli ebrei... li uccidevano con il gas. Facevano così anche coi malati di mente.»

Ma Maria non vuole crederci. Sono tutte voci, insiste, fatte circolare apposta per mettere in cattiva luce la Germania sconfitta. I vincitori sono solo in cerca di scuse per crocifiggere i tedeschi.

«Nei campi gli ebrei lavoravano e basta. Ne parlavano anche i giornali! C'erano le fotografie dei campi di lavoro. Tutto in ordine, pulito... e tutti avevano da mangiare a sufficienza.»

Ortrud non aggiunge altro, così Maria si rivolge a Luisa. La scuote per la spalla, le dice di non farla tanto lunga. «Chi crede a queste bugie infanga il nostro popolo. Smettila di piagnucolare, Luisa! Non vedi che mirano proprio a metterci i piedi in testa?»

«Lasciami in pace.»

Di norma Luisa va abbastanza d'accordo con le sue compagne. Ortrud è rozza ma di buon cuore. Maria vorrebbe sembrare autorevole e severa, ma è insicura e sempre in cerca di conferme. Il campo in cui sono prigioniere è stato allestito dagli americani al margine di un bosco e consiste di una schiera di baracche di lamiera. D'estate ci si moriva di caldo, adesso che è più fresco si sta abbastanza bene. Se dovessero restare qui anche d'inverno, cosa che non si augurano, morirebbero congelate, perché non ci sono stufe. Del trattamento non possono lamentarsi: le prigioniere fanno la doccia ogni due giorni, con il sapone e perfino lo shampoo, e ricevono asciugamani e cambi di biancheria. Il vitto è decente, sebbene Maria non faccia che brontolare. Il fatto è che né Maria né Ortrud hanno mai patito la fame: per Luisa invece è un lusso avere di che sfamarsi tutti i giorni.

La cosa terribile però è lo stato di sospensione in cui la fanno vivere. L'attesa e l'impossibilità di capire in che senso si stia orientando l'indagine che la riguarda. Tutto è possibile. Potrebbero rimetterla in libertà domani oppure processarla.

Potrebbe essere condannata a due o vent'anni di carcere. O forse a morte, chi può dirlo?

Finché non troverà il modo di provare che lei è proprio Luisa Koch e non ha niente a che fare con Karl Brenner, le cose non miglioreranno. I bambini glieli hanno tolti subito, per interrogarli separatamente. In seguito le hanno detto che Elke e Jobst sono stati portati in un orfanotrofio. Per settimane Luisa ha avuto nelle orecchie le grida disperate della piccola mentre le separavano. Jobst invece teneva la faccia affondata nella gonna dell'infermiera. Lei non fa che ripetersi che è meglio così: il luogo in cui si trova non è certo adatto a due bambini. Ma ormai si era affezionata a loro, e continua a darsi della stupida per essersi fidata di uno sconosciuto e averlo seguito in un'impresa folle. Se fosse rimasta al campo loro tre sarebbero ancora insieme, e forse, chissà, avrebbero avuto la possibilità di trovare riparo in una fattoria.

«Il nome Erich von Hürth le dice qualcosa?»

È la prima domanda che le hanno fatto. Ed è stata la sua reazione a insospettirli. Perché Luisa aveva pensato subito che quello doveva essere il vero nome di Karl. Ha risposto *No*, dopo un attimo di esitazione. E loro si sono convinti che mentiva. A forza di interrogatori, è riuscita a mettere insieme qualche brandello di informazione su questo Erich von Hürth – o meglio le ha ricostruite in base al modo in cui loro formulavano le domande. Deve avere avuto a che fare con la propaganda nazista: organizzava raduni, proiettava filmati. Forse, come Joseph Goebbels, ha pronunciato discorsi infuocati per convincere i poveracci che avevano già perso tutto a sacrificarsi nella battaglia finale. Nel nord del Paese è piuttosto noto, perché quella era la sua zona di competenza. Ecco perché gli riusciva difficile nascondersi. Questo però non spiega come mai abbia deciso di rifugiarsi in un campo di sfollati e non di andare subito nella foresta a prendere la macchina che evidentemente aveva nascosto per poi scappare. Tanto più che allora Neustadt non era ancora sotto il controllo dei britannici...

Il caldo si è attenuato e di colpo nessuno si interessa più a Luisa. Gli interrogatori sono sempre meno frequenti e Mrs Marshall viene sostituita da un collega più giovane, che le fa un paio di domande svogliate e poi la rispedisce in cella. Maria è stata rimessa in libertà e Ortrud l'hanno trasferita in un altro campo. Lei passa i giorni da sola in cella ad aspettare, a fissare il vuoto e cercare di dormire, ma basta un fruscio a svegliarla. Si saranno scordati di me, pensa. Oppure è un altro trucco: la cuciniamo a fuoco lento per farle dire quello che vogliamo noi. Adesso sente soprattutto la mancanza di un altro essere umano, del respiro delle sue compagne, la notte, dei discorsi, anche quelli più stupidi, anche dei litigi. Comincia a camminare su e giù per la cella, tasta le pareti e la struttura di legno del letto, resta a lungo in piedi davanti alla finestrella che si apre appena sotto il soffitto, e guarda la luce.

Mi sembra di impazzire, pensa in preda a un accenno di panico. Si copre la faccia con le mani e comincia a vorticare su se stessa, fino a che non cade esausta sulla branda. Resta lì seduta finché la vertigine passa. Poi si calma, si stende e si addormenta.

La mattina come sempre le viene servita la colazione su un vassoio di latta: tè, pane bianco con la marmellata e persino un uovo sodo. Non ha ancora finito di consumare quel banchetto che sente la chiave girare nella porta.

«Luisa Koch?»

Le si parano davanti due soldati americani, seguiti dalla sorvegliante. Per un attimo lei vede tutto nero: ecco che la prelevano e la portano davanti a un giudice, la giudicheranno colpevole e le spareranno...

«Sì... sono io» risponde a mezza voce.

«*Come along.*»

Un interrogatorio, pensa riconoscendo il corridoio. Il solito interrogatorio. Con una persona diversa, probabilmente.

In effetti dall'altra parte del tavolo c'è un ufficiale che non ha mai visto e che la guarda con indifferenza da dietro un paio di lenti tonde con la montatura metallica, e poi verifica che si tratti proprio di lei fissando la foto sui documenti che ha davanti.

«La signorina Luisa Koch?»

«Sono io.»

Di solito, agli interrogatori, le offrono una sedia, ma stavolta a quanto pare non hanno intenzione di farlo.

«Le restituiamo i suoi documenti. Per favore, controlli che non manchi nulla.»

Luisa pensa di aver capito male.

L'uomo le porge i documenti stropicciati, il suo e quello di sua madre morta, e anche l'astuccio di cuoio ormai tutto macchiato che ha portato appeso al collo per tanto tempo. Dentro c'è ancora la lettera di Fritz Bogner e qualche banconota. È talmente basita che l'astuccio le cade dalle mani e finisce sotto il tavolo.

«Scusi... *sorry*.»

L'ufficiale si china e raccoglie l'astuccio. Mentre glielo porge, addirittura le sorride. «Lei è libera, signorina Koch. Ci dispiace molto di averla tenuta qui, ma le circostanze lo richiedevano. Il nostro compito è trovare i criminali nazisti e assicurarci che abbiano la giusta punizione.»

«Sì... sì, certo.»

Piega i documenti e li infila malamente nell'astuccio. Ha le dita gelate e rigide dall'emozione.

«Le restituiremo gli altri suoi averi e poi l'accompagneremo in città. Ha amici o parenti a Kassel?»

Lei è confusa. C'è stato il terremoto? È avvenuto un miracolo? Si preoccupano perfino di dove andrà a dormire stanotte! Per un momento pensa che si tratti di una trappola. La seguiranno, per capire se incontra persone sospette. Poi però prevale una sana fiducia nell'uomo che ha davanti. Sono tutte manie di persecuzione, le sue. Perché dovrebbero darsi tanta pena per una come lei?

«A Kassel? No, purtroppo no. Ero in viaggio verso il monte Taunus. Dalle parti di Francoforte...»

«Giusto!» dice l'ufficiale sfogliando le sue carte. «Un paesino di nome Lenzhahn, vero? È ancora lì che vuole andare?»

«Sì, se fosse possibile. Ci sono ancora treni che vanno a Francoforte?»

Lui ci pensa su un momento e poi scuote la testa. La linea ferroviaria s'interrompe a poche stazioni di distanza, dopodiché bisogna andare a piedi.

«Ma aspetti, ho un'idea.» Si alza, apre la porta, chiede qualcosa in inglese al soldato di guardia e poi torna dentro. «È fortunata, signorina Koch» le dice sorridendo. «Oggi pomeriggio parte un convoglio con un carico di aiuti alimentari proprio per quella zona. Troveremo un posto per lei.»

Poco dopo Luisa è in cella che raccoglie le sue poche cose, e ancora non riesce a credere a quanto sta succedendo. Alle sue spalle la sorvegliante non le stacca un attimo gli occhi di dosso. Porta appeso alla cintura il mazzo delle chiavi, potrebbe richiuderla di nuovo in cella in un batter d'occhio. Ma non succede nulla del genere. Luisa viene accompagnata fuori dalla sua baracca, poi lungo una fila di altre baracche uguali, e infine in un edificio di legno di forma allungata. Lì le ridanno la sacca, trovata dentro la macchina. Anche stavolta le dicono di controllare il contenuto. Sì: la coperta, la bottiglia di vetro col tappo dove teneva l'acqua, il cucchiaio, un po' di filo, un paio di calzini, un pezzetto di sapone. Tutto ciò che possiede. Le danno anche un cambio di biancheria dell'esercito, una giacca pesante e un vestito che le va grande. Anche le scarpe a collo basso che ha ai piedi sono di proprietà del governo americano.

La fanno aspettare un po'. Resta seduta senza niente da fare, se non ascoltare e tentare invano di capire i discorsi dei militari. Qualche parola di inglese l'ha imparata, alla scuola di Stettino, ma questi ragazzi parlano in un modo tutto particolare, come se avessero del cotone in bocca. Poi finalmente l'accompagnano al cancello, dove sostano due camion e due jeep con dei soldati armati. La invitano a salire su una jeep scoperta insieme a due soldati neri, e lei si sente un po' a disagio. Indossano la mimetica e imbracciano le armi, eppure sembrano di ottimo umore. Chiacchierano e ridono di battute che Luisa non capisce. Osserva con curiosità la loro pelle scura e compatta e si accorge che i palmi delle mani sono più chiari. Chissà se sono così anche i piedi, si domanda.

Uno dei due si volta verso di lei e le dice qualcosa, con la voce di chi sta masticando uno gnocco di patate. Poi le porge un pacchettino colorato. È chewing-gum. Quella roba che si mastica ma non si deve inghiottire. Luisa ne prende uno con diffidenza, scarta quello strano affare. È dolce, sa di menta. Si accorge che il soldato nero la guarda e sorride.

«*You like it?*» le domanda sorridendo.

Questa volta Luisa ha capito e risponde ammirata: «*It is my first gum...*».

I due battono le mani, come se avesse appena compiuto un'azione eroica. Adesso viene da ridere anche a lei. Il ghiaccio è rotto. Durante il viaggio parlano un po' in inglese e un po' in tedesco, ma soprattutto gesticolando. Ai soldati piace la Germania, i nazisti però sono malvagi, bisogna ricostruire le case. Agli americani, soprattutto ai *black Americans*, non dispiace l'idea di restare a dare una mano. Luisa non è affatto sicura di aver capito bene, ma il dialogo è così vivace e allegro che gli uomini seduti davanti si voltano spesso a guardarli e fanno qualche breve osservazione. Lei non capisce cosa dicono, ma ha la sensazione che sia meglio così. Verso sera arrivano in una città abbastanza grande, in cui si inoltrano percorrendo diverse strade. Molti edifici per fortuna sono ancora in piedi. Il convoglio si ferma presso una caserma che in passato dev'essere appartenuta alla Wehrmacht e che adesso viene usata dalle truppe di occupazione.

Qualcuno impartisce ordini bruschi, i soldati saltano giù dalle jeep e altri escono svelti dalla caserma per aiutarli a scaricare le casse di provviste dai camion. Luisa si ritrova all'improvviso da sola nel mezzo del cortile; tiene stretta a sé la sacca e continua a masticare la gomma, che ormai non è più dolce e non sa nemmeno più di menta. E tuttavia masticarla ha uno strano effetto calmante.

Si volta verso uno degli ufficiali che sorvegliano le operazioni di scarico.

«*It is Frankfurt?*» gli domanda in tono incerto indicando con la mano le case intorno.

«*Frankfurt? Oh no, this is Wiesbaden.*»

«Wiesbaden» ripete lei. «Wiesbaden!»

Lui continua a parlare e Luisa capisce che le viene offerto un alloggio lì, alla caserma, per una notte, dopodiché dovrà andarsene per la sua strada.

«*Thank you*» dice annuendo con gratitudine. «*Thank you very much... Wilhelmstrasse? You know Wilhelmstrasse in Wiesbaden?*»

Lui la guarda stupito poi indica un punto a sinistra. «*This way.*»

Luisa lo ringrazia ancora e si carica la sacca in spalla. Wiesbaden, dunque. Il destino l'ha portata qui, ora tocca a lei cercare questa Wilhelmstrasse e sperare che lì ci sia un caffè. Che questo caffè appartenga ancora a suo zio. E che suo zio sia sopravvissuto alla guerra.

Ho già fatto tante stupidaggini, pensa camminando nella direzione indicatale dall'americano. Tanti errori. Uno in più o uno in meno non farà la differenza.

È quasi buio, un po' alla volta si accendono i lampioni e le finestre delle case si illuminano. Luisa evita le zone in ombra, perché lì è dove sono cadute le bombe e non ci sono più nemmeno i lampioni. Deve chiedere indicazioni due volte. Arriva in Langgasse dove deve farsi strada in mezzo ai venditori del mercato nero e poi svolta in un vicolo. Qui incontra due ragazzini che avanzano sopra una bicicletta carica di mercanzia.

«Scusate. Cerco la Wilhelmstrasse. Il Café Engel, in effetti.»

«Il Café Engel?» dice uno. «A sinistra, appena svoltato l'angolo. Ma mi sa che hanno chiuso da un pezzo.»

«Grazie.»

È così emozionata che le tremano le gambe. Wilhelmstrasse è una strada molto ampia e solo in parte illuminata. Nel buio distingue sagome di alberi. Platani, dunque deve trattarsi di un viale. Più oltre però non si vede niente, invece davanti a lei ci sono alcuni rettangoli bianchi. Finestre di case ancora in piedi, ancora abitate. Ma dov'è il Café Engel? Appena dietro l'angolo a sinistra, ha detto il ragazzino. Vede una porta, sbarrata con le assi di legno. Sì, potrebbe benissimo essere un caffè. Si avvicina piano e sussulta nello scorgere un animale che le corre incontro. È un cane. Le arriva alle ginocchia e ha il manto chiazzato, il musino tondo, lunghe orecchie marroni. Adesso si è seduto sotto una finestra, e dentro la luce è accesa. E ci sono molte persone sedute a un tavolo. Ma il ragazzino non aveva detto che a quest'ora il locale doveva essere già chiuso?

Il cane uggiola e gratta la porta, ma non ottiene nulla. Impaziente, si volta verso di lei e la fissa con due occhioni color ambra. Forza, bussa, dicono quegli occhi. Così, se ti aprono, m'intrufolo anch'io. Ma Luisa resta lì, ferma, incerta sul da farsi. Sbircia ancora. Vede due uomini, entrambi di una certa età. Delle quattro donne presenti, una ha i capelli rossi, un'altra porta una specie di turbante in testa e gesticola mentre parla. La terza è quella che serve la minestra, indossa un grembiule bianco e anche lei dev'essere sulla cinquantina. La bionda accanto deve avere più o meno la sua età.

Non sono clienti, pensa Luisa. È una cena di famiglia. Uno di quei due potrebbe essere mio zio.

Comincia a far freddo, e Luisa ha fame, però le manca il coraggio di bussare. E se invece suo zio avesse venduto il caffè? E in ogni caso è imbarazzante piombare così, senza preavviso, in mezzo a una cena di famiglia. Evita lo sguardo supplice del cane e si siede sul marciapiede. Il cane le si avvicina, l'annusa, le lecca le mani. Poi si mette a guaire. Dai, forza. Vogliamo diventare vecchi qua fuori? Bussa, prima che si spazzolino tutto.

Saggia bestiola. Ha ragione lui, pensa Luisa. Non può starsene per strada ora che è sera. E se pure nel locale non dovesse esserci suo zio, potrebbe sempre chiedere ospitalità per una notte.

In quel momento uno degli uomini, un omone coi capelli bianchi e folte sopracciglia scure, si alza, passa da una porta girevole e apre la porta esterna. E adesso è lì, davanti a lei.

«Forza, vieni dentro...» dice al cane. Il quale non se lo fa certo ripetere, e in un lampo è accanto alla porta girevole in attesa che qualcuno la metta in movimento.

«Salve» dice poi l'omone rivolto a Luisa, che nel frattempo si è appiattita contro il muro. «Aspetta qualcuno?»

«Sì...» gli risponde. «Be', no, in realtà no.»

Lui le si avvicina di qualche passo e la studia. «Posso aiutarla in qualche modo?»

«Sì!» fa lei raccogliendo il coraggio. «Sto cercando un uomo di nome Heinrich Koch. Lei lo conosce, per caso?»

«Heinrich Koch» mormora l'uomo grattandosi il mento. «No, qui non c'è nessun Heinrich. Ma di Koch ne abbiamo quanti ne vuole. Una famiglia intera: Else Koch, Hilde Koch e Heinz Koch... Ah, ma certo, è possibile che... Ma cosa vuole da lui?»

«Sono... sua nipote. Vengo da Stettino. No, anzi, da Marienburg. No, nemmeno, da Rauschen.»

Ecco, si è impappinata. Davvero splendido. L'omone aggrotta le sopracciglia e la guarda con manifesta diffidenza. Lei però gli sorride, e lui non sa più cosa pensare. Si gratta di nuovo il mento, si guarda intorno un attimo e alla fine dice: «Venga dentro. Faccia attenzione, è una porta girevole. Vado prima io... Senti un po', Heinz, qua fuori c'è una ragazza che dice di essere tua nipote, da Stettino!».

«Io non ho nipoti» ribatte prontamente una voce maschile. «E di certo non a Stettino.»

Jean-Jacques

Villeneuve, agosto-settembre 1945

Dovrà aspettare parecchio, il suo fratellino. Lui non farà nessun passo indietro. Non ha alcuna intenzione di abbandonare il campo. Sebbene Pierrot non gli risparmi punzecchiature e allusioni quando sono a tavola e lo provochi continuamente, Jean-Jacques non dirà una sola parola sul tradimento. Il bambino è suo, come suoi sono i terreni, la fattoria, le vigne, tutto quanto. Gli renderà pan per focaccia. L'eterno secondo, il povero cornuto, l'oggetto dello scherno generale adesso ha il bastone del comando.

Non che gli riesca facile. È l'odio a dargli la forza. Il rancore per il tradimento subito da un fratello che non si lascia scappare l'occasione di colpirlo. Adesso Pierrot appare di giorno in giorno meno spavaldo perché sta capendo che non ci sarà nessun divorzio, nessuno scandalo, nessun terremoto in famiglia. Ben gli sta. Jean-Jacques non cederà il posto che è suo.

Quando non riesce a dormire e la notte tinge di buio i pensieri, Jean-Jacques si sente proprio come quand'era prigioniero. Incatenato alla casa dei suoi genitori, e gli manca l'aria, e allora deve alzarsi dal letto e spalancare la finestra. Resta in piedi a riprendere fiato e si accorge di avere un peso enorme che grava sul petto, un'intera, mastodontica costruzione tenuta insieme dalle bugie. Dove lui è il tradito ma anche il traditore. Perché ancora non ha dimenticato Hilde. Ovunque si trovi, qualunque cosa faccia, lei è lì. Si nasconde nelle vigne e gli sorride, è seduta in cucina vicino alla stufa, s'intrufola nel fienile come un topolino e la notte si corica tra lui e sua moglie. Fa di tutto per liberarsi di quel fantasma, ma la sua ragazza è tenace e trova sempre nuovi modi per raggiungerlo. Non ha potere contro di lei.

Quanto a Margot, gli fa pena. Quella sventurata domenica, quando Jean-Jacques ha saputo cosa stava succedendo, la sera, in camera da letto, lei ha provato a parlargli.

«Mi dispiace...» ha mormorato.

Lui non ha detto niente. Si è tolto le scarpe e i calzini, ha buttato la camicia sulla sedia.

«Ma è successo perché tu non mi vuoi! Ero disperata... mi sentivo così brutta, umiliata...»

Jean-Jacques era troppo sconvolto per ammettere che forse in fondo aveva avuto i suoi buoni motivi. È rimasto zitto. Si è spogliato, per la prima volta a disagio nel farsi vedere nudo, si è messo il pigiama.

«Tuo fratello mi ha aspettata fuori, vicino al fienile. Cercavo un posto dove stare da sola, perché ero molto triste. Me lo sono trovato davanti all'improvviso, mi ha abbracciata e...»

«Non voglio sapere altro!»

La durezza della sua voce l'ha spaventata. Margot è ammutolita all'istante. È corsa fuori, e poi Jean-Jacques l'ha sentita dare di stomaco in cucina.

La gravidanza, ha pensato. È normale. Non è colpa mia. Dio mi è testimone che non è colpa mia.

Quando è tornata in camera, lui era già a letto, la luce del comodino ancora accesa. Si era coricato dandole le spalle, per non doverla vedere mentre si svestiva.

«Se vuoi, Jean-Jacques, me ne posso sbarazzare. Siamo ancora in tempo. C'è un dottore a Nîmes che...»

Parole talmente assurde e spaventose che sulle prime lui non le ha nemmeno risposto. Ma che follia sarebbe questa? ha pensato. Come se uccidere il bambino fosse la soluzione per cancellare tutto... Come se fosse possibile cancellare un peccato con un altro peccato...

«Non pensarci neanche» ha detto poi. «Ma come ti viene in mente?»

«Scusa...» ha mormorato lei. «Sono così disperata che ho pensato perfino di ammazzarmi. Ma non preoccuparti, non lo farò. No, non lo farò mai...»

A Jean-Jacques è venuta di colpo la paura che a questa situazione maledetta si aggiungesse un'ulteriore disgrazia, così si è voltato a guardarla. Margot era pallidissima, i lineamenti più affilati del solito, le labbra esangui.

«Promettimi che non farai mai una cosa del genere» le ha detto con dolcezza. «Io voglio che viviate entrambi, tu e questo bambino, che non ha nessuna colpa.»

Lei ha annuito più volte. «Te lo prometto, Jean-Jacques. Anzi, te lo giuro.»

«La promessa è sufficiente. E adesso dormiamo.»

«Che cosa farai?» gli ha domandato in un sussurro. «Lo dirai a tutti?»

Lui ha sentito la collera ferirlo ancora, ma si è controllato. Mia moglie si sta punendo, ha pensato, ma il vero farabutto è mio fratello, che ha approfittato della sua fragilità per farmi cornuto.

«Non ne ho idea» ha risposto. «Quando deciderò, sarai la prima a saperlo.»

Lei non ha replicato. Per un po' è rimasta in silenzio, il respiro a poco a poco si è calmato, poi ha spento la luce.

«Ti amo, Jean-Jacques. Ti ho sempre amato, fin da quando eravamo piccoli, e ti amo anche adesso. Farò di tutto per avere il tuo perdono.»

Era esattamente quello che lui non voleva sentirsi dire, sapendo di avere la coscienza sporca. Lei lo amava, ma lui aveva in testa un'altra donna. Era questa la causa di tutti i mali.

«Le cose stanno come stanno, Margot» ha risposto. «Dobbiamo prenderne atto. Dormi, ora.»

Ha ripensato a questa conversazione per tutto il giorno, mentre lavorava. E ora che è sera ha maturato una decisione.

«Chi lo sa oltre a noi tre?» chiede a sua moglie quando sono a letto.

«Nessuno» sussurra lei.

Lui allora fa un gran respiro. La decisione che ha preso influenzerà la vita di tanti e soprattutto la sua, perché è di vitale importanza che lei resti al suo fianco.

«Allora ascoltami bene» le dice. «Tutto questo non è mai successo. Il bambino che porti in grembo è nostro figlio, noi lo cresceremo e gli daremo fratelli e sorelle.»

Lei tace e Jean-Jacques la guarda con attenzione per capire cosa pensa. Ha gli occhi chiusi, le tremano le palpebre.

«Sei d'accordo? Puoi farlo?» le chiede.

«Sì» dice Margot con un filo di voce. «Farò tutto quello che vuoi, Jean-Jacques.»

Questa sua ostentata sottomissione comincia a dargli sui nervi. Lo fa sentire in colpa, e questo non gli piace. Involontariamente, si trova a domandarsi come si sarebbe comportata Hilde in quella stessa situazione. Gliene avrebbe dette di tutti i colori, avrebbe urlato e imprecato e trovato il modo di addossare la colpa a lui. E lui non glielo avrebbe permesso. Ma perfino una lite violenta gli sembra preferibile alla mansuetudine autolesionistica di Margot.

Ma Margot è sua moglie, lui l'ha sposata ed è con lei che deve vivere. Basta pensare di continuo all'altra donna. Qui non c'è spazio per lei. Qui nella sua camera, nel suo letto coniugale.

«Promettimi che non cederai di nuovo a Pierrot. Sa essere molto convincente, Margot, lo sai....»

«Mai più! Te lo giuro su tutti e dodici gli apostoli, sulla Vergine Maria e...»

«Prometti e basta. Ti crederò.»

Nei giorni seguenti è molto dolce con lei, perché si tranquillizzi e capisca che lui l'ha perdonata. Del resto, forse è ora di ammetterlo, anche lui ha tradito la sua fiducia. Non che abbia intenzione di confessarglielo: a che servirebbe? Rovinerebbe solo questo loro lento e cauto ma costante riavvicinamento. Di giorno Jean-Jacques recita il ruolo del futuro padre felice, che attende con ansia la nascita del primo figlio. La sera parlano, decidono dove sistemare la culla, se quando sarà il momento vorranno chiamare l'ostetrica oppure andare a Nîmes. Lei a poco a poco riemerge dal suo stato di prostrazione, gli racconta di quando lui e Pierrot erano in guerra e il lavoro era tutto sulle sue spalle e su quelle dei suoi genitori. Gli dice della paura e della gioia che ha provato nel ricevere la sua prima lettera da Wiesbaden. Gli chiede se il lavoro era duro, laggiù, e lui le racconta dell'albergo dove faceva il facchino e spazzava i pavimenti. Del Cafè Engel e di tutto quello che è successo dopo non fa parola.

Gli ci vogliono alcuni tentativi, ma poi comincia anche piano piano a toccarla, e si stupisce di come stare con lei sia semplice. Non ci sono più ostacoli fra loro, non c'è più lo spettro di un'altra donna. Margot gli si avvinghia addosso, stringe i denti per non gridare e lui, mentre la bacia, sente il sapore salato delle sue lacrime.

È davvero soddisfatto di sé. Ha riconquistato Margot, i suoi genitori sono contenti del nipotino in arrivo e il cattivo della situazione adesso è Pierrot. La quinta ruota del carro: qui per lui non c'è spazio, la sua presenza è superflua, e Jean-Jacques glielo dice a chiare lettere. Deve andare a cercare fortuna altrove, imparare un mestiere, prendersi una moglie che gli porti in dote dei terreni. Ma suo fratello è un osso duro. Ha capito che il suo piano è fallito, eppure non si arrende.

All'inizio di settembre, quando la vendemmia è ancora in corso, comincia a piovere. Per i grappoli ancora acerbi è veleno puro, perché l'umidità è un terreno di coltura ideale per i parassiti. Passano le giornate in casa a fare niente, se non guardare di tanto in tanto il cielo che però è sempre carico di pioggia pronta a rovesciarsi sulle vigne. Il vecchio va tutti i giorni a controllare i campi, riparandosi sotto la cerata impermeabile. Oggi lo accompagna Pierrot. Jean-Jacques sta preparando la giumenta per portare sua madre a Villeneuve per fare spese. Margot resterà a casa con Berthe per occuparsi della cena.

Mentre sua madre fa il giro dei tre negozi del paese, Jean-Jacques si siede al bistrot per concedersi un buon caffè e dare una sfogliata al quotidiano. Sa già che sua madre ci metterà del tempo, tra gli acquisti e le immancabili chiacchiere, e il luogo in cui si trova non è il massimo per il suo benessere mentale. Si lascia andare alla fantasia. Immagina che dietro il bancone non ci sia la vecchia Solange ma la sua Hilde, vestita di nero e con un grembiule di pizzo a metterle in risalto la vita sottile. Apre il giornale, deciso a concentrarsi sul resto del mondo. Il Giappone si è finalmente arreso, l'ultimo alleato della Germania a dichiarare forfait. Di fronte alla forza distruttiva delle bombe atomiche sganciate a Hiroshima e Nagasaki, i giapponesi non hanno avuto scelta. Meglio non pensare a cosa sarebbe potuto succedere se un'arma del genere fosse stata nelle mani di quel pazzo di Hitler.

Sul giornale dicono pure che nella zona d'occupazione americana ogni tedesco riceve cibo per mille calorie al giorno. Non è molto. Ed ecco che i suoi pensieri migrano di nuovo in quella direzione... chissà se Hilde e sua madre soffrono la fame, chissà se stanno bene... Sempre che non siano già morte sotto i bombardamenti. Ma com'è possibile che non ci abbia mai pensato prima? In effetti, può darsi che Hilde sia già morta... Quest'improvvisa consapevolezza gli fa partire un dolore acuto alla tempia sinistra. No, non può essere. Hilde è viva, è una di quelle persone che scampano a tutto. E suo padre? Chissà se suo padre è tornato tutto intero dalla guerra... In un trafiletto legge che a Le Havre stanno liberando i primi prigionieri fatti in Francia dagli americani. Del resto, a chi conviene tenerli qui e doverli sfamare ogni giorno? Meglio rispedirli a casa. Era ora!

Guarda oltre il vetro rigato d'acqua della finestra e si accorge che il cielo si è rasserenato. Il sole si specchia nelle pozzanghere e si rifrange attraverso le goccioline di pioggia sul vetro mandando scintillii. Dall'altra parte della strada vede sua madre che gli fa dei cenni: a quanto pare non vuole entrare nel bistrot, preferisce andare subito a casa. A lui sta bene. Piega il giornale e lo mette dove l'ha trovato. Paga e si butta sulle spalle la mantella di cerata.

Sua madre ha comprato un bel po' di roba. Jean-Jacques carica tutto sul carro, sistema il telo impermeabile sopra la merce e poi l'aiuta a salire.

«Se il tempo finalmente cambia, abbiamo ancora qualche possibilità per la vendemmia» le dice sedendosi vicino a lei. «Credo che stia per arrivare il maestrale.»

Il maestrale, il temuto vento freddo della Provenza, si annuncia con giorni di anticipo. E ci sono persone che lo sentono arrivare, manifestando sintomi come stanchezza e mal di testa. Lui e sua madre sono tra queste.

«Tre giorni, non di più» conferma lei annodandosi per bene il foulard intorno al collo.

Il maestrale è una manna per i vignai, perché asciuga i grappoli e previene il marciume. E pazienza per i dolori.

«Se papà è d'accordo, l'anno prossimo si potrebbe prendere una macchina. È più veloce, sveltisce il lavoro» dice Jean-Jacques.

Sua madre però non approva l'idea. Non vuole intorno puzzolenti motori a benzina. Inoltre, è sicura che non imparerebbe mai a guidare un'auto. La giumenta ha sempre trainato il loro carro: potrà ben farlo per un altro paio d'anni.

«C'è una cosa che devo dirti, Jean-Jacques» gli dice quando ormai sono arrivati a casa. «Forse non ti piacerà, ma è questa la mia decisione.»

Jean-Jacques rizza le orecchie: sua madre non prende mai decisioni da sola, ma sempre d'accordo con suo padre.

«Intesterò la Médouille a tuo fratello.»

Lui impiega qualche secondo ad afferrare la portata dell'affermazione. La Médouille è una vigna non molto grande ma dal terreno ottimo, dove crescono le qualità migliori. E adesso quella bella terra, di proprietà di sua madre, se la prenderà il suo fratellino. Stenta davvero a crederlo.

«C'è un motivo particolare per cui hai deciso di escludermi

dall'eredità?» le domanda Jean-Jacques faticando a tenere a bada la rabbia.

«Sì.»

Gli sta seduta accanto, con la mantella e il foulard variopinto mosso dal vento. Sua madre: una donnina amorevole e piena di premure. Eppure in questo momento il suo viso, mentre lo guarda, sembra fatto di pietra.

«E sarebbe?»

Lei lo fissa spavalda, senz'ombra di rincrescimento o d'imbarazzo.

«Voglio che Pierrot resti con noi. Nessuno ha il diritto di mandarlo via, per questo gli assegno la mia terra fin da ora.»

Nello scorgere il recinto, la cavalla ha accelerato e stanno già entrando nel cortile di casa. È tardi per discuterne, e comunque Jean-Jacques sa per esperienza che non sarà facile far cambiare idea a sua madre. Guarda torvo davanti a sé mentre tira le redini per frenare l'animale, e intanto vede Margot e Pierrot accorrere per scaricare le provviste.

È stata un'impressione oppure ha visto un lampo di trionfo negli occhi di suo fratello? Del resto, dopo quello che ha appena sentito, avrebbe tutte le ragioni per sprizzare gioia...

Mentre sono seduti a tavola, a sorbire una minestrina bevendo il vino mischiato all'acqua, in lui cresce l'odio verso Pierrot, che è riuscito a lavorarsi così bene la loro madre. Certo, lei ha sempre avuto una predilezione per il piccolino, e non dev'essere stato difficile portarla dalla sua parte. E quindi, adesso Pierrot rimarrà in questa casa; e come proprietario di una parte delle terre, avrà voce in capitolo sulle decisioni che riguardano la fattoria.

Ma che mossa astuta! Jean-Jacques si ripromette di parlarne con suo padre non appena avranno un attimo di tranquillità. Forse lui potrà convincere sua madre a ripensarci. Due fratelli che non vanno d'accordo non possono fare il bene della fattoria. Si prospetterebbe un futuro molto incerto per la famiglia Perrier.

Dopo pranzo le donne hanno da fare in cucina e il padre va nella stalla con Jèrôme per controllare il morello giovane, che zoppica un po'. Jean-Jacques soppesa l'idea di andare con lui e parlargli, ma poi decide di rimandare. Ha un terribile mal di testa, le mani fredde, gli occhi rossi. Accidenti al maestrale!

«Stenditi un poco, Jean-Jacques» gli dice avvicinandosi Margot. «I dolori per il vento, vero?»

Ma lui è ancora troppo furioso per mettersi a letto. Così si infila la giacca ed esce. Una passeggiata per la campagna gli farà bene. Prendere un po' d'aria fresca, godersi la temperatura gentile di settembre. Senza nemmeno rendersene conto, si ritrova a camminare verso la Médouille. Lì cresce anche l'uva Grenache, da cui nelle annate buone si ricava un bianco eccellente. Prima della guerra Jean-Jacques stesso lo ha nobilitato ulteriormente aggiungendo della Bourboulenc, e il risultato è stato eccezionale. Aveva progetti ambiziosi per questa piccola graziosa vigna, finché non si è messo in mezzo suo fratello.

Ora, sotto il sole che splende, l'umidità si è trasformata in nebbiolina. Lui si ferma a osservare quello spettacolo, respira profondamente, sente sciogliersi piano la tensione alla testa.

«Cosa fai, ti prepari a separartene?» domanda all'improvviso l'odiata voce beffarda di suo fratello.

Si volta di scatto e se lo ritrova davanti.

«E perché dovrei?»

«Perché questa vigna presto sarà mia.»

Jean-Jacques sbuffa, sprezzante. Il sorrisetto compiaciuto di Pierrot lo irrita da morire, gli fa dire cose che farebbe meglio a tenere per sé.

«Cocco di mamma! Ma non ci riuscirai, fratellino.»

Senza accorgersene ha stretto i pugni, e in risposta Pierrot si è messo in posizione d'attacco. Stanno uno di fronte all'altro come quando erano bambini, si osservano in attesa di una mossa, per saltarsi addosso.

«Non ti libererai di me» continua a provocarlo Pierrot. «Verrò a rovinarti il sonno. Fin nel tuo letto, fin nei tuoi sudici pensieri per quella tua puttanella tedesca...»

Ed è allora che succede. Jean-Jacques non sta bene, ma è

comunque lui a colpire per primo. Però suo fratello evita il fendente. E quando lo colpisce, il pugno si abbatte sul mento di Jean-Jacques scaraventandolo a terra, aprendogli un taglio sulla lingua. Sente all'istante un sapore freddo e metallico in bocca.

«Ti sei preso Margot solo perché sei l'erede!» urla Pierrot. «È solo per questo che hanno scelto te. Io invece l'amavo. Ma presto o tardi lei sarà mia, perché tu non vali niente!»

Il dolore è talmente forte che non è sicuro di avere sentito bene. Che cosa sta dicendo suo fratello? Che è innamorato di Margot? Ma è impazzito?

«Quanto ho sperato che non tornassi dalla guerra! Sarebbe stato tutto più semplice. Invece adesso sei qui, e bisogna fare i conti con te. Ma io resto, Jean-Jacques! Sarò la tua ombra, la tua maledizione, ti perseguiterò finché...»

Adesso Jean-Jacques è in posizione di vantaggio, perché Pierrot è troppo preso dal suo discorso. Gli si avventa contro e lo getta a terra, rotolano in mezzo ai tralicci, sputando e imprecando, ansimando e insultandosi a vicenda. Alla fine il maggiore ha la meglio.

«Arrenditi!» gli urla Jean-Jacques seduto sul petto del fratello.

«Va' all'inferno!» biascica lo sconfitto.

«Ti arrendi?»

«Neanche morto.»

Gli assesta un altro paio di sberle, e alla fine Pierrot si arrende. Jean-Jacques lo lascia andare.

«Alzati e vattene!»

Pierrot si alza, malfermo, tossisce, tira fuori il fazzoletto per pulire il mento insanguinato. Jean-Jacques ha la lingua spaventosamente gonfia. Si volta, si sistema gli abiti e si avvia per il sentiero verso casa. Ogni due o tre passi si ferma, ad asciugare con la manica della giacca il sangue che continua a fuoriuscire.

Il colpo alle spalle lo coglie del tutto impreparato. Davanti agli occhi vede una lastra di vetro che va in mille pezzi, poi lo inghiotte il buio.

Hilde

Wiesbaden, settembre 1945

«Hilde? Che ti succede?»

Sua madre compare sulla soglia della stanza, in camicia da notte, e la fissa. Hilde è seduta sul letto; ansima.

«Niente, mamma... Ho solo fatto un brutto sogno.»

Else si appoggia sollevata allo stipite della porta. «Gridavi così forte che pensavo stessi male...»

«No, no. Va tutto bene, mamma... solo un incubo.»

«Be', meglio così» dice sua madre prima di scendere le scale verso il caffè, per andare a prendere un secchio d'acqua da portare in bagno. Sono le sei, è ora di alzarsi.

Hilde invece si lascia ricadere sul cuscino, esausta. Ha ancora un'immagine terribile davanti agli occhi: una schiera di soldati con le armi spianate e di fronte a loro un uomo, le mani legate dietro la schiena, gli occhi spalancati. Ha i capelli neri e ricci e una bocca che lei conosce bene: è il suo ragazzo, e fra pochi secondi il suo corpo verrà crivellato di colpi.

«Ma che razza di stupida» mormora. «Bisogna essere proprio cretine per...»

Si asciuga le lacrime, furiosa: ha pianto per lui in sogno. Com'è possibile? Non lo aveva dimenticato? Non merita altro, quel vile traditore bugiardo. Dimenticato, sepolto. Fine.

È che le cose vanno male su tutti i fronti. Ha litigato con Sofia Künzel, Addi parla per monosillabi ed è sempre arrabbiato, Julia praticamente non esce mai di casa e come se tutto questo non bastasse adesso c'è un nuovo membro in famiglia.

Sua cugina Luisa! Davvero incredibile. Una tizia che se ne stava lì fuori a gironzolare per strada e ha visto un bel caffè con le luci accese, persone riunite a tavola per la cena, e deve aver pensato: che bello sarebbe se lì dentro ci fosse un posticino anche per me, un bel focolare dove scaldarsi adesso che arriva l'inverno... Papà se l'è infinocchiato in un attimo: figuriamoci, per Heinz Koch non serve di sicuro un mago della truffa, papà è un pezzo di pane, un ingenuo! La tizia gli dice di essere sua nipote, la figlia di sua sorella Annemarie. Di Rauschen, sul Baltico. A suo padre è bastato quello. L'ha abbracciata, l'ha fatta sedere, le ha fatto servire un piatto di minestra e del pane. E poi anche il caffè d'orzo con i biscotti. Si è riempita la pancia per bene, la sua cuginetta. Poi si è messa a raccontare dei suoi nonni, che avevano un locale a Rauschen. Tutte cose verosimili, certo, ma Hilde non ha dubbi: quella tizia è un'imbrogliona.

E in che condizioni è arrivata! Con quei vestiti strani che a suo dire le erano stati dati dagli americani. Con i capelli zozzi e una sacca puzzolente. Non riesce a capire come mai a nessuno sia saltata la pulce al naso, nemmeno alla Künzel, che non è certo un'anima bella. L'imbrogliona si è presentata come una cara ragazza a cui sono capitate cose terribili. Quando poi ha raccontato della morte di sua madre – colpita da un proiettile durante un attacco aereo a bassa quota – si sono commossi tutti. Per suo padre, che sperava un giorno di rivedere la sorellina, è stato un duro colpo.

Se fosse vera questa storia, allora bisognerebbe riconoscere che Luisa ne ha passate tante. Ma per il momento Hilde è assolutamente convinta che si sia inventata tutto. Ha per caso mostrato loro dei documenti per provare che è davvero chi dice di essere? No. I suoi documenti sono andati persi durante la fuga, ha raccontato. Sì, certo. Domani anch'io butto via il passaporto, e poi mi metto a dire di essere la nipote dell'imperatore Guglielmo buonanima. O magari la bisnipote di Rockefeller.

La sua cosiddetta cugina si è presentata inoltre come Luisa von Tiplitz. Perché, ha raccontato, la sorella minore di papà avrebbe conosciuto a Rauschen un certo barone Johannes von Tiplitz e i due si sarebbero sposati. Sua cugina Luisa sarebbe dunque nata in una tenuta di campagna nelle vicinanze di Danzica, in un ambiente aristocratico. Naturalmente poi sono scappati tutti quando sono arrivati i russi.

«La mia povera sorellina...» continua a dire suo padre con le lacrime agli occhi. «La povera Annemarie. Dunque ha sposato un barone, nientemeno, il barone von Tip... com'è che si chiama? Tiplitz? Alta nobiltà prussiana, eh?»

Ma anche il nobile padre è morto... Questa furbacchiona non ha proprio ritegno. Il povero barone era malato di cuore, e ha lasciato prematuramente moglie e figlia... La vita è così crudele.

La piccola Luisa possiede qualcosa che seduce tutti. L'ammirano, si rattristano per la sua sorte, vogliono aiutarla, farle coraggio. Primo fra tutti suo padre, col cuore più tenero del mondo. La sua seconda vittima è stata Julia, che si è subito offerta di cucirle dei vestiti. Ha anche delle scarpe, su nel suo appartamento, che fortuna che lei e Luisa abbiano la stessa misura! Addi non si sbilancia, ma si capisce che la giovane baronessa ha fatto breccia anche nel suo cuore.

«Povera cara ragazza» sta dicendo ora mentre Else la accompagna di sopra. «Che rabbia che debba andare a stare con gli Storbeck. Ma se quel vecchio caprone dovesse metterle le mani addosso, giuro che...»

«Ma smettila» gli dice Julia. «Storbeck è cambiato molto dopo l'esperienza del campo d'internamento. Me lo ha detto Marianne.»

Addi non le risponde, fissa il piatto vuoto e con la mano destra finge di suonare il pianoforte.

«Inoltre presto ricomincerà a lavorare.»

Adesso Addi fissa lei, aggrottando la fronte. «Ma chi, Storbeck? Gli danno un lavoro?»

Julia annuisce con convinzione e non aggiunge altro, vedendo bene che lui sta per arrabbiarsi.

«Non dirmi che torna a lavorare in municipio, nel suo vecchio ufficio alla tesoreria!»

«Ma no! Farà il bigliettaio sul tram. Ma non è ancora sicuro, mi ha detto Marianne.»

Addi scuote la testa, si alza e raggiunge la porta. «Certa gente proprio non ha ritegno» dice rivolto a Julia. Poi apre la porta e si sentono i suoi passi pesanti su per la scala.

«Non fanno che punzecchiarsi questi due» dice la Künzel. «E pensare che per un po' sembrava che si fossero finalmente messi insieme. Ah, le mille forme dell'amore...»

E lancia un'occhiata eloquente a Hilde, la quale si affretta a voltarsi perché non ha proprio voglia di discutere con Sofia. Del resto, ultimamente non ha più flirtato con l'americano e non ha fatto niente per fargli vedere la giarrettiera. Si è limitata ad abbassarsi un po' mentre passava lo straccio sul pianerottolo. È colpa sua se l'americano è sensibile al fascino dei suoi occhi azzurri? Se voleva, poteva guardare da un'altra parte.

«Tu e Luisa avete più o meno la stessa taglia, Hilde» s'intromette suo padre che neanche si è accorto del conflitto tra lei e la Künzel. «Guarda se nell'armadio hai qualcosa di adeguato da darle.»

Ci mancava solo questa: adesso deve anche regalare i suoi vestiti a una sconosciuta. Lei che praticamente non ha mai nulla da mettersi! O perlomeno, nulla da indossare per andare a spasso in città con Gisela. Cosa che del resto accade di rado, perché al caffè c'è sempre bisogno della sua presenza. Ma in ogni caso, nei rari pomeriggi in cui ha la possibilità di uscire a passeggio, si ritrova sempre davanti all'armadio a fissare il vuoto. I due abiti estivi ormai sono troppo leggeri, deve metterci sopra un maglione aperto. Ma con quello sembra sua nonna. La brava mogliettina tedesca che va a intrattenersi con le amiche della Lega delle donne nazionalsocialiste. Puah!

«Non lo so» mormora. «Forse ho un cardigan.»

Nelle settimane seguenti sua cugina riesce a intrufolarsi dappertutto. Conquista la Künzel arricciandole i capelli e ricevendo da lei un paio di calze di nylon di quelle che regalano gli americani.

«Che cara ragazza. E ha le mani d'oro! Mi ha fatto i capelli proprio come li volevo. Avercene, di ragazze così...»

Ma che faccia tosta. E neanche si è accorta, Sofia Künzel, che i suoi due allievi mostrano una certa attenzione per la nuova arrivata: non le passa proprio per la mente che la dolcissima Luisa possa sedurre i suoi ragazzini...

Il mondo è un luogo ingiusto. Luisa va d'accordo perfino con gli Storbeck; si siede al tavolo con Addi e parla con lui per ore; Julia le cuce un vestito autunnale da sogno, proprio come lo voleva Hilde. Ha conquistato perfino Else, che pure dapprincipio era sembrata scettica. A quanto pare, si sa muovere pure in un laboratorio di pasticceria. Forse, dopotutto, la storia del caffè di Rauschen corrisponde a verità. È evidente che Luisa se la cava benone con le torte, e ha pure fatto degli ottimi biscottini croccanti con la farina di mais...

Adesso Hilde vorrebbe mettersi a gridare. Si sente messa all'angolo sempre di più, le è rimasta solo una cosa, il suo territorio d'elezione, ovvero il privilegio di servire i clienti. Lì Luisa non si intromette. E se a suo padre dovesse venire qualche idea strana al riguardo, Hilde ha già deciso che mollerebbe tutto. È proprio curiosa di vedere come se la caverebbero senza di lei.

Poi però succede una cosa che sparigli le carte. Ed è tutto merito di Gisela. Lei è la sua migliore nonché unica amica, per quanto non sempre vedano le cose allo stesso modo. Succede tutto un grigio lunedì pomeriggio, il locale è quasi vuoto e c'è solo suo padre seduto a un tavolo con un libro in mano. Hilde sta pulendo la vetrina delle torte, quando dalla porta girevole entra un cliente. Per poco non le cade di mano lo straccio. È Josh Peters in persona.

«Buongiorno» dice, reggendo il cappello tra le mani. «C'è un tempaccio, là fuori. L'autunno quest'anno si fa sentire presto.»

Hilde si riprende in fretta. Gli sorride, dice che dell'autunno farebbe volentieri a meno. «Che cosa posso servirle, tenente Peters?»

«Caffè e una fetta della vostra ottima torta.»

«Arriva subito.»

Mentre taglia una fetta si accorge delle occhiate torve di suo padre. Non li può soffrire, gli americani, anche se sono venuti a liberare il Paese da una dittatura e vanno d'accordo con la popolazione. Ma lui è un uomo vecchio stampo: detesta la loro musica allegra, trova disgustosa la gomma da masticare e lo infastidisce l'entusiasmo mostrato da bambini e giovani verso l'America, che a lui sembra un luogo del tutto privo di cultura. Hilde poggia l'ordinazione sul vassoio e va a servire il militare.

«Buon appetito.»

«Grazie.»

È una sua impressione o le ha sorriso? Di sicuro ha un atteggiamento amichevole. Più che amichevole. La guarda proprio con simpatia. Quindi il tenente Josh Peters ce l'ha, un cuoricino. Beve un sorso di caffè d'orzo, ma la torta non l'ha ancora toccata.

«Ho sentito dire che suo padre è tornato dal campo di prigionia» dice. «Sono molto contento per voi.»

«Sì. Siamo tutti molto felici. Posso presentarle mio padre? È seduto laggiù a quel tavolo. Papà? Ti presento il tenente Josh Peters. È il nipote di Eddi Graff.»

«Il nipote del grande attore?» domanda lui incuriosito, posando il libro che stava leggendo e voltandosi verso l'americano. «Possibile?»

«Il mondo è piccolo, signor Koch» ribatte Peters. «Eduard Graff venne a stare dai miei genitori a Manhattan a metà degli anni Trenta.»

Per alcuni istanti Heinz Koch fissa assorto la tovaglia, nel tentativo di ricordare in che anno se n'era andato Graff. Sì, dev'essere stato nel '35.

«Lei non può immaginare quanto lo ammiravamo!» comincia poi a dire, infervorato. «È stato uno dei più grandi. Il suo nome in locandina significava successo assicurato. Avevo una sua foto autografata, ma non so che fine abbia fatto.»

«Oh.» Peters si porta la mano destra al petto. «Me ne sono appropriato io, signor Koch. Una bella foto dei suoi tempi d'oro. Ma verrò a riportargliela...»

«Mio Dio!» esclama Heinz, già commosso. «Se la tenga pure, giovanotto. Si tratta di suo zio. Potrei parlarle di lui per ore. Io e mia moglie siamo stati a tutti i suoi spettacoli.»

«L'ascolterei con molto piacere, signor Koch.»

E allora succede esattamente quel che Hilde si augurava. Suo padre lo invita a raggiungerlo al tavolo.

«Ora mi porto appresso questa maledetta gamba di legno, tenente. Non sono più agile come una volta. Venga lei a sedersi qui. Hilde, potresti apparecchiare questo tavolo per il tenente? E per me un altro caffè...»

Peters si porta dietro la tazza, Hilde lo segue con la torta sul piattino.

«Si siede anche lei con noi, signorina Koch?»

«Non è possibile, tenente. Sono in servizio» risponde lei con un sorriso. «Mio padre è molto severo in proposito.» E si congeda facendo il saluto militare.

Lascia i due uomini alle loro chiacchiere e ricomincia a lustrare il vetro. Di tanto in tanto le viene chiesto di prendere questa o quella foto appesa al muro e portarla al tavolo. Dopo po' arriva anche Addi, con la sua solita aria fosca, e poi anche Luisa. La cosa indispettisce un po' Hilde, punto primo perché lei deve lavorare, e quindi non può unirsi alla compagnia, inoltre si accorge che Peters osserva con curiosità la nuova arrivata e le rivolge la parola un paio di volte. Lei gli risponde in modo tranquillo e cortese, con quel sorriso schivo per cui tutti vanno pazzi.

Adesso farà di nuovo la scenetta della «povera ragazza», pensa Hilde indignata. Sa bene quali corde toccare, non sbaglia un colpo, la signorina. Ma sai una cosa, bella mia? Se credi di venirtene qui e soffiarmi il mio tenente da sotto il naso, allora mi sa che ti è sfuggito qualcosa.

In quel momento entra nella sala anche sua madre, di ritorno da un giro in città per rimediare qualche ingrediente sottobanco. Un'uscita apparentemente infruttuosa, a giudicare dall'espressione della faccia. Adesso, cari mamma e papà, il mercato nero non vi fa più tanto schifo, eh? pensa Hilde.

«Ma quello non è...» domanda sua madre.

«Proprio lui. Il tenente Peters.»

«Che bello!» si rallegra Else. «Metti la roba nella credenza, Hilde.»

Sa bene cos'ha in mente di fare sua madre. Va a salutare Peters, si siede anche lei con l'allegra compagnia. Presto racconterà a suo padre che è tutto merito del tenente se la loro casa non è stata requisita, e Addi lo confermerà. Se non fosse stato per Peters, oggi la loro casa sarebbe abitata da una comunità di ufficiali americani con famiglie al seguito. Sua madre sta facendo ogni sforzo per combattere i pregiudizi di suo padre nei confronti degli americani, perché quell'atteggiamento rischia di danneggiare seriamente gli affari. Bene così, pensa Hilde. Ci sta riuscendo alla grande. Le cose stanno prendendo un'ottima piega. Purché la cuginetta dal sangue blu non si metta di mezzo.

E infatti Luisa, come se avesse percepito l'ostilità di Hilde, dopo un po' si alza in piedi e si accomiata. «Julia mi aspetta di sopra» dice prima di andare via.

Hilde le invidia il bel vestito che si sta facendo cucire, ma l'importante è che adesso si tolga dai piedi. In compenso, dalla porta girevole ecco sbucare inaspettatamente Gisela col suo immancabile Sammy, seguiti dal cane che trova sempre il modo di intrufolarsi nel caffè. Le due amiche si salutano con baci e abbracci e anche Sammy viene accolto calorosamente. Hilde è felice di vederli al caffè, nonostante gli screzi avuti con Gisela, e mentre Sammy e Peters chiacchierano tra loro in inglese, sente la sua amica sussurrale all'orecchio: «Sta' attenta. Abbiamo in serbo una sorpresa per te».

«Che sorpr...»

«Shh.»

Ora bisogna aggiungere un tavolo, perché Else ha invitato i nuovi arrivati a sedersi con loro. Papà è talmente preso dai suoi discorsi con Peters che non se ne accorge nemmeno. Ha appena saputo che, una volta emigrato, Eddi Graff non ha più calcato le scene e che è morto poco prima della guerra in un incidente stradale.

«Vieni a sederti, Hilde» la invita sua madre. «Io vado a fare un po' di tè e preparo delle tartine. Tanto siamo fra amici.»

In effetti l'atmosfera è molto rilassata e familiare. Gisela porta in tavola le tartine, Addi si occupa della teiera e Josh Peters aiuta Hilde a prendere le tazze e la zuccheriera. In un momento in cui si trovano da soli in cucina, lui le domanda a bassa voce: «È ancora arrabbiata con me, signorina Hilde?».

«Ero arrabbiata, tenente, non lo nego. Mi ha mancato di rispetto, trattandomi come una bambina.»

«È vero» ammette lui. «Ma vede, temevo che potesse incappare in cattive compagnie.»

Hilde corre alla porta, si accerta che sua madre sia ancora seduta al tavolo, che non abbia intenzione di entrare proprio ora in cucina.

«Almeno le dispiace?» domanda all'americano.

«Da un certo punto di vista sì. Avrei dovuto essere più educato. Più seducente, se vuole. Ma io, a differenza del mio defunto e famoso zio, non sono il tipo d'uomo che incanta le donne. Sono diretto e spesso rozzo.»

Una confessione del genere Hilde non se l'aspettava. Ne è colpita. In effetti Josh Peters è tutto fuorché seducente. Perfino sorridere gli riesce difficile. Ma forse è proprio questo che le piace. Ha già avuto la sua esperienza con un bugiardo seducente, e non ha intenzione di ripeterla.

Lui le sta davanti e regge il vassoio sul quale lei sta disponendo tazze e piattini. Posa anche la zuccheriera, poi lo guarda. L'americano sembra in attesa, l'espressione vagamente triste.

«Sa una cosa?» gli dice con un sorriso a fior di labbra. «Gli uomini così, quelli che incantano le donne, a me non interessano. Mi piacciono le persone oneste e sincere e senza orpelli. Se poi qualche volta sono un po' rozze, lo posso sopportare.»

La sua bocca non sorride, non ancora, ma gli occhi già lo fanno. Un sorriso radioso e caldo, affascinante.

«È bello sentirglielo dire.»

Poi tornano di là con gli altri, e mentre distribuisce le tazze Hilde incontra lo sguardo di Gisela. Hai visto? dice quello sguardo. L'avevo detto che te l'avrei riportato. Adesso tocca a te.

Intorno al tavolo c'è allegria: Gisela e Peters fanno da interpreti per Sammy, che ormai alcune parole le capisce anche da solo. La Künzel si mette subito a raccontare aneddoti di quando era una diva del palcoscenico, finché non interviene Addi per dire a tutti di quella che volta che Eddi Graff si era avvicinato alla buca del suggeritore a scena aperta, fingendo di doversi solo allacciare le scarpe. È ormai il tramonto quando Peters annuncia di doversene andare. Per salutare come si deve il suo nuovo amico, Heinz Koch fa addirittura la fatica di alzarsi in piedi.

«È stato un vero piacere, tenente. Spero tornerà a trovarci.»

L'americano lo promette e si mette il cappello. Però non se ne va. «Ho un favore da chiederle, signor Koch. Crede che potrei portare sua figlia Hilde fuori per un pomeriggio? Il mio amico Sammy Hill e la sua fidanzata Gisela hanno organizzato una gita al monte Taunus e mi hanno invitato. Così ho pensato che anche Hilde potrebbe essere dei nostri...»

Dunque era questa la sorpresa di cui parlava la sua amica! Ah, che sogno sarebbe! Un pomeriggio intero. Due coppie, per una romantica passeggiata in montagna! Adesso mi sa che papà se lo mangia viv...

«Perché no?» replica invece suo padre. «Per ma ve bene. Alle sette a casa, però!»

E poi lancia alla figlia un'occhiata severa, proprio come quando da ragazzina andava al cinema con Gisela.

Hilde si schiarisce la voce. «Chiederete anche la mia opinione?» dice fra l'offeso e il divertito.

«Domando scusa» si affretta a dire Peters, con la faccia serissima. «Volevo solo fare le cose per bene. Spero non se la sia presa.»

Tu aspetta, pensa Hilde. Quando saremo tu e io da soli, te ne canterò quattro. Davvero non ne combini una giusta, tenente...

«Adesso non dirmi che non vuoi venire!» si agita subito Gisela. «Speravamo tanto di andare tutti quanti insieme!»

«Ma certo che vengo. Non vedo l'ora! Quando?»

«Giovedì» risponde Gisela. «Mettiti qualcosa di caldo e scarpe robuste. E portati qualcosa nel caso piova. Vogliamo fare un'escursione.»

Un'escursione! pensa Hilde. Magari in mezzo al fango. Molto romantico. Almeno però non mi servirà un vestito elegante.

Luisa

Wiesbaden, settembre-ottobre 1945

È arrivata a casa. Ed è il paradiso. Non credeva, non sperava che nella vita le capitasse di godere di un tale calore, di un tale senso di protezione e appartenenza. Sin da quando, a quattordici anni, ha lasciato la casa di suo padre, ha dovuto sempre occuparsi di se stessa e di sua madre, e solo ora capisce ciò che le è stato negato, quanto è stata dura e quanto le è mancato un nido familiare.

Soprattutto, ha trovato un secondo padre. Suo zio Heinz l'ha conquistata al primo istante. È un uomo dal cuore d'oro: allegro, generoso, compassionevole. Quando si siedono a parlare, la guarda con affetto e lei si sente capita e accettata. Ha gli occhi uguali a quelli di sua madre: è la prima cosa che ha notato in lui. Gli stessi occhi verdeazzurri, e anche le sopracciglia scure e arcuate. Solo che quelle di zio Heinz sono molto più grosse. Quando le aggrotta, ha l'aria davvero minacciosa. Ma non succede praticamente mai. Suo zio non è capace di vera collera. Anche se brontola, e magari sbatte un pugno sul tavolo. La sua rabbia passa subito, come i temporali estivi.

Ha raccontato loro qualche bugia e non ne va fiera, ma lo ha fatto per salvaguardare la memoria di sua madre. La sua famiglia di Wiesbaden e soprattutto zio Heinz non devono sapere che Annemarie Koch ha avuto una relazione con un membro della nobiltà senza sposarlo e che da quella relazione è nata una figlia illegittima. Che ha vissuto per quattordici anni a Tiplitz come amante del barone e che poi è stata cacciata insieme alla figlia quando lui è morto. No, la famiglia deve ricordare sua madre con amore e rispetto, non come l'infelice ragazza caduta in disgrazia, da compatire o magari disprezzare. I documenti suoi e di sua madre, che ha conservato gelosamente durante la fuga, è decisa a bruciarli. Aspetta solo che in casa accendano la stufa.

La stanza che le hanno dato è una ex sala da pranzo ed è un ambiente di passaggio, giacché da lì si accede alla cucina e al soggiorno. Luisa dorme sul divano e le è stato assegnato un cassettone dove sistemare le sue cose. Prima lì dentro c'erano piatti e posate.

«Razza di sciacalli» ha mormorato zia Else quando l'ha accompagnata di sopra. «Si sono presi tutto per venderlo al mercato nero.»

Questo è successo la prima sera, quando Luisa è arrivata al Café Engel. La chiamava ancora «signora Koch», solo qualche giorno dopo Else le ha detto di darle del tu. «Adesso basta con questa signora Koch. Io per te sono zia Else. Siamo d'accordo?»

«Grazie» ha balbettato lei. «Io sono Luisa.»

«Lo so. Va bene se qualche volta ti chiamo Lieschen? Ti sembra accettabile?»

«Ma certo.»

Accettabile. A Luisa vengono le lacrime agli occhi ogni volta che la zia la chiama in quel modo. Perché quello era il nomignolo speciale che usava sua madre.

Zia Else è una donna molto pratica. Luisa lo ha notato e ha provato nei suoi confronti una fiducia istintiva. «Le porte della mia stanza hanno una chiave, zia Else?»

Sta versando la farina in un impasto ed è molto concentrata sul lavoro, attenta a che non si formino grumi.

«L'avrà fatta sparire Marianne. Non c'è da fidarsi, di quella. Sembra tanto carina, e invece è una furbacchiona... Adesso vado a dare un'occhiata. Passami lo stampo. Lo hai spennellato? Bene.»

Luisa non vuole certo lanciare accuse infondate. Ma è sicura che i pochi vestiti e la biancheria che tiene nei cassetti siano stati tolti e poi rimessi a posto. Il maglione che le ha regalato Else doveva essere sopra e invece era sotto al cardigan che le ha dato Hilde. Sì, dev'essere stata Marianne Storbeck, che le gira sempre intorno con quell'aria da innocentina e quel sorriso falso e non fa che chiacchierare. A Luisa quella donna non piace. E Wilfried Storbeck è una persona altrettanto sgradevole. Per ben tre volte è entrato in camera sua senza bussare, e sempre di sera, quando lei naturalmente era già a letto. Da quando le è piombato addirittura in bagno, Luisa sta ben attenta a chiudere la porta a chiave.

Ma gli Storbeck costituiscono una minuscola macchia sulla sua felicità perfetta, e Luisa è decisa a cercare di andarci d'accordo. L'importante è distruggere al più presto i documenti, perché altrimenti quella donna finirà per trovarli, una volta o l'altra. E allora chissà che cosa succederebbe.

Il momento più bello è la sera quando si siedono tutti insieme a mangiare – gli Storbeck no, per fortuna. Anche qui a Wiesbaden il cibo è scarso. E sarebbe ancora meno se uno dovesse accontentarsi di quello che si ottiene con le singole tessere. Per questo ognuno di loro aggiunge la sua parte, e così zia Else può preparare la cena per tutti. Di solito è una minestra d'orzo o di riso, con le carote e le cipolle oppure con il mais o i piselli in scatola. Il lardo c'è solo di tanto in tanto, in quelle occasioni per la casa si diffonde un profumino inconfondibile. Certe volte nella minestra c'è il *corned beef*. Sofia Künzel ne porta sempre qualche scatoletta, che riceve dagli americani quando va a suonare il pianoforte per loro, cosa che succede quattro volte alla settimana.

Mentre zia Else scodella la minestra, Luisa si ritrova spesso a pensare alla sera del suo arrivo, a come, solo qualche settimana prima, non avrebbe mai creduto che nella vita le sarebbe toccata una fortuna simile. E a dire la verità una parte di lei ancora teme che questa sua buona sorte possa interrompersi presto. Teme di aver commesso l'ennesimo passo falso e che la felicità possa sfuggirle come sabbia tra le dita.

C'è una sola persona in casa di cui ha davvero paura. Hilde. Sua cugina Hilde, che ha solo due anni meno di lei e che fin dal primo momento le ha fatto capire con molta chiarezza che non ha intenzione di fare amicizia. La guarda sempre con freddezza e con il chiaro invito a mantenere le distanze. Sta' al tuo posto, le dicono i suoi occhi grigioazzurri, tu non c'entri niente qui, sei un corpo estraneo nella mia famiglia, e non ti voglio. Luisa non sa cos'ha fatto per meritare tanta ostilità, ma sta molto attenta a non peggiorare le cose.

Ammira molto sua cugina, la trova addirittura affascinante, anche perché è tutto il contrario di lei. Hilde è come sua madre, ha i piedi ben piantati a terra. Affronta le situazioni di petto e ha sempre la risposta pronta. Sa arrabbiarsi e far sentire la sua voce, ma sa anche essere molto spiritosa e salace. Irradia energia qualunque cosa faccia. Quando sale le scale di corsa o gira per il caffè col vassoio in mano, a Luisa sembra che ci sia nell'aria un vento frizzante. E poi, soprattutto, sa far girare la testa agli uomini. Una cosa che Luisa non saprà mai fare, per via della sua timidezza. Hilde invece non ha soggezione di nessuno, si prende gioco degli uomini, li provoca. E i suoi modi impertinenti a quanto pare piacciono molto. Se la guerra non se ne fosse portati via tanti, sua cugina avrebbe una fila di giovanotti davanti alla porta.

Luisa la osserva spesso, cercando di non farsi notare, perché certe cose di lei proprio non le capisce. Per esempio, il fatto che non stia mai ferma un momento. È inquieta, corre da una parte all'altra come se cercasse qualcosa. La si vede camminare svelta per le scale, in cucina, nel caffè, nella saletta. Poi corre in cantina a controllare le scorte oppure si mette a pulire energicamente la vetrina delle torte che è già lustra come uno specchio. Lo fa forse per darsi importanza? Perché tutti vedano quanto ha da fare? Può darsi. In ogni caso è meglio non starle tra i piedi, perché è di temperamento infiammabile.

«Devi proprio mettere quelle mani sporche sul vetro appena pulito?» l'ha aggredita di recente.

«Mi dispiace...»

Hilde allora le ha rifatto il verso. «*Mi dispiace... mi dispiace.* Sarebbe ora che la baronessa stesse attenta a quello che fa. Non siamo alla tenuta, qui, bella mia!»

«Hilde!» è intervenuto allora lo zio. «Calmati. Luisa ti ha chiesto scusa.»

Non l'avesse mai fatto! Hilde ha messo su una faccia di pietra e solo allora Luisa ha capito che è gelosa.

«Sai cosa sei? Sei una cassetta dei reclami» le rinfaccia oggi sua cugina, quando per caso la incrocia sulle scale.

Per un attimo Luisa pensa che Hilde voglia prenderla in giro per il cardigan verde a righe non proprio alla moda che indossa sopra la camicetta. Ma quel cardigan glielo ha regalato lei...

«Una cassetta dei reclami? Che vuol dire?»

«Come una cassetta delle lettere. Solo che dentro ci si mettono i reclami, le lamentele. Ecco cosa sei tu.»

Luisa è sconvolta dal livore compresso nella voce di sua cugina. Ma perché ci tiene tanto a offenderla? Che cosa le ha fatto?

«Come vuoi» le risponde, e fa per superarla. Ma Hilde le si piazza davanti e la fulmina con lo sguardo.

«Sei stata da Julia, vero? E l'hai ascoltata parlare dei suoi problemi. E adesso andrai in cucina, dove mamma si lamenterà perché è finita la farina. Poi andrai a sederti con Addi e lui ti riverserà addosso le sue pene d'amore. Poi se ti resta tempo farai due passi in Wilhelmstrasse con papà, che ti dirà quanto gli fa male la gamba. Capisci, adesso? Una cassetta dei reclami. O se preferisci, un bidone per i rifiuti.»

Adesso però Luisa non ne può più. Non può continuare a farsi trattare a pesci in faccia. Da una come Hilde, poi, che passa le giornate a darsi delle arie e non ha un briciolo di considerazione per gli altri.

«Se la pensi così, ti invito a venire da me anche tu» le risponde a tono. «Ascolterò i tuoi problemi e ti darò dei saggi consigli.»

L'espressione di Hilde adesso è un vero spettacolo. Sulle prime sua cugina è sbalordita, poi sembra che le venga da ridere, ma in realtà è il ritratto della rabbia più nera. «Davvero pensi che potrei venire a raccontarti i fatti miei, cara la mia santarellina? Il tuo bel giochetto durerà poco, vedrai.»

Queste parole la spaventano. È possibile che Hilde abbia visto i suoi documenti? si domanda. E se non fosse stata la Storbeck a frugare fra la sua roba? Per un attimo considera l'idea di prendere da parte la cugina e raccontarle la verità. Ma al momento Hilde è talmente arrabbiata che forse, si dice Luisa, è meglio aspettare ancora un po'.

Poi, di colpo, un giorno, l'atteggiamento di Hilde cambia. Una mattina, scendendo al caffè, Luisa viene salutata con un allegro buongiorno. Sua cugina le dice addirittura: «La torta di ieri era davvero buona!».

Sulle prime Luisa non replica, temendo di vedersi rovesciare addosso una secchiata di ironia, ma Hilde sembra solo impegnata a levare le tovaglie per pulire i tavoli con lo straccio inumidito.

«A novembre avremo delle tovaglie nuove, papà» annuncia contenta. «Rosse, perfette per il periodo natalizio. Farò anche dei centrotavola con rametti d'abete. Andrò a prenderli al Kurpark.»

Heinz è seduto davanti alla finestra a leggere dei volantini, di quelli che adesso vengono distribuiti dai sindacati e dai partiti. La Germania sta per diventare una democrazia, tutti sono chiamati a dire la loro. A questo proposito, Heinz Koch è piuttosto scettico: ci hanno già provato con la Repubblica di Weimar e guarda come è andata a finire!

«Bada solo a non farti beccare, Hilde» dice serio per rispondere alla figlia.

«Ma dai, papà!» replica Hilde allegra. «Lo fanno tutti. E hai sentito l'idea geniale che ha avuto Julia? Ricavare delle tovaglie dalle vecchie bandiere con le svastiche! Come le sarà venuto in mente...»

«Ma tu pensa!» esclama Else dalla cucina. «Io credevo che le avessimo buttate via da un pezzo!»

Hilde ridacchia fra sé: lancia perfino a una sbalordita Luisa un'occhiata d'intesa. Ma Luisa non è stupida, e non le serve troppo tempo per capire il motivo di tutto quel buonumore. Deve avere a che fare con l'ufficiale americano che è venuto al caffè. Lui e zio Heinz hanno parlato a lungo di un attore, un certo Eddi Graff, che a quanto pare era un parente del soldato. Dopo cena zia Else ha raccontato alcuni aneddoti delle loro gite al monte Taunus, fatte tanti anni fa. Ha parlato anche dei suoi figli. Di August che catturava i girini e li metteva in un barattolo, e di Willi che una volta era andato a sbattere contro un albero, talmente forte che gli erano caduti due denti da latte.

«Ti farà bene un po' d'aria di montagna, Hilde» ha anche detto zia Else. «Purché poi non ci porti in casa un fidanzato americano.»

«Un americano? Puoi stare tranquilla, mamma. Piuttosto un milionario, però che sia anche cuoco e pasticciere.»

Se Luisa non si sbaglia, ieri sera Hilde ha parlato in modo piuttosto strano del tenente, prima prendendolo in giro con battute sciocche e poi dicendo che è una gran brava persona. Sarà innamorata di lui? Di certo ne dà l'impressione. Per quanto la riguarda, e nonostante il caratteraccio di sua cugina, lei pensa che Hilde si meriti un fidanzato migliore. Questo tenente Peters è un uomo del tutto privo di spirito. Per tutta la serata che hanno passato seduti al tavolo non ha sorriso nemmeno una volta.

Eppure è così che vanno le cose. L'amore porta con sé aria nuova. E se sua cugina troverà l'amore con l'americano, magari smetterà di tormentare lei. Che sollievo sarebbe per Luisa! A lei non è mai piaciuto essere in conflitto con gli altri.

«Non fate fesserie!» sta dicendo ora lo zio, a proposito delle bandiere e dell'idea di Julia. «Si vedrebbe il simbolo. O in ogni caso quell'inconfondibile rosso acceso. Che penseranno i nostri clienti...»

Ma zio Heinz lascia la frase a metà, perché in quell'istante la porta compie un giro e nel caffè mette piede un omone. Un tizio alto con un cappotto militare marrone, gli orli dei pantaloni disfatti e in testa un vecchio cappello di feltro che ha di certo conosciuto giorni migliori.

«Buongiorno» dice levandosi il cappello. «Sono tornato.»

A Luisa per poco non viene un colpo, perché gli altri si mettono a strillare tutti insieme.

«Hubsi! Il nostro Hubsi è tornato... Siediti qui, amico mio. Levati il cappotto... quella è roba della Wehrmacht. Ti porto subito un caffè. Uno vero, intendo! Solo per gli amici. Che mi venga un colpo, Hubsi! Sei qui!»

Parlano tutti insieme. Zia Else lo aiuta a togliersi il cappotto, Hilde corre in cucina a fare il caffè, zio Heinz si è alzato per abbracciare l'amico ritrovato. Con le lacrime agli occhi, naturalmente. Sennò non sarebbe lui. A un certo punto si ricordano che nella sala c'è pure lei. «Mia nipote Luisa, dalla Prussia orientale» dice zio Heinz. Luisa tende la mano all'uomo e si accorge che gli manca il dito indice sulla destra.

«Lui è Hubsi Lindner, il nostro pianista» le spiega Else. «In realtà si chiama Hubert. Ma tutti lo chiamiamo Hubsi.»

Hubsi Lindner è sulla quarantina, magro e con le mani molto lunghe, perfette per un pianista. Ha occhi scuri molto belli ed è quasi calvo. Quando sorride gli si formano le rughe e gli si scopre una chiostra di denti un po' ingialliti, ma sani e regolari.

«Molto piacere, signorina.»

«Oh, no. Per un amico di famiglia, io sono Luisa e basta.»

La casa deve avere muri molto sottili, perché d'un tratto arriva anche Addi Dobscher, tende le braccia e si stringe al petto il reduce. «Hubsi, vecchio mio! Ma che ti è successo a quel dito?»

«L'ho messo dove non dovevo. È cominciata come una semplice abrasione provocata da un proiettile, poi si è infettata... Sono fortunato che non mi hanno dovuto togliere la mano o addirittura il braccio. Ma suono ancora, eh! Bisogna solo che mi eserciti a farlo con un dito in meno.»

Mentre sono lì a chiacchierare, lo sguardo del musicista vola insistentemente al pianoforte. Vuole sapere se qualcuno l'ha tenuto accordato, in sua assenza.

«Ci ha pensato la Künzel. Qui la domenica si suona il jazz e lo swing» gli fa sapere Hilde.

«Santo cielo!» esclama Hubsi sconcertato. «Quella musica da negri? Qui al Café Engel?»

Heinz si affretta a consolarlo. Lui potrà venire a suonare tutte le volte che vuole, lo rassicura, proprio come una volta. «Sarà una gioia per me, tornare ad ascoltare della vera musica. Gli spartiti sono ancora lì dove li hai lasciati.»

Hubsi annuisce, beve il caffè, mangia con appetito la fetta di torta. Else va in cucina e torna con del pane e del formaggio fuso, che lui divora in un attimo. Poveretto, non deve avere avuto molto da mangiare ultimamente. Luisa percepisce distintamente la gioia enorme che prova per aver trovato un'accoglienza così calorosa al Café Engel.

«Hai già un alloggio?» gli domanda Hilde. «Dove abitavi prima, è crollato tutto sotto le bombe.»

Hubsi non lo sapeva ancora. È arrivato oggi con un camion di reduci che l'ha scaricato alla stazione, ed è venuto direttamente al Café Engel. È un duro colpo, per lui.

«Oh, Dio! Le mie cose. I libri! Gli spartiti! Gli album di fotografie... È terribile.»

Hubsi è scapolo e abitava in una camera mansardata, nella città vecchia. I pochi mobili che possedeva li aveva ereditati dai genitori, così come i libri, le stoviglie, gli album di fotografie, le posate d'argento e i vestiti... E adesso è tutto bruciato, perduto.

Cercano, tutti insieme, di consolarlo. Potrà sistemarsi nell'appartamento di August, gli dicono, insieme a Luisa. Gli Storbeck dovranno fare a meno del soggiorno. Una camera già ce l'hanno. Addi e Heinz gli presteranno dei vestiti e Julia si occuperà di adattarli alle sue misure.

«Rallegrati di non essere stato in quella stanza quando sono cadute le bombe, Hubsi. Altrimenti non saremmo qui a parlarne» gli dice Sofia Künzel che nel frattempo li ha raggiunti.

Il reduce si lascia abbracciare dalla cantante e dice che con le cose terribili che ha dovuto vedere in guerra quest'ennesimo scherzo del destino può sopportarlo. «E poi ho sempre la musica, no? La mia grande consolazione» aggiunge con un sorriso. «Datemi un pianoforte e un paio di spartiti, e non mi serve altro.»

Un tipo strambo, pensa Luisa, e già gli vuole bene. È un'ottima notizia che si trasferisca di sopra, così non dovrà più affrontare gli Storbeck da sola.

«E di Fritz avete notizie?» domanda Hubsi.

«Purtroppo no» risponde Heinz. «Ma sono certo che presto lo vedremo entrare da quella porta.»

Suo zio dice spesso cose del genere, e sembra molto fiducioso. Ieri parlava dei due figli, August e Willi, e di come li aiuterà a rifarsi una vita quando finalmente torneranno a Wiesbaden. Ma sono mesi che non si hanno notizie dei due ragazzi...

«È un musicista molto bravo, Fritz» dice Hubsi. «Mi piaceva suonare con lui. Che scempio e che vergogna, mandare al fronte un uomo simile...»

Hilde dichiara che la guerra è stata uno scempio e una vergogna per tutti, perché la guerra è insensata e rovina migliaia di vite.

«Tu però dopodomani te ne vai in gita sul Taunus» le dice Else. «Potresti andare a dare un'occhiata. Magari Fritz è già tornato dai suoi genitori. Potresti andare alla fattoria, e già che ci sei vedere di rimediare qualcosa...»

«Hai una bella faccia tosta, mamma! Non mi ricordo la strada... non ricordo nemmeno come si chiama quel paesino.»

«Lenzhahn. Vicino a Niedernhausen» le dice zio Heinz. «Bellissima zona per le escursioni. Diglielo al tuo tenente, magari ti sta a sentire.»

«Ci proverò.»

Luisa è confusa. Lenzhahn... Lenzhahn... Ma non è dove vivono i genitori di Fritz Bogner? Oh! *Fritz.*

«Scusate» s'intromette. «Come si chiama di cognome questo musicista di cui parlate?»

«Chi, Fritz?» le risponde la Künzel. «Si chiama Bogner. Un ragazzo di grande talento. Peccato solo sia nato in mezzo ai bricchi... Ha cominciato tardi a studiare, sennò sarebbe già entrato nell'orchestra dello Staatstheater. O forse avrebbe fatto una carriera da solista, chissà...»

Ma Luisa non la sta più a sentire, è troppo agitata. Prima il destino ha messo Fritz Bogner sulla sua strada a Rostock e adesso scopre che quel ragazzo suonava abitualmente al Café Engel... È incredibile.

«Da ragazzina avevo una cotta per Fritz Bogner» dice Hilde con aria sognante. «Quando suonava le danze spagnole di Sarasate non capivo più niente. Forse sono ancora innamorata di lui...»

Heinz

Wiesbaden, ottobre 1945

No, non è così che se l'era immaginato. Mentre lo tenevano nel campo di prigionia e poi dopo, durante quel periodo terribile all'ospedale, Wiesbaden per lui era il paradiso. Quante volte aveva sognato con nostalgia il suo caffè nella magnifica Wilhelmstrasse, ancora più splendida d'estate! E sulla porta c'era sempre la sua Else, con un vestito scuro e il grembiule di pizzo bianco. Così graziosa, attiva e soprattutto allegra. Else: la luce dei suoi occhi, la sua amata, la sua forte e intelligente consorte, l'anima buona della casa...

Ora che è tornato, ogni cosa è diversa e inaspettata. La guerra, questa maledetta e miserabile guerra, ha rovinato tutto. La gamba che non c'è più gli fiacca lo spirito. Un paio di settimane, e camminerà come prima, avevano detto... Sì, come no! Il moncone continua a infiammarsi, la protesi sfrega sulla cicatrice facendolo quasi urlare per il dolore. Maledetta zoppia: Heinz si odia quando scende le scale come un vecchio, un gradino alla volta, ciascuno conquistato con sofferenza e sforzo.

È consapevole che gli altri non possono farci niente, e cerca di rimanere calmo. Ma purtroppo nessuno, qui in casa, lo può capire. Nemmeno Else, e questa per lui è la delusione più grande. Else, che è sempre rimasta con amore al suo fianco, e che al suo ritorno ha pianto di felicità per tutta la notte tra le sue braccia, ormai è diventata indifferente al suo dolore, fa osservazioni prive di tatto e la sera, a letto, si gira in silenzio dall'altra parte. Se non ci fosse Luisa, quella nuova nipotina arrivata dalla Prussia orientale, così generosa e sempre pronta a rinfrancarlo, non sa proprio dove finirebbe.

Ma in realtà ci sono anche i vecchi amici. Il buon Hans Reblinger, e Alois Gimpel, e poi Ida Lehnhardt e Jenny Adler. E anche Klaus Firnhaber, l'organista, che suona nella Marktkirche e qui al Café Engel ha in programma di mettere in scena dei concerti natalizi. Gli attori invece sono sparsi ai quattro angoli del globo, perché lo Staatstheater è ancora chiuso. E sono spariti pure i grandi artisti provenienti da fuori, che un tempo facevano tappa al caffè e lasciavano una loro fotografia autografata. La Germania è al tappeto, l'arte tedesca, la letteratura, la musica, il teatro, tutto è in rovina. In compenso, lui ogni domenica deve sorbirsi, nel suo elegante locale storico, quel rumoroso jazz americano. Solo Hubsi Lindner può capire il suo tormento. Tutto quell'agitarsi che definiscono ballo! Imbarazzante davvero. Non gli piace proprio l'idea che la sua bambina sia costretta a crescere in un ambiente simile. Per fortuna, anche tra i soldati delle truppe di occupazione si trova ogni tanto una persona istruita, con cui si può parlare. Come il tenente Peters, nipote del grande Eddi Graff – chi l'avrebbe mai detto! Eddi oggi potrebbe essere ancora vivo se i nazisti non avessero messo in atto una folle persecuzione contro gli ebrei. Da quali criminali ci siamo fatti ingannare! Heinz è orgoglioso e felice di aver evitato almeno a Julia Wemhöner quel macabro destino. Ma del mondo dell'arte e della scienza si sono salvati in pochi, il regime ha disperso quelli che non ha ucciso. Quindi, lui dovrebbe considerarsi fortunato per avere perso solo metà gamba. Però è dura...

Ma oggi, senza preavviso, arriva il cataclisma che fa traboccare il vaso della sua sofferenza. Heinz si è alzato, si è vestito ed è sceso fra mille dolori al caffè. Senza aiuto, perché Else deve svegliarsi la mattina presto per occuparsi della casa. Arrivato di sotto si è lamentato un po' – e chi potrebbe biasimarlo, nelle sue condizioni – ma la sua Else ha continuato ad alimentare il fuoco nella stufa a carbone senza voltarsi.

«È andata di nuovo via la corrente?» le chiede.

«Ovviamente» brontola lei. «Se non avessimo tenuto la vecchia stufa a carbone, saremmo messi male.»

È chiaro che è di cattivo umore. Purtroppo di blackout ce ne sono spesso e ovviamente arrivano del tutto inaspettati.

«Già» le risponde. «D'inverno ci tiene un bel calduccio, no?»

Poi le passa davanti zoppicando per andare a sedersi in sala, vicino alla finestra. Pioviggina, e a terra, sul marciapiede, ci sono già mucchietti di foglie avvizzite. Qualcuno dovrebbe spazzare, pensa Heinz, e gli viene in mente che solo un anno fa di queste cose si occupava quel lavorante francese. Come si chiamava? Jean-Jacques Pernot... no, Pernac... neanche. Un bravo ragazzo, di bell'aspetto con quei suoi riccioli neri, magro, flessuoso... che brutta fine ha fatto. Else gli ha raccontato che è scappato a gennaio e Wilfried Storbeck dice che l'hanno catturato e fucilato. Hilde si era presa una gran cotta per lui...

Allunga lo sguardo verso l'ingresso della cucina per vedere se Else sta arrivando con il caffè e una fetta di pane e marmellata. Nessun movimento. Bene: vorrà dire che sta preparando il vassoio, perché le piace bere una seconda tazza insieme a lui prima di continuare con il lavoro. Annusa, ma non sente nessun aroma.

«Else?»

Dalla porta spunta subito la testa di sua moglie, con una ciocca scarmigliata in fronte. Evidentemente il suo umore non è migliorato.

«Cosa c'è?»

«Niente colazione oggi, tesoro?»

Non ottiene risposta, poi però Else arriva con una tazza piena di un liquido marrone chiaro, trasparente.

«Tè, oggi?»

«Caffè» gli risponde lei brusca. «D'orzo. Avanza questo. Non c'è altro.»

«Ah!» risponde lui guardando nella tazza. «Be', io avrei preferito comunque il caffè vero.»

Santo cielo! E cos'ha fatto, ora, per farsi guardare in quel modo?

«Avresti preferito il caffè vero?» gli domanda Else. «Sai una cosa? ANCH'IO!»

Le sorride con l'intento di calmarla, ma ottiene l'effetto contrario.

Lei fa un respiro profondo, sposta indietro la ciocca con un movimento rapido della mano.

«E il caffè turco?» chiede in tono minaccioso. «E la torta di ciliegie? E la torta di ricotta? E il rotolo alle mandorle? Devo andare a vedere dove sono le uova e la panna. E la farina dov'è? E dov'è lo zucchero a velo? E il burro per il dolce di Natale?»

È talmente furiosa che la voce le esce stridula. Heinz è davvero spaventato, non ha mai visto sua moglie così alterata.

«Che ti prende, tesoro?» sussurra.

«Che mi prende? E me lo chiedi? Ma dove vivi?» grida lei.

Ora Heinz non capisce più niente e per precauzione tiene la bocca chiusa. Osserva il volto paonazzo di Else. Non si starà ammalando... D'un tratto si sente del tutto impotente. Cosa farà se la sua Else si ammala? E se morisse sul colpo?

Ma Else non è malata, e non ha nessuna intenzione di morire. Anzi, è piena di energie. Prende una sedia e si siede al tavolo con lui.

«È tempo che qualcuno ti apra gli occhi, Heinz Koch!»

Lui la guarda senza capire, ma non si arrischia ancora ad aprire bocca. Meglio aspettare, meglio lasciar passare la rabbia...

«Se credi che possiamo continuare così, allora sei un illuso!» continua lei appoggiando i gomiti sul tavolo. «Hai mai dato un'occhiata nella dispensa? O in cantina? Naturalmente no. Il signor Koch è occupato con i suoi amici, qui si discute di arte e dei prossimi concerti in chiesa e naturalmente si beve caffè. "Else, portaci qualche tartina!" "Portaci quel tuo delizioso pandispagna!" "È rimasto qualche biscotto?".»

Si ferma per prendere fiato e Heinz comincia a capire. I suoi amici non pagano mai, perché sono suoi ospiti. Si è sempre comportato così in passato, e diamine, sarebbe molto spiacevole per lui chieder loro dei soldi tutt'a un tratto.

Ma Else non ha ancora finito. Lo guarda rabbiosa, e la ciocca le pende di nuovo sulla fronte.

«Ti rendi conto che siamo arrivati alla fine, Heinz? Cucina e cantina vuote, in dispensa solo altre cinque bottiglie di grappa, che però non possiamo mescere perché il signor Koch ha paura degli americani. E ho terminato pure il tè alla menta. Questa è la situazione!»

Non suona per niente bene. Finora lui non ha mai dovuto preoccuparsi dell'acquisto dei viveri, era competenza di Else, e in fondo i soldi non dovrebbero mancare... E poi c'è Julia che porta sempre qualcosa. E anche la Künzel.

«Vuoi che parli con Sofia?» chiede prudente. La sua è un'offerta generosa, perché non è una cosa che fa volentieri, affrontare quella donna, ma dato che Else è così disperata, è pronto a sacrificarsi.

«No!» arriva energica la risposta. «La Künzel questo mese ci ha già portato un sacco di roba. E anche Julia. Ma non basta.»

«Ma abbiamo tessere annonarie per cinque persone.»

E qui deve aver proprio toccato un tasto dolente, perché solo ora Else esplode. Ha idea, lui, di cosa si ottiene con la tessera annonaria? No? Ovvio, il signore vive a un metro da terra. Poco più di niente, si ottiene! E per di più a caro prezzo. Duecento grammi di carne scadente alla settimana, ottanta grammi di lardo, ma niente burro. Dadi da brodo. Sessanta grammi di formaggio. Una minuscola bustina di zucchero e un sacchetto di patate guaste.

«Non ci si vive e non ci si muore, Heinz. E non ci si sfama neanche una famiglia. E certo non ci si gestisce un caffè...»

«Ma...» prova a obiettare lui. «Eppure finora è bastato, Else cara...»

Così, Heinz scopre che avevano messo da parte qualche

provvista. Soprattutto farina, ma anche uova in polvere e un sacchetto di zucchero. Però le hanno usate tutte, fino all'ultima briciola.

«Se non ci decidiamo ad andare al mercato nero per le materie prime, dovremo chiudere» dichiara Else lapidaria.

Il mercato nero! Ecco dove voleva arrivare. Avrebbe dovuto immaginarlo, ma lui per quel genere di cose è un pochino lento.

«Non voglio farlo, Else.»

«Perché no? Ci vanno tutti per barattare o comperare.»

«È illegale. E pericoloso.»

Else si mette a gesticolare, gli dice che la sua è una questione di orgoglio. Su questo non si sbaglia, lo conosce bene. Heinz trova semplicemente disonorevole e umiliante fare affari al mercato nero. Tanto più che non si può mai sapere se si acquistano beni rubati. E l'imbroglio è sempre dietro l'angolo.

«Va bene!» conclude Else in tono pericolosamente calmo. «Come vuoi tu!»

Si alza, esce dalla porta girevole e chiude a chiave quella esterna. Poi torna con in mano un pezzo di carta e una matita, si siede al tavolo e inizia a scrivere.

CHIUSO FINO A NUOVO ORDINE.

Lui la guarda costernato ma impotente. Else prende una matita rossa e si mette a ripassare con cura le lettere.

«Non puoi fare sul serio, Else...» mormora Heinz.

«Sono serissima, invece!»

Ora in lui lentamente prende forma qualcosa di simile alla rabbia. Se sua moglie crede di potergli fare pressione in quel modo, si sbaglia. Non vuole mai più sentir parlare di mercato nero. Il Café Engel è sempre stato e sarà sempre gestito in maniera rispettabile. Punto.

«Dov'è Hilde?»

Else colora con impegno la fatale parola CHIUSO e risponde dopo un attimo.

«È andata con Addi a raccogliere la legna.»

Lui non afferra subito, poi gli torna in mente che Else aveva detto che il carbone era finito: quindi quei due stanno cercando tra le macerie qualche pezzo di legno per poter accendere il forno. In caso la corrente vada via di nuovo.

«Allora dobbiamo ordinare del carbone» dice alla moglie. «Fra poco è inverno.»

Si sente molto premuroso, ma per tutta risposta Else ora sta ridendo come una matta

«Ma tu il giornale lo leggi o lo usi solo come sottotazza?»

Questo è un altro insulto che lo ferisce. Si appoggia alla sedia e allunga la gamba dolorante, trattiene un gemito, guarda la sua Else con aperto biasimo.

«Probabilmente non ci sarà carbone da comprare, il prossimo inverno» gli comunica lei. «Chi non avrà delle scorte di legna, soffrirà il freddo.»

Dopo di che lo molla lì seduto, sale in casa e poco dopo scende con il cartello pronto. Lo ha incollato a un pezzo di cartone e ora lo appende alla finestra con lo spago. CHIUSO FINO A NUOVO ORDINE. Lo ha deciso da sola, senza nemmeno consultarlo. Heinz non vuole crederci. Loro due hanno sempre deciso tutto insieme, parlandone, trovando per ogni problema la soluzione migliore...

«Else...» mormora, mentre lei gli passa davanti diretta in cucina.

Sua moglie si ferma, si gira. «Sì, Heinz?»

Il suo sguardo impaziente lo infastidisce. Sua moglie vuole comprare al mercato nero e si aspetta che lui venga meno ai suoi principi senza battere ciglio. No, non può accettarlo. Non così. Non sotto pressione. Esiste una cosa chiamata senso dell'onore, il suo negli ultimi tempi è stato messo a dura prova, e proprio la sua Else ora vuole distruggerlo definitivamente. Non può permetterlo.

«Ehm... niente.»

Con un movimento brusco del capo lei si scosta quella dannata ciocca dalla fronte e se ne va. Lo lascia da solo nel locale vuoto, seduto di fronte a quella brodaglia tiepida. Heinz fissa la pioggerella dalla finestra, al di là dei platani quasi spogli s'intravede l'edificio semidistrutto del teatro. È questo che succede, dunque, quando un uomo torna pieno di nostalgia dai suoi cari, dopo la guerra. Lo calpestano, lo deridono, solo perché non è più possibile comprare la farina. Che ne è dei vecchi principi? Dell'amore tra esseri umani? Della compassione? Dell'amicizia?

Qualcuno bussa alla porta esterna e lo saluta con la mano. Hans Reblinger è là fuori, con l'ombrello aperto, a fissare basito il cartello appena affisso. Heinz si alza, zoppicando raggiunge il giornalista.

«Che significa?» gli chiede il suo vecchio amico. «Gli americani ti hanno fatto chiudere?»

«Ma no!» ribatte Heinz. «Siamo solo... in un momento di temporanea difficoltà. Purtroppo di caffè non ne abbiamo più. Vieni, entra.»

Hans Reblinger esita. Poi dice di avere delle commissioni da sbrigare, dice che forse ripasserà da lì più tardi. E detto questo, se ne va.

Quindi è così che funziona, pensa Heinz profondamente deluso. Di caffè non ne abbiamo più, e allora tanto vale andarsene altrove. Begli amici che si ritrova. Con un profondo sospiro richiude la porta. Mentre rientra in sala, avverte un improvviso abbassamento della temperatura. Ma non c'è da stupirsi, l'autunno è ormai alle porte e il sole è ormai uno sbiadito ricordo. Pensa alla sua Hilde, impegnata a raccogliere la legna insieme a Addi, e gli si stringe il cuore. Che tempi! Niente carbone, niente corrente, e ogni tanto staccano pure l'acqua. Forse Else non ha tutti i torti a rinfacciargli di vivere a un metro da terra... Eppure no, lui non è certo pronto a gettare al vento i suoi principi solo perché è arrivato un po' di freddo.

La brodaglia tiepida sa di acqua e terra. Non è dignitoso bere una cosa simile, meglio allora un normalissimo bicchiere d'acqua. Si alza di nuovo dalla sedia, perché oggi gli tocca prendersi da sé il giornale dalla cassetta delle lettere. La cosa gli costa molta fatica, perché la gamba sana è troppo debole. Forse avrebbe dovuto camminare di più, stringere i denti e rinforzare i muscoli. Anche il dottore glielo aveva consigliato. A lui però non è mai piaciuto camminare, preferisce di gran lunga stare seduto vicino alla finestra a conversare con gli amici. Solo Luisa è riuscita, qualche volta, a fargli fare una piccolissima passeggiata sulla Wilhelmstrasse. Che brava ragazza, mia nipote... Ma dove sarà finita?

«Buongiorno, signor Koch!» sente dire da una voce alle sue spalle.

Hubsi sta scendendo le scale rigido come un manico di scopa e con quei suoi pantaloni troppo corti e logori. Heinz si illumina, nel vedere un essere umano con cui magari scambiare due parole, e gli fa cenno di entrare. Il musicista raggiunge subito il pianoforte.

«Ehm...» dice, non appena Heinz si è seduto mandando fuori un piccolo gemito. «C'è per caso un goccio di caffè? Qualcosina per colazione? Ieri sono andato a prendere le mie tessere e le ho consegnate a sua moglie...»

«Ma certo» risponde Heinz. «Prova a vedere se mia moglie è in cucina.»

«È andata con la signorina Luisa su dalla Wemhöner» gli fa sapere Hubsi. «Ma forse potrebbe esserci sua figlia...»

Heinz si schiarisce la gola, tuttavia non riesce a dire che Hilde in realtà sta raccogliendo legna con Addi Dobscher in vista dell'inverno. È una situazione veramente troppo imbarazzante. Invece si rialza – gemendo – dalla sedia e fa per incamminarsi verso la cucina.

«Oh, cielo, signor Koch!» si agita Hubsi. «Non volevo certo che si scomodasse lei. Non deve, con quella gamba...»

«Va tutto bene» ringhia Heinz. «Vieni, dammi una mano.»

La cucina è ordinata e pulita, com'è tipico di Else. Ma sua moglie, purtroppo, non esagerava: la dispensa è un vero deserto, solo contenitori vuoti, in un angolo qualche patata raggrinzita, sullo scaffale un rimasuglio di speck, un barattolo di *porc and beans*, alcuni dadi, una scatola con tre misere zollette di zucchero. Il contenitore di latta della polvere di caffè è vuoto, così come quelli del caffè di cicoria e del caffè d'orzo e del caffè di ghiande arrostite, e non ci sono più né la rosa canina né la camomilla per gli infusi. Resta solo qualche fogliolina di menta, sempre meglio di niente. Il bollitore sul fornello è pieno d'acqua, nota Heinz, ma nella stufa il fuoco si è già spento.

«Prendi due tazze, piattini, cucchiaini e metti tutto su un vassoio» dice a Hubsi, che sta alle sue spalle desideroso di rendersi utile. «E tira giù la teiera dallo scaffale.»

Il contenitore del pane è vuoto, fatta eccezione per due crosticine dure; di burro, marmellata o sciroppo neanche l'ombra. Else aveva ragione, la situazione è drammatica. E lui non osa pensare come farà sua moglie, stasera, a cucinare una zuppa per otto persone...

Trova qualche ciocco e ravviva il fuoco nella stufa, poi versa l'acqua bollente nella teiera, sul fondo della quale ha messo quel che resta della menta, infine sistema le croste di pane sui piatti e li consegna a Hubsi. Il musicista guarda sconsolato quella ben magra colazione, ma da bravo ragazzo porta il tutto al tavolo, vicino alla finestra. Ecco fatto. E in tutto quel correre la gamba non gli ha nemmeno fatto male. Il dolore torna a farsi sentire quando si siede al tavolo con Hubsi. Una fitta acuta che gli trafigge il piede. Un piede di legno, perché quello vero è rimasto in Francia.

Hubsi sta intingendo con estrema cura la sua crosta di pane nel tè alla menta. Fuori dal locale ci sono tre donne armate di ombrello, intente a leggere il cartello appeso da Else: parlottano tra loro, scuotono la testa e se ne vanno. E Heinz sente la rabbia scemare, cedere il passo a un'angoscia lacerante. Il caffè chiuso, la cucina vuota, Else che non vuole più saperne di lui: è andata di sopra con Julia e Luisa, probabilmente per aizzargliele contro, mentre lui se ne sta qui solo e abbandonato, con un tè alla menta e del pane secco...

Be', almeno a dividere con lui la colazione c'è Hubsi, per quanto il ragazzo non sia proprio un compagnone. Mastica assorto, mescola il tè bollente e di tanto in tanto lancia a Heinz un'occhiata ansiosa.

«So bene, signor Koch, di essere una palla al piede...»

«Ma no!» lo rassicura Heinz.

«Invece sì! Non ho niente, neanche un appartamento, figuriamoci denaro...»

«Di questi tempi il denaro non è importante, Hubsi.»

«Questo lo so, signor Koch. Bisogna avere cose da barattare. Grappa, occhiali, scarpe, argenteria, gioielli, tappeti... Ma io non ho niente. Tutto andato. So solo suonare il pianoforte... Ma a chi serve, di questi tempi?»

«A molti, Hubsi. La musica può aiutare a porre fine a tutta questa infelicità.»

«Ah!» esclama Hubsi, con un gesto sprezzante della mano. «I giovani adesso preferiscono il jazz.»

Non è possibile, pensa Heinz, che al mondo non ci sia più posto per questo ragazzino amabile e strambo! Cosa ne sarà di lui, se dovranno davvero chiudere il caffè?

«Tu rimani con noi, Hubsi» gli dice in tono deciso. «Torneranno tempi migliori. Nel frattempo, se ti va, puoi raccogliere le foglie là fuori. Io non ce la faccio per via della gamba.»

«Posso anche andare a prendere il carbone in cantina. O le patate. O il vino. Quello che serve» ribatte il pianista, felice di potersi sdebitare per la stanza che gli hanno permesso di occupare.

«Certo» replica Heinz pensoso. «E ogni tanto potresti pure accompagnare un povero storpio a fare due passi qui in strada. Perché devo rinforzare i muscoli nella gamba sana.»

Ora Hubsi si è messo di nuovo a esercitarsi al pianoforte, per imparare a suonare bene con un dito in meno, e Heinz cerca di tranquillizzarsi. Non vive a un metro da terra, lui. C'è una soluzione per tutto. Solo che servono idee, mia cara Else. Col ricatto e le recriminazioni non si ottiene nulla.

Che rabbia non poter parlare con lei adesso. Loro due si sono sempre detti tutto, e fa male stare lì seduto da solo. Andranno avanti così per tutto il giorno? Se almeno rientrasse Hilde... Anche perché qualcuno dovrebbe sparecchiare...

La porta che dà sulle scale si apre, e appare la Künzel con una lunga vestaglia e i capelli avvolti in un turbante lilla. Gli sorride e attraversa rapida il locale, fruga tra le pile di spartiti sul pianoforte ed estrae due quadernetti. Hubsi alza gli occhi solo un attimo, senza lasciarsi distrarre.

«Buongiorno, signori» dice Sofia. «Allora, Heinz? E sua moglie, signor Koch? Tira un'aria pesante, eh?»

Quella donna ha la sensibilità di un elefante. Heinz infila il naso nella tazza vuota e non la degna di una risposta.

«Bisognerebbe dar retta a Else. È una donna intelligente»

Poi riparte con i suoi quaderni, lasciandosi dietro due uomini confusi e cupi.

«Accidenti» mormora Hubsi, strimpellando qualche nota del *Pappagallo verde*. «Va proprio male.»

«Ma no...» tenta di minimizzare Heinz. Poi sospira profondamente.

Hubsi è una persona sensibile, un artista. Non ce la fa a suonare musica allegra, da sala, se il suo amico e benefattore Heinz Koch è così palesemente giù di morale. Preferisce chiudere il coperchio della tastiera e congedarsi.

«Di nuovo buona giornata, signor Koch. E su con la vita. Mi metto al lavoro.»

Un attimo dopo Heinz lo vede sul marciapiede a maneggiare con malagrazia la scopa, rischiando quasi di far cadere Hilde che arriva da destra con la bicicletta carica. L'ha avuta in prestito dalla sua amica Gisela. Addi la segue a una certa distanza con l'ascia legata alla cintura e una fascina sulle spalle. Legna per l'inverno. Mio Dio, ma quella basta appena per un giorno! Heinz si sente mancare il fiato, al pensiero che forse, davvero, di lì a poco non sarà più disponibile il carbone...

Hilde lascia che sia Addi a sistemare il bottino ed entra

in sala. Quant'è carina sua figlia con le guance rosse e quei luminosi occhi azzurri!

«Buongiorno, papà... Che c'è? Il caffè non è di tuo gusto, oggi?»

Che sfacciata! Un tempo non si sarebbe rivolta così a suo padre. Si leva la giacca umida e corre in cucina per lavarsi le mani, poi riappare in sala con un cesto pieno di legna e sistema la scorta vicino alla stufa.

«Siamo chiusi» dice. «Quindi la stufa rimane fredda.»

Heinz tace, immusonito. Guarda fuori dalla finestra sul marciapiede, dove Hubsi combatte contro il vento che continua a disperdere le foglie faticosamente radunate in un cantuccio.

«Mamma l'ha assunto per spazzare?» vuole sapere Hilde.

«No. Sono stato io.»

Lei fa un fischio tra i denti, come una ragazzaccia. Inconcepibile. Sua figlia ha modi davvero poco signorili. Else avrebbe dovuto fare più attenzione.

«Tu, papà?» le dice ora. «Bella idea. Anch'io ci avevo pensato.»

Nonostante sia ancora infastidito dalla sua impudenza, l'elogio lo lusinga.

«Perché non vai su da Storbeck a chiedergli l'affitto?» continua Hilde. «Ora ha un buon impiego come bigliettaio sul tram, quindi può pagare.»

Appena le dai un dito, si prende tutta la mano. È sempre stata così, sua figlia. Non stava ancora in piedi e già dava ordini ai fratelli grandi.

«Io? Ti sembra che possa salire le scale con questa gamba?»

Hilde non gli dà retta, raccoglie le stoviglie per portarle in cucina. «La mamma ci è già andata due volte, ma il bastardo ha avuto il coraggio di dire che non le deve niente, dato che non c'è nessun contratto d'affitto.»

Questa è un'insolenza inaudita e Heinz sente montare dentro un istinto di protezione: di fronte a un simile sopruso, lui deve stare al fianco di sua moglie. Dovrebbe andarci, da Storbeck. Regolare la cosa da uomo a uomo.

«Be', se le cose stanno così...»

Ma Hilde è già in cucina, si sente l'acqua scorrere: sua figlia sta lavando i piatti. Heinz apre il giornale e finge di mettersi a leggere, ma in realtà sta rimuginando. Deve sul serio affrontare la salita fino al secondo piano? E se Wilfried Storbeck non fosse in casa? In quel caso avrebbe patito un tormento per niente. D'altra parte, dimostrerebbe a Else di che pasta è fatto suo marito. Le dimostrerebbe di non essere uno che vive a un metro da terra. Di essere un uomo capace di assumersi le sue responsabilità, ragion per cui lei non ha motivo di...

«In Kirchgasse per una bottiglia di grappa ti danno mezzo chilo di caffè...» dice Hilde dalla cucina. «E anche farina e burro. E uova disidratate...»

Solo un attimo prima era pronto a compiere un passo, ma ora sente la rabbia risalire. Quelle due sono in combutta: madre e figlia vogliono la stessa cosa. Il mercato nero. Sempre il mercato nero.

«E anche tre giorni di prigione, ti danno!» esclama ad alta voce per farsi sentire. «Dopo averti sequestrato la roba, s'intende.»

«Che sciocchezza!» è la risposta in arrivo dalla cucina. «Persino gli americani fanno affari al mercato nero. Vanno pazzi per la roba dei nazisti. Stemmi, tessere di partito e uniformi: se li portano a casa come souvenir.»

«Noi non abbiamo niente del genere!» urla lui.

«Ma abbiamo la grappa.»

«Ora basta. Sai come la penso.»

In cucina sbatte una porta. Hilde è salita di sopra passando dalla scala di servizio. Quella ragazza è troppo irascibile, toccherà farle un discorsetto. Qui in casa sua non si sbattono le porte. Ora comincia a sentire seriamente freddo, perciò si abbottona per bene la giacca da camera: avrebbe dovuto portarsi giù un pullover. Di sicuro non ha intenzione di zoppicare di nuovo su, per tornare in casa. E inoltre, di sopra rischierebbe di imbattersi in sua moglie. Eh, già... che giornata. Guarda fuori e vede la gente passare sotto la pioggia, col cappello calcato in testa, le spalle basse. Tutti di fretta, nessuno che rivolga nemmeno uno sguardo al Café Engel.

Poi Hubsi compare sulla porta: sulla giacca gli si è attaccata una foglia bagnata.

«Mi serve una cesta, signor Koch.»

«Credo che le ceste siano in cantina» risponde Heinz incerto.

Hubsi annuisce sorridente ma non si muove, e Heinz capisce che il pianista in cantina non ci è mai stato.

«Vieni» mormora alzandosi. La gamba sana trema di nuovo, a causa di tutto il movimento di quest'oggi. «Ti faccio vedere dov'è.»

È una decisione eroica, perché la scala che porta di sotto è molto stretta e lui non ha idea di come farà a risalire, una volta arrivato giù. La cosa gli è indifferente: quando lo ritroveranno giù in cantina affamato e assetato, si pentiranno di aver complottato contro di lui.

Ma ecco che un angelo, proprio mentre sta per avventurarsi, compare per venirgli in aiuto.

«Zio Heinz! Non vorrai mica scendere! Potresti cadere.»

Heinz gira, ed eccola davanti a lui: indossa il vecchio cardigan di Hilde, e il suo sorriso è un raggio di sole in questa giornata cupa.

«Hubsi ha raccolto le foglie e gli serve una cesta.»

«Gliela prendo io. Ci metto un attimo.»

Gli passa davanti e di lì a poco ha già trovato il necessario. Una ragazza sveglia, Luisa. È con loro da qualche settimana, e già sa tutto. Eccola che torna con la cesta di vimini ed eccola che esce insieme a quell'imbranato di Hubsi.

«Va' a sederti, zio» gli dice passando. «Vengo subito da te.»

La sua voce dolce e allegra gli fa bene. Un gioiello di ragazza, sua nipote. E quanto somiglia a sua sorella. Non rivedrà più Annemarie, ma almeno il destino gli ha mandato Luisa. Un nome grazioso per una creatura graziosa...

Poco dopo, la ragazza entra nel caffè e si mette a trafficare con la stufa. Subito si diffonde un calore piacevole e lui sente i morsi della coscienza, perché la legna è poca e preziosa, ma è ugualmente grato a Luisa.

«Siediti accanto a me, piccola.»

Lei lo asseconda, anche perché in effetti vuole parlargli di una cosa, ma lo zio le deve promettere di ascoltarla per bene e di non arrabbiarsi..

«Dimmi, Lieschen. Qual è il problema?»

Lei lo guarda con candore, e a lui ancora una volta torna in mente Annemarie. Ha proprio gli stessi occhi verdeazzurri, bellissimi e chiari. Eh, già, le sue due ragazze sono proprio graziose. Peccato che non si sopportino.

«Ascolta, zio Heinz» inizia incerta Luisa. «Io vedo che qui in casa scarseggia tutto. I viveri, ma anche il denaro. E allora ho deciso di non essere più un peso per voi.»

Lui si spaventa. Non vorrà andarsene! Non lo permetterà di certo!

«Ma tu per noi non sei un peso» le risponde prendendole la mano.

«Invece sì» ribatte lei sorridendo tranquilla. «Ma le cose cambieranno, perché andrò a cercare lavoro dagli americani. So pulire e lavare, anche in cucina me la cavo. E potrei riuscire a rimediare della roba da mangiare. Lo fa anche Sofia Künzel...»

«No, Luisa» risponde Heinz. «Questa non è una buona idea. Una ragazza carina come te non dovrebbe lavorare per gli americani. Si sentono tante cose. Ti volti un attimo, e succede il peggio. Non voglio che tu sia in pericolo. Troveremo un altro modo.»

Ma lei scuote il capo. «Zio Heinz... io lo vedo quanto è disperata la zia, perché non sa come tirare avanti. Possiamo farcela solo se ognuno dà il suo contributo: anche se è difficile, io voglio fare il possibile, perché sono immensamente felice di poter vivere con voi.»

Ora Heinz è commosso sul serio. Le stringe il braccio, le accarezza i capelli, le mormora che lei è il suo raggio di sole, la dolcissima figlia della sua amatissima sorella, la sua nipotina, nei confronti della quale lui si sente responsabile. «Ma dagli americani non ci vai. Escogiteremo una soluzione. Ora salgo di sopra e parlo con Storbeck. Non sta bene che non paghi l'affitto.»

Luisa annuisce. Non vuole mancargli di rispetto, per questo ha deciso di parlargli prima di fare qualunque cosa. Che ragazza affettuosa, pensa lui. Se solo Hilde le assomigliasse un po' di più...

Sua nipote lo accompagna fino alle scale, poi Heinz la manda via. Vuole regolare la questione tra uomini, come si conviene.

Rantolando, arriva comunque sano e salvo al secondo piano. La gamba buona è malferma, deve poggiare il peso sulla protesi, cosa che non fa volentieri per via della cicatrice. Ma non c'è altra soluzione. Prima di suonare alla porta si ferma a riprendere fiato, in modo da dare un'impressione di solidità. Per fortuna è Wilfried Storbeck in persona che viene ad aprire.

«Santo cielo, signor Koch! Si è fatto quattro rampe con quella protesi. Perché non ha mandato Luisa? Sarei sceso io.»

Heinz getta uno sguardo nell'appartamento in cui un tempo abitavano il suo primogenito e la moglie, e gli sembra piuttosto spoglio. Wilfried Storbeck socchiude un po' la porta.

«Vengo per l'affitto, signor Storbeck. Dato che non usa tutto l'appartamento, sono pronto a scendere con il prezzo. Diciamo della metà.»

Storbeck lo fissa, poi serra le labbra e si finge contrito.

«Eh, sì, l'affitto... Noi siamo sfollati, signor Koch. Abbiamo perso tutto. Dove li prendiamo i soldi per l'affitto?»

Che astuto imbroglione. Non lo ha mai sopportato, fin da quando faceva il tesoriere del municipio e Heinz doveva averci a che fare nel periodo delle tasse.

«A quanto mi risulta, lei ora ha un lavoro. E sua moglie lavora mezza giornata dalla signorina Wemhöner. Non siete proprio privi di mezzi.»

Storbeck minimizza con un gesto della mano, sostenendo

che la posizione di entrambi è comunque tuttora precaria, che al momento i suoi mezzi sono veramente limitati. E poi, con sorprendente faccia tosta, passa all'attacco.

«Tuttavia mia moglie e io, se tutto va come speriamo, presto avremo a disposizione un appartamento con due camere in Seerobenstrasse. Piccolo ma nostro, per così dire.»

Sorride sardonico e si sfrega le mani, come se se le stesse lavando sotto l'acqua.

«Sono attesi degli sfollati, signor Koch. Gente in fuga dalle atrocità perpetrate dai russi, lo sapeva? La città sarà costretta a dare loro un alloggio. E non ce lo chiederanno; si presenteranno alla porta e ci si dovrà stringere. Naturalmente senza affitto, perché quella povera gente non possiede nulla. E li si dovrà anche nutrire, in qualità di proprietari...»

Heinz lo fissa. Cerca di spaventarlo perché rinunci a riscuotere l'affitto?

«Come vuole lei, signor Storbeck» risponde laconico, senza lasciarsi impressionare. «Più tardi le mando su il contratto. Così sarà tutto nero su bianco.»

Storbeck annuisce mellifluo e gli ricorda di non affaticarsi troppo, poi chiude la porta. Heinz deve aggrapparsi alla ringhiera del pianerottolo, perché ora tremano tutt'e due le gambe. Alloggi? Sfollati? E dovrà occuparsi anche di loro? Se dovesse essere vero, allora è veramente nei guai... Con le ultime forze riesce ad arrivare al proprio appartamento, un piano più giù. Si addossa alla porta, cercando la chiave nella tasca della giacca.

Ha per caso suonato il campanello? No, non gli sembra proprio. Eppure d'un tratto la porta si spalanca e lui cade direttamente tra le braccia di Else.

«Heinz! Per l'amor del cielo! Reggiti. Piano...»

Lo sostiene, lo aiuta a raggiungere il divano, gli porta una coperta, gli sistema un cuscino dietro la schiena. Poi si siede, gli prende la mano.

«Ti rendi conto?» bofonchia lui. «Dovremo dare alloggio a degli sfollati, sfamarli... E Storbeck se ne va... Un appartamento di due camere... figuriamoci se glielo danno così facilmente. Che furfante!»

«Lo so, Heinz, lo so. Ce la caveremo» mormora lei. «Noi due finora ce la siamo sempre cavata, no?»

«E Luisa vuole cercare lavoro dagli americani. Non va bene!»

Else su questo non dice nulla, ma che bello che sia lì ad accarezzargli la mano, a parlare con lui! Ce la caveremo, noi due... Ah, Else!

«Hilde andrà sul monte Taunus, domani» dice sua moglie. «Passerà dai Bogner. Farina, burro, uova e via dicendo.»

Anche fare incetta di beni è proibito, ma Heinz sa che lo fanno tutti. E loro non possono permettersi di ritrovarsi coi crampi allo stomaco per via della fame.

«Ma allora deve portarsi dietro qualcosa da scambiare.»

Else annuisce. Le darà due candelieri d'argento. Ricorda che a Fritz piacevano tanto.

Heinz non controbatte. È bello ascoltare Else, ritrovarsi a fronteggiare in due le difficoltà. Non vuole più provare quel gelo. Quella solitudine. La solitudine è l'inferno in terra.

«Mezzo chilo di caffè vero per una bottiglia di grappa?» domanda. «È così?»

Else resta impassibile, ma lui sa che sua moglie non sta affatto gongolando, ora. Non fa parte del suo carattere. Però di sicuro è sollevata. E lui la ama. Oggi più che mai.

«Almeno fino a ieri» risponde. «La nostra Hilde è una donna d'affari molto scaltra, Heinz. Un diavolo in gonnella. Se non avessi avuto lei, quando tu eri prigioniero in Francia...»

Lui allarga le braccia e la attira a sé. La bacia sulla bocca e le scosta la ciocca ribelle dalla fronte. «Pace?» sussurra.

«Ah, Heinz» singhiozza lei. «Non avrei resistito a lungo. Sarei scesa io da te.»

Hilde

Monte Taunus, ottobre 1945

Quest'auto americana fa un baccano del diavolo. Altro che progresso tecnico: romba come un'intera fabbrica di fuochi d'artificio, questo catorcio, è pieno di correnti d'aria e si viene sbatacchiati di continuo. Ma in fondo Peters è solo un tenente. I suoi superiori avranno di certo dei mezzi più lussuosi.

«Abbiamo avuto fortuna» dice Josh Peters. «Ieri ha piovuto tutto il giorno, ma oggi c'è il sole.»

È seduto accanto a Hilde sul sedile posteriore, Sammy è al volante accanto a Gisela. Per fare conversazione ci si deve chinare l'uno verso l'altra e parlare quasi gridando. Hilde si era immaginata tutt'altro, per quella gita, ma è fermamente decisa a non farsi guastare l'umore.

«Già, quando gli angeli sono in viaggio, il cielo ride» grida verso Peters.

È riuscita almeno a farsi stringere da Julia la giacca a scacchi in tinta con la gonna svasata beige. L'effetto però è rovinato dalle pesanti, informi scarpe basse di pelle marrone, che in realtà sono di sua madre. E ha dovuto mettersi anche delle calze di lana per prevenire le vesciche – sempre sperando che a Gisela non venga in mente di mostrare ai due americani Bad Schwalbach o Schlangenbad. Là farebbe una figura orribile, con gli scarponi.

Cosa le ha detto però Gisela, ieri? «Quello è completamente cotto di te, Hilde! E credo che abbia intenzioni serie.»

Ma lei non vuole che abbia intenzioni serie: vuole essere

corteggiata, divertirsi in po' per allontanare la tristezza e, sì, forse ha bisogno anche di qualche piccola conferma. Non è piacevole essere mollati dal grande amore della tua vita. Ha sofferto molto e si è sentita umiliata, poco desiderabile, messa da parte. E quindi alla sua autostima farebbe bene un corteggiatore appassionato e che in più le piaccia, ma non uno con intenzioni serie!

Peters è in uniforme: sempre impeccabilmente pulito e stirato e con le scarpe lucide. Sammy si è fatto tagliare a spazzola i capelli rossi, che gli stanno ritti sul cranio: Gisela lo trova molto alla moda. Be', questione di gusti. Quello che ha davvero spiazzato Hilde stamattina è lo splendido cappotto di lana azzurro chiaro intonato agli stivaletti indossato dall'amica.

«Sammy ha ricevuto un pacchetto da casa» le ha raccontato Gisela piena di orgoglio. «Queste cose in realtà sono di sua sorella.»

«Belle davvero» si è limitata a dire Hilde.

Che umiliazione, però, dover indossare la roba smessa della futura cognata. Per certi versi è un bene che la madre di Gisela non ci sia più con la testa: ora dorme tutto il giorno, non si sveglia più neanche di notte.

Superano senza problemi diversi controlli e poi procedono scoppiettando nella foresta, in direzione nord. Sotto i raggi il fogliame si illumina dei caldi colori autunnali, alcuni alberi sembrano coperti d'oro, al verde e al marrone si alternano pennellate rosse. Hilde non pensa più a nulla e guarda il paesaggio affascinata.

«*Indian summer*» dice Sammy. «*What a beautiful landscape...*»

«Il suo è un Paese meraviglioso, Hilde» dice Peters. «Sapevo che Wiesbaden è una bella città, perché mio zio mi ha raccontato molte cose in proposito. Ma non ha mai detto nulla dei dintorni.»

«Forse perché Eddi Graff ha vissuto tutta la sua vita per il teatro e non ha mai fatto passeggiate in campagna» risponde lei sorridendo. Lui non ricambia il sorriso, ma annuisce e la guarda pensieroso. Forse Gisela si sbaglia. A lei non sembra lo sguardo di un uomo innamorato. «Sul Taunus l'atmosfera è molto rurale» aggiunge. «Romantica. Molti antichi edifici a graticcio. Alcuni casali sono lì da più di un secolo. Potrei mostrarvene uno, in un posto non distante da qui. Un minuscolo, incantevole paesino.»

Ora ha abilmente lanciato l'amo per arrivare a Lenzhahn. Se Gisela non le mette i bastoni tra le ruote, i loro due paladini accetteranno di sicuro.

«Conosce le persone che ci abitano?» chiede Peters.

Hilde a questo punto sceglie di affidarsi un pochino alla fantasia. «Sì. In passato ci andavamo spesso, d'estate. Io e i miei fratelli, quand'eravamo piccoli. Entravamo di nascosto nelle stalle e accarezzavamo i vitellini. Pensate che ancora oggi cuociono il pane nel forno comune, al centro del paese.»

Gisela per fortuna ha capito dove vuole andare a parare, si gira per metà e le fa l'occhiolino. Poi dice che un antico forno di montagna come quello è una chicca imperdibile. È una vera amica, la sua Gisela.

«Prima però facciamo una passeggiata nel bosco» propone.

Sammy allora fa presente che hanno un cesto da picnic, il cui contenuto però ce lo si deve guadagnare camminando un po'. E a Hilde non resta che rassegnarsi; nonostante lei detesti camminare. Se le ricorda ancora bene le vesciche ai piedi che le venivano durante le gite scolastiche... Oggi, perlomeno, non sarà costretta a cantare a squarciagola quelle stupide marcette che piacevano tanto ai suoi insegnanti. «*Dalle griiiigie mura cittadiiiine...*»

Imboccano un sentiero dove il veicolo militare può finalmente dar prova delle sue qualità meccaniche, passando come se niente fosse sopra sassi, rami e radici affioranti, e poi si fermano in una graziosa radura. Sammy porta il voluminoso cestino da picnic, Gisela prende per precauzione una coperta, Hilde si ferma un attimo a tirare su i calzini sotto lo sguardo – sornione, se non si sbaglia – del tenente Peters.

Aspetta un attimo, pensa. Non è che questo si sta divertendo, qui con me? Altro che uomo che non sorride mai!

La passeggiata si rivela inaspettatamente piacevole. Saltano ridendo le pozze, trovano ghiande e bacche di rosa canina, poi scoprono uno scoiattolo dal manto fulvo che sale come un razzo su un fusto e dall'alto sta lì a osservarli coi suoi occhietti. Peters rimane sempre al suo fianco, aspetta paziente ogni volta che lei si ferma per guardare un fungo o un albero cavo. «A quanto pare ama la natura» le dice. «Però se non ho capito male non viene spesso a passeggiare nei boschi.»

«E lei?»

«Anni fa ho trascorso un'intera estate in Canada. In un capanno sul lago, all'interno di una foresta.»

Hilde è colpita. Ha per caso incontrato gli orsi? I temutissimi grizzly?

«È capitato, sì. Rubano la roba da mangiare che uno lascia in giro. Ma c'erano predatori peggiori.»

«E quali?»

«Le zanzare.»

Hilde ride, e lui concede un cauto sorriso. Quando devono saltare un'altra grossa pozzanghera, le prende la mano e la stringe per un momento. Poi si informa sui suoi fratelli, e dice che nel caso si trovassero in Russia non potrebbe fare niente, se invece si trovassero in un campo di prigionia americano, forse potrebbe in qualche modo intervenire.

«Ma davvero? Sarebbe fantastico. Siamo tanto in pena per August e Willi!»

«Immagino che suo padre speri che uno dei figli maschi rilevi la gestione del caffè.»

Hilde scuote la testa. August ha studiato legge e vuole aprire uno studio legale, Willi ha il folle progetto di diventare attore. Ha già sostenuto l'esame di ammissione alla scuola di recitazione di Francoforte, ed è stato uno dei sei candidati scelti sui duecento che si erano presentati.

«E poi giorni dopo è stato arruolato.»

Peters emette un sospiro solidale e alza gli occhi sulle chiome degli alberi illuminate dal sole. Una massa infinita di foglie variopinte che gioca con la luce.

«E allora chi gestirà il locale?» vuol sapere.

«Io, naturalmente» esclama Hilde. «Non mi ritiene all'altezza?»

«Ma certo!»

Lo dice in modo così convincente che Hilde annuisce soddisfatta. Poi è lei a interrogarlo: domanda che lavoro fa nella vita normale, se abita sempre a New York e se i suoi genitori sono ancora vivi.

«La pescheria è passata a mio fratello. Vendere pesce non faceva per me: io tiro avanti come traduttore e insegnante di storia. Sono sempre in giro, non sono capace di stare fermo in un posto.»

«Capisco.»

«È delusa? Credeva che fossi capo di una ditta fiorente o che fossi un funzionario governativo?»

In realtà, lei fino a quel momento non si era fatta domande sulla sua professione. Che se ne vada in giro per il Paese campando come traduttore e insegnante, tuttavia, la sorprende.

«Pensavo fosse un poliziotto» scherza. «Perché osserva tutto con molta attenzione. E certe volte ha un piglio autoritario.»

Sbircia la sua reazione ed è contenta di vederlo a disagio.

«Me lo rinfaccerà per sempre?» le chiede lui.

«Solo ogni tanto. La lezione va imparata per bene.»

È in quel momento che Josh Peters le prende la mano e si ferma. Si blocca anche Hilde, pur senza immaginare cos'abbia in mente lui. Davanti a loro Sammy e Gisela scompaiono al di là di una curva: il bosco li inghiotte, e Hilde Koch rimane da sola con il tenente Peters.

«Mi piace quando mi sfida così, Hilde» le dice l'americano. «Mi piace la sua allegria, la sua energia, il suo coraggio. Speravo di piacerle un po' anch'io.»

Lei d'un tratto avverte una forza tra loro del tutto nuova. Una sorta di magnetismo, un'attrazione difficile da contrastare. I suoi occhi si avvicinano, la sua bocca anche, e Hilde rimane come incantata in mezzo a tutte quelle foglie colorate d'autunno. Cosa sta aspettando? Non lo sa nemmeno lei.

«Io... la trovo... molto simpatico» sussurra.

Le cinge la vita con un braccio, e quando la bacia lei non fa resistenza. Al contrario, è elettrizzata. Il vento fruscia tra gli alberi, le foglie crepitano, Hilde è costretta a chiudere gli occhi perché il sole ora la acceca. Lui, il vagabondo, l'eremita nei boschi canadesi, non è certo alle prime armi: dapprima la bacia con cautela e delicatezza, ma subito diventa ardito, passionale, e ora a lei gira la testa.

«Io mi sono innamorato, Hilde» sussurra. «Fin dal primo giorno che ti ho vista. L'amore rende folli. Ero geloso, quella sera, e temevo che qualcuno dei miei compagni potesse piacerti. È ridicolo, mi sono vergognato così tanto che non volevo più entrare al Café Engel. Ma anche questo non sono riuscito a farlo...»

Lei tace. È colpita dalla sua confessione: lui è improvvisamente diverso, mostra i suoi sentimenti, non si nasconde più dietro una facciata dura. La tiene ancora tra le braccia e lei sente la vicinanza eccitante del suo corpo. È amore? Passione? Una semplice simpatia? Un colossale errore? È un po' di tutto questo.

Gli cinge il collo e lo bacia sulla bocca. Un bacio leggero, una risposta tenera alla sua dichiarazione e allo stesso tempo un invito a proseguire per non perdere contatto con Gisela e Sammy. Lui capisce e la lascia andare, limitandosi a tenerla per mano.

«Io non ti vorrei più lasciare, Hilde» dice. «Però dovrò partire. Mi trasferiscono.»

«E quando?»

«Non lo so. Potrebbe capitare in qualunque momento. Dimmi se per te è una cosa seria.»

Lei è confusa. Cosa dovrebbe dire? Che trova esaltante la sua vicinanza e che i suoi baci le fanno girare la testa? È turbata, perché finora solo Jean-Jacques le aveva provocato sensazioni simili. Ma alla fine, quello che aveva creduto fosse il grande amore si è rivelato un'illusione. Deve dedurne che qualunque bel ragazzo gentile e capace di toccare le corde giuste potrebbe risvegliare in lei certi sentimenti?

«Devo rifletterci» risponde incerta. «È tutto ancora così nuovo... non sono sicura.»

Percepisce la sua delusione senza bisogno di guardarlo. Josh rimane tuttavia tranquillo e amichevole. «Prenditi il tempo che ti serve, Hilde. Posso aspettare. C'è solo una cosa che non sopporto: le bugie, anche se dette a fin di bene.»

«Per me è lo stesso» replica lei.

È sollevata quando vede spuntare Gisela e Sammy dopo una curva davanti a loro. Sono seduti su un albero caduto, hanno sistemato la coperta e aperto il cestino del picnic. Inimmaginabili delizie in scatola aspettano i viandanti affamati: pane bianco, carne di manzo, formaggio, tonno, e per dessert ci sono pesche sciroppate e una torta lievitata con le albicocche. E poi una strana pasta marroncina che Hilde non conosce.

«Burro di arachidi» spiega Gisela. «Ha un sapore insolito, ma non è male. Provalo. Si spalma sul pane.»

Quella roba sa davvero di arachidi. Una volta era disponibile a Natale nel negozio di generi coloniali, ma è una strana massa appiccicosa che a Hilde non piace affatto. Niente a che spartire con la deliziosa gelatina di ribes nero preparata da sua madre.

Banchettano felici, Gisela e Sammy sono di ottimo umore, si lanciano ghiande ridacchiando e si dividono una bottiglia di birra. Hilde preferisce bere limonata, Josh Peters si serve del tè nero dal thermos. Si è seduto in disparte ed è anche più taciturno del solito. Parla con lei ma come di malavoglia, e sembra assente.

Cosa s'immaginava, riflette Hilde, che gli giurassi amore

eterno? Solo perché gli ho permesso di baciarmi? Mi voleva sincera, e io lo sono stata.

«Adesso però non mi entra più niente» dichiara Gisela posandosi la mano sullo stomaco. «*Here there is no more space for food, darling.*»

Sammy vuole sentire con la sua mano se è vero, ma lei si mette a correre verso il bosco e lui la insegue. Si accapigliano ridendo tra gli alberi, in un fruscio di foglie. Poi scompaiono e cala il silenzio.

«Che bambinoni!» esclama Hilde cominciando a riporre gli avanzi nel cesto.

«Bambinoni felici» mormora lui con aria malinconica.

Lavorano gomito a gomito, lui raccoglie, lei mette a posto. A volte le loro mani si sfiorano, a volte lei lo guarda e sorride e capisce che lui si aspetta qualcosa. Ma Hilde non è pronta a dire altro.

Quando Gisela e Sammy tornano sono entrambi senza fiato, gli stivali eleganti di lei imbrattati di muschio e terra.

«Allora, voi due?» domanda allegra la sua amica. «Tutto bene?»

«Benissimo» risponde Hilde. «Torniamo alla macchina?»

Questa volta Peters porta il cesto del picnic e Hilde gli cammina accanto, con Gisela e Sammy a fare strada. Josh Peters sembra essersi ripreso. Ricomincia a raccontarle del suo periodo in Canada, di quando viveva di pesca e caccia, le parla della bellezza assoluta di quei luoghi incontaminati. Lei ascolta in silenzio, chiedendosi cosa possa convincere un uomo a trascorrere un anno intero da solo in mezzo a una foresta.

Giunti davanti all'auto, in bilico su una gamba sola, Gisela tenta di pulirsi lo stivale destro con un fazzoletto. Sammy approfitta della pausa per bersi un'altra birra, rimediando un'occhiataccia dal tenente Peters.

«Allora andiamo nel villaggio a vedere il forno comune?» chiede Hilde.

«Sì, dai!» fa Gisela. «È proprio a due passi da Niedernhausen.»

Peters ha già aperto una cartina stradale sul cofano dell'auto, e tra le tante dita che si muovono sul reticolo colorato quelle che individuano la loro meta sono subito le sue.

«*It is quite near. Ten minutes.*»

«Vicinissimo.»

Stavolta guida il tenente, con Hilde seduta accanto, la cartina in mano.

«Accidenti al fango!» impreca Gisela dal sedile posteriore. «I miei stivali nuovi sono irrimediabilmente rovinati, questa roba non se ne va più.»

Hilde rinuncia a puntualizzare, visto anche l'insopportabile chiasso che viene dal motore, che in realtà non si tratta di stivali nuovi, ma solo di un caritatevole regalino da parte della sua nuova famiglia americana. Intanto Josh Peters guida piano lungo il sentiero accidentato – molto gentile da parte sua, pensa Hilde. Non è certo privo di pregi, il tenente, riflette tra sé e sé. Eppure, deve ammetterlo, non è innamorata di lui. È una persona interessante e sa baciare molto bene, ma questo è tutto. L'americano non è Jean-Jacques.

E ora si sente anche un po' in colpa per aver raccontato qualche bugia di troppo a lui e a Sammy. Per avere abbellito la verità, diciamo. È vero che quand'era piccola lei e la sua famiglia sono andati un paio di volte sul Taunus. Papà aveva comprato un'auto e la domenica si facevano brevi gite nelle vicinanze. Ma non sono mai stati a Lenzhahn, dai genitori di Fritz Bogner, e la tenera storia dei vitellini nella stalla se l'è inventata di sana pianta. Certo, era capitato che si fermassero in qualche fattoria, per comprare del latte fresco e qualcosa da mettere nei panini da mangiare in macchina. Ma solo una volta aveva osato guardare dentro una stalla, ed era un posto talmente sporco e puzzolente che lei era subito scappata via, a gambe levate.

Oggi comunque si tratta di fare provvista di burro, lardo e uova. Soprattutto per il caffè, affinché sua madre possa finalmente ricominciare a preparare dei dolci. Gli ingredienti grassi sono fondamentali per la bontà delle torte, e quindi per il benessere dei clienti.

«Dev'essere quello!» strilla a un tratto Gisela. «Guardate, le casette a graticcio. Non sono carine?»

Il villaggio è minuscolo. Non fai in tempo a entrare con l'auto che sei già quasi uscito. Non hanno neanche una chiesa, e c'è una specie di casupola di pietra eretta al centro di una piazzetta un po' discosta dalle abitazioni. Dev'essere per forza il forno comune. Oppure la casa dei sette nani. Peters ferma l'auto, e scendono tutti per visitare il paesino. La porta della casupola di pietra non è chiusa, si accorge Hilde, e perciò entrano. È un ambiente angusto con delle finestrelle sporche che impediscono il passaggio alla luce, ma si riesce a distinguere bene lo sportello del forno.

Sammy aziona la maniglia e le lastre di ferro scorrono, aprendosi. Dentro c'è un'ampia cavità fatta di mattoni.

«*Where is the fire?*»

«Riempiono il forno con legna e rami secchi, poi li accendono» ipotizza Peters, guardando Hilde in cerca di conferma.

Lei non ha la minima idea di come venga alimentato un forno in pietra, ma annuisce. La bocca del forno le ricorda la fiaba di Hänsel e Gretel, perché è abbastanza grande per poterci infilare una persona. Ma tu guarda se questi sono pensieri da fare...

«Ma allora là dentro dev'essere pieno di cenere» esclama Gisela perplessa. «Il pane così si insudicia.»

«Quando le pietre sono abbastanza calde, estraggono la cenere e puliscono l'interno» spiega Josh Peters. «E poi ci infilano il pane.»

«Esatto» si affretta ad aggiungere Hilde. «L'avevo dimenticato, perché è passato molto tempo dall'ultima volta. Adesso però me lo mi ricordo.»

Accidenti alle bugie. Quando si comincia, non se ne esce più. Sta per raccontare che il pane cotto nel forno in pietra ha un sapore tutto particolare, quando la porta alle loro spalle scricchiola. Una donna li guarda da fuori, all'apparenza si direbbe una contadina, perché ha un foulard in testa e porta stivali di gomma infangati e puzzolenti di stalla.

«Buongiorno» dice Hilde alla donna che li fissa con diffidenza. «Veniamo da Wiesbaden. Io sono Hilde Koch del Café Engel. Volevamo andare dai Bogner.»

L'espressione della donna da diffidente si fa sbalordita: fa un passo indietro, come per valutare meglio la ragazza che ha davanti.

«Lei è Hilde Koch? La figlia di Heinz Koch di Wiesbaden?»

«Sì, esatto.» Dev'essere la madre oppure una parente di Fritz Bogner, pensa Hilde, altrimenti come farebbe a conoscere suo padre? «Le porto i saluti dei miei genitori. Volevamo chiedere se ha avuto notizie di suo figlio.»

Oh, cielo, pensa mordendosi le labbra. Non doveva domandarglielo in questo modo. È possibile che il povero Fritz...

Ma in quel momento un sorriso si allarga sul volto della donna, dando vita a una ragnatela di rughe. Tende la mano a Hilde, una mano così dura e callosa che pare indossi spessi guanti di pelle.

«Heinz Koch che manda sua figlia per chiedere del nostro Fritz! Benvenuta, signorina Koch. E questi devono essere suoi amici.»

«Sì, la mia amica Gisela, il suo fidanzato, il signor Hill, e un mio buon amico, il signor Peters...»

Pronuncia i nomi alla tedesca, ma naturalmente in paese hanno ben visto che la macchina con cui sono arrivati è americana.

«Venga da noi, signorina Koch. La prego, venga. E anche i suoi amici. Che sorpresa! È una vera gioia!»

La gente qui in campagna è molto spontanea e accogliente. Attraversano la piazzetta ed entrano in un cortile, dove un cane nero dal pelo riccio e arruffato dà loro il benvenuto abbaiando a lungo e dove Sammy per un pelo non calpesta una gallina. La casa è una costruzione a graticcio alta e stretta con il tetto di tegole; solo la parte centrale funge da abitazione: l'ala sinistra è occupata dal fienile, quella destra dalla stalla. La porta non è chiusa a chiave. Devono aspettare che la signora Bogner si tolga gli stivali di gomma usati per la stalla a favore delle ciabatte, così rimangono nell'angusto ingresso, dove regna un forte odore di bestiame.

«Oddio» mormora Gisela. «Mi sento male...»

«Sssh!»

Quando la porta della cucina si apre, l'odore di campagna aumenta. In fondo, accanto alla grande credenza, c'è la porta che dà accesso alla stalla. Pratico e ingegnoso, se tra le cose che devi fare c'è nutrire le vacche e mungerle la mattina presto e anche col cattivo tempo.

La puzza è ripugnante, pensa Hilde. Però è grazie alle vacche che qui c'è latte, c'è burro, c'è panna.

Si siedono al tavolo della cucina e si vedono servire del pane fatto in casa con del burro fresco, giallastro, una salsiccia affumicata, marmellata e miele. Il caffellatte è coperto da uno spesso strato di panna. Hilde si rammarica di essere ancora sazia dal picnic, perché simili delizie in città mica se ne trovano...

«Servitevi!» li invita la signora Bogner. Versa altro caffè, affetta la salsiccia, li esorta ad assaggiare il miele prodotto da un apicoltore della zona. «Le incarto qualcosa per i suoi genitori e i suoi fratelli... Oh, sono ancora dispersi? Allora che Dio li protegga e li faccia tornare presto a casa.»

Poi la donna comincia a parlare di Fritz, racconta loro del suo grande amore per la musica. Dice che Fritz aveva solo cinque anni quando per caso, da un rigattiere, avevano trovato un violino vecchio. Da quel giorno, Fritz Bogner non se ne era più staccato.

«Il maestro Alberti, giù a Niederseelbach, ha detto che il nostro ragazzo doveva diventare un musicista. E per noi andava bene, perché in effetti la fattoria doveva andare al maggiore, il nostro Alwin. Perciò Fritz ha studiato al conservatorio di Francoforte, e ha potuto farlo gratis grazie a una... una borsa di studio... sì?»

«Sì.» Hilde sorride. «Fritz ha suonato spesso da noi, al Café Engel, e io lo ascoltavo con tanto piacere.»

La signora Bogner le serve una fetta spessa di salsiccia.

«Ha ripreso a esercitarsi, signorina Koch» le sussurra. «Ah, la guerra gli è costata anni di vita e gli ha quasi tolto la vista. Ma il suo violino non lo ha mai dimenticato.»

«Lui è qui?» chiede Hilde perplessa. «Fritz è qui a Lenzhahn?»

La signora Bogner annuisce. La sua gioia e il suo sollievo sono evidenti, ma lei non è una donna smancerosa.

«È con Alwin e i contadini a raccogliere le mele. Non ce ne sono molte quest'anno. Di patate invece sì, quindi ne potete portare via. Stessa cosa per le carote e i porri. Vuole anche delle erbe aromatiche per la minestra?»

A Hilde sembra di essere finita nel paese della cuccagna. Che vita fanno, qui in campagna! Si lavora duramente, a giudicare dalle mani della signora Bogner, e l'aria non è certo profumata, però qui almeno non si patisce la fame.

«Sarebbe fantastico, davvero. Le siamo grati» risponde. «Ho anche un regalo per lei. Per Fritz in particolare, ma credo che le piacerà.»

Corre fuori, prende i due candelieri d'argento dal bagagliaio e li sistema sul tavolo della cucina tra il cestino del pane e il piatto della salsiccia. La signora Bogner è sbalordita. «Ma sono oggetti da tenere in chiesa, signorina Koch.»

«Ma no, si mettono sul tavolo quando si cena. Danno un tocco di eleganza.»

«Oggetti tanto preziosi... è davvero troppo, per noi. Ma io avrei ancora un bel prosciutto affumicato. E poi avrei anche del burro.»

«Qualche uovo? Farina? Un vasetto di panna?»

Che spasso far provviste in questo modo, e per giunta sotto gli occhi di due militari americani. Sammy aggrotta la fronte, ma riceve un amorevole calcio sullo stinco dalla sua Gisela, e non apre bocca. Josh Peters non batte ciglio, ma Hilde ormai lo conosce abbastanza bene da sapere che sta osservando la situazione con tutta tranquillità.

«A saperlo, ci portavamo un furgone» osserva serio.

Hilde è veramente soddisfatta. Al caffè queste scorte basteranno per settimane, e anche loro e i loro amici per un po' saranno al riparo dalla fame. Quello che ancora manca – il caffè, il tè, lo zucchero – lo baratteranno con la grappa. Sì, un ottimo bottino. Ed è tutto merito suo. Contenta come una regina, dà un pizzicotto al braccio di Gisela fa un gran sorriso al tenente Peters. Un furgone! Davvero arguto, il caro americano. Ah, vorrebbe gettargli le braccia al collo!

In quel momento si apre la porta della cucina e qualcuno fa scivolare dentro una grande cesta piena di mele. Segue una seconda cesta, poi risuona una voce che Hilde non ha certo dimenticato.

«Tira via, mamma. Abbiamo altre due ceste piene e la gerla...»

«Vieni prima dentro, Fritz. Abbiamo ospiti. E porta tuo padre e Alwin...»

Hilde lo riconosce subito, nonostante la benda sull'occhio. Le sembra più alto, i capelli sono spettinati, le guance accaldate dal lavoro all'aperto. Quando lui la vede diventa rosso, imbarazzato come ai tempi in cui Hilde lo prendeva in giro per via dei pantaloni troppo corti.

«Hilde!» esclama, ma si corregge subito. «Signorina Koch! Che sorpresa...»

Deve oltrepassare le ceste, per raggiungerla, e a lei non sfugge che fa fatica a camminare. Questa orrenda, maledetta guerra. Gli ha preso un occhio e gli ha lasciato il corpo costellato di ferite.

Ma ora Fritz è davanti a lei e la saluta, la sua mano è calda e la stretta decisa. È diventato un uomo, dal suo viso è scomparsa l'espressione fanciullesca. Quell'aria sognante, che a Hilde piaceva tanto, ora non c'è più. Sono rimaste però la sua amabile timidezza e la sua indole schietta.

«Sono davvero felice» gli dice, stringendogli la mano. «Devi assolutamente tornare a Wiesbaden. Hubsi ti aspetta. Stanno organizzando i concerti di Natale.»

Ora Fritz ride di gioia e i loro occhi si incontrano. Lui le piace. Santo cielo, quanto le piace.

«A Wiesbaden? Be', devo ancora esercitarmi un po' al violino, sa, signorina Hilde. Non vorrei fare brutte figure con suo padre. E meno ancora con lei.»

Jean-Jacques

Villeneuve, settembre-novembre 1945

È notte quando lo trovano. Per ore sono andati in giro per i vigneti con lanterne e torce, perché suo fratello non è stato in grado di dire dove lo aveva lasciato. Pierrot era tornato a casa fuori di sé, sanguinante, l'occhio sinistro tumefatto e un residuo di schiuma bianca intorno alla bocca. Continuava a ripetere «Jean-Jacques, Jean-Jacques», e allora avevano capito che i fratelli dovevano essersi battuti. Poi Pierrot si era precipitato in camera sua e si era chiuso dentro. Era rimasto lì per ore, né le preghiere della madre né gli ordini severi del padre lo convincevano ad aprire la porta. Neanche a Margot, che lo implorava di confessarle cos'era successo, Pierrot aveva dato una risposta. Allora sua madre aveva convinto il marito ad abbattere la porta, spaventata che il figlio potesse commettere un gesto sconsiderato. Erano serviti due colpi d'ascia, e poi l'avevano trovato rannicchiato a terra, in un angolo, le braccia strette alle ginocchia, gli occhi fissi.

«Guarda, Margot...» aveva detto con una voce irriconoscibile, indicandosi la fronte. «Lo vedi? Il segno?»

Lei era caduta come un sasso sul pavimento, salvata solo dalla prontezza del vecchio.

«Ma cosa dici, Pierrot?» aveva gridato la madre, scuotendolo per le spalle. «Quale segno?»

«Il marchio di Caino.»

La madre aveva strillato, si era coperta la bocca con le mani.

«Occupati di Margot» le aveva detto il marito. «Io vado a prendere Jérôme e i vicini. Forse si può fare ancora qualcosa.»

Più tardi, il loro padre racconterà che Jean-Jacques era pallidissimo e imbrattato di sangue quando la luce della lanterna lo ha illuminato. Il vecchio si è inginocchiato accanto a lui e gli ha controllato il polso, ringraziando Dio per avergli fatto trovare il figlio ancora in vita. In due lo hanno trasportato per i prati bagnati fino al cortile, e alle prime ore del mattino il domestico ha attaccato la cavalla al carro per andare a prendere il dottore a Villeneuve.

Jean-Jacques è molto lontano, nuota in un mare di dolore sordo, vede ombre livide fluttuare interrotte da lampi rapidi e accecanti, sente un rumore scrosciante, ondoso. Ogni tanto emerge, poi il vortice lo cattura ancora. La nausea è fortissima.

«Come hai potuto farlo?» sente sussurrare Margot.

«È colpa sua.»

«Oh, no. È colpa tua. E mia. Soprattutto mia.»

«Non dire sciocchezze, Margot! Io ti amo. Lo sai. Qualunque cosa accada.»

«Vattene! Non mi toccare! Assassino!»

«Margot... ti prego.»

Jean-Jacques la sente parlare, ma non capisce. La sua testa è uno spazio smisurato e vuoto, imponente come il cosmo e altrettanto silenzioso. Margot gli dà da bere del tè caldo e lui lo sputa. A tratti vede sopra di sé gli occhi del padre che lo osservano attenti, poi sente la sua voce.

«Ha gli occhi aperti. Ha mangiato qualcosa?»

«No.»

A volte una frase gli penetra nel cervello, rovista, trasforma il blocco di pietra in una massa fluttuante e dolorosa. Le correnti, tenaci, si fanno strada generando pensieri, lui comincia a capire. Si trova nella sua stanza, è sdraiato a letto. Margot, sua moglie, è seduta accanto a lui, gli accarezza il braccio.

«Se non riesci a parlare, allora stringimi la mano, Jean-Jacques. Così so che mi capisci.»

«Certo che... capisco.»

La sente gridare di gioia, avverte i suoi baci, sente delle lacrime. Da quel momento comincia a migliorare, torna a parlare, beve, mangia, ben presto si alza dal letto senza aiuto. Margot è sempre al suo fianco, così come la madre. Pierrot lo rivede solo quando è in grado di condividere i pasti con gli altri, giù in cucina: suo fratello siede in silenzio al suo posto vicino alla madre, spezza il pane nella zuppa, mastica la salsiccia, taglia il formaggio, senza mai guardarlo.

Anche Jean-Jacques tace, e scopre una cicatrice recente sotto l'occhio destro del fratello. La testa continua a rimbombare; a ogni sforzo, a ogni movimento imprudente il pavimento oscilla sotto di lui, e il vortice minaccia di risucchiarlo. Quando dopo mangiato si alza a fatica per salire in camera, il fratello solleva gli occhi su di lui.

«Non ci sperare» gli dice. «Non ti libererai di me, Jean-Jacques.»

Fredda e sprezzante, la frase resta sospesa nell'aria. Nessuno dice niente. Il padre volta loro le spalle e apre la porta della stalla, la madre si tiene occupata ai fornelli. Margot prende Jean-Jacques sottobraccio e lui la sente tremare. Nella cucina domina un silenzio paralizzante, carico di presagi funesti.

Di sopra in camera Margot lo spoglia. Lui si è abituato ad accettare il suo aiuto, dapprima perché gli serviva, poi perché ha capito che ne ha bisogno anche lei. Sua moglie gli fa pena, perché la gravidanza l'ha imbruttita: è molto magra, a eccezione della grossa pancia, e quando sono sdraiati vicini lui sente il bambino muoversi dentro il suo ventre. Ma non è suo figlio, e lui non vuole toccare.

«Tuo padre voleva mandare via Pierrot» gli sussurra lei. «Ha detto che non potrà esserci mai più pace nella fattoria, finché c'è lui.»

«Ha ragione.»

È meglio se parlano piano. Da una parte c'è la stanza dei genitori, dall'altra dorme Pierrot.

«Ma tua madre non vuole che viva infelice lontano da casa. Gli ha intestato una vigna.»

«Lo so.»

Margot sospira. Nel buio, lui ha l'impressione di vederle scintillare gli occhi. Sta forse piangendo?

«I tuoi genitori hanno avuto un brutto litigio» sussurra sua moglie. «Per giorni non si sono parlati. Poi tuo padre ha dovuto cedere, e si è ammalato.»

Jean-Jacques trasalisce. Suo padre non si ammala mai, ha sempre lavorato perfino col raffreddore, perfino con la febbre da cavallo...

«È il cuore, Jean-Jacques. È dovuto venire il dottore, gli ha dato delle gocce e ha detto che non si deve agitare.»

«E mia madre? Lei che cosa ha detto?»

Ma questo Margot non lo sa.

«Dev'essersi spaventata molto» ipotizza. «Ma è rimasta irremovibile. Pierrot non lascerà la fattoria. Io non capisco tutta questa ostinazione. Non si rende conto che in questo modo si attirano le disgrazie?»

Jean-Jacques non le risponde, perché sta lottando contro un terrorizzante senso di vertigine. Il consiglio che il dottore ha dato a suo padre vale anche per lui: non deve agitarsi, altrimenti la testa ricomincia a frusciare e a vorticare. Di questo deve ringraziare suo fratello, che vile lo ha colpito alle spalle con un bastone. Davvero voleva ammazzarlo, con quel bastone?

Ma io cosa ci faccio qui? pensa Jean-Jacques. Perché sto seduto ad aspettare la catastrofe, cieco e immobile come un coniglio terrorizzato? Non si dice forse che a cedere è il più saggio? Allora, se voglio essere saggio, me ne devo andare, liberare il campo prima della sciagura. Che cosa mi trattiene qui? Questa donna che non amo e che porta in grembo il figlio di mio fratello? La fattoria e i vigneti che mi spettano di diritto, ma che ora per volontà di mia madre devo dividere con Pierrot?

Non sono cose per cui vale la pena lottare. Non valgono la pace tra i miei genitori, né tanto meno la salute di papà.

Ma nonostante tutte queste sagge elucubrazioni, non si decide a lasciare la fattoria. Forse è per via di quella lettera, la lettera precipitosa e infelice che ha fatto recapitare a Wiesbaden e che nel frattempo deve avere prodotto effetti. Forse però non vuole nemmeno dare un dispiacere a Margot, che lo ama e che se lui partisse cadrebbe nella disperazione. Ma soprattutto a trattenerlo lì è il suo stupido orgoglio, la superbia che gli impedisce di cedere, di darla vinta a suo fratello. Come in passato, quando sua madre si intrometteva nei loro litigi, aspettandosi che lui, essendo il più grande, rinunciasse alla sua parte di ragione. No, caro il mio fratellino. Neanche tu ti libererai di me. Io resto qui, non mi muovo e sono pronto a battermi, per farti vedere chi comanda.

Il lavoro è una distrazione benedetta. Il succo rosso dell'uva è fermentato diventando mosto e ora viene pressato e versato nei barili. In seguito sarà affinato, setacciato e travasato. Infine dovrà invecchiare, verrà più volte esaminato, sorvegliato e assaggiato. Il padre ha deciso di ordinare venti botti nuove, perché alcune di quelle vecchie stanno marcendo e non fanno bene al vino. Una buona botte di quercia costa molti soldi e Jean-Jacques sa che il padre non li ha, che dovrà chiedere un prestito, indebitandosi. Questo non gli piace, perché le botti in futuro non ospiteranno solo il suo vino, ma anche quello di suo fratello, però i debiti se li deve accollare lui. Ma ora non vuole pensarci, ora vuole solo aspettare di stare meglio, di riprendere le forze per potersi dedicare anche ai lavori pesanti.

«Rallenta, Jean-Jacques» lo ammonisce il padre mentre è impegnato a segare, madido di sudore, le vecchie botti che verranno sostituite. «Il lavoro non scappa.»

Jean-Jacques è impaziente e taciturno, sempre arrabbiato con quel corpo che ci mette troppo tempo a guarire e con il fratello che gli ha inflitto quella sofferenza. Perché anche lui non l'ha colpito con più forza? Pierrot è in ottima forma, eccolo in piedi a lanciare bracciate di fieno affinché la madre possa usarlo nella stalla. È proprio sano come un pesce. Lui invece ha difficoltà anche a starsene sulla scala: non appena fa tre pioli, la stalla comincia a girare e lui deve aggrapparsi per non schiantarsi a terra.

«Ti vedo migliorare giorno dopo giorno» lo incoraggia Margot la sera in camera da letto. «Ancora un paio settimane, e vedrai che tornerà tutto come prima.»

Lui sa che non è vero, ma non la contraddice. Nell'ultimo periodo Margot si rifugia in un mondo tutto suo fatto di stelle e fiori, sorride trasognata e si accarezza la pancia con un gesto amorevole. Jean-Jacques la lascia fare, certe volte arrivando a comprendere che il bambino che cresce nella sua pancia ha bisogno di questa fiducia positiva. Il bambino non ha colpa, non deve pagare prezzi, deve venire al mondo sano e forte.

Le giornate si sono accorciate, è l'inizio di novembre, sotto la pioggia il paesaggio è triste, il futuro senza speranza. Jean-Jacques continua a soffrire di capogiri, ma ha deciso di ignorarli. Quando spacca la legna per le stufe ogni tanto deve fermarsi finché la vista non torna limpida, poi riprende a lavorare imperterrito, quasi curioso di capire fino a che punto può spingersi. Ma certi giorni i capogiri lo costringono a inginocchiarsi, e allora a denti stretti rinuncia, sbattendo l'ascia sul ceppo, pieno di rabbia. Margot e sua madre in quei casi accorrono per aiutarlo a rialzarsi, lo portano in casa e cominciano a fargli la paternale.

«Lasciatemi in pace» ansima lui. «Ce la faccio. Non ho bisogno di bambinaie.»

La pancia di sua moglie ora è enorme, un luogo pieno di vita attaccato tenacemente a un corpo sfinito. Lei ha i capelli opachi, la febbre sulla bocca. Ma sorride, sorride sempre contenta, e parla del lettino che presto dovranno costruire.

«Ci credi, Jean-Jacques?» gli dice sognante mentre lui, stanco e di pessimo umore, è sdraiato a letto al suo fianco. «Tua madre è andata su in soffitta a prendere i pannolini dal baule.

Abbiamo trovato anche delle camiciole e delle giacchine fatte a maglia, e le abbiamo lavate. È una buona cosa, perché così non dovremo comprare troppa roba per il piccolo...»

Con l'intenzione di non guastarle l'umore, lui per un po' si presta a parlare con lei di vestitini e della carrozzina che potranno prendere in prestito dal vicino. In realtà aspetta questa nascita con sentimenti misti, perché non sa come si comporterà con il bambino né cosa farà Pierrot. E ora, da un po' di tempo, una paura nuova lo perseguita: sussulta davanti alle ombre proiettate sulla parete, o non appena sente un rumore alle sue spalle. Qualche giorno fa era in cantina per assaggiare il vino nuovo, ha avvicinato il bicchiere alla luce per studiarne il colore e stava per portarselo alle labbra, quando ha sentito un movimento e si è girato di scatto. Ha visto la faccia di suo fratello sorridergli beffarda, ed è stato come se un gorgo maledetto lo inghiottisse. Ha dovuto aggrapparsi alla botte per non cadere.

«Hai paura di me? Ma tu lo sai già che sono la tua ombra. Il tuo spirito maligno. Io ti perseguiterò, Jean-Jacques. In questa vita non avrai pace, finché non mi restituirai la mia donna e mio figlio»

«Tu» ha risposto lui «sei pazzo.»

«Non più di te, Jean-Jacques.»

«Margot non è tua moglie.»

«Ma sono io l'uomo che ama. E tu invece pensi a un'altra donna.»

«Questa è una tua supposizione.»

«Lo so per certo.»

Jean-Jacques non ci ha visto più. Si è alzato a fatica e si è scagliato contro il fratello, ma lui lo ha respinto con facilità, facendolo cadere di schiena sulla botte.

«Fai attenzione» ha sibilato Pierrot. «Se ti fai male di nuovo, potresti romperti per davvero quella tua testa bacata.»

Da allora vive con il pensiero che il fratello possa ucciderlo, magari inscenando un incidente. Sa che è un'idea folle, dovuta alla debolezza del proprio corpo, al fatto di sentirsi troppo vulnerabile.

«Sei così imprudente» si è lamentata Margot, vedendogli i lividi.

«Sono solo inciampato sulle scale» ha mentito lui.

«Non dovresti scendere in cantina da solo.»

«Ma non è successo niente, Margot.»

«Prenditi cura di te, Jean-Jacques. Ti prego.»

Sua moglie è appesantita per via del bambino, ora è all'ottavo mese e a volte ha il mal di schiena. Ma non si lascia abbattere: sta seduta accanto alla stufa e canta canzoncine, lavora a maglia berretti e babbucce di lana verde. Lei e sua madre hanno trasformato una cesta di vimini in culla, l'hanno foderata di bianco e riempita di cuscini colorati con le fodere vichy.

A fine novembre Pierrot si ammala, ha la febbre e la tosse, sta seduto in cucina a bere latte caldo e miele. Jean-Jacques allora sparisce silenzioso nel granaio: oggi ci pensa lui a buttare giù le balle di fieno al posto del fratello. È tempo che torni a fare quel lavoro. La vertigine che arriva non appena afferra la scala a pioli dura appena qualche secondo, Jean-Jacques affronta con cautela il primo gradino, aspetta un attimo e riparte. Il secondo, il terzo, il quarto gradino. Al quinto deve fermarsi, poi riprende a salire. Arrivato su in cima, si aggrappa con forza alla scala per issarsi sul pavimento di legno, poi si raddrizza. Guarda in basso e non ha le vertigini: si volta, sistema vicino al bordo alcune balle che hanno ammassato lì a fine estate, poi le lancia di sotto a una a una. All'ultima sente la testa che gira, costringendolo a sedersi.

«Jean-Jacques!» gli grida la madre dal basso. «Che fai qui? Lo avrei fatto io.»

«È tutto a posto, mamma.»

Odia essere trattato come un ammalato. E non è giusto che sua madre si dia da fare al posto suo.

«Devo aiutarti a scendere?»

«No!»

Si mette in ginocchio, maledice i giramenti di testa e striscia verso la scala. Con attenzione afferra le stanghe, mette un piede sul gradino, ma quello scivola...

«Jean-Jacques! Per amor del cielo!» è il grido spaventato di Margot.

«Non è niente» dice lui, cercando il gradino con il piede.

«Reggiti forte» grida sua moglie. «Vengo a sorreggerti!»

Adesso è tutta quell'agitazione a provocargli le vertigini: deve risalire, tornare sul soppalco, riposarsi un po'.

«Rimani giù, Margot» le ordina. «Ce la faccio da solo.»

«Perché fai così, Jean-Jacques?» frigna lei. «Eppure lo sai che...»

Margot si zittisce, poi si sente un colpo sordo e in un primo momento Jean-Jacques pensa che qualcosa sia caduto di sotto, per quanto non capisca cosa.

«Margot!» grida sua madre. «Dio del Cielo! Margot! Sei ferita? Riesci ad alzarti?»

Improvvisamente Jean-Jacques ci vede benissimo, sente le gambe salde. Scende la scala senza mai mettere il piede in fallo, vede Margot sdraiata a terra, si inginocchia svelto accanto a lei.

«Non è niente» sussurra sua moglie, sorridendogli. «Sono solo scivolata.»

Lui la sorregge, l'aiuta ad alzarsi, la porta insieme alla madre fin dentro casa, e quando lei si siede sulla panca della stufa le sistema un cuscino dietro la schiena.

«Non preoccupatevi, sto bene.»

Le portano una coperta, un tè da bere, le accarezzano i capelli.

«Tutto questo solo per colpa della tua incoscienza, Jean-Jacques!» lo rimprovera sua madre.

Però Margot si ribella. «La colpa è mia, che non sono stata attenta. Lui non ha fatto niente di male.»

Jean-Jacques le tiene la mano, le osserva il volto pallido, quasi traslucido, e d'improvviso sente una profonda tenerezza per questa giovane donna che ha sposato tanti anni fa, quasi senza conoscerla. Lo ama senza riserve, si occupa di lui, lo difende davanti alla madre. Prova vergogna per quanto è successo: Margot avrebbe meritato un marito migliore.

Nella notte iniziano le doglie. Jean-Jacques esce nella pioggia e corre dalla vicina, la prega di assistere al parto. La casa si riempie di donne giovani e anziane: corrono su e giù per le scale, siedono in cucina, scaldano acqua e tè sul fornello, mangiano pane, olive e prosciutto, chiacchierano, ridono. Nascoste dietro una mano parlano di cose che orecchie maschili non devono sentire.

«Come va?» continua a chiedere lui.

«Ci vuole un po'. È in anticipo di almeno un mese. Ma non fa niente. Andrà tutto bene.»

Pierrot si è alzato, è seduto con occhi febbrili su uno sgabello accanto alla stufa e impreca tra sé e sé. Ha provato più volte ad andare da Margot, ma le donne presidiano la stanza come se fosse una fortezza.

«Se le succede qualcosa è colpa tua» sibila a Jean-Jacques. Poi è scosso da un violento accesso di tosse che lo costringe a tacere.

Suo padre poggia sul tavolo una bottiglia di pastis per offrirla alle donne. Allunga un bicchiere anche ai figli, poi esce in cortile con Jean-Jacques.

«Non fa bene stare seduti in cucina con le donne» dice. «Chiacchierano troppo e fanno venire il mal di testa.»

Gli racconta com'è andata quando sono nati lui e Pierrot, ma Jean-Jacques non lo sta a sentire. Continua a guardare in alto, verso la finestra illuminata della loro stanza, nel cuore una paura folle.

«Rientriamo, papà.»

In cucina sono rimaste in poche, e quelle che ci sono evitano i loro sguardi ansiosi.

«Che c'è? È nato?»

Non ricevono risposta. Una delle donne anziane indica la scala con l'indice nodoso. In cima c'è Amélie, la vicina. Ha i pugni serrati, la faccia stravolta.

«Un maschio» annuncia con voce bassa e roca. «Ancora molto piccolo, ma sembra sano.»

Jean-Jacques apre la bocca invano un paio di volte prima di riuscire a domandare: «E... Margot?».

«Non si è potuto fare niente.»

Luisa

Wiesbaden, novembre 1945

Sogna spesso sua madre, parla con lei, e quando si sveglia il cuscino è bagnato di lacrime. Il sonno porta a galla anche altri ricordi, dettagli orribili che non potrebbe mai confidare a nessuno e che vuole dimenticare in fretta. Il passato è passato. Lei ha ancora una vita da vivere, una vita bella.

Da quando Hilde è tornata carica di provviste dalla sua gita sul monte Taunus, le cose al Café Engel hanno ripreso il loro corso abituale. Else rimane fino a tarda sera in cucina a preparare pasticcini e torte da servire il giorno dopo. Ha fatto addirittura una torta con la panna, perché nel bottino di Hilde c'era anche una brocca di freschissima crema di latte. La voce si è sparsa in un lampo tra i clienti, che sono arrivati a frotte, pagando con denaro, ma non solo: hanno portato una tabacchiera di legno intarsiato, un diapason di finto argento, uno spartito con il disegno a matita di una gatta realizzato dal compositore Hindemith. E Alma Knauss si è conquistata ben quattro fette di torta alla panna in cambio di un sacchetto di carbonella che si è fatta portare apposta da casa da un domestico.

«Se non avessimo la nostra Hilde!» continua a ripetere zio Heinz dando dei buffetti sulla guancia alla figlia. «Ieri ci ha fatto avere mezzo chilo di purissimo caffè. E anche una stecca di vaniglia... di questi tempi, vi rendete conto? È un portento, mia figlia!»

Hilde è felice delle lodi, anche se non dimentica di sottolineare che lì in famiglia non le hanno reso la vita facile, e che per fortuna una certa persona pare abbia finalmente ritrovato il buon senso.

«Non tirare troppo la corda, Hilde» la avverte zia Else. «Godiamoci questo bel momento!»

Zio Heinz non serba rancore. Sorride quando Hilde lo prende in giro per la sua paura del mercato nero e poi si mette a spiegare che in periodi di difficoltà vigono leggi diverse. Ed esclama anche: «In guerra ci mandano noi uomini, ma le nostre donne sono delle vere combattenti!».

Al che Hubsi solleva il suo bicchiere d'acqua e rivolge un brindisi alle donne del Café Engel. Tutti ridono e fanno tintinnare i bicchieri, tanto che il cane sotto il tavolo si spaventa e comincia ad abbaiare.

«E che mi dici del nostro futuro genero?» chiede lo zio con un sorriso birichino. «Mi ero fatto l'idea che ci saremmo imparentati nientemeno che con la famiglia di Eddi Graf.»

«Papà!» lo rimbrotta Hilde alzando gli occhi al cielo. «Devo ancora trovare l'uomo che fa per me. E poi sono fatti miei, no?»

«Su questo ha ragione!» proclama la Künzel seduta all'altro capo del tavolo, puntando il cucchiaio vuoto verso Heinz. «La ragazza è bellissima e sa cosa vuole. Al suo posto non mi preoccuperei.»

«È quello che penso anch'io» dice Julia, che li ha raggiunti solo pochi minuti prima. «E dove arriva l'amore, non si salva più niente.»

Guarda sorridendo il piatto di minestra che zia Else le ha tenuto da parte, del tutto incurante dell'espressione corrucciata di Addi Dobscher. Luisa conosce la loro situazione, perché Addi oggi le ha di nuovo aperto il suo cuore: e lei vorrebbe provare ad aiutarli, ma il problema è che Julia non parla mai delle sue cose private.

«Avete ragione» borbotta zio Heinz. «Ma se finalmente hai finito coi francesi e con gli americani, Hilde, potresti orientarti verso un musicista. Così il Café Engel continuerà a essere prediletto dagli artisti.»

Quella che ha appena fatto è naturalmente una battuta, ma ora Hubsi sembra imbarazzato e Luisa si chiede quale sia il motivo di quell'allusione ai francesi. Hilde è stata fidanzata con un ragazzo francese? Addi sta dicendo in tono scherzoso di non essere contrario al vincolo matrimoniale, ma di temere le donne con le idee troppo chiare. D'un tratto, Julia si è messa a mescolare con impazienza la minestra.

«Be', povera figlia mia» aggiunge divertita zia Else. «Tra i musicisti la scelta non è certo ampia. Che ne pensi di Alois Gimpel? O dell'organista Firnhaber?»

Hilde sta allo scherzo. Dichiara che il maestro Gimpel potrebbe anche piacerle, sempre meglio di Klaus Firnhaber, che è secco secco e ha le gambe a parentesi. Se solo il suo cognome non fosse così ridicolo! Gimpel, *sempliciotto*. «Hilde Sempliciotto... come suona? Come Luisa von Stupidonia, direi...»

Poi guarda la cugina e ride fino alle lacrime di quell'esilarante battuta. Ride anche Luisa, ma non la trova poi così divertente. Forse, pensa, sono io che sono troppo suscettibile. Forse Hilde non ha intenzioni cattive.

«Se dev'essere un musicista, allora scelgo Fritz Bogner» annuncia Hilde mentre ripulisce il piatto con l'ultimo pezzo di pane. «Lui sì che mi piace. Persino non lavato!»

Racconta che è molto cambiato, che è diventato un uomo. Forse ancora un po' timido, ma quello è un aspetto di lui che le piace molto.

Luisa l'ascolta parlare, e intanto cerca di nascondere il subbuglio che sente dentro. Non c'è dubbio che si tratta dello stesso Fritz Bogner che le ha salvato la vita, il ragazzo con cui ha dormito in una fredda notte di bombardamenti, che l'ha portata nella canonica e l'ha accudita con amore quando aveva la febbre alta. Lo stesso Fritz Bogner di cui lei ancora conserva la lettera nell'astuccio appeso al collo, mentre tutti gli altri fogli, i documenti di sua madre e i suoi, li ha già bruciati in gran segreto nella stufa.

A Hilde piace Fritz Bogner. Be', non c'è da stupirsi, pensa

Luisa. È un uomo adorabile. Se non si sbaglia, dall'ultima volta che lo ha visto sono passati quasi sette mesi. Mi ha salvato la vita, si è preso cura di me, riflette, ma forse lo avrebbe fatto per chiunque. E anche quella frase che mi ha scritto, *Sei una persona straordinaria...* non lo siamo forse tutti? Creature di Dio uniche e inconfondibili? No, di amore non le ha mai parlato e neanche scritto. Quelli sono tutti giochini della sua immaginazione.

Hilde è la donna giusta per lui, pensa ora, turbata. È così gentile e riservato, gli serve una moglie energica e decisa...

La conversazione a tavola nel frattempo si è spostata sugli Storbeck. Se ne sono andati una settimana fa, lasciando dietro di sé il deserto.

«Persino due tappeti e i piumini si sono portati via» si lamenta zia Else, infuriata. «Per non parlare delle posate d'argento, dei piatti e dei bicchieri. E delle tovaglie e delle lenzuola... Tutto hanno fatto sparire. Come ci siano riusciti, per me è un mistero.»

Zio Heinz è costernato. Essendo un uomo di buon cuore, tende a sorvolare sui difetti altrui e nessuno gli sembra capace di certe bassezze. Neanche gli Storbeck, che pure non gli sono mai piaciuti.

«Sei sicura, Else?» chiede scuotendo la testa. «Avete guardato bene?»

«Papà!» lo riprende Hilde. «Credi che abbiano nascosto le posate d'argento per farci un dispetto? Se ne sono andati di notte, alla chetichella. Si sono fatti prestare un carretto e ci hanno caricato sopra la nostra roba.»

«E tu come lo sai?» chiede la Künzel.

«Perché me lo ha raccontato Louise Drews. Quella notte non riusciva a dormire perché la piccola aveva gli incubi e piangeva. Allora per caso ha guardato fuori dalla finestra.»

«Che gentaglia!» ringhia Addi. «Ho aiutato Luisa a pulire l'appartamento. Non vi dico lo schifo! Ragnatele sul fornello, e in camera da letto ha spalmato il muco sulla carta da parati!»

Viene interrotto da un coro di proteste. Ma è disgustoso! Raccontare certe cose a tavola mentre la povera Julia sta ancora mangiando! Un po' di riguardo!

Julia è come impietrita. Posa l'ultimo boccone di pane accanto al piatto e dice che non fa niente: non è così sensibile, assicura. Però tutto d'un tratto non ha più appetito.

«Mi dispiace molto» si rammarica sinceramente Addi. «Ti chiedo scusa.»

«Non vedo perché» risponde Julia rigida.

Per un momento c'è silenzio, si sente il rumore del cane impegnato a sgranocchiare qualcosa sotto il tavolo: un pezzetto di pane che gli ha allungato Julia. Addi sembra sempre più contrito e a Luisa dispiace: è davvero una brava persona, e vuole proteggere Julia e avere cura di lei, ma non si rende proprio conto di essere tremendamente paternalistico. In fondo, Julia Wemhöner non è una bambina, anche se a guardarla potrebbe sembrare tale.

«Be'» mormora alla fine Addi, alzandosi, «allora torno su. È stato un ottimo banchetto, signora Koch. I miei complimenti.»

Tutti si uniscono agli elogi e zia Else arrossisce. Non è niente di speciale, si schermisce, lei fa lo stufato con quel che c'è. Di questi tempi, meglio mettere insieme le forze che starsene ognuno nel proprio cantuccio.

Addi ha fretta e ha già raggiunto la tromba delle scale. Invece Luisa vorrebbe dare una mano con i piatti, ma Hilde la spinge fuori dalla cucina.

«Ci penso io con la mamma. Puoi andartene senza problemi...»

Non lo dice in modo gentile. Sembra piuttosto che voglia sbarazzarsi di lei. Lei tuttavia non si lascia abbattere, tanto più che Else le sorride rammaricata.

E poi Julia la sta aspettando in fondo alle scale. «Sai cucire?» le chiede. «Rifinire gli orli, attaccare le cerniere, bordare le asole...»

Questa domanda la sorprende. Certo che sa cucire: quand'erano a Stettino, per un po' lei e sua madre hanno tirato a campare in quel modo. Ma a cucire era soprattutto Annemarie, mentre Luisa si occupava dei clienti, raccoglieva gli ordini.

«Ci posso provare» risponde con prudenza.

«Sai, Marianne Storbeck non era un campionessa di correttezza, ma mi ha dato una gran mano. E ora sento la sua mancanza.»

«Non posso promettere niente, ma farò un tentativo.»

Julia le sorride e si dice sicura che se la caverà benone. Lo intuisce dalle sue mani piccole e delicate, aggiunge.

«Domani verso le nove? Pago ottanta centesimi all'ora.»

Non è affatto male: a fare le pulizie ne prenderebbe solo cinquanta. Ha chiesto informazioni in giro perché non vuole rimanere a carico dei Koch, ma non ha ancora preso una decisione; è preoccupata che lo zio possa risentirsi. Però lavorare per Julia risolverebbe tutti i problemi.

«Domani alle nove» le dice. «Ci sarò. E... grazie di cuore.»

Julia le fa un altro sorriso e scompare con leggerezza su per le scale.

«Ma che bella idea!» strilla ora sua cugina Hilde dalla cucina. A quanto pare, di là hanno sentito tutto. «Lavorare per soldi invece di dare una mano qui al locale. Con tutto quello che abbiamo fatto per te!»

«Hilde!» interviene lo zio Heinz, furioso. «Non ti azzardare mai più!»

«Stammi bene a sentire, papà» sibila allora Hilde affacciandosi alla porta della cucina. «Qui faccio tutto io e nessuno ci trova niente di strano. E intanto la baronessa Luisa se ne sta seduta bella comoda su dalla Wemhöner, a bere il caffè e chiacchierare. E la pagano pure!»

Il rimprovero è così ingiusto che a Luisa non viene in mente un modo per difendersi. Si sente la voce energica di zia Else che riprende Hilde dalla cucina, e anche zio Heinz è molto nervoso: adesso la sgridano entrambi. Così però peggiorano solo le cose, perché ora Luisa si sente responsabile di quel litigio.

Meglio sarebbe stato se Julia non le avesse chiesto nulla. Per quanto in realtà Hilde, qualunque cosa lei faccia, trovi sempre una scusa per remarle contro.

A metà delle scale la raggiunge Hubsi, il pianista. Abita nell'ex salotto, proprio accanto alla sala da pranzo dove si è sistemata Luisa. È un uomo amabile, anche se un po' maldestro, completamente assorbito dalla musica. Fin da quando è arrivato al caffè, tutte le donne della casa si sono prodigate perché avesse qualcosa di decente da indossare. Da parte sua, zio Heinz gli ha offerto un paio di pantofole e gli ha regalato tutti gli spartiti, che ora trovano posto sul pianoforte. Ed è questo il vero regalo che ha riportato in vita Hubsi, dal momento che tutti i suoi libri e i suoi spartiti sono bruciati nella mansarda di Webergasse dove viveva, distrutta da un bombardamento.

«Hilde è sempre stata piuttosto... sfacciata» le spiega mentre salgono insieme al piano di sopra. «È la più piccola della famiglia e forse l'hanno viziata un po'. Vedessi come comandava i suoi fratelli maggiori!»

Cerca di consolarla, e lei gli sorride con gratitudine. Hubsi, se ne accorge solo ora, è almeno due teste più alto di lei.

«Forse è a causa di quel "von"» continua il musicista.

Luisa, in prima battuta, non capisce che cosa l'altro voglia dire.

«Perché ti chiami "von Tiplitz"» spiega Hubsi sorridendole. «Sei una nobile. E questo la infastidisce.»

«Lo pensa sul serio?»

«Potrebbe essere» risponde Hubsi con una scrollatina di spalle.

Di sopra, nell'appartamento, le augura la buona notte e se ne va in salotto. Stanno molto meglio da quando quella chiacchierona di Marianne Storbeck e il suo sgradevole marito se ne sono andati a stare altrove, perché ora nessuno si aggira furtivo davanti alle loro porte e lei non deve più chiudere le sue cose nel comò.

Hilde sarebbe infastidita dal «von» nel mio nome, riflette

Luisa mentre si allunga sul divano sotto la coperta di lana. Per questo mi tratta male? Forse allora ho commesso un errore a tenere nascosta l'infelice storia della mia famiglia. Ancora una volta ho preso la decisione sbagliata. Anche se l'ho fatto solo per amore della mamma...

La mattina dopo scende presto al caffè per dare una spazzata al pavimento e sistemare le tovaglie, desiderosa di dimostrare che non lascia tutto il lavoro sulle spalle di Hilde. Fuori piove piano, c'è una nebbiolina che avvolge il teatro e il colonnato distrutto, e i platani di Wilhelmstrasse sembrano gnomi di uno strano bosco incantato. Lei esce di casa per raccogliere bacche di rosa canina e qualche rametto d'abete, poi, tornata al caffè, raggruppa i vasi e si mette a comporre dei graziosi bouquet autunnali. Ha quasi finito quando Hilde scende in cucina e si ferma a braccia incrociate sulla porta, a osservare i risultati del suo lavoro.

«La prossima volta chiedi, prima di farlo» osserva acida.

«Non ti piace?»

Hilde dà un'alzata di spalle. «Non siamo ancora a Natale.»

Diversa è la reazione di Else e dello zio Heinz alla vista dei vasetti. «Ma guarda che bella idea! E che buon profumino di abete rosso.»

«La farina è quasi finita, stessa cosa per il caffè d'orzo» interviene Hilde ad alta voce dalla cucina. «E non abbiamo più sapone.»

Lo zio Heinz sospira: le sue donne, madre e figlia, sono così poco romantiche, sempre lì ad arrabattarsi coi problemi pratici. Meno male, gli viene da pensare, che adesso lì con loro c'è Luisa.

«Ma la vita» comincia a dire «non è fatta solo di...»

La sua considerazione viene tuttavia interrotta perché qualcuno sta bussando da fuori. Sono appena le otto, è presto per l'arrivo dei clienti. E il postino o gli amici, di solito, suonano il campanello della porta di casa, che si trova accanto a quella del locale. Hilde e Luisa corrono alle finestre per vedere di chi si tratta.

«Una signora in pelliccia» annuncia Hilde. «E un'altra con una valigia.»

Luisa, mentre prende la chiave dalla mano della zia, sente dentro, chissà perché, un gran brutto presentimento.

Intanto, la signora impellicciata continua a battere i pugni con insistenza sulla porta; e dopo averla aperta, Luisa si vede costretta a indietreggiare per non essere investita dalla sua furia.

«Ma insomma!» tuona la signora. «Siete abituati a far aspettare la gente, in questa città? Sotto questo tempaccio, poi! Volete che mi prenda una polmonite?»

Luisa conosce molto bene quel tono, le risuona nelle orecchie come un brutto ricordo dell'infanzia. Sua nonna parlava così con i domestici.

«Buongiorno» saluta con cortesia. «Il caffè non è ancora aperto, signora.»

La donna ha superato la cinquantina, e indossa, oltre alla pelliccia lisa, un cappello di visone color miele che le copre completamente i capelli.

«Il caffè non mi interessa» dichiara arricciando il naso. «Intendo prendere alloggio qui.»

«Qui?» domanda Luisa atterrita.

«Siamo al settantacinque di Wilhelmstrasse o no?»

Luisa si guarda alle spalle piena di sgomento e incontra la faccia rassegnata di zia Else. Gli sfollati. Sono già qui. Proprio come Storbeck aveva preannunciato.

«Fatemi passare. Che trovata assurda, una porta girevole! La valigia quasi non ci passa... attenta, Grete, che la rovini!»

Luisa sposta un altro po' la porta affinché la signora possa entrare, poi però le nuove arrivate rimangono bloccate. La signora spinge, impreca, dà colpi con gli stivali, ma non avanzano di un centimetro perché dietro di lei l'altra donna, quella di nome Grete, si è incastrata con la valigia. La prima urla ordini inferociti, picchia sul vetro coi pugni, tira e spinge la povera Grete perché sposti l'ingombrante bagaglio, che tuttavia ritorna sempre nella posizione originaria. Alla fine Hilde esce in strada attraverso la porta, estrae la valigia dalla porta girevole, e poi dice alla donna di nome Grete di prendere i bagagli e seguirla.

Finalmente la porta girevole si muove: sudata, tutta rossa per il fastidio e con il cappello di traverso, la sfollata d'alto rango ora fa il suo ingresso nel caffè.

«Spero di avervi fatto divertire» dice sarcastica.

Luisa ha ben poca voglia di ridere. Zia Else e zio Heinz, invece, sembrano trattener con gran fatica le risate. Poi alle loro spalle si apre la porta ed entra Addi con la valigia in mano, seguito da Hilde che sghignazza. Per ultima compare Grete, ancora senza fiato, una borsa per mano. Rimane a capo chino sulla soglia, a guardare intimorita la signora impellicciata.

«Dio, quanto sei stupida!» sibila costei. Attraversa la stanza a grandi passi, sfiorando un attonito Addi con la manica pelosa, e molla due schiaffoni alla povera Grete. «La tua padrona ridicolizzata davanti a tutti e la valigia rovinata!»

I presenti sono impietriti dallo stupore, Addi starnutisce con forza perché la pelliccia gli ha solleticato il naso.

«Signora!» protesta zio Heinz indignato. «Qui da noi una cosa del genere non è ammessa!»

La donna lo guarda sollevando un sopracciglio e puntualizza altera: «Signor... Koch, presumo. Io sono la baronessa Edith von Haack, e questa è la mia cameriera Grete. Ci hanno assegnato un alloggio in questa casa».

Fruga in una borsa a tracolla di pelle ed estrae un foglio ripiegato che consegna a zio Heinz. Con lo stesso piglio con cui si potrebbe gettare un osso a un cane.

Hilde e la madre si scambiano occhiate inorridite, Addi appoggia piano a terra la valigia, Luisa ha la sensazione di vivere un incubo.

«Va bene» dice Heinz, dopo essersi messo gli occhiali e aver letto con attenzione il documento di assegnazione dell'alloggio. «Tuttavia non posso offrirle un intero appartamento, ma solo una camera.»

Edith von Haack a queste parole solleva anche l'altro sopracciglio. «Come ha potuto appena leggere, ho diritto a un intero appartamento, signor Koch. E non vi rinuncio. Nell'Altmark abitavo in una villa con venti stanze e non sono disposta a dormire nella stessa camera con la domestica!»

L'Altmark! Ora Luisa comincia a capire... Conosce il posto e anche la villa, ricorda di esserci stata. L'Altmark non dista molto da Marienburg, suo padre una volta l'aveva portata con sé a un matrimonio. Era successo nel periodo in cui stava ancora abbastanza bene, lei avrà avuto cinque o sei anni. E ricorda che suo padre, mentre tornavano a casa, le aveva detto che era una vergogna ostentare tutto quel lusso quando in realtà non si era in grado di pagare per la legna e per il grano. Edith von Haack... il nome non le dice niente. Ma che importanza ha?

«Ci dispiace molto.» Ora è Else a parlare. «Ma di questi tempi bisogna arrangiarsi, signora von Haack. Di sopra nell'appartamento di mio figlio August sono già alloggiati il signor Lindner e la signorina von Tiplitz, quindi purtroppo a lei rimane solo la camera da letto.»

Ecco, sta per succedere. Luisa si sente invadere dal terrore quando gli occhi grigi della baronessa si dilatano per lo stupore nel sentire il nome, *von Tiplitz*. Ma per ora la gran dama è troppo impegnata a rivendicare quel che ritiene le spetti di diritto.

«Non se ne parla » dice risoluta. «Se dovesse insistere, sporgerò formale reclamo presso le autorità. È scritto nero su bianco: ho diritto a un appartamento!»

Si erge davanti a zia Else in tutta la sua statura, che per via del cappello non è affatto irrilevante. Ma la zia non ha mai vissuto in una villa e non è mai stata a servizio da nessuno: la cosa non le fa effetto.

«Faccia pure, cara baronessa» le risponde compiacente. «E sia così gentile da portarsi via la valigia!»

La baronessa non sembra entusiasta di dover uscire di nuovo per strada con quel tempaccio. Così prova ad ammorbidire un poco la sua posizione. «Dovrete sistemare altrove queste due persone, mi pare ovvio Ci sono altri appartamenti in questa casa, giusto?»

Una proposta che a Luisa pare molto insolente, per quanto lei si trasferirebbe volentieri ovunque, pur di non dover abitare fianco a fianco a Edith von Haack.

«Qui è tutto occupato, baronessa» ribatte fredda zia Else. «O prende la stanza che le posso offrire, o va a cercarsi dell'altro.»

«Questo lo vedremo. Grete! Prendi la valigia. Andiamo in municipio. Io otterrò questo appartamento. Farò intervenire la polizia, se necessario.»

Grete è senza dubbio una di quelle ragazze di paese che vengono spedite ancora bambine a fare le domestiche nelle ville. Quanti anni potrà avere? È ossuta e di media altezza, l'espressione del viso è spenta, abituata alla cieca obbedienza. I capelli che spuntano dal foulard sono castani. Potrebbe averne venti come quaranta.

Quando la domestica afferra la grossa valigia, ecco che Addi decide di dire la sua. Si pianta le mani sui fianchi e guarda sprezzante la baronessa.

«Aspetti un attimo, giovane signora» proferisce col suo bel vocione baritonale.

Edith si rivela sensibile sia all'adulazione sia al carisma di Addi, concedendogli subito la sua piena attenzione.

«Devo aver capito male, perché lei non metterebbe due persone sulla strada per avere a disposizione per sé sola un appartamento di tre stanze, dico bene?»

«Non ho detto questo, caro signore. Io mi baso su un documento ufficiale!»

«Certo, capisco.» Addi abbozza un inchino, che la baronessa approva con un cenno regale del capo.

«Adalbert Dobscher, primo baritono del teatro dell'Opera di Wiesbaden.»

La signora adesso sorride. Addi, quando vuole, fa un certo effetto sulle donne.

«Ma che piacere! Anche lei vive qui?»

«Al piano sopra il suo, signora.»

«Be'» replica lei senza smettere di sorridere. «Credo proprio che troveremo il modo di arrangiarci, signor Dobscher.»

Quel sorriso è così penetrante che Luisa si sente già in pena per Addi. Poi zia Else accompagna la nuova arrivata al suo alloggio, con Grete dietro con le borse e Addi, da bravo gentiluomo d'altri tempi, a seguirle con la pesante valigia.

La prima a parlare, dopo che il gruppetto se ne è andato, è Hilde.

«Ci sarà da divertirsi, con quella. È affamata di uomini. Papà, guardati le spalle!»

Heinz

Wiesbaden, novembre1945

«La pacchia è finita, mio caro» gli ha sussurrato Else di mattina presto. «Ma io affronterò con te anche i giorni più bui. Mi basta che tu ci sia.»

Quelle parole lo hanno commosso, perché sua moglie non è solita indugiare in questo tipo di dichiarazioni. Lei di norma gli parla del gas che è stato staccato un'altra volta, delle scorte di carbone che stanno per finire, della farina e dello zucchero e del caffè che Hilde deve per forza rimediare al mercato nero.

Heinz l'ha abbracciata e l'ha tenuta stretta a sé. Poi l'ha baciata, con un'irruenza come quand'erano giovani, quando Else si preoccupava sempre che i bambini sentissero le loro tenerezze mattutine.

«Vedrai, io e te insieme arriveremo alla fine di questa valle di lacrime, e lì ci aspetterà un bel sole splendente. Te lo prometto, tesoro.»

Belle parole, pensa più tardi, mentre si rade in bagno. Che valgono più delle cose e del denaro. È sempre e solo la speranza che ci sostiene. La speranza e l'amore.

Poi si taglia il mento, e il sapone gli morde la ferita. È decisamente un lusso, il sapone, ma Heinz è molto riluttante a farsi crescere la barba, non vuole farlo per Else, non può andarsene in giro come un barbone... Tira un sospiro e finisce di radersi, si guarda nello specchio. Un bel po' di rughe, pensa. Guarda qui sul collo, sulla fronte... sono le preoccupazioni. E queste sopracciglia sempre più folte e grigie? Presto sembrerò Babbo Natale, povero me...

Il tempo uggioso di novembre non è la medicina migliore per risollevare lo spirito. Dalla finestra del bagno si vedono le rovine lasciate dalle bombe, le facciate carbonizzate, le finestre oltre le quali compaiono il cielo, i cumuli di macerie, i tetti di fortuna che la gente si è costruita per poter tornare a vivere nelle case semidistrutte. Quest'inverno sarà terribile, pensa Heinz. Niente carbone, solo un po' di legna, e il vento che soffia sotto la lamiera. Le autorità hanno messo a disposizione delle abitazioni provvisorie, ma molti non se ne vogliono andare per paura degli sciacalli...

Zoppica fino in camera per andare a vestirsi. Camminare gli fa ancora male, ma ormai ci è abituato: i dolori ora sono parte della sua vita, e lui perlomeno ha avuto la fortuna, negata a migliaia di altri, di tornare a casa. Riordina un po' la stanza, o almeno ci prova, poi indossa la calda giacca da camera e scende nel caffè. La scala stretta che va giù in cucina è molto più ripida dell'altra, ma in compenso qui si può reggere bene a destra e a sinistra, alla ringhiera di legno. Non gli va di usare un bastone, non vuole sembrare un vecchietto. Però prima di arrivare in cucina scivola due volte sull'orlo dei pantaloni.

«Sei un vero sconsiderato!» lo accoglie Hilde da basso. «Rompiti anche l'altra gamba, così dovremo spingerti in giro sulla sedia a rotelle!»

Sua figlia non è mai stata una che la manda a dire. Dato che ha un'indole allegra e piace a tutti, molti non se la prendono per quella sua boccaccia. Ma negli ultimi tempi è diventata pungente e a volte cattiva, e questo non gli piace. E purtroppo la sua vittima preferita è Luisa, che è una così cara ragazza. Heinz proprio non capisce il motivo di quel comportamento. Tra loro poteva nascere una bella amicizia, e invece Hilde non gliene risparmia una; che rabbia gli fa...

«È gelosa» gli ha detto Else una volta. «Hai accolto Luisa come una seconda figlia, Hilde ha paura di perdere il posto.»

«Ma che assurdità!» ha ribattuto lui. «Hilde avrà sempre il primo posto nel mio cuore.»

«Allora dimostraglielo.»

Così, Heinz ha ceduto e acconsentito a organizzare la festa di nozze di Gisela al Café Engel. Soprattutto perché Hilde ha detto che Gisela, che è la sua migliore nonché unica amica, per lei ha fatto davvero tanto. Perché allora negarle questo piccolo favore? Ora però, in questo freddo mattino, si pente di avere detto di sì. Cosa ne penseranno i suoi amici e conoscenti? Tutti stanno tirando la cinghia e loro si danno a festeggiamenti luculliani... Per non parlare del fatto che si festeggia l'unione fra una ragazza tedesca e un militare americano. E con spumante e caviale, proprio come ai bei tempi di quando si era in pace. Heinz Koch che permette una cosa del genere! Ma purtroppo ha promesso, e ora non può più tirarsi indietro.

Di sotto, in cucina, sono al lavoro in tre: Else, Hilde e Luisa, che stanno preparando rinfreschi dolci e salati per il banchetto. La cerimonia si svolgerà alle undici in municipio, poi la giovane coppia dovrà presentarsi al comandante di distretto, il colonnello Sansome, per quanto si tratti di una pura formalità. Ormai il regime militare americano ha riconsegnato la sovranità alle autorità tedesche. Verso mezzogiorno e mezzo gli invitati, una ventina di persone, si presenteranno al caffè. Else e Hilde hanno già allestito la saletta, hanno unito i tavoli e apparecchiato. Sammy ha procurato il vino, ma ci dev'essere anche dello spumante. Be', lo sposo è nell'esercito americano, di certo non gli mancheranno i mezzi. Heinz si fa strada tra le donne per andare a occupare il suo tavolo accanto alla finestra, e ancora una volta si sente inutile. Luisa gli sta già portando la colazione: pane bianco tostato, caffè vero e latte condensato, più una ciotolina con la marmellata d'arance.

«Siamo già nel paradiso degli americani?» domanda lui sarcastico alla vista di quelle leccornie.

«L'ho rubata per te» risponde lei con un sorriso. «Se già

devi sopportare il matrimonio, zio Heinz, almeno goditi una colazione come si deve.»

«E voi?» s'informa lui mentre la ragazza gli versa il caffè. «Avete fatto una colazione decente?»

«Non altrettanto buona.»

Le accarezza la mano e la ringrazia, poi si dedica a quel pasto da re: spalma la margarina sul pane croccante, ci mette sopra la marmellata, annusa il profumo delle arance. Sa tutto di lusso e di benessere. Sorseggia avidamente un po' di caffè, prima di affondare i denti nel pane che consuma a piccoli morsi, gustandolo per bene. Raccoglie le briciole col dito, poi sente dei passi riconoscibilissimi che scendono le scale. Bene, sta per cominciare la lotta mattutina con la loro fastidiosa ospite.

«Caffè!» grida Edith von Haack mettendo piede nella sala. «Questo è caffè vero. Il mio naso non si sbaglia, signor Koch!»

«Un meraviglioso buongiorno, baronessa» saluta lui gioviale, e accenna un piccolo inchino sollevando appena il sedere dalla sedia. «Spero abbia dormito bene.»

Ma quando in ballo c'è del caffè vero, la gran dama non è sensibile alle smancerie. La baronessa Edith von Haack si comporta come se il Café Engel fosse la sua sala da pranzo, dove le basta battere le mani per essere servita. E naturalmente senza sborsare un centesimo. Una donna del suo rango non tocca il vile denaro.

«Non ho chiuso occhio» sospira lasciandosi cadere al tavolo accanto. «Fa freddo qui a Wiesbaden. Non c'è carbone per la stufa. Se continua così, dovrò bruciare i mobili.»

Quando l'altro giorno ha condiviso con loro questa sua trovata, Else per poco non le è saltata alla gola. I mobili sono di August, e se la signora von Haack oserà anche solo toccare un poggiapiedi, sua moglie non ci penserà due volte a chiuderle l'acqua.

«Riguardo ai mobili...» esordisce Heinz con cautela, ma la baronessa lo interrompe subito.

«Lasciamo stare quel tema spinoso, signor Koch. Ora vorrei

la mia colazione. Caffè vero, latte condensato e... cosa c'era nella ciotolina? Ah! Marmellata d'arance...»

Furba come una volpe, la baronessa. Del resto un pochino le somiglia, con quei capelli rossastri raccolti, il mento a punta, le labbra strette e gli occhi giallo-marroni leggermente strabici. È asciutta in tutto il corpo, neanche un briciolo di grasso: non ha niente da offrire né sotto né sopra. Suo marito, il barone Adolf von Haack, a quanto pare è stato un colonnello della Wehrmacht e ora risulta disperso. Di recente, Hilde ha osservato che forse l'uomo preferisce rimanere in mano ai russi piuttosto che tornare al giogo coniugale. Ah, Hilde...

«Eravamo d'accordo, cara signora von Haack, che se vuole far colazione qui ogni giorno, ci deve dare le sue tessere.» In famiglia si è discusso a lungo sull'opportunità di fare quest'offerta alla baronessa, perché Else e Hilde sono del parere che la Haack non ha bisogno di fare colazione lì. Luisa però ha obiettato che solo in questo modo Grete avrebbe avuto qualche minuto di requie, per mangiarsi in santa pace, di là in cucina, una fetta di pane con lo sciroppo di barbabietola.

Quella poveretta fa una vita d'inferno: la baronessa la aggredisce a ogni piè sospinto, la accusa di furto, la insulta, la picchia, persino. L'ha addirittura accusata di aver passato la notte con Hubsi. Il quale è sottoposto a una tensione tale, dovendo vivere a pochi metri da quella donna, che sta pensando seriamente di trovarsi un'altra sistemazione. Del resto, riflette Heinz, i costanti strilli della von Haack devono essere insopportabili al sensibilissimo orecchio musicale del pianista.

La baronessa apre la borsa ed estrae due tagliandi grigi. Le tessere per lo zucchero, nota Heinz.

«Else!» chiama verso la cucina. «Vieni qui.»

Else, che non ama essere disturbata mentre prepara i dolci, li raggiunge con riluttanza, e nel vedere la baronessa il suo umore non migliora.

«Zucchero? Solo oggi e domani, allora» dichiara prendendo i tagliandi.

«Due tazze di caffè vero, latte condensato, pane, marmellata d'arance e burro» esige sfrontata Edith von Haack.

Else la fissa impassibile. «Certo. E magari anche delle costolette di maiale col cavolo rosso e le patate novelle.»

È evidente che la baronessa avrebbe la risposta pronta sulla lingua, ma mantiene la calma.

«Allora mi restituisca quei tagliandi.»

Else dà un'occhiata ai pezzi di carta, respira profondamente e fa una controfferta: «Due tazze di caffè d'orzo, margarina, pane nero e sciroppo di barbabietola. Con questi non può avere di più... sono solo cinquanta grammi».

La baronessa, si accorge Heinz, è avvampata: solo il naso è rimasto bianco. Assomiglia davvero a una volpe. Una volpe con la rabbia, forse.

«Lei beve ogni giorno caffè vero e vuole rifilare a me – *a me!* – del caffè d'orzo?» s'indigna la gran dama. «Devo chiamare i piani alti?»

Quelle parole a Heinz fanno venire i sudori freddi, per via degli intrallazzi che Hilde si ostina a portare avanti al mercato nero. Ma la sua Else non si lascia intimorire.

«Faccia quello che deve, baronessa. Oggi abbiamo un ricevimento di nozze tedesco-americano, e abbiamo qualche ingrediente in più.»

È andata. La von Haack capisce che i Koch sono in buoni rapporti con le forze d'occupazione, perciò decide di fare buon viso a cattivo gioco.

«Mi accontento anche di una seconda infusione...»

Else si morde il labbro, tuttora riluttante, però riflette: è sempre meglio trovare un accordo quando si vive nella stessa casa. «Come desidera. Ma solo per oggi.»

Si gira e torna in cucina prima che la von Haack osi dire qualcosa sulla marmellata di arance.

Per un po' regna il silenzio. Heinz si alza reprimendo un lamento, dato che quella maledetta protesi si è spostata di nuovo e gli dà fastidio, raggiunge la cassetta delle lettere, prende il giornale, il «Wiesbadener Kurier», che hanno ripreso a stampare e consegnare da poche settimane, e fa ritorno in sala. La signora von Haack intanto ha tirato fuori dalla borsa fazzoletto, occhiali e delle posate avvolte in un tovagliolo di lino. Sistema con cura davanti a sé cucchiaino, forchetta e coltello, poi piega il tovagliolo e ne ricava una specie di decorazione per la tavola.

«Questo è tutto ciò che ho potuto salvare dell'argenteria di famiglia» spiega sollevando la forchetta. «Argento massiccio. Vede lo stemma? I von Haack vivono in questo Paese dal 1450. Lino filato a mano con iniziali ricamate...»

Heinz ha già sentito più volte questa storia, eppure ammira diligentemente la forchetta che la donna gli porge e osserva che oggetti di così eccellente fattura oggi non se ne trovano più. E pensa con tristezza alle graziose posate con l'angelo inciso, che ormai sono finite quasi tutte al mercato nero.

«Da noi c'erano in ogni tenuta. Passavano di madre in figlia... Ah, sì, ecco cosa volevo chiederle: la giovane von Tiplitz è imparentata con i von Tiplitz di Marienburg? Bella tenuta. Allevamento di cavalli. Ci sono stata qualche volta da ragazzina.»

Heinz aggrotta la fronte. Luisa non aveva raccontato qualcosa di Marienburg? Ma certo. La tenuta vicino a Danzica.

«È possibile, baronessa. Mia sorella ha sposato un barone von Tiplitz, che purtroppo è morto prematuramente. Anche la mia povera sorella non è più tra i vivi, ma noi siamo molto felici di avere Luisa con noi.»

La signora von Haack fissa pensierosa il pianoforte, poi fa vagare lo sguardo, si inumidisce le labbra.

«Sua sorella ha sposato un barone von Tiplitz? Interessante. Conosce il nome di battesimo?»

«Credo si chiamasse Johannes von Tiplitz. Purtroppo Luisa nella fuga ha perso i documenti, provi a parlarne con lei.»

In quel momento compare Else con il vassoio della colazione, e le narici della signora von Haack si allargano sotto il profumo di caffè: una seconda infusione, ma pur sempre caffè vero. Nei successivi minuti si dedica a sorseggiare con voluttà la bevanda marrone leggermente traslucida, e Heinz è felice di poter leggere in pace il suo giornale. È sul punto di annunciare con gioia che riallacceranno il gas per due ore al giorno, quando la porta girevole si mette in moto per far entrare nel caffè il primo cliente del mattino.

«Buongiorno, signor Koch. Spero di non disturbare» dice il ragazzo posando a terra la pesante valigia e togliendosi la custodia del violino dalla spalla.

Heinz allarga le braccia e salta su dalla sedia, del tutto dimentico della protesi.

«Non ci speravo più!» grida entusiasta. «Fritz Bogner! Hilde ne sarà felice. E Hubsi anche di più. Finalmente un altro musicista in questa casa.» Fritz lo raggiunge rapido, e lo acchiappa giusto in tempo. «Fatti guardare, ragazzo. Sei un uomo, ormai. Cosa ti è successo all'occhio?»

«È andato, signor Koch. Ma ne ho due, quindi va bene.»

Porta una benda nera sull'occhio, e Heinz dice che tutto sommato gli dà un'aria misteriosa. Un'aria da pirata. E poi aggiunge che trova sia una stupefacente coincidenza il fatto che Fritz abbia deciso proprio oggi di venire lì, accettando l'invito fattogli da sua figlia, perché oggi al caffè stanno per festeggiare un matrimonio.

«Lo so» dice Fritz con un sorriso. «Hilde mi ha fatto avere un messaggio tramite Wendelin Staudt, il vostro fornitore di grappa. Passa per tutti i paesi, e quindi anche da noi, e...»

Ma le spiegazioni s'interrompono, perché ora Hilde, seguita da Else, sta uscendo dalla cucina e gli salta letteralmente al collo. Lo costringono a togliersi la giacca e a sedersi a tavola accanto a Heinz; Else gli accarezza la guancia, Hilde accende la stufa piccola, e poi si mette a osservarlo per bene, fino a esclamare, non senza civetteria: «Stai proprio bene, Fritz. Potresti quasi piacermi, sai? Ti ricordi quando suonavi il violino qui e io ti tiravo le bretelle?».

«E come dimenticarsene, Hilde? Ero talmente in imbarazzo.»

Lei ride allegra: al tempo avrà avuto al massimo tredici anni, voleva solo attirare la sua attenzione. «Quanto mi piaceva sentirti suonare, Fritz» aggiunge ora.

Lui sospira, dice che sembra di parlare addirittura di un'altra epoca. «Prima della guerra vivevamo in un bozzolo di felicità. Non immaginavamo di avere di fronte a noi tempi tanto orribili...»

Hilde gli carezza la spalla – un atteggiamento quasi materno che lì per lì lascia Heinz senza parole – poi con dolcezza dice: «Però siamo sopravvissuti, Fritz. E tutti insieme possiamo ricominciare. Niente sarà mai più com'era. Ma io sono convinta che andrà bene».

Lui per un attimo lascia ferma la testa sulla quella mano. «Sei una ragazza coraggiosa, sai? E io per questo ti ammiro.»

«Ma va'» replica lei scoppiando a ridere. «È che sono contenta di vederti, per questo do il meglio di me.»

Poi corre in cucina, per andare a prendere lo spuntino che Else ha pensato bene di preparare: pane tostato con prosciutto e ananas, uova alla senape e una bella tazza di caffè vero.

«Ma guarda guarda» è il commento di Edith von Haack, che ha osservato con interesse la scena e non ha intenzione di farsi i fatti suoi. «Dev'essere proprio un buon amico di famiglia, per meritarsi un trattamento del genere. Le auguro buon appetito... A proposito, sono la baronessa Edith von Haack. La mia tenuta si trova nelle vicinanze di Danzica.»

Heinz preferirebbe conversare da solo con Fritz, ma pare non ci sia modo di liberarsi di questa donna indisponente. Ha già cominciato a raccontargli della sua grande tenuta, dei campi di segale che si estendono all'orizzonte... era il granaio della Germania, sta dicendo, e ora i russi si son presi tutto...

«Molto spiacevole» commenta Fritz. «Spero si ambienterà presto qui a Wiesbaden, signora.»

Aveva ragione Hilde quando ha detto che la von Haack è *affamata di uomini*, riflette Heinz. Il povero Fritz non riesce nemmeno a gustarsi la colazione: è tutto un fuoco di fila di domande, la signora vuole sapere se il ragazzo si guadagna da vivere suonando il violino, se ha una formazione o è autodidatta, se intende passare la notte lì in quella casa...

«Da noi si sta un po' stretti, ma potremmo arrangiarci perché anche lei trovi un posticino, caro signor Bogner.»

Ora basta. Ma cosa ha in mente, questa donna? Da come lo guarda, ha già un'idea molto precisa su dove bisognerebbe sistemare il povero Fritz. Nel *suo* letto. Da amico paterno, Heinz decide di prodigarsi per salvare il suo buon nome messo a rischio.

«È fuori questione. Nel nostro appartamento al primo piano c'è spazio, puoi dormire da noi, Fritz.»

Stranamente, adesso Fritz sembra perfino più imbarazzato. Ma che gli prende? Fritz per lui è come un figlio, per quanto lo riguarda potrebbe tranquillamente pernottare nella lavanderia, anche se, a pensarci bene, la lavanderia è proprio accanto alla camera di Hilde...

Ma ecco che in sala fa la sua comparsa Hubsi, per il suo caffè d'orzo con fetta di pane d'ordinanza. Hubsi è nullatenente, sono i Koch a provvedere a lui. E com'è felice, ora, di vedere Fritz! Gli si accomoda accanto, i due cominciano all'istante a parlare di musica. Gli spartiti che sono bruciati. Sì, anche il concerto per violino e orchestra di Beethoven. Invece si è salvata la raccolta di sonate del diciannovesimo secolo, è lì sul pianoforte, volendo si potrebbe provare a suonare qualcosa anche subito... Ah, sì, l'indice destro... all'inizio è stato tremendo, però si è esercitato tanto e ora va molto meglio. La marcia nuziale di Mendelssohn ce l'hanno. E anche il coro nuziale del *Lohengrin*. Ah, già, Fritz non ama Wagner: troppo sontuoso, troppo drammatico, e poi il *Lohengrin* è di una tale tristezza... Non è di buon auspicio per una giovane coppia.

I due ridono allegri, poi Fritz apre la custodia del violino e accorda il suo strumento. Si è esercitato giorno e notte, racconta, però la mano sinistra è ancora rigida a causa della lunga pausa forzata. Nel frattempo Hubsi si è seduto al pianoforte, sfoglia gli spartiti, suona qualche frase... E Heinz ha la sensazione che una calda luce dorata si stia riversando sulla sala. Ah, gli artisti! Ah, la musica! Solo loro sanno sollevare gli uomini al di sopra del grigiore del reale. Neanche la presenza della baronessa von Haack, ora, lo disturba più, la gran dama può rimanersene pure seduta ad ascoltare, basta che tenga la bocca chiusa. Heinz si mette comodo, allunga il moncone dolorante e si dispone all'ascolto. Fritz accarezza le corde, suonicchia, accorda di nuovo, riposiziona il violino, solleva l'archetto...

Ma non suona. Che gli prende? L'archetto gli cade di mano, e poi appoggia lo strumento sul pianoforte, ha lo sguardo fisso verso l'ingresso della cucina.

«Luisa...» sussurra. «Non è possibile. Luisa!»

Jean-Jacques

Villeneuve, dicembre 1945

Il maestrale è spietato, come il destino. Per settimane scuote tegole e imposte, s'insinua gelido sotto i vestiti e strappa dagli alberi le foglie secche. Giorno e notte si sente il suo sibilo persistente e monotono, un controcanto alla vita delle persone, al lavoro, al sonno, ai desideri, alla morte...

Jean-Jacques fissa la fossa rettangolare che si apre come un abisso davanti a lui. La morte non gli è estranea; ha visto morire i compagni in guerra, quasi tutti giovani ancora pieni di speranze e sogni. Di solito morivano alla svelta, inconsapevolmente, senza lamenti e rimorsi, quasi entrassero in un mondo nuovo e sconosciuto. Ma c'è stato chi ha sofferto pene atroci, chi ha pianto dal dolore chiamando madri, sorelle, mogli. Sono morti per la Francia. Sono morti da eroi, si dice, la loro morte ha avuto un senso. Ma che senso ha la morte sfortunata di Margot? Perché Dio sottrae la vita a una giovane madre che si dovrebbe prendere cura del figlio appena nato? È contro natura. Contro la creazione.

È ritto in piedi e non ha più capogiri, tiene il cappello tra le mani. Le parole del prete gli sfiorano le orecchie, si mescolano al maestrale che fischia nel piccolo cimitero.

«... la volontà di Dio è imperscrutabile... accettare la sua volontà... sopportare il dolore, come Cristo si prese carico del dolore del mondo...»

Chiacchiere, pensa Jean-Jacques. Discorsi vuoti. Lui ha chiuso con la Chiesa e con Dio, è lì solo perché non vuole far subire ai suoi genitori la vergogna provocata dalla sua assenza al funerale. Pierrot in chiesa è rimasto in fondo, appoggiato alla parete, con gli occhi gonfi e vitrei. È ubriaco.

Viene impartita un'ultima benedizione e la bara di legno chiaro viene calata nell'abisso con sopra un serto di pino e dei gigli finti: i rami tremano mentre la bara scende tra lente oscillazioni. In quella cassa si trova Margot nel suo abito da sposa, le mani sul petto, i capelli pettinati. La madre e due sue parenti hanno composto la salma, ci sono volute ore, e lui è stato ammesso a vederla solo a lavoro finito. Jean-Jacques non ha protestato: non voleva rivedere le tracce delle sue ultime, terribili sofferenze. Quando l'hanno accompagnato in camera da letto, lei giaceva rigida e diritta, le mani giunte, i tratti immobili, senza sorriso ma anche senza dolore. Si è seduto lì accanto per vegliarla ed è rimasto per ore come intorpidito, in preda a sentimenti confusi.

Che mi succede? ha pensato. Perché non piango? Ho perso mia moglie. È morta per venire in mio soccorso, voleva sorreggermi e invece è caduta lei. Quella notte Jean-Jacques l'ha trascorsa ascoltando il vento che soffiava sulla casa, scuotendo il portone del fienile. Di tanto in tanto una corrente d'aria s'imbrigliava nel camino, gemendo come un'anima perduta che implorava per la salvezza.

Ora la bara sta toccando il fondo della fossa e gli uomini si sussurrano istruzioni per ritirare le corde, e Jean-Jacques sente la mano del padre sulla spalla. Raggiungono il bordo della fossa per gettare ognuno una manciata di terra, che il maestrale disperde subito. Poi la lastra tombale di granito chiaro viene spostata e la tomba di famiglia è di nuovo chiusa.

«C'è ancora posto per tre, forse quattro persone» commenta sua madre mentre tornano alla fattoria con il carro. «Dovremo ampliare la cappella o comprarne una nuova.»

Il padre tace, odia i discorsi sulla morte. Jean-Jacques segue il suo esempio. Tra le donne c'è stata una lite violenta, perché la famiglia di Margot voleva seppellirla nella propria tomba.

La più agitata era la madre di Margot, ha detto che sua figlia non è mai stata felice con i Perrier, che è morta di crepacuore perché suo marito non l'ha mai rispettata né amata. Allora sua madre non ci ha visto più e le due si sono insultate sul sagrato della chiesa. Se non fossero intervenute le sorelle di Margot, sarebbero arrivate alle mani. È stato un spettacolo triste, di cui Jean-Jacques e suo padre si vergognano profondamente.

Dopo la sepoltura, tutti quelli che hanno dato l'ultimo saluto a Margot sono invitati alla fattoria per un caffè e un bicchiere di vino. I genitori di Margot non sono venuti, in compenso ci sono molti amici, conoscenti, parenti vicini e lontani: talmente tanta gente che nonostante le casse di legno e gli sgabelli portati già dalla soffitta, non tutti hanno un posto dove sedere. Persone sparse in cantina, in salotto, nella cucina.

«Nostro Signore si è preso tua moglie, ma ti ha dato un figlio» gli sussurra padre Pagnol. «Questo bambino è affidato a te, figliolo. È l'eredità che ti ha lasciato la tua amata Margot, un pegno del suo amore assoluto.»

Jean-Jacques annuisce e reprime l'istinto di scoppiare in una fragorosa risata. Sto diventando pazzo? pensa spaventato. Si costringe a rimanere tranquillo, a respingere i cattivi pensieri. Qualsiasi pensiero, anzi. Ciò che è successo è troppo assurdo, non deve provare a comprenderlo. Vorrebbe bere, come fa Pierrot, che da quando ha visto Margot morta si scola una bottiglia di rosso dopo l'altra. Ma lui non è uno che trova conforto nella bottiglia. Sa che dovrà affrontare i fantasmi, ma non ora e non davanti agli altri. Ci penserà più tardi.

Il figlio di Margot è minuscolo, un faccino tutto rugoso, la bocca grande. Ha i capelli neri, e le dita a Jean-Jacques sembrano secche come fiammiferi. Sua madre ha procurato una balia, ma il piccolo non vuole poppare e vagisce debolmente, come se chiamasse con le sue poche forze la mamma.

«Si attaccherà» dice Jeanne, la sorella di Margot. «Il tuo latte è troppo sostanzioso per lui. Ha solo qualche giorno di vita.»

«Ma bisogna che poppi» dice la balia, che ha un figlio

di sei mesi. Lo ha svezzato credendo che il nuovo neonato tenesse viva la montata, ma se il piccolo continua così finirà per perdere il latte.

«Dategli un po' di camomilla» consiglia una parente.

«Un cero alla Santa Vergine» dice un'altra.

«Macché! Andate dalla Corizza piuttosto, che è zingara e si intende di bambini.»

Jean-Jacques riceve conforto da ogni parte, gli spiegano che il figlio è forte e sano, che ce la farà. «Butta fuori tutte quelle femmine» gli consiglia uno zio. «A forza di girargli intorno finiranno per soffocarlo, povero bambino.»

Dopo alcuni bicchieri di vino gli ospiti diventano allegri, si raccontano vecchie storielle, si parla della vittoria, dei prigionieri tedeschi che ora sgobbano qui in Francia. È giusto così: i tedeschi hanno deportato tanti francesi, costringendoli a lavorare nelle loro fabbriche. Si ricostruisce il passato, si racconta la storia così come si vorrebbe che fosse andata. La Francia è stata invasa e conquistata con un subdolo tradimento, tutti i francesi erano nella *résistance* e si sono liberati con le proprie forze dagli artigli del nemico, e ora i tedeschi devono pagare per la guerra che hanno provocato e poi perso. Proprio come nel 1918. I più anziani la ricordano ancora bene. Solo che questa volta non saranno trattati con gentilezza. La devono pagare cara, perché non gli venga di nuovo in mente di alzare la cresta.

Jean-Jacques si fa sempre più silenzioso. I discorsi e le spacconate dei parenti lo disturbano, perché sa bene che per lo più sono stati tutti dei bravi sudditi del regime di Vichy. Gli torna in mente come parlavano dei francesi al Café Engel. Li chiamavano *francesini*, e si rideva molto dell'esercito del generale Gamelin: i suoi connazionali, secondo loro, erano una manica di rammolliti. Ometti profumati e agghindati, interessati più alle sottane che all'onore in battaglia. Allora si era sentito ferito, spesso si era arrabbiato, ma aveva taciuto. Anche perché non conosceva bene la lingua e non voleva rendersi ridicolo. E tuttavia i suoi amici lì a Villeneuve non sono migliori dei tronfi tedeschi di Wiesbaden.

Si alza e va di sopra, esita un attimo e poi apre la porta della camera da letto. Dopo che Margot è stata portata via, le donne hanno lustrato il pavimento, appeso nuove tendine e cambiato le lenzuola. L'odore dell'incenso sparso dal prete aleggia ancora nella stanza, ma è quasi l'unico ricordo di Margot. Jean-Jacques si siede sul letto e si prende la testa tra le mani. Anche lassù arrivano le chiacchiere degli ospiti, risate e tintinnio di bicchieri, in cortile ardono le fiaccole, viene preparato un carro. Nella luce tremolante vede Jeanne, la sorella di Margot, con la figlioletta: si tengono strette negli scialli e rabbrividiscono al vento gelido. Poi il carro è pronto, il marito di Jeanne l'aiuta a salire e partono. Una famiglia felice. Jean-Jacques li segue con lo sguardo finché la luce delle due lanterne scompare, poi gli viene un capogiro e si alza per tirare le tendine e accendere una delle lampade da comodino. Il grande letto matrimoniale gli fa una strana impressione. Le lenzuola bianche e le coperte sono lisce e tirate, rimboccate per bene, come in un albergo, dove tutto è anonimo e impersonale. Il piccolo cuscino a quadri su cui dormiva Margot non c'è più, così come la coperta di lana marrone che aveva fatto all'uncinetto per lui o il libriccino grigio, già consunto, con un motto per ogni giorno dell'anno, che Margot leggeva sempre prima di dormire. Dove sono finite quelle cose? Perché le hanno portate via?

Margot gli manca. No, non l'amava, ma era diventata per lui una compagna fedele. Gli dormiva a fianco e lui la sentiva respirare. Bisbigliavano tra loro al buio, a volte ridevano, a volte lui la sfiorava. Lei c'era. Ora è solo e quella camera sembra incombere su di lui con un peso tremendo, asfissiante. Non regge, si precipita fuori, scende di corsa le scale, passa davanti agli ospiti che sono ancora seduti in cucina a bere. Nella stalla va nel box della vecchia giumenta. Stretto al corpo caldo e vivo dell'animale si sente meglio, le accarezza il collo liscio, le sfiora le narici morbide e borbotta tra sé cose senza senso. Poi si acquatta in un angolo sulla paglia e si addormenta.

Non è ancora giorno quando qualcuno lo scuote per la spalla. Suo padre è in piedi accanto a lui, si abbassa e prova a svegliarlo.

«Vieni. Non lasciarti andare. Il lavoro non aspetta.»

Sembra severo, ma il tocco della mano è gentile. Jean-Jacques sa che suo padre cerca a modo suo di aiutarlo. Non ci si deve arrendere alla sofferenza, o si è perduti. Deve tenersi attivo, lavorare, non dar modo al dolore di scavare troppo.

«Volevo controllare la cavalla» mormora strofinandosi il volto con le mani.

«Buona idea... C'era molto rumore in casa ieri. Alla fine abbiamo dovuto caricare Bastian e suo fratello sul carro per portarli a casa.»

Jean-Jacques si alza lentamente, in attesa delle vertigini che arrivano puntuali ma scompaiono in fretta. I fratelli Gérond sono dei noti ubriaconi: dovunque si celebri qualcosa, che siano nozze, battesimi o funerali, loro si presentano per ubriacarsi a spese altrui.

«Hai visto Pierrot?» chiede suo padre.

«Non è nella sua stanza?»

«No. Non è neanche nel fienile.»

Jean-Jacques tenta di ricordare quando ha visto il fratello l'ultima volta. È stato ieri, al cimitero, era appoggiato al muro mentre la bara scendeva. E poi? Era con gli ospiti in cucina? In salotto? Era seduto con i giovani giù in cantina? A mostrar loro le botti in cui invecchia il suo vino? Quello fatto con l'uva della Médouille, la terra che la madre gli ha intestato? Ma per quanto rimugini, non gli pare proprio di averlo visto.

«Non saprei...»

Zoppica dietro il padre, accarezza la giumenta sul garrese e le getta due forconi di fieno prima di chiudere il box. Fuori il vento lo accoglie gettandogli la terra in faccia, deve socchiudere gli occhi e proseguire curvo. A est si vede già una striscia pallida di luce, si intuiscono i profili morbidi delle colline, i filari dritti delle vigne, mentre in casa è accesa la luce della cucina. La madre è ai fornelli, versa il caffè, Berthe e due serve lavano le stoviglie utilizzate ieri. Su un piatto sono stati riuniti i resti del dolce, e c'è anche del caffellatte.

«Lo avete trovato?» chiede la madre senza girarsi.

E sta parlando di Pierrot, Jean-Jacques lo sa, il figlio minore di cui lei si preoccupa sempre tanto.

«Nessuna traccia» mormora il padre sedendosi. «Vedrai che è dai vicini.»

«Oppure i Bressot se lo sono portato via.»

Sono i genitori di Margot, ed è su di loro che si innesca una breve discussione mentre si mettono a tavola. Sua madre è furiosa perché i Bressot non sono venuti al servizio funebre ed è convinta che abbiano aizzato Pierrot contro la sua famiglia per pura cattiveria. Il padre, dopo qualche debole obiezione, si arrende all'ostinazione della moglie, quanto a Jean-Jacques, lui non prende proprio parte al battibecco. Ieri non è riuscito a mangiare niente e ora divora il dolce, bevendo il caffellatte a piccoli sorsi. Evita di alzare gli occhi, perché il posto di fronte al suo è vuoto. Lì fino a qualche giorno fa c'era Margot. Mentre mangiavano lo guardava, gli sorrideva e si preoccupava che avesse sempre il piatto pieno.

«Sarà crollato giù in cantina, in mezzo alle botti» dice alla fine. «Ora scendo a vedere.»

La madre gli si rivolta contro. Perché parla così di suo fratello? Pierrot non è un ubriacone.

«Lo hai mai visto sobrio negli ultimi giorni?»

«Soffre per la morte di Margot. Pierrot si prende sempre tutto a cuore.»

Povero ragazzo, pensa Jean-Jacques risentito. Mi colpisce alle spalle con una pala e per poco non mi ammazza, ma non è colpa sua, soffre così tanto... Lo sa che è puerile da parte sua provare gelosia, ma l'odio che ha per suo fratello è profondo. Gli riconosce solo il diritto alla disperazione: Pierrot amava

Margot. Con lei ha commesso adulterio e ora l'ha persa. Per sempre. Soffrirà come un cane. Va bene così. È quello che merita.

La conversazione tra i suoi gli arriva a brandelli. Il bambino continua a non succhiare il latte, è debole, bisogna portarlo in clinica a Nîmes o trovare un'altra balia. Il prete oggi vuole benedire il piccolo perché la sua anima non cada nelle mani del diavolo, nel caso in cui dovesse lasciare questo mondo.

Si ficca l'ultimo pezzo di dolce in bocca e si alza. Si pulisce con la manica e svuota la tazza.

«Vado a cercare Pierrot.»

Sale di sopra per togliersi il vestito buono, che dopo la notte nella stalla è coperto di polvere e paglia, s'infila i pantaloni da lavoro e una giacca pesante che lo protegga dal maestrale. In cantina prende la torcia e si mette a cercare tra le botti, cerca nel fienile, nel capannone che dà ancora riparo a due vecchie automobili, disturba i polli, dà un'occhiata nell'ovile. Niente. Si sente ridicolo. Vedrai che Pierrot è appollaiato in soffitta e si sta divertendo a guardarlo dalla finestrella. Ma non lo trova neanche lassù.

Può anche non disturbarsi a tornare, pensa irritato. Non sono mica la sua balia, io. Rientra in cucina per bere un goccio di vino allungato con l'acqua, e decide di aggiustare la porta dell'ovile che chiude male. Ma in cucina è seduto padre Pagnol, a mangiare del prosciutto appena affettato, olive e un pezzo di formaggio con un bicchiere di rosso.

«Che Dio ti protegga, figliolo» lo saluta. La sua espressione è benevola e condiscendente. Padre Pagnol ama consolare i parrocchiani afflitti. Accoglie a braccia aperte le pecorelle infelici, perché quelle felici non sanno che farsene di lui.

Jean-Jacques saluta l'ospite con il dovuto rispetto, si siede e prende il prosciutto che viene affettato solo in occasioni speciali.

«Abbiamo battezzato tuo figlio con il nome di Marcel e raccomandato la sua anima al Signore» gli spiega il prete. «Il piccolo è debole, è possibile che segua sua madre oggi stesso.»

Jean-Jacques guarda la madre, che ha le lacrime agli occhi. Anche il padre, seduto accanto a lei, è turbato. Una disgrazia non arriva mai da sola. Il Signore ha deciso di accanirsi.

«Lei come lo sa?» replica scontroso. «È un prete, non un medico.»

Il prete conosce il dolore e le sue conseguenze, è un'anima paziente avvezza alla gentilezza.

«Certo, figliolo. È solo una supposizione. Condivisa però dalla balia. La vita di questo bambino è nelle mani di Dio.»

«Se le tenga per sé, le sue supposizioni.»

Ha sbagliato tono, ha alzato la voce: la maschera del pastore mite e paziente comincia a vacillare.

«Jean-Jacques!» esclama sua madre spaventata, rivolgendosi poi a padre Pagnol. «Non se la prenda, padre, è la sofferenza che lo fa parlare così.»

«Lo so bene, figliola.»

Jean-Jacques sente crescere in sé una rabbia irrefrenabile. È come se tutte le ferite, i sensi di colpa, l'ira e l'impotenza che è andato accumulando volessero riversarsi su quel prete, che gli racconta che il figlio di Margot potrebbe morire proprio oggi. Balza in piedi rovesciando la sedia, poi guarda a turno i presenti con occhi feroci.

«Perché stai lì seduta a sfamare il prete?» tuona rivolto alla madre. «Fa' qualcosa per il bambino! Dagli del tè, va' a chiamare la zingara, portalo in clinica: fa' quello che vuoi, ma fa' qualcosa!»

Lei è impietrita: suo figlio non le ha mai parlato con quel tono. Il padre apre la bocca per dire qualcosa, ma Jean-Jacques non glielo permette. «Lo porto via di qui. Vivo o morto. Lo giuro.»

Poi infila la porta e marcia spedito verso la stalla. Mentre sgancia la sella dalla trave, la stalla gli vortica intorno, il cuore martella, ma lui porta la sella fino al box e la sistema sulla giumenta. Stringe la cinghia, aggiusta le briglie e sale in groppa. Nella testa ora dominano silenzio e lucidità. Capisce cosa sta passando suo fratello e sa cosa fare. Ci sono due possibilità: andare verso Villeneuve o nella direzione opposta, e lui sceglie il vigneto. Il cimitero, dove è sepolta Margot, non gli sembra il posto adatto. Troppo trafficato. Ma deve affrettarsi. Pierrot non è una persona decisa, però è capace di sventatezza. Soprattutto da ubriaco. Sotto di lui la giumenta sembra stupita, non è abituata a essere cavalcata, in genere viene attaccata al carro. Deve insistere in po' per imporle il trotto, ma poi, quando imboccano la strada per le vigne, l'animale ci prende gusto e per un tratto galoppa perfino. Poi, quando la strada sale, si rimette al passo. Lui non insiste, sa che più in fretta di così non può andare. Il maestrale soffia freddo e insistente sulla campagna. Il cielo è grigio e attraversato da nuvole.

Le vigne in questo periodo dell'anno sono spoglie, i tralci scuri bastoni nodosi legati a paletti di legno chiaro. In sella alla giumenta è facile esplorare il vigneto: Jean-Jacques cavalca tra i filari, socchiude gli occhi contro il vento, e alla fine individua una macchia scura dove non dovrebbero essercene. Pierrot è accucciato a terra, tra due viti che paiono volerlo sorreggere con braccia scheletriche; tiene i gomiti sulle ginocchia piegate, la testa sprofondata tra le mani. Il rumore degli zoccoli sul terreno lo fa sobbalzare, alza lo sguardo e Jean-Jacques vede con sgomento la follia negli occhi del fratello.

«È finita... finita... finita...» lo sente gemere con una voce cantilenante. Poi vede qualcosa scintillare nella sua mano destra, un movimento rapido. È un coltello. Uno dei coltelli affilati da viticoltore che usano per tagliare i tralci.

«Idiota!» ringhia.

Ma non riesce a smontare dalla giumenta abbastanza in fretta; ha le vertigini, la vista offuscata. Però si lancia in avanti, cade, si rialza e vede il fratello correre tra i filari in una nuvola di polvere. Una traccia di sangue si allunga sul terreno spoglio. Jean-Jacques sente le forze tornare, lo sguardo si snebbia, gli occhi ubbidiscono: rincorre Pierrot, riesce quasi ad afferrarlo, ma quello gli tira un pugno e si sottrae. Ma ormai suo fratello è sempre più debole, ansima, si muove male, poi cade in avanti e artiglia i pochi fili d'erba con le mani.

«Tu! Non mi...» geme mentre Jean-Jacques si sfila la camicia e la fa a brandelli per fasciargli gli avambracci. Quando ha finito, Pierrot non si muove più, è completamente esausto, la pulsazione è lenta, il respiro rantolante.

Anche Jean-Jacques ha bisogno d'aria. La testa gli rimbomba, le viti spoglie ballano tutt'intorno, fatica a trovare la cavalla che è rimasta dov'era a brucare quel poco di verde sul bordo del sentiero. Al suo richiamo, la brava bestia si avvicina e rimane immobile, mentre issa il fratello sulla sella e poi sale anche lui.

Quando raggiungono la fattoria, la madre corre loro incontro. Si copre il volto con le mani, alla vista di Pierrot che ciondola pallido sulla sella.

«Prepara il carro» dice concitato Jean-Jacques. «Si va da zio Bertrand. Serve un'auto per portarlo in ospedale.»

Accorrono i domestici, il padre esce dal granaio, la madre vuole sapere cos'è successo. Jean-Jacques non dà spiegazioni. Mentre gli altri sorreggono suo fratello accompagnandolo al carro, lui scende dalla cavalla e la riporta nella stalla. La libera da sella e briglie, la striglia un po', le dà fieno e acqua. Poi, sfinito, inciampa all'indietro e si lascia cadere sul letto di paglia.

Luisa

Wiesbaden, fine novembre 1945

È lui. È la sua voce. Non può sbagliare. Luisa è in cucina e ascolta ciò che succede nella sala del caffè: il cuore le batte così forte che le è quasi scivolata di mano la ciotola con la preziosa maionese.

«C'è Fritz!» aveva esclamato zia Else. «Sbrigati con le uova alla senape, Luisa. Così ne mettiamo via qualcuna per lui...»

Luisa mescola maionese e senape nella ciotola insieme ai tuorli sodi sbriciolati, senza quasi sapere cosa sta facendo. Com'è allegro, Fritz! Non come quando scappavano insieme. Ma ormai la guerra è finita, la vita è ricominciata. Prende un cucchiaino e riempie le mezze uova con il miscuglio, le mani tremano e due uova cadono nella ciotola. Le rimette insieme come può. Zia Else corre su e giù per la cucina, mette su un vassoio tazza e cucchiaino, versa il caffè, sistema sul piatto il pane tostato con il prosciutto, il formaggio e una fetta di ananas, poi aggiunge due uova alla senape.

«I musicisti vanno nutriti» le dice sorridendo. «Hanno sempre fame.»

In quel momento alla porta della cucina appare Hilde: è radiosa, a Luisa sembra trasformata.

«Non è come ti avevo detto?» sussurra alla madre. «Un uomo fatto. Ma adorabile come prima.»

«Ha perso un occhio, poveretto» osserva zia Else sospirando.

Hilde fa un gesto, come a voler minimizzare. «Che mi importa. Finché c'è tutto il resto...»

Ridacchia euforica, prende il vassoio e corre via. Zia Else sospira di nuovo, scuote la testa e si rimette al lavoro. Il roastbeef, con il suo cuore rosso sangue, sarà servito su fette di pane imburrate, guarnito da cuoricini di maionese fatti con la tasca da pasticcere. Luisa fissa incantata quei cibi raffinati: fino a oggi non sapeva neanche cosa fosse la maionese.

Nell'altra stanza ridono allegramente, Hilde stuzzica Fritz e lui le risponde. Luisa ascolta con grande attenzione: sono risposte cordiali, un po' imbarazzate, a tratti riflessive, ma non le sembra che lui stia davvero al gioco. Ma non c'è da trarre conclusioni. Per come lo ha conosciuto lei, non è proprio il tipo che scambia quel genere di battute con una donna, è un ragazzo troppo timido e serio. Oh, ecco che arriva Hubsi Lindner. La sua gioia nel rivedere Fritz è commovente, a Luisa salgono d'un tratto le lacrime. Si asciuga le guance, si accorge di avere le mani bagnate, perché intanto stava lavando la ciotola vuota nell'acquaio.

«Perché non raggiungi gli altri?» le dice zia Else. «Fritz è un caro amico. Ti piacerà.»

Lui ha già accordato il violino e fatto qualche nota di una canzone che lei conosce fin dall'infanzia, perché sua madre la cantava spesso. *Ännchen von Tharau*. Vorrebbe non commuoversi, ma proprio non c'è verso...

«Ora vai» dice zia Else spingendola fuori dalla cucina. «Qui ci penso io.»

Quando si ritrova davanti a lui e i loro occhi si incontrano, è un momento meraviglioso e terribile. No, Fritz non l'ha dimenticata. Per la sorpresa gli cade perfino l'archetto. O è gioia? Luisa si augura di cuore che sia gioia. Fritz compie un movimento maldestro, e solo allora si ricorda di avere ancora in mano il violino. Lo appoggia con cura sul pianoforte.

«Luisa... Non è possibile. Luisa!» balbetta.

La sua voce è un sussurro, sbalordita. Luisa ha voglia di esultare, di gridare, di saltare fino al cielo. Invece rimane ferma e gli sorride.

«Sì, sono io, Fritz. È... è un miracolo, vero? Rivederci, intendo.»

Poi vede la faccia di sua cugina, lo stupore cedere il passo alla rabbia. Fritz le si avvicina a braccia aperte.

Così non va, pensa lei. Cosa penserà, Hilde? E i suoi genitori? Fa d'istinto due passi indietro e allunga la mano destra.

«Tu... suoni davvero bene» dice sorridendo, implorante. Niente abbracci, supplicano i suoi occhi. Per favore. Fritz si blocca e abbassa le braccia. È deluso? Certo che lo è. Ma è anche intelligente e sensibile alle ragioni degli altri. Sorride imbarazzato e le prende la mano.

«Macché» risponde. «In passato suonavo molto meglio. Devo solo trovare il tempo per esercitarmi.»

Le stringe la mano, la avvolge nel calore delle dita, non la vuole più lasciare. E Luisa vorrebbe che le sue mani, tranquille e sicure e infinitamente dolci, la tenessero per sempre.

«Vi conoscete?»

La voce di Hilde infrange l'incanto e Luisa torna alla realtà.

«Sì» risponde Fritz. «Ci conosciamo. È un vero miracolo. Ci siamo incontrati nei pressi di Rostock. Era marzo e c'era ancora la guerra.»

Ed ecco che s'intromette zio Heinz, tutto esaltato. Ma che incredibile *congiura del destino*! Se l'universo ha voluto farli incontrare una seconda volta, sentenzia, dev'esserci una ragione valida.

«Siediti con noi, Luisa» la invita. «Il nostro giovane amico ora deve suonare. L'arte, e quindi la musica, richiede disciplina. Parlerete più tardi, va bene?»

«Più tardi c'è il matrimonio di Gisela, papà» obietta Hilde brusca. «Non dimenticarlo.»

Se gli sguardi potessero uccidere, sarei già cadavere, pensa Luisa. Hilde le passa vicino impettita e la fulmina con la coda dell'occhio.

«Non hai niente da fare in cucina? Ti piace mangiare e dormire gratis, eh?» le sibila.

Luisa non risponde, ma sa che Fritz ha sentito e si vergogna: lei è una sfollata, non possiede niente, non ha un posto dove stare e deve essere grata che l'abbiano accolta. Si rifugia in cucina a lavorare, si mette ad aiutare zia Else a decorare i piatti piegando i tovaglioli di carta bianca a forma di colombe.

«Come sei brava» la loda la zia. «Hai le mani d'oro, ragazza. Non far caso a Hilde, ha una boccaccia, ma è di buon cuore, credimi.»

Luisa non ne è così sicura, comunque lo tiene per sé. Che zia Else stia dalla parte della figlia è naturale. Se la sua mamma fosse ancora viva farebbe lo stesso. Invece lei è sola, nessuno prende le sue difese, e Hilde è una persona viziata, presuntuosa e cattiva. Si è sforzata di capirla, si è tenuta in disparte, non ha mai reagito agli attacchi della cugina. Però stavolta ha passato il segno. Le ha detto una cattiveria gratuita in presenza di Fritz. Non lo perdonerà mai, a Hilde.

Dovrei andarmene, riflette. Cercarmi un lavoro e affittare una stanza. Ma lo sa benissimo che di questi tempi non è facile trovare una stanza. E poi, sul serio dovrebbe? Cosa ne direbbe lo zio Heinz? L'ha accolta come una figlia, non capirebbe una decisione simile e ne sarebbe rattristato. E poi c'è zia Else, che con lei è tanto buona. E Julia, Addi, e Sofia Künzel: tutte queste persone sono ormai diventate la sua famiglia. Deve rinunciarvi solo perché sua cugina sputa veleno?

L'arrivo degli invitati al matrimonio la strappa da queste riflessioni. Lo spumante va servito in raffinati calici su vassoi d'argento, zio Heinz non accetta niente di meno. Gisela, che ormai è la signora Hill, fa il suo ingresso in sala come una regina. Porta un lungo, aderente abito da sposa di raso scintillante con una scollatura profonda che le mette in risalto il seno, e un girocollo d'oro con un rubino che riluce come una gocciolina di sangue. I capelli sono stati arricciati e fissati con la lacca, le labbra sono molto rosse. Ha una sbavatura di mascara all'occhio sinistro. È terribilmente su di giri, parla a voce alta, ride spesso e si stringe al marito. A Luisa Sammy sembra un bambinone, un ragazzo sbalzato troppo presto nella condizione di uomo adulto. Sarà un matrimonio felice? si chiede dubbiosa. È chiaro a tutti che tra quei due è Gisela a portare i pantaloni, ma forse a questo ragazzone poco sveglio serve proprio una donna così...

«Il Natale lo festeggiamo dai genitori di Sammy. Hanno un *Christmas tree* e non vedono l'ora che arriviamo. *They are so happy! Aren't they, Sammy?*»

Sammy beve un calice di spumante dopo l'altro e dice sempre di sì alla moglie. Gli ospiti sono soprattutto suoi commilitoni, alcuni con ragazze tedesche che a loro volta hanno invitato delle amiche. Una sorta di mercato nuziale tedesco-americano. Luisa è infastidita dai discorsi stupidi, e anche dalla disinvoltura con cui vengono divorate tutte quelle costose prelibatezze. Per non parlare degli sguardi adoranti che le ragazze lanciano agli americani. Come se fossero degli eroi, delle creature superiori venute da una terra lontana. Una terra dove tutto è perfetto, dove ci si diverte sempre, dove i negozi sono stracolmi e le case belle e luminose. Non ci sono macerie lasciate dalle bombe, laggiù, non manca il carbone, non ci sono le tessere annonarie. Forse ognuna di queste ragazze sogna di sposare un americano come ha fatto Gisela, e di seguirlo nel Paese delle possibilità illimitate. Luisa a questo proposito è molto scettica. Il paradiso in terra, vaneggiato da queste ingenue, non esiste in nessun luogo. Neanche dall'altra parte dell'oceano.

«Ma non potrebbero suonare qualcosa di più movimentato, quei due?» sente lamentarsi una delle ragazze. «Qui ci si addormenta!»

«Mi sa che quelli suonano solo ai funerali.»

Luisa sente la rabbia salire. Spera che Fritz non abbia colto quelle sciocchezze. Gli lancia un'occhiata furtiva, ma lui sembra immerso nella sua musica. Allora prende un piatto vuoto dal tavolo e lo porta in cucina per metterci sopra quel che è rimasto. Mentre è lì, intercetta un breve scambio attraverso la porta socchiusa.

«Stasera? Oh, santo cielo! Mi dispiace moltissimo, Gisela.»

È Hilde quella che parla. Quanto è gentile e comprensiva con la sua amica. Sì, quando vuole sa essere diversa. *È di buon cuore*, ha detto zia Else. Può darsi. Ma non sempre. E certo non con lei.

«Proprio stanotte doveva morire!» sbotta Gisela. «Lo ha fatto apposta. Mia madre non ha mai perso l'occasione di rovinarmi la vita.»

«Era una persona infelice. Ha perso suo marito, e poi le cose non sono andate come voleva lei.»

«Smettila! Non voglio sentirlo. Non oggi.»

«Hai ragione. Scusami.»

«Hai ancora un calice di spumante?»

«Ma certo.»

Hilde apre la porta della cucina e schiocca le dita. «Ehi, Luisa! Un bicchiere di spumante!»

Ma Luisa non ci pensa neanche ad accorrere a uno schiocco di dita della cugina. Chi crede di essere, il suo capo? Le cammina davanti con due piatti in mano.

«Lo spumante è sul bancone» le dice passando.

«L'hai sentita?» le sibila dietro Hilde. «Si crede chissà chi.»

«L'avete trattata troppo bene.»

Un'osservazione, questa di Gisela, che la ferisce persino di più dell'insolenza di Hilde. Ma che razza di persona è questa Gisela? Sua madre è morta da poche ore e lei è qui a festeggiare tutta agghindata e con la faccia dipinta. Ci vuole proprio un cuore di pietra. Luisa gira cauta con i vassoi in mezzo agli ospiti già alticci, poggia il suo carico sul tavolo e raccoglie i bicchieri vuoti per andare a lavarli in cucina. I due musicisti ora sono in pausa, Hubsi Lindner si è seduto a un tavolo e zia Else gli serve del vino frizzante allungato con l'acqua. Fritz invece preferisce bere solo acqua.

«Te la faccio portare subito da Luisa» dice la zia.

Per fortuna Hilde al momento sta conversando fitto con Gisela e non fa caso a nient'altro. Luisa riempie un bicchiere con l'acqua di rubinetto e lo porta a Fritz. Il quale alza lo sguardo su di lei, la ringrazia e butta giù un lungo sorso. «Non andartene, per favore» le dice prima che si allontani. «Vorrei dirti una cosa.»

Lei resta ferma e lo guarda, in attesa, e lui sembra imbarazzato. «Non qui» bisbiglia. «Usciamo fuori un attimo. Voglio prendere un po' d'aria fresca.»

«Bene» risponde lei, col cuore che batte all'impazzata.

Passa tra gli ospiti, raggiunge la porta che dà sulle scale e sgattaiola fuori. Nel piccolo ingresso c'è poca luce e fa freddo, il vento filtra dalla fessura sotto la porta e per di più i vetri delle due finestre sono stati distrutti dalle bombe e non ancora sostituiti. Ma Luisa non sente né il freddo né le correnti d'aria. Lui vuole dirle qualcosa. Dev'essere qualcosa di molto intimo, dato che vuole che rimangano da soli.

Fritz non la fa aspettare a lungo. La porta si apre lasciando entrare una lama di luce, per poi richiudersi.

«Fa freddo, qui.» Si leva la giacca per mettergliela sulle spalle.

«No» rifiuta lei. «Così avrai freddo tu.»

«Ma figurati» sorride Fritz. «Sto bene, perché sono molto felice, Luisa.»

Lei rimane immobile mentre lui la avvolge nella giacca. Con che dolcezza gliela drappeggia sulle spalle, chiudendo persino il primo bottone. Come un premuroso fratello maggiore. Oppure come...

«Ascolta, Luisa» mormora rapido. «Forse lo troverai stupido o ridicolo. Ma se non te lo dico ora, finisce che scoppio.»

Dietro di loro, nella sala del caffè, si levano urla sguaiate, lo strillo isterico di una ragazza, poi si sente uno scroscio di risate. Fritz si interrompe un momento, poi ricomincia a parlare in fretta, sul filo dell'emozione.

«Non ho fatto altro che pensarti, Luisa. Quando ad aprile mi hanno rispedito al fronte, ho pregato di aver salva la vita solo perché desideravo troppo rivederti. Dopo Rostock volevo venirti a cercare. Ero pronto a fare tutta la strada a piedi. Russi o tartari, non mi importava. E ora sei qui davanti a me... Potrei cadere stecchito dalla felicità!»

Lei è stordita, inebriata da quel fiume di parole balbettanti, incespicanti, e proprio per questo così sincere. Vorrebbe poterle trattenere e conservare per sempre in un angolo prezioso della memoria. Quando lui tace e la guarda speranzoso, in attesa di una risposta, lei rimane in silenzio per alcuni secondi, una ridda di emozioni le impedisce di aprire bocca.

«Ti sembra stupido, vero?» domanda Fritz.

E in quel momento Luisa lascia uscire tutto: lacrime di felicità, di dolore, di desiderio, d'amore.

«Oh, Fritz! Io ho conservato la tua lettera e l'ho letta ogni sera» singhiozza. «Ma non immaginavo certo che noi...»

Lui la prende tra le braccia e la stringe a sé, lei sente le sue labbra calde sulla guancia, la mano che le accarezza i capelli. La bacia sulla bocca con dolcezza, lei gli butta le braccia al collo e si stringe a lui.

«È vero, Luisa?» le sussurra nell'orecchio. «Dimmi che è vero. Dimmi che mi ami.»

«Con tutto il cuore» mormora lei.

La sua risposta è un lungo bacio. «È il destino, Luisa» le dice. «Noi due siamo fatti l'uno per l'altra, dobbiamo rimanere insieme. Dammi solo un po' di tempo e...»

In quel momento una luce forte penetra nell'androne e un'ondata di risate e urla si riversa su entrambi: qualcuno ha aperto la porta che dà sulla sala.

«Hubsi cerca il suo violinista!»

È stata Hilde a scagliare quella frase fredda e concisa nella penombra, per poi sbattere la porta alle proprie spalle. Luisa e Fritz sono rimasti immobili, ancora stretti l'una all'altro.

«Ci ha visti?» sussurra Fritz incerto.

«Per forza.»

Non è una situazione piacevole per nessuno. Si sciolgono dall'abbraccio, Luisa si toglie la giacca e la consegna a Fritz, che se la infila e rimane ancora lì per un attimo, indeciso, poi le sorride.

«Non dobbiamo nasconderci, Luisa, non ne abbiamo

motivo. Per ora sono uno spiantato, non posso certo mantenere una moglie. Ma se tu vorrai aspettarmi, io ce la metterò tutta per diventare un violinista di professione. Per vivere della mia musica. Sempre che tu voglia avere un musicista per marito...»

Vuole sposarla! Fritz Bogner vuole in moglie questa sfollata di dubbie origini!

«Un musicista è perfetto per me» risponde sorridendo.

Fritz fa per stringerla ancora una volta a sé, e vorrebbe suggellare la promessa con un bacio, ma si sentono dei passi al di là della porta. Una giovane coppia entra nell'androne: sono accaldati e chiacchierano, lui le mette un braccio intorno alle spalle e la porta fuori in strada. Luisa e Fritz si appiattiscono contro il muro per farli passare.

«Devo tornare in cucina» dice lei. «La zia avrà bisogno di aiuto.»

Lui annuisce, solleva la mano e le sfiora con dolcezza la guancia.

«La mia dolce sposa.»

Lei ritorna in sala dalla porta interna mentre Fritz esce in strada e rientra nel caffè dalla porta girevole. È ridicolo, ma lo fanno ugualmente.

Sono già le cinque passate, fuori cala la sera, il cielo incombe grigio sulla città. La festa di nozze sta per concludersi, alcune coppie si sono già congedate, due ragazze che non hanno trovato un compagno si abbuffano divorando le ultime tartine senza disdegnare la guarnizione di cetriolini e chicchi di mais. Anche Gisela e suo marito se ne sono andati. Fritz e Hubsi Lindner suonano ancora qualche vecchia canzone, e al tavolo accanto alla finestra è seduto un gruppetto di tiratardi, troppo stanchi o troppo ubriachi per avviarsi verso casa. Luisa raccoglie piatti, posate e bicchieri e porta tutto in cucina, dove zia Else e Hilde sono impegnate al lavandino.

«Eccoti» dice la zia. «Sentivo la tua mancanza.»

Luisa sorride imbarazzata, ma non aggiunge altro. Hilde,

lei lo capisce, freme di rabbia. Non apre bocca, ma è facile intuire che è sul punto di scoppiare.

«Sono quasi le sei» dice zia Else, apparentemente ignara della tensione fra le due. «I musicisti possono anche smettere. Ho già preparato le buste coi loro compensi, ci pensi tu a dargliele, Hilde?»

Hilde solleva in silenzio una pesante terrina di porcellana e la mette a scolare sull'acquaio. Luisa prende a strofinare con zelo la teglia dell'arrosto, come se volesse scavarci un buco. A quel punto, Else capisce che qualcosa forse non va.

«Che c'è, ragazze?»

«Niente, zia Else.»

«Niente di niente» sbotta Hilde.

Else osserva la figlia e le consiglia di andare a riposare, quando avrà finito. «Non hai una bella cera, Hilde. Hai dormito male?» Non ottenendo risposta, scrolla le spalle. «Vado di sopra a vedere cosa fa papà.»

Zio Heinz si è defilato presto dal ricevimento, trovandolo troppo rumoroso. Ha detto che sarebbe tornato di sotto quando gli americani avessero sgomberato il campo. Dopo che Else se ne è andata, in cucina domina un minaccioso silenzio.

Se aspetti che dica qualcosa per prima ti illudi, pensa Luisa.

Hilde scrosta una pentola, sciacqua, scrosta ancora, la mette sotto l'acqua fredda.

«Laggiù in Prussia orientale sono tutte puttane come te?» chiede d'un tratto senza voltarsi.

Luisa si aspettava un attacco, ma sussulta. «Certo» ribatte. «Se cerchi un posto in un bordello, devi solo andare a est.»

Hilde espira controllandosi a fatica, getta nell'acqua lo strofinaccio e si volta. È tesissima: Luisa teme che voglia aggredirla fisicamente.

«Te lo dico solo una volta, brutto rospo» comincia piano. «Giù le mani da Fritz Bogner! O ne pagherai le conseguenze.»

Ma Luisa non è più disposta ad avere riguardi. Per oggi sua cugina l'ha umiliata abbastanza. «Non puoi farci niente,

Hilde» risponde calma ma ferma. «Fritz e io ci sposeremo. È deciso.»

«Sposarvi?» grida Hilde scoppiando in una risata isterica. «Tu credi davvero che Fritz ti voglia sposare? Tu, la profuga di dubbie origini? Magari perché sei mezza nobile, o così racconti in giro? Mi fai solo ridere! Ah-ah-ah...»

Luisa sente la rabbia crescere. Questa sciocca ragazzina viziata! Non si è mai mossa da Wiesbaden, lei, non è mai stata cacciata di casa, perseguitata, violentata, non ha dovuto assistere alla morte di sua madre. Ma ora la signorina Koch sperimenterà che non sempre si può avere ciò che si vuole.

«Puoi crederci oppure no» ribatte gelida, prendendo la zuppiera dal lavello per asciugarla. «È la verità.»

Hilde ha smesso di ridere. Ora fissa Luisa in preda a un fremito incontenibile.

«In caso tu non lo avessi ancora capito, Luisa von Tiplitz» spiega con tono condiscendente, «Fritz Bogner e io siamo fidanzati da anni. Con il matrimonio Fritz diventerà proprietario del Café Engel, avrà un reddito sicuro e potrà fare musica quanto vuole. E se ti ha raccontato qualcosa di diverso, faresti meglio a non crederci.»

Un fragore di cocci la interrompe. Luisa non capisce come, ma la zuppiera le è scivolata dalle mani ed è finita sulle mattonelle del pavimento. Migliaia di schegge bianche sono volate dappertutto rimbalzando contro le pareti e i pensili, terminando quella danza impazzita davanti ai suoi piedi.

«Ecco, ora hai qualcosa da spazzare!» dice Hilde dopo un primo istante di spavento, poi a testa alta esce dalla cucina e la lascia sola in preda allo sgomento. E naturalmente arriva subito zia Else, trafelata.

«Oh, santo cielo!» esclama. «La zuppiera!»

Hilde

Wiesbaden, la mattina dopo

Hilde ha dormito male. Molto male. Si è rigirata senza pace nel letto per ore, lottando contro pensieri cupi che la aggredivano come uccellacci neri. Conosce questi visitatori notturni, le loro voci aspre, sa che avrebbe dovuto ignorarle, ma non ne ha avuto la forza.

E naturalmente non ne ha cavato un bel nulla. Comunque la si giri, quella di troppo è sempre lei. Quella che gli altri scartano. Che nessuno vuole. Gisela ora ha il suo Sammy e sta già facendo la valigia per il viaggio di nozze. È vero che ha appena perso sua madre, ma questa purtroppo è una macchia destinata a svanire in fretta, domani ci sarà il funerale e poi la sua amica partirà in nave per gli Stati Uniti. Hilde vuole essere contenta per lei, perché Gisela merita di essere felice.

Ieri al ricevimento c'erano anche Gabi ed Helene, che sono delle sue ex compagne di scuola, ospiti fisse ai tè danzanti con gli americani. Anche loro sono sistemate, o quasi: Gabi parla già di matrimonio, Helene si è trovata il suo bell'americano. Dovunque guardi ci sono coppie. Che sofferenza!

E ora anche Luisa e Fritz. Questo è il colpo più duro, perché Fritz le piaceva davvero. E perché è convinta di avere dei diritti su di lui – del resto non si conoscono forse da tanti anni, loro due? E quello che fa? Si mette a baciare Luisa nel sottoscala! Proprio quella smorfiosa che le ha già portato via suo padre. Ma come ci è riuscita? Fritz non è un tipo intraprendente, al contrario, è un ragazzo molto timido. La sua cuginetta dev'esserselo lavorato per bene. Gli avrà fatto gli occhi dolci, avrà recitato la parte della ragazzina devota, lasciando casualmente aperto il bottone della camicetta. La nobile Luisa sa come si abbindola un uomo. Non avrebbe mai creduto che Fritz potesse cascarci, ma purtroppo gli uomini sono fatti così. Preferiscono le donnine mansuete e deferenti, che dicono sempre di sì, che non alzano la voce, che accettano di essere sottomesse e di tenere, da brave bambine, lo sguardo fisso a terra.

Eppure un uomo diverso lei lo ha conosciuto. Un uomo di temperamento, che accanto a sé voleva una donna che lo incendiasse. Ah, accidenti! Basta pensare a lui! E non deve pensare neanche al bambino. Perdere il bambino è stata la cosa peggiore. I ricordi le tolgono l'aria e fanno male come una ferita mai cicatrizzata. Basta! Quello era un uomo da niente. E anche un codardo.

Si alza presto e va in bagno per prima, accende la luce e constata con sollievo che la corrente c'è. Invece dal rubinetto esce solo un filo di acqua marrone e torbida, e Hilde si affretta a chiuderlo. Be', non si può mica avere tutto. Per fortuna giù al caffè c'è un secondo allaccio, che fornisce al locale acqua chiara e limpida. Prima di scendere di sotto con il secchio, getta ancora un'occhiata nello specchio. Si vede pallida, i capelli arruffati: non c'è da stupirsi, vista la notte in bianco. Che altro? In realtà è soddisfatta del proprio aspetto. Riccioli biondi, occhi azzurri, naso piccolo, labbra piene. È graziosa, e lo sa. Ha le sue occasioni, con gli uomini, per strada attira sguardi di ammirazione, molti vengono al caffè per farle la corte. Ma poi per qualche motivo non ne nasce mai niente. Un'avventura potrebbe averla, sì, però non c'è nessuno che se la vuole sposare.

Nessuno che piaccia anche a lei.

Be', in realtà uno c'è: Josh Peters. Lui le piace. E forse vuole sposarla. Ma non è l'uomo giusto, e per fortuna Hilde se n'è accorta in tempo. No, quello giusto sarebbe Fritz, perché piace tanto anche a suo padre. E perché è un ragazzo buono e sincero. E perché lei lo conosce da una vita. Fritz è destinato a lei, anche se lui ancora non lo sa. Bisognerà farglielo capire. Luisa deve togliersela dalla testa. Cosa vorrà mai da una del genere, sbucata dal nulla e con nulla in mano?

Scende le scale con il secchio fino alla cucina, lo mette nel lavello e apre il rubinetto. Nella pattumiera vede la zuppiera andata in cocci. Subito l'umore le migliora. Sua madre si è arrabbiata molto per quell'incidente, e Luisa dev'essersi presa una bella strigliata. Be', colpa sua, doveva stare attenta. Mentre l'acqua scorre nel secchio, guarda rapida la dispensa e si rende conto che nonostante le provviste portate dagli americani il pranzo di nozze ha dato fondo alle loro scorte. Zucchero finito, farina agli sgoccioli, il barattolo di margarina è quasi vuoto, restano solo un po' di pane e due confezioni di crema di formaggio. Cosa c'è nei due barattoli? Ah, sì, fagioli e carne in scatola. Spera che la Künzel in giornata contribuisca a modo suo, altrimenti la minestra serale sarà di nuovo troppo leggera. Sta per chiudere il rubinetto quando da una delle finestre della sala vede qualcosa e si blocca. Due sagome sfocate e lontane nella luce grigia del mattino, ma Hilde li riconosce al volo.

Luisa e Fritz, là fuori sul marciapiede. Parlano tra loro, lui le prende la mano, lei si ritrae e scuote la testa. Incredibile, pensa Hilde. Si danno già appuntamento di primo mattino. Ma che intenzioni hanno? Osserva Fritz parlare concitato e gesticolare. Luisa scuote la testa, fa due passi indietro. Poi arriva il furgoncino di Wendelin Staudt, che è l'uomo che consegna loro la grappa distillata in casa. Di nascosto, si capisce: ufficialmente porta in città legna da ardere. Pernotta dalla sorella a Sonnenberg e riparte la mattina dopo per il Taunus. Eccolo che si ferma a poca distanza dal caffè, e intanto Fritz prende da terra il suo bagaglio...

Ma Hilde è costretta a lasciar perdere qualunque cosa stia succedendo all'esterno del caffè, perché lì in cucina l'acqua nel secchio sta per traboccare, e sprecare acqua è peccato. Si gira, chiude il rubinetto, ed è allora che in cucina arriva Grete, la cameriera della nobilstrega.

«Buongiorno, signorina Koch, sono qui per prendere dell'acqua. E ha visto? Oggi la luce funziona. Be', speriamo che continui così.»

«Buongiorno, Grete. Puoi servirti. Io ho finito.»

Hilde estrae il secchio pieno fino all'orlo dall'acquaio e nella manovra qualche goccia finisce sulle pantofole della domestica.

«Oh, scusami tanto! Non volevo.»

«Non fa niente, signorina Hilde. Così mi sono già lavata i piedi!»

«Ma hai le pantofole bagnate. Sai che ti dico? Ti dò un paio dei nostri ciocchi, così puoi asciugarle davanti alla stufa.»

Di questo Grete è molto contenta, e si profonde in ringraziamenti. «Così anche sua signoria si calmerà un po'. È nervosa perché stanotte non è riuscita a chiudere occhio.»

«E come mai?» vuole sapere Hilde.

Non che le interessi sul serio perché la Haack abbia avuto una nottataccia, ma al suo umore farebbe bene sentire che la vecchia megera, magari, è stata tenuta sveglia dal mal di denti.

«Perché la signorina Luisa ha pianto per tutta la notte! Sua signoria mi ha mandato due volte a bussare alla parete, ma questo la faceva smettere giusto per qualche minuto, e poi ricominciava. Povera signorina, dev'esserci qualcosa che la fa soffrire molto.»

Sentita la spiegazione, Hilde si precipita in cantina a prendere i ciocchi. Tornata su, li consegna a Grete, e intanto lancia un'occhiata discreta fuori dalla finestra. Fritz e Luisa non ci sono più, invece per strada ci sono le donne mattiniere con le sporte in mano, decise ad accaparrarsi i viveri prima che i negozi si svuotino. Passa anche il fattorino in bicicletta, che frena davanti al caffè e poi smonta per infilare le copie del «Kurier» nelle cassette. Anche il furgoncino di Wendelin Staudt è partito: probabilmente Fritz è già in viaggio per Lenzhahn.

Hilde riafferra il secchio con l'acqua e imbocca le scale verso l'appartamento. Adesso, suo malgrado, un pochino le rimorde la coscienza. A quanto pare Luisa fa sul serio, con Fritz. Pene d'amore per tutta la notte. Ne sa qualcosa, lei. Ma perché le ha raccontato tutte quelle balle? Era arrabbiata, ecco perché, e le parole le sono uscite di bocca da sole. Lei non è mai stata fidanzata con Fritz Bogner. Lo ha detto solo per ferirla. Per mostrarle che anche lei ha delle buone carte in mano, e che inoltre Fritz avrebbe tutte le ragioni per sceglierla, perché lei, tanto per cominciare, ha una dote. Ha un locale ben avviato. E potrebbe offrirgli una vita serena facendogli fare quello che lui ama fare, ovvero il musicista.

Ma a cosa serve tutto questo se Fritz non ama lei, ma Luisa? Davvero vorrebbe un marito che la scegliesse per puro calcolo? No, non lo vorrebbe. E inoltre, Fritz Bogner non è certo il tipo che può accettare un compromesso del genere.

Ma soprattutto: Fritz è il grande amore della sua vita? Piangerebbe per lui una notte intera? In realtà, no. In realtà, Hilde è solo furiosa perché Luisa se l'è preso. A vedere le cose come le vede adesso, con lucidità, deve ammettere che ieri ha commesso una cattiveria. Si sente molto stupida e molto a disagio. Sarebbe onesto confessare a Luisa la verità, ma sarebbe anche molto imbarazzante. Appoggia il secchio d'acqua sul pavimento in bagno e con un mestolo ne travasa un po' per la cucina. Com'è tutto faticoso e complicato. Se solo la Germania finalmente risalisse la china... Ora li attende un gelido inverno, con penuria di carbone e anche di legna. Tutta colpa di questa stupidissima guerra!

D'umore sempre più nero, porta in cucina il recipiente con l'acqua e tenta di accendere la stufa a gas. Niente fiamma, il gas non c'è. Quindi le toccherà accendere la stufa a carbone, il che significa intaccare le loro scorte.

«C'è acqua calda?» grida suo padre dal bagno.

«Arriva!»

Certo che suo padre ne ha, di pretese. Mentre lei e la mamma si lavano con l'acqua fredda, a lui serve l'acqua calda per farsi la barba. Uomini! Riempie un pentolone d'acqua e lo mette sul fornello, dove ora arde una fiamma vivace. Sua madre arriva in cucina in vestaglia, batte gli occhi assonnata e inizia a preparare il tavolo della colazione.

«Non fa freddo» dice infastidita guardando la stufa.

Suo padre vuole l'acqua calda, sua madre vuole risparmiare il combustibile: qualunque cosa fai, di sicuro sbagli. L'umore di Hilde è in caduta libera. Che orribile giornata. Arriverà mai l'alba? Il buio, c'è poco da scherzare, peggiora sempre tutto.

Anche i discorsi a colazione non sono certo incoraggianti. Suo padre si lamenta come al solito dei dolori alla gamba, sua madre comunica che gli incassi languono da settimane e hanno un sacco di spese.

«Se continua così, presto non avremo più niente da barattare. Bisognerà che tu dica ai tuoi amici che non possiamo più fargli credito.»

Ma questo per suo padre è un tasto dolente. E quindi, come sempre spiega alla mamma che il Café Engel è un posto speciale, un locale per artisti, non un esercizio commerciale come gli altri. Non si tratta di guadagnare con i clienti, ma di ospitare giovani attori e appassionati di musica, di dar loro una dimora, un luogo in cui possano incontrarsi...

Però sua madre oggi non sente ragioni. «Questi mangiano e bevono a spese nostre e noi siamo sull'orlo del fallimento!» sbotta. «Dovremo vendere la casa e chiudere il locale. E allora i tuoi attori e i tuoi musicisti dovranno trovarsi un'altra dimora. Ti entra in testa sì o no?»

«Ah, Else!» esclama lui scuotendo la testa. «Sei troppo negativa.»

Sua madre sospira e guarda Hilde in cerca di sostegno. Papà è un ottimista e un sognatore, la realtà è sempre stata territorio della mamma.

«Parlerò io con Alois Gimpel e con Firnhaber» dice Hilde. «Si sistemerà tutto, mamma, vedrai.»

Fuori lentamente si fa chiaro, si cominciano a scorgere i profili dei platani spogli, il grande teatro che si erge monco nella luce dell'alba. Un tempo a Natale si mettevano in scena favole per i bambini, e lei spesso entrava gratis con i suoi fratelli. Quando avevano rappresentato l'opera di Humperdinck, *Hänsel e Gretel*, Hilde aveva recitato nell'ultima scena, nel ruolo di una bambina di marzapane. Che bell'atmosfera c'era, calda e festosa! Nel foyer del teatro c'era un grande abete carico di luccicanti decorazioni natalizie, e tutta la città scintillava. Adesso invece le vetrine sono buie e spoglie. Nella Kirchgasse ci sono alcuni negozi che vendono abeti di Natale, ma solo i ricchi possono permettersene uno...

Nella sala del caffè fa freddo, la vetrina dei dolci contiene solo qualche biscotto. Eppure ci sono già clienti davanti alla porta che sperano di trovare un po' di tepore e una tazza di caffè d'orzo. Heinz accende la stufa mentre Hilde apre la porta. Sono Jenny Adler e Hans Reblinger. Si lamentano del freddo e si tengono i cappotti addosso. Poi Reblinger porge a Hilde, con una certa solennità, un involto di carta: dentro ci sono due pezzi di carbonella.

«Li ho trovati alla stazione...»

Lei vorrebbe saltargli al collo per la gioia.

Heinz ne infila subito uno nella stufa e si siede con gli amici artisti vicino alla finestra. Il fuoco crepita e diffonde calore, e poi Else annuncia dalla cucina che è tornato il gas. Bene. Ed è rimasto anche del caffè d'orzo.

Proprio mentre Hilde sta versando il caffè, in cucina entra Luisa. Santo cielo, guarda che occhiaie...

«Tieni, zia» dice a Else, e le consegna un rotolino di banconote. «Ho avuto un anticipo da Julia. Un acconto per la zuppiera.»

«Non se ne parla neanche» risponde tranquilla Else.

«Invece sì. Ci tengo.»

E così alla fine sua madre cede, ma intimando a Luisa di non darle mai più altri soldi. «Non l'hai mica fatta cadere apposta. Sono cose che succedono.» Mamma chiude così la discussione e ficca in mano a Luisa un vassoio con tre tazze di caffè d'orzo. Hilde, nel frattempo, sta perlustrando il cassetto delle posate in cerca di oggetti da barattare al mercato nero. Si finge concentrata, ma in realtà dentro di lei è in atto una dura lotta contro il senso di colpa. I soldi fanno sempre comodo, certo, però l'incidente della zuppiera è in buona parte colpa sua...

Che diavolo, pensa alla fine. La cuginetta non si ammazzerà certo di lavoro, su da Julia. Quindi che paghi pure...

Si sentono dei passi, e la porta delle scale si spalanca: Hilde e sua madre si scambiano un'occhiata affranta. Dev'essere la vecchia strega, quella con la tenuta in Prussia.

«Questa donna è un castigo divino» mormora Else abbattuta.

Una voce stridula squarcia la quiete ovattata del mattino. «Buongiorno! Ma che bel calduccio. Quando si hanno gli agganci giusti, si ha anche il carbone, suppongo. Traffici sottobanco, eh?»

Che faccia tosta. Si siede qui al caldo e ha pure da ridire. Perché nessuno le ha ancora tirato quel collo secco?

«Buongiorno, cara signora von Haack» le risponde Heinz, cerimonioso. «Che bello vederla così fresca e riposata.»

Hilde coglie l'ironia, ma trova comunque che suo padre sia sempre fin troppo cordiale.

«Certo non è merito suo, signor Koch! Nel suo appartamento le pareti sono di carta velina, e io non ho chiuso occhio per tutto il baccano che veniva dalla camera accanto!»

Per fortuna si intromette Hans Reblinger, per dire quanto capisce le sue acute sofferenze: infatti accanto a lui abita una coppia di giovani sposati da poco. «Io mi infilo del cotone nelle orecchie, fa miracoli. Alla nostra età si ha bisogno di dormire, non è vero, signora?»

Else rotea gli occhi mentre Hilde trattiene a stento una risata. Che tipo, quel Reblinger!

La baronessa, da par suo, gli lancia un'occhiataccia e poi

tuona: «Ho bisogno di una tazza di caffè. Cameriera! Mi porti anche pane tostato, due uova à la coque, burro, marmellata e una fetta di prosciutto».

Nient'altro? pensa Hilde. Ma tu guarda che pretese...

«Mi dispiace molto, signora» risponde pacata Luisa. «Posso portarle solo del caffè d'orzo, quello vero è finito.»

Hilde sbircia dalla fessura della porta, la faccia della Haack è tutta un tremolio. Rossa come un peperone, persino il collo le si è coperto di macchie...

«Non mi dica bugie, piccola impertinente! Ieri qui c'erano prosciutto, pane tostato, uova alla senape e caffè vero. Non sarà sparito tutto quanto nel nulla, no? Cosa vuol farmi credere?»

«C'è stato il matrimonio, signora...» tenta di spiegare Luisa.

«Chiuda la bocca!» la interrompe la Haack. «Mi porti subito quello che ho chiesto! E non provi mai più a raccontarmi frottole...»

Questa mattina è in gran forma, pensa Hilde contrariata.

«La prego di non gridare in questo modo, signora von Haack» interviene Heinz. «Non siamo nella sua tenuta, e mia nipote non è una sua dipendente.»

«Di bene in meglio!» esclama Edith von Haack. «Prima mi si mente e ora mi si insulta!»

«Nessuno le ha mentito, men che meno la signorina von Tiplitz» la contraddice Heinz. «Mia nipote le ha parlato con gentilezza, al contrario di lei. Veda di non scaldarsi troppo.»

Else sgrana gli occhi, dinanzi a quel suo marito d'un tratto ardimentoso... E anche Hilde è colpita, ma ecco che da qualche parte dentro di lei ritorna a fare capolino la vecchia gelosia. Guardalo, come difende a spada tratta la sua nipotina...

«Scaldarmi? Io?» esclama Edith von Haack con una risata isterica. «Per questa inezia? Ridicolo! Quanto a sua nipote, le devo aprire gli occhi. La signorina von Tiplitz! Ah-ah! Che risate! È solo una truffatrice.»

«Come si permette?» grida Heinz.

Ma Edith von Haack continua a parlare e le orecchie di

Hilde si allungano via via di più. No! Non può essere vero! O invece sì?

«La conosco bene, la storia. Ero in amicizia con Ingrid von Kamm, la sorella di Johannes von Tiplitz. È vero che ha avuto una figlia, ma fuori dal matrimonio. La madre pare fosse figlia di un fornaio, e ovviamente non l'ha mai sposata. Anche se sua nipote fosse davvero la figlia del defunto von Tiplitz, è una bastarda e non ha diritto al nome e al titolo.»

Hilde coglie lo sguardo sconvolto di sua madre. Di là è calato il silenzio, la Haack ha sparso il suo veleno e suo padre deve prendere fiato prima di rispondere. Che calunnia velenosa, pensa Hilde. Se la può essere solo inventata. Oppure no?

«Mi risparmi le sue false insinuazioni» risponde Heinz irato.

«False?» sbotta Edith von Haack. «Ciò che dico è la pura verità. Grete può confermarlo, conosce le circostanze quanto me.»

«Se la sento dire un'altra volta che mia nipote è illegittima, la trascino in tribunale! Per calunnia!»

Lo strillo isterico della baronessa von Haack viene interrotto dalla voce di Luisa.

«No, zio Heinz. Ti prego, non puoi farle causa. Dice la verità.»

Dopo questa confessione il silenzio è totale. Solo Edith von Haack fa uscire un soddisfatto: «Finalmente!».

«Oh, santo cielo» sussurra Else a Hilde. «Non ci voleva proprio.»

Hilde è sbalordita. Questa sì che è una notizia. Dunque Luisa ha mentito a tutti. Non è una nobile. È illegittima. La signorina von Tiplitz non è altro che un colossale imbroglio!

«Mi dispiace moltissimo, zio Heinz.» Di nuovo la voce di Luisa. «L'ho fatto solo per amore della mamma, non volevo che pensassi male di lei. Mio padre l'ha amata molto, e ci ha anche accolte nella tenuta. Avrebbe voluto sposare la mamma, ma era malato ed era la nonna che comandava. La nonna ci odiava a morte.»

Questa dichiarazione turba Hilde: be', dev'essere orribile avere una nonna simile... Suo padre è stato preso troppo alla sprovvista per rispondere, invece Edith von Haack ritrova subito la favella.

«Dovrebbe essermi grato, caro signor Koch, di aver portato alla luce la verità» dice soddisfatta. «Chissà per quanto tempo ancora vi avrebbe menato per il naso, questa piccola imbrogliona. Sostenere con tanta sfrontatezza di essere una von Tiplitz! Davvero oltraggioso. E ora vorrei il mio caffè, un caffè vero. Penso che lei me lo debba, signor Koch.»

Hilde si sente invadere da una rabbia violenta. Questa donna non ha un briciolo di pudore! Si siede al tavolo e urla ordini a destra e a manca neanche fosse la padrona di Wilhelmstrasse. E la povera Luisa le sta davanti piangendo, a capo chino, come una misera peccatrice. Guardala, la baronessa, come si diverte della sofferenza altrui! Vorrà dire che dovrò pensarci io, riflette, a farle sparire quel ghigno dalla faccia.

Prende un vassoio, spalanca la porta della cucina e marcia come una furia fino al tavolo di Edith von Haack. Quella prova a sbirciare speranzosa sopra il vassoio, ma Hilde lo sbatte sul tavolo. È ovviamente vuoto. E poi le si pianta così vicino alla faccia, che la von Haack è costretta a indietreggiare.

«Ecco!» le abbaia addosso. «Questo è ciò che le dobbiamo. Un bel niente. Luisa fa parte della famiglia. Crede che ce ne importi qualcosa se è o non è una nobile? Be', si sbaglia di grosso. E se prova a offendere ancora volta qualcuno di noi, presuntuosa e arrogante vecchia megera che non è altro, le assicuro che non rispondo di me!»

Edith von Haack ci mette qualche secondo a digerire l'assalto. Fissa Hilde, apre due volte la bocca ma non esce niente. Solo al terzo tentativo sibila: «Come ti permetti, svergognata? Mi hai quasi colpita, con quel vassoio!».

«La prossima volta mirerò meglio» risponde Hilde per nulla impressionata.

«Questa è aggressione! Andrò alla polizia!»

«Fuori!»

Hilde è in piedi di fronte a lei, le mani piantate sui fianchi: sembra pronta a sollevarla dalla sedia di peso, se necessario. Edith von Haack lo ha capito, così si affretta ad alzarsi facendo sapere con voce tremante che ci saranno ripercussioni.

«Andrò a dirlo in municipio. Sporgerò denuncia per falsa dichiarazione!»

«Quella è la porta» le urla Hilde indicando con il pollice dietro di sé.

Dopo che la von Haack ha battuto in ritirata, andandosene di sopra, chiudendosi con rabbia la porta alle spalle, e forse seguita da una nuvoletta di zolfo, dal tavolo accanto alla finestra parte un immediato applauso: sono Hans Reblinger e Jenny Adler, entusiasti di quella strepitosa entrée. Heinz si alza in piedi e abbraccia la figlia.

«Che portento, la mia Hilde! Sei stata magnifica! Magnifica!»

Di corsa, dalla cucina, arriva anche Else, agitata: speriamo non ci siano ritorsioni, dice, «Ma hai fatto bene, Hilde. Anch'io stavo per perdere le staffe...»

«Credevo che le avresti sbattuto in testa il vassoio.»

«Be', se lo sarebbe meritato.»

«Dovevi picchiare più forte, Hilde!»

«Che donna insopportabile!»

«Volgare e crudele!»

In tutto quel trambusto, Luisa è ancora ferma dov'era, confusa e senza sapere cosa fare. Sta per andare alla porta quando Hilde la raggiunge a grandi passi e l'abbraccia.

«Non te ne andare» le dice. «Ora va tutto bene, no? E sai una cosa? Senza titolo nobiliare mi sei molto più simpatica.»

Luisa

Wiesbaden, due settimane dopo

«Non ci siamo.» Julia Wemhöner scuote rammaricata la testa. «Ti tocca ricominciare da capo.»

Luisa se lo sentiva. Ha sempre odiato la macchina da cucire. Sua madre sì che era brava, con quel marchingegno a pedale: tempestava la stoffa di punti ed erano sempre dritti e precisi.

«Non ce la farò mai!» sospira affranta. «È la terza volta che tolgo e ricucio questa cerniera. Forse sono semplicemente incapace.»

Julia si sistema gli occhiali sul naso e scosta una ciocca di capelli rossi. «No» replica, dandole il vestito da scucire. «Al contrario, sei brava. Per questo sono così pignola. Perché so che puoi fare meglio.»

Quant'è esigente, questa Julia Wemhöner! A Luisa in realtà piace molto lavorare con lei. Perché Julia sa ricavare un vestito da signora da una coperta di lana, o una gonna svasata da un paio di pantaloni da uomo. Sistema l'indumento sul tavolo, lo esamina alla svelta e poi si mette a tagliare. Così, a occhio, senza modello. E non sbaglia un colpo.

Quando va via la corrente e bisogna lavorare a lume di candela, Julia apre la sua valigia e le mostra i meravigliosi abiti dai colori sgargianti che in passato cuciva per il teatro. Si mette a raccontare, e loro due si immergono in un variopinto mondo di sogno, un teatro delle fiabe con animali selvatici che danzano al suono di un flauto magico, principi affascinanti che lottano per le loro amate e cattivi senza cuore che precipitano nell'abisso dell'inferno.

C'è un po' di follia in Julia. Ma è anche una donna molto intelligente, forte e generosa. Luisa ha scoperto che prima della guerra ha avuto diversi amori, ma che nessuno di loro era l'uomo giusto per lei. Per un po', le sta raccontando ora, è stata innamorata di Addi Dobscher. Quando cantava nel ruolo di Don Giovanni.

«E ora?» domanda Luisa.

Julia si stringe nelle spalle. «È una brava persona, Addi. Gli voglio un gran bene, davvero. Ma tra noi proprio non funziona.»

«Che peccato.»

«Sì. Un vero peccato.»

Si rimettono a lavorare in silenzio. Luisa cuce la cerniera per la quarta volta con la massima concentrazione. Quando ha finito esamina il risultato con piglio critico.

«Non gli va giù che io non sia più un'ombra» dice Julia. «Che contribuisca all'economia della casa, che procuri denaro e cibo per me e per gli altri... Io ne vado orgogliosa! Addi non lo capisce, o non gli piace. Mi tratta ancora come una creatura fragile che deve proteggere e accudire. Vuole dirmi lui cosa fare. Ma io non posso proprio permetterglielo.»

Luisa annuisce. In parte capisce la situazione di Julia. Non è piacevole dipendere da altre persone. Anche lei è felice di guadagnare un po' di denaro per poter sostenere la famiglia.

La sua famiglia.

Dopo quel terribile momento in cui ha creduto che fosse tutto finito, adesso sa per certo di averne una. Una famiglia che le è rimasta accanto, anche se ha commesso un errore.

«Davvero brava» le ha detto zia Else prendendola per le spalle. «E così hai mentito. Buon Dio, ci siamo cascati tutti. Ma è acqua passata. Lo hai fatto per tua madre, e quindi ti perdono.»

Zio Heinz per poco non ricominciava a piangere. L'ha presa tra le braccia dicendole che è una cara ragazza. «Cosa devi aver passato, piccola. Se mi fossi occupato di voi allora! Ma avevo in testa le mie idee e ho abbandonato Annemarie, mia sorella... è tutta colpa mia.»

La grande sorpresa però è stata Hilde. Una vera trasformazione: da cugina cattiva e gelosa a impavida amica che si è levata in sua difesa. Dunque aveva ragione la zia quando le diceva che Hilde ha un cuore buono. Quando vuole, sa essere una persona adorabile. Luisa però non si fida ancora del tutto di quella pace, ha in mente fin troppo bene quale sia l'altro lato del carattere di sua cugina. E anche ora la loro amicizia non è priva di problemi, perché Hilde procede come un treno e non vuole capire che Luisa invece preferisce affrontare tutto con calma e attenzione.

«Dopo devo andare in Langgasse. Ci servono spezie e zucchero e un altro paio di cosucce. Potresti farmi da palo mentre contratto sul prezzo?» le ha chiesto l'altro giorno.

Voleva portarsi dietro Luisa al mercato nero. Nel tentativo di rimediare gli ingredienti per il dolce di Natale.

«Non so se sono capace, Hilde.»

L'altra ha fatto un gesto d'impazienza, come a dire che non ci voleva niente. «L'importante è che non lo racconti a papà. Altrimenti dirà che ti porto sulla cattiva strada.»

Questo a Luisa è piaciuto ancora meno. È affezionata a suo zio e non vuole ingannarlo. D'altra parte, non voleva dire di no a Hilde. La loro amicizia appena nata non deve incrinarsi di nuovo.

«Questa mattina però lavoro da Julia.»

Allora domani, le ha proposto Hilde senza mascherare la delusione. In due è più semplice, se la caveranno in un batter d'occhio.

«D'accordo. Domani va bene. Spero di non rendermi ridicola.»

«Devi solo metterti in faccia un'espressione innocente. In questo sei bravissima. Ci hai già presi in giro tutti quanti, no?»

Le battute di Hilde sono spesso polemiche, ma ormai Luisa

ha capito che non ha intenti cattivi. È solo un tipo di umorismo tutto suo, ci si deve fare l'abitudine. D'altro canto, sua cugina sa anche essere molto sincera.

«Quanto a Fritz, ti ho mentito. Non siamo fidanzati, non lo siamo mai stati. Me lo sono inventato di sana pianta. Mi dispiace veramente, Luisa. Sono stata molto meschina con te.»

«*Non* siete fidanzati?»

«Esatto!» ha borbottato Hilde. «Te l'ho appena detto, no?»

Oddio, ha pensato Luisa. E io che l'ho preso a male parole! Gli ho detto di non farsi più vedere finché non sistemerà le cose, e che non voglio soffiare il fidanzato a mia cugina. Cosa penserà ora quel poveretto? Probabilmente è così confuso che non si azzarda a tornare...

«Si calmerà» l'ha rassicurata Hilde, intuendo i suoi pensieri. «Lui ti ama, Luisa. Tornerà in città per il concerto di Natale in Marktkirche. Ci parlerò io, promesso.»

Il concerto di Natale è l'indomani. La quarta domenica d'Avvento. Addi e Jenny Adler canteranno, Alois Gimpel suonerà il clavicembalo e dirigerà la piccola orchestra, Hans Reblinger suonerà la viola e Fritz il violino. I Koch ci andranno tutti insieme, sono settimane che pregustano l'evento.

«Vieni anche tu, Julia?» chiede ora Luisa alla sua datrice di lavoro.

Julia controlla con puntiglio la cerniera cucita per la terza volta. Uno dei punti è lievemente storto: fa una smorfia, ma poi dà il via libera.

«Può andare. Dicevi...?»

«Ti ho chiesto se domani vieni al concerto dell'Avvento.»

«Può darsi.» Julia alza gli occhi dal lavoro con aria sognante. «Quasi incredibile, vero?» dice. «Un anno fa c'era ancora la guerra. La notte avevamo l'incubo degli attacchi aerei. Io avevo un tale terrore che qualcuno mi scoprisse qui e mi denunciasse! Non sarei stata deportata solo io, ma tutti quelli della casa, che mi hanno aiutato a nascondermi. Heinz Koch lo avevano arruolato poco prima di Natale. E Jean-Jacques era scappato.»

«Quel Jean-Jacques? Il prigioniero francese?»

Julia annuisce e posa gli occhi sulla giacca che sta foderando con uno scampolo di seta. «Lo vedevo solo ogni tanto. Di sera, quando era tutto oscurato e potevo scendere per un po'. Era proprio un bel ragazzo. Riccioli scuri e occhi neri e scintillanti che potevano anche far paura. Ma a Hilde piacevano molto.»

Ah, ecco, pensa Luisa. Dunque c'era davvero qualcosa tra Hilde e il francese.

«Si era innamorata?»

Julia sorride e prende le forbici. «Addi mi ha raccontato qualcosa. Io ero sempre quassù, nascosta. Hilde e Jean-Jacques stavano sempre vicini. E poi lei lo ha aiutato a fuggire.»

Se è vero, allora Hilde ha corso un rischio enorme, pensa Luisa. Su queste cose, i nazisti erano implacabili.

«Questo è successo... aspetta... a gennaio. Ma poi Addi ha detto che lo hanno preso e messo al muro.»

«Mio Dio!»

È terribile. E ora Luisa vede la cugina sotto una luce diversa. Era innamorata, ha rischiato la vita per aiutare il suo uomo a tornare a casa e poi lui è morto. Dev'essere stato un inferno per Hilde! Oh, Luisa lo sa bene. Anche lei aveva convinto sua madre a fuggire da Stettino. Una fuga che per Annemarie Koch si è conclusa con la morte.

Il pomeriggio seguente il Café Engel è un ricettacolo di emozioni. Mezz'ora prima dell'inizio del concerto Alois Gimpel irrompe dalla porta girevole con uno slancio tale che per poco non la fa uscire dai cardini.

«Una catastrofe!» grida a Heinz Koch, che è seduto alla finestra a bersi l'ultimo sorso di tè alla menta. «Fritz Bogner non è arrivato.»

Hilde e Luisa si sono già cambiate per il concerto e sono in cucina a trasferire in un barattolo di latta i biscotti appena sfornati.

«Oddio!» sussurra Luisa preoccupata. «Vedrai che non viene a causa mia!»

«Ma figurati!» risponde Hilde. «Lo conosci davvero poco. Non lascerebbe mai nei guai i suoi amici. Nemmeno a causa tua. No, dev'essere successo qualcosa.»

Luisa ha la vista appannata, immagina già il suo Fritz pugnalato in un vicolo buio... Zio Heinz e Alois Gimpel, invece, sembrano più preoccupati per il concerto che per l'amico.

«Dov'è la Künzel?» esclama Alois Gimpel. «La mettiamo al clavicembalo. La parte del violino posso farla io col flauto traverso.»

Vengono però a sapere che Sofia Künzel, quel pomeriggio, suona il piano a una festa natalizia al bar degli americani.

«Accidenti! Allora Hubsi... Ma dove si è ficcato?»

«È di sopra. Ma devi bussare forte. Ha il cotone nelle orecchie per via della nobildonna.»

«Le disgrazie non vengono mai da sole!»

Pochi minuti dopo si sente Hubsi protestare e lamentarsi. Lui è un invalido, dice. Gli manca l'indice destro! E non ne sa nulla di musica sacra!

«È tutta roba facile per te, Hubert! Una cosetta di Händel. Quattro note di Bach. Niente di che. Dall'*Oratorio di Natale*. Più qualche vecchio classico.»

«Stai scherzando? L'*Oratorio di Natale*? Händel? E in più al clavicembalo?»

«Vuoi lasciarci nei guai? La chiesa è già piena. Fallo per la musica. Per l'arte. Per l'umanità!»

Hubsi non trattiene un sospiro profondo. «Riuscite sempre a convincermi, voialtri...»

I due si allontanano in fretta. Heinz chiude la porta alle loro spalle.

«Ora ci si può rilassare» dice Else, che intanto è scesa dall'appartamento. Indossa una vecchia pelliccia di agnello che ha ereditato dalla madre e che puzza di naftalina.

«Ci sono sei gradi sotto zero» annuncia Heinz. «Mettetevi

calde, ragazze. Calze pesanti, berretti di lana... che nessuna si ammali!»

Per le scale si imbattono in Julia, che ha appena deciso di unirsi a loro: sul braccio ha una coperta di lana. Anche Hilde su ordine della madre ha preso due coperte. Fuori sta già facendo buio, fini fiocchi di neve danzano nell'aria, atterrando sui vestiti senza sciogliersi. Un sottile strato bianco ricopre la strada, trasforma le case bombardate in pittoresche rovine, cosparge cappotti e cappelli di stelline fulgenti. Le torri della Marktkirche si stagliano aguzze e scure nel cielo: le case circostanti hanno subito pesanti danni, ma la chiesa è rimasta in piedi.

All'interno, com'è prevedibile, si gela. Le belle vetrate sono state mandate in frantumi dai bombardamenti, il vento soffia indisturbato per le navate spolverando di neve le panche e il pavimento di pietra. Nonostante il freddo sono venuti in tanti a sentire la musica: siedono intirizziti nei loro cappotti invernali, si stringono gli uni agli altri, si proteggono dal gelo con cuscini e coperte. Nell'abside – in primo piano – c'è il clavicembalo che hanno riportato su dai sotterranei della chiesa, insieme a sedie e leggii.

«Non è venuto» sussurra Hilde perplessa, sistemando la coperta sulle ginocchia sue e di Luisa.

Luisa tace. Fritz non è una persona che lascia nei guai gli amici, ha detto sua cugina: quindi, se non è qui, dev'esserci un motivo valido. Ah, Hilde! Se tu non mi avessi mentito! Invece io e Fritz abbiamo litigato per niente, e guarda che pasticcio!

«Guarda chi c'è laggiù.»

Zia Else dà una gomitata a Hilde, indicando con un cenno della testa. Luisa si deve allungare un po' per vedere oltre il cappello di pelliccia della signora davanti a lei, fino a riconoscere Josh Peters. È seduto due file più in là: ora si è girato e saluta Hilde con un cenno del capo. Com'è serio! Hilde risponde con un cenno, serissima anche lei. Be', non sembrano proprio entusiasti di vedersi.

Poi il concerto comincia. Firnhaber, all'organo, esegue

un solenne brano di apertura di Mendelssohn. Poi il parroco Borngässer dà il benvenuto ai presenti e legge alcuni versi dal Vangelo di Giovanni. Infine tocca a Addi, che canta meravigliosamente un'aria dell'*Oratorio di Natale*. Hubsi sta affrontando una dura lotta con il clavicembalo, ma gli ascoltatori neanche se ne accorgono, catturati come sono dalle evoluzioni sublimi del flauto e della viola. La commozione ha contagiato tutti.

«Santo cielo» sussurra Julia seduta accanto a Heinz, a due posti di distanza da Luisa. «Canta proprio come allora!»

Si è messa un foulard di lana morbida in testa e senza gli occhiali sembra una bambina. Una ragazzina emozionata con gli occhi gonfi di lacrime.

Jenny Adler, che in teatro ha interpretato sempre ruoli piuttosto frivoli, ora canta Händel con voce chiara e luminosa, dal timbro quasi infantile. Un altro lato di lei. Zio Heinz è entusiasta e applaude con un'energia tale che la coperta di lana gli scivola dalle ginocchia. Quando il concerto finisce, nessuno vorrebbe andarsene, gli applausi si allungano entusiasti, gli artisti concedono i bis. E non si fanno pregare, anche se non indossano cappotti invernali ma formali abiti scuri, anche se Jenny Adler nel suo abito da sera rosso senza spalline trema visibilmente nonostante la stola. Ma cos'è qualche grado sotto lo zero rispetto alla gioia di esibirsi, di incantare le persone con la musica? I tempi sono duri. Molti passeranno una notte solitaria in una stanzetta buia e fredda, ma almeno porteranno con sé il ricordo della luce delle candele e dell'armonia natalizia, come una speranza di un futuro più roseo.

All'uscita della chiesa Hilde e Josh Peters si fermano a chiacchierare un po'.

«Ho qualche giorno di ferie» dice lui. «E ho pensato di passare da Wiesbaden. Che bel concerto! Non avevo idea che il signor Dobscher cantasse ancora così bene.»

«Sì, è stato meraviglioso. E anche Jenny. E Hubsi al clavicembalo...»

Gli raccontano dell'agitazione che ha preceduto il concerto, e lui domanda se allora è vero che il Café Engel è tornato a essere, finalmente, la casa degli artisti.

«Altroché!» afferma Heinz orgoglioso, che ha raggiunto la figlia per salutare l'americano. È talmente di buon umore che lo invita a trascorrere la vigilia insieme a loro.

«Mi piacerebbe» risponde Peters lanciando un'occhiata a Hilde. «Ma non vorrei essere invadente.»

Ma oggi anche lei è decisamente su di giri. «Venga, su! Festeggiamo tutti insieme, le piacerà.»

Si congedano e i Koch si avviano, fermandosi di continuo a salutare gente e scambiarsi auguri. Sono tutti raggianti, eppure hanno fretta di arrivare a casa per via del freddo pungente. La neve morde la pelle e il vento soffia gelido fin sotto i cappotti.

«Povera me!» dice Else. «Ho i piedi congelati.»

«Io anche le gambe» ride Hilde.

«Anch'io ho una gamba gelata» afferma Heinz. «L'altra per fortuna è di legno e non soffre il freddo.»

«Benone!» ride sua moglie prendendolo sottobraccio. «Hai ritrovato la voglia di scherzare.»

Hilde e Luisa rimangono un po' indietro e guardano i due camminare a braccetto, traballando un po' per via della protesi dello zio, tenendosi stretti stretti.

«Girati senza farti notare» le dice piano Hilde.

Luisa deve scrutare con attenzione, prima di riconoscere, sotto la luce di un lampione, Addi Dobscher e Julia Wemhöner che camminano vicini.

«Si tengono per mano, hai visto?» dice Hilde con una punta di astio nella voce. «Questa è la sera delle coppiette felici, cuginetta. Andiamocene a casa alla svelta, la cosa non ci riguarda.»

Hilde

Wiesbaden, vigilia di Natale, 1945

Alla fine sono riusciti a procurarsi un abete. Non è bellissimo: largo e fitto alla base, spelacchiato al centro e con la punta lunga e sottile. Ma confidano che Addi, che è bravo in queste cose, saprà riequilibrarlo sistemando ad arte i rami. Hilde deve ammettere che la cara cuginetta Luisa, al mercato nero, si è rivelata addiritttura più utile di Gisela, con quel suo faccino triste che fa subito breccia nel cuore dei venditori. E che sa conquistare anche le donne. Il bottino che si sono portate a casa è un buon pezzo di lardo ottenuto in cambio di dieci tovaglioli rossi con decorazioni natalizie, cuciti a suo tempo da Julia usando le bandiere naziste e sui quali Luisa aveva ricamato dei piccoli abeti con il filo verde. Sono tempi in cui bisogna ingegnarsi. Il lardo serve per farcire il tacchino che la Künzel ieri sera ha portato a casa dal bar degli americani. L'animale è già spennato e ben frollato.

E così, al numero 75 di Wilhelmstrasse, aleggia ora un profumino sublime di tacchino e lardo affumicato, perché sua madre ha già infilato il grosso volatile nel forno. «Sperando che non ci stacchino il gas» sta brontolando. «E tu, via di qui, ladruncolo!»

Ce l'ha con il cane, che ogni mattina si piazza davanti alla porta della cucina e non si lascia sfuggire l'occasione di intrufolarsi. Viene rimesso puntualmente alla porta, ma non si scoraggia. È un cane tenace. Ha già messo le zampe su due pezzi di pane secco e sulle ali del tacchino. E la mattina è ancora lunga.

Addi compare in sala verso le dieci fischiettando allegramente, osserva l'albero di Natale ancora spoglio appoggiato in un angolo e sorridendo scuote la testa.

«Vi hanno rifilato una bella fregatura.»

«Cenerentola aspetta la fata madrina con la sega e il trapano» gli grida Hilde.

«A disposizione!» le risponde lui facendole l'occhiolino. Poi afferra la grossa pianta.

Ed ecco Julia, che entra nel locale chiedendo una tazzina di caffè e poi va a mettersi vicino a Addi. «Là sotto a destra è troppo fitto» dice indicando con il dito.

Addi annuisce. Prende la cassetta degli attrezzi ed estrae il seghetto per il legno. «Me lo tieni fermo?»

«Tu però non fargli male.»

Lui le fa un sorriso e si mette all'opera. Julia fornisce consigli, lo aiuta, taglia i rami sporgenti, e quando alla fine entrambi sono lì che rimirano soddisfatti il risultato del lavoro, Else mette loro sotto il naso la scatola di cartone con gli addobbi.

«Questo è un mestiere che lascio volentieri alle donne» dice Addi sedendosi accanto a Heinz sotto la finestra. Julia ride, e chiama Luisa: insieme decorano l'abete, che ora ha le giuste proporzioni di una piramide verde fatta di aghi. Poi Julia si siede accanto a Addi e gli ruba un sorso del suo caffè.

«Fattene portare uno» borbotta lui.

Lei gli sorride, gli toglie un ago di pino dalla giacca.

«Andiamo insieme alla messa di Natale?»

«Se è quello che vuoi. Ma ti avverto, ci saranno solo canti natalizi di Cornelius.»

«Fa lo stesso» risponde lei. «Voglio sentirti cantare. E poi vieni a bere un punch caldo su da me.»

Addi fa finta di pensarci su, poi dice va bene, in effetti si può fare.

Natale, la festa dell'amore... pensa Hilde con invidia. Ma subito si riscuote. In fondo, quei due se lo meritano. Anche se nessuno sa dire quanto durerà stavolta. Per ora sembrano felici. Apre con prudenza lo sportello del forno per controllare il tacchino, abbassa la temperatura, lo richiude. È arrivata anche Alma Knauss insieme a Ida Lehnhardt, e Hubsi si sta ancora lamentando con gli altri, seduto al tavolo, del concerto di ieri sera.

«Ho suonato malissimo! Quanto mi sono vergognato! A tratti ero completamente fuori...»

«Be', non lo ha notato nessuno» ribatte Heinz.

«Ah, no? Be', meno male.»

Il concerto ha fruttato loro cinquantadue marchi più venti ciocchi di legno, un pentolino di lardo, tre mezze pagnotte, un pezzo di formaggio stagionato, due rotoli di filo da cucito, un pacchetto di zucchero, diversi oggetti di ceramica, bottoni per pantaloni, una pelliccia di volpe tarlata e un paio di stivali di pelliccia numero quarantacinque.

«Santo cielo!» esclama papà. «C'è qualcuno che ha piedi così grandi?»

«La domanda piuttosto è chi sarebbe stato in grado di sopportare la puzza» sorride Addi. «Li abbiamo regalati al parroco. Le altre cose ce le siamo spartite.»

Hilde serve a Alma e Jenny una tazza di caffè d'orzo con due biscotti per ciascuna. Oggi gli ospiti devono accontentarsi, perché la famiglia ci tiene a preparare un dessert natalizio come si deve.

Intanto sono arrivati già i primi pacchettini sotto l'albero. Da anni fanno così: ognuno mette il suo regalo lì sotto senza farsi vedere. Sul pacchetto c'è scritto il nome del destinatario, ma il donatore rimane anonimo. Per incartare i pacchetti si è dato libero sfogo alla fantasia, non disdegnando la carta di giornale. Di carta colorata a tema natalizio non se ne trova facilmente, solo Else ne ha una riserva, perché lei è abituata a non buttare quella degli anni precedenti. La conseguenza è che si vede subito quali sono i regali dei Koch.

«Voi ragazze potete già apparecchiare il tavolo lungo nella saletta» dice Else. «Abbiamo ancora posate a sufficienza?»

«Le troviamo.»

Le posate, soprattutto le forchette da dessert con il simbolo dell'angioletto, purtroppo sono finite in gran numero al mercato nero. Così come l'elegante candeliere, alcuni bricchi per la panna e molte altre stoviglie dei tempi precedenti la guerra. Ma chi se ne importa: c'è chi ha dovuto fare rinunce ben peggiori.

«Prendiamo le tovaglie bianche?» chiede Luisa.

«Dovremo fare un patchwork.»

Anche le tovaglie grandi sono andate, ma ci sono ancora quelle rosse cucite da Julia. La tavolata, nota con soddisfazione Hilde mentre apparecchiano, è colorata e molto allegra.

«È sempre stato così importante per voi il Natale?» chiede Luisa.

Oh, sì, è sempre stata una grande festa. Soprattutto quando Hilde era piccola e i suoi fratelli andavano ancora a scuola. Alla vigilia i bambini fremevano d'impazienza, perché il locale la mattina era aperto e Else e Heinz dovevano lavorare.

«Ma quando finalmente se ne andavano tutti, era bellissimo! Una volta ho ricevuto in regalo una bicicletta. E Willi e August un trenino elettrico. Dio, erano al settimo cielo! Ma per gran parte del tempo ci ha giocato papà. E poi papà regalava sempre un gioiello alla mamma, andavamo a sceglierlo io e lui insieme. Un anello, una spilla.... Una volta una collana di perle! E da te com'era?»

Luisa sistema i bicchieri, li sposta qui, li risposta là.

«Alla tenuta, quando papà era ancora vivo, andavamo insieme in chiesa per i vespri. Papà e la nonna sedevano davanti nei banchi scolpiti, mamma e io dovevamo sederci con i dipendenti. Ma in seguito per un po' siamo state ammesse nella stanza addobbata per Natale. Lì c'era il camino acceso, e anche l'albero. Sotto c'erano i nostri regali, che papà ci aveva fatto preparare. Una volta ho ricevuto una bambola con gli occhi che si chiudevano e la mamma una sciarpa di seta colorata. Ma non potevamo rimanere a lungo, prendevamo un bicchiere di punch e due biscotti, poi lei ci mandava via.»

«Chi? Tua nonna?»

«Sì. Spesso c'era anche la zia con suo marito, e i signori volevano stare in famiglia, sai...»

Ma come si fa a trattare così una nipote? pensa Hilde indignata.

«E tuo padre non si ribellava?» le chiede.

«Era malato, Hilde. È morto che avevo quattordici anni. È stato allora che io e la mamma ce ne siamo andate.»

«Capisco.»

Non vuole ferire Luisa, ma dentro di sé pensa che questo padre, malato o no che fosse, era proprio un rammollito. Succube della madre. Povera zia Annemarie! E povera Luisa! Forse non è poi così bello far parte di una famiglia nobile.

Quando Grete compare sulla porta, stanno sistemando in tanti piccoli vasi i rami eliminati dall'abete di Natale.

«Ah, che bello!» esclama. «Che bella tavola! Quasi come a casa, alla tenuta.»

«Ma veramente?» fa Hilde con indifferenza. Tenute nobiliari e usanze aristocratiche non sono proprio il suo forte. Però la povera Grete non ne ha colpa. «Se la tua padrona ti lascia libera, unisciti a noi, stasera» si affretta a dirle.

«Volentieri. C'è sempre da fare, in cucina. I piatti da lavare e...»

«Non per lavorare, per festeggiare!»

«Oddio... sedermi a tavola coi signori?» esclama Grete spaventata. «Dio me ne guardi. Ma in cucina ci sto volentieri. Grazie comunque dell'invito. La mia signora invece, la baronessa, verrebbe di buon grado. Ha anche preso un regalo, ho l'incarico di consegnarlo al signor Koch...»

Hilde e Luisa si scambiano occhiate inorridite. Nessuno vuole la Haack alla cena della vigilia. Che donna incorreggibile! Manda Grete con un regalo, di sicuro qualche vecchio rottame inservibile, e si ritiene automaticamente invitata.

«Be'» dice Hilde a Luisa. «Una bella faccia tosta, non c'è che dire. Ma non preoccuparti, cugina. La spaventeremo.»

«Dai, Hilde» sospira Luisa. «È pur sempre Natale.»

Per certi aspetti Luisa è veramente troppo rammollita, proprio come il suo nobile papà, pensa Hilde. E anche sua madre, zia Annemarie, era di quella razza. No, Hilde questo non l'accetta. Lei è di un'altra stoffa. E il fatto che sia Natale non giustifica nessuno ad arruffianarsi di nascosto.

Verso l'ora di pranzo il caffè chiude, rimangono solo famigliari e amici. Per un po' si parla e si beve tè, poi i musicisti devono andarsene perché oggi hanno ingaggi importanti.

«Alle sette si mangia!» annuncia la mamma. «Chi non arriva in tempo, resta a bocca asciutta!»

Hilde aveva chiesto a tutti di informarsi su Fritz Bogner, ma finora del ragazzo non hanno avuto notizie. Non si è fatto vedere neanche da Alois Gimpel. Spera proprio che non gli sia successo niente. Proprio ora che lei lo aveva generosamente ceduto alla cugina, ecco che quello si mette a fare le bizze. Che croce, questi uomini.

«Pensa un po', Hilde» le dice ora suo padre, «la von Haack mi ha fatto recapitare un regalo.»

«Non lo vorrai accettare, spero» è la replica indignata.

Lui la guarda e allarga le braccia. «Ma figliola, è Natale.»

Hilde è sbigottita. Quella strega ha abbindolato suo padre. Con un regalo da due soldi incartato in uno straccio che ha visto tempi migliori.

«Per me non è Natale se devo stare a tavola con quella lì che si rimpinza della nostra roba! Non farmici pensare» si agita.

Fumante di rabbia, corre in cucina per chiedere manforte a Elsa e Luisa, impegnate nella sbucciatura delle patate, e proprio in quel momento bussano alla porta dell'androne.

«Buonasera. Posso entrare?»

È il tenente Peters, che si trascina dietro un carico inimmaginabile di sporte e pacchetti.

«Solo qualche cosetta» si schermisce quando Hilde gli fa notare che forse ha esagerato un po'. «Gran parte della roba va in cucina...»

Heinz lo saluta come fosse un vecchio amico, Else esce di corsa dalla cucina e si rallegra delle cibarie. Naturalmente viene subito convocato da Heinz alla sua postazione sotto la finestra, ma prima di obbedire l'americano si concede un'occhiata nella saletta con il tavolo apparecchiato a festa.

«Una grande famiglia» commenta. «E molti amici. Lei è un uomo fortunato, signor Koch.»

Heinz si commuove di nuovo, forse consapevole che Josh Peters ha viaggiato molto, e pur tuttavia non ha trovato una casa da nessuna parte. Hilde già prevede che di lì a poco suo padre si farà dare del tu e che domani a colazione le spiegherà che Josh Peters è l'uomo giusto per lei: una prospettiva niente affatto piacevole. Pensa che forse sarebbe il caso di salire in camera sua a preparare gli ultimi regali. A Luisa ha destinato il vestito a quadretti: le dovrebbe andare bene, al massimo ci sarà da accorciare un po' la gonna. Mamma avrà un paio di guanti di pelle foderati, che sono ancora quasi nuovi e che ha ottenuto al mercato nero in cambio del proprio orologio da polso. Per papà ha trovato un libro sui caffè di Vienna, un oggetto di antiquariato, naturalmente...

«Aspetti, per favore, signorina Hilde» la trattiene Josh Peters quando fa per alzarsi. «Ci sono delle novità. Vuole andare a chiamare sua madre? Dovrebbe sentirle anche lei.»

Ci mancava pure questa, pensa Hilde. Arriva, si piazza qui, dà ordini... E se invece gli americani volessero requisirci la casa e buttarci fuori tutti?

Ma poi la novità si rivela talmente bella che Hilde deve sorreggere sua madre mentre scoppia a piangere per la gioia. E Luisa si ritrova stretta al petto di Heinz.

«Me l'hanno comunicato poche ore fa» spiega Josh Peters. «Wilhelm Koch di Wiesbaden si trova in un campo di prigionia negli Stati Uniti, August Koch è prigioniero in Gran Bretagna. Sono entrambi vivi, e non nelle mani dei russi. Credo siano buone notizie, no?»

Ancora una volta, Hilde reagisce sull'onda dell'emozione,

senza fermarsi a riflettere. Lascia andare sua madre e abbraccia il tenente Peters. «Questo è il più bel regalo di Natale che potesse farci!» singhiozza baciandolo sulla guancia. Non capisce se lui è felice oppure no di quel bacio fraterno, perché ora è sua madre che lo sta abbracciando stretto, mentre suo padre attende con ansia di poter fare lo stesso. Aspettavano da così tanto tempo di ricevere notizie, e le speranze si andavano assottigliando di giorno in giorno.

«Sono entrambi vivi, Else!» ripete suo padre, e Else deve farsi prestare un fazzoletto da Luisa. «Quanto siamo fortunati!»

«Se solo potessero essere qui con noi ora...»

«Vedrai che non ci vorrà molto, o almeno spero...»

Si sente un baccano improvviso nell'ingresso accanto: sono tornati i musicisti; coperti di neve e mezzi assiderati, ma soddisfatti. C'è anche Julia, con loro, porta la borsa degli spartiti di Addi e ha in faccia un sorriso luminoso. Alla vista dell'americano, si bloccano di colpo.

«Cos'è successo?» chiede Addi con un tono funereo. «Oddio, no! Proprio la sera della vigilia...»

«Ma no!» esclama Heinz. «Josh ci ha portato una notizia meravigliosa!»

E poi arriva il momento delle risate e della gioia vera. I ragazzi sono vivi! Il tenente Peters deve ripetere per ben tre volte chi si trova dove e quante sono le possibilità che i giovani Koch tornino presto a casa. Quando entra nella saletta anche Sofia Künzel, con il cappotto umido di neve e gli stivali militari bagnati, gli tocca raccontarlo per la quarta volta, e viene ricompensato con due baci sulle guance.

«Lei è un tipo strano, Peters» aggiunge la cantante. «Ma di buon cuore. Se non sa dove andare, passi di sopra da me...»

«Oh, cielo!» grida la mamma correndo in cucina. «Il tacchino! Ancora un po' e me lo scordavo!»

«Sarebbe davvero imperdonabile» commenta la Künzel, mentre Josh Peters l'aiuta a togliersi il cappotto. «In fondo stasera è lui il protagonista.»

È quasi come ai vecchi tempi, pensa Hilde. In realtà anche più bello, perché ora sappiamo che Willi e August sono vivi e li rivedremo presto. Sì, la speranza. Forse la speranza è la cosa più bella. La luce che abbiamo davanti. Mamma e papà ora la vedono. Addi e Julia ce l'hanno a portata di mano. E anche Luisa la intravede. Invece per me, purtroppo, c'è solo un lumicino. E si chiama Josh Peters. Sì, bisogna riconoscere che è stato davvero caro. Si è dato da fare per la mia famiglia. Ma del resto, se io non lo amo...

È sul punto di intristirsi davvero, quando alla comitiva si unisce Edith von Haack che sfoggia una raffinata camicetta di seta verde e un girocollo di perle. A quanto pare, è riuscita a salvare qualche cosetta dal suo vasto armadio prussiano...

Grete, che l'ha accompagnata, scompare subito in cucina, la von Haack invece raggiunge Heinz e gli stringe la mano.

«Stasera è nato il Redentore» annuncia, come se fosse una novità. «Facciamo pace, signor Koch. Siamo sulla stessa barca, l'equipaggio deve rimanere unito.»

E detto fatto, la strega si è conquistata suo padre. Luisa non fa commenti, Else si è rifugiata in cucina, dove ora si dà da fare per le crocchette di patate. Addi e Julia prendono atto del nuovo stato delle cose senza commenti, Hubsi si tiene il più lontano possibile dalla nobildonna, solo Hans Reblinger guarda la baronessa con aperta ostilità. Quanto a Sofia Künzel, lei ha un rapporto tutto suo con Edith von Haack: da quando hanno litigato una volta sul pianerottolo per via di una scopa dimenticata, si ignorano cordialmente.

«A tavola!»

I posti vengono occupati, Luisa si inventa alla svelta un coperto in più per la von Haack, Hilde e Grete fanno le porzioni. Mais e fagioli in scatola, crocchette di patate *à la Else*, salsa con molto lardo e infine il protagonista assoluto: il succulento tacchino arrosto. Non è molto grosso, ma Heinz riesce a dividerlo in tanti pezzetti, così da assicurare a ciascuno due porzioni almeno.

«Non che sia un compito semplicissimo» si lamenta tuttavia. «Finora ho avuto solo oche, per Natale. Il tacchino da queste parti è una novità.»

«Certo!» gli risponde Addi senza battere ciglio. «Anatomicamente sono due bestie assai diverse. Il tacchino è un quadrupede con andatura eretta.»

«Vuoi prendermi in giro?»

«Non oserei mai.»

La conversazione è animata, l'umore alto, tanto più che tra i doni portati da Josh Peters ci sono anche diverse bottiglie di vino della Mosella. Riempirsi la pancia a sazietà non è una cosa che capita spesso, di questi tempi. E fa festa anche il cane, in cucina, tutto impegnato perché della carne non avanzi nemmeno un ossicino.

Poi arriva il grande momento della distribuzione dei regali. Per tradizione, a distribuirli ci pensa Heinz Koch. Solo l'anno scorso, certo, Else aveva dovuto farlo al posto suo.

«Un pacchetto per... dove sono i miei occhiali? Dunque... ma chi è che scrive così? Luisa!»

È una procedura lunga. Hubsi riceve una sciarpa di lana e due quaderni di musica, Hans Reblinger scarta delle calze fatte ai ferri e una cravatta, per Grete Else ha impacchettato delle calde pantofole e Heinz riceve una foto del Café Engel con le firme di tutti gli amici. L'ha fatta stampare Hans Reblinger a sue spese, mettendoci settimane per raccogliere le firme.

Poi Heinz scarta il regalo fattogli dalla baronessa e strabuzza gli occhi: sono le posate con lo stemma dei von Haack, l'unica parte dell'argenteria di famiglia che la nobildonna è riuscita a salvare.

È totalmente stupefatto e gli serve qualche secondo per riprendersi. Quando apre la bocca per parlare, d'un tratto si sente un rumore nel sottoscala. La porta si spalanca, e un uomo con addosso un giaccone pesante e degli stivaloni coperti di neve entra nella sala con passo pesante.

«Buon... Na... Natale...» farfuglia; si toglie il berretto, si guarda intorno. È Josh Peters ad afferrarlo al volo, un attimo prima che si schianti al suolo.

Wendelin Staudt. Ubriaco fradicio. Emana un odore di grappa tale da far cadere stecchito uno sciame di mosche.

«Wendelin!» lo chiama Addi venuto in suo soccorso. «Mi senti? Sono Addi Dobscher.»

Wendelin solleva un poco la testa e gli sorride.

«Addi Dobscher... pensi forse che io sia ubriaco?»

«Dire ubriaco mi sembra poco.»

«Vero» dice Wendelin sorridendo beato. «Pieno di grappa fino alle orecchie! La mia buona grappa!»

Poi crolla semisvenuto, e Hilde gli avvicina una sedia così che Josh Peters possa sistemarcelo sopra.

«Cos'è successo?» gli domanda Addi.

«E a Fritz Bogner? A lui cos'è successo?» chiede con insistenza Hilde.

Devono scuoterlo con forza per evitare che si addormenti.

«Lasciatemi... sono... sssstanco...» bofonchia Wendelin.

«Dov'è Fritz?!» gli urla Luisa nell'orecchio.

«Dategli qualcosa da bere» consiglia Josh. «Ehi, Wendelin. Guarda, un bicchiere di vino.»

Wendelin spalanca gli occhi e afferra il bicchiere mezzo pieno che Else gli porge. Lo svuota in un colpo, poi rifiuta con energia l'acqua che vorrebbe dargli Hilde.

«Ieri mattina... subito al primo controllo... gli americani hanno trovato le bottiglie sotto la legna...»

«Me lo sentivo» si lascia sfuggire Hilde. «E poi cos'è successo?»

«Portato via... interrogatorio... imprigionato...»

«Anche Fritz?»

«Tutti e due... contrabbandieri... alc... alcol...»

Luisa lancia a Hilde un'occhiata sconvolta.

«E poi cos'è successo?» gli chiede Hilde.

Wendelin fa un mezzo sorriso.

«Dimostrazione... Prima noi, perché poteva essere veleno... poi gli altri.»

«Quali altri? Gli americani?»

«Polizia tedesca... eh, la grappa è buona! Una bottiglia, poi un'altra... tutte quante! Roba buona, la mia, fatta in casa, niente porcherie!»

«Buon Dio! Quante bottiglie erano?»

«Venti... e poi tre di acquavite di prugne.»

Luisa vuole sapere se anche Fritz ha dovuto bere. Sì, è la risposta alcolica che le arriva, ha dovuto sì. Eccome.

«Oggi a mezzogiorno ci hanno rilasciato... a Natale *anni... anni...*»

«Amnistia!»

«... *Sstia...* proprio quella. Salgo sul furgone e cosa trovo?»

«Fammi indovinare» dice Addi. «Se ne erano scordata una.»

Wendelin gli sorride e si dà una manata in fronte.

«Sei un tipo sveglio tu... Addi Dobsch...»

«Ma Fritz dov'è finito?» lo incalza Luisa. «Perché non è con te?»

Wendelin si stringe rammaricato nelle spalle. «Non ha voluto bere. Né venire con me. È andato a casa a piedi.»

Gesù, pensa Hilde. A piedi fino a Lenzhahn, in mezzo alla neve! Speriamo abbia scarpe buone, altrimenti gli si congeleranno i piedi. Poi cinge con un braccio le spalle di Luisa e la stringe a sé.

«Lo vedi, cugina?» la consola. «Non gli è successo niente. Sarà di certo al paese, a festeggiare il Natale in famiglia.»

Wendelin è finalmente nel mondo dei sogni. Lo stendono su tre sedie, gli sistemano sopra una coperta e lo lasciano a smaltire la sbronza sotto l'albero addobbato.

Jean-Jacques

Villeneuve, dicembre 1945

Si sveglia in piena notte, perché i suoi genitori sono tornati dall'ospedale con Pierrot. Nel corridoio davanti alle camere da letto scoppia una lite furibonda.

«Non voglio!»

«Ma, Pierrot» piagnucola sua madre. «Il dottore ha detto che non devi assolutamente restare da solo.»

«Non ho bisogno di una bambinaia. Vattene!»

Jean-Jacques sente un tonfo sordo, e un gemito disperato venire da sua madre. Poi la voce di suo padre, forte e perentoria: «Non ti permettere mai più. Mi hai capito? Mai più!».

«Mi dispiace. Non volevo. Ma lei non deve entrare in camera mia.»

«Lascialo stare» dice suo padre. «È adulto.»

Sua madre piange. Pierrot deve averla colpita. Il figlio preferito che la allontana da sé, non dev'essere facile accettare quel rifiuto.

Jean-Jacques è sdraiato con gli occhi aperti e sente i rumori in corridoio. La porta di Pierrot si apre e si richiude. Sente il letto cigolare nel momento in cui il fratello vi si getta di peso sopra. Qualcuno entra anche nella stanza accanto, dev'essere suo padre. Poi sente la madre chiedere a bassa voce: «Stavolta ha mangiato?».

«Purtroppo no» sussurra la balia.

«Ma deve poppare.»

«Allora preghi.»

Si fa silenzio. Jean-Jacques rimane sveglio, sdraiato di schiena, nel buio vede infiniti fantasmi che hanno tutti la stessa faccia, la sua. Gli si avventano contro, lo vogliono dilaniare, lui cerca scappatoie ma sa che non ce ne sono. Deve affrontare i suoi demoni.

È colpa mia, pensa. Tutto questo è successo perché sono rimasto qui. Perché volevo ostinatamente quel che credevo fosse mio, anche se era perduto da tempo. Se me ne fossi andato, Margot prima o poi avrebbe sposato Pierrot e avrebbe potuto far nascere in tranquillità il loro bambino. Marcel, l'erede che mio padre attendeva tanto. Certo, Margot avrebbe sofferto per un po', ma alla fine avrebbe scelto Pierrot e suo figlio. Invece ho costretto tutti a vivere nella menzogna. Margot. Pierrot. Me stesso. E anche la creatura innocente che sta per morire due stanze più in là.

E perché l'ho fatto? Perché volevo la terra, i vigneti, la fattoria. Perché non volevo rinunciare a ciò che mi spettava di diritto. Per questo ci ho trascinati tutti nell'infelicità. Per questo Margot è morta...

E ho reso infelice anche Hilde, il mio grande amore, pensa. Pensa che ormai Hilde, per lui, sia persa per sempre. È stato un peccato innamorarsi, dopo aver promesso fedeltà a un'altra. Ma il peccato più grande è stato non seguire l'istinto. Per avidità. Per invidia. Per superbia. Per ira. Eh, già, una bella collezione di peccati... Ne ha commessi almeno quattro, di quelli capitali, e aggiungiamoci forse anche l'accidia. Con quella fanno cinque. La sua anima è irrimediabilmente perduta...

Ma non lo preoccupa la sua anima, bensì le persone a cui ha causato una sofferenza irreparabile. Potrebbe – pensa – andare da Pierrot e chiedergli perdono. Non è facile, perché anche suo fratello gliene ha fatte tante, ma si tira su dal letto e bussa alla porta della sua stanza. Non ricevendo risposta, abbassa la maniglia, ma Pierrot l'ha chiusa a chiave. Torna brancolando in camera sua, al buio, senza avere concluso niente.

Andarsene... Rinunciare... Lasciarsi tutto alle spalle e ricominciare un'altra vita. Magari oltreoceano. Lottare. Lavorare duro per conquistarsi un briciolo di felicità. Altro lui non merita.

Ma se il bambino dovesse morire e Pierrot dovesse continuare a farsi del male? Lui allora dovrebbe restare lì. Gestire l'eredità. Nel peggiore dei casi sposarsi. Avere figli. Compiere il suo dovere.

Rimane a letto, sveglio fino al primo canto del gallo, poi sfinito si appisola. In sogno vede una strada ampia, fiancheggiata da montagne di macerie. Neri scheletri frastagliati da cui divampano le fiamme, alberi carbonizzati, colonne sbriciolate. In fondo alla strada camminano due persone, si tengono per mano, un uomo e una donna. Vede i capelli biondi e luminosi di Hilde riflettere il fuoco, l'uomo accanto a lei indossa una divisa militare.

La voce di sua madre nell'altra stanza lo strappa dall'incubo.

«Ma è vero? Fammi vedere. Santa Vergine!»

È ancora intontito, ma capisce che si tratta del bambino. È morto nella notte?

«Sta poppando! È la seconda volta! Non posso dargliene troppo, altrimenti rigurgita.»

«Lascialo fare, ha molto da recuperare, povero piccolo. Santi Maria e Giuseppe! Sembra già molto più forte. Oh, tesorino della nonna! Bevi, bevi...»

È vivo, pensa Jean-Jacques, e si drizza a sedere nel letto. Ha deciso di vivere. Di lottare. Quel minuscolo orfano ha più coraggio di tutti noi.

Accende la luce e si alza in fretta. Si infila la giacca, lottando contro le vertigini. Che ora è? Già le sei e mezza, ma fuori è ancora buio.

«Apri. Devo parlarti.»

Nella camera del fratello non si sentono rumori.

Temendo il peggio, Jean-Jacques si mette a prendere a pugni la porta.

«Apri o la butto giù!»

Sa di non averne la forza, ma in qualche modo farà. E anche

Pierrot sembra ricordare bene quanto sa essere testardo suo fratello. Jean-Jacques sente il cigolio del vecchio letto quando Pierrot si alza. Il rumore dei piedi scalzi sulle assi di legno. Il chiavistello che viene sganciato.

«Che vuoi?»

È roco, sussurra più che parlare, e lo guarda in tralice. È smunto da far paura, esausto, gli occhi incavati. Ieri deve avere perso molto sangue.

«Dirti qualche parola. Non preoccuparti, ci metto poco.»

Scivola accanto al fratello ed entra nella sua stanza, accende la luce, si siede sul letto disfatto. Pierrot è sempre sulla porta, con le maniche lunghe della camicia da notte di lino che gli coprono i polsi fasciati.

«Se mi vuoi dire che devo andarmene, sappi che ho già intenzione di farlo da me» mormora Pierrot, dopo aver tossito.

Jean-Jacques guarda quest'uomo derelitto che è stato il suo nemico giurato. Il rivale con cui faceva a botte nei vigneti. L'uomo che ha dormito con sua moglie Margot.

«Al contrario» replica con voce tranquilla. «Sono venuto a chiederti di restare. Sono io che me ne vado.»

Pierrot sgrana gli occhi, poi una risata insana lo scuote. «Tu? Perché dovresti andartene?»

«Perché ho deciso così, Pierrot. Tuo figlio vuole vivere. Ha bisogno del padre, perciò rimarrai qui ed erediterai la proprietà.»

Pierrot scuote la testa incredulo, fa qualche passo incerto verso il fratello. «Hai la febbre? Hai ricevuto una specie di illuminazione divina? Marcel è *tuo* figlio. Agli occhi del mondo e anche a quelli di mamma e papà.»

Ma ormai Jean-Jacques ha preso la sua decisione, rimane calmo. Riesce persino a sorridere al fratello. «Noi due sappiamo la verità, Pierrot. E la capiranno anche loro. Tutto il resto sta a te.»

«Sei ubriaco, vero? Ammettilo, sei stato in cantina.»

«Lascerò oggi stesso la fattoria. Per sempre.»

Il fratello non gli crede, gli sorride e ha un aspetto terribile, pallido come un morto. Jean-Jacques si alza e gli passa davanti per uscire dalla stanza. In corridoio si gira e con un piede impedisce a Pierrot di richiudere la porta.

«Tuo figlio sta poppando» gli dice attraverso la fessura. «Vai a vedere.»

Pierrot non gli dà retta, chiude la porta e rimette il chiavistello. Allora Jean-Jacques va da solo nella stanza del piccolo, bussa, e dato che nessuno gli risponde, entra. La balia è seduta in mezzo ai cuscini, il seno destro, molto gonfio, è scoperto, sotto la pelle chiara si vedono le sottili vene azzurrine, il capezzolo roseo è duro come una ciliegia raggrinzita. Accanto a lei nella culla di legno dorme il piccolo Marcel, roseo e appagato. La balia ha poggiato la testa alla parete e russa piano. Jean-Jacques chiude la porta il più silenziosamente possibile e sale in soffitta a prendere un borsone. Intende portare con sé il minimo indispensabile: biancheria, calze, una camicia di ricambio, un maglione di lana, un po' di soldi, i documenti. Niente foto. Niente ricordi. Si toglie la fede, la lascia sul tavolo. Poi cerca carta e matita per scrivere una lettera ai genitori.

Esce dalla porta della cantina e va a piedi fino a Villeneuve, dove sale sull'autobus per Nîmes. È una giornata mite di dicembre, il maestrale ha smesso di soffiare, la terra giace immobile sotto il cielo grigio, velato. Filari di viti spogli fuggono al di là del finestrino, alternati a paesini e casali isolati che conosce bene. Un carro trainato da cavalli, carico di botti, procede pigro in direzione opposta alla sua. La mia terra, pensa, e si addormenta sognando la primavera. Presto i prati torneranno verdi, il sole scalderà le colline, ci sarà odore di lavanda e timo, le viti germoglieranno. Ma io non sarò qui.

Avverte una sensazione di vuoto, una strana debolezza nel corpo, e la attribuisce al suo stato d'animo. Ma non gli piace: non deve ammalarsi ora. A Nîmes trova due raggi di sole e si sente subito meglio. Quando due conoscenti lo salutano per strada, decide di non indugiare oltre e compra un biglietto per Parigi. Il treno è affollato, manca poco a Natale e molti si sono messi in viaggio per far visita ai parenti. Alcuni portano zaini carichi, vogliono scambiare formaggio, salame e vino con abiti e scarpe, sapone, profumo: tutto ciò che in campagna non si trova. C'è una gran confusione nel suo scompartimento: bambini piccoli che saltellano, piangono, urlano, gli tossiscono in faccia. Jean-Jacques ha una fastidiosa emicrania, tutto quel chiasso lo stordisce. Verso la fine del viaggio si appisola, poggia la testa sul sostegno, e anche se il vagone sferraglia e vibra violentemente, gli sembra di avere nelle orecchie il suono argenteo delle campane.

Sarei dovuto andare a salutarla, pensa. Lei se lo meritava. Margot, tutta sola nella sua fredda tomba... I suoi pensieri si confondono, deve sollevare una bambina che è caduta proprio davanti a lui e piange forte. La madre pulisce il naso alla piccola e le dà una caramella, poi tira fuori una lunga baguette e distribuisce pane e formaggio ai suoi tre figli. Jean-Jacques si rende conto di non avere mangiato niente per tutto il giorno, ma stranamente non ha fame, si sente solo molto stanco e spossato.

Raggiungono la capitale a tarda sera e quando scende dal treno sente un freddo terribile. Gare de Lyon. I viaggiatori sciamano via in fretta, scompaiono sui treni in coincidenza, giù nella metropolitana o in sala d'attesa. Lui attraversa il pomposo atrio della stazione, che di notte è semideserto: non ha idea di dove andare, però ha un fastidio alla testa e gli fa male la gola. Esce dalla stazione, attraversa una piazza ampia e debolmente illuminata e vaga per le strade, finché non trova un albergo a buon mercato. Un portiere notturno dalla pelle scura lo saluta assonnato e lo accompagna in una minuscola, soffocante mansarda, pretendendo il pagamento anticipato e raccomandandogli di non aprire la finestra perché il legno è gonfio e i vetri potrebbero cadere. A Jean-Jacques non importa, è solo stanco, sente la testa piena di piombo e lo stomaco in subbuglio.

«Buonanotte, signore.»

Non appena si sdraia, si addormenta come un sasso, al mattino non ricorda se ha sognato o no, ma si sente meglio. Quando esce in strada lo accoglie il nevischio, allora si alza il bavero e si abbassa il berretto sulla fronte. Fa freddo, quassù nella capitale, più freddo che nel sud della Francia, il vento arriva da tutte le parti, si fa fatica a ripararsi. Cammina per un po' per gli ampi viali, ammira i caseggiati eleganti a più piani, gli ingressi protetti dai portoni, le alte finestre che lo fissano buie e sprezzanti. In un bistrot beve un caffellatte e mangia un croissant indurito che sa di segatura ed è troppo caro. Quando protesta, viene insultato dal proprietario: perché non è rimasto al sud, in campagna, dove c'era da mangiare? Qui a Parigi si fatica a mettere insieme due pasti al giorno. Jean-Jacques lascia la mancia ed esce di nuovo nella pioggia gelida. Gli è tornato il mal di testa e anche il mal di gola, ma non se ne preoccupa. Si sarà preso il raffreddore, niente di strano in questa stagione. Le persone che affollano le strade si nascondono dietro sciarpe e cappelli, hanno fretta, nessuno ha tempo di sorridere. Mendicanti e invalidi di guerra se ne stanno agli ingressi delle case, allungano un piatto ai passanti, tendono la mano. Tra loro ci sono anche bambini e donne anziane. Il grande entusiasmo per la vittoria è svanito, si dice lui ripensando ai discorsi roboanti e tronfi che si sentivano solo pochi mesi fa. Siamo tornati alla cruda realtà, manca tutto e la vita è dura. Per tutti.

Non sa cosa fare di se stesso. Ha solo idee vaghe su cui non ha riflettuto a fondo. Viaggiare fino alla costa settentrionale e salire su una nave per l'America? Ma gli mancano i soldi. Trovare un lavoro e rimanere per un po' a Parigi? Anche questo non sembra semplice. Il lavoro, come tutto, scarseggia. E lui cosa sa fare? È un vignaiolo, un contadino: mestieri che di certo non servono a Parigi. Forse dovrebbe andare in Belgio, oppure in Svizzera. O in Germania...

Poi si blocca e fissa un manifesto colorato appeso in un ingresso, al riparo dalla pioggia. Si vede il profilo di un uomo, i tratti affilati, lo sguardo deciso e volitivo. Un soldato. Porta un berretto con visiera e una specie di divisa. Sullo sfondo un paesaggio desertico in cui domina il giallo: su una duna si stagliano le sagome nere di una carovana, una figura femminile guarda verso di lui. Esotismo da reclutamento. LA LEGIONE STRANIERA TI ASPETTA, recita la scritta sottostante.

Ne ha sentito parlare. Si firma per cinque anni, si riceve una preparazione specifica e si viene mandati nelle colonie, dovunque ci sia un focolaio di ribellione. Alcuni ragazzi di Villeneuve si volevano arruolare, ma poi non hanno osato. È pieno di tedeschi, si dice. Vengono dai campi di prigionia, dove invece sarebbero morti di fame. Da quelle parti li accolgono bene perché sono bravi soldati.

Cinque anni, pensa. Combattere e sfidare la sorte. Forse anche morire. Se sopravvivo, sarò un altro.

Apre la porta dell'ufficio, e con sua sorpresa si trova davanti una ragazza graziosa che lo accoglie con gentilezza e gli offre una sedia.

«Ha già deciso, signore? O desidera solo informarsi?»

Sa fare il suo lavoro, la ragazza. Gli parla di avventure e Paesi esotici, della buona reputazione del corpo, dell'eccellente addestramento, della paga generosa. Che la percentuale di sopravvivenza arriva sì e no al cinquanta per cento non glielo dice, ma lui lo sa dai ragazzi di Villeneuve. Se dovesse dar retta alla graziosa impiegata dai capelli neri, immaginerebbe la vita del legionario come una serie continua di avventure eccitanti, per giunta ben pagata.

Jean-Jacques sa che le cose stanno diversamente, ma alla ragazza non lo dice. Lei prende nota del suo nome, del suo indirizzo, controlla i documenti, vuole sapere perché non ha il foglio di rilascio dal campo di lavoro in Germania. È fuggito? Lei non lo biasima di certo, anzi. Non le racconta che è stato anche in prigione.

«Dovrà sottoporsi a una veloce visita medica. Una pura formalità. Ovviamente non possiamo accettare nessuno con malattie contagiose o menomazioni permanenti.»

Nella sala d'aspetto del medico, lì accanto, c'è già un altro candidato in attesa, un giovane alto con i capelli scuri e vivaci occhi marroni. «Sai» dice a Jean-Jacques, dandogli già del tu come a un futuro compagno. «È una vergogna il modo in cui i tedeschi hanno trattato i nostri soldati. Io ero troppo giovane, allora, non potevo arruolarmi. Ma ora voglio combattere e dimostrare di cosa siamo capaci noi francesi. Lo faccio per la Francia. Per la mia patria!»

Poi il ragazzo viene chiamato in sala visite e Jean-Jacques ha il tempo di riflettere sulle sue parole. Suona nobile: per la Francia, per la patria. Invece lui combatte solo per se stesso. Di certo non per la Francia.

Il giovane ritorna dopo poco, passando si infila la giacca e saluta con un cenno del capo Jean-Jacques. «Buona fortuna!» dice uscendo.

Lui di visite ne ha fatte tante e ricorda bene la procedura. Ci si spoglia e ci si lascia picchiettare per la verifica dei riflessi, si gira la testa a destra, sinistra, poi c'è il rapido controllo dei denti e della vista. Qui sono un po' più scrupolosi. Il medico, un tale basso e secco con occhi sporgenti, gli palpa i muscoli delle braccia, esamina accuratamente il sesso, gli passa il pollice sulla spina dorsale e gli tasta la scatola cranica.

«Ha spesso la febbre, signor Perrier?»

«Mai. Ho solo il raffreddore. Mi fa male anche la gola.»

La gola è arrossata e questo tranquillizza il dottore.

«C'è un gonfiore nella zona occipitale.»

Jean-Jacques credeva che il bernoccolo si fosse riassorbito da tempo, ma il dottore ha dita esperte.

«Un incidente di qualche settimana fa. Una cosa da niente, davvero. Passerà.»

«Una commozione cerebrale? Ha consultato un medico?»

«Gliel'ho detto, non è niente» minimizza Jean-Jacques. «Ho avuto giusto qualche capogiro.»

Sente ancora le dita del dottore muoversi sul bernoccolo esercitando una leggera pressione, poi improvvisamente un fulmine gli esplode nel cranio e lo trascina in un vortice buio. Finito. Tutto sparito. Sente solo oscurità, senso di soffocamento. E gli viene da vomitare.

Si ritrova in un letto di ospedale, tenta di ricordarsi come sia arrivato lì. Ci riesce solo per frammenti sparsi: il volto del medico, qualcuno che gli infila i vestiti – la graziosa impiegata? – una barella, muri bianchi che gli scorrono accanto...

«Trauma cranico» è la diagnosi. «Deve riposare. Stare a letto tranquillo per un po'.»

I raggi X mostrano una sottile incrinatura, quasi risanata. Il medico che lo ha fatto ricoverare, il dottor Pontneuf, riferisce che Jean-Jacques non ha i requisiti fisici per entrare nella legione straniera e quindi dev'essere scartato.

Lascia l'ospedale la mattina dopo. Sta erodendo rapidamente il suo gruzzolo, e se non vuole finire in un androne a mendicare insieme agli altri reduci deve trovarsi un lavoro. La testa gli rimbomba, il pensiero di mangiare gli dà la nausea, ma stare sdraiato a riposare è fuori questione. Affronta strenuo la pioggia e il vento freddo, fa respiri profondi e regolari per non farsi sopraffare dalle vertigini e dopo un lungo girovagare si ritrova nella piazza della stazione. Cosa cerca qui? Cosa cerca in generale?

Ho preso la direzione sbagliata, pensa. Notre-Dame, il Louvre, la Senna, è tutto più a ovest. Voleva vedere il fiume, fermarsi su uno dei ponti... Non sa dire perché, ma qualcosa nell'intimo gli ha suggerito un'altra strada.

Così si compra un biglietto e sale su un treno, all'inizio non trova posto a sedere perché è affollato, e si lascia cadere nel corridoio su uno strapuntino. È un viaggio infernale, rumoroso, pieno di scossoni, di rimbombi, di sibili, di miasmi. Ben tre volte arranca fino in bagno per vomitare, poi si rannicchia gelato e morto di stanchezza nel corridoio e non sa più dove sta andando. Parigi è ormai alle sue spalle, sta andando a nord, a ogni stazione scendono persone che gli passano davanti sgomitando. Jean-

Jacques prende calci e spinte involontarie alla schiena e dietro le ginocchia. Alla fine si rende conto che lo scompartimento accanto è vuoto e si alza a fatica; aprire la porta scorrevole e arrancare verso un sedile gli costa uno sforzo sovrumano, ma poi deve alzarsi una seconda volta perché ha lasciato il borsone in corridoio. Infine si addormenta, sogna un deserto sabbioso, sente un vento caldo in volto che gli impedisce di respirare. La bocca, tutto il corpo sono come inariditi, sente il sibilo e il crepitio del vento, in lontananza vede un fiume d'acqua azzurra trasparente, ma per quanto si sforzi non riesce a raggiungerla...

«Controllo di frontiera... documenti.»

Apre gli occhi, consegna il documento, per un attimo fissa il volto baffuto dell'uomo con il berretto a visiera che glielo ridà.

«Viaggia per lavoro?» chiede il doganiere.

«Più o meno.»

«Be', allora buon Natale!»

«Buon Natale.»

Ora è sveglio, sta un po' meglio. Si alza in preda a una sete bruciante, trova una coppia anziana nello scompartimento vicino e chiede un sorso d'acqua. I due esitano, gli chiedono se è malato e lui ammette di avere un brutto raffreddore. Ha la febbre, ecco il perché di tanta sete. La donna è gentile, gli dà una tazza di camomilla fredda da una fiaschetta che ha con sé, e lui la svuota in un sorso.

«Grazie. Sa dove siamo ora?»

«Da qualche parte dopo Saarbrücken, signore. Non sappiamo leggere bene i cartelli tedeschi. Andiamo a far visita a nostro figlio che è di stanza a Magonza.»

«Grazie, madame.»

Il viaggio è rumoroso, il treno fa molte soste, viene spostato su un altro binario, procede a passo di lumaca. I danni delle bombe sono stati riparati solo in parte e soprattutto sulle tratte necessarie per il trasporto in Francia di merci e macchinari confiscati.

Sono pazzo, pensa sedendosi di nuovo da solo nello scompartimento. Ma forse è necessario. Chiudere questo capitolo. Seppellire anche questa speranza.

Raggiungono Magonza all'alba. La stazione è un cumulo di macerie, i binari sono dissestati: è un miracolo che i treni possano passarci. Jean-Jacques ha la testa improvvisamente libera, respira l'aria fredda invernale e non trema, segue il flusso di persone che imboccano con sicurezza stretti sentieri tra i detriti e si ritrova davanti a una grande chiesa che è rimasta in piedi tra le rovine. Il Duomo. Entra da una porta laterale: massicci archi di arenaria a tutto sesto sostengono la volta. Lo avvolge la luce delle candele, l'incenso: si celebra la funzione mattutina. Per un po' si ferma ad ascoltare, fissa le fiammelle ai lati dell'altare, poi l'incenso gli dà la nausea e fugge fuori.

Il fiume si snoda grigio e gelido davanti a lui, piccole onde brillano nella prima luce del giorno: scorrono via rapide, ansiose di raggiungere il mare. C'è un ponte di fortuna presidiato da un lato da soldati francesi e dall'altro dagli americani, ma lui non vuole vedere nessuno né dare spiegazioni, solo passare. In riva al fiume trova un barcaiolo che traghetta un gruppo di persone che per qualche motivo non vogliono avere a che fare con le truppe di occupazione. Il prezzo per la traversata è alto, a Jean-Jacques rimane solo qualche spicciolo. Si rannicchia sulla panca dei vogatori e patisce un freddo terribile, il rollio della barca gli dà la nausea, la testa gli gira e fa male. Al centro del fiume incontrano una forte corrente contraria, vacillano, faticano a mantenere la direzione. Jean-Jacques si ritrova a pensare che la morte in quell'acqua nera e agitata potrebbe anche essere una liberazione. Il barcaiolo deve aiutarlo a scendere, perché lui ora è senza forze, come un bambino, le gambe non lo reggono, non riesce nemmeno a sollevare la borsa.

«Dove vuoi andare?» gli domanda un tale in tedesco.

Lui nomina l'indirizzo, ma non sa neanche se la casa esiste ancora. Ma l'uomo annuisce e gli fa segno di sedersi sul carro.

«Se qualcuno dovesse chiedertelo, sei mio cugino e ti sto portando dal dottore. E sotto di te c'è un materasso, nient'altro, chiaro?»

Deve dirlo due volte, per farsi capire da Jean-Jacques. Il suo tedesco è piuttosto arrugginito. Ma ora capisce che quel tale è un contrabbandiere e che lì sotto c'è della merce illegale. Per lui è lo stesso, si siede sul veicolo traballante che ha grandi ruote di legno rivestite da un telaio metallico. Quando si muove, il clangore è tale da stordirlo completamente.

«Ehi, amico» dice dopo un tempo indefinito il contrabbandiere, fermandosi. «Sei arrivato a destinazione, ma questo posto è chiuso. Buona fortuna.»

Il resto è come un sogno. Barcolla verso le finestre illuminate, inciampa e cade, non sente dolore e si rialza. Si aggrappa al davanzale di una finestra e fissa la porta girevole. Luce. Movimento. Qualcuno attraversa la sala, si ferma, fa un gesto di diniego con la mano. *È chiuso*! Lui barcolla, la borsa gli cade, tutto gira, la strada, le finestre, i pannelli della porta girevole.

Poi la vede, proprio lì davanti, tra loro c'è solo il vetro della finestra.

È impietrita, ha gli occhi sgranati, la bocca semiaperta. La sente gridare.

«Non è possibile! Un fantasma!»

È fuori di sé, non crede ai suoi occhi, si tiene la mano davanti alla bocca. Lui vorrebbe farle segno, parlarle, ma è come paralizzato.

«Cosa vuoi qui? Va' da tua moglie! Sparisci!» urla Hilde, poi perde il controllo e si mette a singhiozzare e corre via. Dentro si muovono altre ombre. Jean-Jacques vuole entrare, spiegarle perché è venuto. Non la vuole importunare, vuole chiederle perdono, tutto qui. Ma al momento deve vomitare, e si rannicchia accanto alla porta.

«Dove?» sente chiedere da una voce femminile. «Non c'è nessuno, Hilde. Te lo sei immaginato.»

«Chiudi la porta, Luisa. A chiave!»

La porta viene serrata. È la fine, Jean-Jacques non ha più forza. Resta lì disteso al freddo per un'eternità, respira male per via della febbre e sente il cuore martellargli nel petto. Quando alla fine si tira su, lo fa con estrema fatica, come se il corpo fosse di piombo. È tutto finito. Capitolo chiuso. Ora sa che lei è viva e sta bene. Questo deve bastare. Lentamente, un po' curvo, si rimette in cammino. La febbre gli brucia le viscere, lo riscalda, lo protegge dal freddo.

«Aspetti, devo chiederle una cosa.»

Riconosce la voce e si ferma. Una giovane sconosciuta dai capelli scuri lo tiene per un braccio. Ha occhi gentili, bellissimi.

«Lei è il prigioniero francese che mesi fa ha prestato servizio al Café Engel? Si chiama Jean-Jacques?»

Parla in modo lento e chiaro, lui capisce ogni parola.

«Sì» risponde. «Sono Jean-Jacques Perrier.»

Lei gli sorride. Un sorriso affettuoso che gli trasmette un soffio di vita. «Allora venga con me. Mia cugina ora è sconvolta, ma le passerà. Mi creda, la conosco bene ormai.»

Il sogno si interrompe subito, non appena oltrepassa la porta girevole. Hilde grida di nuovo, stavolta spaventata: «Jean-Jacques! Mio Dio! Che ti è successo?».

Poi il turbine nero lo riagguanta: lo ingoia come al solito, lo tiene giù, nell'abisso, e alla fine lo risputa fuori. Inizia un nuovo sogno. Forse una specie di premonizione. La realtà gli arriva alla coscienza in forma onirica, ha ancora tanta confusione in testa.

Adesso è sdraiato in un letto, coperto e al caldo, la testa tra due bianchi guanciali. Hilde tiene in mano una tazza con un liquido fumante. Ha pianto, le guance sono ancora umide, gli occhi gonfi e rossi.

«Che spavento mi hai fatto prendere, Jean-Jacques. Cosa ci fai qui? Come mai ti presenti così all'improvviso? Dov'è la tua fede?»

«Quante domande.»

Lei mette la tazza sul comodino. Tira su col naso. Si passa la mano sul volto. Si piega verso di lui. «Vuoi... ehm... rimanere qui?» sussurra.

«Tu hai un altro.»

Lei gli prende il volto tra le mani e lo bacia sulla bocca.

«Non c'è nessun altro» singhiozza. «Brutto bastardo. Io amo solo te.»

Heinz

Wiesbaden, 31 dicembre 1945

Neanche il tempo di girarsi che quelle fanno a modo loro. Del resto, lui che può farci? Se anche Else è d'accordo, non ha vie di scampo.

Ecco sfumare il legame che aveva sperato si consolidasse tra la sua Hilde e quel simpatico americano, quel tenente! Un vero peccato. Ancora alla vigilia gli era parso che potesse nascere qualcosa, lei lo aveva persino abbracciato e baciato... Ma poi è spuntato quel relitto umano, un francese epilettico che probabilmente si porta dietro una malattia contagiosa, e da allora quel diavolo senza pace di sua figlia Hilde è seduta al suo capezzale. Gli dà da mangiare, chiacchiera con lui in tedesco e francese, gli porta medicine, tè caldo, biscotti. Cos'altro fanno quei due, non lo vuole sapere.

«Che teneri!» ha detto ridendo Else. «Sono proprio contenta.»

Quella sera stessa hanno tirato giù dal letto il povero dottor Walter perché venisse a visitarlo. Il medico ha ordinato il più assoluto riposo: caldo, liquidi e un antipiretico. Non ha avuto nemmeno il tempo di finire la frase. Questo disgraziato non poteva capitare in mani migliori.

Anche Luisa sprizza gioia da tutti i pori per sua cugina: se lo meritava proprio un regalo di Natale così bello...

Ah, le donne! Hanno tutte un sorriso sognante quando parlano di Hilde e del francese. Non c'è niente di più bello di un giovane amore! cinguettava ieri la Künzel. Be', lei ne sa qualcosa. Solo Edith von Haack ha scosso la testa e detto che i francesi, è risaputo, sono dei perdigiorno. E poi hanno tutti quella malattia lì, come si chiama... Else l'ha zittita all'istante, e che non si azzardi mai più a insinuarlo. Caspita, la sua Else! Ecco da chi ha preso la sua Hilde. Da lui no di certo.

Ieri il tenente Josh Peters è passato al caffè per salutare. Torna negli Stati Uniti: va a New York perché suo padre è malato, ma ha intenzione di ritornare in Germania.

«Questo Paese non mi molla» ha detto. «Le mie radici sono qui, i miei antenati hanno vissuto qui. Sono determinato a scoprire perché hanno lasciato la Germania.»

È un ragazzo così perbene! Gli hanno consegnato lettere per Willi e August, e lui si occuperà di fargliele avere. O almeno ci proverà. Che i suoi ragazzi abbiano almeno una lettera da casa per Natale. Poi non resterà che aspettare. Aspettare e sperare di vederli entrare da quella porta, un giorno. Tutti e due.

Sua nipote Luisa sì che gli dà delle soddisfazioni! Lei e Fritz si sono chiariti, e se è vero ciò che Hilde gli ha dato a intendere, stasera si festeggerà un bel fidanzamento. Heinz non ha niente in contrario. Gli piace avere un musicista in famiglia. Povero Fritz: è arrivato due giorni fa a piedi. Da Lenzhahn! Perché non si fida più di Wendelin. La vicenda della grappa di contrabbando lo ha messo in mortale imbarazzo: ha assicurato loro più volte di aver bevuto solo perché costretto, e che di solito detesta l'alcol. Poi in tre – Hilde, Luisa e Fritz – si sono rintanati nella saletta e hanno confabulato a lungo. Heinz non sopporta che complottino alle sue spalle, anche se dopo lo hanno sommerso di abbracci e baci e hanno detto che è lo zio e il papà migliore del mondo. Sta pensando di usare le sue conoscenze perché Fritz ottenga appena possibile una buona formazione come violinista. Il conservatorio di Francoforte sarebbe un'ottima opzione, se non fosse che la città è ancora in ginocchio. Bisogna rimettere in sesto il sistema scolastico. Nel frattempo però vuole anche sondare il terreno al teatro di Wiesbaden. Se Fritz venisse assunto nell'orchestra del teatro, allora i due resterebbero in città, e lui non sarebbe costretto a separarsi dalla sua adorata nipote...

In cucina le donne sono di nuovo al lavoro. Grazie al generoso regalo d'addio di Josh Peters potranno salutare il nuovo anno con un bicchiere di spumante. E con lo spumante, deliziose tartine con la salsiccia rustica che Fritz ha portato nello zaino. Sì, i generi, quello ormai quasi ufficiale e anche quello che purtroppo non lo sarà mai, gli danno delle grandi gioie. Solo quel francese purtroppo non lo soddisfa: se ne sta in panciolle e si fa servire. Stasera scenderà a tavola con la famiglia, ha comunicato Hilde. E ora sua figlia gli chiede pure se intende indossare ancora quei pantaloni marrone scuro e la giacca di maglia, perché altrimenti potrebbe prestarli a Jean-Jacques. Lui sta per spiegarle che non può assolutamente rinunciare ai pantaloni marrone e alla giacca di maglia, ma Else lo anticipa.

«Certo che può prenderli, Hilde. A papà non servono più.»

Proprio in questo periodo in cui ogni panno caldo vale oro! Ma che può farci? Con un po' di moine, le sue donne riuscirebbero a spogliarlo di tutto!

Intanto arrivano già i primi ospiti. Jenny con Hans Reblinger, Alois Gimpel, e anche la Künzel che oggi non lavora e vuole festeggiare in famiglia. Hubsi è già seduto al pianoforte: è la volta di Schubert; Addi insiste nel dire che ci sono dei passaggi da perfezionare, che devono esercitarsi ancora. Julia indossa un abito blu col colletto di pizzo, perfetto sotto i suoi capelli rossi. Sorride a Addi e poi sparisce in cucina.

«Che succede a quei due?» sussurra Jenny al tavolo. «Ultimamente non girava voce che volevano sposarsi l'anno prossimo?»

La Künzel si stringe nelle spalle e dice la sua: è un romanzo appassionante, comunque vada a finire.

«Al momento però continuano a litigare» precisa poi sottovoce. «Perché Addi vuole abbattere la parete divisoria tra i due appartamenti, e Julia invece la vuole tenere, tanto c'è la porta comunicante.»

«Che sciocchezze» borbotta Heinz. «La parete non possono

toccarla, se non vogliono che venga giù il tetto. Sarà meglio che vada a dirglielo.»

«Be', allora il problema è già risolto» si rallegra Hans Reblinger.

La Künzel sorride sorniona: «Vedrai che qualcos'altro per cui litigare lo trovano al volo!».

«D'altronde, se non si litiga, che gusto c'è a fare pace?»

Più tardi scende il francese. Saluta prima Else, poi Heinz e poi tutti gli altri, e Hilde gli indica il posto accanto al proprio. Ha già un aspetto migliore, pensa Heinz. Quando l'avevano trovato per strada, quel giorno, Heinz era inorridito: sua figlia meritava di certo qualcosa di meglio di quel disgraziato. Ma ora quasi gli piace. È bello, anche se troppo magro: dovranno continuare a dargli da mangiare. Lui comunque sa stare al suo posto, ha rispetto dei futuri suoceri e si sforza di parlare tedesco. È un vignaiolo, uno che ne sa di vini, quindi. Ma loro hanno un caffè, mica una taverna.

«Sono davvero dispiaciuto, signor Koch» sta dicendo ora a Heinz. «Ha perso la gamba per una mina. Non è stato... come si dice... *onesto* da parte dei francesi.»

Heinz gli spiega che erano stati i tedeschi a minare la zona.

«La guerra ci fa fare *des choses mauvaises*... cose cattive.»

«È vero. Brindiamo alla pace.»

Quella sera arriverà a dargli del tu: Else già lo fa e anche gli altri, quindi lui non può esimersi. Ma in fondo questo Jean-Jacques gli sembra un buon ragazzo, e poi Hilde è molto innamorata di lui.

Ecco, adesso Fritz si è alzato per annunciare il suo fidanzamento con Luisa von Tiplitz. E come sono felici questi due!

Più tardi, quando tutti hanno mangiato a sazietà e siedono insieme in attesa della mezzanotte, Heinz si sente all'improvviso profondamente grato. Che anno si lasciano alle spalle! È cominciato con i peggiori auspici ed è stato costellato di sventure per tutti. Prigionia, bombardamenti, mutilazioni, un esercito invasore, paura, fame e freddo. E ora sono seduti qui tutti insieme, festeggiano la coppia felice e sanno che Willi e August sono vivi. Il destino è stato buono con loro.

A mezzanotte sentono suonare le campane della chiesa, e anche degli spari: devono essere gli americani, che non hanno pudore a festeggiare il nuovo anno con mortaretti e raffiche di colpi. Invece al Café Engel nessuno ha voglia di fuochi d'artificio: di esplosioni in città ne hanno già viste troppe e adesso non vogliono ripensarci.

Per un po' rimangono fuori, in strada, a scambiarsi gli auguri con i vicini come fanno ogni anno a San Silvestro. C'è Louise Drew con i bambini, e anche Andreas Teubert, che un tempo era nel servizio antiaereo. Walter Brand augura a tutti buon anno nuovo e racconta che suo fratello Joachim è in Francia e forse tornerà presto a casa. È ferito, quindi ha buone probabilità di essere tra i primi a rientrare. Versano il vino rimasto e alla fine rientrano mezzi congelati, ma di umore allegro. Else mette due ciocchi nella stufa perché non vuole che la compagnia si sciolga subito, c'è del tè caldo alla menta. Heinz osserva ad alta voce che il nuovo anno potrà solo essere migliore del vecchio.

«D'ora in poi si guarda avanti!» esclama. «Per la Germania. Per tutti noi. E per il Café Engel, si capisce!»

Anna Maria

Finito di stampare nel mese di ottobre 2019 presso
Grafica Veneta – via Malcanton, 2 – Trebaseleghe (PD)
Printed in Italy